U0027592

強納森·史傳傑和諾瑞爾先生

Jonathan Strange & Mr Norrell

英倫魔法師

|上卷|

Susanna Clarke
蘇珊娜·克拉克　施清真、彭倩文——譯

紀念我的兄長，

Paul Frederick Gunn Clarke (1961-2000)

上卷／目錄

第一部 諾瑞爾先生

第一部

諾瑞爾先生

他很少談到魔法，但一說起來就好像給大家上歷史課，沒有人聽得下去。

1 賀菲尤莊園的圖書館

一八〇六年秋天至一八〇七年一月

許多年前，約克市有個魔法師學會，會員們定期於每月第三個週三聚會，對彼此宣讀冗長、乏味、有關英國魔法歷史的論文。

這群人都是紳士魔法師，意思是說，他們從未施展魔法危害任何人，但也從未因此嘉惠任何人。老實說，這些魔法師從沒念過一句咒語，法力也沒動過一塵一葉或是一髮，儘管如此，他們仍舊享有約克郡最睿智、最神奇的紳士美譽。

一位偉大的魔法師曾批評魔法師們「……這群人絞盡腦汁才得以吸收最簡單的知識，但天生就是爭執高手。」[1] 約克郡的魔法師行之有年證明了這個說法確實無誤。

一八〇六年秋天，學會招收了一位名叫約翰·賽剛督的新會員。第一次參加聚會時，賽剛督先生起身致詞，他先讚揚會員們傑出的成就，一一列舉過去不同時期隸屬約克學會的著名史學者和魔法師。他委婉地表示，他一直很想親訪約克市，也早就耳聞學會的盛名，畢竟，他提醒聽眾們說，北方魔法師的聲譽向來高過南方同僚。賽剛督先生說他研習魔法多年，熟知所有偉大魔法師的歷史，定期閱讀新出版的刊物，也寫了一些文章，但最近他心裡出現一個疑問：這些神奇的魔法為什麼只存在於書本裡？民眾看不到魔法，報紙也從來不提，賽剛督先生想知道，當代的魔法師為什麼無法實際應用法術？換言之，英國為什麼再也沒有人使用魔法？

這個問題再單純不過，每個英國孩童遲早會跟保母、老師或家長提出這個疑問，但約克學會諸位博學的會員們卻不樂意聽聞，原因很簡單：他們跟其他人一樣沒有答案。

學會主席狐堡博士轉身對約翰・賽剛督先生解釋說，這個問題大有差錯。「你這問題假設魔法師就得施展法術，實在太荒謬了。我想你不會同意植物學家就該研發新花種、天文學家就該重新編排天上繁星吧？賽剛督先生，魔法師研究的是古早施展過的魔法，大家為什麼還期望別的？」

有位雙眼淡藍、身穿淡色衣物的老先生暗地裡說，大家期望什麼都不重要（老先生叫做哈特或杭特，賽剛督先生一直搞不懂他到底叫什麼），反正紳士就不該使用魔法。老先生說街頭賣藝的江湖術士才會假借法術騙小孩子錢，從應用的觀點而言，魔法已經沒落，形象更是不佳，一提到魔法，大家馬上聯想到沒刮鬍子的游民、吉普賽人、闖空門的小偷，以及經常造訪掛著骯髒黃色門簾、烏黑小房間的顧客。噢、不！紳士不該使用魔法，他可以研讀魔法的歷史（這倒是非常高尚），但絕不會付諸實施。老先生睜著淡藍的雙眼，充滿慈愛地盯著賽剛督先生，還殷切地說他希望賽剛督先生沒有做此嘗試。

賽剛督先生聽了臉紅耳赤。

但魔法師是出了名好辯的，若有兩位魔法師看法相同，必有意見相左，此時也不例外。狐堡博士和哈特（或杭特）先生觀點一致，其他幾位卻完全贊同賽剛督先生的看法，這幾位先生認為，在魔法的研究領域中，就數賽剛督先生所提出的問題最重要，其中一位哈尼富先生更是全力支持賽剛督先生。五十五歲的哈尼富相當和善，臉頰紅通，頭髮灰白，大家越吵越厲害，狐堡博士對賽剛督先生更是冷嘲熱諷，哈尼富先生屢次轉身低聲安慰賽剛督先生：「別理他們，我完全贊同你的觀點。」、「你說的完全正確，別讓他們左右你。」、「你講到了重點！以前沒人提出這個問題，所以大家遲遲無法行動，現在有了你，我們總算可以大展身手，幹些大事。」

這些善意的鼓舞賽剛督先生全聽進去了，但他依然相當震驚，「我恐怕成了眾矢之的，」他悄悄跟哈尼富先生說，「這不是我的本意，我只希望聽聽諸位先生的高見。」

賽剛督先生原本打算息事寧人，但狐堡博士忽然說了重話，讓人有點嚥不下這口氣。「那位先生啊！」狐堡博士冷冷地瞪著賽剛督先生說，「似乎認定我們的下場應該像『曼徹斯特魔法師學會』一樣悽慘！」

賽剛督先生轉頭低聲對哈尼富先生說：「沒想到諸位先生如此頑固，如果連在約克郡都找不到同好，還能在哪裡找到支持者呢？」

哈尼富先生不只當晚幫賽剛督先生打氣，之後還邀請賽剛督先生到他在高比特街的家裡共進豐盛晚餐，哈尼富太太和家中三個年輕貌美的女兒也在場作陪，未婚、沒什麼錢的賽剛督先生當然欣然赴約。晚餐之後，哈尼富小姐彈鋼琴，珍妮小姐唱了義大利歌曲，隔天，哈尼富太太跟她先生說，約翰．賽剛督先生謙遜、沉靜、善良，百分之百是位紳士，但現代人不流行這一套，紳士作風恐怕對他沒什麼幫助。

這兩位紳士的友誼進展神速，不久之後，賽剛督先生每星期總有兩、三個晚上造訪哈尼富家，一夥年輕人聚在一起，難免翩然起舞，氣氛相當融洽，但賽剛督和哈尼富時常溜到一旁討論兩人真正感興趣的話題：英國為什麼再也沒有人使用魔法？兩人經常談到清晨兩、三點，但談了半天還是沒有結論。或許這也沒什麼大不了，過去兩百多年來，形形色色的魔法師、古物研究師和學者一直討論同樣問題，卻始終不能解。

高大、開朗、面帶笑容的哈尼富先生精力無窮，他總是忙個不停，永遠進行著不同的計畫，卻很少想過為何而忙。眼前所碰到的問題，讓他很想效法中古時代的魔法師，[2]這些偉大的魔法師一碰到無解的難題，通常出門遊歷一年又一天，隨行的只有一、兩位引路的精靈僕人，旅程結束之際，答案浮現。哈尼富先生跟賽剛督先生說，他們應當師法偉大的前輩，有些魔法師足跡遍及英國、蘇格蘭和愛爾蘭三地偏遠的村落，有些魔法師則乾脆離開這個世界，後人都不清楚他們去了哪裡、或做了些什麼。哈尼富先生並非建議兩人遠走他鄉，其實此時正逢冬季，路況不佳，他壓根不想走太遠，但他深覺他們應該到**某地**向**某人**請益。他跟賽剛督先生說，他們的談話已了無新意，最好聽取一些新的看法，雖說如此，兩人卻不知道該去何方向何人請益，哈尼富先生沮喪之餘，忽然想到另外那位魔法師。

好些年前，約克學會內謠傳郡內還有另一位魔法師，那位先生住在約克郡極偏僻的角落，據說他鎮日待在藏書豐富的圖書館中，研讀稀有的魔法典籍。狐堡博士打聽出那位先生的姓名及下落，同時致函誠摯邀請他加入約克學會。那位魔法師回信表示深感榮幸，但也表達深切的遺憾，約克和賀菲尤莊園距離太遠、路程顛簸、手邊的事情不能耽擱等，反正就是婉拒加入約克學會。

約克的魔法師們全都讀了信，也都不相信此人字寫得這麼小，怎麼可能是個像樣的魔法師？因此，大夥很快就忘了那位魔法師，但一想到自此沒機會親訪那個一流的圖書館，心裡不免有些遺憾。這一天，哈尼富先生對賽剛督先生說，「英國為什麼再也沒有人使用魔法」茲事體大，他們不能輕忽任何看法，誰知道呢？說不定另外那位魔法師能提出寶貴的意見。因此，他寫了一封信，希望能在聖誕節過後的第三個星期二下午兩點，和賽剛督先生一起登門拜訪，對方很快回信，秉性善良樂觀的哈尼富先生馬上知會賽剛督先生，分享好消息。另外那位魔法師以細小的筆跡回答說，他很樂意與兩位先生見面，光是這句話就讓哈尼富先生欣喜不已，馬上跑去通知車夫華特啟程時間。

賽剛督先生拿著信一個人留在屋裡，他繼續讀下去：「……老實說，我不清楚自己為何忽然有此榮幸，約克學會魔法師們彼此打成一片，大家又博學得不得了，我真不知道諸位為什麼要向我這樣一個孤僻的讀書人請益……」

這封信略帶嘲諷，似乎在字裡行間諷刺哈尼富先生，賽剛督先生心想，幸好他根本沒注意到，不然他不會興高采烈地跑去知會華特。這封信非常不友善，讓賽剛督先生一點也不想登門拜訪，唉，想不想去都不打緊，賽剛督先生心想，既然哈尼富先生想去，那就陪他走一趟吧！畢竟，再糟也不過是失望地空手而返，從此不必再和此人打交道。

啟程的前一天風雨交加，原本凹凸泥黃的路面到處都是一灘灘雨水，濕滑的屋頂彷彿冰冷的石鏡，哈尼富先生的馬車緩緩而行，淒冷的灰色天空籠罩大地，堅實的泥土地消失在天際，感覺比平時狹小了許多。

與哈尼富先生相識的第一晚，賽剛督先生就想知道狐堡博士提過的「曼徹斯特魔法師學會」，究竟發生了什麼事，現在他總算有機會請教哈尼富先生。

「那個學會的歷史不算久，」哈尼富先生說，「會員包括比較貧窮的牧師、頗具聲望的退休商人、藥劑師、律師等人，這些人略通拉丁文，但充其量只能算半個紳士，狐堡博士知道學會解散了肯定很得意，他認為這些人沒有資格成為魔法師。但他們之中有幾位相當聰明，這幾位先生跟你一樣，剛開始都以重振魔法為目標，他們的想法很實際：既然能夠採用科學方法，有系統地研究、甚至複製藝術品，為什麼不能同樣地應用法術？他們將之稱為『理性巫術』，但結果卻不如預期，令他們非常失望。這不是他們的錯，但他們一氣之下做出很多蠢事，比方說宣稱世上根本沒有所謂的魔法，從古到今都是謊言；他們還說黃金年代的魔法師都是騙子，或是本身就受到欺瞞，北方魔法師為了擺脫南方魔法師的箝制，所以才捏造出『烏鴉王』等等（哈尼富和賽剛督先生也是北方人，頗能體諒這一點），我忘了他們怎麼解釋精靈，但講得倒是別有創見。總而言之，學會後來解散了，其中有位會員，好像叫做歐博瑞什麼的，他本來想把學會的觀點寫出來發表，但他積了一肚子怨氣，氣惱到沒精神提筆。」

「真可憐。」賽剛督先生說。「說不定是時代的錯，哈尼富先生，魔法師和學者真是生不逢時，不是嗎？這個時代需要商人、水手和政客，但卻沒有魔法師的立足地，我們的時代已經過去囉。」他想了一會又說：「三年前我在倫敦碰到一個長相怪異、專門行騙的街頭魔法師，這人騙了我一筆錢，說他願意透露一個天大的祕密，我付錢之後，他告訴我，將來，會有兩位魔法師重振英國的魔法，我一點也不信預言，但他的話卻讓我下定決心追究魔法衰落之因，這不是很奇怪嗎？」

「你說的完全正確：預言確實是無稽之談。」哈尼富先生笑著說，不一會好像忽然想起什麼，「哈尼富和賽剛督，我們兩人不就是『兩位魔法師』嗎？」他輕輕念了兩次，彷彿想像著未來報紙和歷史課本會怎麼寫，「哈尼富和賽剛督，嗯，聽來很不錯喔。」

賽剛督先生搖搖頭，「那個傢伙知道我是魔法師，我以為他會假稱其中一位魔法師就是我，但最後他明白告訴我我不是。剛開始他似乎不確定，說我具有某種特質，他叫我寫出姓名，而且看了老半天。」

「我猜他看得出你不會輕易受騙。」哈尼富先生說。

賀菲尤莊園在約克的西北方，距離大約十四哩，光聽名稱就顯得歷史悠久。莊園很久以前是座修道院，現在的宅院是在安妮女王（一七〇二－一四年在位）執政時期興建而成，莊園宏偉方正，還有一座典雅美觀、林木高聳的花園，在今天這種天候中，濕淋淋的樹木朦朦朧朧，帶點陰森的鬼魅，一條名為「賀特」的河流貫穿花園，河上有座造形古典的優美石橋。

主人名叫諾瑞爾，他在玄關等著迎接訪客，諾瑞爾先生和他的筆跡一樣瘦小，聲音也同樣微弱，他說歡迎大家來到賀菲尤，聲音小到好像不習慣說話表達心裡的念頭。哈尼富先生有點耳背，聽不清他說的話，「先生，對不起，我年紀大了，耳朵不靈光，希望您多包涵。」

諾瑞爾先生將訪客們帶到小客廳，典雅的客廳中爐火熊熊，溫暖而舒適，客廳內沒有點蠟燭，陽光透過兩扇精美的窗戶照入，雖然光線充足，但感覺霧濛濛，一點都提振不了精神。奇怪的是，賽剛督先生老覺得屋內還有另一個壁爐，或是其他地方點著蠟燭，他不時從座位上東張西望，試圖找到其他光源，但找了半天卻什麼也沒看見，頂多只看到一面鏡子或是一座古董鐘。

諾瑞爾先生表示曾經拜讀賽剛督先生評論馬汀・帕爾的精靈僕人的大作，❸「作品雖然詳實，但你遺漏了法蘿索，他確實是個小角色，對偉大的帕爾博士說不定沒什麼用處，❹但少了他，你那本歷史小書就不夠完備。」

接下來眾人一片沉默。「先生，您說有位叫做法蘿索的精靈？」賽剛督先生說，「我……我是說……我從沒聽過這號人物，他存在於哪一個國度呢？」

諾瑞爾先生首度露出笑容，但好像是笑給自己看。「這也難怪，」他說，「霍爾葛和皮克的書裡講了很多法蘿索的事蹟，但你八成沒讀過，這兩人不像魔法師，反倒像是罪犯，根本不值一提，我倒要恭喜你沒讀過他們的書，越少人知道他們越好。」

「先生啊！」哈尼富先生猜想諾瑞爾八成講到他的藏書，馬上大聲歡呼。「我們聽說您的圖書館藏書豐富，每位約克的魔法師一想到您所擁有的藏書，心裡都羨慕得不得了。」

「是嗎？」諾瑞爾先生冷冷地回答。「你過獎了，我不知道大家都曉得我的私事……我猜一定是索羅古四處宣傳，」他慎思了一會，然後提起這位約克地區販賣古物書籍的商人。「查德邁數度警告我小心這位多嘴的書商。」

哈尼富先生不知道該怎麼接腔，如果他自己擁有這麼豐富的魔法典籍，他一定樂意與大家討論，也欣然接受別人的讚美，跟大家一起分享，但諾瑞爾先生竟然不是如此，令人不敢置信。哈尼富先生心想，這位先生說不定很害羞，他得多美言兩句，讓對方放輕鬆，於是他繼續熱切請求：「先生，容我冒昧提議，我們能參觀一下您的圖書館嗎？」

賽剛督先生堅信諾瑞爾先生一定會回絕，但諾瑞爾先生卻目不轉睛地盯了他們好一會，一雙小小的藍眼睛似乎從內心某個角落直視著他們，最後好像給了天大的恩惠似地，終於點頭答應。哈尼富先生高興極了，他堅信這樣一來主人既有面子，客人們也開心。

諾瑞爾先生帶著兩位紳士沿著長廊前進，長廊上鋪著光滑的橡木，帶點蜂蠟的味道，賽剛督先生覺得沒什麼特別；走著走著碰到一座階梯，大約只有三、四階樓梯，然後又經過另一道鋪著石板的長廊，感覺比較陰冷，這些全都不足為奇。但仔細想想，他們真的先經過石板長廊才看到階梯嗎？或者根本沒有階梯呢？賽剛督先生的方向感很好，總能辨識出東南西北，他天生就有這項天賦，也頗為自豪，但在諾瑞爾先生的家裡，這項天賦卻消失了，事後他怎樣都想不起來經過了哪些長廊和房間，也不記得走了多久才到圖書館。他辨識不出方向，諾瑞爾先生似乎自製了一種羅盤，家中沒有東南西北，而是按照第五種方向領路。哈尼富先生卻似乎察覺不出任何異狀。

圖書館看來比他們剛剛離開的小客廳小一點，壁爐的火勢適中，室內溫暖而寧靜。房裡有三面十二格的大窗戶，但室內卻明亮得不搭調，因此，賽剛督先生再度懷疑屋內其他角落是否點了蠟燭，或是還有幾扇他看不見的窗戶和爐火，不然房裡怎麼可能如此明亮？這種感覺揮之不去，讓他非常不舒服。窗戶外面是灰撲撲的天空，只見英國冬日的細雨，賽剛督先生看不清室外的光景，也猜不出莊園坐落在何處。

房裡並非空無一人，有名男子坐在桌前，他們一進門，男子就站起來，諾瑞爾先生簡單介紹說這人是他的管家查德邁。

哈尼富先生和賽剛督先生同為魔法師，就算主人不說，兩人也看得出來圖書館是賀菲尤莊園最珍貴的寶藏，兩人看到諾瑞爾先生為了寶貝的書本，蓋了這麼一間美輪美奐的藏書館，絲毫不覺驚訝。室內四面都是英國上等木材製成的書櫃，看來有如雕飾精美的哥德式拱門，書櫃上雕著樹葉，（樹葉乾枯萎縮，工匠似乎有意雕出秋季的落葉），除此之外，還有交纏的枝幹、長春藤和漿果，全都非常生動細緻，但所有的雕刻都比不上室內的藏書。

研習魔法的人都知道魔法書籍可分為兩類，一種是**魔法相關書籍**，一種則是**魔法之書**，前者就算品質在水準之上，價格不過兩或三枚金幣，後者則比寶石還要珍貴。[5] 一般公認約克學會的藏書極佳，幾乎無人能及。在眾多藏書之中，其中五冊是一五五〇到一七〇〇年之間的古書，絕對可稱為魔法之書（但其中一本只剩下兩張破舊的書頁）。魔法之書非常稀有，賽剛督先生和哈尼富先生從沒看過哪個私人圖書館收藏超過兩、三冊。賀菲尤莊園的圖書館四面牆上全是書櫃，書櫃上擺滿了書，幾乎所有的書都是古書，而且都是魔法之書！藏書裝訂得相當精美，顯然經過重新裱裝（諾瑞爾先生似乎偏好簡單的小牛皮書封，印上端正的銀色大寫字母），但其中依然有很多書籍的裝訂都極為老舊，書角摺痕累累，書脊也殘破不堪。

賽剛督先生瞄了身旁書櫃上的書籍，首先映入眼簾的是《如何向黑暗請益，並詳加釋意》。

「一本可笑的書。」諾瑞爾先生說。賽剛督先生不知道諾瑞爾先生站得這麼近，聽了嚇一跳。諾瑞爾先生繼續說：「我勸你不要為它多浪費時間。」

賽剛督先生再看看另一本書：傑克．貝拉西斯的《指令》。

「你知道貝拉西斯是誰吧？」諾瑞爾先生問。

「我只是久聞大名，」賽剛督先生說，「我常聽說他是許多重要問題的關鍵，但我也聽說，《指令》很久之前就遭到銷毀，一本都不剩，各方專家都認為如此，但這裡卻有一本！先生，這真是太好了！真令人高興！」

「你對貝拉西斯的期望頗高，」諾瑞爾先生說，「我以前也跟你一樣，我記得有好長一段時間，我每天花八小時研讀他的作品，我敢說這是他的榮幸，因為我從未花這麼多時間在其他作家身上。但他終究還是令人失望，該說清楚的地方，他講得神神祕祕，該隱瞞的地方，卻又講得清清楚楚，有些事情根本不該擺在書裡供大眾閱讀，如今我對貝拉西斯已經沒什麼好評。」

「先生，這本書我連聽都沒聽過，」賽剛督先生說，「《中古魔法精要》，你能跟我說說內容嗎？」

「哈！」諾瑞爾先生高聲一呼，「這是一本十七世紀的古書，但我覺得內容不怎樣，作者是個酒鬼、騙子、流氓、大老粗，我真高興大家完全忘了他。」

諾瑞爾先生似乎不只厭惡當代的魔法師，也看透了已經辭世的同僚，古今沒有一位魔法師讓他看得上眼。

哈尼富先生卻像布道的牧師一樣，一面揮舞著雙手，一面興奮地在書櫃間走來走去，眼睛剛盯著一本書，還沒來得及細看，馬上又注意到旁邊書櫃上的另一本書，一刻都不得空閒。「諾瑞爾先生啊！」他大聲驚呼，「這裡的藏書太豐富了！所有問題一定可以從中得到解答！」

「我想未必吧。」諾瑞爾先生冷冷地回答。

管家查德邁低聲笑笑，顯然是衝著哈尼富先生而來，但諾瑞爾先生卻沒有出言譴責，或是表示不悅。賽剛督先生心想，諾瑞爾先生不知道把哪些要事託付給此人，此人一頭長髮如雨絲般凌亂，如烏雲般漆黑，看來好似潛居在大風飛揚的沼地、或是伸手不見五指的小巷，神情更似芮德克里福夫人[i]筆下的小說人物。

賽剛督先生取下傑克．貝拉西斯的《指令》，雖然諾瑞爾先生對此書評價不高，但他隨便一翻就讀到兩段精采的摘要。[6]讀了一會之後，他察覺到管家沉默、怪異的注視，改而翻閱《中古魔法精要》，這本書的印刷和他原本以為的不一樣，是一本匆促成書的手稿，手稿寫在各式各樣的小紙片上，其中大部分是酒館的帳單。手稿描述一段精采的冒險故事，這位十七世紀的魔法師，用他僅知的少數魔法對抗強敵，人類魔法師從來未曾碰過這種戰局，在強敵環伺、逐漸逼近之際，他潦草地寫下偶發的勝利，在此同時，他也深知來日不多，最好的下場不過一死。

室內越來越暗，書上的古老文字也越來越不清楚，兩位僕人走進室內，沒有管家派頭的查德邁在一旁監看，僕人們點上蠟燭、拉上窗簾、加了幾個煤塊到壁爐裡，賽剛督先生心想，他最好趕緊提醒哈尼富先生，他們還沒有跟諾瑞爾先生說明此行的來意呢。

離開圖書館時，賽剛督先生注意到一件奇怪的事，爐火旁擺了把椅子，椅子旁邊有張小桌子，桌上有一疊信紙、一本古書的牛皮書封、一把剪刀和一把刀子，刀子看來堅固銳利，好像園丁用來修剪枝葉的工具。但古書的內頁全都不見了，賽剛督先生心想，諾瑞爾先生說不定把書送出去重新裝訂，但原本的書封看來依然完好，諾瑞爾先生為什麼費工夫、冒著毀損書籍的危險，自己拆解書頁？一位技巧純熟的裝訂師應該比較勝任吧。

大夥又在小客廳坐定之後，哈尼富先生對諾瑞爾先生說：「依我今日所見，閣下是最能幫助我們的人，賽剛督先生和我認為，當代的魔法師已走錯了路，為了一些瑣事白白浪費精力，您不也同意嗎？」

「噢，我當然同意。」諾瑞爾先生說。

「我們的問題是，」哈尼富先生繼續說，「魔法在英國曾經盛及一時，究竟為什麼淪落到今天這種局面？先生，我們想知道的是，英國為什麼再也沒有人使用魔法？」

諾瑞爾先生小小的藍眼睛突然一亮，嘴唇也跟著緊繃，彷彿使出全力壓住心中莫名的喜悅。賽剛督先生心想，諾瑞爾似乎早就等人提出這個問題，也老早準備好答案。過了一會，諾瑞爾先生緩緩說：「我不能解答兩位的困惑，因為我不明白兩位的疑點。你們的問題錯了，魔法在英國並未消失匿跡，在下就是個不錯的實務派魔法師。」

❶《英國魔法之歷史與應用》，強納森・史傳傑著，第一卷第二章，約翰・莫瑞發行，倫敦，一八一六年。

❷ 正確而言，應該說是「黃金年代」（Aureate）的魔法師。

❸《帕爾博士精靈僕人之生平》，約翰・賽剛督著，湯瑪斯・博罕出版社發行，北安普頓，一七九九年。

❹ 馬汀・帕爾博士（1485-1567）是華威群一位皮匠之子，他是黃金年代最後一位魔法師，其後雖出現其他魔法師（比方說格羅格瑞・艾柏沙龍），但聲譽皆令人非議。帕爾絕對是最後一位冒險前往精靈國度的魔法師。

❺ 誠如強納森・史傳傑的名言，任何話題都能引起魔法師的爭辯，而且長年爭論不休。大家吵得最凶的莫過於哪本書有資格稱為「魔法之書」。一般民眾樂於採用以下簡單的原則：英國魔法沒落之前所出版的稱之為「魔法之書」，在此之後則是「魔法相關書籍」，根據一般民眾的邏輯，懂得使用法術的魔法師才寫得出「魔法之書」，只談理論或歷史的魔法學者則不夠格，這不是很合理嗎？但這種邏輯卻有些問題，諸如湯瑪斯・岡德布列斯、羅夫・斯托克塞、溫徹斯特的凱薩琳，以及烏鴉王等黃金年代的偉大魔法師，不是極少動筆，就是僅有少數作品傳世，岡德布列斯可能是文盲，斯托克塞只有小時候學了一點拉丁文，後世對斯托克塞的了解，幾乎全來自其他學者。

直到魔法開始沒落，魔法師才開始認真寫書，後世稱這段時期為魔法的「銀色年代」，湯瑪斯・蘭徹斯特（1518-90）傑克・貝拉西斯（1526-1604）、尼可拉斯・古柏特（1537-78）、格羅格瑞・艾柏沙龍（1507-99）等銀色年代的魔法師的影響力遠不及以往，他們基本上是學者，應用則為其次，雖然都宣稱懂得使用法術，其中幾位甚至有一、兩個精靈僕人，但他們對魔法的貢獻極為有限，部分當代學者甚至質疑，他們是否真的會用魔法。

❻ 賽剛督先生讀到的第一段摘要解析英國、精靈國度（魔法師有時稱之為「其他國度」）和一個據說位於地獄另一端的奇異國度。賽剛督先生曾耳聞，三者之間存有某種神奇的關聯，但他從未讀過如此詳盡的解析。

第二段摘要講到英國最偉大的魔法師之一，馬汀・帕爾。格羅格瑞・艾柏沙龍的《學習之樹》有段人人皆知的故事，故事中提到在旅經精靈國度時，這位黃金年代最後一位魔法師曾經拜訪一位精靈王子。像其他精靈一樣，這位王子有很多名號、頭銜和假名，但大家通常稱他為「寒冷亨利」，寒冷亨利對帕爾發表了一段冗長的演說，講詞中充滿比喻和冷僻的暗喻，但大意似乎是說，精靈本性不拘小節，經常犯了錯而不自知，馬汀．帕爾聽了之後，簡短而神祕兮兮地回答說，英國人的腳不見得都一樣大。數世紀以來，沒有人曉得這句話是什麼意思，學者提出了幾個理論，約翰．賽剛督也都相當熟悉。十八世紀初期，威廉．潘特勒曾提出一個廣受採信的理論，潘特勒說寒冷亨利和帕爾討論到神學，誠如一般所知，精靈不受宗教約束，也沒有受到耶穌的拯救，未來更得不到任何救贖，到了末日大審判之時，沒有人知道精靈會有什麼下場。根據潘特勒的說法，寒冷亨利想請教帕爾，精靈可不可能像人類一樣，獲得永恆的救贖，帕爾回答說英國人的腳都不一樣大，藉此表示不是每個英國人都能得救。潘特勒據此推論帕爾有個奇怪的想法：帕爾相信天堂不夠大，只能容納某個數量蒙主庇蔭的人，非得有一個英國人受到詛咒下地獄，天堂才會多出一個位置容納精靈，潘特勒以此寫了一本書，他在魔法理論界的聲譽也全賴於此。

在傑克．貝拉西斯的《指令》中，賽剛督先生讀到一種非常不同的解釋。馬汀．帕爾造訪寒冷亨利的三世紀之前，城堡中曾出現另一位人類訪客，這位名叫羅夫．斯托克塞的魔法師比帕爾更厲害，斯托克塞在城堡留下一雙靴子，貝拉西斯說靴子很舊，或許因為如此，所以斯托克塞沒帶走，但精靈們非常懼怕英國的魔法師，結果靴子在城堡中引起一片騷動。寒冷亨利更是緊張，深怕這些篤信耶穌、具有奇怪道德觀的英國人會莫名其妙地怪罪於他，因此，他想把靴子送給帕爾，藉此擺脫這件麻煩的物品，但帕爾卻婉拒。

i Ann Radcliffe，最具代表性的英國哥德式小說女作家。
（編按：全書的作者注以❶為標記，i為譯者注。）

2 古星酒館

一八〇七年一月至二月

馬車緩緩駛離諾瑞爾先生的車道之際，哈尼富先生興奮地說：「英國還有個實務派的魔法師，而且就在約克郡！我們運氣真好！賽剛督先生啊，這都歸功於你，我們其他人都懵懵懂懂，只有你最清醒，若非你的鼓舞，我們說不定永遠不會知道諾瑞爾先生，這人有點矜持，我確定他絕不會主動找上我們。他只說他會使用魔法，而沒有多提到這方面的成就，但我相信這只是因為他天性謙遜，不好意思多說。賽剛督先生，我想你一定同意接下來該怎麼辦：我們必須說服這位天性羞怯、不喜歡受到讚美的諾瑞爾先生露面，將他引介給大眾。」

「或許吧。」賽剛督先生半信半疑地說。

「我沒說這是件容易的差事。」哈尼富先生說，「諾瑞爾先生沉默寡言，也有點孤僻，但他必須了解，為了大英帝國，他一定得和大眾分享所學。諾瑞爾先生是個紳士，我確定他了解紳士的義務，也會加以履行。噢，賽剛督先生，全國每位魔法師都得向你致上最深的謝意。」

不管賽剛督先生值得什麼殊榮，可悲的是，英國的魔法師向來不知感恩，即使哈尼富和賽剛督先生真的做出三個世紀以來、魔法學界最重要的發現，但又算得了什麼？聽說了此事之後，幾乎每位約克學會的會員都信誓旦旦地宣稱自己可以做得更好。隔週的星期二、約克學會召開大會時，幾乎每個會員都準備這麼說。

星期二晚上七點，石頭街古星酒館的樓上已座無虛席，哈尼富和賽剛督帶來的消息，似乎引來了約克所有接觸過魔法之書的紳士。英國所有城市之中，約克是最具魔法氣息的城市之一，說不定只有烏鴉王統領的新堡，膽敢自誇該市的魔法師多過約克。

房間裡擠滿了魔法師，儘管侍者們不停地搬椅子上樓，很多人依然不得不站著，狐堡博士占到一把舒適的高背椅，漆黑的椅子上雕著奇怪的花紋，看來像個寶座。狐堡博士安坐在高背椅上，肥厚的雙手擺在圓滾滾的肚子上，身後垂掛著紅色的絨布簾，整體看來頗有王者之風。

古星酒館的侍者燒起熊熊的爐火，驅走一月分冬夜的寒意，一群年邁的魔法師圍坐在爐火旁，每位顯然都是喬治二世時期（一七二七—六〇）的遺老，他們全都披著粗呢披肩，枯黃的臉上布滿皺紋，身旁站著同樣上了年紀、口袋裡擺著藥瓶的僕人。哈尼富先生一一和他們打招呼：「艾垂波先生，您好嗎？葛雷士先生，您好嗎？湯斯托先生，您身體還好吧？真高興見到各位！您們八成跟我們一樣開心吧？這些年的懵懂總算告一段落，艾垂波先生、葛雷士先生啊！這些年來，您們親身經歷了許多狀況，沒有人比兩位更了解魔法的困境，但現在我們將見證魔法再度庇護、引領大英帝國！湯斯托先生，那些法國人喔！他們若獲悉此事，不知作何感想？就算他們馬上棄甲投降，我也毫不驚訝。」

哈尼富先生有一肚子的話要說，他已經準備了一份講稿，講詞中將為大家列舉此事對英國的貢獻，但他講不到兩句就被打斷，在場每位先生似乎都急著表達看法，每個人都覺得必須馬上發言。狐堡博士率先打斷哈尼富先生，他從那張巨大、漆黑的寶座上跟哈尼富先生說：「先生，我知道你是一番好意，但這些荒誕的無稽之談卻使魔法的聲譽掃地，令我深感遺憾。賽剛督先生，」他轉過身面對這位他覺得惹出所有事端的男士，「我不知道你們那個地方的民情風俗，但在約克郡，我們不會為了出名而叨擾別人的安寧，我們也看不起這種人。」

狐堡博士還來不及繼續，哈尼富和賽剛督先生的支持者就高聲抗議，接下來發言的一位紳士表示，他不明白賽剛督和哈尼富為什麼受騙到這種程度，諾瑞爾先生顯然是個瘋子，簡直和兩眼通紅、站在街角、高呼自己是烏鴉王的狂人沒什麼兩樣。

一位淺棕色頭髮的紳士興奮地說，哈尼富和賽剛督先生應該堅持諾瑞爾先生馬上離開莊園，坐上露天馬車（儘管現在是寒冷的一月），趾高氣昂地直駛約克，他自己說不定會在馬車所經之處，拋擲長春藤葉呢！❶一位坐在爐火旁的耆老為某事感到極度興奮，但他的年紀太大，聲音過度微弱，大家都沒時間好好聽他說些什麼。

在場有位名叫索普的紳士，這位高大、通曉事理的先生對魔法所知不多，但具有魔法師罕見的判斷力。在他看來，賽剛督先生一心想追查英國的實用魔法為何消失，此舉值得鼓勵，但索普先生和其他人都沒想到賽剛督先生居然這麼快就找到解答，現在既然有了答案，索普先生認為不該輕言抹煞：「諸位先生，諾瑞爾先生說他會使用魔法，我們對他所知不多，只聽說他收藏了很多稀有的典籍，光憑這一點，我們就不該隨便推翻他說的話。更何況哈尼富先生和塞剛督先生兩位是學會會員，又是認真的學者，他們不但親訪諾瑞爾，而且相信他沒騙人，正因如此，我們更應該給諾瑞爾一個機會。」他轉身對哈尼富先生說：「你對這人有信心，大家都看得出來你相信他，你一定目睹了某些事情，你何不跟我們分享呢？」

哈尼富的反應似乎有點奇怪，他先對索普先生感激地笑笑，彷彿他正等著這麼一個機會，讓他解釋他為什麼相信諾瑞爾的話，但他正準備開口說話，卻忽然停頓下來低頭自顧，彷彿先前想說的各種理由全都化為煙霧，從口中消失無蹤，他的唇齒連一個字都捉不住，講不出一句像樣的英文，最後只能嘟囔說諾瑞爾先生看來很誠實等等。

約克學會的諸位會員聽了不怎麼滿意（他們若有幸看到諾瑞爾先生的模樣，想必更加不滿），因此，索普轉身面對賽剛督先生說：「賽剛督先生，你也見過諾瑞爾，你的意見如何？」

會員們首次注意到賽剛督先生如此蒼白，有些人這下才想到，剛才跟賽剛督先生打招呼時，他沒有回應，彷彿不知道該如何答覆。「你身體不舒服嗎？」索普先生輕聲問道。「不、不，」賽剛督先生喃喃回答，「沒什麼，謝謝你。」但他看來如此恍惚，有位先生起身讓座，另一位先生趕忙幫他拿杯酒，那位淺棕色頭髮、口氣興奮、想在諾瑞爾先生所經之處投擲長春藤葉的紳士，暗自希望賽剛督先生中了魔，這樣大家才有好戲可看！

賽剛督先生嘆了口氣說：「謝謝大家，我沒事，但過去這一星期來，我頭重腳輕，腦筋很不清楚，普利森太太給我過一些葛粉和甘草藥酒，但沒什麼用，我倒不覺得奇怪，因為我知道問題出在我心裡。諸位先生若問我為什麼相信魔法已重返英國，請容我跟諸位說明，這是因為我看到了魔法，魔法在這裡和這裡留下難以磨滅的印象……」（賽剛督先生摸摸額頭和胸部。）「但我卻曉得自己什麼也沒看見，我們登門造訪時，諾瑞爾沒有施展法術，因此，我想我只是作夢吧。」

約克學會的紳士們再度騷動，有位身形衰弱的先生無力地笑笑，請教眾人有誰聽得懂這番話，索普先生高聲說：「老天爺啊！我們大夥坐在這裡，無謂地猜測諾瑞爾能不能這樣、會不會那樣，實在太荒謬了！我想大家都很明理，也知道很容易就能找出答案：我們不妨請他為大家施展一些魔法，藉此證明他沒有說謊。」

此話合情合理，魔法師們頓時沉默了好一會，但這並不表示大家都贊同索普先生的提議，其實反對的人才多呢！幾位魔法師表示不可行（狐堡博士即是其中之一），如果大家商請諾瑞爾施展魔法，而他真的展現了法術，這下麻煩就大了，這幾位先生只想研讀魔法，並不想見證法術；其他人則認為光是提出邀請，就足以讓約克學會成為大眾的笑柄。但最後大部分的魔法師都同意索普先生所言：「諸位先生，我們都是學者，最起碼應該給諾瑞爾先生一個機會來說服我們。」因此，大夥同意再度致函諾瑞爾先生。

全體魔法師都同意，哈尼富和賽剛督的處理方式顯然大有問題，最起碼有件事顯示兩人笨得可以，諾瑞爾先生擁有一流的藏書，但他們卻提不出任何具體報告，他們看到了什麼？噢！沒錯，看到了好多書；藏書多得不得了？是啊，他們當時一看就深感折服；那些是罕見的典籍嗎？嗯，或許吧；他們能取下書籍翻閱嗎？噢、不可以！諾瑞爾先生沒有慷慨到這個地步；但他們總看到書名吧？沒錯，確實看了書名；好，他們看到了哪些藏書呢？他們說不出所以然，只說忘記了，賽剛督先生說有本書書名的頭一個字母是「B」，但他只記得這麼多，實在很奇怪。

索普先生想親自致函諾瑞爾先生，但在場多位魔法師都認為，寫信的目的之一是好好嘲諷諾瑞爾先生，藉此報復他的傲慢無禮，於是大夥公推由狐堡博士執筆，這個決定一點也沒錯，狐堡博士確實是羞辱諾瑞爾的最佳人選。因此，狐堡博士致函諾瑞爾，不久就收到憤怒的回信。

賀菲尤莊園，約克郡
一八〇七年二月一日

先生：

近年來，我兩度有幸收到貴學會的信函，敦請我與諸位交個朋友。如今我收到第三封信，信中卻表達貴學會對我的不滿，約克學會似乎輕易改變高見，簡直令人無所適從。您在信中特別指責我誇大了自己的能力，謊稱具有不可能獲致的力量，針對這一點，我只想簡單做個說明：有些人樂於把自己的無能歸咎於社會，而不檢討自己拙劣的學養，但過去的人能夠施展魔法，現在的人一樣也行，過去二十年來，我已屢次證明了這一點，結果也令自己相當滿意。但我的辛勤有何代價？我孜孜不倦地研習魔法，後果又是如何？現在居然盛傳我是騙徒，我的專業能力和人品皆受到質疑，在這種情況下，我敢說您應該能理解，我非常沒有意願答應貴學會的任何請求，特別是施展魔法之請。貴學會下星期三將再度聚會，屆時我將跟諸位說明我的決定。

誠摯的
吉伯特．諾瑞爾

信函相當含糊，令人不悅，約克郡的理論魔法師們焦慮地等待，看看這位實務派魔法師接下來有何打算。星期三當晚，諾瑞爾先生只派來一名叫做羅賓森的律師，此人面帶微笑，謙和有禮，跟一般律師沒什麼差別。他一身黑衣、戴著手套、手執一疊約克學會的紳士們從未見過的文件，文件中依照久已失傳的魔法規章起草了一紙合約。

羅賓森先生八點準時抵達古星酒館二樓，似乎早知大家期待他的出現。他的事務所在康尼街，雇有兩名職員，在場許多紳士都認識他。

「各位先生，老實說，」羅賓森先生笑著說，「這紙合約大部分由諾瑞爾先生撰寫，我不是巫術律法的專家，但現在有誰懂得這些呢？如果我說錯了，還請諸位多加指正。」

在場幾位魔法師稱許地點點頭。

羅賓森先生衣著得體，整個人乾淨、健康、清爽，幾乎散發出光采，如果他是個精靈或天使，這樣倒不足為奇，但一位律師有此神采，則令人有點困惑。他一點都不懂魔法，但他認為魔法一定很艱深，必須極為專注，因此，他非常尊重約克學會的諸位魔法師，他誠摯地表達對約克學會的敬意，把眾人捧得心花怒放。最後他請在場諸位睿智的先生暫時將神奇的魔法拋在一旁，聽他說兩句話，他把金色的眼鏡架到鼻梁上，整個人更形明亮。

羅賓森先生說，諾瑞爾先生答應在特定地點和時間施展魔法，「先生們，我希望諸位不會反對由我的委託人決定時間和地點？」

眾人沒有異議。

「好，那就決定在大教堂，距今兩星期的星期五。」[2]

羅賓森先生說，如果諾瑞爾先生施展不出魔法，他將當眾宣布自己不是實務派魔法師，甚至乾脆放棄魔法師之名，發誓從此不再自稱魔法師。

「他不必這麼認真，」索普先生說，「我們無意懲罰他，只想看看他說的是否屬實。」

羅賓森先生燦爛的笑容稍微黯淡了下來，彷彿有些難聽的話非說不可，卻不知道從何開始。

「等等，」賽剛督先生說，「我們還沒聽到對方提出的條件呢，諾瑞爾先生對我們有何要求？」

羅賓森先生點點頭，諾瑞爾先生似乎希望約克學會的每位魔法師許下跟他一樣的承諾，換言之，如果他成功施展魔法，眾人必須無異議解散學會，而且會員們從此必須放棄「魔法師」的頭銜。羅賓森先生說，既然諾瑞爾先生已經證明自己是約克郡唯一真正的魔法師，這個要求也不算過分。

「我們是否該邀請第三者，或是某個公正的團體來判定法術是否成功？」索普先生問。

羅賓森先生聽了似乎有點困惑，他說如果自己想錯了、說了不該說的話，請大家務必原諒，他絕對無意冒犯，但在場諸位不都是魔法師嗎？

噢、沒錯，眾人點點頭，他們確實是魔法師。

倘若如此，羅賓森先生說，大家一看就知道是不是魔法吧？還有誰比諸位更有資格呢？

有位先生請問諾瑞爾先生打算施展哪一種魔法？羅賓森先生客氣地再三道歉，他無法回答這個問題，因為他自己也不清楚。

多番爭辯之後，約克學會的魔法師終於同意簽署諾瑞爾先生的合約，這些爭辯極為冗長，在此不多贅述，以免讀者們感到厭煩。很多人都是因為面子問題才簽約，他們已經公開表示不相信諾瑞爾懂得施展魔法，也公開要求諾瑞爾露兩手，在這種情況下，他們若改變主意，面子實在掛不住，最起碼他們是這麼想。

哈尼富先生則不同，正因為他相信諾瑞爾先生的法力，所以才簽署合約，他希望諾瑞爾先生展現法力之後，不但得到大眾認可，也可為國家貢獻所長。

有些魔法師則是一時氣不過才簽約，諾瑞爾先在信中暗示，羅賓森也傳達了同樣訊息，兩人皆表示不簽約就稱不上是個真正的魔法師。

因此，約克的魔法師陸續簽署了羅賓森先生帶來的文件，最後只剩下賽剛督先生。

「我不簽。」他說。「魔法是我的生命。諾瑞爾先生說的沒錯，我確實學養拙劣，但如果從此無法研習魔法，我的生活還有什麼意義？」

眾人一片沉默。

「噢！」羅賓森先生說，「嗯……先生，你確定不簽嗎？你瞧瞧，你的朋友們不都簽了嗎？只有你一個沒簽喔。」

「我非常確定，」賽剛督先生說，「謝謝。」

「唉！」羅賓森先生說。「這麼一來，我得老實地跟大家報告，我不知道該如何進行。諾瑞爾先生沒有告訴我，如果只有部分魔法師簽了字，接下來該如何是好？明天早上我再請教我的委託人。」

有人聽到狐堡博士跟哈特（或杭特）先生說，這個新來的傢伙又給大家惹了麻煩。

兩天之後，羅賓森先生登門拜訪狐堡博士，他說在這個特殊情況下，諾瑞爾先生表示賽剛督先生不簽約也沒關係；諾瑞爾先生願意和除了賽剛督之外的全體會員，簽下這紙合約。

諾瑞爾先生即將施展法術的前一晚，約克下了一場雪，市內的污泥和塵土到了早晨都消失無蹤，四處覆蓋著潔白無瑕的白雪。白雪吞噬了所有聲響，約克市民的話語消失在白色大地之中，只有馬車和腳步聲隱約作響。諾瑞爾先生答應一大早就施法，約克的魔法師們各自在家中吃早餐，他們靜靜地看著僕人端上咖啡、剝開熱騰騰的白麵包、奉上奶油，平日做這些小差事的妻子、姊妹、女兒、媳婦或是姪女都還沒起床，也聽不到家中女眷們愉悅的竊竊私語，雖然魔法師們老嫌女人家吵雜，其實女性的居家閒聊卻是日常生活的最佳調劑。魔法師們獨自坐在餐室裡，窗外景觀和昨日大不相同，冬日的陰鬱已蕩然無存，取而代之的是懾人的明亮，陽光照在雪白的大地上，反射出千百倍光芒，連白色的亞麻桌巾都閃閃發光，小女兒漂亮咖啡杯上的玫瑰花瓣，看來幾乎飄然起舞，姪女的銀咖啡壺反射出點點陽光，媳婦的袖珍陶瓷牧羊犬幾乎化身為閃亮的天使，整個餐桌彷彿擺滿了精靈的銀器與水晶。

賽剛督從三樓的窗戶探頭望進珮琪夫人巷，心想諾瑞爾先生說不定已經施法，眼前所見就是法術。屋頂傳來隆隆聲響，他趕緊把頭伸進來，以免被屋頂上的積雪打傷。賽剛督先生沒有僕人，也沒有妻子、女兒、媳婦、姪女等等來伺候他，但房東太太起得很早。過去兩星期，普利森太太經常聽到賽剛督邊看書邊嘆氣，為了幫他打氣，她特別準備了兩條剛烤好的燻魚、新鮮牛奶、熱茶、白麵包和奶油，她把早餐擺在藍白相間的瓷盤上，坐下來陪他聊聊，一看到他垂頭喪氣的模樣，她馬上大聲說：「啊！我真受不了那個老傢伙！」

賽剛督先生沒說諾瑞爾先生上了年紀，但普利森太太猜想他一定是個老傢伙，她從賽剛督先生的話語中推論，諾瑞爾先生八成像個守財奴，只不過他固守的不是黃金，而是魔法。諸位讀者，隨著故事的進展，大家可以自行判定普利森太太的推論是否正確，在下和普利森太太一樣，總是以為守財奴是個老傢伙，在下不知道這種印象從何而來，年輕的守財奴也不在少數吧！至於諾瑞爾先生是否真的上了年紀，這麼說吧，他是那種十七歲就顯得老成的人。

普利森太太繼續說：「普利森先生在世時曾說，約克市的男男女女，沒有哪個人烤的麵包比我好吃，朋友們也都說這輩子從來沒吃過這麼可口的麵包。但我為人向來公道，如果哪個阿拉伯神話的精靈，從桌上這個茶壺裡冒出來給我三個願望，我想我不會壞心到不允許其他人烤麵包，如果其他人的麵包跟我的一樣好吃，我一點都不在意，反倒替他們高興。來，賽剛督先生，請嘗嘗，」普利森太太把滿籃廣受讚譽的麵包推到她房客面前，「我不喜歡看到你瘦成這樣，大家會說海蒂．普利森不會照顧人。我希望你不要這麼垂頭喪氣，其他紳士們被迫放棄，你卻沒簽那份存心不良的文件，賽剛督先生，請繼續努力，我希望你很快就有驚人的發現，說不定連那位自以為聰明的諾瑞爾先生都想與你攜手合作，到時候他就了解自己是多麼驕縱愚蠢。」

賽剛督先生笑著謝謝她。「但我想這不太可能。我最大的問題是沒有書可讀，我自己只有幾本書，學會一解散，唉，我不知道那些書會流落何方，但我想它們不會歸到我手上。」

賽剛督先生咬了一口麵包（已經辭世的普利森先生和朋友們說得沒錯：麵包果真非常可口），嚐了燻魚，也喝了一些熱茶，食物的慰藉力八成大過他的預期，他覺得自己好多了。精神大振之後，他穿上外套，戴上手套和護耳罩，踏過皚皚白雪的街道，前往諾瑞爾先生即將展現魔法的約克大教堂。

在下希望諸位讀者熟悉古老的英國城鎮，不然大家可能無法理解諾瑞爾先生為什麼特別選擇約克大教堂。大家必須知道，在一個歷史悠久的城鎮中，大教堂不僅是諸多建築物之一，而是鎮上最重要的建築物，比任何房屋都雄偉、莊嚴、壯麗。現代的城鎮或許多了典雅的市政廳、市議會等等，約克亦不乏這類優美的建築，但大教堂依然鶴立群倫，充分顯示先人對上天的虔敬。大教堂似乎涵蓋了整個城鎮，路人行走於蜿蜒狹窄的巷道間，走著走著就看不見大教堂，但一轉彎，大教堂赫然再度出現，比其他任何建築物更高聳、更巨大。行人馬上知道已經到了城中心，也領悟到城中大街小巷皆通往大教堂，此處之神祕，連諾瑞爾先生都難以想像。賽剛督先生走進大教堂的庭院時，心裡就這麼想。他駐足於大教堂西面的藍色陰影下，狐堡博士從角落緩緩出現，身影有如一艘漆黑、龐大的船隻，一瞄到賽剛督先生就過來道早安。

「先生，」狐堡博士說，「說不定你能為我引見諾瑞爾先生？我很想認識這位紳士。」

「樂意之至。」賽剛督先生對他說。在這種天氣裡，大部分民眾都待在家裡，只見幾個黑影在灰色的雪地上閃動，細看之下，這些不是約克學會的紳士們，就是牧師、司事、教區執事、唱詩班人員、教長、清潔工等大教堂的職員，職員們受命於主人，冒著風雪出來處理大教堂的事務。

「我很樂意幫你引介，」賽剛督先生說，「但我沒看到諾瑞爾先生。」

前方卻出現一人。

此人獨自站在大教堂正前方，他身形漆黑，看來不怎麼莊重，但饒富趣味地看著賽剛督先生和狐堡博士。他一頭雜亂的長髮像漆黑的瀑布一樣垂掛在肩頭，瘦削、方正的臉龐像樹根般糾結，鼻子卻又尖又長；皮膚雖然蒼白，但一對烏黑的雙眼或是那頭油膩的黑色長髮卻讓整張臉顯得黝黑。過了一會，此人走到兩位魔法師面前，向他們微微一鞠躬，他說很抱歉打擾兩位，但有人知會他說，兩位先生和他都為了同一件事而來，他說他叫約翰．查德邁，專門幫諾瑞爾先生打理事情（但他沒說是哪些事情）。

「我好像見過你，」賽剛督先生謹慎地說，「我們見過面吧？」

查德邁黝黑的臉龐稍微抽動，但馬上就恢復常態，看不出是皺眉還是微笑。「我經常到約克替諾瑞爾先生辦事，說不定您在市裡哪家書店看過我？」

「不，」賽剛督先生說，「我在其他地方見過你……你在……究竟在哪裡呢？……噢，我等一下就會想起來。」

查德邁揚起眉毛，好像表示他覺得不太可能。

「諾瑞爾先生會親自到場吧？」狐堡博士問。

查德邁先向狐堡博士致歉，然後說諾瑞爾先生恐怕不會來。據他表示，諾瑞爾先生認為自己沒有必要來這裡。

「啊！」狐堡博士高喊，「他認輸了，對不對？哦、可憐的諾瑞爾先生，我敢說他一定覺得自己愚蠢極了。不管怎樣，他的出發點不錯，我們也不怪他想試試看。」狐堡博士一聽到不必親眼見證魔法，心情大為輕鬆，人也變得寬宏大量。

查德邁再度向狐堡博士致歉，他說狐堡博士恐怕有所誤解，諾瑞爾先生當然會遵守承諾，只不過他打算在賀菲尤莊園施法，結果仍將顯現在約克市。「紳士大爺們，」查德邁對狐堡博士說，「除非必要，不然誰喜歡離開舒適的爐火？先生，如果您在家裡的小客廳就能見證魔法，我敢說您也不願意冒著濕冷的天氣專程跑到這裡。」

狐堡博士深深吸了一口氣，狠狠地瞪查德邁一眼，顯然覺得查德邁非常傲慢無禮。

查德邁似乎不以為意，反倒覺得狐堡博士的樣子很逗趣，「先生們，時候到了，您們最好趕緊到教堂裡坐好，我保證絕對不會讓兩位失望。」

已超過預定時間二十分鐘，約克學會的紳士們魚貫從南邊大門走進大教堂，幾位紳士進去之前左顧右盼，彷彿說聲最後的道別，說不定從此再也看不到這個熟悉的世界。

---

❶ 羅馬帝國的戰士戴上月桂葉冠以示榮耀，戀人以及受到老天眷顧幸運兒的所經之處則灑著玫瑰花瓣，但英國的魔法師卻只與普通的長春藤葉相隨。

❷ 約克知名的教堂有時稱為「大教堂」（意謂主教或大主教曾駐守於此），有時則是「教會」（意謂古時候所興建的

修道院），端視不同時期而定。古時候通常稱為「教會」，但現在約克的居民偏好「大教堂」一辭，藉此顯示他們的教堂比附近城鎮的教堂更高一等，比方說，瑞彭和比佛利等城市就只有教會，沒有大教堂。

3 約克郡的石像

一八〇七年二月

深冬之際，即使在最好的狀況下，一座古老的教堂依然令人沮喪，石牆中似乎積存了數百年來的寒意，悄悄地流滲而出；約克學會的紳士們依約站在寒冷、潮濕、昏暗的大教堂裡，等著觀看令人吃驚的魔法，沒人擔保這會是個令人愉快的驚喜。

哈尼富先生努力地對同僚們擠出微笑，儘管他平日習慣面帶笑容，此時卻笑得有點吃力。

大教堂內依稀傳來鐘聲。這個時候應該只有聖米迦勒鐘樓會堂每隔半小時敲鐘報時，但眾人卻聽到大教堂內傳來遙遠的鐘聲，彷彿來自另一個國度，聽了令人非常不舒服。約克學會的紳士們深知鐘聲通常伴隨魔法而來，特別是那些不屬於人間的精靈法術，他們也知道以前只要銀鐘一響，通常表示精靈挾持了某位地位崇高或格外美麗的英國先生女士，這人也將永遠留在奇怪、陰森森的精靈國度。縱使烏鴉王不是精靈，而是個英國人，令人遺憾地，有時他也把凡間男女挾持到「另域」的城堡。[1]諸位讀者，如果你我能藉著魔法，高興選誰就選誰，而且能把這人永遠留在身旁，在下敢說大家鐵定挑選一位比約克學會的魔法師們更有趣的人，但大教堂內的紳士們卻不這麼想，其中幾位甚至懷疑狐堡先生的信究竟令諾瑞爾先生多麼不悅，心裡害怕得不得了。

鐘聲逐漸消失之後，眾人聽到教堂高處、漆黑的陰影中傳來說話聲，魔法師們豎起耳朵仔細聽，許多人非常緊張，紛紛想像精靈跟神話故事講的一樣，下達了神祕的指令。魔法師們從神話故事中得知，這類命令通常有點奇怪，但不難照辦，最起碼剛看似乎不難。精靈通常下令「不要吃廚房角落藍色罐子裡的最後一顆乾梅子」，或是「不要用苦艾草製成的棍子打老婆」，但誠如神話故事所言，所有的狀況都跟接到命令的人作對，到後來他們不得不違抗命令，做出精靈下令禁止的事，下場也相當悽慘。

不管怎樣，魔法師們以為對方正慢慢道出他們悲慘的命運，但眾人卻不清楚對方說的是哪種語言。賽剛督先生以為他聽到「maleficient」或是「interficere」，後者是拉丁文，代表「殺戮」之意，聲音難以辨識，聽起來完全不像人聲，這下魔法師們更害怕精靈即將現身；聲音非常粗嘎、低沉、急促，好像有人拿著兩塊石頭猛力摩擦，但對方顯然有話要說，也的確說了一些話，魔法師們驚慌地仰望陰暗的高處，卻只依稀看到一個石像的陰影，石像從高聳的石柱上探出身來，展身到一片黑暗之中。過了一會，大夥慢慢熟悉這個奇怪的聲音，也辨識出越來越多字句，聲音中夾雜著古英文和古拉丁文，說話的人彷彿不曉得這是兩種不同的語言，所以交替使用，幸好魔法師大多通曉拉丁文，也習於閱讀雜亂無章的古老典籍，所以大多能夠解析對方的話語。翻譯為一般人了解的語言之後，對方想說的是：好久、好久以前，大約是五百多年前某個冬天的清晨，一個年輕人和一個頭上插著長春藤葉的年輕女孩來到教堂，四下只有教堂的石頭，也只有石頭看到年輕人把女孩勒死，任憑她倒在石地上斷氣，只有石頭看到這一幕。他沒有受到懲罰，因為除了石頭之外，沒有其他證人。年復一年，每當這人走進教堂站在祈禱的群眾之中，石頭們就高喊：就是他，就是他殺了那個頭上插著長春藤葉的女孩，但從來沒有人聽見我們的話。現在還不算太遲！我們知道他葬在哪裡！他就葬在教堂南側角落！趕快！趕快！趕快拿鐘子！揭開石板，把他的骨頭挖出來！拿鏟子把骨頭砸得粉碎！把他的頭蓋骨扔到石柱上，把它摔破！讓石頭們報一箭之仇！現在還不太遲！現在還不太遲！

魔法師們還來不及消化，也還沒時間多想石像說的是誰，另一座石像又開始說話，這次聲音自聖壇上傳來，雖然只說英文，但夾雜著許多古老、大家早就不用的字，聽起來相當奇怪。這座石像抱怨某些士兵走進教堂打破了窗戶，一百年之後，士兵再度出現，砸碎聖壇的屏風，抹黑聖徒的臉龐，還帶走了聖盤，士兵們用洗禮盤的邊緣磨利弓箭，三百年之後，士兵們還朝著牧師集會的禮拜堂開槍。這座石像似乎不明白，一座宏偉的大教堂可能數百年依然屹立不搖，但人類的壽命卻有限，「他們喜歡破壞！」它高喊。「把他們殺了也不為過！」它和先前說話的石像似乎都在大教堂中度過數百年光陰，大概也聽了無數講道，但卻沒有學到寬容、慈愛等基督徒的美德，在此同時，第一座石像繼續為那位頭上插著長春藤葉、遭到謀殺的女孩抱不平，兩個粗嘎的聲音搶著發言，聽了非常不舒服。

勇敢的索普先生獨自悄悄地走到聖壇裡，看看說話的究竟是誰，「啊，是座雕像。」他說。約克學會的紳士們聽了再度仰頭，朝著先前傳出奇怪聲音的陰暗處觀望，這下絕大部分的人都相信頭頂上的石像在說話，因為大家都看到石像愁容滿面，揮舞著粗短的手臂。

忽然間，大教堂裡其他石像和紀念碑全都開始講話，各自發出粗嘎的聲音，述說數百年來的見聞。約克大教堂有多座石雕人像和奇形怪狀的動物，石像爭相發言，動物揮舞著翅膀，賽剛督先生後來跟普利森太太說，那種噪音簡直是言語所無法形容。

石像紛紛抱怨比鄰而居的雕像，這也難怪，它們被迫站在一起，一站就是好幾百年，一座巨大的石屏上有十五個國王雕像，每個國王都站在石座上，頭上的鬈髮非常僵硬，好像燙髮之後從來不曾梳頭，哈尼富太太若看到這副光景，一定會想拿把梳子幫每個尊貴的國王梳理。國王們一開口就斥責彼此，爭吵不休，問題出在每個石座都一樣高，而國王們（即使僅是石像）最不喜歡跟其他人一樣。旁邊一根古老的石柱頂端有群奇怪的石像，石像們手臂交纏，舉目四盼，咒語一發揮功效，每個石像就試圖推開對方，看來即使是石頭手臂，舉了幾百年之後也會疲倦，石像們也不願再被套在一起。

有個石像似乎說起義大利文，沒人知道它說些什麼，賽剛督先生後來發現，這尊石像是一件米開朗基羅的複製品，它所描述的似乎是座完全不同的大教堂，教堂中黑影幢幢，與明亮的光線形成強烈對比，換言之，它說的是原品在羅馬看到的景象。

魔法師們雖然非常害怕，但卻沒有人奪門而出，賽剛督先生看了相當慶幸。有些人驚訝到完全忘了恐懼，反而興奮地跑來跑去，四處觀望，拿起鉛筆記下所見所聞，他們似乎忘了那紙不懷好意的合約，從今以後，他們再也不准研習魔法。約克的魔法師們（唉，再過不久，他們就不是魔法師囉！）徘徊於教堂座席之間，見證了各種奇蹟，耳中也無時無刻充斥著上千座石像同時說話的噪音。

禮拜堂的石屋頂上有很多袖珍的石雕人頭，各自戴著奇怪的頭飾，興高采烈地閒話家常；此處還有數百株雕刻精美的英國石樹：山楂、橡樹、黑刺李、艾草、櫻桃樹、葫蘆瀉根，種類繁多，應有盡有。賽剛督先生發現兩隻石龍，石龍比他的前臂還短，兩隻石龍交互穿梭，遊走於山楂石幹、山楂石葉、山楂石根與山楂石捲鬚之間，石龍似乎和其他生物一樣行動自如，但石質肌肉在石質肌膚下蠕動，石質肋骨相互摩擦，石心怦怦作響，再加上石爪擦過石頭枝幹，構成令人難以忍受的聲響。賽剛督先生不禁心想，石龍們怎麼聽得下去？他還看到一團沙塵環繞在石龍左右，沙塵緩緩地上升，好像工匠正在切割石塊，賽剛督先生心想，如果咒語讓石龍們繼續遊走，過不了多久，它們就會被磨成小石塊。

石頭樹葉和藥草左右搖晃，好像有人把它們丟在風中，有些居然生根發芽，咒語解除之後，座椅和講壇圍滿了長春藤枝葉和石頭玫瑰花等以前沒有的裝飾。

那天不僅只有約克學會的魔法師看到奇觀，不管有心或是無意，諾瑞爾先生的法術從大教堂蔓延到城裡，三尊大教堂西翼的石像，前不久才送到泰勒先生的店裡維修，石像長年受到約克郡風雨的侵蝕，面目模糊，沒有人知道它們代表哪位偉人。那天早上十點半，一位泰勒先生的石匠打算把石像雕成一位美麗的聖女，他剛拿起鑿子，石像就高聲喊叫，還伸手推擋，那位可憐的石匠頓時嚇得昏倒在地。後來三尊石像原封不動地被送回大教堂，臉孔依然像蘇打餅乾一樣扁平、坑坑洞洞。

忽然間，聲音起了變化，石像一個接一個沉默下來，魔法師們再度聽到聖米迦勒鐘樓會堂的鐘聲時，石像們已經安靜無聲，只有那座首先開口的石像繼續低聲控訴那樁沒人知道的謀殺案，「現在還不太遲！現在還不太遲！」的餘音嫋嫋，直到四下歸於沉寂。

魔法師齊聚在約克大教堂之際，世界已起了變化：不管魔法師們是否樂見，魔法已經重返英國。外面還出現一些比較尋常的改變：天上布滿厚重的雲朵，似乎隨時會飄起大雪，天空卻一點也不灰暗，反而呈現寶藍與海藍的曼妙曙光，令人覺得彷彿置身海底下的神話國度。

賽剛督先生深感疲憊，他不像其他魔法師一樣心懷恐懼，他看到了魔法，也知道這是前所未見的奇觀，但魔法已經告一段落，他感到極度焦躁，只希望靜靜地獨自返家，不想跟任何人交談。想著想著，他的思緒忽然被諾瑞爾先生的管家打斷。

「先生，」查德邁先生說，「這下學會就該宣告解散，我深感遺憾。」

或許純粹歸因於他心情不佳，但賽剛督先生覺得查德邁雖然看似恭敬，其實卻暗暗嘲笑約克的魔法師們。查德邁出身不好，注定得終身服侍他人，不幸的是，他腦筋很好，能力也強，因此也奢求本分之外的酬勞和認可。這種人的地位非常尷尬，有時因緣際會，好運接踵而至，說不定真能出人頭地，但大部分時候，他們只空想著出人頭地，結果變得憤世嫉俗，甚至無心當個僕人，表現得反而更遜於一般人。

「先生，對不起，」查德邁說，「但我想請教您一個問題，我希望您不會怪我無禮，但我想知道您有沒有讀過倫敦的報紙？」

賽剛督先生回答說有。

「是嗎？真有趣啊。我自己也喜歡報紙，但卻沒什麼時間閱讀，不過偶爾瞄瞄那些幫諾瑞爾先生採購的書籍。先生，請別介意，但倫敦的報紙刊些什麼呢？諾瑞爾先生從來不看報，昨天卻問起這個問題，我恐怕沒資格回答。」

「嗯……」賽剛督先生有點困惑地回答，「各種各樣的事情都有。你想知道什麼？皇家艦隊與法軍交戰、政府的各項聲明、醜聞和離婚等八卦消息，你想知道這些嗎？」

「沒錯！」查德邁說，「您解釋得好極了！但我有個疑問，」他話鋒一轉，審慎地繼續說，「倫敦的報紙會不會報導其他地區的消息？比方說，今天發生在約克大教堂的奇觀是否值得一提？」

「我不知道，」賽剛督先生說，「我覺得頗有報導價值，但你也知道，約克郡距離倫敦這麼遠，倫敦的編輯們說不定根本沒聽過這回事。」

「唉！」查德邁若有所悟地嘆了口氣，然後沉默不語。

天上飄起細雪，先是幾片雪花，後來下起漫天大雪，數以百萬計的雪花從柔軟、青灰色的天空飄落，在茫茫白雪中，約克所有的建築物都蒼白、灰暗了一點，市民們似乎縮小了一點，叫喊聲、腳步聲、馬蹄聲、馬車聲和關門聲也都變得遙遠而微弱，但這些似乎都不重要，放眼所見，整個世界只剩下飄落的雪花、海綠色的天空、約克大教堂裡的鬼魅，以及查德邁。

查德邁依然沉默不語，賽剛督先生心想，這人的問題已經得到解答，不知道還有什麼要求。但查德邁靜靜地等候，一雙邪氣的黑眼目不轉睛地盯著賽剛督先生，彷彿等著賽剛督先生再說些什麼，他好像胸有成竹，百分之百確定賽剛督先生一定會再開口。

「你若覺得可行，」賽剛督先生一面抖落外衣上的雪花一面說，「我可以寫信給《泰晤士報》的編輯，跟他報告諾瑞爾先生傑出的表現。」

「啊！真是好極了！」查德邁說。「先生，請相信我，我很清楚不是每位紳士都像您一樣寬宏大量，不把挫敗放在心上，但我知道您有此雅量，我早就跟諾瑞爾先生提過，我從沒碰過像閣下一樣善體人意的紳士。」

「你過獎了，」賽剛督先生說，「這不算什麼。」

約克魔法師學會就此解散，會員們也依約放棄魔法（賽剛督先生是唯一的例外）。雖然他們之中有些人生性魯鈍，也不是人人和藹可親，但在下認為他們不應該淪落到這種下場。一紙惡意的合約剝奪了他們研習魔法的機會，但魔法師不研習魔法，還能做什麼？日復一日，魔法師在家裡晃來晃去，打擾姪女（或是太太、女兒）的針線活，他不停地詢問僕人們一些以前從不關心的事情，只因他想找人說話，弄到後來僕人們怨聲載道，紛紛向女主人抱怨；他拿起一本書試圖閱讀，卻讀得心不在焉，看到第二十二頁才發現這是一本小說！他平日最憎惡這類書籍，於是趕緊一臉厭惡地把書放下；他問姪女（或是太太、女兒）現在幾點，同樣問題一天問了十次，因為他實在不相信時間過得這麼慢，也正因如此，他不停地責怪懷錶不準時。

在下很高興跟諸位報告，哈尼富先生比其他人調適得好一點。心地善良的他，聽了那座棲身於黑暗高處的石像說的故事之後，心裡尤其不痛快。數百年來，石像始終記得那樁悲慘的謀殺案，沒有人記得頭戴長春藤葉、慘遭殺害的女孩，只有這尊小石像記得她，哈尼富先生覺得石像的忠誠值得獎勵，於是致函司祭長、牧師會會員和大主教，而且不厭其煩地一再上書，直到這些重要人士同意他挖開大教堂南側的石板為止。挖開之後，正如石像所言，哈尼富先生和工人發現一具笨重的棺材，棺材裡裝著殘骸。哈尼富先生想移走殘骸，但司祭長說不能僅憑小石像的話，就把骸骨從大教堂中遷出，以前無此先例，他不能授權哈尼富先生這麼做，但哈尼富先生說確實有此先例。兩人你來我往，爭辯了好幾年，哈尼富先生成天為此事奔走，根本沒時間後悔簽了諾瑞爾先生的合約。❷

約克魔法師學會的藏書賣給了咖啡巷的索羅古先生，不知道為什麼，沒有人跟賽剛督先生提起這件事，他到後來才輾轉得知（索羅古先生的店員告訴普里斯特利布莊的小弟，布莊小弟跟「喬治小館」的克考夫太太提起，克考夫太太又碰巧告訴賽剛督先生的房東太太）。賽剛督先生一聽到此事，馬上跑到索羅古店裡，甚至連帽子、外套和靴子都忘了穿戴，但所有藏書都已售罄。他問索羅古先生買主是誰，索羅古先生表示抱歉，但買主不願意透露身分，他也不便洩漏。賽剛督先生不但沒戴帽子、沒穿外套，而且跑得氣喘如牛，他的長襪上沾滿污泥，鞋子也被水浸濕，在眾人的注視下，他告訴索羅古先生，你說不說都無所謂，反正我已經知道買主是誰。說了之後，賽剛督先生心裡才舒坦一點。

賽剛督先生對諾瑞爾先生依然感到好奇，他經常想到諾瑞爾先生，也不時和哈尼富先生討論此人。❸哈尼富先生認為諾瑞爾先生的所作所為，全是為了重振英國魔法，賽剛督對此感到存疑，於是他四下探訪，希望能找到幾位諾瑞爾的朋友，多了解一下此人。

諾瑞爾先生擁有這麼一座豪華的莊園，鄰居們難免對他感到好奇，除非笨到了極點，不然鄰居們總能探聽出蛛絲馬跡。賽剛督先生得知石門地區有戶人家，家中有幾位表親在離賀菲尤莊園五哩處有個農莊，他找機會結識這戶人家，還說服他們請表親們過來吃飯（賽剛督先生想到自己如此工於心計，不免大感訝異），表親們依約前來，而且非常樂意談到這位奇怪、富有、在約克教堂大展身手的鄰居，但他們只知道諾瑞爾先生即將離開約克郡，前往倫敦。

賽剛督先生聽了有點吃驚，但他對此事的反應更令自己訝異，很奇怪地，此事令他相當消沉，他對自己說，諾瑞爾先生不想結識他，也從未表示善意，他何必在乎諾瑞爾先生遷往倫敦？但賽剛督先生只剩下諾瑞爾這個同僚，諾瑞爾一走，賽剛督先生將成為約克郡碩果僅存的魔法師。

---

❶ 著名的民謠〈烏鴉王〉描述了這類的挾持。

再過不久、再過不久，我爸爸說
再過不久你就變成我們的
烏鴉王知道得太清楚
哪些是最美豔的花朵

牧師太過世俗
儘管他祈禱又搖鈴
只要烏鴉王點上三枝蠟燭
牧師說這就算了

她的臂膀真是瘦弱
雖然她說愛我
烏鴉王一伸手
她嘆了一口氣放我走

這片土地非常微薄
圖繪在天空之中
每當烏鴉王走過
土地便像風雨般搖動

長長久久，久久長長
我祈禱你會記得我
沼地之上，群星之下
烏鴉王狂野相隨

❷ 哈尼富先生所說的先例，係指一樁一二七九年發生在阿爾斯頓沼地的謀殺案。有個小男孩遭到謀殺，屍體被掛在教堂庭院門口的荊棘上，教堂大門上方有尊「聖母與聖嬰」雕像，因此，阿爾斯頓的居民前往新堡向烏鴉王求

教，烏鴉王派了兩位魔法師讓雕像說話，雕像只看到陌生人殺害男童，但卻不知道是哪一位，從此之後，每當有陌生人來到沼地，阿爾斯頓的居民就把他拉到教堂大門口，請問雕像說「是不是這個人」，但雕像始終回答說不是。聖母腳下有一隻獅子和一條龍，獅龍肢體交纏，彷彿咬著彼此的脖子，姿態令人費解。當初雕刻的工匠顯然沒看過獅龍，但見過不少狗和羊，結果雕出的獅子和龍，隱然帶有狗羊的模樣。每當哪個可憐的傢伙被帶到雕像之前接受審問，獅子和龍就暫停互咬，儼然像是聖母的守護犬一樣抬頭張望，獅子高聲吠叫，龍則憤怒地哀鳴。多年之後，記得這名小男孩的居民都過世了，凶手可能也已不在人世，但「聖母與聖嬰」雕像卻說上了癮，每當哪個倒楣的陌生人經過眼前，雕像就搖頭晃腦地說「不是他」，結果全英國都認為阿爾斯頓是個奇怪的地方，除非萬不得已絕不涉足此地。

❸為讓自己更了解諾瑞爾先生的為人和法術，賽剛督先生仔細記錄了造訪賀菲尤莊園的經過。很不幸地，他發現自己對那天的記憶特別模糊，每次重讀都想到不同事情，也都拿起筆來刪改，或是加進新的細節，結果每次都重新改寫，越改印象越模糊。過了四、五個月之後，他不得不自承，他已經不記得哈尼富先生問了什麼、諾瑞爾先生回答了什麼，或是自己究竟看到了什麼。他覺得再怎麼寫都是枉然，於是把紀錄扔進爐火中。

4 英國魔法之友

一八〇七年早春

請大家想想這副光景：一位男士成天待在他的圖書館中，此人身材矮小，沒什麼特別吸引人之處，面前的書桌上擺著一本書、一落新買來的筆和一把用來削筆尖的尖刀，墨水、紙張和筆記本全在伸手可及之處，室內總是燒著爐火，他怕冷，沒有火不行。室外隨著四季變化，他卻一成不變，三扇高聳的窗戶之外是座英式庭園，園中春日溫煦安逸，夏日充滿生氣，秋日令人感傷，冬日蕭瑟寂寥，恰如典型的英國四季風情，但他的目光幾乎不曾離開書本，對四季變化絲毫不感興趣。他做的運動跟其他紳士沒什麼不同：乾冷的冬天散步繞過樹林，到公園裡活動筋骨，碰到下雨就到灌木林裡走走，但他幾乎沒有注意到樹林、公園或是灌木林，圖書館中有本書等著他，他眼中還看得到字跡，腦中還想著書中論點，手指迫不及待地想翻頁。他每季跟鄰居打兩、三次照面，這裡畢竟是英國，即使他枯燥乏味，一臉嚴肅，鄰居們也不會讓他承受與世隔絕之苦，他們登門造訪、把名片留給他的僕人、邀請他參加晚宴或是派對，大夥覺得他不該老是孤零零，基於一番好意才邀請他，但鄰居們也有點好奇，大夥都想看看自從上次碰面之後，他到底有沒有改變。但他還是老樣子，完全不跟人交談，鄰居們公認他是約克郡最枯燥的人。

諾瑞爾先生雖然乏味，心中卻有一股熱忱，他一心想振興英國的魔法，哈尼富先生若有知，一定深感快慰。許久以來，諾瑞爾先生一直懷有這種野心，受到野心的激勵，他才會想要前往倫敦。

查德邁保證說現在正是時候，查德邁見多識廣，他懂得孩童在街角玩的遊戲（其他大人老早忘了這些把戲），也知道爐火邊的老人想些什麼（其他人早就不問老人家想些什麼）；查德邁了解年輕人在戰鼓與風笛聲中受到了鼓舞，所以才離開家園，從軍報國，他也知道從軍的前景黯淡，下場淒涼；查德邁在街上只看到律師一眼，就知道對方口袋裡擺些什麼。他把所有事情看在眼裡，有些令他微笑，有些令他大笑，但沒有一件事情能夠激起他的同情。

因此，當他向主人建議「我們這就出發去倫敦吧，」諾瑞爾先生馬上採納。

「只有一點我不太贊成，」諾瑞爾先生說，「你請賽剛督幫我們寫信給倫敦的報紙，這個點子我覺得不妥。你沒想過嗎？他的信一定錯誤百出，我敢說他會擅加詮釋，這些三流的學者總是忍不住想提出解釋，他會胡亂猜測，隨便解析我在約克施展的魔法，結果必然加深眾人對魔法的困惑。我們一定得請賽剛督幫忙嗎？」

查德邁一雙黑眼目不轉睛地瞪著主人，臉上深沉地一笑，然後回答說有必要。「先生，」他說，「不知道您最近有沒有聽說一位名叫拜恩的的海軍軍官？」

「我想我聽過這位先生。」諾瑞爾先生說。

「啊！」查德邁說，「您怎麼知道這個人？」

諾瑞爾先生沉默了一會。

「好吧，」諾瑞爾先生不情願地回答，「我從報紙上讀到拜恩中尉的名字。」

「海克特．拜恩在『北方之王』護衛艦上服役，」查德邁說，「二十一歲時，他在西印度群島的軍事行動中喪失了一條腿和兩、三隻手指，該艦艦長和許多船員在此次戰役中喪生，報上說船醫一面幫拜恩中尉縫合傷腿，拜恩中尉還不停指揮部下作戰，我認為這未免太過誇張，但他確實把這艘受到重創的護衛艦駛出印度洋，而且擊退了一艘西班牙海盜船，名利雙收，載譽而歸。他拋棄了年輕的未婚妻，與另一位女孩成婚。先生，《晨間日報》報導了拜恩艦長的戰蹟，現在讓我告訴您接下來的發展，拜恩跟您一樣是個北方人，出身平常，也沒有幫助他飛黃騰達的朋友，結婚不久之後，他和妻子前往倫敦，借住在海煤巷的朋友家，在這段期間，各方賢達人士陸續登門拜訪，夫婦兩人與皇親貴族們同桌吃飯，政府官員紛紛向他們舉杯致意，而且樂意提供各種協助。先生，拜恩之所以得到這番禮遇，我認為全都歸功於報紙的報導。說不定您在倫敦認識哪些朋友，不須借助於報社的編輯先生？」

「你很清楚我在倫敦沒有熟人。」諾瑞爾先生不耐煩地說。

在此同時，賽剛督先生絞盡腦汁寫了一封信，但他實在沒辦法誠摯地推崇諾瑞爾先生，讓他有點苦惱。他似乎認為倫敦的讀者們期望他為諾瑞爾先生美言兩句，他若寫不出這種話，讀者們八成有點失望。

不久之後，《泰晤士報》刊登了賽剛督先生的投書，標題為「約克的奇觀：力諫英國魔法之友」，賽剛督先生鉅細靡遺地描述發生在約克的奇蹟，最後表示諾瑞爾先生隱居鄉間，閉門苦讀，所以才能在約克大教堂大展身手，英國魔法之友對此一定深感慶幸，但賽剛督先生懇請所有愛好魔法的人士，為了英國魔法的前途，大家務必與他一同央求諾瑞爾先生不要再關起門來苦讀，而應該為國家貢獻所學，開啟英國魔法歷史的新頁。

〈力諫英國魔法之友〉一文引發廣大迴響，倫敦更是反應熱烈，諾瑞爾先生的成就令《泰晤士報》的讀者們大為震驚，也都想與諾瑞爾先生見面。年輕的淑女們覺得約克的老先生們受到如此驚嚇，實在令人同情，但她們也想試試被驚嚇的滋味。這樣的機會確實千載難逢，於是諾瑞爾先生決定儘快在倫敦落腳。「查德邁，趕快幫我找棟像樣的房子，」他說，「你得讓來訪的賓客覺得魔法不比法律遜色、比醫學高尚，而且是個值得敬重的專業。」

查德邁譏諷地問道，先生是否打算找棟建築宏偉的豪宅，讓大家覺得魔法和教堂一樣崇高？

諾瑞爾先生知道有「笑話」這回事，不然人們為什麼把笑話寫進書裡？但他從未聽過笑話，也聽不懂譏諷，他考慮了一會之後終於說不，他認為這樣不太妥當。

於是查德邁幫諾瑞爾先生在漢諾瓦廣場找到一棟房子，漢諾瓦廣場附近住了很多有錢人，在下不知道諸位對此地的觀感如何，但在下對漢諾瓦廣場的南緣觀感不佳，這裡的房子每棟都樓高四層，屋型狹窄，窗戶方正，而且外觀全都一樣，彷彿一排高牆，擋住了陽光。雖說如此，諾瑞爾先生不像在下一樣講究，對新居也相當滿意，最起碼就一位在鄉間住了三十年的紳士而言，這棟房子還差強人意。唯一的問題是，過去三十多年來，他住在鄉間的莊園，周圍環繞著高聳的林木，林木之外則是廣大的農地，他怎麼看都看不到其他人的房舍，現在不免感到有點擁擠。

「查德邁，這棟房子確實有點小，」他說，「但我毫無怨言，你知道的，我不在乎自己過得是否舒適。」

查德邁回答說這是附近最大的一棟房子。

「是嗎？」諾瑞爾先生大感驚訝，一看到狹小的圖書室更是大吃一驚。離開賀菲尤莊園之前，他挑了一些他認為不可或缺的書，但這個圖書室連三分之一的書都放不下。他不可置信地問查德邁，倫敦人把書擺在哪裡？難道他們都不讀書嗎？

諾瑞爾先生遷居倫敦還不到三星期就收到一封信，來信者自稱岡斯坦太太，他卻從沒聽過這位女士。

「……您和我素不相識，我卻貿然寫信給您，您一定非常震驚。我相信您一定自問：這個沒規矩的人是誰、世間居然有這種人、這人真是冒昧等等，但卓萊先生是我的好友，他跟我保證您非常和善，不會介意我如此冒昧。我非常想認識您，如果您能參加星期四晚間八點的宴會，我將感到榮幸之至。請別擔心會碰到一大群人，我最厭惡人多的場合，所以只邀請了我最要好的朋友們與您見面……」

諾瑞爾先生對這類信函沒什麼好感，他很快讀畢，厭惡地把信丟開，重新埋頭看書。一會之後，查德邁進來處理晨間事務，讀了岡斯坦太太的信之後，他請問諾瑞爾先生打算如何回覆。

「當然是婉拒。」諾瑞爾先生說。

「是嗎？我該說您另外有約嗎？」查德邁問。

「隨便你說吧。」諾瑞爾先生說。

「您果真另外有約嗎？」查德邁問。

「沒有。」諾瑞爾說。

「啊！」查德邁說，「或許您怕到時候沒時間去？您怕太累了？」

「你很清楚我一點都不忙，也沒有任何人邀我，」諾瑞爾先生讀了一、兩分鐘才回答，而且顯然是對著書本說話，「喔，你還沒走啊？」

「沒錯。」查德邁說。

「嗯，」諾瑞爾先生說，「還有其他事情嗎？你怎麼了？」

「我以為您為了向大家展示現代魔法，所以才搬到倫敦，如果您一直待在家裡，恐怕成效不彰。」

諾瑞爾先生沒有回答，他把信拿起來再讀一次，「卓萊？」他終於開口，「她是什麼意思？我不認識名叫卓萊的人。」

「我不知道她是什麼意思，」查德邁說，「但我確定在目前的情況下，您最好接受她的邀請。」

星期四晚間八點，諾瑞爾先生穿上最好的灰色大衣，坐上馬車前往岡斯坦太太的晚宴，他正想著岡斯坦太太的好朋友卓萊究竟是何方人物，忽然發現馬車動也不動，他往外一看，街道上人聲沸騰，到處擠滿了馬車和馬匹。諾瑞爾先生向來以為其他人都跟自己一樣，走到倫敦街頭就不知東西南北，這時自然認為車夫也找不到路，於是他用手杖敲敲車頂，大聲質問：「戴維！路卡斯！你們沒聽見我說曼徹斯特街嗎？上路之前為什麼不弄清楚呢？」

路卡斯從車頂回答，他們已到了曼徹斯特街，但屋子前面有一長排馬車，他們必須等一等。

「哪間屋子？」諾瑞爾先生大喊。

我們要去的那一間，路卡斯回答。

「不！不！你搞錯了，」諾瑞爾先生說，「我們要去的是個小型晚宴。」

但一抵達岡斯坦太太的住所，諾瑞爾先生馬上發現自己置身上百位岡斯坦太太最要好的朋友之中，會客室和大廳中擠滿了人，還有更多人不斷湧入，諾瑞爾先生嚇了一大跳。但有什麼值得大驚小怪呢？這就是倫敦的時尚派對，城裡其他人家也可能舉辦同樣的晚宴，大家的派對都是這種規模。

如何形容倫敦的派對呢？屋內燭火通明，閃爍著炫目的光芒，典雅的鏡子映著燭光，燭火加倍明亮，黑夜頓時成了白晝，各色溫室水果堆成金字塔狀，擺放在潔白的桌布上，名媛淑女們手挽著手，穿戴名貴珠寶，成雙成對地走來走去，令眾人大為仰慕。但屋內非常熱，噪音和壓力也令人受不了，沒地方可坐，甚至找不到立足之地，你說不定看到好友站在另一頭，也有一肚子的話想跟他說，但怎麼走得過去呢？幸運的話，你說不定稍後在人群中碰到他，有機會跟他握握手，但兩人都很匆忙，只能擦身而過。周圍熱氣騰騰，擠滿了陌生人，在這裡若想找個人好好談話，簡直跟在非洲沙漠裡找水喝一樣不可能，到後來你只希望其他人不要弄髒了自己心愛的晚禮服。每個人都抱怨悶熱，令人窒息，大夥都說難以忍受，但如果賓客們抱怨連連，那些沒有受到邀請的人作何感想呢？相較於他們的懊惱與羞辱，我們所承受的根本不算什麼，明天若碰到彼此，我們照樣宣稱昨晚的派對棒極了。

諾瑞爾先生碰巧和一位年紀很大的女士同時抵達，這位女士雖然瘦小、其貌不揚，但全身上下戴滿了鑽石，顯然是個重要人物，僕人們簇擁而上，完全沒看到諾瑞爾先生走進來。他走進人群中，自己從小桌子上端了一杯雞尾酒，啜飲雞尾酒時，他忽然想到他沒跟任何人提到自己的姓名，因此，沒有人知道他已經抵達，他不知道接下來該怎麼辦，其他賓客忙著跟朋友們打招呼，說不定他應該跟僕人們通報姓名，但僕人們趾高氣昂，帶著難以形容的驕氣，令他裹足不前。只可惜前約克魔法師學會的會員們，看不到他這副垂頭喪氣、孤獨落寞的模樣，他們看了八成開心極了。但大夥全都一樣：在熟悉的環境中都輕鬆自在，一旦置身陌生的環境，周遭沒有半個熟人，天啊！感覺多麼拘謹喔！

諾瑞爾先生在各個房裡走來走去，真希望趕快離開，忽然間，他聽到有人提到他的名字，其間還夾雜一串令人費解的話：「……跟我保證，他一定會穿件深藍色、上面繡滿精靈文字的魔法長袍，但是卓萊跟這位諾瑞爾先生很熟，他說……」

周遭非常吵雜，諾瑞爾先生居然聽得見別人說些什麼，實在難得。說話的人是個年輕小姐，諾瑞爾先生慌張地左顧右盼，急著看看她是誰，但卻一無所獲，他心想大家不知道還對他做出哪些評論。

他發現自己站在一位女士和一位男士旁邊，女士大約四、五十歲，長相普通，沒什麼特別之處，男士卻是那種在約克郡很罕見的人，他身材矮小，衣著卻經過精心打理，一身上好的黑色外衣和質材精細的白色亞麻襯衫，一副小小的銀邊眼鏡垂掛在黑色天鵝絨的領結旁，他的五官端正，面貌英俊，一頭暗色短髮，膚色白皙平滑，只有兩頰附近有一點小小的凹凸。但最吸引人的是他的雙眼：黝黑、又圓又大，而且明亮得幾乎晶瑩剔透，眼睫毛更是又長又黑。他身上多處帶點女性化的刻意修飾，唯有雙眼和眼睫毛是老天爺的贈與。

諾瑞爾先生仔細聆聽兩人的對話，看看他們有沒有談到自己。

「……我勸杜坎碧夫人別為女兒費心，」矮小的男士說，「杜坎碧夫人幫她女兒找了個全世界最好的先生，這位紳士一年有九百磅的收入呢！但這個傻女孩卻愛上一個一文不名的騎兵中尉，可憐的杜坎碧夫人簡直快要抓狂！『夫人啊！』我聽到此事之後馬上說，『請別激動，一切包在我身上，您知道我雖然不是特別聰明，但特別有辦法處理這種事情。』噢，妳聽了我的巧計一定會大笑！我敢說世上絕對沒有其他人想得出如此荒誕的計謀！我帶蘇珊小姐到龐德街的葛雷珠寶店，花了一早上的時間試戴項鍊和耳環，她大半時間住在德比郡的鄉間，很少看到真正的頂級珠寶，我覺得她根本沒有認真想過這類事情。稍後杜坎碧夫人和我故意漫不經心地說，她若嫁給赫斯特中尉，只怕再也買不起這麼漂亮的珠寶，嫁給瓦特先生就不同囉，瓦特先生慷慨多金，絕對任由她選購最好的飾品。接下來，我特別花工夫結識赫斯特中尉，然後帶他去一趟布多，夫人，不瞞你說，布多有個賭場呢！」矮小男士咯咯一笑，「我借給他一點錢，讓他試試手氣，這可不是我自掏腰包，而是杜坎碧夫人給我一筆款子，知會我這麼做。我們去了三、四次，中尉很快就欠了一筆帳，這筆帳……這麼說吧，我想他永遠也還不清！杜坎碧夫人和我勸他說，年輕女孩嫁給收入不豐的男人還說得通，但我們怎能讓她嫁給一個債務纏身的窮光蛋？他剛開始聽不進去，甚至……怎麼說呢？甚至擺出**動武**的架式，但最後他不得不承認我們說得沒錯。」

諾瑞爾先生看到那位長相普通、四十或五十歲的女士，略帶嫌惡地瞪了矮小男士一眼，然後冷淡地稍稍鞠躬，一語不發地移身到人群之中，矮小男士轉個身，馬上跟另一位朋友打招呼。

諾瑞爾先生接下來注意到一位美貌絕倫、身穿銀白禮服的年輕女子，一位高大、英俊的紳士正跟她說話，他的每句話都逗得她很開心。

「……倘若他在房子的地基裡發現兩條龍，一紅一白，陷入永恆的纏鬥，你想岡斯坦先生會怎麼說？」那位紳士冷冷地說，「我敢說你八成不介意看到這種場面。」

女子大笑，甚至比之前更開心，諾瑞爾先生聽到有人稱這位女子為「岡斯坦夫人」，頓時大吃一驚。

深思了一會之後，諾瑞爾先生覺得自己應該上前致意，但女子已經不見蹤影。噪音和人群令他生厭，所以他決定悄悄告辭，但門口擠滿了人，他根本走不過去，人潮反而把他擠到另一頭，他一再嘗試，卻像困在排水溝裡的枯葉一樣無法脫身，試了幾次之後，他在窗邊找到一個安靜的角落，這裡有座雕刻精美的象牙屏風，屏風後面是……啊！太好了！是個書櫃！諾瑞爾先生躲到屏風後面，取下數學家約翰・納皮爾的《直論聖約翰啟示錄》，開始閱讀。

讀沒多久，他抬頭一看，剛好看到那位跟岡斯坦太太說話的高大男士，以及那位費盡心思破壞赫斯特中尉婚事的矮小男士，兩人熱切地交談，但周圍人潮洶湧，他們被擠到一旁，高大男士一把拉住矮小男士的衣袖、將他推到屏風後面，諾瑞爾先生正好就站在角落。

「他不在這裡，」高大男士說，他邊說邊用指尖戳對方肩頭，以示強調。「目光炯炯的大眼睛、眾人解釋不出的幻象，這些你說會出現的景象在哪兒？在場有人被下了咒語嗎？我想沒有吧。你宣稱會像召喚精靈一樣，把他從無邊無境的黑暗深處請過來，他卻依然沒有出現。」

「我今天早上才跟他碰面，」矮小男士反駁，「他告訴我最近施展了哪些奇妙的魔法，而且保證一定會來。」

「現在已經過了半夜，他還是沒出現，」高大男士高傲地一笑，「老實招認吧，你根本不認識他。」

矮小男士回以同樣高傲的笑容（這兩位男士還真是笑容滿面！），信心十足地說：「倫敦沒有人比我跟他更熟，老實說，我有點失望，但並不特別沮喪。」

「哈！」高大男士高聲說，「在場賓客都有同感，你硬把大家拉來這裡，我們等著目睹奇觀，到後來卻不得不自娛娛人。」他剛好瞄到諾瑞爾先生，「你瞧，那位先生躲在這裡看書呢！」

矮小男士朝高大男士背後看看，手肘不巧撞到《直論聖約翰啟示錄》，他冷冷地瞪了諾瑞爾先生一眼，彷彿譴責諾瑞爾先生為什麼在這麼小的空間閱讀這麼一本大部頭的書。

「我有點失望，」矮小男士繼續說，「但不驚訝，你們不像我一樣了解他，我跟你保證，他深知自己的身價，在漢諾瓦廣場置產的男人哪會這麼沒見識？噢，對了，他在漢諾瓦廣場買了一棟房子，我敢說你還未聽說吧！他跟猶太人一樣有錢呢。他有個叫做海索威的叔叔，海索威年紀很大，最近才過世，留給他一大筆錢，他家財萬貫，除了倫敦這棟房子之外，在約克郡還有個賀菲尤莊園。」

「喔！」高大男士譏諷地說，「他運氣還真好，很少人有個最近才過世的有錢叔叔。」

「噢！沒錯，」矮小男士回答，「有些朋友，比方說葛里芬一家，他們有個叔叔非常有錢，老人家少說有一百歲，葛里芬一家照顧他好多年，但他依然健在，他好像打定主意要一直活下去，故意跟葛里芬一家過不去，這戶可憐的人家一個個上了年紀，最後都在失望中過世。但是親愛的拉塞爾先生，你絕對不必擔心受老人家的氣，你的家產非常豐厚，不是嗎？」

高大男士不理會這番無禮的言詞，反而冷冷地說：「我相信那位先生想跟你說話。」

「那位先生」就是諾瑞爾，他聽到兩人公開談論他的家產，早就等著說兩句。「對不起！」他說。

「你有什麼事？」矮小男士粗魯地問道。

「我是諾瑞爾先生。」

高大男士和矮小男士不約而同地張大眼睛瞪著諾瑞爾先生。

矮小男士先是覺得受到冒犯，然後腦中一片空白，最後看來一臉困惑，一陣沉默之後，他請諾瑞爾先生再重複一次姓名。

諾瑞爾先生依言照辦，矮小男士聽了之後說：「先生，對不起，但是……我是說……我希望您不介意我冒昧請教一個問題，您在漢諾瓦廣場的家中，是否住了一個全身黑衣、臉部瘦長、整張臉像樹根一樣糾結的男子？」

諾瑞爾先生想了一會說：「查德邁，你說的是查德邁。」

「噢、查德邁！」矮小男士高聲大喊，彷彿總算真相大白，「是啊，當然是查德邁，我真笨！噢，諾瑞爾先生！真高興認識你，我叫卓萊。」

「你認識查德邁嗎？」諾瑞爾先生困惑地問道。

「我……」卓萊先生猶豫了一會，「我見過先前形容的那位男士從你家走出來，我……噢，諾瑞爾先生！我真是個大笨蛋，我居然把他誤認為是你！先生，請千萬別生氣，那個人粗野不羈，頗似一般人想像中的魔法師，但現在我終於見到你，你沉靜穩重，顯然是位學者，拉塞爾，諾瑞爾先生看來不就是一位莊重、嚴肅的學者嗎？」

高大男士無動於衷地表示同意。

「諾瑞爾先生，這是我的朋友拉塞爾先生。」卓萊說。

拉塞爾微微一鞠躬，身子幾乎動也沒動。

「噢，諾瑞爾先生！」卓萊先生高喊，「我整個晚上一直猜想你會不會來，你絕對想像不到我多麼焦慮！七點的時候，我急得不得了，甚至跑到草屋街的小酒館找戴維和路卡斯，跟他們打聽你的下落。戴維確定你不會出席，聽了此話之後，你可以想像我有多沮喪！」

「戴維和路卡斯！」諾瑞爾先生語氣中充滿驚訝（諸位或許還記得，戴維和路卡斯是諾瑞爾先生的僕人和車夫）。

「沒錯，」卓萊先生說，「戴維和路卡斯有時到草屋街的小酒館吃飯，我相信你一定知道吧。」

卓萊先生暫時住口，剛好聽到諾瑞爾先生嘟囔說他不知道。

「我已經跟所有朋友們大力宣揚你非凡的成就，」卓萊先生繼續說，「先生，我等於是幫你鋪路的『施洗者約翰』！親愛的諾瑞爾先生，我從一開始就有預感，我們絕對會成好朋友，我也毫不猶豫地對大家這麼說。你瞧瞧，現在我們聊得多自在，可見我的預感果然沒錯。」

5 卓萊

一八〇七年春天至秋天

隔天一大早，管家查德邁被召喚到主人的餐室，一進去就看到諾瑞爾先生一臉蒼白，顯得相當焦躁。「怎麼回事？」查德邁問道。

「唉！」諾瑞爾先生抬頭大喊，「你還敢問我怎麼回事！就因為你怠忽職守，所以那些不三不四的人才隨意窺伺我家，大膽跟僕人問東問西，而且探聽出了消息！我之所以雇用你，不就是為了避免受到這些騷擾嗎？不然的話，我雇你做什麼？」

查德邁聳聳肩說：「我猜您說的是卓萊吧。」

諾瑞爾先生怒氣沖沖，暫不作聲。

「你知道此事？」諾瑞爾先生終於怒斥，「天啊！你究竟怎麼回事？你不是提醒我上百次，為了確保隱私，我們絕對不能准許僕人們亂說話嗎？」

「確實沒錯！」查德邁說，「但是，先生，您恐怕得放棄一些隱私，在約克郡離群索居沒關係，但我們已經不在約克郡了。」

「是、是，」諾瑞爾先生沒好氣地說，「我知道我們已經不在約克郡，但這不是重點，我想知道的是：這個叫做卓萊的傢伙有何打算？」

「他只想搶在大家之前，成為全倫敦第一個結識魔法師的人。」

但諾瑞爾先生害怕得難以理喻，他焦急地摩擦枯瘦的雙手，不時畏懼地看著房裡陰暗的角落，好像擔心其他類似卓萊的傢伙藏在暗處，偷偷地監視他。「他那身打扮不像讀書人，」他說，「但凡事都難以擔保；他手指上也沒戴哪個學會、或是聯盟的會戒，但是……」

「先生，我不太明白您的意思，」查德邁說，「請您明說。」

「他自己說不定有兩把刷子，你覺得呢？」諾瑞爾先生說，「或者他有些朋友嫉妒我的成功！哪些人是他的朋友？他的教育背景是什麼？」

查德邁咧嘴一笑，笑容占滿了半張臉，「啊！您把他想成另一些魔法師的侍從。先生，他才不是呢！這事您就得靠我幫忙，我不但沒有怠忽職守，接到岡斯坦太太的信之後反而馬上派人探聽。先生，他花工夫打聽您的消息，我花的工夫絕不會比他少。在我看來，只有行事怪異的魔法師才會雇用這種人，再說如果真有這種魔法師，您一定早就發現他的行蹤，設法令他放棄魔法，斷了他的研究之路，不是嗎？您知道的，您以前就曾這麼做。」

「這麼說，你認為卓萊這個人沒有惡意？」

查德邁揚起眉毛，笑容又占了半張臉，「正好相反。」他說。

「啊！」諾瑞爾大叫，「我就知道！這樣我就放心了，我會盡量躲開那群人。」

「為什麼要躲開？」查德邁說，「我可沒這麼說。先生，我不是才說他對您不構成威脅嗎？您為什麼認為他是壞人呢？先生，請接納我的建議：好好利用這個人。」

查德邁接著向諾瑞爾先生報告他打聽到的消息，只有在倫敦才見得到卓萊這種人，他們成天穿著時髦、昂貴的服飾四處晃蕩，生活閒散，大部分時間都花在賭博和喝酒，大半年都待在布萊敦和其他海邊度假勝地，近幾年來，克里斯多福．卓萊似乎成了這種人的最佳代表，即使他最親密的朋友們都承認，這人一點優點都沒有。❶

儘管諾瑞爾先生邊聽邊驚訝地哼氣，但這番話顯然產生了撫慰之效。十分鐘之後，路卡斯端了一壺熱巧克力進屋時，他已經神閒氣定地享用吐司和果醬，完全不像先前那樣驚慌失挫。

門口傳來一陣喧擾，路卡斯過去應門，接著傳來一陣腳步聲，路卡斯再度出現，高聲宣告：「卓萊先生來訪！」

「噢、諾瑞爾先生！你好嗎？」卓萊先生走進屋內，他穿了一件藍色的外套，手執銀把的象牙手杖，看來神采奕奕。他鞠躬致意，興高采烈地在屋裡走來走去，五分鐘之內已經走遍屋內各個角落，仔細輕撫了每張桌椅，而且微笑讚美了每一幅畫。

諾瑞爾先生雖然確定來客不是哪位偉大的魔法師，也不是魔法師的侍從，但他依然不太願意接納查德邁的建議。他非常冷淡地請卓萊先生在餐桌旁坐下，喝點熱巧克力。但主人的漠然和鄙視對卓萊先生絲毫沒有影響，他自說自話，填補了尷尬的沉默，他也早就習慣了鄙視的眼光。

「先生，昨晚的派對實在太成功了，不是嗎？儘管如此，我覺得你離開得正是時候。你離開之後，我馬上告訴大家，剛才那位走出門外的紳士正是諾瑞爾先生！啊！先生，請相信我，不少人注意到你離開，可敬的摩漢先生看到你尊貴的背影，巴克雷夫人有幸看到你的灰色鬈髮，菲絲克坦小姐確定瞥見你充滿書卷氣的鼻子，令她高興極了！先生，雖然只是短短一瞥，大家卻更想與你見面，也都想看到你的廬山真面目！」

「噢！」諾瑞爾先生感到有點自滿。

卓萊先生再三重複賓客們多麼想和諾瑞爾先生見面，極力試圖扭轉諾瑞爾先生對昨晚派對的印象。卓萊先生說，諾瑞爾先生的光臨就像做菜時的香料，即使只是短暫露面，也足以使整晚的派對生色不少。卓萊先生表現得如此討喜，諾瑞爾先生也越來越有反應。

「先生，」卓萊先生問，「我們哪來的榮幸與你會面呢？你為了何事前來倫敦？」

「我為了進一步宣揚現代魔法，所以才來倫敦，不瞞你說，我打算振興英國魔法。」諾瑞爾先生任重道遠地說，「我有很多事情想與諸位賢明之士共商，也願意提供許多協助。」

卓萊先生喃喃地說他也確信如此。

「先生，我跟你說啊，」諾瑞爾先生說，「我真希望其他魔法師能跟我分擔這個責任。」他邊說邊嘆了一口氣，矮小的身子挺得筆直，盡可能擺出莊重的神態。此人一手毀了許多魔法同好，現在卻表示希望想和其他人同享魔法的榮耀，真是不可思議，但諾瑞爾先生確實這麼想，也說得非常認真。

卓萊先生喃喃表示同情，他確信諾瑞爾先生太謙虛，在他看來，全英國沒有人比諾瑞爾先生更有資格振興魔法。

「先生，但現勢對我不利。」諾瑞爾先生說。

卓萊先生聽了相當訝異。

「我對外面的世界一無所悉，先生，這點我清楚得很。我是讀書人，喜歡一個人靜靜地看書，跟一群陌生人坐著聊天，一聊就是好幾小時，對我而言是最可怕的酷刑，但這卻是在所難免，查德邁跟我保證，我怎樣也躲不了。」諾瑞爾先生滿懷希望地看著卓萊，好像盼望卓萊會表示異議。

「啊！」卓萊先生考慮了一會說，「正因如此，所以我才很高興你我成了朋友！先生，我從不假裝自己是讀書人，我對魔法或魔法歷史也一無所知，我甚至敢說，你或許覺得我沒什麼可取之處。但在我的引薦下，你會認識很多貴人，因此，你必須放棄個人小小的不悅。諾瑞爾先生啊！你無法想像我對你多麼有幫助喔！」

卓萊先生力邀諾瑞爾先生參加各種派對，結識來自各方的好朋友，還不停保證諾瑞爾先生絕對會喜歡這些人，諾瑞爾先生不願意馬上答應，但最後還是勉強同意和卓萊先生一起到羅頓史托夫人家裡吃晚飯。

晚餐不像諾瑞爾先生所預期的那樣令人疲憊，因此，他答應卓萊先生隔天在普朗垂家碰面。在卓萊先生的引導下，諾瑞爾先生在社交場合中較有信心，各方邀約接踵而至，他每天從早上十一點忙到半夜，早上四處拜會，晚上到倫敦的大小餐廳吃飯；他參加各式晚宴、派對、義大利歌曲的音樂會，拜會公爵、伯爵、伯爵夫人等尊貴人士，大家看到他和卓萊先生在龐德街上同進同出，也看到他和卓萊先生，以及卓萊先生的好友拉塞爾，一起坐馬車在海德公園兜風。

晚上若無應酬，卓萊先生便到諾瑞爾先生家中用餐。諾瑞爾先生覺得卓萊先生一定很高興到他家吃飯，因為查德邁告訴他，卓萊先生幾乎身無分文。查德邁說卓萊靠小聰明混日子，而且債務纏身，他從來不邀請朋友到家裡，因為他住在一間鞋店的樓上，簡陋得無法見客。

這棟位於漢諾瓦街的房子跟其他新屋一樣，乍看覺得不錯，不久之後才發現幾乎每個地方都需要改進。諾瑞爾先生當然沒有耐性整修房子，急著想一勞永逸，他跟卓萊先生抱怨倫敦的工人動作慢得離譜，他原本希望卓萊先生同聲附和，但卓萊卻乘機批評諾瑞爾先生對壁紙、油漆、家具、地毯，以及裝飾品的選擇，而且一一指出不妥之處。兩人爭執了十五分鐘，最後卓萊先生請諾瑞爾先生備車，叫戴維直接送他們到安克曼先生的店，到了店裡之後，卓萊先生拿出一本書給諾瑞爾先生看，書中有一幅圖片是雷普頓先生的家，老式的客廳空空蕩蕩，牆上掛著一幅人像畫，畫中人物大概伊麗莎白女王時代（一五三三—一六〇三）一樣古稀，一臉木然地往前看，空蕩蕩的椅子擠成一團，好像派對中百般無聊的賓客。但翻頁一看，天啊！換了家具、窗簾和擺飾之後，室內頓時煥然一新！圖片上雖是同一個客廳，但重新裝潢之後，卻漂亮得幾乎認不得！圖片上還多了十幾位衣著入時的紳士淑女，眾人姿態優雅地斜靠在椅子上，或是在爬滿葡萄藤的溫室中散步，先前的圖片中沒有溫室，現在不知道為什麼，客廳另一頭的兩扇落地窗外忽然多了個溫室。不管如何，卓萊先生解釋說，如果諾瑞爾先生希望廣結善緣，宣揚現代魔法，他就必須在家裡加裝幾扇落地窗。

在卓萊先生的調教下，諾瑞爾先生揚棄了昔日所熟悉的單調綠色，改而選用畫廊中常見的鮮豔大紅。為了宣揚現代魔法，諾瑞爾先生家中樸實的家具全都重新上漆，所有擺飾都失去了原有的面貌，仿若粉墨登臺的演員。灰泥牆被漆得如同原木，單色的木板被漆上不同色澤，到了挑選餐室的器皿時，諾瑞爾先生已經完全信任卓萊的品味，甚至不問其他任何人，直接請卓萊幫他選購。

「親愛的先生，你絕對不會後悔！」卓萊信誓旦旦地說，「三星期以前，我幫某某公爵夫人選購餐具，她一看就說這輩子從沒見過這麼精美的器皿！」

一個晴朗的五月天，諾瑞爾先生早上去拜會利特沃太太，同行的還有卓萊先生和拉塞爾先生。拉塞爾先生非常喜歡與諾瑞爾先生為伍，事實上，只有卓萊先生比他更常拜訪諾瑞爾先生。但他想結識諾瑞爾先生的動機卻相當不同，拉塞爾先生生性聰穎，滿懷譏諷，在他看來，一位老學究居然相信自己能施展魔法，真是集天下之荒謬於大成，於是他一有機會就請教諾瑞爾先生有關魔法的問題，每次看到對方認真回答的模樣，心裡總是暗自竊笑。

「先生，你還喜歡倫敦吧？」他問。

「一點都不喜歡。」諾瑞爾先生說。

「喔，真是遺憾！」拉塞爾先生說，「你有沒有找到其他魔法師兄弟們一塊聊聊呢？」

諾瑞爾先生皺著眉頭說，他相信倫敦地區沒有其他魔法師，不然就是他沒找到。

「噢！」卓萊先生大叫，「這點你就錯囉！我們倫敦確實有魔法師，最起碼有四十位呢！拉塞爾，我們倫敦有上百位魔法師，你說是不是？而且幾乎每個街角都看得到，拉塞爾先生和我可以幫你介紹。他們的頭目叫做溫古魯，他長得高高瘦瘦，像個衣衫襤褸的稻草人，他在拉斯托克區的聖克里斯多弗教堂旁邊有個攤子，攤子上濺滿了污泥，還掛了一個骯髒的黃色簾子，只要給他兩分錢，他就幫你預卜未來。」

「溫古魯只會預卜災禍，」拉塞爾先生大笑道，「他每次都說我會溺斃、發瘋、家裡著火等等，還說我會生個女兒，上了年紀之後，女兒會非常憎恨我，令我傷心欲絕。」

「先生，我可以帶你走一趟，」卓萊跟諾瑞爾先生說，「我還滿喜歡溫古魯。」

「諾瑞爾先生，如果你去的話，請小心一點，」利特沃太太說，「他們其中幾位真讓人害怕。魁克先生請了一個非常骯髒的傢伙到家裡表演，但他好像一點都不懂魔法，於是魁克先生拒絕付錢，這人在盛怒之下，高聲發誓要把小寶寶變成煤桶。接下來全家大亂，因為小寶寶不見了，但家裡卻沒有多出煤桶，怎麼看都還是原來的幾個舊桶子。大夥找遍了大小角落，魁克太太急得幾乎發狂，還把醫生請到家裡，眾人緊張了半天之後，奶媽才抱著小寶寶走進屋內，原來她抱著小寶寶到詹姆斯街找她母親了。」

儘管大家講得繪聲繪影，諾瑞爾先生依然婉拒卓萊先生的好意，也不想到掛了黃色布簾的攤子拜訪溫古魯。

「諾瑞爾先生，你對烏鴉王看法如何？」利特沃太太熱切地詢問。

「沒什麼可說的，我從未想過此人。」

「真的嗎？」拉塞爾先生說，「恕我直言，諾瑞爾先生，但這話極不尋常，我碰過的每個魔法師都宣稱烏鴉王是最偉大的魔法師！據說烏鴉王能將梅林大法師從樹上推下去，狠狠在這位老先生頭上踹一腳，然後再把他踢回樹上，❷不是嗎？」

諾瑞爾先生不置一辭。

「黃金年代的魔法師們，」拉塞爾先生繼續說，「沒有一位比得上烏鴉王吧？他所統馭的王國遍布各個國度，❸人類和精靈騎士們莫不投效在他旗下，魔法林木也對他效忠，更別說他非常長壽，在位期間長達三百年，據說到了退位之際，最起碼從外表上看來依然像個年輕人。」

諾瑞爾先生依然不置一辭。

「但或許歷史是騙人的？我常聽說烏鴉王根本不存在，他不是單一的某位魔法師，而是很多個長得完全一樣的魔法師，你是否也這樣認為呢？」

諾瑞爾先生看起來似乎不想說話，但在拉塞爾先生的追問下，他不得不回應。「不，」他終於說，「我相信確有此人，但我認為他對英國魔法有百害而無一益，他的魔法相當邪惡，大家應該完全將他忘記，這才令我快慰。」

「先生，可以談談你的精靈僕人嗎？」拉塞爾先生說，「只有你看得見他們？還是其他人也看得見？」

諾瑞爾先生輕蔑地哼了一聲，然後說他沒有精靈僕人。

「沒有精靈僕人？」一位穿著粉嫩色小禮服的女士驚呼一聲。

「諾瑞爾先生，你很明智，」拉塞爾先生說，「『徒伯對傑克・史塔豪斯』一案想必令所有魔法

師引以為戒。」❹

「徒伯先生不是魔法師，」諾瑞爾先生說，「我也從來沒有聽說他宣稱通曉魔法，但就算他是當代最偉大的魔法師，最好也不要招惹精靈，精靈非常狡詐，對英國也極不友善。太多魔法師過於懶惰或是過度無知，自己不肯好好研習，反而花了很多時間尋找精靈僕人，找到之後就完全仰仗於他，英國魔法歷史中處處可見這種人，其中不少人受到應得的懲罰，我認為這是罪有應得，賽門・布拉德沃就是一例。」❺

諾瑞爾先生認識了很多人，但沒有人視他為知己，整體而言，倫敦人對他感到失望，他沒有施展魔法，沒有對任何人下咒語，也沒有做出任何預言。有次在岡斯坦太太家，有人聽到他說等一下會下雨，這若是個預言，結果實在令人失望，因為當天根本沒下雨，事實上，一直到當周的星期六才下雨。他很少談到魔法，但一說起來就好像給大家上歷史課，沒有人聽得下去。他也極少讚美其他魔法師，僅有一次稱許一位上世紀的魔法師法蘭西斯・沙特果弗。❻

「但是，先生，」拉塞爾先生說，「我以為沙特果弗的作品可讀性極低，我常聽說《魔法咒語大全》讓人讀不下去。」

「唉，」諾瑞爾先生說，「先生女士們或許錯把這本書當作消遣，但我認為有心研習魔法的人都應該尊崇沙特果弗。沙特果弗首度嘗試將魔法分類，他把現代魔法師應該研習的類別全都詳列於圖表之中，但分類法確實錯誤百出，是否因為這樣，所以你才說他的作品『可讀性極低』？不管如何，我非常喜歡他列出的十幾項類別，研習魔法的人看到這些類別，馬上心想：『我知道這個』或是『我還沒嘗試過這一類』，讀著讀著，眼前所見就夠他忙上四、五年。」

經過一再傳頌，約克大教堂石像開口說話的故事已經不稀奇，大家也開始懷疑諾瑞爾先生究竟有沒有其他本事，卓萊先生不得不杜撰新的奇蹟。

「卓萊，這個魔法師能做些什麼？」有天晚上，岡斯坦太太趁諾瑞爾先生不在場的時候偷問。

「噢，夫人！」卓萊高喊，「有什麼是他做不到的？去年冬天約克的北方颳起大風雪，夫人，你知道的，諾瑞爾先生來自約克，風雪橫掃約克，把家家戶戶洗乾淨的衣物都吹到泥濘的雪地裡，這下全市的女士們得花好多時間重新洗衣服。市府參事為了節省女士們的時間，所以請諾瑞爾先生幫忙，諾瑞爾先生派了一群精靈把衣服洗得煥然一新，不但如此，每件襯衫、睡袍和外套上的破洞全都補得整整齊齊，破損的衣緣也縫得服服貼貼，大家都說從來沒看過這麼潔白、乾淨的衣物！」

這個故事廣受歡迎，也再度提高了諾瑞爾先生在眾人心中的地位，因此，當諾瑞爾先生偶爾提起現代魔法時，眾人即使聽得一知半解，也裝出略有所悟的模樣。

倫敦的先生女士們對諾瑞爾先生感到失望，他對眾人也同樣不滿。他不停跟卓萊抱怨說，大家都問他一些瑣碎無聊的問題，他花了這麼多時間與這些人周旋，但對於提振英國魔法卻毫無幫助。

九月底的一個星期三午後，諾瑞爾先生和卓萊枯坐在漢諾瓦街家中的圖書室裡，卓萊先生正在講某某先生說了什麼話侮辱某某勛爵，某某夫人又作何感想等等，講到一半，諾瑞爾先生忽然說：「卓萊先生，我想請教你一件非常重要的事情：有沒有人知會波特蘭公爵我在倫敦？」❼

「啊！先生，」卓萊高喊，「只有像你這麼謙虛的人才會問這個問題。我跟你保證，每一位內閣大臣都聽說有位能力超凡的諾瑞爾先生。」

「倘若果真如此，」諾瑞爾先生說，「為什麼首相大人還沒有派人過來呢？唉，我覺得他們根本不知道我的存在。卓萊先生，如果你認識哪位大臣，或是透過關係幫我引介，我絕對感激不盡。」

「大臣？」卓萊先生略微不解。

「我來這裡是為了幫政府效命，」諾瑞爾先生直截了當地說，「我原本希望此時已經參與抵禦法軍，立下了大功。」

「先生，你若覺得受到忽視，那我真是太抱歉了！」卓萊高喊，「但請相信我，你絕對不必擔心。倫敦的紳士淑女們都等著哪天晚宴之後，你會為大家施展魔法，請別害怕嚇到大家，我們的膽子都很大。」

諾瑞爾先生不置一辭。

「先生，」卓萊先生微微一笑，潔白的牙齒閃閃發光，漆黑的雙眼中流露出安撫的神采，「我們不要再爭辯了，我非常希望幫得上忙，但你也知道，這事我恐怕使不上力，我有我的人脈，但政府單位卻是自成一格。」

事實上，卓萊先生認識幾位任職於不同單位的官員，只要卓萊答應不洩漏他們的祕密，這幾位先生絕對樂意接見諾瑞爾先生，聽聽他的高見。問題是對卓萊而言，把諾瑞爾先生介紹給這些人，對自己一點好處也沒有，他寧願帶著諾瑞爾先生參加晚宴和餐會，等到時機成熟，他說不定能說服諾瑞爾先生露一手，為朋友們表演一些大家想看到的法術。

諾瑞爾先生決定自己採取行動，他寫了數封緊急信函給大臣們，把信寄出之前還請卓萊先生過目，但大臣們卻沒有回覆。卓萊先生已經告訴諾瑞爾先生，大臣們都很忙，不可能做出回覆。

一個多禮拜之後，卓萊先生受邀到一個蘇活區的朋友家參加音樂會，有位知名的義大利女高音剛剛抵達倫敦，諾瑞爾先生自然也接獲邀請。到場之後，卓萊先生在人群中卻找不到這位魔法師，拉塞爾倚在壁爐旁跟其他人說話，卓萊走過去問他知不知道諾瑞爾先生在哪裡。

「噢！」拉塞爾先生說，「他去拜訪華特．波爾爵士了。諾瑞爾先生有事求見波特蘭公爵，他認為華特．波爾爵士是最佳傳話人。」

「波特蘭？」一位先生大喊，「真的嗎？那些大臣們真的走投無路了嗎？他們難不成真得求助於魔法師？」

「你想錯了，」拉塞爾笑笑說，「這都是諾瑞爾片面的想法，他想幫政府打仗，一心認為用魔法就能擊敗法軍，但我認為大臣們不可能採信他的話。英軍在歐陸已受到法軍箝制，每位大臣都忙得不可開交，哪有時間接見不明人士、或是一位古怪的約克郷紳？」

正如童話故事中的主角一樣，諾瑞爾先生發現凡事只有靠自己才能成功。即使是魔法師也需要靠點關係，諾瑞爾先生剛好有個遠房親戚，這人是他母親的遠親，曾經寫信跟諾瑞爾先生借錢，諾瑞爾先生非常不高興，但為了避免再受干擾，所以真的借給他八百英鎊。很遺憾地，這位遠房親戚不但沒有就此罷手，反而再度致函諾瑞爾先生，他在信中一再感謝諾瑞爾先生慷慨解囊，同時表示，「……從今之後，我和我的朋友們將以您的利益為首，下次選舉時，您支持哪位候選人，我們就投票給他。將來您若需要我的協助，我絕對毫不猶豫，傾力相助。您謙遜、謙卑的僕人溫道爾．馬克沃錫。」

截至目前為止，馬克沃錫先生還沒什麼「傾力相助」的機會，但查德邁發現馬克沃錫先生用諾瑞爾先生借他的錢，幫自己和弟弟在東印度公司找到了差事，兄弟兩人去了一趟印度，十年之後返回英國，兩人都成了大富翁。既然當初出錢資助的諾瑞爾先生沒有下達任何指示，於是他轉而追隨上司邦奈爾先生，同時敦促他的朋友們也照做。馬克沃錫先生自此成為邦奈爾先生不可或缺的幫手，邦奈爾先生則是華特．波爾爵士的好友。在複雜的政商關係中，這人欠那人一份情，那人又欠另外的人一份情，環環相扣，恩恩相報；藉由這樣的人情網，諾瑞爾先生和華特．波爾爵士搭上了線，而華特．波爾爵士已經是個部長大臣。

❶卓萊有次和貝斯伯勞特夫人的白貓同處一室，他那天剛好穿了一套完美無瑕的黑西裝，白貓在他身旁走來走去，看來似乎想跳到他身上，令他大為緊張。等到大家沒看見時，他打開窗戶，把白貓捉起來丟出窗外，白貓從三樓摔下來，性命雖然保住，但一隻腳卻摔傷了，從此走路一跛一跛，而且對身穿黑衣的男士深懷厭惡。

❷據說尼門大法師把梅林監禁在一棵山楂樹上。

❸拉塞爾先生誇大其詞，烏鴉王只統馭了三個王國。

❹「徒伯對史塔豪斯」是前幾年發生在諾丁罕郡審法院的一樁知名案件。諾丁罕郡有位叫做徒伯的男士很想見到精靈，他夜以繼日地左思右想，而且廣讀各種有關精靈的古怪書籍，最後堅信自己的車夫是個精靈。這位名叫傑克．史塔豪斯的車夫高大黝黑，而且很少開口說話，其他車夫都猜不透他想些什麼，也覺得他很驕傲。史塔豪斯最近才到徒伯先生家當差，在此之前，他只說他在北方一個叫做柯敏克希爾的地方，一戶叫做布朗的人家工作。他有一項奇特的專長：所有動物都對他言聽計從，他幫馬兒上鞍時，每匹馬兒都乖乖任他擺布，一點都不亂動，貓咪也很聽他的話，諾丁罕郡的人從沒看過貓咪變得這麼乖。他輕聲細語地跟貓咪說話，貓咪帶著一絲驚喜靜靜聆聽，好像從來沒聽過這麼好聽的話語，他甚至能讓貓咪跳舞。徒伯先生家的貓咪跟其他人家的貓一樣謹慎、莊重，但史塔豪斯能讓牠們把腳抬高、左右搖擺、狂野起舞，他只要發出奇怪的嘆息聲、吹吹口哨、輕輕一噓，貓咪就手舞足蹈。

有位僕人說，如果貓咪是種有用的家畜，史塔豪斯的特長說不定派得上用場，但貓咪沒什麼用，所以史塔豪斯的本事等於沒用，其他僕人不但不覺得稀奇，甚至有點不自在。不知道是否因為他這項專長，或是他雙眼的距離有點遠，所以徒伯先生才認定他是精靈，但不管如何，徒伯先生開始偷偷打聽史塔豪斯的消息。

有天徒伯先生把史塔豪斯叫到書房，徒伯先生說他得知布朗先生已臥病多時，多年足不出戶，事實上，史塔豪斯在布朗家工作時，布朗先生已經病得無法出門，因此，徒伯先生想知道布朗先生為什麼需要車夫。

史塔豪斯沉默了一會之後說，其實他沒有在布朗家工作，而是受雇於附近另一戶人家，他工作得很勤奮，主人也對他不錯，但其他僕人都不喜歡他，他不知道為什麼，但以前也發生過同樣問題。後來有個女僕謊稱史塔豪斯騷擾她，他只好捲鋪蓋走路。他很久以前見過布朗先生一次，所以謊稱曾在布朗家工作，他說很抱歉對徒伯先生撒謊，但他實在無計可施。

徒伯先生請史塔豪斯不必編故事，他說他知道史塔豪斯是個精靈，但他一點也不害怕；他答應保守祕密，還說只想聽聽史塔豪斯談談精靈王國。

史塔豪斯剛開始不了解徒伯先生的意思，終於聽懂之後，他怎麼解釋都是枉然，不管他如何辯解，徒伯先生依然不相信他只是個尋常的英國人。

在那之後，史塔豪斯走到哪裡，徒伯先生就跟到哪裡，而且無時無刻地詢問有關精靈之事。雖然徒伯先生總是彬彬有禮，但史塔豪斯卻不勝其擾，到後來不得不辭職。待業期間，有天他到一家小酒館喝酒，有位酒客建議他控告徒伯先生侮蔑人格，於是他一狀告到法院，法院判定史塔豪斯勝訴，史塔豪斯因而成為第一位經大英帝國律法判定為人類的公民。

這樁怪異的案件對徒伯和史塔豪斯都造成傷害。徒伯其實沒有惡意，他只是想見見精靈，結果卻成為大眾的笑柄，倫敦、諾丁罕、德比和雪菲爾各地報紙都刊登了諷刺他的漫畫，結識多年的好鄰居也拒絕和他來往。史塔豪斯則發現沒人願意雇用一位曾經控告雇主的車夫，他只好做些最卑下的工作，不久便貧困交加。

「徒伯對史塔豪斯」一案點出一個有趣的現象：很多人都相信精靈尚未完全離開英國，大家認為精靈存在於日常生活中，有些隱身，有些則偽裝成普通人，說不定還是熟知的朋友。數世紀以來，學者們對此產生激辯，但始終得不到結論。

❺賽門．布拉德沃的精靈僕人突然現身提供協助，並請大家叫他「巴克勒」。就連小朋友都知道布拉德沃應該多方打聽，最起碼查出巴克勒究竟是誰、為什麼離開精靈王國、跑到英國擔任一位三流魔法師的僕人。布拉德沃在艾文河畔的小鎮有家商店，巴克勒善於施展各種法術，店裡生意日漸興隆。巴克勒只惹出一個小麻煩，有次他忽然大怒，不小心損毀了一位牧師的小冊子，除此之外，一切都相當順利。巴克勒在布拉德沃家待得越久，法力越有進步，法力強大之後，他首先改變自己的外貌，身上破舊的衣物變成了精美的西裝，從鎮上鎖匠那裡偷來的舊剪刀變成了寶劍，原本有如狐狸一樣的瘦臉變得豐潤、白皙，而且忽然長高了兩三吋。不僅如此，巴克勒還說服了布拉德沃太太和小姐們，他以前的模樣是受到詛咒的結果，現在才是他的真面貌。

一三一〇年的一個晴朗五月天，布拉德沃出門洽公，布拉德沃太太看到廚房角落有個以前沒見過的高櫃子，她問巴克勒為什麼忽然出現一個櫃子，巴克勒馬上回答說這是他帶過來的魔法櫃。他說魔法在英國不太普遍，實在很可惜，他還說布拉德沃太太和小姐們從早到晚忙著清洗碗盤、清掃、烹飪，看了令人難過，依他之見，她們應該身著綴滿珠寶的禮服，坐在舒適的軟墊上享受美食。布拉德沃太太深有同感，巴克勒又說他經常敦勸主人讓諸位女士過過好日子，但布拉德沃卻充耳不聞，布拉德沃太太說她一點都不訝異。

巴克勒對布拉德沃太太說，如果她願意踏進魔法櫃，她將馬上置身魔法之地，還可以學會各種咒語，咒語一出，所有家事馬上完成，她在眾人眼中會變成大美人，隨時都能得到一大批黃金，先生將對她言聽計從等等。

到底有多少咒語？布拉德沃太太問。

大概三個，巴克勒想了一會說。

很難嗎？

噢，不，非常簡單。

很花時間嗎？

不，不花時間，望彌撒之前就可以回來。

那天早上，前後十七人踏進櫃子，從此再也不見蹤影，其中包括布拉德沃太太、她的兩個年輕女兒、兩名女傭、兩名男僕、布拉德沃太太的叔叔和六個鄰居，只有大女兒瑪格麗特拒絕踏進櫃子。

烏鴉王從新堡派了兩名魔法師來調查此事，從他們的紀錄中，後世才知曉此事。根據主要證人瑪格麗特所述，返回家中之後，「我可憐的爸爸故意踏進櫃子裡，看看能否解救眾人，我苦苦哀求他不要去，他仍執意一試，從此失去了蹤影。」

兩百年之後，馬汀．帕爾探訪精靈國度，在約翰．哈利薛斯（一位古老而有權勢的精靈王子）的城堡中，他看到一個人類孩童，孩童大約七、八歲，臉色蒼白，看起來非常飢餓，她說她叫安妮．布拉德沃，在精靈國度待了大約兩星期，她還說她每天都得洗一大疊髒鍋子，到這裡之後就洗個不停，等全部洗完之後，她就可以回家找爸媽和姊姊，她想說不定再過一、兩天就可以洗完了。

❻ 法蘭西斯．沙特果弗（1682-1765）是位鑽研理論的魔法師，他有兩本著作：《魔法咒語大全》（1741）以及《指令與說明》（1749），在《指令與說明》一書中，沙特果弗試圖列出實用魔法的規章，但連他最忠實（大概也是唯一）的讀者諾瑞爾先生也覺得寫得非常糟。諾瑞爾先生的學生強納森．史傳傑討厭到把書撕扯成碎片，餵給一個補鍋匠的驢子吃（詳見《強納森．史傳傑的一生》，約翰．賽剛督著，一八二〇年，約翰．莫瑞出版）。英國的魔法書籍不乏枯燥瑣碎之作，一般公認《魔法咒語大全》是最無趣的一本。沙特果弗首度試圖將魔法分類，以供現代魔法師學習，根據沙特果弗所述，魔法共分三萬八千九百四十六類，每個類別的名稱都不同。沙特果弗還有一點與諾瑞爾先生頗為類似：在這些類別中，沒有一項提到慣見於傳統魔法的野生動物或鳥類。這類魔法通常必須藉助精靈之力，目的在讓死人復生等等，所以沙特果弗特別加以排除。

❼ 波特蘭公爵是一八〇七到一八〇九年間的英國首相兼第一財政大臣。

6「先生，魔法不受人敬重。」

一八〇七年十月

現在當個部長大臣真不容易。

戰局每況愈下，政府也飽受指責，戰敗的消息一傳到民眾耳裡，隨即傳出某某人應該負責等等，但每個人都認為大臣們辦事不力，可憐的大臣們沒人可怪，只好怪罪彼此，大夥之間也經常爭執不下。

大臣們並不笨，相反地，他們其中不乏聰慧之士，整體而言不算壞人，其中幾位家庭和諧，而且非常喜愛小孩、音樂、小狗和繪畫。但內閣的聲譽如此低落，幸好外相大臣能言善道，不然什麼事情都過不了下議院這一關。

外相大臣的口才極佳，不管大家多麼輕視內閣，只要他站起來說話，啊！任何事情聽起來都大不相同！大家很快就了解，現在的問題全都是上任內閣的錯，以前那批閣員既愚蠢又不道德，現在這批閣員則不同，外相大臣說自上古時代以來，英國從未出現過如此崇高、廉潔，卻飽受眾人誤解、屢遭敵人抹黑的內閣，現任內閣的每位閣員都像所羅門王一樣睿智，凱撒大帝一樣高尚，馬克．安東尼一樣勇敢，現任財政大臣更如同蘇格拉底一樣誠實。雖然閣員們具有如此高尚的道德情操與才能，但沒有一位能想出法子擊敗法軍，到後來閣員們的機敏也成了民眾抱怨的話題。鄉紳們在報上讀到某某部長發表演說，讀了之後不免喃喃自語說，部長大人確實伶俐，但鄉紳們越想越不對勁，在他們眼中，紳士不該逞口舌之能，過於機伶的人都不可信，英國的宿敵拿破崙大帝不就是聰明過人嗎？鄉紳們對此深以為戒。

華特．波爾爵士時年四十二，而且很抱歉地跟諸位報告，他和所有閣員一樣聰明機伶。他曾與當代多位偉大的政治家爭辯，有次還和喜劇家謝雷登喝得大醉，醉醺醺的謝雷登拿起一瓶白葡萄酒，朝華特爵士頭上扔過去，謝雷登事後跟約克公爵說：「波爾像個紳士般寬宏大量地接受我的道歉，幸好他的長相非常普通，多一道或少一道傷疤沒什麼差別。」

但在下認為華特爵士長得卻不是那麼普通，沒錯，他的五官確實極為醜陋，一張臉比其他人大一倍，鼻子又尖又大，雙眼像煤炭一樣黝黑，眉毛卻很稀疏，相較於如海洋般的龐大五官，眉毛宛如漂浮於汪洋中的小魚。五官雖然難看，但擺在一起卻很順眼，你若看到沉睡中的華特爵士，驕傲而帶點憂鬱，你大概以為他始終是這副模樣，也以為這樣一張臉表現不出情感，但這麼想就錯了。

華特．波爾爵士最顯著的特徵是一臉驚訝的神情，他睜大眼睛，眉毛在大臉上揚高半吋，身體忽然前傾，整個人看似羅任桑先生或是吉瑞先生雕版畫中的人物。在其公職生涯中，這副驚訝的神情對華特爵士更是大有幫助，「但是，先生啊！」他驚呼，「您該不是說……吧！」他不但曲解對方的意思，而且一臉驚訝，彷彿不敢相信對方居然愚笨到說出這番話。你若欣賞這種語帶譏諷、尖銳直接的幽默，說不定會覺得華特爵士很有趣，但如果你是他的對手，一聽之下難免羞怒交加。有時他將嘲諷的藝術發揮到極至，面帶微笑卻句句帶刺，看在眼裡簡直比舞臺劇還精采。上下議院諸位呆板的議員們無法招架，只好盡可能避開他。（據說有位老勛爵在下議院通往近衛團的小徑上碰到華特爵士，老先生揮著手杖、對華特爵士大喊：「先生，我不跟你說了！你總是曲解我的話，加進一些莫須有的意思！」）

華特爵士有次在倫敦對群眾發表演說，演說的內容尤其令人難忘，他把政府和內閣官員們比喻為一個雙親俱亡的年輕女孩，孤女受託於一群好色、貪婪的老男人，這群歹徒非旦沒有保護女孩，反而竊取她的遺產，掠奪她的宅邸。華特爵士咬文嚼字，充分顯現其精英背景，即使群眾聽不懂某些高深的字眼也沒關係，大家都能想像可憐的孤女衣著單薄地站在床邊，揮格黨的政客們卻不停地翻箱倒櫃，賤賣她的家產，在場的年輕紳士們一想到這幅景象，莫不動容。

華特爵士為人慷慨，大部分時候都和藹可親，他曾跟人說，他希望對手們怕他怕得有道理，朋友們喜歡他也喜歡得有道理，整體而言，在下認為他做到了這一點。他謙和有禮、親切、機伶，而且位居要職，換了其他人，八成會招人妒忌，但他卻表現得落落大方，這點更是不容易。華特爵士總是為錢傷腦筋，他不僅只是缺錢，而且債務纏身，甚至稱得上貧窮，情況簡直糟透了！更可憐的是，這不是華特爵士的錯，他向來不揮霍，也不會笨到隨手一擲千金，但他的父親和祖父卻奢侈成性，導致他生來就背負債務。如果他選擇其他行業，情況說不定有所改觀，他若投效海軍，說不定已經立大功，賺大錢；他若熱愛務農，說不定已經改進農地品質，種玉米獲利；他若早生五十年、當上財政大臣，說不定可以利用公款放高利貸，收取百分之二十的利息，圖取暴利。但現在一個政府官員能做什麼？不但沒希望賺錢，反而可能賠本。

幾年以前，華特爵士的朋友們幫他找了一個「祈禱處理處」的工作，他一年有七百英鎊的薪餉，還有一頂特殊的帽子和一小塊象牙，但沒有人記得「祈禱處」的職責，也不曉得那小塊象牙的功用，因此，這等於是個閒差事。後來內閣改組，他的朋友們也跟著下臺，新內閣誓言精簡人事，裁撤不必要的單位，祈禱處便是其中之一。

到了一八〇七年春天，華特爵士的政治生涯似乎走到了末路，更別說最近一次選舉花了他兩千英鎊，朋友們看了都感到焦急，其中一位朋友文賽夫人在巴斯的一場義大利音樂會上，認識了溫特堂太太和她的女兒，一個禮拜之後，文賽夫人致函華特爵士：「一切完全符合我幫你的規畫：她母親想幫她找個好對象，應該不會橫加阻礙，就算老夫人不同意，我相信憑你的魅力，一定可以說服她改變心意。說到錢嘛！我親愛的華特爵士，當我聽到這位小姐將繼承多少家產，熱淚幾乎奪眶而出！一年一千英磅！你覺得如何?!我就不多描述這位年輕的小姐，等你見到她，你一定比我更傾心，更加讚嘆。」卓萊先生參加義大利女高音演唱會的那天下午三點，諾瑞爾先生前往拜會華特爵士，他和僕人路卡斯來到布魯斯維克廣場的一棟房子，路卡斯敲敲門，兩人隨即被請到屋內，在一樓的小客廳等候。

小客廳布置得非常華美，牆上掛著一系列巨幅油畫，畫框精雕細琢，畫中全是水都威尼斯。屋外天氣陰沉，雨絲綿綿，又濕又冷，畫中的威尼斯染上了倫敦的陰冷，金光閃閃的大理石和運河都蒙上一層單調的灰綠。大雨不時掃過窗緣，讓人興起淒風苦雨之感。在灰撲撲的天光中，紫檀木的五斗櫃和核桃木的寫字桌泛著瑩瑩黑光，隱約地相互輝映。小客廳布置雖然華美，但感覺卻非常不舒服，屋內沒有燭光驅走陰暗，也沒有爐火消除寒意，屋主似乎品味極佳，卻從來感覺不到寒冷。

華特．波爾爵士起身歡迎諾瑞爾先生，同時介紹溫特堂太太和溫特堂小姐。華特爵士雖然提到兩位女士，諾瑞爾先生卻只看到一位上了年紀、儀態尊榮的婦人，諾瑞爾先生有點困惑，他想華特先生一定說錯了，但一見面就糾正對方，不免失禮，於是諾瑞爾先生一頭霧水地向那位貴婦人鞠躬致意。

「先生，真高興見到你，」華特爵士說，「我聽好多人提起你，整個倫敦似乎都在談論偉大的諾瑞爾先生。」華特爵士接著轉身對貴婦人說，「夫人，諾瑞爾先生是魔法師，在他的家鄉約克享有盛名。」

貴婦人目不轉睛地瞪著諾瑞爾先生。

「諾瑞爾先生，你跟我想像中的完全不同。」華特爵士說。「我聽說你是實務派魔法師，我希望這麼說沒有冒犯到你，我只是聽大家這麼講。老實說，你本人一點都不像魔法師，讓我放心多了。倫敦已經有太多信口開河、詐騙錢財的歹徒，你見過溫古魯，那個在聖克里斯多弗教堂外面擺攤子的魔法師嗎？這人尤其惡劣。我猜你是理論派魔法師吧？」華特先生稱許地一笑，「聽說你有事情想問我。」

諾瑞爾先生向華特爵士致歉說，他確實是個實務派魔法師，華特爵士一聽非常訝異，諾瑞爾先生趕緊請求華特爵士不要因此改變觀感。

「不、不，絕對不會。」華特爵士客氣地低聲說。

「你有所誤解，」諾瑞爾先生說，「我的意思是說，你誤以為所有實務派魔法師都是騙徒，這都是因為過去兩百年來，英國魔法師怠惰得令人吃驚，毫無長進，我不過小試身手，承蒙約克民眾的抬愛，大家都說不可思議。但華特爵士，任何稍具才能的魔法師都做得出這種魔法，實在不足掛齒。由於前人的怠惰，大英帝國喪失了魔法的支援，讓我們無法禦敵，我希望能扭轉這種局面，其他魔法師或許疏忽職責，但我可不是如此！華特爵士，我願意為政府效命，幫忙解決目前的困境。」

「目前的困境？」華特爵士說。「你是說戰爭？」他睜大一雙小小的黑眼睛，「親愛的諾瑞爾先生啊！戰爭跟魔法有何關聯？或說魔法又干戰爭何事？我聽說了你在約克施展的法術，我也希望主婦們都跟你致謝，但我無法想像戰場中為何需要這種魔法？沒錯，士兵的軍服確實髒兮兮，但你也知道，」華特爵士忍不住笑出聲，「他們眼前還有更急迫的事情呢。」

可憐的諾瑞爾先生！他根本不知道卓萊先生四處宣傳他派精靈幫大家洗衣服，這下驚訝得無言以對。鎮定下來之後，他對華特爵士再三保證，自己這輩子絕對沒洗過衣服，即使藉助精靈、魔法之力也不碰髒衣物，接下來，他向華特爵士報告自己真正施展的法術。說來奇怪，諾瑞爾先生的法術雖然令人屏息，一經他的描述卻顯得單調呆板，華特爵士聽了之後，不但不覺得數百個雕像同時開口說話沒什麼了不起，反而慶幸自己不在現場。「果真如此嗎？」他說，「嗯，聽來真有意思，但我是不太明白……」

這時有人發出輕咳，華特爵士一聽到咳嗽聲馬上住口，好像準備仔細聆聽。

諾瑞爾先生左右張望，小客廳最偏遠、最陰暗的角落，有位身穿白衣的年輕女孩躺在沙發上，身上還裹著一條大圍巾。她躺得筆直，一隻手拿著手帕掩住嘴巴，幾乎沒有動彈，讓人一看就覺得她身體不適，好像很難過。

諾瑞爾先生原本確信角落沒人，現在卻看到一位年輕女子，嚇了一大跳，幾乎認為有人施法把她送來這裡。諾瑞爾先生觀察了一陣子，女子不停咳嗽，華特爵士似乎非常不自在，他環顧四周，看遍屋裡各個角落，唯獨不看那名女子；他從身旁的小桌子上拿起一個閃閃發光的飾品，翻過來看看底部，然後再放回原處，最後他也清清喉嚨、輕咳了幾聲，彷彿跟大家說咳嗽是自然現象，沒什麼大不了的，也不值得特別擔心。沙發上的女子終於停止咳嗽，她依然安靜地躺著，但看起來似乎有點呼吸困難。

諾瑞爾先生的視線從女子身上，轉移到懸掛在她上方的巨幅油畫，心中暗想剛才說到哪裡。

「那幅畫的主題是婚姻。」貴婦人說。

「夫人，你說什麼？」諾瑞爾先生說。

但貴婦人只對著油畫的方向點點頭，儀態莊嚴地對諾瑞爾先生一笑。

懸掛在年輕女子上方的油畫跟房裡其他油畫一樣，背景都是水都威尼斯。英國城市大多坐落在山丘上，街道忽高忽低，隨著山勢起落，在諾瑞爾先生眼中，坐落於水面上的威尼斯大概是全世界最平坦、最奇怪的城市。由於地勢平坦，整幅畫看來像是透視圖的習作，雕像、石柱、圓頂、宮殿、教堂遠在天邊，陰鬱的天空似乎無邊無際，建築物底部的海水濺起點點浪花，運河上一艘艘奇形怪狀的小船，看起來宛似服喪中女子腳上的黑鞋。

「畫中描繪威尼斯和亞德里亞海的關聯，」貴婦人說（我想我們可以假設她是溫特堂夫人），「也就是一種象徵式的婚姻，很奇怪的義大利儀式。房裡你看到的油畫都是溫特堂先生生前到歐陸旅遊時買的，我們結婚時，他把這些畫送給我，這位畫家是個義大利人，當時在英國沒什麼名氣，後來受到溫特堂先生的贊助才來到倫敦。」

她講話的神情也同樣充滿威嚴，講完一句話就稍微暫停，好讓諾瑞爾先生有時間咀嚼話中傳達的重要意涵，順便表示景仰。

「等親愛的艾瑪結了婚，」她繼續說，「我就把這些畫當作結婚禮物，送給她和華特爵士。」

諾瑞爾先生請問溫特堂小姐和華特爵士是否佳期將至。

「再等十天！」溫特堂太太志得意滿地說。

諾瑞爾先生說聲恭喜。

「先生，你是魔法師？」溫特堂太太說。「聽了真令人遺憾，我最討厭魔法師。」她邊說邊仔細地盯著他，好像期望諾瑞爾先生一聽到她的批評，馬上宣布放棄魔法，改而從事其他行業。

但諾瑞爾先生不為所動，於是她轉身對未來的女婿說：「華特爵士，我的繼母非常信賴一位魔法師，我父親過世之後，這人經常在家中出沒，有時你走進房裡，確信四下無人，卻忽然看到他半遮半掩地躲在窗簾後面，或是穿著髒靴子躺在沙發上睡覺。他爸爸是個製皮匠，所有舉動都顯出了低微的出身，頭髮又長又髒，一張臉跟小狗一樣，但卻跟我們同桌吃飯，受到紳士般的禮遇。整整七年內，我繼母對他言聽計從，我們也完全受他掌控。」

「夫人，你的意見沒有受到重視嗎？」華特爵士說，「我感到非常驚訝！」

溫特堂夫人笑笑說，「華特爵士，當時我只是個八、九歲的孩子。這人叫尊迪契，他一天到晚說很高興跟我們交朋友，我和弟弟每次聽了都回答，你才不是我們的朋友呢！但他笑得跟剛學會微笑的小狗一樣，一直糾纏在我們身邊。華特爵士，我繼母在很多方面都通曉事理，我父親相當敬重她，所以才留給她一年六百英鎊的遺產，也將三個小孩託付給她，她唯一的缺點是對自己沒信心。我父親相信女人和男人一樣懂得判斷是非，我也完全贊同他的看法，我繼母不該懷疑自己無法承擔責任，溫特堂先生過世時，我就覺得自己扛得起責任。」

「夫人，你說的沒錯，」華特爵士喃喃說道。

「但是，」溫特堂太太繼續說，「我繼母卻將責任交託給魔法師尊迪契，他根本不懂魔法，到後來只好隨便捏造，他跟繼母保證我們姊弟三人的安危，還立下許多奇怪的規定，比方說，我們胸前都得緊緊繫上一條紫色的緞帶，桌上擺了六套餐具，我們三姊弟每人一套，其他三套則是給保護我們的精靈。他還告訴我們精靈的名字，華特爵士，你猜他們叫什麼？」

「夫人，我怎樣都猜不到。」

溫特堂太太笑笑說：「『絨毛草地』、『夏日飛蠅』和『金鳳花』。華特爵士，我弟弟跟我一樣有個性，他常在繼母面前大罵：『該死的絨毛草地！該死的夏日飛蠅！該死的金鳳花！』我那可憐、膽怯的繼母總是神經兮兮地拜託我弟弟住嘴。那些所謂的精靈根本保護不了我們，我妹妹後來生了重病，我常到她房裡陪她，每次都看到尊迪契用他那雙骯髒、枯黃的雙手輕拍妹妹蒼白的臉頰和虛弱的小手，那個笨蛋啊！他看來好像快哭了，我想如果他有辦法，肯定會努力一試，但他念了一大堆咒語，她還是撒手西歸。華特爵士，我妹妹真是個漂亮的孩子喔！從此之後，我非常憎惡尊迪契，認定他是個邪惡的人，但最終我才明瞭，其實他不過是個愚蠢、無能的可憐蟲。」

華特爵士稍微轉身，「溫特堂小姐，」他說，「你在說話嗎？對不起，我沒聽見。」

「艾瑪！你說什麼？」溫特堂太太高喊。

沙發上傳來一聲輕微的嘆息，然後有個低微、清晰的聲音說：「媽，我認為你錯了。」

「親愛的，我錯了嗎？」溫特堂太太生性威嚴，對人發號施令的模樣有如摩西頒布十戒，但聽到女兒的反駁，卻一點都不生氣，看來甚至相當開心。

「你確實錯了，」溫特堂小姐說，「我們一定得有魔法師，不然的話，誰能為大家詮釋英國，特別是北方領土的歷史呢？尤其是神祕的烏鴉王，一般歷史學家絕對說不清。」接下來一陣沉默，

「我對歷史很感興趣。」她終於又開口。

「我不曉得你喜歡歷史。」華特爵士說。

「華特爵士啊！」溫特堂太太高喊，「我親愛的艾瑪不像其他年輕女孩把時間浪費在看小說，她涉獵的範圍非常廣泛，我沒見過哪位年輕小姐像她一樣廣讀傳記和詩集。」

「但是，」華特爵士身子往前傾、對著未婚妻急切地說，「我希望你也喜歡小說，這樣我們才

可以讀給對方聽。你覺得芮德克里福夫人如何？達伯雷夫人呢？」[i]

但溫特堂小姐又開始咳嗽，華特爵士也就無從得知她對這兩位著名女作家的觀感。她咳得非常厲害，彷彿費了很大力氣才坐起來，華特爵士等她說話，但過了好一會，她又躺下來，跟先前一樣沉默不語，看起來疲憊不堪，而且閉上了雙眼。

諾瑞爾先生心想，為什麼沒有人過去照顧她？屋裡似乎有個不成文的共識，大家都拒絕承認這個可憐的女孩病了，沒有人問說要不要幫她拿杯水，也沒有人請她上床休息，諾瑞爾先生自己身體也不好，在他看來，溫特堂小姐最好馬上回房休息。

「諾瑞爾先生，」華特爵士說，「我不太明白你想提供哪些協助。」

「噢，讓我說得詳細一點，」諾瑞爾先生說，「我對戰爭所知甚少，就像軍官和上將們不懂魔法一樣，但是……」

「不管你想提供什麼協助，」華特爵士接口說，「恕我直言，只怕不會受到採納。先生，魔法不受人敬重，怎麼說呢？魔法……」華特先生試圖找個字眼，「有如兒戲，政府不會介入這類事情，就連今天你的造訪，如果話傳出去，我倆的面子也可能掛不住。老實說，諾瑞爾先生，如果早知你今天想跟我談這些，我當初就不會答應跟你見面。」

華特爵士言詞懇切，而且非常有禮貌，但可憐的諾瑞爾先生！一聽到有人說魔法有如兒戲，他的情緒大受打擊，一想到大家將他和尊迪契、溫古魯之類的騙徒擺在一起，心情更沉到谷底。他聲嘶力竭地說，經過再三長考，他已經想出如何振興英國魔法，他也知道如何規範魔法師，如果華特爵士有興趣，他可以把一長串詳細規章送交華特爵士過目。但講再多都是徒勞無功，華特爵士毫無興趣，只是搖頭微笑說：「諾瑞爾先生，我恐怕幫不上忙。」

當晚卓萊到漢諾瓦廣場拜訪諾瑞爾先生，諾瑞爾先生拉著他，不停哀嘆說華特爵士一口回絕，這下沒希望了。

「先生，我不是早跟你說了嗎？」卓萊大聲說，「不過話說回來，可憐的諾瑞爾先生啊！他們實在太無禮了！聽了真替你難過，但我一點也不訝異，大家都說溫特堂一家人非常傲慢！」

但卓萊先生是個不折不扣的雙面人，他宣稱為諾瑞爾先生感到難過，其實卻不這麼想。諾瑞爾先生不跟他商量就直接拜訪華特爵士，令他相當不悅，他決定讓諾瑞爾先生吃點苦頭。接下來的一星期，諾瑞爾先生參加的晚宴不但非常無趣，而且作東的不是卓萊先生的鞋匠，就是在西敏寺清掃的老太太。卓萊先生特意安排諾瑞爾和這些低微、平凡、毫無影響力的小人物吃飯，藉此讓他覺得不但華特爵士和溫特堂太太看不起他，而且全世界都忽略了他，這樣一來，諾瑞爾先生才看得出誰是真正的朋友，下回卓萊請他表演一些大家期待已久的小魔法時，他說不定會欣然同意。

這個所謂「諾瑞爾先生的好友」，心裡就是如此盤算，不幸的是，華特爵士的回絕令諾瑞爾先生萬念俱灰，根本沒注意到同桌吃飯的是誰，結果受罪的反而是卓萊自己。

奇怪的是，雖然明知影響不了華特爵士的決定，但諾瑞爾先生反而更希望得到爵士的舉薦。華特爵士和藹可親、神采奕奕、應對得體，與諾瑞爾先生截然不同，因此，諾瑞爾先生推論，華特爵士一定能完成他自己無法達到之事，有權有勢的高官達貴們必然聽信於華特爵士。

有天晚上，諾瑞爾先生和卓萊兩人單獨用餐，「他若肯聽我解釋就好囉，」諾瑞爾先生嘆息，「但我絞盡腦汁也說服不了他。現在想想，我真該請你或拉塞爾先生跟我一起去，你們這些見多識廣的紳士們比較有話聊，唉，當初為什麼沒想到這一點？說不定我當場就該施展魔法，把茶杯變成兔子，或是把茶匙變成金魚等等，至少他看了就會相信我。但我若真的施展魔法，那位老太太肯定不高興，唉，我該怎麼辦？你有何高見？」

卓萊只在心中暗想，如果無聊能至人於死地，再過十五分鐘後絕對輪到他；他發現自己實在不想說話，充其量只能勉強擠出笑容。

---

i Frances Burney d'Arblay，1752-1840，維多利亞時代的女作家。

7 千載難逢的良機

一八〇七年十月

「先生！這下你報了一箭之仇囉！」卓萊先生忽然來到諾瑞爾先生家中的圖書室，一進門就高聲喊叫。

「一箭之仇？」諾瑞爾先生說，「這話是什麼意思？」

「噢！」卓萊先生說，「華特爵士的未婚妻溫特堂小姐今天下午過世了！他們再過兩天就要結婚，但是可憐的溫特堂小姐卻已撒手西歸。一年一千英鎊耶！你能想像華特爵士多麼懊惱嗎？如果她多活幾天，情況就大不相同囉！他幾乎已經破產，非常需要錢，明天若傳出他自殺身亡的消息，我可是一點都不驚訝。」

卓萊先生往後一靠，倚身在一把爐邊座椅的椅背上，他低頭一看，赫然看到另一個朋友。

「啊，拉塞爾，你也在這裡！你躲在報紙後面，所以我沒看到你。你好嗎？」

諾瑞爾先生則一直盯著卓萊先生，「你說那位年輕的小姐過世了？」他驚訝地問，「我那天在小客廳碰到的小姐？我真不敢相信！實在太意外了。」

「噢！正好相反，」卓萊說，「一點都不意外。」

「但是婚禮怎麼辦？」諾瑞爾先生說，「一切都安排好了，他們應該知道她病得不輕吧。」

「我跟你保證，」卓萊說，「他們確實知道，事實上，大家都曉得她身子很差。有個叫做壯蒙的傢伙去年聖誕節在利明頓溫泉一個家庭派對上見到她，壯蒙跟卡萊斯爾勛爵打賭說她一個月內就會過世，還下了五十英鎊的賭注。」

拉塞爾先生嘟囔了幾句，不耐煩地放下報紙，「不、不，」他說，「那不是溫特堂小姐，你說的是胡函妮小姐，她哥哥說如果她讓家門蒙羞，他就拿槍射殺她，其實大家都知道那只是遲早的事。而且打賭的不是卡萊斯爾勛爵，而是艾克斯摩公爵。」

卓萊想了一會，「好吧，你說的沒錯，」他終於說。「但沒關係，反正大家都知道溫特堂小姐身體不好，只有老太太不肯相信，老太太覺得女兒是全世界最完美的小姐，『完美小姐』怎麼可能生病？『完美小姐』天生就該受到眾人仰慕，也該嫁個好丈夫，但是老太太不願承認『完美小姐』可能生病，也不准任何人在她面前提到這件事。雖然溫特堂小姐一天到晚咳嗽，成天躺在沙發上，但我從沒聽過哪個醫生登門看病。」

「華特爵士應該照顧得了她，」拉塞爾先生抖抖報紙，準備重新開始讀報，「我們或許不同意他的政治觀點，但他為人相當明理，可惜她活不到星期四。」

「諾瑞爾先生，」卓萊轉頭看看他的朋友，「你臉色發白，好像生病了！一個年輕無邪的女孩就這麼走了，我敢說你一定非常吃驚，先生，你的心地實在太善良了！我也有同感，一想到這個可憐的女孩，像一朵遭到踐踏的鮮花似地喪失了生命，先生，我的心如同刀割，難過得受不了喔。但你也明白，她病得不輕，遲早會過世，更何況你也說她對你不是很客氣，我知道這樣說或許有點老派，但我認為年輕人應該尊重像你這樣的年長學者，我最厭惡傲慢、魯莽的人。」

儘管卓萊先生好言相勸，但諾瑞爾先生似乎充耳不聞，最後他終於開口，先是沉重地嘆了一口氣，然後低聲喃喃自語，彷彿只說給自己聽，「沒想到大家如此輕視魔法，」他稍作停頓，然後快速地低聲說，「讓人死而復生極為冒險，三百年來從來沒有人這麼做，我也不該嘗試！」

這話非常不尋常，卓萊和拉塞爾驚訝地看著他們的朋友。

「先生，你說的沒錯，」卓萊先生說，「況且也沒有人說你應該嘗試。」

「我當然知道該如何進行，」諾瑞爾先生喃喃自語，彷彿卓萊根本沒開口，「但這正是我所反對的魔法！這種魔法太仰仗……太仰仗……唉，換句話說，結果必然不可預測，完全超出魔法師的掌控。不！我不該嘗試！甚至連想都不該想。」

接下來一陣短暫的沉默，諾瑞爾雖然決定不再多想這種危險的魔法，但他依然僵坐在椅子上，咬著指甲、呼吸非常急促，在在顯示心中的焦慮與不安。

「親愛的諾瑞爾先生，」卓萊慢慢地說，「我想我了解你的用意。這個想法實在太棒了！你想施展一套偉大的魔法，藉此展現非凡的實力。噢！先生，如果你成功了，全英國如同華特爵士和溫特堂太太的人士都將上門求助，也將對你大加稱頌！」

「如果失敗的話，」拉塞爾先生冷冷地說，「全英國的人也將對惡名昭彰的諾瑞爾先生敬謝不敏。」

「拉塞爾先生啊！」卓萊高喊，「請別胡說八道！大家都知道諾瑞爾先生法力高超，怎麼可能失敗？」

拉塞爾先生說他不是這個意思，兩人剛開始爭執，諾瑞爾先生就發出痛苦的哀嘆。

「唉，老天爺啊！我該怎麼做？這幾個月來，我用盡心思想讓倫敦的紳士們接納魔法，卻依然受到鄙視！拉塞爾先生，你最通曉世事，請告訴我……」

「諾瑞爾先生，」拉塞爾先生很快插嘴，「我早就決定不幫任何人出點子。」說完就重新讀報。

「親愛的諾瑞爾先生喔！」卓萊不等人問就逕自開口，「這種機會實在千載難逢……（諾瑞爾先生很清楚他說的沒錯，深深地嘆了一口氣。）如果眼睜睜看著你錯過良機，我絕不會原諒自己。這麼一位漂亮的小姐芳華早逝，大家莫不一掬同情之淚，而你只要輕揮魔杖，不但可讓她重返人間，華特爵士也將重拾應得的財富，更別說為魔法奠定萬世基業！你一旦成功展現才能，讓大家見識到魔法的威力，誰能說魔法師不值得尊重、不受人讚賞呢？魔法師將比五星上將更受到敬重，聲譽直逼上將，甚至像樞機主教和首席大法官一樣崇高！即使英王馬上設立御用魔法師、樞機魔法師、無給職魔法師等職位，我也絲毫不訝異。諾瑞爾先生啊！你將位居眾人之上，貴為首席魔法師！你只須揮舞一下魔杖！只要輕輕一揮就得了！」

卓萊講得興高采烈，拉塞爾不耐煩地假裝讀報，顯然很想出言反駁，但他既然已經表示不幫人出點子，所以只好盡力壓制自己不出聲。

「沒有什麼比這個更危險！」諾瑞爾先生一臉驚恐地低聲說，「魔法師本人和受法者都會承受相當大的風險。」

「先生，」卓萊說得合情合理，「你一定很清楚自己所承擔的風險，至於所謂受法者，溫特堂小姐已經死了，還能糟到什麼地步？」

卓萊稍作停頓，等待對方回答這個有趣的問題，但諾瑞爾先生沒有回應。

「我馬上吩咐備車，」卓萊大聲說，也即刻照辦，「我現在就去一趟布魯斯維克廣場，諾瑞爾先生，請別擔心，我相信大家將對我們的提議大感興趣，我一小時之內就回來。」

卓萊匆忙離去之後，諾瑞爾先生呆坐了十五分鐘，身子動也不動，只是雙眼無神地直視前方。

雖然拉塞爾不相信諾瑞爾先生描述的那種魔法（因而也不認為諾瑞爾先生將承擔莫大風險），但他很慶幸自己看不到諾瑞爾似乎目睹到的景象。

過了一會，諾瑞爾先生忽然起身，急切地取下五、六本書，他把書逐一翻開，彷彿書中寫滿了金言玉律，魔法師們若打算讓年輕女士死而復生，讀了之後就知道該怎麼辦。他專心閱讀了四十五分鐘之後，圖書室外面傳來一陣騷動，卓萊先生隨即吵吵嚷嚷地走進來。

「……幫了大忙！實在令人感激不盡……」卓萊手舞足蹈地走進圖書室，臉上堆滿笑意，「事情進行得非常順利，先生。華特爵士剛開始有點懷疑，但後來就沒問題了！他請我向你致上最誠摯的謝意，但他覺得你的好意於事無補，我說如果他擔心話傳出去，引起眾人的議論，那他大可放心，我們無意讓他出醜，諾瑞爾先生只想提供協助，而拉塞爾和我向來守口如瓶，此事絕對不會外洩。但他說他已習慣民眾的譏諷，根本不擔心大家怎麼說，他只希望尊重死者，讓溫特堂小姐安息。華特爵士喔！我大聲抗議，你怎麼能說這種話啊？你該不是認為一個美麗、富有的年輕小姐甘願在婚禮之前撒手西歸吧？你自己的幸福快樂又怎麼說呢？噢，華特爵士！我再度大聲勸進，就算你不相信諾瑞爾先生的魔法，試試看又有何妨？老太太聽了馬上表示贊同，她還提到小時候認識一個魔法師，這人非常有天賦，對家裡每個人都很好，還讓老太太的小妹多活了好幾年。我跟你說啊，諾瑞爾先生，溫特堂太太對你真是感激不盡，她哀求你馬上過去，華特爵士也同意越快進行越好，所以我叫戴維在門外等候，絕對不准離開。噢，諾瑞爾先生，今晚雙方將大和解！所有的誤解，所有因一、兩句措辭不當的話引發的嫌隙，今晚都將一掃而空！這簡直像莎士比亞的劇作一樣精采！」

僕人送上諾瑞爾先生的外衣，他踏進馬車，卓萊和拉塞爾也跟著上車，各自坐在他身旁。諾瑞爾先生一臉驚訝，看來八成沒有料到這兩位紳士會陪同前往布魯斯維克廣場。

拉塞爾上車之後就不停冷笑，他說這輩子從沒聽過這麼荒謬的事情，還說大夥坐在諾瑞爾先生的馬車上駛過倫敦街頭，就像義大利和法國的童話故事中，一群傻子坐上牛奶桶到湖中打撈月亮的倒影一樣荒誕。諾瑞爾先生聽了或許會不高興，但他卻完全忽略拉塞爾。

抵達布魯斯維克廣場之後，他們看到屋外聚集了一小群人，兩名男子上前拉住馬匹，在門口油燈的光影中，十幾位溫特堂太太的僕人群聚一側，等待魔法師讓他們的小姐死而復生。在下敢說其中幾位只是好奇，想看看魔法師是什麼模樣，這是人類天性始然，但大部分的群眾都滿臉悲傷，看得出來心裡真的很難過，所以才主動站在寒冷的街道上，沉默地哀悼死者。

其中一位拿起蠟燭，引領諾瑞爾先生和他的朋友們走進屋內。屋裡一片漆黑，而且冷透心扉，一行人走到樓梯口就聽到溫特堂太太在樓上大喊：「羅勃！羅勃！諾瑞爾先生到了嗎？啊！真是謝天謝地！」她突然出現在門口歡迎大家：「我以為你不會來呢！」說完就緊握諾瑞爾先生的雙手，聲聲哀求他施展最高超的魔法讓溫特堂小姐復生。諾瑞爾先生感到非常不自在，溫特堂太太還說錢不是問題，只要能讓愛女復活，他要多少錢都沒關係，拜託、拜託，他一定要答應她的乞求。

諾瑞爾先生清清喉嚨，似乎又要以現代魔法為題，發表冗長而無趣的評論，幸好卓萊先生趕緊上前跟溫特堂夫人致意，解救了眾人。

「親愛的夫人啊！」卓萊高喊，「請保持鎮定！如您所見，諾瑞爾先生已經來了，我們一定會盡全力嘗試。他請您不要再提到費用問題，不管今晚施展了哪種魔法，他純粹是站在朋友的立場幫忙……」卓萊一邊說話，一邊踮起腳尖、抬高下巴，查看華特爵士站在哪裡，華特爵士搖搖晃晃地站起來歡迎客人，在黯淡的燭光下，他臉色蒼白，雙眼凹陷，顯現出前所未見的憔悴。基於禮貌，他應該走上前來跟大家說說話，但他卻一語不發。

諾瑞爾先生站在門口，任憑眾人怎麼說都不肯進去，非得等到華特爵士開口不可。「我一定得跟華特爵士談談！華特爵士，請聽我說！」他從門口大喊，「既然溫特堂小姐剛過世不久，我想情況還算樂觀，沒錯，我敢大膽判定，確實很有希望。華特爵士，我馬上過去施法，希望不久之後就有好消息。」

溫特堂太太苦苦哀求諾瑞爾先生提出保證，但沒有得到回應；華特爵士顯然毫無所求，諾瑞爾先生卻急著提出保證，想想實在古怪。諾瑞爾先生在門口徘徊了一會，華特爵士終於點點頭，沙啞地從小客廳裡大喊：「謝謝你！先生，謝謝你！」他的嘴角微微上揚，彷彿勉強想擠出一絲微笑。

「華特爵士！」諾瑞爾先生高聲回答，「我很想請你跟我一起上來，親眼觀看我打算施展的魔法，但這種魔法相當奇特，我必須單獨進行，將來有機會再為你另作示範。」

華特爵士微微一鞠躬，轉身離去。

溫特堂太太也轉頭跟僕人羅勃說話，卓萊乘機把諾瑞爾先生拉到一旁，小聲卻口氣急切地在他耳邊說：「不！不！不要把他們差遣到一旁！我勸你盡量鼓動大家來參觀，人越多越好，這樣一來，明天一早大家就會四處散布今晚的奇蹟。對了，你也不妨製造一些騷亂，多念幾句咒語，讓僕人們手忙腳亂一番，哎呀！我真個大笨蛋，我怎麼沒想到拿點火藥來丟在火裡呢！你不會隨身帶著火藥吧？」

諾瑞爾先生不予回應，只請大家馬上帶他去溫特堂小姐的房間。

雖然諾瑞爾先生表示要單獨行動，但他親愛的朋友卓萊和拉塞爾，怎麼忍心讓他單獨面對這個關鍵時刻？於是三個人在羅勃的帶領下，來到二樓的一間廂房。

8 一頭薊冠毛銀髮的紳士

一八〇七年十月

房裡空無一人。

也可以說房裡有個人；溫特堂小姐躺在床上，但在目前這種狀況下，她到底算不算是「一個人」？這個問題頗具哲理，令人困惑。

家人幫她穿上白禮服，把一條銀項鍊掛在她脖子上，她的秀髮經過仔細梳理，兩耳戴著珍珠寶石耳環，但溫特堂小姐恐怕已經不會在乎這些。僕人們點上蠟燭，燒上一爐溫暖的爐火，房內擺滿玫瑰花，四處洋溢著甜美的香氣，但就算這裡是全市最骯髒的閣樓，溫特堂小姐的姿態也不會改變。

「她看起來還可以，不是嗎？」拉塞爾先生說。

「你從來沒有見過她嗎？」卓萊說。「噢！她生前是個大美女，非常聖潔，像個安琪兒。」

「真的嗎？現在看來好憔悴。我得警告我所認識的美麗女士們千萬別死，死了之後就不好看了。」拉塞爾說。他傾身仔細瞧瞧，「他們幫她闔上了眼睛。」他說。

「她的雙眼漂亮極了，」卓萊說，「黝黑、清澈，睫毛又黑又長，眉毛漆黑細緻，真可惜你沒見過她，她正是你欣賞的那類女子。」卓萊轉身對諾瑞爾先生說：「先生，你準備開始了嗎？」

諾瑞爾先生坐在壁爐邊的椅子上，剛進門的果斷、一絲不苟已經消失無蹤，現在反而低下頭沉重地嘆氣，兩眼目不轉睛地盯著地毯。拉塞爾和卓萊饒富興味地看著諾瑞爾先生，卓萊兩眼發亮，滿心期待，拉塞爾則一臉冷然，嘴角上揚，滿腹嘲諷，兩人的表情恰好反映出兩人的個性。卓萊先生帶著敬意地退後幾步，好讓諾瑞爾先生走近床邊，拉塞爾先生則跟在戲院看戲一樣，雙臂交叉地倚在牆邊。

諾瑞爾先生又嘆了一口氣，「卓萊先生，我已經說過，這種特別的魔法需要單獨進行，我必須請你到樓下等候。」

「噢，先生！」卓萊抗議，「但是拉塞爾和我跟你交情這麼好，不至於造成不便吧？我們是全世界最安靜的人，不到兩分鐘，你就會完全忘記我們的存在。更何況我們非得在場不可！拉塞爾和我若不在場，明天早上誰向大家宣揚你的成果呢？誰能描述魔杖一揮，溫特堂小姐馬上重返人間的神奇時刻呢？誰能轉述你不幸失敗的痛苦呢？先生，你說的絕對不如我精采，這點你也很清楚。」

「或許吧，」諾瑞爾先生說，「但你的建議完全不可行。除非你們離開，否則我不會、也不能開始施法。」

可憐的卓萊！他不能強迫諾瑞爾先生施展法術，但他等著看魔法等了這麼久，現在卻被排除在外，他實在無法承受！就連拉塞爾先生也有點失望，他本來希望親眼目睹一場荒謬劇，好好嘲笑一番呢。

兩人離開之後，諾瑞爾先生一臉憂慮地站起來，他從懷裡掏出一本書，他先前已在書裡夾了一張摺疊的紙片，這時他把書翻到這一頁，然後把書放在一張小桌子上以便隨時查閱，一切就緒之後便低頭念咒。

咒語幾乎馬上生效，房內忽然出現一抹本來沒有的綠色身影，四處也洋溢著森林的清香。諾瑞爾先生停止念咒。

有個人站在房間中央。此人高大英挺、膚色蒼白，一頭銀髮蓬鬆茂密，好像薊冠毛一樣潔白耀眼，一雙冷冽碧藍的眼睛閃閃發光，眉毛又黑又長，朝上茂密生長。他打扮得跟一般紳士一樣，只不過亮綠色的外套光采奪目，有如初夏的綠葉般耀目。

「O Lar!」諾瑞爾先生顫抖地念誦，「O Lar! Magnum opus est mihi tuo auxilio. Haec virgo mortua est et familia eius eam ad vitam redire vult.」❶ 諾瑞爾先生指指躺在床上的女孩。

一看到溫特堂小姐，一頭薊冠毛銀髮的紳士忽然非常興奮，他雙臂大張表示極度驚喜，然後連珠砲似地說了一大串拉丁文。諾瑞爾先生只習慣於閱讀拉丁文，現在對方說得這麼快，他幾乎聽不懂，只是不時聽到「formosa」和「venusta」，兩者皆用來描述美麗的女子。

諾瑞爾先生等到對方稍微鎮定一點之後，請他看看壁爐上方的鏡子，溫特堂小姐出現在鏡中，一個人在狹窄的石徑間緩緩而行，走過陰暗蜿蜒的高山。「Ecce mortua inter terram et caelum!」諾瑞爾先生高聲念誦，「Scito igitur, O Lar, me ad hanc magnam operam te elegisse quia...」❷

「是的、是的！」對方忽然用英文大喊。「你之所以召喚我，原因在於我的法力高於其他精靈之上；我曾是湯瑪斯．岡德布列斯、羅夫．斯托克塞、馬汀．帕爾和烏鴉王的僕人與密友，我不但勇敢、慷慨、充滿俠義精神，人又長得英俊瀟灑！大家都看得出來，你若召喚別人才是奇怪！你我都知道我是誰，問題是：**你是何方神聖？**」

「我？」諾瑞爾先生深感驚訝，「我是當代最偉大的魔法師！」

對方揚起一邊完美無瑕的眉毛，彷彿不敢置信。他慢慢在諾瑞爾先生身旁徘徊，從各個角度觀察諾瑞爾先生，過了一會，他雙手一揮，非常沒禮貌地掀掉諾瑞爾先生的假髮，然後再度仔細打量，好像諾瑞爾先生是鍋子上的燉菜，而他想看看晚上吃什麼。

「我……我注定會讓魔法在英國重現！」諾瑞爾先生一面大喊，一面把假髮搶回來，他把假髮戴回頭上，稍稍戴歪了。

「嗯，顯然沒錯！」一頭蓟冠毛銀髮的紳士說，「不然我怎會在這裡出現！你想我該不會浪費時間，回應一個三流騙徒的召喚吧？但你究竟是誰？你施展了哪些魔法？你的主人是誰？你造訪過哪些魔法國度？打敗了哪些敵人？誰是你的盟友？」

諾瑞爾先生被這一大串問題嚇了一跳，他措手不及，根本不知道如何回答，猶豫了半天之後，他終於想出一個合理的答覆：「我沒有主人，完全是自修。」

「自修？」

「沒錯，從書本學習。」

「書本？」（對方的口氣非常不屑。）

「是的，當代的書本裡提到許多魔法，其中大部分當然是胡說八道，沒有人比我更了解這一點。但書中也有很多有用的資訊，只要稍微用心就看得出來，比方說……」

諾瑞爾先生正打算開始高談闊論，一頭蓟冠毛銀髮的紳士沒耐心聽別人說話，於是插嘴說：

「我輩之中，我是你頭一個遇見的嗎？」

「噢，是的！」

一頭蓟冠毛銀髮的紳士聽了顯然很開心，他微笑著說：「這麼說來，如果我答應讓這位年輕小姐復生，我會得到什麼酬賞？」

諾瑞爾先生清清喉嚨，「你所謂的酬賞是……」他說，聲音聽來有點沙啞。

「啊！這點非常好商量！」一頭薊冠毛銀髮的紳士高喊，「我的要求再簡單也不過！我這個人一點也不貪婪，也沒有無謂的野心，老實說，你會發現這個要求對你比對我更有好處，這也正顯現出我無私的天性！我只要求讓我助你一臂之力，幫你出點子，引導你學習。噢！你還得昭告全世界，你這些偉大的成就多半歸功於我！」

諾瑞爾先生看來有點不舒服，他咳嗽了幾聲，喃喃道謝對方的好意，「我若是那種老想著求助於人的魔法師，鐵定會欣然答應你的請求。但很不幸地……我只怕……總歸一句話，我無意聘用你，也絕對不會雇用你的同類。」

接下來一陣漫長的沉默。

「啊，你真是不知感恩！」一頭薊冠毛銀髮的紳士冷冷地說，「我不辭辛勞地應允你的召喚，耐著性子聽你講些無聊的話，還得忍受你對魔法的無知和疏忽，但你卻斷然拒絕我的協助。或許我該跟另外一位聊聊，他說不定比較知道怎麼跟年高德劭的長者說話。」他邊說邊環顧四周，「我沒看到他，他在哪裡？」

「誰在哪裡？」

「另外一位。」

「另外哪位？」

「魔法師。」

「魔法……」諾瑞爾先生想說，卻說不出口，「不、不！沒有其他魔法師！我是唯一的一個，我跟你保證只有我一位。你為什麼認為……？」

「當然有另一位魔法師！」這位紳士斷然宣稱，彷彿此事天經地義，任何人的反駁都極為可笑。「他是你最要好的朋友！」

「我沒有朋友。」諾瑞爾先生說。

諾瑞爾非常困惑，這個精靈說的是誰？查德邁？拉塞爾？卓萊？

「他有一頭紅髮，鼻子細長，而且非常自負——所有英國人都是如此！」一頭薊冠毛銀髮的紳士大聲說。

這話毫無助益，查德邁、拉塞爾和卓萊都非常自負，查德邁和拉塞爾的鼻子細長，但他們三人的頭髮都不是紅色。諾瑞爾先生百思莫解，於是沉重地嘆口氣，重新回到正題：「你不幫我嗎？」他說，「你不讓這位年輕女子復生嗎？」

「我可沒這麼說！」一頭薊冠毛銀髮的紳士輕蔑地回答，好像覺得諾瑞爾先生怎麼這麼想。「我得承認，」他繼續說，「最近幾世紀來，我對自己的親友和僕人已經感到厭煩，我的姊妹和表親雖然具有許多美德，但也有些缺點，老實說，他們有點愛吹牛、傲慢自大。這位年輕小姐，」他指著溫特堂小姐說，「她也具有一般的美德吧？她是否非常優雅、聰慧、敏銳、善變、舞姿輕盈？她是否善於騎術，唱起歌來像天使，精於刺繡，通曉法文、義大利文、德文、布列塔尼、威爾斯等多種語言？」

諾瑞爾先生說大概是吧，他相信現代的年輕女孩們都是如此。

「這麼說來，她會是個迷人的伴侶！」一頭薊冠毛銀髮的紳士拍掌叫好。

諾瑞爾先生緊張地抿了抿嘴唇，「你究竟打算如何？」

「你只要答應她一半的壽命歸我，我們就說定了。」

「一半壽命？」諾瑞爾先生重複。

「一半。」一頭薊冠毛銀髮的紳士說。

「她的親朋好友若發現我捨棄了她一半壽命，大家將作何感想？」諾瑞爾先生問。

「噢，他們永遠不會知道，這點包在我身上。」紳士說。「再說，她現在毫無生命跡象，擁有一半壽命總比什麼都沒有好。」

這話確實沒錯。擁有一半壽命之後，溫特堂小姐將與華特爵士成婚，華特爵士也不會陷入財務危機；華特爵士將繼續擔任公職，襄助諾瑞爾先生振興英國魔法。但諾瑞爾先生讀過很多魔法師跟精靈打交道的經驗，也很清楚精靈相當狡猾，他想他看得出這位紳士有何打算。

「她的壽命有多久？」他問。

一頭薊冠毛銀髮的紳士雙手一攤，坦然問道：「你希望她活多久？」

諾瑞爾先生想了想，「我們姑且假定她活到九十四歲，九十四是個不錯的歲數，她今年十九，這表示她還有七十五年的壽命。如果你能讓她再活七十五年，那麼一半壽命歸你，我覺得倒也未嘗不可。」

「七十五年，就這麼說定了。」一頭薊冠毛銀髮的紳士表示同意。「其中一半歸我所有。」

諾瑞爾先生緊張地看著他，「我們還該做些什麼？」他問。「該不該簽份文件？」

「不必了，但我要取走某樣物品，表示這位女士歸我所有。」

「取下其中一枚戒指吧，」諾瑞爾先生建議，「或是她脖子上的項鍊，我想我可以找個理由跟大家解釋戒指或項鍊為何遺失。」

「不，」一頭薊冠毛銀髮的紳士說，「我要其他東西……啊，我知道了！」

卓萊和拉塞爾在諾瑞爾先生首度碰見華特爵士的小客廳裡等候，屋內氣氛陰沉，壁爐裡火光微弱，蠟燭也幾乎燃盡，窗簾大開，但沒有人拉下百葉窗，雨絲打在窗戶上，感覺更加淒涼。

「這絕對是個讓死人復生的夜晚，」拉塞爾先生評論，「大雨和樹枝敲打窗緣，煙囪中傳來淒厲的風聲，這些都提供最佳舞臺效果。說真的，我經常有股想寫劇本的衝動，今晚的情景說不定提供靈感，讓我再度執筆。嗯，或許寫部悲喜劇，故事主角是個窮困、想盡辦法想發財的部長大官，剛開始是一場為了錢而結合的婚姻，魔法師最後才登場，這齣戲一定非常賣座，我可以將之命名為『可惜她是具屍體』。」

拉塞爾停頓了一會，等待卓萊微笑表示附和，但卓萊吃了諾瑞爾先生的閉門羹，無法親眼目睹魔法，至今依然耿耿於懷，根本無心說話，他僅淡淡地說，「你想大家到哪裡去了？」

「我不知道。」

「我們幫了這麼大的忙，卻受到這般冷落！不到半小時以前，他們還滿口道謝，現在卻不理不睬，真是失禮！從我們進門到現在，他們甚至連塊蛋糕都沒有送上，我敢說現在已經過了晚餐時間，唉，我肚子好餓！」他停頓了一會又說：「爐火也快熄滅了。」

「多放一些煤塊進去吧。」拉塞爾建議。

「什麼？把自己弄得髒兮兮？」

蠟燭逐一熄滅，火光也越來越微弱，直到屋內幾乎一片漆黑，牆上懸掛的威尼斯油畫也變成一塊塊沉重的黑影。他們一語不發，在黑暗中坐了好久。

「鐘聲響了，現在已經一點半了！」卓萊忽然說，「聽來好寂寥！唉，小說裡所有可怕的事情，總是在教堂鐘聲或是時鐘敲了幾下之後發生，而且都發生在陰暗的屋子裡！」

「我想不起半夜一點半曾經發生什麼可怕的事。」拉塞爾說。

這時兩人聽到樓梯上傳來腳步聲，來人越走越近，很快就來到門外，小客廳的門隨即被推開，有人手執蠟燭站在門口。

卓萊伸手捏住火鉗。

但只見諾瑞爾先生站在門口。

「卓萊先生，不要緊張，沒什麼好害怕的。」

諾瑞爾先生舉起蠟燭，燭光中的他顯得非常不安；他臉色極為蒼白，雙眼大張，眼光毫不呆滯，反而帶著一絲恐懼。「華特爵士在哪裡？」他問。「其他人在哪裡？溫特堂小姐在找她母親。」

諾瑞爾先生把最後一句話重複了兩次，卓萊和拉塞爾才聽懂。

拉塞爾眨了兩、三下眼睛，嘴巴大張，彷彿相當訝異，但很快就回過神來，閉上嘴巴，再度擺出一副高傲的表情。在此之後，他整個晚上都是這副神情，好像他經常目睹年輕女子死而復生，今晚這種特殊狀況，他早就習以為常，甚至覺得相當無趣。卓萊卻有一肚子的話想說，在下敢說他一定也大講特講，可惜沒人注意到他，也不知道他說了些什麼。

諾瑞爾先生請卓萊和拉塞爾去找華特爵士，華特爵士請來溫特堂太太，諾瑞爾先生隨後帶著顫抖、垂淚的老太太到她女兒的廂房。在此同時，溫特堂小姐復生的消息傳遍家裡每個角落，僕人們知道之後歡欣鼓舞，大家都非常感謝諾瑞爾先生、卓萊先生和拉塞爾先生，管家和兩位男僕走到卓萊和拉塞爾面前恭謹地說，兩位先生若需要任何協助，請盡量開口，管家和男僕們絕對鼎力相助。

拉塞爾先生低聲跟卓萊先生說，他不知道自己居然有此「殊榮」，讓這麼多地位卑微的下人提出這種承諾，實在令人不悅，早知如此，他寧願不做善事。很幸運地，這些「地位卑微的下人」極為開心，根本察覺不到他們冒犯了拉塞爾。

大家很快就知道溫特堂小姐已經下床，在諾瑞爾先生的攙扶下走到廂房旁邊的起居室。她安坐在壁爐邊的一把椅子上，而且說想要喝杯茶。

卓萊和拉塞爾被請到漂亮、袖珍的起居室，一進去就看到溫特堂小姐、她母親、華特爵士、諾瑞爾先生和其他一些僕人。

溫特堂太太和華特爵士臉色蒼白，神情肅穆，讓人以為跨過陰陽界的不是溫特堂小姐，而是他們兩位；溫特堂太太不停地啜泣，華特爵士不時把手擱在額頭，好像目睹了某些可怕的事情。

溫特堂小姐卻沉靜自持，好像一個經常待在家中、享受寧靜夜晚的年輕小姐，身上依然穿著那件卓萊和拉塞爾先前看到的白禮服。她起身對卓萊微微一笑，「先生，我想我們從沒見過面，但大家都說我虧欠您好多，我只怕永遠無法償還，多虧您的奔走和堅持，我才能站在這裡，謝謝您，先生，真是太謝謝您了。」

她朝著卓萊伸出雙手，卓萊上前握住。

「噢、小姐！」他一邊微笑著鞠躬致意一邊高喊，「這是我最高的榮……」

說到一半，他忽然停頓了一會。「小姐？」他尷尬、不自在地輕笑兩聲，卓萊在任何場合都神情自若，極少感到尷尬，這時為何如此不自在？他依然握住她的雙手，但抬頭看看四周，好像想找人幫他脫離困境。忽然間，他拉起她的一隻手，讓她自己瞧瞧，她看來有點驚訝，但卻一點都不擔心；她把手舉高，讓她母親也瞧瞧。

她左手的小指不見了。

❶「精靈啊，我亟須你的協助，這位處女已死，她的家人希望讓她復生。」
❷「這位死去的女子置身於天堂與世間！既知如此，精靈啊，我之所以選擇你來完成這個偉大的任務，原因在於……」

9 波爾夫人

一八〇七年十月

一位遠比在下聰明的女士曾說，英年早逝或是結了婚的年輕人，對這個世界特別有感情，這麼說來，你能想像溫特堂小姐對周遭充滿多大興趣嗎？沒有任何一位年輕小姐享有如此得天獨厚的經歷：星期二過世，星期三清晨復生，星期四成婚，有些人說不定覺得這個星期過得太刺激呢。

眾人爭著想見她一面。大部分的人都聽說她死而復生之後喪失了一隻手指，實在令人匪夷所思。她在其他方面有所改變嗎？這點倒沒有人曉得。

星期三早晨（也就是她復生之後的那個早晨），見證了這個奇蹟的幾位人士似乎私底下達成共識，一致對外隱瞞消息。一早登門造訪布魯斯維克廣場的訪客們，只聽說溫特堂小姐和她母親正在休息。漢諾瓦廣場的訪客也聽到同樣說辭：諾瑞爾先生非常疲憊，無法接見任何訪客。至於華特爵士，沒有人知道他在哪裡（但大家猜想他一定在布魯斯維克廣場的溫特堂宅邸）。多虧善心的卓萊和拉塞爾先生，若非他們二人，倫敦市民將得不到任何消息，他們勤於奔走，出現在難以計數的沙龍、牌室與餐廳之中，當晚不知道有多少人想請卓萊吃飯，幸好他的胃口向來不大，不然肯定消化不良。他對大家描述溫特堂小姐甦醒的過程、溫特堂太太和他抱頭痛哭、華特．波爾爵士和他擊掌稱慶、華特爵士再三向他道謝，他則一再謙辭、溫特堂太太堅持派車送他和拉塞爾先生回家等等，最起碼說了五十次以上。

華特．波爾爵士大約早上七點離開溫特堂太太家，回到自己家中小睡片刻，但誠如大家所預料，中午之前就返回溫特堂太太家（我們的行動確實都在鄰居們的掌握之中！）。此時，溫特堂太太知道她女兒已成了名人，一夕之間變成大眾矚目的焦點；求訪的名片和祝賀的信函如雪片般飛來，溫特堂太太每小時都收到一疊信件，但其中大部分是陌生人。「夫人，」其中一封信說，「請允許我幫您一解塵世之苦。」

這些不相干的人居然擅自批評別人的私事，還在信中大談對她女兒的思慕，溫特堂太太感到極度不悅，她好想斥責這些無禮、沒有教養的人，華特爵士一抵達布魯斯維克廣場，馬上被迫聆聽她的長篇大論。

「夫人，」他說，「我勸您不要理會，身為政治人物，我們都知道秉持尊嚴、保持沉默是對抗魯莽無禮的最佳利器。」

「啊！華特爵士！」他的準岳母感嘆道，「我真高興我倆意見一致！秉持尊嚴，保持沉默，說得對極了！我想我們不該多談艾瑪的遭遇，她已經吃了太多苦，明天之後，我就永遠不再提起此事。」

「或許吧，」華特爵士說，「但我想大概不太可能，您知道的，我們不能忘了還有諾瑞爾先生，一看到他，我們就會想起這樁遭遇，而且他一定會經常出現在我們面前，畢竟他幫了這個大忙，我們幾乎無法回報。」他停頓了一會，然後嘲諷地加了一句：「幸好諾瑞爾先生已經表明我應該如何回報。」華特爵士指的是凌晨四點，他和諾瑞爾先生的一番對話，諾瑞爾先生在樓梯口將他攔下，鉅細靡遺地描述自己打算如何用魔法抵禦法軍。

溫特堂太太說她當然感謝諾瑞爾先生，每個人都知道她多麼敬重他；他不但魔法高超（但溫特堂太太說，我們不必在他面前提到這一點），而且似乎是個非常和藹的老紳士。

「沒錯。」華特爵士說。「但目前的首要之務是溫特堂小姐，我覺得最好不要讓她太勞累，這也正是我想跟您商量的一點，我不知道您意下如何，但我認為不妨把婚禮延後一、兩個星期。」

溫特堂太太不同意，她說所有婚禮事宜已經安排妥當，大部分的喜宴菜餚也已備妥，清湯、凍菜、燒肉、醃漬鱘魚等佳餚都已上桌，為什麼要白白浪費美食，一、兩星期之後全部重來一次？華特爵士對家務一無所知，也無從爭辯，所以只好建議詢問一下溫特堂小姐的意見，看看她的身體是否承受得了。

因此，他們起身離開寒冷的小客廳，走到樓上溫特堂小姐的起居室，徵詢她的意見。

「啊！」她說，「我這輩子從來沒有感到這麼舒坦！我身體好得很，謝謝你們。我早上已經出去過了，我以前很少出去走動，也不想運動，但今天早上我在家裡簡直待不住，好想到外面走走。」

華特爵士看來相當擔心，「這樣好嗎？」他轉頭跟溫特堂太太說，「您知道她出去了嗎？」

溫特堂太太正想表示關切，但她女兒開朗地大聲說：「噢，我跟你保證媽媽不曉得，我趁她在房裡休息時出去，芭納德陪我在布魯斯維克廣場繞了二十圈，二十圈耶！你們八成覺得很荒謬，但我好想走走！如果可能的話，其實我更想跑步，但你們知道的，倫敦市區……」她再度開朗地笑笑，「我想走遠一點，但芭納德說不行，她緊張兮兮，生怕我昏倒在路上，也不讓我離開從屋裡看得見的範圍。」

他們瞪著她，華特爵士從未聽過她一口氣說這麼多話，她坐得筆直，雙眼炯炯有神，臉頰紅撲撲的，看起來健康又美麗；她講話又急又快，表情十足，而且神情愉悅，精力非常旺盛，看起來諾瑞爾先生不但讓她復生，而且加注了兩、三倍活力。

感覺好奇怪。

「當然，」華特爵士說，「如果你舒坦到可以運動，沒有人會阻攔，定期運動才能增強體力，常保身體健康。但就目前的情況而言，你最好不要悄悄跑出去，除了芭納德之外，你需要其他人跟在身邊保護你，從明天開始，你知道的，我將親自擔負起這個光榮的使命。」

「但是，華特爵士，你平常很忙，」她提醒他，「你得處理很多公事。」

「沒錯，但是……」

「噢，我了解你公務繁忙，也知道不該太勞煩你。」

她似乎不在意，甚至高興受到冷落，他正打算出言抗議，但她說的確實沒錯，他也不知道該如何反駁。自從第一次在文賽夫人家見到她，他就深深為她的美貌與優雅所著迷，他不但決定儘快迎娶她，而且還打算多了解她，他覺得這名年輕女子不但多金，說不定也與自己相當匹配，只要跟她聊個一、兩小時，他一定能促成彼此的信任與親密。他非常期望兩人有機會促膝長談，也有信心從中找出共同的興趣與情感，她約略提過的幾件事更增強了他的信心。更何況他已經四十二歲，不但聰明睿智，而且見多識廣，任何話題都能侃侃而談，他非常期盼和一位十九歲的美女分享見聞，她一定會覺得很有趣。但他成天公務纏身，她的身體又不好，於是兩人一直沒機會長談，現在她卻希望結婚之後一切照舊，而且似乎毫無不悅之色；事實上，現在她整個人精神抖擻，活力無窮，他若自欺欺人，堅持多花點時間陪她，她說不定反而覺得可笑。

很不幸地，他和外相大臣的約會快遲到了，於是他拉著溫特堂小姐完整無缺的右手，殷勤地親了一下，他說他期待明天的到來，他將成為全世界最快樂的男子，他一邊拿起帽子，一邊聽溫特堂太太對婚禮的意見，隨後轉身離去。他邊走邊想一定得解決這個問題，等到有時間，他絕對要多想想。

隔天早晨，婚禮如期在漢諾瓦廣場的聖喬治教堂舉行，內閣閣員幾乎全數到場觀禮，在場還有幾位公爵、六位上將、一位樞機主教和幾位將軍。儘管這些達官貴人對國家的安全和興隆貢獻良多，但在下很遺憾地跟大家報告，在溫特堂小姐的大喜之日，根本沒有人注意到他們；吸引眾人眼光、每個人竊竊私語的對象是魔法師諾瑞爾先生。

10 派遣差事給魔法師實在不容易

一八〇七年十月

華特爵士打算慢慢向大臣們提起魔法，等大家熟悉這個話題之後，他再提議不妨聘用諾瑞爾先生參加戰事。他擔心受到眾人反對，康寧先生肯定將出言諷刺，凱索力勛爵將大唱反調，查德姆勛爵則只感到困惑。

但所有顧慮竟是多餘，華特爵士很快就發現大臣們跟其他倫敦市民一樣，欣然接受了這種新奇的狀況。等到內閣閣員齊聚在柏林頓宮開會時，❶大家已迫不及待想聘用這位全英國唯一的魔法師。問題是沒有人知道該如何進行，英國政府聘用魔法師已是兩百年前的事情，大臣們難免感到生疏。

「就我個人而言，」凱索力勛爵說，「最大的問題在於徵兵，我跟諸位保證，英國人不是個善戰的民族，這個差事也相當棘手。我對林肯郡特別感興趣，我聽說林肯郡的豬種特佳，郡民吃了之後格外強健驍勇，魔法師若能念個咒語，讓三、四千名林肯郡的年輕人急著參軍，加入抵禦法軍的行列，對我而言是再好不過了。」他滿懷希望地看著華特爵士說，「華特爵士，你的朋友會不會這種魔法呢？」

華特爵士表示不清楚，但他會請問諾瑞爾先生。

當天稍後，華特爵士造訪諾瑞爾先生時提出了這個要求，諾瑞爾先生聽了相當高興，他說他從沒聽過這種點子，凱索力勛爵真有創意！他懇請華特爵士代為轉達敬意。至於是否可行，諾瑞爾先生說，「問題在於如何只針對林肯郡和年輕人施咒。如果成功的話，林肯郡，甚至鄰近鄉鎮的每位男士都將蜂擁參軍，結果全郡將空無一人，華特爵士，不是我吹牛，這點我絕對辦得到。」

華特爵士回報凱索力勛爵說不可行。

大臣們接著提出的下一個要求，諾瑞爾先生聽了可沒有那麼高興。倫敦人人熱中談論波爾夫人復生的奇蹟，大臣們也不例外，凱索力勛爵率先請問眾人，世上哪個人最讓拿破崙大帝膽寒？誰最能猜出這位行事怪異的法國君王下一步想做什麼？誰能痛擊法軍，讓他們自此之後不敢擅離軍港？誰又具有英國人所有美德？凱索力勛爵說，除了納爾遜勛爵（一七五八－一八〇五）之外，哪個人擁有以上特質呢？因此，當務之急莫過於讓納爾遜勛爵復生。凱索力勛爵謙稱所知不多，也請華特爵士原諒他的多言，但此事非常重要，何不馬上進行？

精力充沛、能言善辯的康寧先生很快地接口說，大家當然懷念納爾遜勛爵，納爾遜是英國人的英雄，也達成凱索力勛爵描述的各項成就。康寧先生又說，他無意冒犯英國最偉大的皇家海軍艦隊，但老實說，納爾遜不過是個水手，最近辭世的威廉・皮特的成就更高，❷如果大家打算讓哪位前人復生，當然應該選擇皮特。

皮特先生的哥哥查德姆勛爵大表贊同，但他不明白為什麼只能選擇一位，何不讓皮特和納爾遜都復生呢？魔法師只要施法兩次就行了，他想應該沒有問題吧？

其他大臣紛紛提出建議，到後來似乎半數的英國偉人都應該復生，沒多久，名單越列越長，大家也跟往常一樣爭論不休。

「這樣下去不行，」華特爵士說，「我們必須先決定一個人選。在我看來，在場諸位多少都是因為皮特先生的協助，所以才得到今日的職位，若不選擇皮特先生，似乎非常失禮。」

大臣們派人把諾瑞爾先生請到柏林頓宮，諾瑞爾先生被領到一間雄偉壯觀的沙龍，大臣們坐在裡面等候，華特爵士告訴他，大臣們正考慮讓哪位先人復生。

諾瑞爾先生臉色馬上發白，嘴裡喃喃地說他非常尊崇華特爵士，所以才勉強施展那種法術。大臣們不了解後果的嚴重性，他也無意再試一次。

等到稍微鎮定，得知大家想讓哪位前人復生之後，諾瑞爾先生似乎大大地鬆了一口氣，有人聽到他念叨說屍體的狀況等等。

大臣們這才想到皮特先生已經過世將近兩年，即使大家非常緬懷皮特先生，但沒有人想看到他現在的模樣，皮特先生的哥哥查德姆勛爵悲傷地說，可憐的威廉到現在多半已經化為塵土囉。

大家從此不再討論這個話題。

一個多禮拜之後，凱索力勛爵建議派遣諾瑞爾先生到荷蘭或是葡萄牙。雖然明知機會渺茫，大臣們依然希望英軍在兩地穩住陣腳，成功抵禦拿破崙，諾瑞爾先生說不定可以遵照將軍們的指示，施展魔法相助。因此，年長且一臉紅撲撲的派卡克海軍上將和第二十龍騎兵聯隊的哈克－布魯斯上尉聯袂同行，一同前往漢諾瓦廣場看看諾瑞爾先生是何方神聖。

哈克－布魯斯上尉不但英俊驍勇，而且頗為浪漫，一想到魔法即將在英國重展雄威，心中就格外興奮。他特別喜歡閱讀以前那段振奮人心的戰爭史，腦海中充滿了古老戰場的景象。在他的想像中，英軍勢單力薄，眼看著就要遭到法軍殲滅，忽然間，遠處傳來奇怪、玄妙的樂聲，山坡上隨即出現英勇的烏鴉王；烏鴉王一身黑衣，戴著黑色的頭盔，披覆在身上的黑烏鴉毛隨風飄揚；烏鴉王騎著高大的黑馬從山坡急衝而下，身後跟著一百位人類戰將和一百位精靈騎士，聯手施展魔法擊退法軍。

哈克－布魯斯上尉心目中的魔法師就當**如此**，他也期望如此場面重現於歐陸的每個戰場。但他一看到諾瑞爾先生坐在小客廳裡，彆扭地跟僕人抱怨東抱怨西，先是茶裡的牛奶太濃，然後又說茶太稀，不消說，他感到有點失望。事實上，眼前的景象讓他如此沮喪，派卡克上將看了都替他難過，這位說話率直的老將軍，都只敢稍微嘲笑兩句。

派卡克上將和哈克－布魯斯上尉回報大臣們說，絕對不可派遣諾瑞爾先生到任何地方，如果政府把諾瑞爾先生送到戰場，軍方將永遠不會原諒大臣們。那年秋天，大臣們討論了好久，但依然不知道如何聘用這位英國唯一的魔法師。

---

❶ 坐落於皮卡迪利大道的柏林頓宮是第一財政大臣波特蘭公爵的住所（現在很多人沿用法國的說法，稱他為首相），當年宮殿興建時，英國貴族們不怕展顯財力而得罪皇室，所以倫敦市區裡沒有比柏林頓宮更雄偉的建築。至於公爵本人，他雖然備受尊崇，但可憐的他卻不像一般人想像中的首相，他年歲已高，身體極差，整日躺在宮殿裡最偏遠的房間裡，被止痛的鴉片錠弄得神志不清，逐日步上死亡之路。他對國家和其他閣員們其實已經派不上用場，在同僚們眼中，首相唯一的貢獻是他這座豪華的宮殿，大家選在這裡開會，不時差遣他的僕人們到酒窖取酒（商議國事似乎很容易讓人口渴，大臣們必須不時小酌一番）。

❷ 小威廉・皮特（1759-1806）二十四歲就當上英國首相，自此之後統馭英國，直到辭世為止，其間僅有短短三年沒有擔任首相。

11 布雷斯特

一八〇七年十一月

十一月的第一個禮拜，一隊法軍船隻準備離開法國西岸布列塔尼的布雷斯特港，法軍打算航向比斯開灣攔截英軍的船隻，如果攔截不了英國海軍，最起碼阻止英軍行進，讓他們無法達成原來的計畫。

風勢沉穩地自陸上吹來，法國水手極有效率，船隻很快便準備就緒，這時天上忽然烏雲密布，下起了大雨。

像布雷斯特這種重要的港口，一定派駐了很多人專門研究風勢和天候，正當船隻準備揚帆之際，幾位專家匆忙跑到港口，氣急敗壞地警告水手們說這場雨非常奇怪，專家們說烏雲從北方飄來，但大風卻從東方吹來，聽來難以置信，但事實卻是如此。艦長們有人大為震懾，有人半信半疑，有人則喪失了勇氣，一團混亂之際，探子們又前來通報消息。

布雷斯特港有內灣和外洋，內灣和大海之間有道狹長的半島，統馭船隻的法國軍官們得知，隨著雨勢逐漸增強，外洋上也出現了為數眾多的英國軍艦。

到底有多少船隻呢？探子們不知道，但數目確實多得數不清，說不定有上百艘。船隻有如突來的大雨，忽然從空曠的汪洋中出現。那些是怎樣的船隻？啊！這才最令人匪夷所思呢！這些船隻全都是裝備齊全、兩到三層的戰艦。

這個消息震驚了眾人，英艦的數目與規模尤其令人困惑，英國海軍雖然持續封鎖布雷斯特港，但一次最多出現二十五艘船，而且其中只有十或十二艘戰艦，其他都是老舊的護衛艦和帆船。一百艘戰艦同時出現的消息實在太不可信，法國軍官們原本不相信，直到登上山頭、站在懸崖邊親眼目睹，大夥才相信真有此事。

日子一天天過去，天空依然像鉛塊一樣沉重，大雨也下個不停，英國船艦固守原地，布雷斯特的人民擔心船艦說不定會發動攻擊，砲轟港口，但英國船艦卻毫無動靜。

羅歇弗爾、土倫、馬賽、熱諾亞、威尼斯，法拉盛、洛里昂、安特衛普和上百個比較不重要的法國港口都傳來同樣消息，大家全都遭到上百艘英國戰艦封鎖，著實令人難以理解。這些戰艦的數目遠超過目前英國海軍的規模，事實上，世界上沒有任何一個國家擁有這麼多戰艦。

當時布雷斯特位階最高的法軍是德穆蘭上將，德穆蘭上將有個非常矮小的僕人，大概比八歲大的小孩還矮，而且長得很黑，好像有人把他扔進烤箱，時間太久烤焦了。他的皮膚像咖啡豆般油黑，摸起來像是脫水的布丁，一頭油膩的黑髮糾結成一團，看起來好像烤得過頭、乾澀無味的雞塊。這位僕人叫做派洛基（意思是鸚鵡），派洛基聰穎、靈敏，深得德穆蘭上將激賞，上將尤其欣賞派洛基的膚色，他經常吹噓說派洛基比有些黑人還黑。

派洛基戴上眼鏡，在雨中坐了四天觀察英國戰艦。雨水打在他小小的新月形軍帽上，雨水像小瀑布一樣從兩邊帽簷直流而下，一直流到他小小的外套裡。外套被雨水浸透，裡面的棉絮變得跟毛氈一樣厚重，雨水還不斷流過他焦黑、油膩的肌膚，但他卻一點也不在乎。

四天之後，派洛基嘆了一口氣，跳起來站直身子、伸伸懶腰、摘下帽子、痛快地抓抓頭、打了一聲哈欠，然後開口說：「上將大人，這些是我看過最奇怪的船隻，我實在搞不懂。」

「哪裡讓你搞不懂呢？」上將問道。

德穆蘭上將和朱摩艦長跟派洛基一起站在山頂，大雨從兩位將官的軍帽上濺迸而下，兩人外套裡的棉絮成了毛氈，靴子裡也積了半吋雨水。

「據我觀察，」派洛基說，「這些船隻停泊在海上，似乎因為無風而停滯，但它們的停滯卻與風勢無關。船隻受到強烈的西風吹襲，理論上應該會撞上海岸邊岩石，但船隻撞上了嗎？沒有。船隻躲開了嗎？沒有。英軍拉下船帆嗎？沒有。從我靜坐的那一刻起，風向不知道改變了多少次，但船上的人有何反應嗎？什麼都沒有！」

朱摩艦長向來討厭派洛基，也嫉妒他對德穆蘭上將的影響力，聽了這番話之後笑著說：「上將啊，派洛基瘋了，如果英軍真如他所說的懶散無知，他們的船艦老早就成了碎片。」

「這些船隻像是照片，」派洛基完全不管艦長說了什麼，一臉深思地說，「而不像真正的船。但是，上將啊，最北邊的那艘三層戰艦非常奇怪，星期一那天，它跟其他船隻沒什麼兩樣，但現在船帆卻變得破爛，尾桅消失無蹤，船身還破了一個大洞。」

「太好了！」朱摩艦長高喊，「我們站在這裡說話時，英勇的同袍們已經發動襲擊，造成對方損傷。」

派洛基嘲諷地說：「艦長，一艘法國軍艦闖進上百艘英國船艦中，而且炸壞了其中一艘，你認為英軍會按兵不動任憑我軍安然駛離嗎？哈！我倒等著看朱摩艦長坐上小船，親自領軍試試看。上將，依我之見，那艘英國戰艦正在溶化。」

「溶化？」上將驚訝地說。

「它的船身鼓脹得像是老太太的毛線袋，」派洛基說，「船首斜桅和斜杠帆都泡到水裡。」

「這簡直是胡說八道！」朱摩艦長說，「一艘船怎麼可能溶化？」

「我不知道，」派洛基深思地說，「那得看看船隻由什麼製成。」

「朱摩，派洛基，」德穆蘭上將說，「我想我們最好親自過去檢視，如果英國艦隊擺出攻擊架式，我們就折返，運氣好的話，說不定能探聽出一些消息。」

因此，派洛基、上將和朱摩艦長帶著幾位勇敢的士兵，在雨中起帆。軍人們雖然很能吃苦，但卻相當迷信，駐紮在布雷斯特的軍人中，不只有派洛基注意到英國船艦頗不尋常。

航行了一會之後，這幾位大膽的法軍看到灰亮亮的英軍船艦，即使天色昏暗，下著大雨，船艦依然閃爍了光芒。烏雲間忽然露出縫隙，一縷陽光照在海面上，四下一片清明，但船艦居然不見了！等到烏雲重新密布，船艦才又出現。

「天啊！」上將高喊，「這是怎麼回事？」

「說不定，」派洛基緊張地說，「英國的船隻都沉沒了，這些全是鬼影。」

但眼前依然可見船艦閃閃發光，大家不禁討論起船隻由什麼製成，上將覺得或許是鋼鐵，（金屬船隻！是喔，法國人果然如同在下常說的一樣，具有奇怪的想像力）。

朱摩艦長猜想說不定是錫箔紙。

「錫箔紙！」上將高喊。

「噢、沒錯。」朱摩艦長說。「女士們用錫箔紙做成紙捲，然後編成小籃，裡面再放上鮮花和梅子。」

上將和派洛基聽了都大為驚奇，但朱摩艦長相當英挺，顯然比他們有女人緣，也更了解女人家的玩意。

但如果一位女士整晚上才編得出一個籃子，那麼多少女士才編得出一個艦隊？上將說他光想就頭痛。

陽光霎時再現，這時他們已經相當靠近船艦，也可以清楚地看到陽光穿過船隻，每艘船都光采盡失，到最後只在水面上留下黯淡的光影。

「玻璃！」上將說，他已經快要猜出答案，但最後還是聰明的派洛基想出了解答。

「不，上將，是雨，這些船是雨做的。」

有人把從天而降的雨滴集結成船桿、橫梁、船帆等具體影像，讓大夥以為是上百艘船隻。

派洛基、上將和朱摩艦長都很想知道誰能操控雨滴，他們都同意這人一定是個高超的雨匠。

「不只是高超的雨匠！」上將說，「還精於操縱傀儡！你們看看船隻在海面浮沉的模樣，船帆還翻騰起伏呢！」

「上將，我確實沒見過這麼漂亮的景象，」派洛基表示同意，「但我必須再次重申：不管這人是誰，他一點都不懂航海或是駕船。」

上將的船隻在雨船之間穿梭了兩小時，這些雨水製成的船隻寂靜無聲：沒有船板推擠的嘎吱聲，沒有船帆在風中飄搖的劈啪聲，也沒有船員的喊叫聲。透明光滑的雨人領著肌膚清澈的船員，數度從艙板上探頭觀望上將一行人，但沒有人知道這些雨製的水手們想些什麼。儘管如此，上將、艦長和派洛基卻覺得非常安全，誠如派洛基所言：「就算雨人水手有意發動攻擊，他們也只有雨水砲彈，我們大不了被打得全身濕淋淋。」

派洛基、上將和朱摩艦長都讚嘆得說不出話，他們忘了自己被騙，也忘了法軍白白浪費了一星期，在一星期之內，英軍已經偷偷潛入波羅的海、葡萄牙，以及拿破崙極力阻止英艦入侵的大小港口。但咒語似乎逐漸失去效力（或許因為如此，所以最北邊的戰艦才慢慢溶化），兩小時之後，雨停了，在此同時，咒語也隨之消失，派洛基、上將和朱摩艦長感到一股奇怪的震撼，彷彿聽了一曲弦樂四重奏，或是被一抹耀眼的淺藍震得失去知覺；咒語一消失，上百艘雨船馬上變得霧濛濛，海風輕輕一吹，隨即消失無蹤。

空曠的大西洋上只見幾個孤零零的法國人。

12 英國魔法感召諾瑞爾先生襄助大不列顛

一八〇七年十二月

十二月的某一天，兩輛載運重物的馬車在齊賽街相撞，其中一輛載滿雪莉酒，整輛車子被撞得翻倒在地，車夫們大聲爭辯誰該負責，有些旁觀的路人注意到其中一個酒桶滲出雪莉酒，不到一會，一群酒客拿著酒杯和酒壺圍著盛酒，有人還拿起鐵勾和鐵棍在沒有受損的酒桶上打洞。肇事的馬車和群眾很快就讓齊賽街的交通停頓，長排馬車延伸到周圍的波垂街、針線街、巴索羅麥街、亞得門街、新門和帕特諾斯特街，馬車、馬匹和行人擠成一團，實在很難想像交通何時才會恢復暢通。

兩位出事的車夫中，一人英俊瀟灑，一人身材矮胖，達成協議之後，兩人竟然變得像酒神和他的侍從一樣，打算狂歡慶祝一番。為了娛樂自己和圍觀的群眾，他們強行拉開馬車車門，讓大家看看車內坐了哪些有錢人，坐在車頂的僕人們試圖阻止這種無禮的舉動，但圍觀的人數太多，大家又喝得爛醉，即使僕人拿起馬鞭揮舞，群眾也不在意。矮胖的車夫發現諾瑞爾先生坐在其中一輛馬車裡，不禁高興地大喊：「你們瞧瞧！諾瑞爾先生耶！」兩名車夫隨即爬到馬車裡跟諾瑞爾先生握手，兩人酒氣沖天，諾瑞爾先生也沾了一身酒味。車夫們保證馬上清出一條路讓這位抵禦法軍的大英雄順利通行，兩人果然言出必行，過了一會，不少人發現他們的馬被鬆綁，馬車不是被推到街旁店家的院子裡，就是被擠到骯髒的暗巷中，他們不但動彈不得，馬車的油漆也被刮得亂七八糟。兩位車夫和朋友們不但成功地為諾瑞爾先生開道，還一路護送到漢諾瓦廣場，沿途不停歡呼，一邊揮舞帽子、一邊自創歌曲讚揚諾瑞爾先生。

諾瑞爾先生似乎深受民眾激賞。大部分的法軍受了騙，在各港口停滯了整整十一天，在這段期間內，英軍自由穿梭於比斯開灣、英倫海峽和德國海域，完成了諸多部署。英軍在法國港口派駐間諜，探子們紛紛將拿破崙的動向回報英國，除此之外，英國商船順利地在荷蘭和波羅的海的港口卸下咖啡、棉花、香料等貨物，絲毫沒有受到干預。

據說拿破崙派人在法國各地尋覓魔法師，但卻無功而返；倫敦的大臣們則非常驚訝地發現，就這麼一次，他們的決定居然受到民眾贊同。

諾瑞爾先生受邀到海軍總部，他在宴會廳裡啜飲甜酒，坐在靠近爐火的椅子上，盡情與海軍大臣穆格雷勛爵及其主要幕僚霍拉克先生長談。壁爐上掛了一些海事儀器的雕刻，諾瑞爾先生看了大加讚賞，他描述賀菲尤莊園圖書館中的精美雕刻，「但是，」諾瑞爾先生說，「勛爵大人啊，我真羨慕你，這些海事儀器的雕刻真是活靈活現！我真希望自己也擁有如此精美的工藝品，沒有任何東西比它們更耀眼！一個人若一早起床就看到工具整齊地排在面前，或者跟現在一樣，一早就看到上好英國橡木所雕成的儀器，精神必然為之一振，甚至等不及展開一天的工作。但是說真的，魔法師不需要什麼工具，勛爵大人啊，讓我告訴你一個小祕密：魔法師身邊道具越多，諸如五彩粉末、魔法高帽等等，越可能是個騙子！」

這麼說來，霍拉克先生有禮地請教，魔法師究竟需要哪些工具？

「什麼都不需要！」諾瑞爾先生說，「大不了是個用來觀看影像的銀盆。」

「噢！」霍拉克先生高喊，「我真想觀看這種魔法！勛爵大人，你是否也有同感呢？諾瑞爾先生，你能讓我們看看銀盆中的影像嗎？」

諾瑞爾先生通常不理會這種無謂的好奇，但眼前這兩位紳士對他讚賞有加，他在海軍總部又飽受禮遇，於是他欣然同意，也派遣僕人取來銀盆，「幫我找一個直徑大約一呎的銀盆，」他吩咐，「然後在裡面注滿清水。」

海軍軍方最近派三艘軍艦到直布羅陀南方會合，因此，穆格雷勛爵急著想知道現況，諾瑞爾先生能不能探查一下進展呢？諾瑞爾先生說他不確知，但答應試試看。僕人端上銀盆，諾瑞爾先生彎腰一探，穆格雷勛爵和霍拉克先生覺得昔日的魔法雄風已然再現，他們似乎回到了岡德布列斯和烏鴉王的魔法黃金年代。

銀盆的水面上出現一幅畫面：三艘船隻在蔚藍的大海中乘風破浪前進，盆中明亮的地中海陽光一掃大廳內冬日的陰霾，也照亮了三位緊盯著銀盆的紳士。

「畫面在動！」穆格雷勛爵驚訝地大喊。

畫面確實在移動，潔白無比的雲朵輕輕飄過蔚藍的天空，船隻破浪而行，還看得到小小的人在船上活動，穆格雷勛爵和霍拉克先生一下子就認出這三艘軍艦是「威徹斯特凱薩琳號」、「月桂冠號」和「半人馬號」。

「諾瑞爾先生啊！」霍拉克先生大叫，「我表親在半人馬號上，你能讓我看看貝禮艦長嗎？」

諾瑞爾先生不自在地移動身子，深呼吸一口，然後狠狠地盯著銀盆，水面上逐漸出現一位粉紅色臉頰、一頭金髮、像個大天使般的男人在後甲板上走來走去，霍拉克先生信誓旦旦地對大家說，這人就是他的表親貝禮艦長。

「他看來神色不錯，不是嗎？」霍拉克先生高聲說，「真高興看到他健康平安。」

「你看得出他們在哪裡嗎？」穆格雷勛爵問諾瑞爾先生。

「嗯，」諾瑞爾先生說，「這種顯示影像的魔法非常不精確，❶我有幸向諸位大人展現幾艘英國軍艦，也很高興這些正是諸位想看到的船隻，但老實說，這已經超出我的預期，我恐怕無法提供更多消息。」

海軍軍方對諾瑞爾先生的表現非常滿意，於是穆格雷勛爵和霍拉克先生加緊會商，看看能派遣哪些差事給這位魔法師。皇家海軍最近截獲一艘法國軍艦，軍艦前方有座美人魚像，美人魚有雙清澈的藍眼睛，珊瑚紅的嘴唇，一頭濃密的金髮中夾帶著海星和小螃蟹，魚尾上的鱗片閃爍著耀眼的光芒。英軍知道這艘戰艦在被截獲之前曾到過土倫、安特衛普、熱諾亞等戰略要地，因此，美人魚一定目睹了多場攻防戰，再者，據說當時拿破崙正在興造軍艦，美人魚一定也看到造船的過程。霍拉克先生請諾瑞爾對美人魚施咒，說不定她會將祕密和盤托出。諾瑞爾先生依言照辦，美人魚雖然開口說話，但剛開始卻拒絕回答任何問題，非但如此，美人魚還將英軍視為死敵，現在既能說話，馬上開口大聲辱罵英軍。美人魚大半時間和水手為伍，髒話朗朗上口，只要有人走近，她就高聲叫罵，聲音尖銳粗嘎，好像強風中互相擠壓的桅桿，非常刺耳。她不只開口罵人，有時還動粗，英軍派了三名水手維修法國軍艦，但他們一走近美人魚手臂所及的範圍，她就高舉木頭手臂，用木頭大手捉起水手，把他們扔到海裡。

霍拉克親自到樸茨茅斯與美人魚商談，越談越感到不耐，最後威脅說要把她砍成碎片，當作營火燒掉。美人魚雖是法國人，卻非常勇敢，她說誰敢試圖放火，儘管放馬過來，她邊說邊猛烈搖晃尾巴和手臂，頭髮上的木頭海星和螃蟹也全都張牙舞爪。

後來截獲這艘軍艦的英國軍官親自出面，問題才獲得解決。這位英挺的軍官用流利、清晰的法文跟美人魚細說原委，他滔滔不絕地為英軍辯護，還細數法軍的惡行，在下不知道是他說的有道理，還是長得討人喜歡，但美人魚終於被說服了，也將她所知道的事情一五一十地告訴霍拉克先生。

諾瑞爾先生在民眾心目中的地位一天比一天高，教堂街有個叫做哈藍的印刷商，此人頗富生意頭腦，一看到這種狀況馬上請人刻了一幅銅版畫擺在店裡販售。畫中諾瑞爾先生身旁站了一位年輕女子，女子只披了一件寬鬆的袍子，旁邊圍繞著一圈僵硬的黑影，但黑影沒有碰到她身子，為了增加戲劇效果，女子一頭亂髮間還插著一支新月形的髮髻。畫中的諾瑞爾先生看來一臉震驚，女子捉著他的手臂，神情激動地指著一位坐在樓梯頂端的老婦人，老婦人和年輕小姐一樣披著寬鬆的袍子，但頭上多了一頂宏偉的羅馬頭盔，看來似乎哭得痛不欲生。老婦人唯一的伴侶是隻躺臥在腳邊的老獅子，獅子卻是一臉漠然。這幅名為「英國魔法感召諾瑞爾先生襄助大不列顛」的銅版畫非常暢銷，哈藍先生一個月就賣了將近七百幅。

諾瑞爾先生不像以前一樣經常外出，反倒待在家裡接見各式各樣的貴賓，每天早上經常有五、六輛精美的馬車，停在漢諾瓦廣場的諾瑞爾先生家門口。他還是以前那個瘦小、沉默寡言、緊張兮兮的老學究，來訪的貴賓肯定感到相當沉悶，幸好在這些場合裡，卓萊和拉塞爾先生主導了談話。事實上，諾瑞爾先生越來越倚重這兩位紳士，查德邁曾說，只有行事怪異的魔法師才會雇用卓萊，但諾瑞爾先生現在卻經常徵詢卓萊的意見。諾瑞爾先生總是一早就派車把卓萊接到家裡，他每天向諾瑞爾先生報告倫敦發生的大小事情，誰升官、誰遭貶、誰欠債、誰在談戀愛等等，到後來諾瑞爾先生雖然孤零零地坐在家中，知道的閒話卻跟倫敦社交界的名媛淑女一樣多。

更令人驚訝的是，拉塞爾先生居然積極投入振興英國魔法的行列。其實原因非常簡單，拉塞爾先生是那種非常厭惡固定工作的人，雖然自知聰明過人，卻從不肯花時間學習特定技藝或知識，因此，三十九歲的他，完全找不到適合自己的職務或是行業。他眼看別人年輕時辛勤工作，個個都已身居要職，心裡非常不是滋味，現在他有機會成為英國當代最偉大魔法師的首席顧問，皇室大臣們還紛紛向他請教問題，他當然義不容辭。表面上看來，他依然跟以前一樣滿臉不在乎，對任何事情都無動於衷，其實卻非常在乎新近獲致的地位。有天晚上，拉塞爾和卓萊對飲時達成共識，他們認為對諾瑞爾先生而言，兩個好朋友就已經足夠，兩人於是同意結盟，不但答應保障彼此的利益，而且將盡力防止其他人影響這位魔法師。

拉塞爾先生率先鼓動諾瑞爾先生創辦刊物。大眾對魔法一無所知，甚至產生許多誤解，可憐的諾瑞爾先生一天到晚面對各種無稽的問題，經常發出感嘆。「他們請我召喚精靈、獨角獸、獅身蠍尾的怪獸等等，」他抱怨說，「大家根本不了解我所施展的魔法實效，只對一些無意義的小把戲感到興趣。」

拉塞爾先生說，「先生，魔法讓你成名，但卻無法讓眾人了解你的觀點，我認為你必須寫點東西。」

「沒錯！」諾瑞爾先生興奮地大喊，「正如你的建議，我一直很想寫書，但卻找不出時間，寫書不容易，恐怕得花好多年。」

「我完全同意，寫書確實是個大工程，」拉塞爾先生懶洋洋地說，「但我想的不是書，而是兩、三篇文章，只要你肯寫，我敢說倫敦或愛丁堡的每位編輯都會欣然刊登，你可以自行挑選刊物。但是先生，請容我提議，你最好選擇《愛丁堡評論》，英國所有跟名門貴族沾得上邊的人都閱讀《愛丁堡評論》，你的觀點也將廣為大眾採納。」

拉塞爾先生極有說服力，聽了他的描述之後，大家幾乎可以看到每間圖書館的桌上都擺著諾瑞爾先生的文章，諾瑞爾先生的觀點也成了每個文藝沙龍討論的焦點。但諾瑞爾極度厭惡《愛丁堡評論》，不然他早就坐下來動筆。《愛丁堡評論》向來以激烈的言論著稱，不但反對跟法國打仗，而且經常嚴詞批評政府，這些都非諾瑞爾先生所好。

「再說，」諾瑞爾先生表示，「我也不想評論別人的書，當代有關魔法的著作充滿了誤解和謬論，實在有百害而無一益。」

「先生，你直說無妨，事實上，你的措辭越激烈，編輯越感興趣。」

「但我想讓大家了解我的看法，而不是駁斥別人的觀點。」

「但是，」拉塞爾先生說，「讀者們就是因為你評論別人的著作，指出其中謬誤，所以才了解你的看法。藉由批評別人來陳述自己的觀點非常容易，你只要提起一、兩次書名，然後就可以盡情發揮你的觀點，先生，我跟你保證，其他人都這麼做。」

「嗯，」諾瑞爾先生審慎地說，「你說的或許沒錯，但我不能這麼做，那些人的著作根本就不該出版，我若加以評論，大家反而會認為這些著作值得發表。」

就這點而言，其他人再怎麼說，諾瑞爾先生依然不為所動。

拉塞爾相當失望，《愛丁堡評論》內容精采，見解精闢，品質遠在其他刊物之上，從貧困的圖書館員到首相大臣，人人都讀得津津有味，相形之下，其他刊物顯得沉悶無趣。

他原本打算放棄這個點子，也幾乎把此事拋在腦後，但此時卻收到一位年輕書商莫瑞先生的信，莫瑞先生非常恭謹地表示想拜訪拉塞爾和卓萊，任何時間他都願意配合，他說他想跟兩位商量一個攸關諾瑞爾先生的計畫。

幾天之後，莫瑞先生造訪坐落於布魯頓街的拉塞爾宅邸，三人正式碰面。莫瑞先生精力充沛，一副生意人模樣，一見面馬上跟拉塞爾和卓萊提出計畫。

「兩位先生，我跟大英帝國的所有民眾一樣，很高興見證了英國魔法的復甦。大家認為魔法早已沒落，如今卻重現英國，英國民眾對此也極為熱中，令我相當訝異。我相信一份關於魔法的刊物肯定非常暢銷，市面上不乏文學、宗教和旅遊等流行刊物，但魔法更新奇，也更具賣點，諾瑞爾先生倡導的實用魔法尤其吸引人。兩位先生，你們認為諾瑞爾先生會喜歡這個點子嗎？我聽說諾瑞爾先生對魔法有許多高見，我也聽說他的看法非常獨特！我們在課堂上都學過一點魔法的理論和歷史，但魔法老早就在英國各地消失，我敢說我們所知道的一定充滿誤解和謬誤。」

「啊！」卓萊先生興奮地說，「莫瑞先生，你太有真知灼見了！諾瑞爾先生若聽到這番話，一定非常高興。誤解和謬誤，你說的一點都沒錯！親愛的先生，你若跟我一樣，有幸經常聆聽諾瑞爾先生說話，你就會知道現況確實是如此！」

「諾瑞爾先生一直希望民眾能夠了解魔法的真義，」拉塞爾說，「但是海軍總部和戰事局讓他忙得不可開交，他也始終無法達成心願。」

莫瑞先生恭謹地回答說，戰局非同小可，諾瑞爾先生更是國家的英雄，我們當然必須多加衡量，「但我希望能想個辦法替諾瑞爾先生分勞，我們不妨聘一位編輯，由他來策畫、邀稿、潤飾等等，一切當然由諾瑞爾先生授意。」

「沒錯！」拉塞爾說，「我贊成，一切當然得由諾瑞爾先生指導，我們也願意幫忙。」

雙方相談甚歡，拉塞爾和卓萊答應馬上跟諾瑞爾先生商量此事，莫瑞先生隨即客氣地告辭。

卓萊看著莫瑞先生離開，「蘇格蘭人吧？」門一關上，他就開口。

「是啊，」拉塞爾說，「但我不介意，蘇格蘭人很聰明，也很會做生意，我相信這個計畫絕對可行。」

「這人似乎不錯，幾乎稱得上是個紳士；只有一點很奇怪，他跟人說話的時候，右眼一直盯著你，左眼卻打量房間，讓我有點困惑。」

「他右眼瞎了。」

「真的嗎？」

「沒錯，康寧跟我說的，小時候有個同學把削鉛筆的小刀插到他眼睛裡。」

「我的天啊！親愛的拉塞爾啊！讓我們言歸正傳，你想想，整份刊物以一個人的意見為主，這個點子行得通嗎？諾瑞爾聽了一定大吃一驚。」

拉塞爾先生笑著說：「不，他會覺得這是全世界最天經地義的事，這個人太虛榮了。」

正如拉塞爾所預期，諾瑞爾先生覺得這個點子沒什麼不尋常，但幾乎馬上就讓大家頭痛不已。

「這個計畫雖好，」他說，「但我認為完全不可行，我自已沒有時間編刊物，更不能把這麼一份重要的差事交付他人。」

「先生，我深有同感，」拉塞爾先生說，「但後來我想到波提斯黑勛爵。」

「波提斯黑？誰是波提斯黑？」諾瑞爾先生問。

「嗯，」拉塞爾說，「他曾是理論魔法師，但……」

「理論魔法師？」諾瑞爾先生警覺地馬上插嘴，「你很清楚我對理論魔法師的觀感！」

「哎呀，請讓我把話說完，」拉塞爾說，「先生，波提斯黑對你仰慕至深，事實上，他一知道你對理論魔法師觀感不佳，馬上宣告放棄研讀魔法。」

「真的嗎？」諾瑞爾先生聽了有點高興。

「他出過一、兩本書，我忘了書名，好像是本寫給小孩看的十六世紀魔法歷史，❷先生，我認為你可以放心將期刊交由波提斯黑勛爵負責，他做人極有信譽，更不會接納任何你不同意的文章，我確定他絕不會違背你。」❸

不知道為什麼，諾瑞爾先生後來勉強同意和波提斯黑勛爵見面，於是，卓萊先生致函邀請他到漢諾瓦廣場坐坐。

波提斯黑勛爵大約三十八歲，個子很高，雙手雙腳都非常瘦長，經常穿件發白的外套和淺顏色的馬褲。他個性善良敏感，很容易感到不自在：自己的身高讓他不自在，身為理論魔法師讓他不自在（聰明的他，深知諾瑞爾先生不贊同研究理論），與世故圓滑的卓萊和拉塞爾碰面讓他不自在，但最令他緊張的莫過於和偶像諾瑞爾先生見面。雙方會晤到一半時，他緊張得前後搖晃，他個子很高，再加上一身淺色衣物，看起來好像一株在強風中搖擺的銀白色樺樹。

儘管非常緊張，但波提斯黑勛爵依然清楚地表達出心中敬意，也表示很榮幸見到諾瑞爾先生。諾瑞爾先生看到他態度是如此恭謹，非常高興，甚至恩准他再度研習魔法。

波提斯黑勛爵當然非常高興，一聽到諾瑞爾先生希望他坐在小客廳一隅、聽取諾瑞爾先生發表對現代魔法的高見、在諾瑞爾先生的授意下編輯期刊，更感到欣喜若狂。

這份新期刊定名為《英國魔法之友》❹，名稱是出自去年春天賽剛督先生刊登在《泰晤士報》上的投書。有趣的是，《英國魔法之友》的文章沒有一篇出自諾瑞爾先生之手，諾瑞爾先生雖然有一肚子的話要說，但卻無法行之於文，他總是不滿意自己寫的東西，永遠無法確定自己寫得太多或是解釋不足，結果寫到一半就停筆，始終寫不出一篇完整的文章。

《英國魔法之友》剛開始幾期的內容乏善可陳，連認真研究魔法的讀者們都看不下去，只有幾篇波提斯黑勛爵幫諾瑞爾先生寫的批判，讀起來有點意思。紳士魔法師、仕女魔法師、街頭魔法師、無賴魔法師、早慧的天才魔法師、約克魔法師學會、曼徹斯特魔法師學會，以及所有其他魔法師和諸如此類的學會，全都成了諾瑞爾先生批評的對象。

❶ 四年之後，諾瑞爾先生的徒弟強納森．史傳傑在半島戰爭中，也曾針對這種魔法提出類似批評。

❷ 拉塞爾先生把波提斯黑勛爵的著作全都歸結為一本，波提斯黑勛爵一八〇八年初放棄研讀魔法，這時他已經出版了三本書：《傑克．貝拉西斯的一生》（一八〇一年倫敦朗文出版社印行）、《尼可拉斯．古柏特的一生》（一八〇五年倫敦朗文出版社印行），以及《為孩童寫的烏鴉王歷史》（一八〇七年倫敦朗文出版社印行，托瑪斯．比韋克插畫）。前兩本是評論十六世紀知名魔法師的學術著作，諾瑞爾先生對這兩本著作沒什麼意見，但他非常討厭第三本，強納森．史傳傑則認為這本童書寫得相當好。

❸「波提斯黑勛爵擁有很多土地，這樣一個家財萬貫的富翁卻非常不喜歡出風頭，實在相當罕見。波提斯黑勛爵為人謙遜，還是個好丈夫、好爸爸，史傳傑先生曾跟我說，看到波提斯黑勛爵陪他十個小孩玩的模樣，讓人覺得非常怡然自得。其實波提斯黑勛爵自己也像個小孩，雖然學養豐富，但卻判辨不出別人的惡意，就像他看不懂中文似地。他是全英國最善良、最慷慨的領主。」詳見《強納森．史傳傑的一生》，約翰．賽剛督著，一八二〇年，約翰．莫瑞出版。

❹《英國魔法之友》的創刊號在一八〇八年二月出版，一上市就大為暢銷，到了一八一二年，諾瑞爾和拉塞爾宣稱發行量已超過一萬三千份，但這個數字卻沒有得到證實。

一八〇八到一八一〇年間，主編雖然是波提斯黑勛爵，但諾瑞爾先生和拉塞爾顯然是幕後主導。諾瑞爾和拉塞爾對《英國魔法之友》的宗旨看法不一，諾瑞爾認為期刊的首要之務是讓英國大眾了解魔法的重要性，其次在於更正魔法歷史的諸多謬誤，最後則是批評他所厭惡的魔法師和法術。他無意在期刊裡說明魔法的步驟，換言之，他不想提供實用的資訊。波提斯黑勛爵非常敬仰諾瑞爾先生，對他而言，期刊主編的首要職責是執行諾瑞爾先生的指示，結果剛開始的幾期非常枯燥無味，而且處處可見疏漏、錯誤和自相矛盾的說辭，讀了令人困惑。拉塞爾深知如何利用期刊爭取民眾的支持，因此，他不希望把期刊辦得太嚴肅，波提斯黑過度謹慎，拉塞爾對他越來越不滿意，於是在他的策動下，從一八一〇年起，他和波提斯黑共同擔任期刊的主編。

《英國魔法之友》由約翰·莫瑞發行，直到一八一五年初、雙方發生爭執之後，期刊的發行才易手。少了諾瑞爾先生的支持，莫瑞不得不把期刊賣給另一位出版商湯瑪斯·諾頓·隆格曼，一八一六年，莫瑞和史傳傑計畫發行《助手》跟《英國魔法之友》打對臺，但《助手》只發行了一期。

13 針線街的魔法師

一八〇七年十二月

倫敦最出名的街頭魔法師首推溫古魯，他在針線街拉斯托克區的聖克里斯多弗教堂前面擺攤，攤子對面就是英格蘭銀行，大家也很難說到底是銀行，還是溫古魯的攤位比較出名。

至於溫古魯為什麼出名（或是惡名昭彰），則有點令人不解。相較於其他一頭長髮、擺攤子騙錢的街頭魔法師，溫古魯的法術不見得比較高超，他的咒語不靈光，預言不見得實現，所謂的通靈也都是騙局。

多年以來，他始終宣稱能與泰晤士河的神靈長談，他陷入恍惚之境，喃喃地請教神靈問題，口中隨即傳出神靈深沉、虛緲、有氣無力的聲音。一八〇五年的一個冬日，有個女人付他一先令，請他尋找離家出走的丈夫，神靈說出一大堆令人驚訝的相關消息，民眾也跟著圍在攤子旁邊聆聽，有些人相信溫古魯的法力，神靈所說的話也令他們大為折服，有些人卻嘲笑溫古魯和他的主顧。有個狡猾的傢伙趁溫古魯說話時，在他的鞋子上放了一把火，溫古魯馬上回過神來，一邊跳來跳去把火甩掉，一邊試著用腳把火踩熄，他急得在原地轉圈圈，圍觀的群眾看了全都大笑。跳著跳著，他嘴裡忽然掉出一個東西，兩名男子撿起來仔細端詳，原來是塊不到一吋半長、類似口琴的金屬片，其中一名男子把它放到口中，馬上就發出泰晤士河神靈的聲音。

雖然曾經當眾出醜，但溫古魯依然享有聲譽，倫敦市民多少還是尊重這些街頭魔法師，諾瑞爾先生的朋友們不斷地催他去拜訪溫古魯，一聽到諾瑞爾先生毫無意願，莫不大感驚訝。

十二月底的一日，暴風雨的雲層籠罩倫敦上空，強風橫掃天際，雲層忽現忽散，市區內忽而烏雲密布，忽而陽光普照，不久之後下起大雨，雨滴打在窗緣，諾瑞爾先生舒服地坐在圖書室裡，面前是溫暖的爐火，茶几上擺了一堆好書。他手持湯瑪斯．蘭徹斯特的《鳥語》，正想翻到最喜歡的一段，忽然被一個聲音幾乎嚇破膽。有人非常大聲、語帶輕蔑地說：「魔法師！你以為你的把戲讓大家嘖嘖稱奇吧！」

諾瑞爾先生抬頭一看，非常驚訝地發現室內居然有另一個人。諾瑞爾先生從沒見過這個人：此人瘦削、衣衫襤褸、神情猥瑣，臉色像過期的牛奶一樣濁白，頭髮像被煤灰污染的倫敦天空一樣焦黑，衣服像望坪附近污濁的泰晤士河河水一樣骯髒。雖然他的臉龐、頭髮和衣服都不怎麼乾淨，但整體而言卻符合大家印象中的魔法師（諾瑞爾先生可完全不是這副模樣！），他站得筆直，灰色的雙眼目光犀利，流露出一絲冷然與不屑。

「沒錯！」這人憤怒地瞪著諾瑞爾先生繼續說，「你以為自己很了不起！哼，魔法師，你聽清楚：你的出現早在意料之中，我已經等了你二十年！這些年來你躲到哪裡去了？」

諾瑞爾先生驚訝得說不出話，張口結舌地瞪著指控他的人。這人似乎伸手挖出深藏在諾瑞爾心中的祕密，赤裸裸地把它陳列在陽光下：從抵達倫敦的那一刻，諾瑞爾先生就知道自己早已準備就緒，他好多年前就能用魔法襄助英國，他早就可以擊敗法軍，英國魔法也早就可以得到應得的尊重，但因為他遲遲沒有採取行動，所以延誤了時機，他覺得自己背叛了英國魔法，想了就非常難過。此時，他的良知彷彿化身為眼前這名男子，直截了當地指責他，令他有點不知所措，他結結巴巴地問來人是誰。

「我是溫古魯，針線街的魔法師。」

「啊！」諾瑞爾先生如釋重負地大喊，最起碼來人不是幽靈幻影，「我想你來找我幫忙是吧？你可以走了，我不認為你是我的同僚，也不打算給你任何東西！我不會給你錢，也不會把你推薦給任何人。沒錯，我打算……」

「魔法師，你又錯了！我不求什麼，我只是來此跟你揭示你的宿命，這是我生來就擔負的職責。」

「宿命？噢，你說的是預言吧？」諾瑞爾先生輕蔑地大喊，他從椅子上站起來，拚命地扯鈴呼喚僕人，但卻沒人出現。「我對你們這些假裝會預測未來的人，真的沒什麼好說的。路卡斯！像你這種專門行騙的歹徒，最會利用這種惡毒的把戲來欺瞞善良的人，魔法無法一窺未來，宣稱自己辦得到的魔法師都是騙子。路卡斯！」

溫古魯四下觀望，「我聽說你收藏了所有的魔法之書，」他說，「甚至找到了那本在亞歷山大圖書館大火中失蹤的經典，大家都說你對所有書籍瞭若指掌，我說的沒錯吧？」

「書籍和文件是做研究的根本，也是學問的基礎，」諾瑞爾先生嚴肅地說，「魔法和其他領域一樣需要根基。」

溫古魯忽然向前傾，神情專注而急切地俯看諾瑞爾先生，諾瑞爾先生默不作聲，身子微微傾向溫古魯，準備聆聽溫古魯打算說什麼。

「**我伸出我的手，**」溫古魯耳語道，「英國的河川立即轉向，流往他方……」

「你說什麼？」

「我伸出我的手，」溫古魯的音量稍微大一點，「吾敵的鮮血停歇在他們的血管中……」他挺直身子、雙臂大張、閉上雙眼、彷彿進入某種宗教狂熱境界。他操著清晰、堅定、熱切聲音繼續說：

「我伸出我的手，吾敵的思緒有如一群椋鳥般飛出腦際；
吾敵像空蕩蕩的布袋一樣起皺；
我從雲霧中來到他們面前；
我從午夜夢中來到他們面前；
我從一群在朝陽中掩沒了北方天空的烏鴉群中，來到他們面前；
當他們覺得安全無事，我從一陣打破冬日林木寂靜的呼喊中，來到他們面前……」

「是、是，」諾瑞爾先生插嘴，「你真的以為我沒聽過這種胡言亂語嗎？每個瘋瘋癲癲的街頭魔法師都高喊這種無聊的囈語，每個攤位前掛著骯髒黃布簾的騙徒，也都故作神祕地朗誦這些話，過去兩百年所出版的三流魔法書籍中，更是每本都刊載著這些話！『我在烏鴉群中，來到他們面前』！這是什麼意思？我真想知道，究竟是哪個人在一群烏鴉中來到誰面前？路卡斯！」

溫古魯置之不理，堅定的語調蓋過了諾瑞爾先生微弱、顫抖的聲音：

「雨水為我建造門戶，我將穿門而過；
石頭為我締造王座，我將棲身而坐；

三個國度將永遠為我所有；
英國將永遠為我所有。
無名的奴隸將頭戴銀皇冠；
無名的奴隸將是怪異國度之王……」

「三個國度！」諾瑞爾先生高喊，「哈！我知道這種胡言亂語想說什麼了！這是烏鴉王的預言，對不對？嗯，如果你想用這等人物來打動我，抱歉，你得失望了。你完全搞錯囉！他是我最厭惡的魔法師！」❶

「吾敵用來攻擊我的武器，在地獄裡如同聖物般備受尊崇；
用來攻擊我的計畫，如同聖書一樣受到保存；
地獄的聖物使者，從濺血的大地刮下我濺在古戰場的血漬，擺到白銀和象牙的瓶罐中；
我為英國帶來魔法，實為無價的遺產
但英國人卻鄙視我的贈與
魔法將以雨水寫在天際，但他們卻無法解讀；
魔法將書寫在多石的山丘上，但他們卻無法理解；
冬日光禿禿的樹木上將寫著漆黑的字樣，但他們卻無法了解……」

「每個英國人都該受到有能力、有學養的魔法師之助，」諾瑞爾先生再度插嘴。「你到底對大家有何貢獻？只會故作神祕地講些雨水、石頭、樹木之類的瘋話！岡德布列斯勸戒人們向森林中的野獸學習魔法，你跟他簡直沒兩樣。何不跟在空中飛翔的豬隻學習？或是向街上遊蕩的野狗請益？現今學有專精的英國紳士，可不想看到我們使用這種亂七八糟的魔法！」他憤怒地瞪著溫古魯，不一會，他忽然注意到一件事情。

溫古魯的衣著相當隨便，脖子上鬆鬆地繫著一條領巾，領巾和襯衫之間隱約可見一小片骯髒的皮膚，奇怪的是，皮膚上布滿藍色的刻印，看來像是某種書寫的文字，這說不定是以前打架留下來的傷疤，但仔細一瞧卻很像南太平洋土著身上的刺青。溫古魯雖然從容地闖入陌生人的家裡，而且大聲斥責屋主，但一看到諾瑞爾先生盯著他的脖子，他卻難為情地用手遮住喉頭，把領巾拉下來遮住脖子。

「兩位魔法師將在英國現身……」

諾瑞爾先生又不屑地哼了一聲，然後憤憤地緩緩嘆氣。

「第一位將畏懼我；第二位將渴望見到我；
第一位將受制於竊賊和凶手；第二位將自毀前程；
第一位將把他的心埋在雪地裡的黑木下，但依然感受到痛楚；
第二位將眼見他心愛的人落入敵人之手……」

「啊！我就知道你只想傷害我！冒牌魔法師，你嫉妒我的成就！既然無法挑戰我的魔法，你就抹黑我的聲譽，打擾我的安寧……」

「第一位將孤老終生；他將是自己的牢頭；
第二位將踏上孤寂之路，暴風雨在他頭上盤旋，追尋在高山上的黑暗高塔……」

這時有人推開門，兩名男子匆忙地跑進來。

「路卡斯！戴維！」諾瑞爾先生歇斯底里地尖叫，「你們到哪裡去了？」

路卡斯解釋說銅鈴的繩子壞了等等。

「什麼？趕緊把他捉住！快點！」

諾瑞爾先生的車夫戴維和其他車夫一樣強健，他每天操馭年輕力壯的馬匹，練就一身好體力，戴維一把拉住溫古魯、扳住他的喉嚨，溫古魯一面奮力掙扎，一面繼續斥責諾瑞爾先生：

「我端坐在陰影的黑暗上，但他們看不到我；
雨水將為我建造門戶，我將穿門而過；
石頭為我締造王座，我將棲身而坐……」

戴維和溫古魯在一張小桌子前互相推扯，撞翻擺在桌上的書本。

「哎呀！小心！」諾瑞爾先生大喊，「老天爺啊！你們小心一點！他會打翻那瓶墨水，弄壞我的書！」

溫古魯瘋狂地揮舞雙手，路卡斯趕緊過去幫戴維，諾瑞爾先生則飛奔過去保護書本，眾人多年來都沒看過他跑得這麼快。

「無名的奴隸將頭戴銀皇冠……」溫古魯喘氣說，戴維的手臂圈住他的喉嚨，他的聲音減弱了許多，聽起來不像先前那麼可怕，最後溫古魯奮力一搏，上半身掙脫戴維的箝制，一面喘氣一面高喊：「無名的奴隸將是怪異國度之王……」路卡斯和戴維隨即將他半推半抬地拖出圖書室。

諾瑞爾回到爐火邊的椅子上坐下，他重新拾起書本，但卻激動得讀不下去。他焦躁不安，嚙咬指甲，在室內踱步，他還不斷檢查剛才被撞翻在地上的書本，看看有沒有受到損傷（結果每本都完好如初），但大多時候，他只是站在窗邊焦急地向外窺視，看看有沒有人在屋外徘徊。到了下午三點，屋裡開始變暗，路卡斯回到圖書室點燃蠟燭、加點柴火，查德邁尾隨其後。

「啊！」諾瑞爾先生大嘆，「你總算來了！你沒聽說剛才發生什麼事嗎？大家都棄我於不顧！家中這批懶惰的僕人疏忽了職守，根本沒有人在乎我是不是被割斷了喉嚨！至於你這個沒有用的東西，你比其他人更糟！我跟你說啊，這個人忽然出現在圖書室裡，好像**藉由魔法現身**！我拉鈴高聲叫人，**卻沒半個人過來**！你馬上放下手邊其他事情，你現在唯一的差事是找出這人用了哪種咒語，讓他大搖大擺地進到屋裡！他從哪裡學到魔法？他還知道些什麼？」

查德邁嘲諷地看了主人一眼，「嗯，如果這就是唯一的差事，那麼我已大功告成。廚房的女僕忘了關上儲藏室的窗戶，這個壞蛋乘機爬進來，偷偷在屋內走動，直到找到你為止，這就是事情的始末，跟魔法毫無關聯。他剪斷銅鈴的繩子，路卡斯又在屋裡的另一邊，聽不到你的叫喊，所以才沒半個人過來。直到他大聲嚷嚷，大夥聽到聲音才立刻趕過來，路卡斯，我說的對不對？」

路卡斯手執火鉗蹲在爐邊，點點頭表示查德邁說得沒錯，「先生，我剛才就試著告訴您，但您卻不肯聽。」

諾瑞爾先生只想著溫古魯可能會施法術，心中焦慮萬分，僕人們的解釋根本沒辦法讓他安心，「是這樣喔！」他說。「但我確定他想傷害我，搞不好他已造成重大損傷。」

「是啊，」查德邁嘲諷地說，「確實損失慘重！他躲在儲藏室的時候，偷吃了三個肉派。」

「還有兩塊起司。」路卡斯加了一句。

諾瑞爾先生不得不承認，一個偉大的魔法師似乎不會偷吃東西，但他依然無法完全放心，所以還得找個人出氣，路卡斯和查德邁剛好在跟前，於是他拿兩人開刀，先是一再咒罵溫古魯是全世界最可惡的壞蛋，然後不停指責家中這群愚笨、怠忽職守的僕人。

查德邁和路卡斯從剛開始到諾瑞爾先生家做事的那一週開始，幾乎每星期都得聽類似的訓示，早就聽習慣了，此時兩人只是耐著性子，等待主人抱怨完畢。諾瑞爾先生好不容易說完之後，查德邁接著說：「姑且不管肉派和起司，溫古魯花了好大工夫，冒著上絞架的危險，闖進家裡來找您，他到底想怎樣？」

「他來傳達烏鴉王的預言，瘋瘋癲癲地講了一大堆，一點都不足為奇。什麼古戰場、王座、銀皇冠等等，沒有人知道他說些什麼，但他最想說的是，還有另一位魔法師，我想他是指他自己吧。」

諾瑞爾先生總算相信溫古魯不是可怕的對手，想通了之後，他卻後悔曾和溫古魯爭辯，倘若擺出高傲之姿，或是以沉默來回應，豈不是比較理想？他有點氣惱，只好回想路卡斯和戴維把溫古魯拉出去時、溫古魯那副狼狽的模樣，藉此安慰自己。想著想著，他也記起自己的學養和能力遠高於溫古魯，心裡逐漸恢復平靜。但是啊！他拿起《鳥語》重新閱讀，讀到以下這個段落，心中再度不得安寧：

鳥兒展翅飛向虛無之際，牠的魔法也就展現無遺。世間沒有其他生物比鳥兒更具魔法潛能，即使個頭最小的鳥兒也能一口氣飛離人間，偶然駐足精靈國度。吹拂在你臉上、翻開你書頁的微風打哪裡來？小獸莽撞的法力與人類的魔法交融之處，微風、雨水、樹木的話語能被理解之處，即是烏鴉王現身之地……❷

兩天之後，諾瑞爾先生剛好碰到波提斯黑勛爵，他馬上對勛爵說：「勛爵啊，在下一期的刊物中，我希望你好好批評湯瑪斯・蘭徹斯特，這些年來，我原本以為《鳥語》清晰而詳盡地為讀者描繪黃金年代的魔法師，也一直很欣賞這本書，但細讀之下，我發現他的作品著實可怕……他故弄玄虛，勛爵啊！他故弄玄虛！」

❶ 在一般的傳說中，烏鴉王統馭三個國度：一個在英國國境，一個是精靈國度，還有一個是地獄遙遠邊境的怪異國度。

❷ 湯瑪斯・蘭徹斯特，《鳥語》，第六章。

14 心碎農場

一八〇八年一月

諾瑞爾先生抵達倫敦，計畫以振興英國魔法來震驚世界的三十多年以前，有位名叫勞倫斯·史傳傑的男士繼承了祖產。祖產包括一棟幾乎坍塌的房子、一些貧瘠的土地和一大筆債務。雖然情況確實很差，但勞倫斯·史傳傑認為只要有一大筆錢就可以解決問題，因此，他效法那個時代的其他紳士，一碰到富家千金就百般討好。長相英挺、彬彬有禮、舉止優雅的他，很快就擄獲爾昆司東小姐的芳心。

這位年輕的蘇格蘭富家千金年收入高達九百英鎊，勞倫斯·史傳傑用這筆錢整修房子、改善土地品質、清償債務。不久之後，他不但不再賒欠債務，反而開始賺大錢，他擴建了莊園，還以百分之十五的利息放高利貸，他成天忙著各種不同的生意，根本無暇顧及新婚妻子，他甚至坦白表示不喜歡她作伴，更討厭跟她說話，可憐的史傳傑太太實在不知道如何是好。勞倫斯·史傳傑的莊園在威爾斯邊境的斯洛普郡，地勢相當偏遠，史傳傑太太沒有半個熟人，過慣都市生活的她，以前經常參加愛丁堡的各種舞會，在市區逛街，還有一群聊得來的朋友，現在周圍盡是陰沉的山丘，威爾斯又成天下雨，令她非常消沉。她孤獨地過了五年，有天冒雨一個人到陰沉的山間散步，感染了風寒，最後抑鬱而終。

史傳傑夫婦育有一子，史傳傑太太過世時，小孩才四歲，母親過世還不到幾天，小孩就成了勞倫斯和太太娘家爭執的目標。雙方惡言相向，怒火一觸即發，爾昆司東家族堅稱，根據當初的婚約協定，史傳傑太太名下的財產大多屬於兒子，這筆錢必須由大人保管，直到小孩成年為止；勞倫斯·史傳傑則認為太太的每一分錢都歸他所有，他愛怎麼用、就怎麼用（這話大家聽了一點都不驚奇）。雙方各自聘請律師，也在倫敦的民法博士協會和蘇格蘭的法庭打官司，「史傳傑對爾昆司東」和「爾昆司東對史傳傑」兩樁案件纏訟多年。在這些年間，勞倫斯一看到兒子就不高興，在他眼裡，這個小男孩就像沼地農田或是受到感染的樹林，表面上看來頗有價值，其實卻毫無營收，如果英國法律允許勞倫斯把兒子賣掉，另外再買個比較有價值的孩子，他說不定會這麼做。❶

在此同時，爾昆司東家族知道勞倫斯肯定讓小孩過得非常不快樂，就像他讓妻子抑鬱而終一樣。於是，小孩的舅舅寫信給勞倫斯，信中建議每年讓小孩在愛丁堡過幾個月，勞倫斯居然沒有反對，令爾昆司東先生大為驚訝。❷

因此，強納森·史傳傑小時候每年有六個月待在愛丁堡夏洛特廣場的舅舅家。爾昆司東一家對勞倫斯觀感不佳，不消說，強納森也跟著對父親沒什麼好印象。強納森跟著瑪格麗特、瑪莉亞和喬奇安娜三個表姊妹一起上學。❸愛丁堡是世上最有文化氣息的城市之一，愛丁堡的民眾也像倫敦人一樣有教養、喜歡社交，史傳傑住在舅舅家時，爾昆司東夫婦盡其所能地逗他開心，希望藉此彌補他在爸爸家裡所受到的忽視和冷落，難怪史傳傑有點被寵壞了，也難怪他長大以後有點特立獨行，自滿又自負。

勞倫斯·史傳傑年歲漸長，也越來越有錢，但人品卻不見改善。

諾瑞爾先生和溫古魯碰面的幾天前，有個男僕到勞倫斯．史傳傑家上工，其他僕人熱心提供意見，他們告訴這個新來的男僕，勞倫斯．史傳傑個性高傲，而且非常惡毒，大家都非常討厭他，他眼裡只有錢，跟兒子感情不佳，父子二人多年來幾乎不說話。僕人們還說他的脾氣跟惡魔一樣壞，大夥勸告新男僕無論如何絕對不能違抗他，否則只是自討苦吃。

新男僕謝謝大夥好意相告，也保證謹記他們的勸告。但其他僕人卻不知道，其實這人跟勞倫斯的脾氣一樣壞，他不時語帶嘲諷，對人無禮，而且極有自信，相對地也看不起別人。其他僕人跟他還不熟，所以不知道他有這些缺點。新男僕經常和鄰居朋友吵架，但卻總是想不通為什麼，也經常假設一定是其他人的錯。讀到這裡，諸位說不定以為這章講的全是一些不討喜的人物，但容在下做個說明，勞倫斯．史傳傑確實是個不折不扣的惡人，但新男僕的本性不壞，他做事相當公道，即使覺得自己受到不該的指責，他也不會加害對方，甚至會在對方有難時伸出援手。

勞倫斯．史傳傑上了年紀，睡得很少，事實上，他發現自己晚上比白天有精神，於是他經常晚上坐在桌前寫信，處理公事，當然也得有個僕人陪著熬夜。在史傳傑家工作了幾天之後，新男僕發現這個差事落在自己頭上。

當晚一切無事，但剛過兩點，史傳傑先生召喚新男僕，叫他端一小杯雪莉酒過來，這雖是件微不足道的小差事，但新男僕卻發現不容易達成，他搜尋了平常放酒的幾個地方，找了半天一無所獲，只好先叫醒女僕，問她管家的房間在哪裡，然後再叫醒管家，請問雪莉酒擺在哪裡。史傳傑先生平日很少喝雪莉酒，管家覺得相當訝異，囉唆了半天之後，管家總算告訴新男僕上哪裡取酒，管家還順口提起，強納森．史傳傑少爺喜歡喝雪莉酒，少爺的更衣室裡通常也擺著一、兩瓶。

在管家的指示下，新男僕從酒窖中取來雪莉酒，為了達成這個差事，他點了一大堆蠟燭，走過一長串彎曲、漆黑的走道，身上沾滿了蜘蛛網，頭上被酒窖天花板的木柱撞傷了好幾處，臉上也布滿了灰塵和血跡。他把酒端給主人，老史傳傑一仰而盡，馬上說再來一杯。

新男僕覺得深夜走一趟酒窖已經夠受了，他想起管家剛才說的話，於是直接走到少爺的更衣室，他小心翼翼地走進去，室內顯然沒人，但卻燒著蠟燭，新男僕知道沒結婚的富家少爺通常浪費成性，這是少爺們的眾多壞習慣之一，他看了也不覺奇怪。他打開抽屜和衣櫃，看看便壺和桌椅下方，還仔細檢查花瓶內部（諸位或許認為查看這些地方很奇怪，但在下只能說新男僕比較了解單身公子哥們的習性，也知道他們經常亂放東西），最後果如所料，他在少爺的一隻鞋子裡找到一瓶雪莉酒，酒瓶被少爺拿來當作脫靴器了。

新男僕把雪莉酒倒進杯中，他隨便一瞄，剛好看到掛在牆上的一面鏡子，這下他才發現室內其實並非空無一人。強納森．史傳傑坐在一張高背椅上，一臉驚訝地觀看新男僕的一舉一動。新男僕什麼都沒說，在這種情況下，哪位紳士聽得進任何解釋呢？於是新男僕趕緊悄悄離開。

從上工的第一天開始，新男僕就夢想著有一天地位將在眾人之上。他認為自己才智過人，又比其他僕人見多視廣，兩位史傳傑先生若碰到什麼難題，自然會交由他出面解決。他想像兩位主人跟他說：「傑瑞米，你知道的，這些事情非常重要，除了你之外，我不敢交由其他人處理。」現在少爺發現他潛進房裡偷偷倒酒，這下還會信任他嗎？雖然不至於馬上放棄夢想，但他也無法自欺欺人：少爺看來確實不太高興。

新男僕滿心挫折地走進老史傳傑的書房，情緒瀕臨失控。老史傳傑一口氣喝完第二杯雪莉酒，馬上說還要一杯，新男僕一聽就壓低嗓門輕輕吼叫，一邊扯著頭髮、一邊低聲抱怨：「拜託喔，你這個愚蠢的老傢伙，你為什麼不早說？我大可以把整瓶酒拿過來！」

老史傳傑驚訝地看著新男僕，然後異常溫和地說既然這麼麻煩，那就不用端酒過來了。

新男僕走回廚房，邊走邊想自己是不是有點失禮。幾分鐘之後，召喚僕人的銅鈴再度響起，老史傳傑坐在書桌前，手裡拿著一封信，眼睛直視漆黑、陰雨綿綿的夜景。「對面山上住了一位先生，」他說，「傑瑞米，這封信得在天亮之前送到他手中。」

啊！新男僕心想，這麼快就出現了良機！一封重要的商業書信，必須在黑夜的掩飾中送達對方手中！這表示什麼呢？這當然表示主人偏勞於他，而不倚重其他僕人。他深感榮幸，興高采烈地拿起信說他馬上就去，但信封上只神祕兮兮地刻著「威文」，於是他問說對方住在哪裡，如果走丟了，他也好跟別人問路。

老史傳傑說對方的莊園沒有名字，然後輕笑幾聲，「你要找的是『心碎農場』的威文。」老史傳傑告訴新男僕，他必須從小酒館對面的破柵門旁邊上山，柵門後面有條小徑直通心碎農場。

於是，新男僕騎上馬匹，提著燈籠，直奔山路。當晚氣候極差，狂風夾雜著暴雨，讓人幾乎辨識不出任何聲音，雨水很快就浸透他的衣物，他冷到骨子裡，幾乎快要凍斃。

小酒館對面的小徑沿途攀升，野草叢生，多得怕人；事實上，小樹已經長到路中央，整條路窒礙難行，幾乎稱不上是「小徑」。樹枝在狂風中搖擺，新男僕在風雨中掙扎前行，不斷遭到樹枝鞭打，走了半哩之後，他覺得自己好像接二連三地與好幾個彪形大漢打鬥（他相當熟悉這種感覺，因為脾氣暴躁的他，經常在大庭廣眾之下跟人起衝突）。他邊走邊咒罵這個叫做威文的傢伙：這個懶惰的笨蛋，怎麼不好好維護小徑？走了一個多小時之後，前面終於出現一處平地，此處以前可能是個農地，現在卻長滿了石楠木和荊棘，一看到這副景象，他真後悔身邊沒有帶把斧頭。他把馬綁在一棵樹上，試圖擠過樹叢，荊棘多刺，根根巨大尖銳，他數度被困在荊棘樹叢中，全身傷痕累累；

他不得不扭曲著身子往前走，不時抬高手臂、彎腰屈膝，越走越絕望，甚至覺得似乎永遠走不出去。誰會住在高聳的荊棘樹叢之間呢？新男僕心想，就算發現這位威文先生若已沉睡了百餘年，他也不會太訝異。嗯，想這麼多幹嘛呢？新男僕心想，反正我又不必親吻喚醒他。

天色漸明，山頂上隱約可見一抹灰撲撲的天光，他看到一座廢棄的農舍，農舍似乎不僅是「心碎」，而是「粉碎」。煙囪所在的灰牆已經坍塌，只剩下搖搖欲墜的煙囪矗立其間，屋頂的磚瓦殘破不堪，光禿禿的屋梁像肋骨一樣坦露在空中，屋內長滿了接骨木和多刺的荊棘，繁茂的枝葉破窗而出，屋內所有窗戶全都損毀，甚至連門板都被推到一旁。

新男僕站在雨中，打量眼前這副淒涼的景象，過了好一會之後，他抬頭一看，忽然發現有人從山頂上急忙地走向他，來人手執木棍，頭上戴著一頂奇怪的大帽子，看起來像個精靈；來人越走越近，原來是個農夫，而且長相還不錯，他頭上那頂奇怪的帽子原來是塊折成一半、用來擋雨的帆布。

農人問候新男僕說：「老兄！你怎麼把自己弄成這副德行？全身上下血跡斑斑，一身好衣服也都破破爛爛。」

新男僕低頭看看，發現農人說的沒錯，他解釋說小徑上野草叢生，而且布滿了荊棘。

農人驚訝地看著他，「你怎麼不走另一條路呢？」農人高喊，「西邊不到四分之一哩有另一條小徑，路面平坦，而且可以節省一半時間！究竟是叫你走這條舊路？」

新男僕沒有回答這個問題，只是請問哪裡找得到心碎農場的威文先生。

「這裡就是威文的農舍，但他已經過世五年了。你說心碎農場嗎？誰告訴你它叫心碎農場？舊路、心碎農場，你被騙囉！但這個名稱倒是不錯，此地確實讓威文心碎。這個可憐的傢伙啊！山谷裡有位鄉紳看上威文的土地，但是威文不肯賣，鄉紳派人半夜把他種的豆子、紅蘿蔔和萵苣全都挖出來，但威文依然不讓步，鄉紳一狀告上法庭，可憐的威文哪懂得法律？」

新男僕想了一會，「我想我知道那位鄉紳是誰。」他終於說。

「噢！」農人說，「每個人都知道他是誰。」他仔細看了看新男僕，「老兄，」他說，「你跟牛奶布丁一樣蒼白，而且全身顫抖得好像快要裂成碎片！」

「我好冷。」新男僕說。

這位名叫牛喬的農人堅持新男僕跟他回家，新男僕可以在火邊休息、暖暖身子、吃點東西，說不定小睡片刻，新男僕謝謝牛喬，但他說沒關係，他只是覺得有點冷。

因此，牛喬帶領新男僕避開荊棘，走回馬匹旁邊，牛喬告訴新男僕路途該怎麼走，新男僕縱身上馬，啟程回家。

蒼白的天空中透出一絲蒼白的天光，感覺極為淒涼，新男僕邊騎邊想，太陽彷彿是可憐的威文，天空則宛如地獄，老史傳傑把威文擺在天際，威文無時無刻地試圖破雲而出，永遠受盡折磨。

新男僕回到家裡之後，其他人一湧而上，「老天爺啊，」管家大喊，「你看看你這副德行！傑瑞米，是不是因為雪莉酒？你因為這事惹他生氣嗎？」

新男僕掙扎下馬，一著地就抓住管家的外套，他哀求管家給他一副漁網，喃喃地說要用漁網把可憐的威文從地獄裡撈出來。

其他僕人一聽就知道他感染了風寒，而且發了高燒，他們扶他上床，也派人去請醫生，但勞倫斯．史傳傑得知此事之後，馬上派人叫醫生不必過來。過了一會，他跟管家說他想喝點稀飯，而且指定新男僕端稀飯過來，管家趕緊跑去找強納森．史傳傑，乞求少爺幫忙，但強納森一早就騎馬前往舒茲伯利，似乎明天才會回來。因此，僕人們不得不把新男僕扶下床，幫他穿上衣服，把稀飯放在他顫抖的手上，推著他走出去。老史傳傑一整天要求不斷，而且每次都指定由新男僕執行。

到了晚上，新男僕已經像爐上的鐵壺一樣滾燙，而且滿嘴囈語，但老史傳傑表示今晚要熬夜工作，而且叫新男僕到書房待命。

管家鼓起勇氣，請求主人准許改由他來待命。

「唉，你不知道我多麼欣賞這個傢伙！」老史傳傑先生的眼神中充滿冷酷，「我要把他一直留在我身邊。你覺得他看起來不對勁嗎？在我看來，他只是需要一點新鮮空氣。」說完就推開書房上方的窗戶，房裡頓時寒風刺骨，陣陣雪花從窗外不停飄進來。

管家一邊嘆氣一邊扶起新男僕，新男僕又搖搖欲墜，管家把他扶到牆邊，偷偷把暖手包放在他的口袋裡。

午夜時分，女僕端粥到老史傳傑的書房，回到廚房之後，她跟大家報告說主人發現了暖手包，也已經把它抽出來擺在桌上。僕人們哀傷地上床休息，深信新男僕八成熬不過早晨。

天光乍現，早晨到了，老史傳傑的書房門戶緊閉，七點鐘了，沒有人拉鈴召喚僕人，也沒有人走出書房；八點、九點、十點，書房內依然毫無動靜，僕人們莫不絕望地扭絞雙手。

但大家都忘了一點，勞倫斯．史傳傑也忽略了這一點：新男僕年紀輕，而且身強體壯，但勞倫斯．史傳傑卻已經上了年紀，當晚新男僕承受風寒之苦，同處一室的勞倫斯．史傳傑也跟著受罪。十點七分，管家和車夫一起冒險走進書房，他們看到新男僕躺在地上呼呼大睡，燒也退了；房裡的另一端，勞倫斯．史傳傑坐在書桌前，活活地凍斃。

這兩個晚上的事情傳出去之後，大家對新男僕深感好奇，他似乎成了屠龍或是打倒巨人的勇士，新男僕當然樂享盛名，而且一再複述整個過程。說了好多次之後，難免有點誇口，比方說，那天晚上史傳傑先生三度跟他要雪莉酒時，他的回答變成：「噢、你這個古怪的老傢伙，就算你現在得逞，隨意凌虐老實人，把他們逼上死路，但總有一天會得到報應，我告訴你，報應已不遠囉！到了那個時候，你得為每一個被你逼到氣絕的老實人，以及每一滴寡婦的淚水付出代價。」街坊鄰居們也很快就知道，當史傳傑先生推開窗戶，打算讓新男僕凍死時，新男僕高喊：「起先感到冷徹心骨，但是勞倫斯．史傳傑啊，到最後就熱焰逼人！沒錯，起先感到冷徹心骨，最後熱焰逼人！」恰似宣告了勞倫斯．史傳傑的下場。

---

❶兩樁案件最後都判定財產歸強納森．史傳傑所有。

❷勞倫斯．史傳傑反而慶幸少付幾個月的伙食和治裝費，看來貪財會讓一個聰明的男子變得小心眼、行事乖張。

❸為史傳傑作傳的約翰．賽剛督好幾次都發現，史傳傑比較喜歡和聰慧的女性為伍。詳見《強納森．史傳傑的一生》，約翰．賽剛督著，約翰．莫瑞出版，倫敦，一八二〇年。

15 「波爾夫人可好？」

一八〇八年一月

倫敦各個大街小巷，以及不同的社會階層，四處都聽得見這個問題。破曉時分，科芬園的小販詢問賣花的女童：「波爾夫人可好？」；在史垂德街的艾克曼之家，艾克曼先生親自跟上門的皇族貴客們打聽：「波爾夫人可好？」；下議院進行沉悶的演說時，議員們從眼角偷瞄華特爵士，還紛紛小聲地請問旁邊的同僚：「波爾夫人可好？」；在梅菲爾區的更衣室中，女僕們紛紛乞求女主人：「……波爾夫人昨晚不也參加了舞會嗎？夫人可好嗎？」

「波爾夫人可好？」

大家就這麼問了又問：「波爾夫人可好？」

「噢！」（每次答案都相同），「夫人很好、好極了！」

但這種答案卻正好顯現英語的局限，因為光是「很好」實在難以形容波爾夫人的狀況。任何人站在她身旁都顯得蒼白、虛弱、半死不活，她復活當天所展現的活力一直延續至今。她健步如飛，大家都沒看過哪個女孩子走得這麼快，隨侍在後的僕人總是落後一大截，而且跑得氣喘如牛，滿臉通紅。戰務大臣有天早上在查令十字路德魯蒙德一出門意外地碰到波爾夫人，一不小心被撞倒在地，波爾夫人一邊扶他站起來，一邊說希望他沒事，他還來不及回答，她已經不見蹤影。

跟一般十九歲的女孩一樣，波爾夫人也非常喜歡跳舞，她臉不紅、氣不喘地跳完每一支舞，還很失望地看著大家這麼快就離去，「這種不帶勁的活動哪叫舞會？實在太荒謬了！」她跟華特爵士說。「我們還跳不到三小時呢！」她感嘆其他人體力不支，「唉，可憐的人們！我真同情他們。」

陸軍、海軍和教會人士都極度關心她的健康，大家常說華特．波爾爵士是全英國最幸運的人，華特爵士自己也認為如此。以前那位蒼白、虛弱的溫特堂小姐激起他的同情，現在這位健康開朗、活力十足的波爾夫人則深得他的仰慕，當他得知她不小心把戰務大臣撞倒在地，他覺得非常好笑，碰到人就提起這件事。他私底下告訴好友文賽夫人，波爾夫人正是他的理想伴侶：她如此聰慧、活潑，完全符合他的企求，他尤其欣賞她獨特的想法。

「她上星期跟我建議，政府不應該派軍和金援瑞典國王，而應該與葡萄牙和西班牙連手對抗拿破崙。她才十九歲，腦筋居然這麼清楚，而且這麼有創見，實在令人佩服！雖然政府已經決定和瑞典合作，但年方十九的她，居然有膽量跟政府唱反調，實在難得！我告訴她，她實在應該考慮從政！」

波爾夫人集美貌、財富、魔法於一身，先生又是政壇要人，眾人自然為之傾倒。時尚人士一致認為，她命中注定將引領倫敦社交圈，新婚三個月之後，她已準備好服膺時尚人士指派的角色，於是她廣發邀請函，預計在一月的第二星期舉辦盛大的晚宴派對。

新婚女子所舉辦的第一場晚宴派對非常重要，其中也夾帶著許多小小的焦慮。離開課堂三年之內所達到的聲譽已經不夠分量，精心裝扮、懂得看場合選擇珠寶、精通法文、彈唱自如也都不夠瞧，現在她必須專注於法國烹飪和美酒。雖然其他人會幫忙出點子，但她還是得靠自己的品味和直覺，她當然不喜歡承襲母親的宴客方式，也希望做些不同的嘗試。但倫敦的時尚人士每星期四、五個晚上都到外面吃飯，一個年僅十九、幾乎從未踏進廚房的新婚女子，怎麼燒得出一桌好菜，讓這些挑嘴的賓客嘖嘖稱奇呢？

僕人們也是個問題。新婚女子夫家的僕役們不是新手，就是不熟悉新環境，如果臨時需要蠟燭、不同種類的刀叉，或是端熱湯的厚毛巾等東西，他們知道上哪裡找嗎？波爾夫人面臨的問題更令人頭痛，在哈雷街九號的宅邸中，一半僕役來自娘家蘇格蘭北安普敦郡，一半剛從倫敦當地聘雇。大家都知道鄉間和倫敦的僕役相當不同，兩者的差異倒不在於工作性質，僕人都得負責烹飪、清掃、跑腿等，不同的是做事情的方式。比方說，有位北安普敦的鄉紳去拜訪他的鄰居，坐了一會之後，鄉紳起身告辭，僕人取來鄉紳的外衣，幫他穿上，在此同時，僕人自然會恭謹地請問夫人好不好，鄉紳不但不覺得受到冒犯，而且還跟僕人聊兩句，鄉紳說不定聽說僕人的祖母在菜園採收萵苣時受了傷，剛好利用這個機會慰問。在北安普敦郡之類的鄉間，鄉紳和僕人都住在同一個小鎮，而且從小就認識。倫敦卻不是如此，倫敦的僕人絕對不准和上門拜訪的賓客說話，他必須擺出一副不知道世界上竟然有祖母，或是萵苣的模樣。

在哈雷街九號的宅邸中，波爾夫人的鄉僕們經常感到不自在，他們害怕出錯，但卻永遠搞不懂怎樣做才對，連說話的方式也飽受譏笑。倫敦僕人聽不懂鄉僕們的北安普敦口音（老實說，倫敦僕人根本懶得聽鄉僕們說些什麼），鄉僕們口中的「醋李」、「蘆孫」、「波西貓」和「蜈剛」，其實是「醋栗」、「蘆筍」、「波斯貓」和「蜈蚣」。

倫敦僕人們很喜歡戲弄鄉僕，他們端了一盆髒水給一個叫做阿弗烈德的年輕僕役，騙他說這是一種法國菜湯，誘使他端給其他僕人當晚餐。他們經常派鄉僕們送信給肉店小弟、麵包師父和點燈夫，信中都是倫敦粗話，鄉僕們根本看不懂，但肉店小弟、麵包師父和點燈夫卻讀懂了，肉店小弟一氣之下把阿弗烈德打出了黑眼圈，躲在食品儲藏室的倫敦僕人們則邊看邊笑。

鄉僕們氣憤地跟波爾夫人抱怨，波爾夫人從小就認識這些僕人，聽到老朋友們受到這種待遇，在新家待得這麼不快樂，她也覺得非常訝異，但她經驗不足，也不確定該如何解決問題，雖然明知鄉僕們說的都是真話，但卻怕把情況弄得更糟。

「華特爵士，我該怎麼辦？」她問。

「怎麼辦？」華特爵士驚訝地說，「你什麼都不用擔心，讓史提芬．布萊克處理就好了，等他和兩邊談了之後，他們會像綿羊一樣聽話，也會像鳥群一樣和諧。」

華特爵士結婚之前只有史提芬．布萊克一個僕人，華特爵士對他信任到了極點，在哈雷街九號的宅邸中，史提芬的職銜雖是「管家」，其實職責與權限卻遠超過一般管家，他代表華特爵士和銀行家、律師會晤，監督波爾夫人莊園的營收；他不必經過任何人同意就可以聘雇僕役和工匠，他還掌管僕人，支付薪資，處理各種帳單。

在許多家庭中，通常有位僕人的才智與能力特別出眾，地位與權限也在眾人之上，史提芬的情況更是不尋常，因為他是個黑人。在下之所以說「不尋常」，原因在於黑人僕役在家中的地位最為低下，不管多麼辛勤、聰明、努力都沒有用。但不知道為什麼，史提芬．布萊克卻打破了這項慣例，他天生英挺，身材高大，舉止端正，華特爵士更樂於告訴大家：他全權委託一位黑人僕役料理家務和私事，藉此表示自己相當開明。

其他僕人則驚訝必須聽命於一個黑人，其中有些人根本從沒見過黑人。有幾個僕人剛開始很不服氣，他們告訴彼此，這個傢伙若膽敢發號施令，他們一定悍然拒絕。但不管原本打算如何，一見到史提芬，他們就打消了原意，史提芬一臉莊嚴，帶著權威感，下達的命令也合情合理，大家自然而然聽命於他。

肉店小弟、麵包師父、點燈夫和其他剛跟哈雷街九號打交道的商家，從一開始就對史提芬非常好奇。他們跟哈雷街九號的僕人們打聽史提芬的日常生活，他吃了什麼？喝了什麼？誰是他的朋友？有空的時候喜歡去哪裡？哈雷街九號的僕人們回答說，史提芬早上吃了三個白煮蛋，戰務大臣的威爾斯車夫是他的好友，他昨晚到瓦平參加一個派對，肉店小弟、麵包師父和點燈夫聽了大感滿意。哈雷街的僕人們問他們為什麼想知道這些事情，肉店小弟、麵包師父和點燈夫聽了非常訝異，哈雷街的僕人們難道不曉得嗎？哈雷街的僕人們真的不知情。肉店小弟、麵包師父和點燈夫解釋說，這些年來，倫敦各地始終謠傳史提芬根本不是管家，他私底下是個非洲王子，國土也非常遼闊，大家都知道他一厭倦管家的生活，馬上就會返回非洲，娶一個跟他一樣黑的公主。

聽了這番話之後，哈雷街的僕人們從眼角偷偷打量史提芬，大家都同意他確實長得像個王子，事實上，眾人聽命於史提芬不就是最好的證明嗎？若非大家直覺地折服於王者之尊，這麼一群眼高於頂、自尊自傲的英國男女，怎麼可能聽命於一個黑人？

史提芬．布萊克卻不知道這些好奇的猜測，他像平常一樣勤奮工作，忙著擦拭銀器，訓練僕役法式服務，吩咐廚師，還得訂購鮮花、亞麻、餐具等等。為了這個重要的晚宴派對，他得同時進行好多事情，讓整座宅邸和僕人們都準備就緒。晚宴當天，一切都如同史提芬設想中的壯觀，小客廳、宴會廳和樓梯兩旁的花瓶裡插滿了暖房玫瑰，餐桌上鋪著精美的亞麻桌布，銀器、玻璃器皿、燭光光采奪目，滿室生輝。宴會廳的牆上還掛著兩面巨大的威尼斯明鏡，在史提芬的指示下，鏡子面對面地懸掛在牆上，相互輝映，再加上明亮的銀器、玻璃器皿和燭光，賓客們坐定之後，大家似乎融化在金黃色的光影中，恍若一群金光閃閃的神祇。

諾瑞爾先生是貴客之一，他現在所受到的禮遇，跟最初抵達倫敦的境況大不相同！當初他飽受忽視，無足輕重，現在他與英國最尊貴的人士平起平坐，大家還爭相取悅他！其他賓客不停地請教他問題，雖然他僅是簡短、甚至不太有禮貌地回答說：「我不知道你的意思」、「我沒有榮幸認識那位先生」，或是「我從來沒去過你說的那個地方」，大家聽了似乎還是很開心。

與諾瑞爾先生的談話中，最有趣的部分其實出自卓萊和拉塞爾先生之口，他們坐在諾瑞爾先生的兩側，忙著向大家傳達諾瑞爾先生對現代魔法的觀感。魔法是當晚最受歡迎的話題，賓客們發現自己與英國唯一的魔法師同座，大家除了魔法之外，對其他話題全都不感興趣，賓客們很快就討論起波爾夫人復生之後，發生在英國各地的多起魔法。

「每個鄉鎮的報紙似乎都有兩、三則報導，」凱索力勛爵同意。「前幾天我在《巴斯紀事報》上讀到，米爾森街有個叫做吉朋的傢伙，半夜被竊賊破門而入的聲音吵醒，這人似乎擁有很多關於魔法的書，他試了其中一個咒語，把竊賊們變成了老鼠。」

「真的嗎？」康寧先生說，「後來這些老鼠怎麼了？」

「牠們全跑進牆壁上的小洞裡。」

「哈！」拉塞爾先生說，「親愛的勛爵，請相信我，這不是魔法。吉朋聽到噪音，以為是竊賊，於是他念了一個咒語，然後把門打開，結果發現門外不是小偷，而是老鼠，整件事從頭到尾根本就是老鼠的錯。這種事情到最後全都是胡說，林肯郡有個未婚的神職人員和他妹妹，他們自行對這些所謂的魔法展開調查，結果發現沒有一項是真的。」

「這位牧師和他妹妹非常仰慕諾瑞爾先生！」卓萊先生興奮地補充說明，「他們好高興終於有人出面重振英國魔法，當然受不了其他人刻意模仿或欺瞞，破壞這項偉大的使命！其他人怎麼可以挾諾瑞爾先生之名而自重？這簡直是對他們兩人的侮辱！諾瑞爾先生也慷慨相助，他指點這對牧師兄妹如何揭穿騙局，他們兩人也駕著馬車到各地舉發這些冒牌貨。」

「拉塞爾先生，我想你太抬舉這個叫做吉朋的傢伙，」諾瑞爾先生跟往常一樣擺出學者的模樣，「我們不確定他是不是刻意撒謊，或是心懷惡意，最起碼他謊稱擁有許多關於魔法的書籍，我派查德邁過去看看，他說這人所有藏書都是一七六〇年之後印行，根本毫無價值！一點用都沒有！」

「但我們也該抱著希望，」波爾夫人對諾瑞爾先生說，「說不定牧師兄妹很快就會找到真正有才能的魔法師，這樣一來，先生，你就有助手了。」

「唉！但是沒有這種人！」卓萊嘆氣說，「完全沒有！大家都知道，為了達成卓越不凡的成就，諾瑞爾先生多年來離群索居，閉門苦讀，唉！這種為國奉獻的情操極為罕見！我保證絕對找不到第二個人！」

「但是牧師兄妹絕對不能放棄。」波爾夫人堅稱。「大家想想，如果諾瑞爾先生有個助手，那該有多好？」

「確實不錯，但可能性卻很小，」拉塞爾先生說，「牧師兄妹還沒找到像這樣的人。」

「但是，拉塞爾先生，根據你先前所言，他們根本沒找，不是嗎？」波爾夫人說。「他們巡迴各地是為了揭發騙局，而不是尋找魔法師。這件事其實很簡單，他們只要四處詢問誰會魔法、誰擁有魔法的藏書就成了，我確信他們不介意多問幾個問題。先生，只要你開口，他們絕對樂意相助。」接著她對諾瑞爾先生說，「我們都希望他們盡早成功，因為我想你一定感到有點寂寞。」

隨著晚宴的進行，賓客們享用了十幾道菜，僕人們也陸續端走剩餘的菜餚，女士們紛紛離座，男士們則留下來繼續喝酒，但卻感到意興闌珊，不知道該跟彼此說什麼。他們已經聊完了所有關於魔法的話題，他們不想交換朋友們的閒話，甚至連政治也不想討論，其實大家只想看看波爾夫人，於是他們直接告訴華特爵士（而非客氣地請問），他一定很想念太太。華特爵士回答說不會，但大夥卻不同意，一個新婚的男士若與妻子分離，心裡絕對不快樂，這是人盡皆知的事實，不但如此，即使是短暫一別，先生也會感到消沉，甚至影響消化。華特爵士的客人們請問彼此，華特爵士看起來是否氣色不佳？大家一致認為他確實氣色不好，華特爵士極力否認，啊！他裝出沒事的樣子，不是嗎？裝得很像樣，但情況顯然不妙，男士們紛紛表示同情，起身加入女士們。

史提芬．布萊克在大廳一隅看著男士們離去，阿弗烈德、葛弗雷和羅勃三名男僕留在大廳內。

「布萊克先生，我們應該過去奉茶嗎？」阿弗烈德天真地問道。

史提芬．布萊克伸出一隻細長的手指，示意他們留在原地，同時輕皺眉頭，示意他們不要出聲。等到男士們全都離開、確定聽不到他說話，他才嘆氣說：「你們究竟怎麼回事？阿弗烈德！我知道你不常服侍像今天晚上的客人，但你也不能忘了先前的訓練！你真是笨得可以！」

阿弗烈德喃喃地道歉。

「凱索力勛爵叫你幫他端一碗松露清粥，我聽得很清楚！但你卻端給他草莓果凍！你到底在想些什麼？」

阿弗烈德嘟囔了幾句，只聽得出「害怕」二字。

「你害怕？害怕什麼？」

「波爾夫人後面似乎站了一個奇怪的人。」

「阿弗烈德，你究竟在說些什麼？」

「我好像看到一個滿頭銀髮、身穿綠色外衣的高個子，他低頭看看波爾夫人，但過一會就不見蹤影。」

「阿弗烈德，你看看房間的另一頭。」

「是的，布萊克先生。」

「你看到什麼？」

「一片窗簾，布萊克先生。」

「還有呢？」

「一盞水晶吊燈。」

「一片綠色天鵝絨窗簾和一盞燭光通明的水晶吊燈，那就是你所謂的身穿綠色外衣、滿頭銀髮的高個子。好了，阿弗烈德，趕快過去幫凱西把瓷器收起來，以後不要再做這種傻事。」史提芬．布萊克接著轉向第二位男僕，「葛弗雷！你表現得和阿弗烈德一樣糟，我發誓你一定心不在焉，你怎麼解釋？」

可憐的葛弗雷沒有馬上回答，他拚命眨眼睛，閉緊嘴唇，一般人若想忍著不哭，就會做出這些舉動。「對不起，布萊克先生，但我受到音樂的干擾。」

「什麼音樂？」史提芬問，「哪來的音樂？你聽聽，隔壁小客廳的弦樂四重奏剛剛才開始表演，之前根本沒有動靜。」

「不、不！布萊克先生，剛才女士和先生們用餐時，隔壁一直傳來風笛和小提琴的樂聲，噢，布萊克先生，那是我聽過最淒涼的音樂，聽了心都碎了！」

史提芬困惑地盯著他，「我真搞不懂你，」他說，「這裡哪有風笛和小提琴？」他接著轉向另一位四十出頭、黑髮、長相端正的男僕。「羅勃！我真不知道該說什麼，我們昨天不是討論過了嗎？」

「是的，布萊克先生。」

「我不是跟你說，我希望你為其他人樹立一個好榜樣嗎？」

「是的，布萊克先生。」

「但是今天晚上你最起碼走到窗邊六次！你究竟是怎麼回事？文賽夫人找人幫她拿個乾淨的杯子，你應該隨侍在側，注意賓客們的需求，而不是一直跑到窗邊。」

「對不起，布萊克先生，但我聽到窗戶發出敲打聲。」

「敲打聲？什麼敲打聲？」

「樹枝打在玻璃上的聲音，布萊克先生。」

史提芬．布萊克做了個不耐煩的小手勢，「但是，羅勃，屋子附近根本沒有樹！你知道得很清楚。」

「我以為屋子周圍長出了森林。」羅勃說。

「什麼？」史提芬大叫。

16 無望古堡

一八〇八年一月

哈雷街的僕人們依然相信家裡鬧鬼，大家都說看到怪異的景象，還聽到嘆息的聲音。廚師約翰・隆魁和廚房女僕們被悲傷的鈴聲所擾，隆魁跟史提芬說，鈴聲讓大家清楚地想起死去的親人、過去失落的好時光，以及生命中所有不幸的遭遇，到後來每個人都意志消沉，幾乎了無生趣。

葛弗雷和阿弗烈德兩名年輕的男僕，始終忘不了晚宴當天聽到的風笛和小提琴樂聲，兩人皆深受折磨。樂聲似乎總是從隔壁房間傳來，史提芬帶著兩人走遍家裡大小房間，藉此證明沒有人彈奏樂器，但卻一點用都沒有，葛弗雷和阿弗烈德依然恐懼、悶悶不樂。

但羅勃的舉止最令人費解，羅勃年紀比較大，史提芬剛開始覺得羅勃明理、誠實、可靠，換言之，他絕對不可能胡思亂想，無緣無故就說害怕。但羅勃卻堅稱聽到一片森林環繞著房子生長，一停下手邊的工作，他就聽到樹枝陰森森地刮過牆壁，敲打門窗，他也感覺到樹根悄悄延展，破壞了地基和磚塊。羅勃說這是一片邪惡的老森林，旅者若穿越這片森林，林中的樹木跟躲在樹後的歹徒一樣令人害怕。

但是，史提芬辯稱，最近的一片森林在倫敦北郊的漢普斯特野地，野地離家裡有四哩，而且那裡的樹木都很守規矩，不會包圍人們的房子，或是試圖摧毀房屋。但史提芬怎麼說都沒有用，羅勃聽了只是顫抖地搖頭。

但無名的恐懼卻消弭了僕人間的嫌隙，這是史提芬覺得唯一值得安慰之處。倫敦僕人們不再譏笑鄉僕們說話慢吞吞，行事古板；鄉僕們也不再向史提芬抱怨倫敦僕人們惡作劇，差遣他們去辦一些子虛烏有的雜事。所有僕人都相信家裡鬧鬼，每天下工之後，僕人們圍在一起交換曾經聽說的鬼故事：哪戶人家鬧鬼、發生過哪些可怕的事情、住在鬼屋裡有什麼可怕的下場等等，大家越說越害怕。

晚宴兩星期之後，有天晚上僕人們聚在廚房的火堆旁邊，又開始大談鬼故事，史提芬很快就聽膩了，起身走回自己的小房間讀報。回房不到幾分鐘就聽到鈴聲，於是他放下報紙，穿上黑外套，過去看看哪裡需要他。

廚房和管家房間之間有個小走道，走道牆上掛了一排銅鈴，銅鈴下面以工整的褐色字跡標示出哪個房間：**威尼斯小客廳、黃色小客廳、晚宴廳、波爾夫人的起居室、波爾夫人的臥室、波爾夫人的更衣室、華特爵士的書房、華特爵士的臥房、華特爵士的更衣室，以及無望。**

「無望？」史提芬心想，「這究竟是什麼？」

他今天早上才付錢請木匠裝上銅鈴，也已把明細記在帳簿上：阿摩．嘉德在廚房通道上加裝九個銅鈴，鈴下漆上每個房間的名稱，花費：四先令。但眼前卻有十個鈴，標示著「無望」的銅鈴鈴聲大作。

「嗯，」史提芬心想，「說不定嘉德故意跟我開玩笑，我明天就叫他過來取下多出來的銅鈴。」

但他現在卻不知道還能怎麼辦，他到一樓的各個房間巡視，每個房間都沒人，於是他爬樓梯上樓。

樓梯頂端有扇他從沒見過的門。

「誰在門外？」門後有人輕聲問道。史提芬不知道說話的人是誰，這人雖然僅是耳語，但很奇怪地，聽了卻令人震懾，聲音似乎不從史提芬的耳朵進去，而是直接貫穿他的頭腦。

「有人站在樓梯口！」耳語般的聲音繼續追問。「你是僕人嗎？進來！我需要你幫忙！」

史提芬敲門進去。

屋內和這扇門一樣神祕，如果有人請史提芬略為形容，他大概會說屋內具有「哥德式風格」，雖然看來極不尋常，他卻只想得出這個形容詞。其實屋內沒有高聳的中古世紀拱門、精雕細琢的木工，以及繁複的宗教圖案等《藝術寶庫》所描繪的哥德式裝飾，相反地，牆壁和地面鋪著樸拙的灰石，有些地方參差不齊，嚴重破損。屋頂是拱形的圓石，上面還有一扇小窗子，看出去是滿天星空，窗戶上隨便嵌著一小片玻璃，冷冽的冬風由此直透屋內。

一位蒼白、滿頭蓬鬆銀髮的先生站在一面斑駁龜裂的古鏡前攬鏡自顧，他一頭薊冠毛似的亂髮多得嚇人，看來一臉不高興。「噢、你來啦！」他不悅地瞄了史提芬一眼，「我在屋裡喊了半天，卻連半個人都沒有。」

「先生，真是對不起，」史提芬說，「但沒有人跟我說您在這裡。」他想這位紳士八成是波爾夫人或華特爵士的客人，這下他知道這位紳士為什麼出現在此。但這個房間打哪來呢？家裡多個客人不足為奇，但怎麼會平空多出個房間？

「我能為您服務嗎？」史提芬問。

「你真是愚蠢！」一頭薊冠毛銀髮的紳士大喊。「你難道不知道波爾夫人今晚要到我家參加派對嗎？我自己的僕人不知道跑到哪裡躲起來了，你看我現在這副德行，怎麼夠格站在美麗的波爾夫人身旁？」

紳士的抱怨確實沒錯：他沒刮鬍子，一頭亂髮七橫八豎，身上只披著一件式樣陳舊的睡袍，還未更衣打扮。

「先生，我馬上幫您，」史提芬向他保證，「但我得先想辦法幫您刮鬍子，您不會碰巧知道僕人把刮鬍刀放在哪裡吧？」

紳士聳聳肩表示不知道。

屋內沒有梳妝檯，事實上，屋內幾乎沒有任何家具，史提芬環顧四周，只看到一面鏡子、一張古老的三腳凳和一把形狀古怪的椅子，椅子似乎是用骨頭雕成，史提芬不太相信是人骨，但看起來確實很像。

三腳凳上擺著一個漂亮小盒子，史提芬在盒子旁邊找到一把銀刮鬍刀，地上有個破爛的黃銅水盆，盆內注滿了水。

很奇怪地，屋內沒有壁爐，只有一個生鏽的黃銅火盆，火盆裡裝滿了熱煤塊，不時噴灑出骯髒的煤灰。史提芬把水盆放到火上加熱，然後幫紳士刮臉，史提芬大功告成之後，紳士看看自己，高興地表示非常滿意。他接著脫下睡袍、穿著睡褲，耐心地讓史提芬用豬鬃刷幫他按摩。史提芬不禁注意到一件事：其他紳士按摩之後皮膚都像煮熟的龍蝦一樣發紅，但這位紳士卻依然蒼白，唯一不同的是此時他的皮膚泛出有如月光、或珍珠般的銀白色澤。

他的衣物是史提芬看過最上乘的精品：襯衫燙洗得極為平整，靴子擦拭得如鏡面般光亮。但最精緻的是十幾條白色的棉質領巾，每條都跟蜘蛛網一樣晶瑩精細。

史提芬發現這位紳士非常虛榮、愛漂亮，史提芬花了兩小時才幫他打扮齊全。紳士對史提芬越來越滿意，「我跟你說啊，我自己那個愚笨的僕人，梳理頭髮的手藝不及你的一半，」他高興地宣稱，「你領巾打得真好！唉，我那個僕人怎麼教都教不會！」

「先生，我最喜歡這類的差事，」史提芬說，「我真希望能讓華特爵士多多重視衣著，但忙於政事的紳士們沒空注意到這些。」

史提芬幫紳士穿上綠色外套，外套質料極佳，而且是時下最流行的剪裁。紳士走到三腳凳前，拿起凳子上的小盒，小盒是瓷土和白銀所製，跟鼻煙壺差不多大小，但比一般鼻煙壺大一點。史提芬讚美小盒的顏色相當特別，不完全是淡藍或青灰，也不全然是淡紫或深紫。

「沒錯，它確實很漂亮！」紳士熱切地表示同意，「而且極難製造，所有染料必須藉由老處女的淚水來調製，這些老處女的家世要好，而且得長壽、貞潔，一輩子沒享受過一天快樂的日子！」

「可憐的女士們！」史提芬說，「幸好這種人相當罕見。」

「噢！真正希罕的不是淚水，我身邊有好多瓶，調製顏色才困難呢！」

此時紳士已變得非常和藹可親，而且相當健談，因此，史提芬繼續問：「先生，您在這麼漂亮的盒子裡裝了什麼？鼻煙嗎？」

「噢！不是。這裡面裝了我最珍貴的寶藏，我希望波爾夫人在今晚的舞會戴上它！」他打開盒子，讓史提芬看看裡面那隻蒼白、細小的指頭。

史提芬剛開始覺得有點不尋常，但很快就不再感到訝異，彷彿常看到紳士們隨身攜帶裝著指頭的小盒，這不過其中一例。

「先生，它是祖傳家產嗎？」他客氣地詢問。

「不，我最近才得手。」

紳士猛然關上盒子，把小盒放進口袋裡。

紳士和史提芬一起欣賞鏡中的倒影，史提芬不禁注意到兩人非常搭調：他自己一身油亮漆黑的肌膚，紳士則是蒼白得幾近透明，兩人都散發出一股獨特的男性美，紳士似乎也有同感。

「我倆真是搭調！」他發出讚嘆，「但我發現自己犯了一個嚴重的錯誤！我居然把你誤認為僕人！你怎麼可能是僕人？你如此莊嚴、如此英挺，肯定具有貴族血統，說不定是皇家之後！我想你和我一樣在這裡作客吧？真抱歉剛才冒犯到你，更謝謝你幫我打點，讓我好好迎接波爾夫人。」

史提芬笑笑，「不、先生，我確實是個僕人，我是華特爵士的侍從。」

一頭薊冠毛銀髮的紳士驚訝地揚起眉毛，「像你這麼聰明、英挺的紳士不該是個僕人！」他的口氣非常驚訝，「而應該是個擁有廣大莊園的領主！如果不能向大家展現自己氣宇超凡、高人一等，長得英挺又有什麼用？你說是不是啊？啊！我知道了，你的敵人一定連手剝奪你的家產，讓你身陷卑微、無知的僕人之中。」

「不，先生，您想錯了，我一直是個僕人。」

「這我就不明白了！」一頭薊冠毛銀髮的紳士一邊說一邊搖頭表示不解，「當中必定有詐，我一有空就馬上調查。至於現在嘛，為了謝謝你幫我梳理頭髮和其他服務，我決定請你今晚和我一起參加舞會。」

這種邀約極不尋常，史提芬一時之間不知道該如何回應。「這人不是瘋了，」他心想，「就是哪位想打破社會階級的激進派人士。」

過了一會，他大聲回答，「先生，我深感榮幸，但請您想想，您的賓客都是身分地位相當的紳士淑女，他們若發現其中有個下人，一定覺得深受侮辱。我非常感謝您的好意，但我不想讓您下不

了臺，或是冒犯您的朋友。」

一頭蓟冠毛銀髮的紳士聽了似乎更為訝異，「你的情操真是高尚！」他驚嘆，「居然願意為了別人犧牲自己的快樂！嗯，我必須承認，我從來沒有這種念頭。這下我更決定跟你交朋友！但你有所不知，這些你衷心關切的賓客，全都是我的家臣和部屬，他們全都不敢批評我，也不敢干涉我交朋友，誰敢反對，哈！我就殺了他！哎呀，說真的，」他忽然加重語氣，彷彿有點說煩了，「別客氣了，反正你已經到了舞會現場！」

紳士說完轉身離去，史提芬發現自己站在一個廣闊的大廳裡，賓客們隨著哀傷的音樂起舞。

他再次感到有點驚訝，但跟先前一樣，他很快就不再訝異，靜靜地環顧四周。雖然一頭蓟冠毛銀髮的紳士叫他不必擔心，但他還是有點擔心會被認出來，透過眼角瞄了幾回之後，他發現在場沒有華特爵士的朋友，事實上，在場的每位賓客都是陌生人。他看看自己一身筆挺的黑西裝和潔白的亞麻襯衫，心想自己看起來也很像個紳士，他真慶幸華特爵士從不要求他穿制服、或是戴上銀色的假髮，不然的話，大家一定一眼就認出他是僕人。

每位賓客都打扮入時，女士們身穿色澤極為優美的禮服，（但老實說，史提芬只認得出其中幾種顏色），男士們穿著馬褲、白色長襪，披著褐、綠、藍和黑色的外套，身上的亞麻襯衫白得發亮，小羊皮手套像第二層肌膚一樣緊貼在手上。

賓客們的衣著雖然高雅入時，但宴會大廳卻失去了昔日光采，室內只有寥寥幾枝油燭，光線黯淡，舞臺上只有一把六弦提琴和一支風笛吹奏音樂。

「這一定是葛弗雷和阿弗烈德所說的樂聲。」史提芬心想。「真奇怪，我先前怎麼沒聽到呢？他們說的完全正確：樂聲確實充滿憂傷。」

語。

他走到一扇窄窗邊，看看窗外星空下一片黑暗、糾結的樹林，「這一定是羅勃所說的老森林，看起來真是惡毒！嗯，那是個銅鈴嗎？」

「沒錯。」旁邊一位女士說，她身穿一件顏色宛若暴風、陰影和雨滴的禮服，戴著一串由遺憾與悔諾所編織成的項鍊，史提芬聽到女子跟他說話，覺得相當驚訝，因為他確定剛才只是喃喃自語。

「那確實是個銅鈴！」她告訴他，「懸掛在其中一座高塔上。」

女士面帶微笑，毫不掩飾對他的仰慕，史提芬只好客氣地再說幾句。

「夫人，這群賓客真是優雅絕倫，我從未見過這麼多英俊、高雅的紳士淑女齊聚一堂，而且每一位都散發出青春的氣息，我必須承認，看了令人有點訝異，這些女士先生們沒有父母，或是叔叔阿姨作陪嗎？」

「你這麼說真是奇怪！」女士笑笑地回答，「『無望古堡』的堡主為什麼要邀請上了年紀、面貌平庸的人參加派對？其實我們不像你所認為的那麼年輕，我們上次回家時，英國還是一片乾枯的林地和荒無的沼澤呢。啊！波爾夫人來了！」

史提芬在舞者之間瞥見波爾夫人，她穿著一件寶藍色的天鵝絨禮服，一頭薊冠毛銀髮的紳士帶領她走到舞池前端。

這位禮服顏色有如暴風、陰影和雨滴的女士，請問史提芬想不想跟她跳舞。

「樂意之至！」他說。

其他女士看到史提芬的優美舞姿之後，他的身旁再也不缺舞伴。與禮服顏色有如暴風、陰影和雨滴的女士共舞之後，他的舞伴換成一位沒有頭髮的年輕女孩，女孩頭上頂著一群閃閃發亮、騷然蠕動的金龜子；第三位舞伴更奇怪，史提芬的手一碰到她的禮服，她就氣憤地抱怨說，史提芬讓她的禮服不敢唱歌，史提芬低頭一看，這名女子的禮服上確實都是小小的嘴巴，小嘴們一張一合，發出一連串高昂、怪異的音調。

整體而言，賓客們遵循一般的禮俗，跳完兩支舞之後就交換舞伴，但史提芬注意到一頭薊冠毛銀髮的紳士整晚只跟波爾夫人跳舞，而且幾乎不跟其他人說話。但他沒有忘記史提芬，只要一看到史提芬，一頭薊冠毛銀髮的紳士就微笑點頭致意，他似乎想讓史提芬知道，儘管周遭衣香鬢影，但最讓他開心的是史提芬·布萊克的身影。

17 不知打哪來的二十五枚金幣

一八〇八年一月

聖詹姆斯街的「柏萊迪之家」是倫敦最好的食品雜貨店，不是只有在下這麼認為，華特爵士的祖父威廉・波爾爵士從來不到其他商店購買咖啡、巧克力或茶，他宣稱相較於「柏萊迪之家」的特選土耳其咖啡，其他商店的咖啡喝起來都滿嘴粉末，口感不佳。但老實說，威廉・波爾這個忠實的顧客對生意不見得有幫助，雖然他不吝於讚美，而且對店員們非常客氣，但他幾乎不管帳，等到他去世之後，波爾家賒欠了一大筆錢，脾氣暴躁、身材矮小、一臉尖酸的柏萊迪先生知道之後大為光火，不久之後也跟著辭世，很多人都認為柏萊迪先生故意挑這個時候離開人間，跟這位爵爺老顧客討債去也。

柏萊迪先生過世之後，他的遺孀接掌了店務，柏萊迪先生相當晚婚，在下敢說讀者們若得知柏萊迪太太對婚姻不盡滿意，八成不會太驚訝。她很快就發現柏萊迪先生眼裡只有錢，對她幾乎視而不見，在下必須說這點真是奇怪。柏萊迪太太有一頭褐色的鬈髮、一對淡藍的雙眼，再加上甜美的笑容，稱得上相當吸引人，在下認為，像柏萊迪先生這樣只有金錢的老先生，應該格外珍惜年輕貌美的老婆，更應該在所不惜地取悅她，但柏萊迪先生卻非如此。雖然絕對負擔得起，但他甚至不願買棟房子給老婆，為了不肯多花六便士，他倆就住在店裡樓上的小房間，在十二年的婚姻歲月中，這個小房間充當柏萊迪太太的起居室、臥室、餐室和廚房。柏萊迪先生去世不到三個禮拜，柏萊迪太太就在天使街附近買了一棟房子，而且還雇了三位名叫蘇凱、達芬妮和戴芬娜的女僕。

她還聘了兩位男店員：約翰．亞普徹個性穩重、能幹，而且工作勤奮，另一位一頭紅髮的托比．史密斯則舉止慌張，經常令柏萊迪太太感到困惑，他有時悶聲不響，一臉鬱悶，有時卻忽然興高采烈，信心十足。最近店裡帳目不時出現差額（其實這種情況在其他商家也屢見不鮮），每次跟托比問到此事，他總是彆彆扭扭，顯得非常不自在，柏萊迪太太不免懷疑托比是否手腳不乾淨。一月的某個晚上，她所懷疑的事情卻有了出乎意外的發展。當時她坐在店裡樓上的小客廳，有人忽然敲門，托比．史密斯接著旋風似地跑進來，根本不敢直視她。

「托比，怎麼回事？」

「夫人，容我向您報告，」托比左顧右盼地說，「今天的錢數不對，約翰和我再三清點，但錢數差了十幾倍，我們怎樣都想不通。」

柏萊迪太太焦急地嘆了一口氣，然後問說差多少。

「夫人，差了二十五枚金幣。」

「二十五枚金幣！」柏萊迪太太驚慌地大喊，「二十五枚金幣！我們怎麼可能虧這麼多！噢、托比，我希望你們算錯了，二十五枚金幣！我還不知道店裡有這麼多錢呢！天啊，托比！」她唉聲嘆氣，忽然間好像想起什麼，「店裡一定遭小偷了！」

「不、夫人，我們沒有被搶，」托比說，「對不起，夫人，但您想錯了，我意思不是店裡少了二十五枚金幣，而是多了二十五枚金幣！」

柏萊迪夫人目不轉睛地瞪著他。

「夫人，如果您願意，」托比說，「請您下樓到店裡看看。」說完就幫她把門推開，臉上盡是焦慮與哀求，柏萊迪太太馬上下樓，托比則緊隨其後。

時值晚上九點，天上看不到月亮，屋外一片漆黑，店裡的百葉窗全都拉開，約翰和托比也把油燈全都捻熄，按理說，店裡應該和外面一樣漆黑，但屋內卻籠罩在一片金黃色的柔和光芒之中，光源似乎來自櫃檯上一堆閃閃發亮的東西。

櫃檯上躺著一疊閃亮的金幣。柏萊迪太太拿起一枚細細檢視，金幣彷彿是團黃色的小光球，閃爍著怪異的色澤。在黃澄澄的光澤中，柏萊迪太太、約翰和托比看起來都不像平日的自己：柏萊迪太太顯得高傲不馴，約翰看來奸詐狡猾，托比則滿臉猙獰，不消說，這些絕非柏萊迪太太等三人的天性。更奇怪的是，店裡牆壁上桃花心木小抽屜的字樣，在金幣的光澤中全都變了樣。在一般夜晚中，藉著油燈的燈光，大夥看得到小抽屜上標示著**荳蔻**（**葉片**）、**芥末**（**未去殼**）、**肉豆蔻**、**茴香粉**、**月桂葉**、**牙買加黑胡椒**、**薑精**、**香菜**、**胡椒豆**，以及**醋**等等時下流行的商品，生意興隆的商家都會販賣這類貨品，但現在字樣卻變成**恩澤**（**應得的**）、**恩澤**（**不應得的**）、**噩夢**、**好運**、**厄運**、**家人指控**、**小孩忘恩不報**、**困惑**、**洞察力**和**誠實**，幸好在場三人似乎都沒注意這個改變，如果看到的話，柏萊迪太太一定會最為焦慮，因為她絕對不知道如何標價。

「嗯，」柏萊迪太太說，「這些金幣一定有來處，今天有人送錢過來付帳嗎？」

約翰搖搖頭，托比也說沒有，「更何況，」托比加了一句，「沒有人欠這麼多錢，嗯，唯一的例外是沃克薩公爵夫人，但夫人，老實說，以她的狀況而言……」

「好了，托比，我知道了。」柏萊迪太太打斷他的話，她想了一會之後又說：「說不定哪位紳士拿出手帕擦拭臉上的雨水，一不注意把錢包掉在地上。」

「但我們沒有在地上撿到錢，」約翰說，「這些金幣一直在帳盒裡。」

「嗯，」柏萊迪太太說，「這我就不知道怎麼回事了，今天有人拿金幣付帳嗎？」半個都沒有，約翰和托比說，更別說一次付二十五枚金幣，或是二十五個客人相繼拿著一枚金幣付帳。

「夫人，這些金幣真是黃澄澄啊！」約翰評論道，「每枚都一模一樣，而且毫無瑕疵。」

「夫人，我是不是該請布萊克先生來看看？」托比問。

「噢，好！」柏萊迪太太急切地說。「等等，讓我想想，說不定不要比較好。除非出了大問題，否則最好不要麻煩布萊克先生，托比，我們沒事，對不對？還是真的出了問題？唉，我真的不知道。」

一般人極少發現家裡忽然出現這麼一大筆錢，因此，托比和約翰都不知道該怎樣回答。

「話又說回來，」柏萊迪太太繼續說，「布萊克先生非常聰明，一定馬上就能解開這個謎團，不，不，你不要跟他這麼說，這樣顯得太冒昧，你一定得先說抱歉打擾到他，然後說等到他有空，請他過來跟我聊聊，我會非常感謝……不，深為榮幸……不，非常感謝……嗯，就說我會非常感激吧。」

華特爵士繼承了祖父的債務，柏萊迪太太繼承了先夫的生意，就因如此，柏萊迪太太結識了史提芬·布萊克。史提芬每一、兩星期拿一、兩枚金幣到店裡來償還債務，但是很奇怪地，柏萊迪太太經常不想收錢。「噢！布萊克先生！」她常說，「請你把錢拿回去！我相信華特爵士比我更需要錢。我們上星期的生意好極了！店裡剛進了一批巧克力粉，客人們很捧場，大家都說這是全倫敦最美味的巧克力粉，味道和口感都比其他店的巧克力粉好，倫敦各地都派人到店裡購買。布萊克先生，你要不要喝一杯？」

柏萊迪太太拿起裝著熱巧克力的漂亮藍白瓷壺，小心翼翼地幫史提芬倒一杯，而且神情緊張地問他喜不喜歡。看來雖然倫敦各地都派人來買，但除非史提芬喜歡，不然柏萊迪太太依然不確定巧克力粉是否很棒。柏萊迪太太不只幫史提芬泡巧克力，她還非常關心史提芬的健康，如果史提芬來訪的那天剛好很冷，她會關心他穿得夠不夠暖；如果下雨，她會擔心他說不定感染風寒；如果氣候乾燥炎熱，她會堅持讓他坐在窗邊，看看窗外的小花園，順便透透氣。

史提芬起身告辭時，她總是再度提起錢的問題。「布萊克先生，請把錢收回去，下個禮拜再說吧，有些顧客總是賒帳，下星期說不定就急需用錢。恕我大膽直言，請你下星期三再把錢拿過來吧，大約三點左右好嗎？我三點應該有空，既然你這麼捧場，喜歡店裡的巧克力粉，我也會幫你準備一壺熱巧克力。」

男性讀者們大概會對自己笑笑說，女人家就是不懂生意，但女性讀者們說不定同意在下的看法：柏萊迪太太才懂得生意呢！柏萊迪太太最關切的業務就是讓史迪芬愛上她，正如她已深深愛上史提芬。

托比很快就回到店裡，帶來的不是史提芬的口信，而是史提芬本人！柏萊迪太太的焦慮忽然一掃而空，心中頓時小鹿亂撞。「噢、布萊克先生！沒想到這麼快就見到你！我不知道你現在有空呢！」

史提芬站在暗處，置身在金幣所發出的怪異光芒之外。「今晚我在哪裡都無所謂，」他的口氣反常地冷淡，「家裡上上下下忙成一團，波爾夫人不太舒服。」

柏萊迪太太、約翰和托比聽了都非常吃驚，他們和其他倫敦居民一樣，極為關切波爾夫人的狀沉，雖然店裡的顧客不乏皇親貴族，但最令他們自傲的是波爾夫人也是「柏萊迪之家」的主顧。他們常跟大家保證，波爾夫人早上抹在麵包上的正是柏萊迪太太的果醬，啜飲的也是柏萊迪太太磨製的咖啡，每次都說得眉飛色舞。

柏萊迪太太忽然想起一點，心情頓時下沉。「我希望夫人不是吃壞了肚子吧？」她問。

「不是，」史提芬嘆口氣說，「跟吃東西完全無關。她抱怨四肢痠痛，作了很多奇怪的夢，而且覺得很冷，但大部分時間，她只是無精打采、靜靜地坐著，整個人跟冰塊一樣冷。」

史提芬走進金幣的光芒之內。

令托比、約翰和柏萊迪太太容貌改觀的奇怪光芒，對史提芬卻絲毫沒有影響，原本就長得英挺的他，現在看來更清俊，而且散發出一種幾乎超凡的高貴氣質。更奇妙的是，黃澄澄的光芒似乎聚集在他的眉際，看起來好像戴了一頂皇冠。但在場眾人跟先前一樣，絲毫沒有察覺出任何異狀。

史提芬把金幣在細長的黑手指之間翻轉，「約翰，金幣先前擺在哪裡？」

「跟其他錢一起擺在帳盒裡。布萊克先生，這些金幣究竟打哪來呢？」

「我跟你們一樣想不通，也不知道該怎麼解釋，」史提芬轉身跟柏萊迪太太說，「夫人，但你應該想辦法自保，不要讓別人指控說這些是不義之財，這才是我最關切的一點。我認為你應該把錢交給律師，請他在《泰晤士報》和《晨間紀事報》登個廣告，看看有沒有人在『柏萊迪之家』遺失二十五枚金幣。」

「布萊克先生！」柏萊迪太太驚慌地大喊，「聘律師要花好多錢！」

「夫人，律師的收費都很高。」

這時剛好有位男士經過「柏萊迪之家」，他看到百葉窗中透出金光，發現店裡有人，他剛好需要茶和糖，所以到店門口敲門。

「托比，有客人！」柏萊迪太太大喊。

托比趕快過去開門，約翰則忙著把金幣收起來，他一蓋上帳盒的盒蓋，室內馬上一片漆黑，大家這才發現先前的光源是那堆奇怪的金幣。約翰趕緊重新點燃油燈，讓店裡看起來溫暖一點，托比接過客人購買的貨品，秤秤看有多重。

史提芬．布萊克頹然坐下，伸手搓揉額頭，他臉色蒼白，好像非常疲憊。

柏萊迪太太坐到他旁邊的椅子上，輕柔地拍拍他的手，「親愛的布萊克先生，你病了。」

「我全身痠痛，好像跳了一整晚的舞。」他又嘆了一口氣，雙手手掌托住頭。

柏萊迪太太把手縮回來，「我不知道昨晚有舞會，」她說，口氣中有絲難掩的嫉妒，「我希望你玩得很開心，誰是你的舞伴？」

「不、不、哪有什麼舞會？我是說我全身好像跳舞跳太多一樣痠痛，但卻沒有一絲參加舞會的喜悅。」說著說著，他忽然抬頭，「你聽到了嗎？」他問。

「聽到什麼？」

「鈴聲，召喚死者的鈴聲。」

她聽了一會，「不，我什麼都沒聽見。親愛的布萊克先生，留下來吃晚飯好嗎？我只怕菜不夠好，家裡沒什麼東西，只有一些清蒸牡蠣、鴿鬆派和羊肉，但我們是老朋友了，我確信你不會介意，托比可以幫我們拿……」

「你確定沒聽到什麼嗎？」

「我確定。」

「我得走了。」他看來似乎想多說些什麼，嘴巴確實也張開了，但他好像又受到鈴聲干擾，終究還是沉默不語。「晚安。」他起身告辭，微微一鞠躬，然後轉身離去。

在聖詹姆斯街上，鈴聲持續響起，他如同走在霧中一樣茫然地前進，剛走到皮卡迪利圓環，小巷子裡忽然鑽出一個繫著圍兜、拎著一滿籃鮮魚的挑夫，為了躲開挑夫，史提芬撞上了一個身材肥胖、身穿藍色外套、站在阿爾柏馬爾街角的男士。

胖男人轉頭看到史提芬，馬上心生警戒；他看到一張黑色的臉越靠越近，一雙黑手正好在自己的皮夾和貴重物品旁邊，他根本沒注意到史提芬昂貴的衣著和尊貴的氣質，反而馬上判定史提芬打算行搶或是動手打人。為了自衛，胖男人舉起雨傘，狠狠地敲史提芬一記。

史提芬畢生最怕發生這種狀況，他害怕有人馬上叫警察，他會被送到法官面前，甚至連華特爵士都救不了他。哪個英國法官會相信黑人既不偷竊，也不撒謊？或是黑人也值得尊敬？可能性似乎非常低。此時厄運眼看著就要降臨，但史提芬卻發現自己不太在乎，他只是靜觀其變，好像一個袖手旁觀的陌生人，等著看好戲。

胖男人張大雙眼，眼神中盡是驚慌、憤怒和不屑，他張開嘴巴，正打算開始咒罵史提芬，但就在這一刻，胖男人卻起了變化，他的身體變成樹幹，忽然冒出好多隻手臂，手臂向四方延展，統統變成樹枝，臉龐變成了樹身，而且忽然長高二十呎，手中的雨傘變成了一頂象牙皇冠。

「皮卡迪利圓環長了一棵橡樹，」史提芬無動於衷地心想，「這倒是不尋常。」

皮卡迪利圓環也起了變化。剛好有輛馬車經過，車主顯然是個大人物，馬車前端坐了一名車夫，後面坐了兩名僕役，拉車的馬匹是四隻灰色駿馬，史提芬看著馬匹越變越高、越變越細長，最後完全消失在空中，但馬匹卻忽然變成一片華美的銀樺樹林，馬車變成了冬青樹叢，車夫和僕役變成了貓頭鷹和夜鶯，不一會就飛向不知名的遠方。一對攜手同行的男女忽然冒出枝幹，變成了一叢接骨木，一隻小狗變成了一株繁茂的羊齒植物，高掛在街頭的瓦斯燈忽然耀升天際，像煙火般冒出火樹銀花。整個皮卡迪利圓環逐漸萎縮，最後變成了冬天漆黑樹林中一條幾乎難以辨識的小徑。

但史提芬覺得彷彿置身夢境，夢中最不尋常的事情也其來有自，而且看了馬上豁然了解，因此，史提芬對眼前的變化一點都不奇怪。事實上，他似乎從頭到尾就知道皮卡迪利圓環附近有一座魔法森林。

他沿著小徑前進。

林中一片漆黑，寂靜無聲，頭頂上是他見過最閃亮的繁星，樹木僅是一團團黑影。積壓了一整天的悶氣總算消失，他想起昨晚作了一個好奇怪的夢，夢中遇見一位身穿綠衣、一頭薊冠毛銀髮的怪人，怪人帶著他到一棟大房子裡，他在那裡和一群非常怪異的人跳了一晚上的舞。

淒涼的鈴聲在林中更加清晰，史提芬沿著小徑追尋鈴聲，很快就看到一棟龐大的石屋，屋子有上千扇窗戶，其中有些透出微弱的光線，石屋周圍有道高大的圍牆，史提芬穿過圍牆（圍牆沒有門，史提芬也不清楚自己如何穿過去），赫然發現自己置身在一個中庭，中庭裡四處都是骷髏頭、支離破碎的白骨和生鏽的武器，好像數千年來都是如此，看了令人心寒。石屋雖然龐大壯觀，但門口卻非常狹小破舊，史提芬得彎腰才進得去。他一進去就看到一大群賓客，每個人的衣著都極為華美。

兩位紳士站在門邊，兩人都穿著典雅的黑外套、潔白無瑕的長襪、白手套和舞鞋，他們正在說話，史提芬一出現，其中一人馬上轉身微笑。

「啊，史提芬．布萊克！」他說，「我們一直在等你！」

就在此時，提琴與風笛的樂聲再度響起。

18 華特爵士四處討救兵

一八〇八年二月

波爾夫人坐在窗邊，一臉蒼白，毫無笑意；她很少說話，就算開口，講的話也非常奇怪，完全沒有重點。她的先生和朋友們焦急地問她怎麼回事，她只回答說她討厭跳舞，不想再繼續跳，她還說音樂是全世界最可憎之事，她以前怎麼沒注意這一點呢？

波爾夫人忽然沉默不語，對什麼都沒興趣，華特爵士看了非常擔心，這些徵兆讓他想起波爾夫人婚前的疾病，那場病讓波爾夫人飽受折磨，也害得她芳華早逝，她以前不就是一臉蒼白嗎？唉，現在也是如此；她以前不就是全身發冷嗎？唉，現在又是一樣。

以前波爾夫人生病時沒有看醫生，各地的醫生因而相當不悅，甚至認為波爾夫人看不起醫生這一行，「哎呀，」每次有人提起波爾夫人，醫生們就發出感嘆，「魔法讓她復生，這當然很好，但只要一開始加以適當治療，其實根本不需要用到魔法。」

拉塞爾先生當初說這全是溫特堂太太的錯，這話完全正確，溫特堂太太非常討厭醫生，不准任何一位靠近她的女兒，但華特爵士不抱這種偏見，他馬上請人去找白利先生。

白利先生是蘇格蘭人，長久以來被公認是倫敦最好的醫師，他寫了很多本標題響叮噹的書，也是英王的御醫。白利先生長相端正，時常拿著一枝金頂的手杖，藉此顯示自己的尊貴。接獲通知之後，他馬上前往華特爵士的宅邸，急著向大家證明醫學勝過魔法。檢查完畢之後，他走出房間，跟大家報告說夫人身體很好，只不過感染了一點風寒。

華特爵士再度解釋波爾夫人幾天前和現在完全不同。

白利先生看著華特爵士，審慎地說他知道問題出在哪裡。華特爵士和夫人結婚沒多久吧？白利先生說，請恕我直言，但醫生經常得說些其他人不敢說的話。爵士大人還不習慣婚姻生活，很快就會發現夫妻經常起爭執，這沒什麼不好意思，就連感情最好的夫妻，有時候也會吵架。夫妻一吵架，其中一方可能假裝生病，這種情況相當平常，裝病的也不見得一定是女方。波爾夫人說不定看上了哪樣東西？如果只是一件新禮服，或是帽子之類的小東西，既然她很想要，為什麼不買給她呢？如果她想要的是一棟房子、或是到蘇格蘭旅遊，說不定得跟她好好談一談，夫人肯定不會蠻不講理。

白利先生稍作停頓，華特爵士一臉不悅地瞪了他一會，「夫人和我沒有吵架。」華特爵士終於說。

哎呀，白利先生寬容地說，爵士大人或許覺得沒有爭執，但男士們通常看不出徵兆。白利先生請華特爵士想得仔細一點，他是不是說了什麼惹夫人不高興？白利先生說他沒有責怪哪一方，新婚夫妻剛開始一起生活都得經過調適，這只不過是適應的過程。

「但波爾夫人不會表現得像個被寵壞的小孩，這不像她的為人。」

沒錯、沒錯，白利先生說。但波爾夫人年紀很輕，而年輕人總會做些傻事，大家不該多加責怪；年輕人的想法不成熟，華特爵士也不該抱著太多期望。白利先生對年輕人確實相當寬容，他由歷史和文學中舉證，許多明理、聰慧的女士先生，年輕時都做過傻事，但一瞥見華特爵士的表情，他就知道自己最好馬上住嘴。

其實華特爵士也有很多話想說，也能說得頭頭是道，但他卻不知道打哪裡說起。華特爵士四十二歲才初次踏上結婚禮堂，他自己也很清楚，同年紀的朋友們大概都比他懂得處理婚姻問題，因此，他只能不滿地跟白利先生皺眉頭。快十一點了，他召喚僕人和祕書備車，準備前往柏林頓宮和其他大臣開會。

到達柏林頓宮之後，他走過梁柱擎天的中庭和金光閃閃的會客室，爬上大理石階梯，天花板上畫了難以計數的天神、女神、英雄和半神半人的美女，各自在藍天中翻滾，或是棲身在輕飄飄的白雲中。一群身穿制服、頭戴假髮的僕役上前歡迎，他走進房裡，大臣們正翻閱文件，忙著跟其他人爭執。

「華特爵士，你為什麼不派人去請諾瑞爾先生呢？」康寧先生一聽到這種狀況馬上發問。「我真驚訝你還沒派人過去。我相信夫人之所以身體微恙，不過是魔法出了一點小問題，諾瑞爾先生可以改善一下咒語，夫人很快就能恢復健康。」

「沒錯！」凱索力勛爵表示同意，「我認為醫生幫不了波爾夫人，華特爵士，你我因為天主的恩寵才得以來到人間，但夫人卻是受到諾瑞爾先生之助才回返人世。從神學，甚至醫學的角度而言，我敢說夫人賴以維生的力量和我們不一樣。」

「帕斯富太太身體一不舒服，」帕斯富先生插嘴說，這位矮小、行事嚴謹、相貌平凡的律師擔任財政大臣的要職，「我最先徵詢她的女僕，畢竟，誰會比女僕更了解夫人的身體狀況呢？波爾夫人的女僕怎麼說？」

華特爵士搖搖頭，「潘絲芙跟我一樣困惑，她跟我都覺得夫人兩天前還健康得很，現在卻一臉蒼白、全身發冷、無精打采、悶悶不樂，潘絲芙僅能提供這些訊息，除此之外只說了一大堆家裡鬧鬼之類的傻話。唉，我實在不知道這些僕人怎麼回事，他們舉止怪異，每個人都緊張兮兮。今天早上，有個男僕還跟我說昨天午夜在樓梯上看到一個人，這人穿著綠色外套，還有一頭跟薊冠毛一樣蓬鬆的銀髮。」

「什麼？鬼嗎？還是幽靈？」

「沒錯，我相信他就是這個意思。」

「太玄妙了！他說話了嗎？」康寧先生問。

「不，葛弗雷說他冷冷且不屑地瞪了一眼，然後就走開了。」

「唉，華特爵士，你的男僕肯定在作夢。」帕斯富先生說。

「或是喝醉了。」康寧先生加了一句。

「沒錯，我也認為如此，因此，我當然得找史提芬．布萊克過來問問。」華特爵士說，「但史提芬跟其他人一樣愚鈍，他幾乎什麼都沒說，我再怎麼問都沒用。」

「華特爵士，」康寧先生說，「你該不會否認這跟魔法有點關聯吧？諾瑞爾難道無法解釋這些大家都說不出所以然的現象嗎？趕緊派人去找諾瑞爾先生吧！」

這番話相當合理，華特爵士心想自己為什麼沒有想到這一點？他對自己極有信心，通常也很快就看出事情的關聯，但這下他才恍然大悟。其實他真的不喜歡魔法。他先前認為魔法是騙術，後來雖然見證了魔法的威力，心中卻始終無法接納。但他不能跟大臣們坦承這一點，眾人不就是在他的勸說之下，才首開兩百年來的先例，雇用了一位魔法師嗎？

他下午三點半回到哈雷街的家中，冬天的這個時刻特別奇怪，建築物和行人在黯淡的夕陽中變得一片模糊，漆黑而朦朧，但天空依然閃爍著銀藍的光采，透出冷冷的天光，冬日的夕陽為街道抹上一層玫瑰般的血紅，看來雖然悅目，但卻激起一陣寒意。華特爵士看著車窗外的街景，暗自慶幸他不是那種喜歡胡思亂想的人，眼前的街道交織著漆黑與血紅的幻影，他又得跟一位魔法師打交道，換作別人，說不定會深感不安。

葛弗雷前來開門，華特爵士快步上樓，他經過掛滿威尼斯壁畫的小客廳，波爾夫人從早上就一直坐在裡面，他直覺地探頭看看，剛開始似乎感覺不到裡面有人，壁爐中爐火黯淡，屋內似乎出現了一道餘暉，還沒有人點上油燈或蠟燭。忽然間，他看見了她。她背向著他，直挺挺地坐在窗邊的椅子上，她的坐姿、座椅，甚至連衣服和圍巾的皺摺跟他早上看到的完全一樣。

他一進書房就馬上寫了一封緊急信函給諾瑞爾先生。

諾瑞爾先生沒有馬上過來，一、兩小時之後，諾瑞爾先生總算到了，臉上帶著刻意的平靜。華特爵士在門口迎接，他先描述發生了什麼事，然後建議一起到小客廳裡看看。

「華特爵士！」諾瑞爾先生很快回答，「從你的描述中，我非常確定我們不該打擾波爾夫人。親愛的華特爵士，你知道我一直非常樂意幫忙，但是恕我直言，我恐怕幫不了波爾夫人。不管波爾夫人被哪種病痛所擾，我認為都無法以魔法來解決。」

華特爵士嘆了一口氣，他伸手抹抹頭髮，看來相當不悅，「白利先生檢查不出問題，所以我想……」

「正因如此，所以我才確定自己幫不上忙。魔法和醫學其實有相通之處，不像大家所認為的截然不同，兩者的領域經常重疊，也都可以治療疾病。如果夫人真的病了，甚至……恕我直言……甚至再度辭世，那麼我當然可以用魔法來醫治，或是讓她死而復生。但就你描述的情況看來，夫人的問題似乎出自心理，而非生理，魔法或是醫學對心理疾病都束手無策。我不是這方面的專家，說不定牧師比較知道如何處理。」

「但是凱索力勛爵認為……」華特爵士有點猶豫地說，「我不知道他說的是否屬實，我也必須承認不太了解他的意思，但他認為既然波爾夫人因魔法復生，或是魔法賦予波爾夫人生命，只有魔法才能治癒她。」

「真的嗎？凱索力勛爵果真這麼說？啊，他這就大錯特錯了！但他會這麼想，我倒覺得很有意思。以前這一類論調稱之為「梅勞異端論」，❶十二世紀有位隱修院的院長里沃決心剷除這種邪說，後來也被封為聖徒。我對魔法神學當然沒興趣，但我確定威廉·潘特勒的《完美三境界》當中第六十九章……」❷

諾瑞爾先生似乎又將展開枯燥乏味的長篇大論，引用各種沒人聽過的書名暢談英國魔法歷史，華特爵士趕緊打斷：「沒錯、沒錯！但你知道身穿綠衣、一頭銀髮的男士可能是誰嗎？」

「噢！」諾瑞爾先生說，「你該不是認為家裡有其他人吧？我認為這幾乎不可能。說不定是哪個粗心的僕人不注意把睡袍留在掛勾上，讓大家看了嚇一跳。我自己就經常被頭上這頂假髮嚇得魂不守舍，路卡斯晚上應該把假髮收起來，他知道這是他的職責，但他好幾次把假髮留在壁爐架上方的木架上，壁爐上方有面鏡子，鏡中出現假髮的倒影，遠遠看去好像有兩個人靠在一起講悄悄話。」

諾瑞爾先生對華特爵士眨眨小眼睛，再度重申自己愛莫能助，然後道聲晚安，起身告辭。

諾瑞爾先生直接回家，一回到漢諾瓦廣場的家中馬上直奔二樓的小書房，圖書室在屋子後方，俯瞰花園，相當安靜，他在裡面讀書時，僕人們絕對不准打擾，除非事出緊急，否則連查德邁也不能進去。雖然諾瑞爾先生很少知會僕人說想用書房，但書房永遠萬事齊備，這已經成為家中的規矩之一。此時書房中爐火熊熊，油燈通明，但有人忘了拉上窗簾，結果窗戶蒙上了一層黑煙，書房的景物也隱約顯現在黑煙之中。

諾瑞爾先生坐到面對窗戶的書桌前，桌上堆了許多厚重的書籍，他翻開其中一本，低聲喃喃念咒。

壁爐中有個煤塊突然掉下，屋中出現一道黑影，諾瑞爾先生不禁抬頭一看，他在漆黑的窗戶中看到自己，臉上帶著一絲警覺，他還看見自己背後站了一個人，此人面色蒼白，頂著一頭薊冠毛似的蓬鬆銀髮。

諾瑞爾先生沒有轉頭，反而對著鏡中的倒影說話，語氣中充滿憤怒，「你說你要取走這位年輕小姐一半性命，我以為你會讓她好好跟朋友、家人過半輩子，照現在這種情況看來，我覺得她跟死了沒兩樣！」

「我可沒有這麼說。」

「你欺騙我！你根本沒幫我！你的詭計毀了先前的每一件事！」諾瑞爾先生大喊。

窗戶中的倒影輕蔑地哼一聲，「我本來希望我倆第二次會面時，你會表現得稍微理智一點，但你還是驕傲得不得了，而且憤怒地指控我！我完全遵守先前同意的條件！我達成了你提出的要求，也沒有取走不屬於我的東西！如果你真的關心波爾夫人的福祉，你應該很高興她身旁有了一群衷心仰慕她的朋友！」

「說到這一點，」諾瑞爾先生不屑地說，「我才不在乎波爾夫人呢！相較於振興英國魔法，一個年輕女人的命運算得了什麼？我關切的是她的先生，當初就是看在華特爵士的分上，我才同意做這些事情！這下如果他辭職了，我該如何是好？我只怕永遠找不到另一位願意幫忙的盟友！[3]哪位大臣會對我虧欠這麼多？」

「嗯，她的先生，是嗎？好吧，我這就讓他出任要職！他的能力雖然不怎樣，但我可以讓他當上首相，或是英國國王？你覺得哪個比較好？」

「不、不，」諾瑞爾先生大喊，「你不了解！我只想取悅他，讓他幫我引介其他大臣，我才可以說服其他大臣，魔法對國家確實極有貢獻！」

「我實在想不通，」窗戶中的倒影傲慢地說，「你為什麼求助於這個人，而不願讓我幫你？他懂得什麼魔法？一點都不懂！我可以教你移山倒海，徹底殲滅敵人！我可以讓雲朵為你歌唱，我可以……」

「沒錯、沒錯，而你只求掌控英國的魔法！你會把全英國的女人從家裡騙走，讓英國成為你那些墮落同類的棲息之地，這些代價太高了！」

窗戶中的倒影沒有直接回應，屋中一支燭臺反而忽然從桌上飛起來，橫掃書房，把壁爐上的鏡子打得粉碎，一座小小的湯瑪斯．蘭徹斯特雕像也應聲倒地。

然後一切歸於沉寂。

諾瑞爾先生全身發抖、心驚膽跳地坐著不動，他低頭看看面前的書本，嘴裡念念有詞，眼睛始終盯著原位，就算他真的在讀書，也只有魔法師才看得出怎麼回事。幾分鐘之後，他再度抬頭，窗戶中的倒影已經離去。

每個人對波爾夫人的期望全都落空。先說婚姻吧，剛開始短短的幾個禮拜裡，這樁婚事看來似乎是天作之合，現在她卻鎮日沉默不語，對諸事不聞不問，華特爵士則滿心焦慮，失望傷心。除此之外，她不但沒有成為社交界的明日之星，反而哪裡都不想去，無人登門造訪，時尚人士很快就忘了她。

哈雷街的僕人們越來越不願意進去她坐著的房間，但卻沒有人說得出理由。其實真正的原因是她頭上傳來微弱的鈴聲，身旁總是吹著冷風，靠近她的人都忍不住打顫。於是她時時刻刻坐著，動也不動，說也不說，任憑噩夢和黑影籠罩在身旁。

❶十二世紀時，一位名叫梅勞的魔法師首度提出這個理論，其後衍生各種不同的異論。根據其中最極端的論調，凡是被魔法治癒、復生，或是救治的人，不再是上帝或教堂的子民，而臣屬於解救他的魔法師或是精靈。梅勞遭到逮捕，被帶到南英王史提芬和樞機主教前受審，他慘遭毒打，全身半裸地被驅逐出門，主教們禁止任何人上前援助，梅勞試圖由威徹斯特步行到烏鴉王所在的新堡，但中途就不支身亡。英國北方對「梅勞異端論」則有另一種詮釋：某些特定的殺人犯死後不會上天堂，也不會下地獄，而臣屬於烏鴉王。

❷《完美三境界》，威廉．潘特勒著，一七三五年倫敦出版。書中所謂的「完美三境界」係指天使、人類與精靈。

❸從這番話中可以看出諾瑞爾先生顯然不知道大臣們多麼敬重他，或是多麼需要他襄助戰事。

19 皮歐戴小將

一八〇八年二月

很奇怪地，沒有人注意到波爾夫人罹患怪病的同時，史提芬・布萊克也感到不對勁。他也抱怨身體疲憊、發冷，兩人偶爾開口說話時，也都是一副虛弱、有氣無力的模樣。

但或許也沒什麼好奇怪的，夫人和管家的生活本來就不一樣，就算兩人出現同樣症狀，大家八成也不會作出聯想。管家有其職責，而且非做不可，換言之，史提芬不能跟波爾夫人一樣，成天呆坐在窗邊，一句話也不說，這些讓波爾夫人看來更形高貴的病徵出現在史提芬身上時，大家只是淡淡地說他心情沮喪。

哈雷街宅邸的廚師約翰・隆魁已經沮喪了三十多年，他很快就歡迎史提芬加入失意人的陣營，這個可憐的傢伙似乎很高興有人跟他一樣。史提芬每晚坐在餐桌旁，額頭埋在雙手中，隆魁也坐到餐桌另一頭，跟著他一起唉聲嘆氣。

「我知道你的痛苦，先生，我真的很清楚！布萊克先生，心情沮喪是最可怕的折磨，有時候我覺得整個倫敦就像一碗冷冰冰的豌豆稀飯，所有東西看起來都是黯淡而糊兮兮，每個人帶著一張冷稀飯似的臉，一雙冷稀飯似的手垂在身旁，走在冷稀飯似的街上。唉！老天爺啊！我心情實在糟透了，連天上的太陽感覺上都是冰冷、灰暗、糊兮兮，照在身上一點都不溫暖。先生，你經常覺得冷嗎？」隆魁邊說邊握住史提芬的手，「啊，布萊克先生，」他說，「你跟墓石一樣冰冷！」

史提芬覺得自己好像在夢遊，整個人毫無生氣，彷彿活在夢中，哈雷街的房子、其他僕人、工作、朋友和柏萊迪太太全都是夢中的一部分。有時他夢見一些非常奇怪的景物，也隱約感到這些都不是真的，比方說，他沿著長廊前進，或是爬上樓梯，一轉彎就看到前面出現另一道長廊和階梯，兩者皆朝另一個方向延伸，先前根本不在這裡。哈雷街的宅邸似乎被擺進一座規模大得多、年代更久遠的城堡中，城堡中的走道全由圓石鋪成，塵埃密布，階梯和地面磨損得非常厲害，凹凸不平，走在上面的感覺像是荒野中的石頭小徑，而不像家中的石板地。但奇怪的是，史提芬對這個陰森森的地方感覺卻很熟悉，他不知道為什麼，也不知道從何得知，但他常發現自己經常嘟囔說：「沒錯，東邊的軍械庫就在那個角落後面，」或是，「這些階梯通往『開膛人之塔』。」

有時他真的看到這些長廊，有時他僅感覺到它們的存在，但只有在這些時刻，他才感覺到一絲生氣，彷彿找回昔日的自己，封閉了多時的心靈稍微解凍，心中再度感到好奇，也略有一點感覺。但在其他時候，他對什麼都不感興趣，看什麼都不順眼，在他的眼中，周遭萬物都是灰影、空洞與塵埃。

有時他心浮氣躁，逼得他在寒冷的冬夜走上皮卡迪利圓環附近的街頭，漫無目的地晃蕩多時。二月底的一個深夜，他又煩悶地到街上閒逛，走著走著，他發現自己來到牛津街的「華頓先生咖啡屋」，這個地方他很熟，咖啡屋樓上是個叫做「皮歐戴小將」的俱樂部，倫敦上流社會家中位階較高的男僕們，經常在這裡聚會，凱索力勛爵的貼身侍衛是俱樂部的要員，波特蘭公爵的車夫和史提芬也是重要會員，會員們每個月的第三個星期二在此聚會，大夥像倫敦其他俱樂部的成員一樣，享用美酒佳餚、打打小牌、談論政治、交換一些關於女主人的閒話。非正式聚會的夜晚中，「皮歐戴小將」的會員們也經常到咖啡屋的樓上坐坐，跟同僚們聊聊天，提振一下精神。史提芬走進屋內，爬上二樓。

樓上就像倫敦其他類似的場所，屋內煙霧瀰漫，充滿了濃濃的香菸味，男士們聚會的地方總是如此。四面是暗色的木板牆，同樣質材的木頭將室內分隔成小包廂，顧客們得以享受私人的原木空間。光禿禿的地上每天都灑上一層木屑，桌上鋪著潔白的桌巾，油燈也擦拭得乾乾淨淨。史提芬坐進一個小包廂之內，點了一杯波特酒，然後垂頭喪氣地盯著酒杯發呆。

「皮歐戴小將」的會員們一走過史提芬的包廂都會停下來聊兩句，他只是應酬式地揮揮手，今晚甚至懶得搭理。打發了兩、三個人之後，史提芬忽然清楚地聽到有人低聲說：「沒錯，你根本不必搭理他們，這些人不過是僕役和侍從，在我的協助下，你將登上最尊貴、最偉大的王座，到時候你記起當初對這些人嗤之以鼻，心裡一定深感快慰！」雖然只是輕聲耳語，但史提芬聽在耳裡，感覺上卻比「皮歐戴小將」其他會員的談笑更清晰。他有種奇怪的念頭：雖然這只是耳語，力道卻足以貫穿石頭或是鋼鐵，這種感覺就像有人從地面下一千呎跟你說話，你卻依然聽得一清二楚，聲音足以鎮碎石頭，讓人發狂。

很奇怪地，此時他忽然精神大振，心中升起一股好奇，想看看說話的人是誰。他環顧屋內，卻沒看到半個陌生人，因此，他站起來探頭看看隔壁的包廂，包廂內有個長相非常奇特的男士，這人雙腳跨在桌上，雙手交握在胸前，看起來相當自在，他有幾項相當顯眼的特徵，其中最引人注目的是一頭蓬鬆的銀髮，柔軟的銀髮像薊冠毛一樣閃閃發光。他對史提芬眨眨眼，然後從他的包廂裡站起來，走過來坐到史提芬的包廂內。

「我索性跟你說吧，」他好像講悄悄話似地說，「這個城市比昔日沒落了一百倍！這次回來以後，我真是失望極了。曾有一時，倫敦放眼望去塔樓林立，各式各樣的旗幟在空中飄揚，每幅都閃亮耀目！城裡四處可見細緻繁美的石雕，有些人用石龍、獅鷲獸和石獅妝點門面，象徵屋主的智慧、勇氣和凶狠，你說不定還可以在這些人的花園裡看到真正的惡龍、獅鷲獸和獅子，猛獸被關在牢固的籠子裡，遠遠就聽得見牠們的吼叫，膽小的人聽了莫不心驚膽顫。每個教堂都供奉著一位受主護佑的聖徒，屢屢為民眾展現奇蹟；聖徒躺在象牙盒中，象牙盒藏在一個裝滿珠寶的棺材裡，棺材則擺在一個壯觀的神龕上，神龕為金銀所製，旁邊點著一千枝蠟燭，日夜閃爍著光芒！市民們每天為不同的聖徒舉辦慶典，倫敦的聲名揚威於世！那時倫敦市民都爭相請教我如何興建教堂、設計花園，以及裝潢私人住家，他們若有禮貌地提出請求，我通常願意提供很好的建議，噢，沒錯！在我的指點之下，倫敦變得美麗、高雅、舉世無雙，但是現在……」

他做出生動的手勢，彷彿把倫敦扭成一團，一把把它丟掉。「你怎麼這樣笨笨地盯著我？我花了好大工夫來找你，你卻一語不發、滿臉不高興地坐在這裡，一副啞口無言的模樣！你看到我八成有點訝異，但也不能這麼沒禮貌。不過話又說回來，」他似乎有點讓步地說，「英國人看到我都非常驚訝，這是再自然也不過的反應。但我們交情甚篤，你不該這樣歡迎我吧！」

「先生，我們以前見過面嗎？」史提芬驚訝地問道，「我確定在夢中見過你，我夢見我們置身在一座非常宏偉的豪宅中，豪宅中有好多布滿塵埃的迴廊！」

「我們以前見過面嗎？」一頭薊冠毛銀髮的紳士嘲弄地重複，「你怎麼如此胡言亂語！這些日子以來，我們不是每晚一同參加盛大的舞會、派對和盛宴嗎？」

「我在夢中當然……」

「沒想到你居然如此魯鈍！」紳士說，「『無望古堡』不是夢！它是我所有宅邸中，最古老、最華美的一棟，而我名下的豪宅可是不計其數！它跟卡爾頓宮一樣真實❶，甚至比卡爾頓宮還要華麗！我能預知未來，我跟你說啊，卡爾頓宮在二十年之內就會被夷為平地，至於倫敦嘛，大概勉強再撐上兩千年，但『無望古堡』將挺立到下一個世界末日！」這個想法似乎讓他高興得幾近荒誕，而他確實也是個極端自鳴得意的人，「不，它不是夢，你不過是在咒語下來到『無望古堡』，參加我們精靈的盛宴。」

史提芬不解地瞪著紳士，過了一會，他想起剛才被指控為滿臉不高興、沒有禮貌，他必須做些辯解，於是他絞盡腦汁、結結巴巴地說：「先生，那……那是您下的咒語嗎？」

「當然！」

由對方志得意滿的神態中，史提芬看得出來，這位一頭薊冠毛銀髮的紳士自覺對史提芬下咒是個莫大的恩澤，史提芬只好客氣地道謝，「但是……」他加了一句，「我實在想不出來自己究竟做了什麼，讓您如此費神，說真的，我確定自己什麼都沒做。」

「啊！」紳士高興地大喊，「史提芬．布萊克，你的舉止真是高尚！你可以給這些傲慢的英國人上兩堂課，教教他們怎樣尊重有內涵的人。你的舉止絕對會為你帶來好運！」

「那些出現在柏萊迪太太帳盒裡的金幣，」史提芬說，「也是您的嗎？」

「噢！你這會兒才猜到，還是早就知道我這麼聰明？記不記得你告訴我，你日夜都被敵人所包圍，這些人都想傷害你？所以我把錢送到你朋友手上，你和她結婚之後，錢就變成你的了。」

「您怎麼……」史提芬剛開口就住嘴，紳士顯然知道他生活中的大小事情，也顯然覺得有權干涉，他說什麼都沒用。「先生，但有一點您誤會了，」他勉強擠出一句，「我沒有任何敵人。」

「我親愛的史提芬！」一頭薊冠毛銀髮紳士神情愉悅地大喊，「你當然有敵人！其中最可惡的就是那個自稱是你主人的壞蛋！他強迫你當他的僕人，日夜讓你為他操勞。對你這麼一位英挺、尊貴的紳士而言，他指派給你的那些差事簡直是侮辱，他為什麼做出這種事？」

「我想這是因為……」史提芬剛開口回答。

「正是如此！」薊冠毛銀髮紳士馬上趾高氣昂地插嘴，「因為他用詭計誘捕你，用鐵鍊將你捆綁，現在他制伏了你，難怪手舞足蹈、狂笑不已地看著你受罪！」

史提芬正想開口抗議說華特．波爾爵士絕非如此，他想說華特爵士向來非常客氣，而且對他待之以禮。華特爵士年輕的時候雖然手頭很緊，但依然湊出錢讓史提芬接受教育，日後華特爵士經濟情況依然不佳，主僕二人經常吃相同的食物，分享同一盆爐火。至於所謂的制伏敵人，每次華特爵士擊敗了政壇的敵手，不免露出自滿、嘲弄的微笑，但史提芬從未看過主人手舞足蹈，或是狂笑不已。他正想開口這麼說，但「鐵鍊」二字卻激起一股無名的顫動，忽然間，他似乎看到一個黑暗、可怕的地方，此地悶熱、密閉、破落、充滿恐懼，暗處中黑影幢幢，笨重的鐵鍊鏗鏘作響。他根本不知道這幅景象代表什麼，或是打哪裡來，他猜想不可能出自回憶，他肯定從未置身這種地方吧？

「……他若發現你和她每晚從他身邊逃脫，在我家裡高興地度過一個夜晚，哼！他鐵定勃然大怒，嫉妒得不得了，而且我敢說，他肯定馬上試圖殺害你們。但親愛的史提芬，你不必害怕！我保證他永遠不會發現，噢，我真厭惡這種自私的人！受到那些傲慢英國人嘲笑、排擠，被迫做些有失尊嚴的工作，我深知那是何種滋味，我不忍心看到你遭受同樣命運！」紳士稍微停嘴，伸出冰冷蒼白的手指摸摸史提芬的臉頰和眉毛，史提芬頓時打了一陣冷顫，「你無法想像我對你寄予多少期望，我又多麼想幫助你！這就是為什麼我已經計畫讓你成為某個精靈王國的君主！」

「先生，對不起，您……您說什麼？我剛才在想其他事情。您說君主？不、不，先生，我不能當國王。您實在太抬舉我了，所以才認為我能勝任。再說我只怕自己適應不了精靈王國，從第一次到府上拜訪到現在，我一直覺得頭重腳輕，腦筋不清楚，從早到晚都非常疲倦，生活也成了一種負擔。我只怕自己沒福分，說不定凡人不配享受精靈王國的歡樂？」

「噢，你只不過感到難過罷了！我家裡總是衣香鬢影，每餐都是盛宴，每個人都穿上最漂亮的衣裳，你過得那麼快樂，卻不得不回到枯燥乏味的凡間，與這些無趣的英國人為伍，難怪心情不好。」

「先生，您說得沒錯，但如果您大發慈悲，解除施加在我身上的咒語，我將感激不盡。」

「啊！這是不可能的！」紳士說，「你難道不知道我的姊妹和表姊妹們，都因為輪到誰跟你跳下一支舞而爭吵嗎？她們可都是大美女，國王們為了她們互相殘殺，偉大的帝國也因她們而殞落呢！如果我跟她們說，你不會再到『無望古堡』，你想她們會作何反應？我向來是個體貼的兄弟和表親，也總是想辦法讓家裡的女士們開心，這是我眾多優點之一。至於當不當國王，我跟你保證，世界上沒有比大家對著你鞠躬、對你冠上各種尊貴的頭銜更過癮的事。」

他繼續大力讚揚史提芬英挺、尊貴的儀表，以及高超的舞技，他似乎認為這些都是統馭一個龐大精靈王國的主要條件。說著說著，他開始思索哪個王國最適合史提芬，「『沒人講的福分』還不錯，這裡四周都是漆黑、深不可測的森林，還有高聳入雲的高山和無法穿越的汪洋，它的好處是目前沒有君王，但壞處是已經有二十六人宣稱自己有繼承權，你若介入，勢必被捲入這場血腥的內戰，你大概不願意吧？嗯，那就看看『可憐我』王國吧，目前在位的公爵沒什麼盟友，噢！但我不能看著我的朋友統馭像『可憐我』這麼一個小國！」

❶ 卡爾頓宮是威爾斯王子在倫敦帕爾廣場的住所。

20 偽裝的女帽商

一八〇八年二月

眾人原本期望得到魔法師協助之後，戰爭就此告一段落，但眾人很快就感到失望。「魔法！」外交大臣康寧先生說，「別跟我提起魔法！它跟其他事情一樣充滿挫折和失望。」

這點倒是可以解釋，而諾瑞爾先生也樂於提出繁複冗長的理由，藉此說明為什麼辦不到。有次提出說明時，他不經意說到一件事，日後令他懊惱不已。當時大夥齊聚在柏林頓宮，諾瑞爾先生跟內務大臣霍克伯里勛爵解釋說，❶某事需要最起碼十二位魔法師夜以繼日地工作才能完成，既然沒有這麼多魔法師，所以行不通。他接著囉囉唆唆、瑣瑣碎碎地抱怨英國魔法不彰，講了半天終於下結論：「勛爵大人，我希望情況有所不同，但你也很清楚，目前天資聰穎的年輕人都投身陸軍、海軍，以及神職行列，我這個可憐的行業總是受到忽視。」說完便沉重地嘆了一口氣。

諾瑞爾先生只想讓大家注意到他獨特的天賦，除此之外別無用意，但很不幸地，霍克伯里勛爵卻想到另一點。

「噢！」他大喊，「你是說我們需要更多魔法師？沒錯！我也認為如此，說不定辦個學校？或是由國王陛下出資，籌組一個皇家學會？諾瑞爾先生，我們就把細節留給你負責吧，如果你能針對這個議題寫出提案，我絕對樂意拜讀，然後呈報給其他大臣。我們都知道你最擅長這類事情，你的提案總是清晰、仔細，字又寫得非常漂亮。先生，我敢說我們一定能籌得到錢，這事不急，等你有空再進行，我知道你非常忙。」

可憐的諾瑞爾先生！他絕對不想培訓另外一批魔法師，但他自我安慰說，霍克伯里勛爵是內閣要臣，日理萬機，無疑地，他一定很快就忘了這件事。

過幾天諾瑞爾先生又在柏林頓宮碰到霍克伯里勛爵，勛爵興匆匆地跑過來大聲說：「啊！諾瑞爾先生！我跟國王陛下提到你計畫培育魔法師新血，殿下聽了非常高興，他覺得這個點子好極了，也樂意全力支持。」

諾瑞爾先生還來不及回答，瑞典大使就忽然駕臨，勛爵不得不匆匆離開，真是萬幸。

但一個多禮拜之後，諾瑞爾先生又碰到霍克伯里勛爵，這次是在卡爾頓宮，當晚威爾斯王子特別在此宴請諾瑞爾先生。「啊！諾瑞爾先生，你來啦！我想你身邊沒有帶著魔法師學校的草案吧？我剛才跟德文郡公爵提到此事，他非常感興趣，公爵在利明頓溫泉鎮有棟房子，剛好可以當作校地，他想知道學校包括哪些課程、魔法師晚上在哪裡休息等等，我根本不知道如何回答，我想……你能不能撥冗跟他談談？他就站在壁爐架旁邊，喔，他看見我們，正朝著我們走過來！公爵大人，諾瑞爾先生在此準備為您說明！」

諾瑞爾先生好不容易說服霍克伯里勛爵和德文郡公爵，辦學校將占用太多時間，再說他也沒見過哪些年輕人具有足夠天賦，值得眾人如此大費周章。公爵和勛爵勉強表示同意，諾瑞爾先生隨即提出另一個他極感興趣的議題。

長久以來，諾瑞爾先生始終覺得倫敦的街頭魔法師非常礙眼，當他還是個默默無名的小人物時，諾瑞爾先生就開始向官員和權貴人士陳情，請求政府趕走這些四處遊走的江湖術士。聲名大噪之後，他更是加倍，甚至三倍努力地請願。他最初的想法是政府應該立法規範魔法，魔法師也該領有執照（不消說，他認為除了自己之外，其他人都沒有資格），他還建議成立一個魔法委員會，這個要求就有點過分。

誠如霍克伯里勛爵對華特爵士所言：「我們不想冒犯這位對國家有重大貢獻的先生，但戰爭拖了這麼久，戰局又吃緊，在這個時候設立一個委員會，派任一大堆大臣、議員，以及天知道哪些頭銜等官員，這些都為了什麼？就為了聽諾瑞爾先生說話，力捧諾瑞爾先生嗎？這絕對不可行！親愛的華特爵士，拜託你勸他打消此意。」

因此，下次華特爵士到諾瑞爾先生家中做客時，說出下列這番話。

「先生，你的立意甚佳，這點絕對無庸置疑，但設立委員會卻無法解決問題。倫敦市區的問題最嚴重，這類委員會對倫敦卻沒有管轄權，我跟你提個建議吧：我們明天馬上去拜訪市長和府參事，我想一定很快就能找到支持者。」

「但是，親愛的華特爵士！」諾瑞爾先生大喊，「這樣行不通。不只倫敦有這個問題，我從離開約克郡之後就一直研究……」他邊說邊從身旁矮桌上的一疊文件中抽出一張單子，「諾里奇有十二個街頭魔法師，亞茅斯有兩個，格羅斯特有兩個，溫徹斯特六個，潘贊斯有四十二個！前幾天有個骯髒的女人跑到我家，堅持非見到我不可，見到我之後，她叫我發給她一份認證之類的文件，證明她能夠施展魔法，我這輩子從未如此驚愕！我跟她說：『你這個婦道人家……』」

「至於你提到的其他地方，」華特爵士很快地插嘴，「我想倫敦解決了這個惱人的問題之後，其他鄉郡一定很快起而效尤，沒有城市願意落人之後。」

諾瑞爾先生很快就發現華特爵士想的沒錯，市長大人和參事們果然熱中加入振興英國魔法的光榮志業，他們說服了市議會設立「魔法法令委員會」，委員會宣布只有諾瑞爾先生能在倫敦各區施展魔法，其他「擺設攤位或店面，或是假借魔法危害倫敦市民」之人，即將被驅逐出境。

街頭魔法師們收起小攤子，把破爛的家當堆到手推車上，踏著沉重的步伐離開倫敦。有些人邊走邊詛咒，但大部分的人只是默默地承受命運，暗自打算從今之後將放棄魔法，改為偷竊或行乞。這些人多年以來已經是業餘的小偷和乞丐，「轉行」相當容易，下場也不如大家想像中悲慘。

但是有個人沒走：針線街的魔法師溫古魯依然待在攤位上，繼續預測民眾不幸的未來，或是幫受到冷落的情人和憤憤不平的學徒報復。諾瑞爾先生當然非常不悅，溫古魯是他最憎惡的街頭魔法師，於是他向「魔法法令委員會」嚴重抗議，委員會派遣保安官和警察前去威脅溫古魯，但溫古魯卻置之不理。溫古魯深得倫敦市民喜愛，如果市府強行將他驅逐，委員會擔心會引發暴動。

一個陰沉的二月天，溫古魯安坐在拉斯托克區聖克里斯多弗教堂外的攤位上。讀者們若已忘記小時候看過的魔法師攤位，容在下做個描述。魔法師的攤位由木材和帆布搭建，看起來很像木偶戲臺、或是商展中賣東西的攤子，攤位前掛了一塊骯髒的黃布簾，半塊布簾上積了厚厚的一層灰塵，骯髒的布簾既是入口，也象徵顧客們即將得到何種服務。

這天顧客稀疏，溫古魯也不指望更多客人上門，倫敦街上幾乎空無一人，整個城市籠罩在充滿了瀝青和煤炭氣味的濃濃灰霧中。市內的店家加燃煤炭，點燃所有油燈，極力試圖驅逐黑暗與寒意，但燈光卻穿不過濃重的灰霧，店窗也透不出宜人的光采，結果沒有顧客上門花錢購物，店主們身穿及膝的白圍裙、頂著撲上白色粉末的假髮，不是清閒地彼此聊天，就是聚在爐火邊取暖，這種天氣能不出門就不出門，即使非得出去辦事，也都快去快回。

溫古魯陰沉地坐在布簾後面，冷得幾乎快要凍僵，他心中不停盤算能說服哪幾個小酒館老闆，讓他賒個帳，賣給他一、兩杯熱騰騰的香料酒。正打定主意從哪個人先下手之時，他忽然聽到外面傳來重重的腳步聲，簾外似乎有人對著手指吹氣，說不定有顧客上門，於是溫古魯掀起布簾，走到外面。

「你是魔法師嗎？」

溫古魯稍微猶豫地點點頭，此人看來像是地方官，讓他有點起疑。

「好極了，我有件差事給你。」

「初次的諮詢費是兩先令。」

這位男士把手伸進口袋拿出皮夾，放了兩先令到溫古魯手中。

他接著描述想請溫古魯幫忙解決的問題，他解釋得非常清楚，也確定溫古魯該用哪種魔法，唯一的問題是，這人說得越多，溫古魯越不相信他。這人說他來自溫莎，這點相當可信，沒錯，他講話確實帶有北方口音，但聽起來卻怪怪的；北方人通常到南方來賺錢，這人也說他開了一家生意興隆的女帽店，但他看起來卻一點都不像女帽商，令人更加起疑。溫古魯完全不懂這個行業，但他確定女帽商的穿著通常相當時髦，這人的黑外套卻式樣老舊，而且縫補過十幾次，襯衫雖然質料不錯，乾乾淨淨，但卻是二十年前的舊式樣。溫古魯不知道女帽商縫製的時髦配件叫做什麼，這人居然也不曉得，他只說那些是「裝飾用的小玩意」。

「對不起，我有事相問。」溫古魯喃喃說道，身子終於坐直。

「請說。」這名偽裝的女帽商客氣地說，同時伸手拍去外套上的麵包屑、灰塵、油漬，以及其他溫古魯所留下的印記。

溫古魯也拉拉身上的衣服，他一動衣服卻散開了。

偽裝的女帽商繼續陳述他的狀況。

「我說嘛，店裡的生意越來越好，我縫製的軟邊女帽供不應求，幾乎每個禮拜都有來自溫莎古堡的公主們上門，訂購帽子或是裝飾用的小玩意，我在店門上方掛起金色的皇家標誌，表示英國皇室經常光顧本店。但這個行業真的很辛苦，每天都得熬夜縫帽子、點數收入等等，如果有哪位買帽子的公主愛上了我，跟我成婚，日子肯定好過多了。魔法師，你有沒有這種咒語？」

「愛情咒語？當然有，但價錢不便宜。對方若是個倒牛奶的女僕，我通常索價四先令，若是女裁縫則索價十先令，若是個有家產的寡婦，你就得付六枚金幣，公主嘛……嗯……」溫古魯用骯髒的手指搔搔滿臉鬍碴的下巴，「四十枚金幣。」他大膽地說。

「沒問題。」

「哪個？」溫古魯問。

「什麼哪個？」偽裝的女帽商問。

「哪個公主？」

「她們都很漂亮，不是嗎？每個公主的價錢不同嗎？」

「倒不是。我幫你把咒語寫在紙上，你把紙撕成兩半，一半縫在你外套襯裡上，你看中哪位公主，就把另一半悄悄地縫在她的衣物裡。」

偽裝的女帽商看來非常驚訝，「我怎麼把紙片縫在公主的衣物裡？」

溫古魯看著對方說：「你剛才不是說你親手縫製她們的帽子嗎？」

偽裝的女帽商笑笑說：「啊！沒錯。當然、當然。」

溫古魯懷疑地盯著對方說：「你不是女帽商，正如我不是……不是……」

「不是個魔法師？」偽裝的女帽商說，「你得承認你不單只會耍魔法，你剛才不就伸進我的口袋裡偷東西嗎？」

「這純粹是因為我想知道你是何方惡徒，」溫古魯邊說邊搖晃手臂，剛才他偷拿的東西馬上從衣袖中掉出來，其中包括一把銀幣、兩枚金幣和三或四張摺疊紙片，他拾起紙片。

小小的紙片質材厚實，每張都寫滿了一行行整齊的小字，第一張紙的最上方寫著：讓一個頑強之人離開倫敦的咒語兩則，發現敵人正在做什麼的咒語一則。

「漢諾瓦廣場的魔法師！」溫古魯大喊。

查德邁（來人正是他）點點頭。

溫古魯低頭研讀咒語，第一則咒語讓受法者相信倫敦所有教堂的墓園都鬧鬼，所有跳河自盡的人也都變成厲鬼在橋邊盤旋，受法者不但看得到鬼，而且看見死者臨終時的慘狀，不是傷痕累累、疾病纏身，就是極度衰老，受法者越看越害怕，到後來不敢靠近教堂，也不敢過橋，但倫敦不到一百呎就有一座橋，教堂的密度更高，到後來哪裡都不敢去。第二則咒語讓受法者相信能在鄉間找到唯一的真愛，快樂地度過餘生。第三則咒語能讓人看見對手的一舉一動，施法時需要一面鏡子，諾瑞爾先生想必指示查德邁藉由這個咒語監視溫古魯。

溫古魯不屑地哼了一聲，「你可以告訴你的主子，這些咒語對我毫無影響！」

「真的嗎？」查德邁嘲諷地說，「或許因為我還沒開始念咒吧？」

溫古魯把紙片扔在地上，「你馬上念咒！」他桀驁不馴地雙臂交叉，雙眼像召喚泰晤士河神靈時一樣閃閃發亮。

「謝了！但我不念。」

「為什麼不念？」

「因為我跟你一樣，不喜歡受人指使，主人叫我一定要把你趕離倫敦，但我要用自己的方式進行，而不聽從他的指使。來，溫古魯，我想我們最好談談。」

溫古魯想了想，「我們能到暖和一點的地方談談嗎？說不定到小酒館坐坐？」

「當然，你說哪裡，就到哪裡。」

寫著咒語的紙片在他們腳邊飄揚，溫古魯蹲下來撿起紙片，儘管上面沾了乾草和泥巴，他還是把紙片塞進口袋裡。

❶霍克伯里勳爵即羅勃．傑金森（Robert Banks Jenkinson，1770 - 1828），其父於一八〇八年卒歿之後，他便晉升為利物浦伯爵，接下來的九年內，他成了諾瑞爾先生最忠實的擁護者之一。

21 馬賽港的塔羅牌

一八〇八年二月

這個叫做「鳳梨」的小酒館曾經窩藏一個惡名昭彰的竊賊，竊賊有個跟他一樣狠毒的死對頭，兩人曾連手犯案，但竊賊私藏了部分贓款，而且還把死對頭的藏身之地告訴地方官，死對頭從新堡逃逸之後，馬上帶著三十名弟兄到鳳梨酒館，深夜時分，死對頭命令弟兄們卸下屋頂的每一塊瓦片，拆下牆上的每一個磚塊，非得逼出竊賊不可，沒有人親眼目睹接下來怎麼了，但很多人都聽到漆黑的街道上傳來淒厲的尖叫聲。店主發現鳳梨酒館的謎樣傳說對生意大有幫助，因此他也不多加整修，只在牆壁的破洞上釘上木板、塗上瀝青，整個酒館看起來更像經歷了無數槍戰。

進門，走下三階油膩膩的樓梯就是陰暗的酒館。鳳梨酒館有股獨特的氣味，空氣中混雜著啤酒、菸草、酒客們的體味和艦隊河的臭味。艦隊河多年來始終權充倫敦的下水道，臭氣沖天，河水剛好流過鳳梨酒館的下方，大家都以為酒館正逐漸沉入河中。酒館的牆上掛著廉價的石版畫，畫中人物不是上個世紀被絞死的知名歹徒，就是還沒上刑臺的叛逆王子。

查德邁和溫古魯在角落的桌邊坐下，女侍端來兩枝便宜的油脂蠟燭和兩壺熱香料酒，查德邁付了帳。

兩人沉默地對飲，過了一會兒，溫古魯抬頭看看查德邁，「剛才你幹嘛講些女帽、公主之類的廢話？」

查德邁笑笑說：「我不過剛好想到罷了。自從你闖入我主人的圖書室之後，他就跟每一個有頭有臉的朋友陳情，請大家幫忙除去你。他請霍克伯里勛爵和華特爵士幫他跟國王抱怨，他以為國王聽了之後一定會派軍隊捉拿你，但霍克伯里勛爵和華特爵士說，國王不可能為了一個躲在骯髒黃布簾後面、衣衫襤褸的騙徒大費周章。但話又說回來，如果國王知道你對女兒們的貞潔造成威脅，說不定會採取不同手段。」❶查德邁喝了一大口酒，「溫古魯，說真的，你老是捏造咒語、假裝能夠預測未來，不會感到厭煩嗎？半數客人為了嘲弄你而來，他們跟你一樣不相信魔法，你混不下去了，當今英國只有一位真正的魔法師。」

溫古魯輕蔑地哼一聲，「你是說那個漢諾瓦廣場的魔法師嗎？倫敦所有大人物都說從沒碰過這麼誠實的人，但我了解魔法師，也懂得魔法，我跟你說，魔法師都會說謊，而這一個比其他人更糟。」

查德邁聳聳肩，彷彿無意辯駁。

溫古魯半個身子橫過桌面，「魔法將書寫在多石的山丘上，但他們卻無法理解；冬日光禿禿的樹上將寫著漆黑的字樣，但他們卻無法了解。」

「溫古魯，樹木和山丘？你最近幾時看過樹木和山丘？你為什麼不說魔法寫在屋子骯髒的牆上，或是煙霧把魔法寫在天上？」

「這樣說就不是我的預言。」

「啊，沒錯，你的預言。你說這是烏鴉王的預言，嗯，這沒什麼好奇怪的，我碰過的每個江湖術士都說自己是烏鴉王的傳信者。」

「我端坐在陰影的黑暗上，」溫古魯喃喃地說，「但他們看不到我，雨水將為我建造門戶，我將穿門而過。」

「是嗎？既然這個預言不是出自你之手，你在哪裡找到的？」

溫古魯沒有反應，看來似乎不想回答，但最後還是開口：「預言寫在一本書裡。」

「一本書？哪本書？我主人的藏書極為豐富，但他從沒聽過這種預言。」

溫古魯不置一辭。

「那是你的書嗎？」查德邁問。

「沒錯。」

「你從哪裡拿到這本書？你打哪裡偷來的？」

「我沒偷，書是我繼承來的，也是我最光榮、最沉重的負擔。」

「如果它這麼有價值，你可以把它賣給諾瑞爾先生，他向來就以高價收購書籍。」

「這本書永遠不會歸漢諾瓦廣場的魔法師所有，他甚至永遠看不到它。」

「你把這麼珍貴的東西收藏在哪裡？」

溫古魯冷冷一笑，彷彿表示極不可能把書的下落告訴敵人的僕役。

查德邁叫女侍再端酒過來，她送上酒，兩人又沉默地對飲了一會，然後查德邁從外套中掏出一疊紙牌遞給溫古魯看。「馬賽港的塔羅牌，你看過這種紙牌嗎？」

「我常看到，」溫古魯說，「但你的牌不一樣。」

「這些是複製品，正品屬於我在惠特比碰見的一個水手，他在熱諾亞買到這副牌，本來打算用它們找出海盜藏金的祕密地點，但讀紙牌時，他卻發現看不懂。他想把紙牌賣給我，但我那時很窮，付不出他要求的價錢，所以我跟他打個商量：我幫他算命，他則把牌借給我，讓我依樣複製。不幸的是，我還沒來得及畫完，他的船就離開了，所以其中一半是依照我的記憶繪製。」

「你幫他預測的命運如何？」

「我跟他實話實說：他年底之前就會落水溺斃。」

溫古魯稱許地笑笑。

查德邁跟水手打商量時似乎窮得連紙都買不起，結果紙牌畫在酒館帳單、購物清單、信紙、舊帳單和劇場節目單上，日後他將手繪紙牌貼在彩色厚紙板上，但其中幾張背面的字跡或是油墨滲透到正面，牌面看起來很奇怪。

查德邁把九張牌排成一列，翻開第一張牌。

圖片下方是個數字和名字：**九・隱者**。紙牌上畫著一位身穿僧侶衣衫、頭戴僧侶兜帽的老者，老者拿著一個燈籠，拄著枴杖行走，好像多年來靜坐苦讀，四肢失去了力氣。他的神情憔悴，一臉多疑，牌中似乎升起一股霧氣，將旁觀者團團圍住，紙牌本身恍若布滿灰塵。

「嗯！」查德邁說，「你目前的一舉一動受到神祕人士所掌控，這點我們早就知道了。」

下一張牌是愚人，也是唯一沒有數字的一張牌，牌面顯得和其他紙牌格格不入。這張牌上畫著一名男子，男子在夏日沿著小徑前進，他拄著一根枴杖，另一根枴杖架在肩膀上，末端還掛了一個小布包，一隻小狗跟在他後面跑。牌面上的男子象徵古時候的愚人或是小丑，查德邁把他帽上的鈴鐺和膝蓋上的絲帶塗上紅色和綠色，查德邁看了看牌，似乎不知道該如何解釋，思索了一會之後，他再翻開兩張牌：**八・正義**和**權杖二**，前者畫著一名頭戴皇冠、手執寶劍和天秤的女子，後者畫著一對交叉的權杖，或許代表著一個十字路口。

查德邁忽然大笑，「好！好！」他雙臂交握、饒富興味地看著溫古魯，「這張牌嘛，」他指著正義說，「表示你已經衡量了各種狀況，而且下了決定。至於這一張，」他指著權杖二說，「表示你決定踏上流浪之途，看來我是浪費時間，你已經決定離開倫敦。溫古魯啊！你雖然不停抗議，但誰能料到你早就打定主意了呢？」

溫古魯聳聳肩，彷彿表示不走還能如何？

第五張牌是**聖杯隨從**，大家通常以為隨從是個年輕人，但牌面上卻是個低著頭的成年人，他有一頭茂密的長髮，臉上長了鬍鬚，左手拿著一個沉重的杯子，這肯定是全世界最沉重的杯子，不然成年人不可能露出如此奇怪、恭敬的表情，再不就是他背負著其他重責，只是我們看不出來。查德邁當年沒錢買紙，不得不把牌畫在信紙背面，結果字跡滲透紙張，牌面上成年人的衣服布滿了難以辨識的字跡，甚至連臉頰和雙手也是字跡斑斑，整張牌看起來非常奇怪。

溫古魯看著牌大笑，彷彿看出了牌義，他輕敲桌面三下，表示欣然贊同。但或許因為如此，查德邁反而比先前謹慎，「你有個訊息想傳達給某人。」他有點猶疑地說。

溫古魯點點頭，「下一張牌將告訴我這人是誰？」他問。

「沒錯。」

「太好了！」溫古魯邊說邊自行翻開第六張牌。

第六張牌是**權杖騎士**，牌面上的男子戴著寬邊帽，騎在一匹白馬上，從馬蹄下的幾簇青草和幾塊岩石來判定，男子應該是騎在鄉間小徑上，他的衣服剪裁細緻，看起來相當昂貴，但不知道為什麼，手上卻拿著一支沉重的木棍，其實說它是木棍還過於抬舉，它頂多是一根從樹上或樹叢中扯下來的粗幹，上面還殘留著幾片葉子和小樹枝。

溫古魯拿起紙牌仔細研究。

第七張牌是**寶劍二**，查德邁什麼都沒說，逕自馬上翻開第八張牌吊人。第九張牌是世界，牌面上畫著一個跳舞的裸體女子，紙牌四角則是象徵福音的天使、老鷹、有翼的公牛和有翼的獅子。

「你將碰到一樁事端，」查德邁說，「也將捲入某種災禍，說不定會喪命。紙牌沒說你是否保得住性命，但不管發生什麼，這張牌，」他指著最後一張牌說，「表示你將達成使命。」

「你知道我的來歷了嗎？」溫古魯問。

「不太確定，但我對你的了解比以前多了一點。」

「你看得出我跟其他魔法師不同。」溫古魯說。

「紙牌只說你是個冒牌貨。」查德邁邊說邊把牌收起來。

「等等，」溫古魯說，「讓我幫你算命。」

溫古魯接過紙牌，排出九張牌，然後一張張地翻開：**十八．月亮**、**十六．塔（逆位）**、**寶劍九**、**權杖隨從**、**權杖十（逆位）**、**二．女祭司**、**十．幸運之輪**、**金幣二**及**聖杯國王**。溫古魯看看眼前的九張牌，拿起**十六．塔**仔細檢視，但卻什麼也沒說。

查德邁笑笑，「溫古魯，你說的沒錯，你確實跟其他人不同，我的命運就擺在你面前，但你卻看不懂。你實在非常奇怪，一般的魔法師飽學卻無天賦，你有天賦卻毫無學養，沒辦法靠你看到的賺錢。」

溫古魯用骯髒的手指抓抓瘦削的臉頰。

查德邁又開始收拾紙牌，但溫古魯再度阻止他，還說他們應該再把牌攤開來看看。

「什麼？」查德邁驚訝地問，「我已經預測了你的命運，你卻看不出我的未來，你還有何打算？」

「我要幫他算命。」

「幫誰算命？諾瑞爾嗎？但你還是看不懂。」

「洗牌吧。」溫古魯依然堅持。

查德邁只好洗牌，溫古魯抽出九張，把它們排列在桌上，然後開始翻牌，第一張是四．皇帝，牌面上有個國王坐在露天寶座上，他頭戴皇冠、手執權仗，一派王者尊榮。查德邁傾身向前檢視紙牌。

「怎麼回事？」溫古魯問。

「這張牌似乎沒有複製得很好，嗯，我以前從來沒有注意到著墨這麼差，你瞧瞧，我畫的線條太粗，墨水一暈開，皇帝的頭髮和袍子幾乎都一團黑，有人還在老鷹盾牌上留下一個骯髒的指痕。皇帝應該是個老頭子，我卻畫了一個年輕人，你解釋得出所以然嗎？」

「不。」溫古魯說，隨即傲慢地抬高下巴，示意查德邁翻牌。

又是四．皇帝。

兩人沉默了幾秒鐘。

「不可能，」查德邁說，「紙牌裡不可能有兩張皇帝，我確定沒有。」

這張牌上的皇帝甚至更年輕、更英勇，他的頭髮和皇袍都變成黑色，頭上的皇冠也變成一圈閃閃發光的白金。紙牌上雖然沒有顯示出勝利，但角落的大鳥卻變得全身漆黑，原本形似老鷹的特徵全都不見了，反而搖身變成一隻大烏鴉。

查德邁翻開第三張牌：四．皇帝，繼續翻開第四張：四．皇帝，翻到第五張時，牌面上的數字和名號都不見了，但紙牌上依然是個年輕、黑髮的皇帝，腳邊還蹲著一隻漆黑的大鳥。查德邁急忙翻開剩下的每張牌，甚至檢查整疊紙牌，但一緊張就變得笨手笨腳，紙牌飛散到各方，在冷冽、灰暗的空氣中緩緩落下，一個個黑衣皇帝將查德邁團團圍住，每張紙牌上都是同一張蒼白、記恨的臉。

「這就對了！」溫古魯低聲說，「你去告訴漢諾瓦廣場的魔法師吧，這就是他的過去、現在與未來！」

查德邁回到漢諾瓦廣場，將此事稟告諾瑞爾先生，不消說，諾瑞爾先生聽了勃然大怒。溫古魯不但違逆諾瑞爾先生，還宣稱他有一本諾瑞爾絕對讀不到的書，不僅如此，溫古魯竟然謊稱能夠預測諾瑞爾先生的未來，還用一些黑衣皇帝的畫片來威脅他，實在令人嚥不下這口氣。

「你受騙了！」諾瑞爾先生憤怒地大喊，「他把你的紙牌藏起來，換上他自己的牌，我真驚訝你居然看不出來！」

「沒錯。」拉塞爾先生冷冷地看著查德邁，開口表示同意。

「噢，對極了，溫古魯不過是個善耍把戲的騙徒，」卓萊也同意，「但我還是想親眼瞧瞧。我滿欣賞溫古魯，查德邁先生，我真希望你早點跟我說，我一定會跟你一道去。」

查德邁不理會拉塞爾和卓萊，繼續對諾瑞爾先生說：「我不相信他騙得了我，但就算他有辦法耍出這種把戲，他怎麼知道我有一副馬賽塔羅牌？連你都不知道，他怎麼可能曉得？」

「哼！我不知道算你好運！我最瞧不起用紙牌算命，唉，這件事從頭到尾都沒有處理好！」

「那個冒牌貨宣稱自己擁有怎樣的書？」拉塞爾問。

「沒錯，」諾瑞爾先生說，「還有那個奇怪的預言，我認為那八成是胡言亂語，但其中一、兩句頗具古意，我想我最好親自檢視一下這本書。」

「查德邁先生，你認為呢？」拉塞爾問。

「我不知道他把書藏在哪裡？」

「那麼，我們建議你把書找出來。」

於是查德邁派人跟蹤溫古魯，最出乎眾人意料的是，溫古魯不但已婚，而且婚姻狀況還比一般人精采，他有五個太太，散居在倫敦各區以及郊外的鄉鎮，年紀最大的四十五歲，年紀最輕的只有十五歲，而且全都不知道彼此的存在。查德邁想盡辦法單獨和每名女子見面，他在其中兩位面前假扮成女帽商，在第三位面前裝作是位稅務官，在第四位面前裝成又賭博、又酗酒的壞蛋，他告訴第五位女子，他雖然表面上是諾瑞爾先生的僕人，其實私底下也是個魔法師。五位女子中，兩人試圖搶他東西，一人說只要查德邁請她喝酒，她什麼事情都願意告訴他，一人想拉查德邁上教堂，第五位則出乎意外地愛上了他。但他的努力卻是徒勞無功，這五名女子根本不曉得溫古魯擁有一本書，更別說他把書藏在哪裡。

諾瑞爾先生對這些全都嗤之以鼻，在二樓的書房中，他一個人悄悄施咒，從銀盆的水中檢視溫古魯五個太太的住所，卻沒看到書的影子。

在此同時，查德邁在三樓的小房間裡把紙牌一字排開。紙牌已經恢復原來的圖樣，唯一的例外是皇帝，牌面上的王者看起來依然像是烏鴉王。有幾張牌出現的頻率很高，比方說**聖杯國王**和**女祭司**，聖杯國王畫著一個雕刻非常精細的聖杯，看起來像是佇立在柱子上，查德邁覺得這兩張牌都暗示著某種祕密。除此之外，他還經常翻到他不喜歡的權杖牌組，而且總是權杖七、八、九、十等數序較高的牌。查德邁越瞪著這些權杖，越覺得它們像某種文字，但文字似乎形成某種阻礙，讓他猜不透其中含義。因此，查德邁下了結論：不管溫古魯擁有哪種書，它必定是由不明的文字寫成。

---

❶ 英王非常疼愛他的六個女兒，但他關心得太過分，表現得幾乎像是她們的牢頭。他沒辦法忍受女兒們結婚、或是離開他，六個女兒都被迫跟脾氣暴躁的皇后同住在溫莎古堡中，過著孤寂無聊的日子，六人之中只有一個得以在四十歲之前結婚。

22 權杖騎士

一八〇八年二月

強納森．史傳傑跟他父親非常不同：他不貪心、不傲慢、性情溫和，而且很好相處。雖然沒什麼明顯的缺點，但也很難說出有什麼優點。在威茅斯的派對和巴斯的社交圈中，所有認識他的時尚人士都說他是「全世界最迷人的男士」，但這僅表示他談吐得宜、舞技高超、跟一般紳士一樣經常打打獵、小賭一番。

他個子相當高，而且稱得上英挺，有些人認為他是個美男子，但並不是每個人都同意這個看法。他的鼻子尖削瘦長，臉上帶著嘲諷的神情，這兩點都不討喜，除此之外，他的頭髮帶點紅色，而大家都知道，有頭紅髮就很難稱得上是真正的美男子。

父親過世的當天，他正想著如何跟一位年輕小姐求婚。從舒茲伯利返回家中，僕人們告訴他這個消息時，他聽了之後的第一個反應是：這會影響婚事嗎？這下她會比較願意說是？還是比較可能拒絕？

其實這樁婚事幾乎已是水到渠成，雙方的朋友都表示贊同，女孩子唯一的親人是她哥哥，而他對這樁婚事，幾乎比強納森．史傳傑本人更為熱中。沒錯，老史傳傑覺得女方太窮，確實曾經表示反對，但既然他已經凍死了，自然也造成不了嚴重阻礙。

儘管如此，雖然強納森．史傳傑已經公開追求這位小姐好幾個月，朋友們也期待很快聽到喜訊，但兩人卻遲遲尚未宣布婚約。這倒不是因為她不愛他，他很確定她對自己很有好感，但有時候他覺得她只喜歡跟他吵架，他左思右想，卻始終不得其解。他相信自己已達成她的每一項要求：他幾乎已經不打牌，也很少賭博，酒喝得更少，一天很少超過一瓶。他跟她說，如果上教堂能討她歡心，他願意一星期去一次，甚至一星期兩次也無妨，但她說這是他的良心問題，其他人強迫不來。他知道她不喜歡他常去巴斯、布萊頓、威茅斯和卻爾頓罕，他跟她保證這些地方的女孩子都比不上她，雖然其中不乏美女，但他對她們毫無興趣，她根本不必擔心，但她說她一點都不擔心，事實上，她連想都沒想過這回事！她只希望他找件正經事做，不要成天無所事事，她說她無意說教，也沒有人比她更喜歡假期，但一輩子都在放假！難道他真想這樣過一輩子？這樣他會快樂嗎？

他說他完全贊同她的看法，過去一年內，他已經嘗試或是研習了不同行業，一切也進行得相當順利。他想探訪某位隱居的天才詩人，請求詩人收他為徒；他也想過攻讀法律，甚至計畫到英國南部來木鎮的海邊尋找化石、買座鐵工廠、學習鑄鐵、向朋友請教農業新法、研習神學，或是讀完某本關於機械的書等等，他兩、三年前開始讀這本書，讀到一半就把它擺在老史傳傑圖書館最角落的小桌子上。但每項計畫都碰到難以克服的障礙，隱居的天才詩人比他想像中難尋，❶法律的書籍枯燥無味，他不記得那位務農朋友的姓名，他正打算前往來木鎮時，天上就下起大雨等等。

諸如此類的狀況一再發生，他告訴這位年輕小姐，他好幾年前就想加入海軍的行列，全世界找不出比海軍更適合他的行業！但他父親絕對不會同意，而他現在已經二十八歲，加入海軍也已經太遲了。

這位不知道為什麼對史傳傑感到不滿的小姐名叫亞蕊貝拉．伍惑卜，父親生前是坎伯瑞地區的助理牧師。❷老史傳傑過世時，她已經在格羅斯特郡的朋友家待了好一陣子，她哥哥是當地的助理牧師。喪禮當天的早晨，史傳傑收到她的信，信中致上哀悼之意，還說她了解老史傳傑生前並不是個好父親云云，信寫得相當得體，但似乎隱藏著另一些意義，她說她有點擔心他，很遺憾不能就近陪伴，在這種時候，她實在不想看到他一個人孤零零，沒有半個朋友。

他馬上打定主意，在他看來，再也等不到比目前更有利的時機，她不可能比此刻更充滿憐憫，他也不可能比現在更富有（雖然她宣稱不在乎財富，但他實在不敢相信）。他想他應該等一等，最好不要喪禮之後馬上求婚，但三天應該夠了吧？於是，喪禮之後的第四天，他吩咐隨從整理行囊，也叫馬夫備馬，啟程前往格羅斯特郡。

他帶著家中那位新男僕同行，他與此人長談一番，也覺得此人非常能幹、聰明、活力十足。新男僕很高興少主選了他（雖然虛榮的他認為這是再自然不過的選擇）。既然新男僕已經受到重用，也跟其他人一樣有了正式的差事，而不再充滿神祕感，自此不妨直接稱呼他的名字「傑瑞米．瓊斯」吧。

第一天的旅程平淡無奇，主僕跟一般旅客一樣碰到一些小問題：有位路人不明就理地放狗過來對他們狂吠，雙方起了口角；史傳傑的馬好像忽然病了，仔細檢查之後發現馬兒健康得很。第二天早晨，他們騎過一處山丘，坡度平緩，四處可見樹林和看來相當富裕的小村莊，景觀極為雅致。傑瑞米看到主人繼承了這麼一大筆田產，心中難免有股「以主為榮」的傲慢，強納森．史傳傑則只想著伍惑卜小姐。

他即將再度與她相逢，但心裡卻升起一股疑慮。他很慶幸她哥哥在她身邊，大好人亨利非常贊成這樁婚事，史傳傑也確定亨利一直幫他講好話，但他不確定她在格羅斯特郡的朋友們怎麼想。她住在一個牧師家裡，他不認識這對牧師夫婦，但富有放縱的年輕公子哥多半不信任神職人員，史傳傑也不例外，誰能保證牧師沒有每天對她傳教，叫她做些不必要的自我犧牲？

冬日低垂的太陽投射出龐大的陰影，樹枝上的冰霜點點耀目，田野中的冰雪也閃爍著光芒，他不經意地看到一個正在耕作的農夫，馬上想到那些靠他領地過活的農家，以及伍惑卜小姐對佃農的關切。他腦中隨即浮現以下對話：你對佃農有何打算？她會問起。打算？他回答。沒錯，她說，你打算怎樣減輕他們的負擔？令尊榨光他們的每一分錢，讓大家過得苦不堪言……。我知道他做了什麼，史傳傑說，我也從來沒有替他辯護。你降低田租了嗎？她問，你跟教區的牧師談了嗎？你想過幫老人家蓋個救濟院、幫小孩辦間學校嗎？

「她實在沒道理提到田租、救濟院、學校等等，」他陰鬱地暗自嘟囔，「畢竟我父親上星期二才過世。」

「嗯，好奇怪！」傑瑞米說。

「什麼？」史傳傑說，他發現兩人站在一個白色入口前面，旁邊有棟白色的小屋，小屋似乎最近才蓋好，六面牆上都有哥德式的窗戶。

「收錢的人在哪裡？」傑瑞米問。

「你說什麼？」史傳傑說

「先生，這是個收費亭，您瞧，這裡有張收費單，但裡面卻看不到人，我該留下六便士嗎？」

「好、好，隨你便。」

傑瑞米在小屋門口放了六便士，然後推開入口讓史傳傑進去，走了一百碼之後，兩人來到一個村莊，村內有座古老的教堂，石砌的教堂在冬陽下發出金黃色的光芒。一排扭曲、古老的鐵樹直通二十幾間整齊的石屋，每棟石屋都發出縷縷炊煙。路旁有條小溪，小溪的另外一側是片乾黃的草叢，草叢中懸掛著串串冰柱。

「大家都上哪兒去了？」傑瑞米問。

「你說什麼？」史傳傑說，他左顧右盼，看到兩個小女孩從石屋的窗裡望外看，「那裡有人。」他說。

「不，先生，她們是小孩，我說的是大人，我沒看到半個大人。」

此話屬實，這裡確實沒看到大人。村內有幾隻雞慢慢地踱步，一隻貓安坐在舊推車的稻草墊上，田裡還有幾匹馬，但卻一個人都沒有。史傳傑和傑瑞米一離開村莊，謎團便豁然開解：村裡的大人全都聚集在離村尾大約一百碼左右的樹叢旁，大夥手持木棍、鐮刀、槍枝等武器，這種場面恐怖中帶點荒謬，看起來非常奇怪。村民們好像對山楂樹和接骨木宣戰，冬陽低垂，村民們的衣服和武器染上點點陽光，眾人的神情更形詭異、緊張；大夥背後拖著一道長長的背影，四下寂靜無聲，稍有動靜也都非常小心，彷彿生怕發出聲響。

史傳傑和傑瑞米騎過村民身旁，兩人探頭探腦地從馬匹上觀望，看看村民們到底面對何方神聖。

「嗯，這就奇怪了！」傑瑞米邊騎邊說，「那裡什麼都沒有！」

「不，」史傳傑說，「那邊有個人。也難怪你沒看見，我剛開始把他看成樹枝，他骨瘦如柴、衣衫襤褸，看起來很像一根樹枝，但百分之百是個人。」

小徑直通黑暗的森林，傑瑞米好奇心大發，一直念叨著那人不曉得是誰、村民們打算如何處置他等等，史傳傑偶爾回答一、兩句，但很快又想著伍惑卜小姐。

「我最好不要談到我父親過世之後的改變，」他想，「這個話題太危險，我得先說些無關緊要的輕鬆話題，比方說旅途中碰到什麼事。嗯，她會對哪件事感興趣呢？」他抬頭一看，周遭盡是滴水的林木，「一定有哪件事情逗她開心。」他想到途中看見一座風車，其中一個帆片上掛著一件小孩的紅斗篷，風車一轉動，斗篷先沾染上地面的泥漿，然後像一面紅旗般飛舞到空中，「這倒有點意思，我可以加點比喻或是故事，然後再跟她描述這個空蕩蕩的村落，以及孩童偷偷從窗戶中望外看，其中一個小女孩拿著洋娃娃，另外一個拿著木馬，我還可以跟她描述這群手持武器的村民，以及那個樹叢中的男子。」

噢！她一定會說，可憐的人！他後來怎麼了？我不知道，史傳傑回答。你一定留下來幫他吧？她問。不，史傳傑回答，我沒有。啊！她說……

「等等！」史傳傑勒馬大喊，「這樣不行！我們一定得回去，我有點擔心那個樹叢中的男人。」

「啊！」傑瑞米如釋重負地高聲說，「先生，我真高興聽到您這麼說，我也跟您一樣。」

「我想你不記得帶幾把手槍上路吧？」史傳傑說。

「先生，我忘了。」

「該——」史傳傑剛想開口詛咒，隨即想起伍惑卜小姐不喜歡聽到咒罵，於是馬上住口，「有沒有刀或是其他武器呢？」

「先生，我們什麼都沒有，但請別慌張，」傑瑞米跳下馬，跑到樹林中搜尋，「我可以把樹枝綁成木棍，效果幾乎跟手槍一樣好。」

地面上有些別人砍下的樹枝，傑瑞米拾起其中一根，遞給史傳傑，這幾乎稱不上是木棍，充其量只是根帶著枝葉的樹幹。

「好吧，」史傳傑帶點懷疑地說，「總比什麼都沒有好。」

傑瑞米拾起另一根相同的樹枝，兩人手執「武器」，掉頭騎向村莊和沉默的村民。

「喂！就是你！」史傳傑指著一位披著牧羊人罩衫、頭戴寬邊帽的村民大喊，他邊喊邊揮舞手中的樹枝，希望能嚇唬對方，「究竟怎麼……？」

其他幾位村民馬上一起回頭、把手指放在嘴唇上。

另一名男子走向史傳傑，這人的穿著體面多了，他摸摸帽簷表示打招呼，然後非常小聲地說：「對不起，先生，能不能請你把馬拉遠一點？馬的腳步和呼吸都很大聲。」

「但是……」史傳傑剛開口。

「噓！」男子輕聲說，「你說話太大聲，會把他吵醒！」

「把誰吵醒？」

「那個樹叢中的人。先生，他是魔法師，你難道不知道如果吵醒了魔法師，他夢中的景象可能變成真的嗎？」

「沒錯！誰知道他夢見什麼可怕的事情喔！」另一位村民輕聲表示同意。

「但是，你們怎麼……」史傳傑又開口，幾位村民再度轉身對著他皺眉頭，示意他小聲一點。

「但是，你們怎麼知道他是魔法師？」他小聲說。

「先生，他過去兩天都待在蒙格頓，也告訴每個人他是魔法師。第一天他騙小孩子說精靈皇后需要食物，支使他們從廚房裡偷拿肉派和啤酒，昨天大家看到他在『遠水樓』附近晃蕩，先生，『遠水樓』是這裡的大宅院，屋主莫羅太太請他算命，但他只說她的兒子莫羅上校已被法軍射殺身亡，可憐的莫羅太太啊！她聽了之後就躺在床上不起來，還說要躺到死為止。先生，這人讓我們受夠了，大家都想趕走他，如果他不走，我們就把他送進貧民收容所。」

「嗯，聽來合理，」史傳傑小聲說，「但我不了解的是……」

就在此時，樹叢中的男人睜開眼睛，村民們輕輕地齊聲驚嘆，好幾個人還退後了兩、三步。男人從樹叢中走出來，他在樹叢中待了一夜，全身上下沾滿了結骨木的枝葉、山楂木的小枝幹、長春藤、槲寄生和甘藷葉，枝葉隨著冰雪黏在他身上，他費了好大工夫才從樹叢中掙脫出來。出來之後，他坐了下來，旁邊圍了一大群人，他看了卻似乎毫不驚訝，事實上，從他的神態來研判，大夥覺得他似乎早就料到如此。他看看群眾，隨即不屑地輕哼幾聲。

他伸手梳理頭髮，撥去頭上的枯葉、小樹枝和半打小蟲，「我伸出我的手，」他低頭喃喃自語，「英國的河川轉向，流往他方。」他鬆開領巾，撥開幾隻在他襯衫裡結網的蜘蛛，他一鬆開領巾，大夥馬上看到他的脖子和喉頭都是奇怪的藍色字跡，一行行、一點點地布滿在肌膚上。他很快把領巾繫回脖子上，打扮整齊之後才滿意地站起來。

「我叫溫古魯，」他宣布，雖然剛在樹叢中過了一夜，但他講話倒是出奇地大聲、清晰，「我已經朝西方走了十天，尋找一位注定會成為偉大魔法師的男子。十天以前，有人拿了他的肖像給我看，現在根據某些神祕的跡象，我判定就是你！」

人人左顧右盼，看看他說的是誰。

披著牧羊人罩衫、頭戴寬邊帽的村民走到史傳傑面前，拉拉他的外套，「先生，他說的是你。」村民說。

「我？」史傳傑說。

溫古魯走向史傳傑。

「英國將出現兩位魔法師，」他說，
「第一位將畏懼我；第二位將渴望見到我；
第一位將受制於竊賊和凶手；第二位將自毀前程；
第一位將把他的心埋在雪地裡的黑木下，但依然感受到痛楚；
第二位將眼見他心愛的人落入敵人之手……」

「好、好，」史傳傑插嘴，「我是哪一個？第一位、還是第二位？不，別告訴我，我是哪一個都不打緊，反正兩位的命運似乎都很悲慘。你說你亟欲勸我當個魔法師，但我必須坦白講，你所描述的前景卻一點也不吸引人，我大概再過不久就結婚，只怕不方便和竊賊、凶手、黑木等為伍，我勸你還是找別人吧。」

「不是我選中你，魔法師！你很久以前就雀屏中選了。」

「嗯，不管誰選中我，只怕他們會失望囉。」

溫古魯置之不理，反而緊緊拉住史傳傑的馬韁，生怕他騎馬離去。溫古魯隨即從頭到尾複誦了他在漢諾瓦廣場的圖書室，告訴諾瑞爾先生的預言。

史傳傑興致盎然地聆聽，聽完之後側身下馬，慢慢地、清楚地說：「我一點都不懂魔法！」

溫古魯稍作停頓，看起來似乎也認為這確實是個問題。畢竟，史傳傑連魔法都不懂，怎麼可能成為偉大的魔法師呢？但他馬上想出解決之道，他興高采烈地從外套中掏出幾張紙，紙上還沾了一些乾草。「好，」他嚴肅地說，神情比先前更神祕，「我這裡有些咒語……但是，噢！不、不，我不能把咒語白白給你！」（史傳傑已經伸手準備接下紙片，）「它們非常珍貴，我吃了好多苦、受了多年折磨才得手。」

「你要多少錢？」史傳傑問。

「七先令六便士。」溫古魯說。

「沒問題。」

「先生，您該不是打算給他錢吧？」傑瑞米問。

「如果給錢就能打發他，那麼我當然給。」

在此同時，圍觀的群眾對史傳傑和傑瑞米越來越充滿敵意。史傳傑主僕二人剛好在溫古魯醒來時出現，有些村民因而懷疑他們說不定是溫古魯夢中的壞人，村民們交相指責對方吵醒了溫古魯，大夥正吵成一團時，有名狀似官員的男子突然到來，這人頭上戴著一頂看來頗為重要的帽子，他說溫古魯是個乞丐，命令溫古魯馬上進收容所，溫古魯說他不是乞丐，才不去收容所呢！他揮舞著手中的七先令六便士，神情非常傲慢，雙方眼看就要大打出手，但不知道為什麼，溫古魯忽然掉頭離去，史傳傑和傑瑞米也騎馬朝著反方向離開，蒙格頓村才重新恢復安寧。

兩人將近五點才抵達格羅斯特郡附近的一個村莊，史傳傑覺得這時去找伍惑卜小姐，肯定只會讓大夥不高興，於是他決定明天一早再登門拜訪。他點了可口的晚餐，坐在舒適的爐火邊看報，但他很快就發現舒適的爐火和安詳的夜晚，都比不上伍惑卜小姐的陪伴，於是他取消晚餐，直接到雷德蒙夫婦家，明知可能自討沒趣，但他卻只想趕緊過去。到達之後，他發現只有雷德蒙太太和伍惑卜小姐兩位女士在家。

戀愛中的男女通常缺乏理智，因此，史傳傑對伍惑卜小姐的種種臆測若給人錯誤印象，讓大家誤解了伍惑卜小姐的為人，讀者們也不必感到驚訝。他想像中的對話或許傳達了伍惑卜小姐的想法，但卻表現不出她的氣質和儀表，她可不常逼迫剛剛喪失親人的男士設立學校和養老院，也不會一直挑毛病，她才沒有這麼不近人情呢。

她和顏悅色地歡迎他，絲毫不如他想像中的咄咄逼人，她不但沒有逼著他馬上彌補他父親生前所有的過錯，反而特別親切，似乎很高興見到他。

伍惑卜小姐芳齡二十二歲上下，靜靜不說話時只稱得上是普通美女，沒什麼特別令人驚豔之處，但一說起話、或是展顏歡笑，整張臉馬上綻放出光采。她活潑大方、思想敏捷、言詞慧黠，而且總是笑臉迎人。笑容既是年輕小姐的最佳飾品，她也因而豔冠群芳。

雷德蒙太太是個四十五歲的和善婦人，家境小康，旅遊經歷有限，也不特別聰明，在其他狀況下，她說不定不知道該跟史傳傑這麼一個見多識廣的紳士說些什麼，但史傳傑的父親剛過世，這下剛好有了話題。

「史傳傑先生，你最近八成忙得不可開交吧，」她說，「我記得我父親過世時，我得處理好多事情，他生前交代了好多件事，比方說廚房的壁爐架上擺了一些瓷甕，父親希望每個僕人各得到一個瓷甕，但他遺囑卻寫得不清不楚，誰也搞不清哪個僕人得到哪個瓷甕，結果僕人們吵成一團，大家都爭著要那個畫著粉紅色玫瑰花的黃瓷甕。唉！我當時覺得永遠無法完成他交付的事情。史傳傑先生，令尊也留下多項遺囑嗎？」

「不，夫人，一項都沒有，每個人都讓他看不順眼。」

「啊，你真幸運，不是嗎？你現在有何打算？」

「打算？」史傳傑重複道。

「伍惑卜小姐說令尊從事多項買賣，你打算繼承父業嗎？」

「不，夫人，我若接管父親的生意，只怕我會照著自己的方式來做事，結果一定很快就把錢賠光。」

「噢，那你一定會忙著處理農務吧？伍惑卜小姐說你有一大片田產。」

「沒錯，夫人，但我嘗試過務農，也發現自己不是這塊料。」

接下來一片沉默，雷德蒙太太的掛鐘滴答作響，壁爐中的煤塊也嗶嗶剝剝，雷德蒙太太拿起放在膝頭的一團絲線，絲線糾結成一團，她正想慢慢解開，家裡的黑貓卻以為女主人想玩遊戲，於是黑貓跳上沙發，試圖咬捉線團，亞蕊貝拉邊笑邊抱起黑貓，開始逗著牠玩。史傳傑始終嚮往這種和樂安詳的家居生活（但他可不想將雷德蒙太太納入其中，說不定也不想養貓），他的童年過得冷冰冰，從未享受溫暖的家居之樂，眼前這幅景象，看來更令人心嚮往之。問題是：他怎樣才能說服亞蕊貝拉，讓她也嚮往這種生活呢？他心生一計，忽然轉頭跟雷德蒙太太說：「夫人，況且，我想我也沒時間處理這些事情，我打算研習魔法。」

「魔法！」亞蕊貝拉驚呼，一臉驚訝地看著史傳傑。

她似乎正想繼續追問，在這個有趣的關鍵時刻，雷德蒙先生剛好回到家裡，身邊還跟著助理牧師亨利．伍惑卜（亨利正是亞蕊貝拉的哥哥、史傳傑的童年好友），亨利不知道史傳傑要來，大夥自然寒暄一番，史傳傑這個出乎意料的決定也暫時被擱在一旁。

雷德蒙先生和亨利剛參加了教區聚會，大夥一回到小客廳坐定，兩位男士馬上跟雷德蒙太太和亞蕊貝拉分享教區裡的一些消息，然後詢問史傳傑旅途可好、路況如何，以及斯洛普郡、海爾福特郡和格羅斯特郡三地農民的近況（史傳傑剛好經過這三個地方）。七點一到，僕人送上茶點，眾人沉默地喝茶吃點心時，雷德蒙太太跟她先生說：「親愛的，史傳傑先生打算研習魔法。」口氣稀鬆平常，因為在她看來，這事確實沒什麼大不了。

「魔法？」亨利非常驚訝地說，「你為什麼想當魔法師？」

史傳傑沉默了會，他其實是為了討好亞蕊貝拉，讓她以為自己有心從事正經的學術研究，所以才決定研習魔法，但此刻他卻想不出其他藉口，「我在蒙格頓碰到一個藏身樹叢中的男子，他說我是魔法師。」

雷德蒙先生大笑，表示這話非常有趣，「妙極了。」他說。

「你真的是魔法師嗎？」雷德蒙太太問。

「我聽不懂。」亨利．伍惑卜說。

「我猜你不相信我吧？」史傳傑對亞蕊貝拉說。

「噢，史傳傑先生，正好相反！」亞蕊貝拉帶著慧黠的微笑說，「這相當符合你平日的行事風格，別人隨便說說，你就據此決定自己的未來，我一點都不覺得奇怪。」

亨利說：「你剛繼承了一大片產業，我實在不知道你為什麼需要其他工作，就算你想從事某種行業，我相信一定有比魔法更有價值的職業吧！魔法一點實用性都沒有。」

「噢，這你就錯了！」雷德蒙先生說，「倫敦有位紳士運用各種幻術迷惑法軍，我忘了他叫什麼，他怎麼稱呼自己的理論？現代魔法嗎？」

「但這跟傳統的魔法有何不同？」雷德蒙太太發出疑問，「史傳傑先生，你打算選擇哪一派呢？」

「沒錯，史傳傑先生，請告訴我們，」亞蕊貝拉戲謔地問，「你會選擇哪一派？」

「伍惑卜小姐，我打算兩派都試試看。」他轉向雷德蒙太太說，「我從那名樹叢中的男子手中買到三個咒語，夫人，你想看看嗎？」

「噢，當然想！」

「伍惑卜小姐，你呢？」史傳傑問。

「是哪方面的咒語呢？」

「我不知道，我還沒讀呢。」強納森．史傳傑拿出溫古魯給他的三個咒語，遞給伍惑卜小姐。

「它們好髒。」亞蕊貝拉說。

「我們魔法師不在乎一點灰塵，更別說它們一定非常古老，像這種神祕的古老咒語通常……」

「紙片上方寫著日期：一八〇八年二月二日，嗯，那是兩星期前。」

「真的嗎？我沒注意到。」

「讓一個頑強之人離開倫敦的咒語兩則，」亞蕊貝拉念道，「不曉得這位魔法師為什麼想把人趕出倫敦？」

「我也不知道，倫敦確實住了太多人，但把他們一個個趕出去，似乎太費事了吧？」

「這些咒語太可怕了！咒語中充滿了鬼怪，還說讓受法人相信會碰到真愛，其實都是騙人的！」

「讓我瞧瞧！」史傳傑一把取回這些惱人的咒語，他很快地檢視一番，然後說：「我跟你保證，我買下這些咒語時完全不曉得內容。老實說，賣咒語給我的那個人是乞丐，窮得不得了，我給了他錢之後，他就不必進貧民收容所囉。」

「嗯，我很高興你幫了他，但這些咒語還是很可怕，我希望你不會用它們。」

「最後一個咒語呢？發現我的敵人正在做什麼，我想你不反對我用這個咒語吧？讓我試試這個

咒語。」

「但它管用嗎？你沒有敵人吧？」

「據我所知沒有，因此，試試看也無妨，不是嗎？」

紙片上說需要一面鏡子和一些枯萎的花朵。③因此，史傳傑和亨利從牆上取下一面鏡子，平放在桌上。枯萎的花朵比較麻煩，現在是二月，家裡只有雷德蒙太太壓製的乾燥薰衣草、玫瑰和迷迭香。

「這些可以嗎？」她問史傳傑。

他聳聳肩，「誰知道可不可以？好……」他再度研讀咒語，「花朵必須像這樣擺成一圈，然後我用手指像這樣在鏡子上先畫個圓圈、再將圓圈四等分、敲打鏡子三下、念出這些字……」

「史傳傑，」亨利．伍惑卜說，「你從哪裡拿到這種胡言亂語？」

「那個樹叢中的男人賣給我的，亨利，你剛才沒聽我說話嗎？」

「他看來誠實嗎？」

「誠實？才不呢！我覺得他似乎有點冷漠，沒錯，用『冷漠』來形容他很恰當，另一個字眼是『飢餓』。」

「你付給他多少錢？」

「亨利！」他妹妹說，「你沒聽到史傳傑先生說，他基於同情才買下咒語嗎？」

史傳傑心不在焉地在鏡面上畫圓圈、將圓圈四等分，亞蕊貝拉坐在他旁邊，忽然浮現出驚訝的表情，史傳傑低頭看看。

「老天爺啊！」他大喊。

鏡中出現一個房間，但卻不是雷德蒙先生的小客廳；房間不大，裝潢得也不是十分華麗，但相當典雅，天花板很高，似乎表示這是大房子裡面的一個小房間。房裡的書櫃上堆滿了書，還有一些攤開放在桌上，壁爐裡發出溫煦的火光，桌上點著蠟燭，一名男子坐在桌旁工作。他大約五十歲，身穿式樣普通的灰外套，頭上戴著一頂老式的假髮，看來是個安靜、平凡無奇的中年人，他面前的書桌上攤放了好幾本書，他讀讀其中一本，而且在其他書裡做筆記。

「雷德蒙太太！亨利！」亞蕊貝拉大叫，「趕快過來！你們瞧瞧史傳傑先生做了什麼！」

「但這人究竟是誰？」史傳傑困惑地說。他把鏡子抬高，檢查鏡子下面，顯然以為會發現一位身穿灰外套的袖珍男士躲在鏡後，等著大家提出問題。他把鏡子再度放在桌面上，鏡面上依然出現那個小房間和那名男子，大夥聽不到小房間有何聲響，但壁爐中火光熊熊，男子的眼鏡也閃閃發光，他埋頭在書堆裡，翻閱不同書籍。

「他為什麼是你的敵人？」亞蕊貝拉問。

「我一點都不清楚。」

「說不定你欠他錢？」雷德蒙先生問。

「我想不是。」

「他可能是個銀行行員，那個房間看起來有點像出納室。」亞蕊貝拉猜道。

史傳傑笑笑，「亨利，你不要再對我皺眉頭了，如果我真是魔法師，我的法術肯定相當拙劣，其他有辦法的魔法師召喚出精靈和逝世多時的國王，我卻只召來了銀行行員。」

❶史傳傑似乎沒有輕易放棄習詩的念頭，根據約翰·賽剛督所著的《強納森·史傳傑的一生》（一八二〇年由約翰·莫瑞在倫敦發行），史傳傑一直找不到可以求教的詩人，失望之餘決定自己試試。「第一天進行得還不錯，他從早到晚穿著晨衣，坐在小客廳的小書桌旁振筆疾書，一天下來寫了幾十頁。他對成果非常滿意，他的貼身隨從也表示讚許。隨從自己也搖筆桿，不但針對隱喻、押韻等棘手的問題提供意見，還拾起散落在小客廳裡各處的紙張，排好順序，跑到樓下把精采的詩句朗誦給朋友們聽。史傳傑下筆神速，速度快得嚇人，隨從宣稱史傳傑蘊含龐大的創作精力，他把手放在史傳傑的頭上時，甚至隱隱感覺得到一股熱氣。史傳傑隔天繼續寫詩，寫了五十多頁之後，隨即碰到一個難題，他想不出『let love suffice』該如何押韻，『Sunk in vice』不對味，『a pair of mice』沒意義，『what's the price』則顯得太粗俗，他苦思了一小時，想不出解決之道，於是決定出去騎馬放鬆一下，從此之後卻再也沒碰過自己的詩。」

❷坎伯瑞離史傳傑的家大概五、六哩。

❸諾瑞爾先生顯然引用了彼得·瓦特西的《死亡圖書館》當中的一個蘭開郡咒語。

第二部

強納森・史傳傑

「魔法師可以用魔法殺人嗎？」威靈頓勛爵詢問史傳傑。

史傳傑蹙起眉頭。這個問題似乎令他感到厭惡。

「我想魔法師也許可以辦到，」他坦承，「但紳士絕不會這麼做。」

23
陰影屋
一八〇九年七月

一八〇九年的一個夏日，在威爾特郡一條塵沙遍布的鄉間小徑上，兩名騎士正策馬往前奔馳。天空是一片濃郁璀璨的豔藍，在天空灼灼強光照耀下，英格蘭就像是一團輪廓模糊的朦朧剪影。一株巨大的七葉樹橫亙在道路上空，在地面上撒落下一潭黑暗的陰影，兩名騎士一到達陰影邊緣，就迅速被黑暗吞沒，完全失去蹤影，只能聽到他們兩人的交談聲。

「……你到底什麼時候才考慮出書？」一人問道，「你知道你是非出不可。我一直在思索這件事，在我看來，出書是現代魔法師的首要任務。我很訝異諾瑞爾先生竟然從來沒出過一本書。」

「我相信他遲早總會出書的，」另一人說，「至於我，我看沒人會想看我寫的東西吧？這些日子以來，諾瑞爾每隔一個星期就創造出一個新的奇蹟，根本沒人會對一名理論魔法師的作品感興趣。」

「喔，你實在太謙虛了，」第一個聲音說，「你總不能把所有事情全都留給諾瑞爾去做吧。諾瑞爾又不是萬能的。」

「但他偏偏就是萬能的，千真萬確。」第二個聲音嘆道。

跟故友重逢真是令人愉快！因為這兩位就是我們的老朋友，哈尼富先生和賽剛督先生。但他們為何會騎在馬背上呢？雖然他們兩人都不會承認，但這對他們來說是一種非常累人的運動。哈尼富先生年老體衰，而賽剛督先生家境貧困，因此他們平常很少騎馬。而且天氣又這般酷熱難耐！哈尼富先生只要天氣一熱，就會立刻汗如雨下，接著全身發癢，冒出大片大片的紅疹；此外，這種燦亮眩目的晴朗天氣，總是會讓賽剛督先生的頭痛老毛病再度發作。他們為何要這樣大老遠跑到威爾特郡來？

事情是這樣的，哈尼富先生在替小石像和那名戴著長春藤葉的少女辛勤奔走時發現到一些事情。他相信他已證實凶手是一名住在艾夫伯里的男子。於是他不辭勞苦地來到威爾特郡，去查閱艾夫伯里教區禮拜堂的一些古老文件。「我在想，」他曾對賽剛督先生解釋，「要是我能查出他到底是**什麼人**，也許我就可以找出那個女孩的真實身分，再更進一步查明，他究竟是受到什麼黑暗力量的驅使，才狠心下手殺了她。」賽剛督先生陪伴朋友一同前往，替他察閱所有資料，並解說艱深的古拉丁文。但縱使賽剛督先生十分熱愛古文獻（他在這方面可說是世上無人能及），縱使他深深相信他們一定能夠完成使命，但他也不免暗暗懷疑，只憑五世紀前的七個拉丁文字，是否足以解釋一個人的一生。但哈尼富先生是一個不可救藥的樂觀主義者。然後，賽剛督先生突然想到一個好主意，既然他們都已經來到威爾特郡，正好可以利用這個機會，去拜訪兩人聞名已久，但至今依然無緣得見的當地名勝陰影屋。

我們大部分人都是在學生時代就聽過陰影屋的盛名。這個名字激起我們心中對於魔法與廢墟的模糊想像，但卻沒人記得它之所以出名的真正原因。事實上，魔法歷史學家們至今仍在為它的重要性而爭執不下——有些人會毫不考慮地表示，這地方根本無足輕重。這裡從未發生過英國魔法史上任何重要事件；此外，這棟屋子兩任屋主雖然都是魔法師，但一個是吹牛大王，一個是個弱女子——他們可都不算是什麼近代傑出的紳士魔法師或紳士歷史學家——然而近兩世紀以來，陰影屋卻被世人公認為全英國魔法力量最強的地方之一。

陰影屋是在十六世紀時，由英皇亨利八世、瑪麗女王與伊麗莎白女王的御用魔法師果哥里・阿薩龍所興建完成。我們若純粹以法力高下來評估魔法師的成就，那麼阿薩龍根本就不能算是一位魔法師，因為他施展的咒語幾乎從來沒生效過。但我們若是檢視魔法師的財富多寡，並以賺錢能力來作為評斷標準的話，那麼阿薩龍必然可算是英國有史以來最偉大的魔法師之一，因為他出身寒微，去世時卻家財萬貫。

他最顯著的成就之一，就是成功說服丹麥國王付出一大把鑽石來換取一個符咒。阿薩龍聲稱這種符咒可以使瑞典國王的血肉化為清水，但它自然沒發揮這種神奇的效果，只是讓阿薩龍用他賺到的一半珠寶，建造了這座陰影屋。他用土耳其地毯、威尼斯出產的明鏡與玻璃，以及其他上百件華麗飾品將這裡裝潢得美輪美奐；等到房子正式完工時，一件奇特的事情發生了——或是可能發生——或是根本沒發生。有些學者相信——其他人則不以為然——那些阿薩龍曾假裝為顧客們施展的魔法，開始自動自發地在這個地方開始發揮作用。

在一六一〇年，一個月光明亮的夜晚，兩名少女從樓上窗口望出去，看到大約三十位美麗的淑女與英俊的紳士，圍成一個圓圈在草坪上跳舞。在一六六六年二月，愛爾蘭人華倫泰・葛雷瑞克在大壁櫃附近的小通道上，用希伯來語跟摩西和亞倫[i]兩位先知交談。一六六七年，到這裡作客的潘妮洛普・謝莫敦夫人，看到鏡子裡有個三、四歲的小女孩。她看到鏡中的小孩迅速長大，然後她突然認出，那竟然就是她自己。謝莫敦夫人的倒影繼續成長老化，最後只剩下一具乾枯的屍體。這些傳聞和其他上百個類似的故事，使得陰影屋聲名遠播。

阿薩龍只有一名叫馬麗亞的獨生女。她在陰影屋出生，也在此度過漫長的一生，她幾乎足不出戶，就算出門，也會在短短一、兩天返回家中。在她的青春歲月，陰影屋裡冠蓋雲集，國王、各國大使、學者、軍士和詩人等賓客絡繹不絕地登門拜訪。即使在她父親去世後，人們也會在英國魔法開到荼蘼的末世，到這裡來參觀漫長冬季前夕最後一幅迴光返照的奇特繁華景象。接下來訪客日漸稀少，屋子開始老舊腐朽，花園也變成一片荒蕪。但馬麗亞・阿薩龍拒絕整修她父親的房子。甚至連打破了餐盤，她也任由碎片留在地板上不去清理。❶

她五十歲時，茂密的長春藤已蔓生至屋內，在所有櫥櫃中欣欣向榮，再占據了大半個地板，走路時都得提防不小心會被藤蔓絆倒。鳥兒在屋裡屋外相互應和鳴唱。到了她一百歲時，屋子和女人都腐朽了——但兩者依然一息尚存。她又繼續多活了四十九年，直到一個夏日早晨，當她躺在覆蓋於大梣木綠蔭下的床上，斑駁的光影灑落在她四周時，她才終於溘然長逝。

在這炎熱的午後，當哈尼富先生和賽剛督先生匆匆趕往陰影屋時，他們心裡不禁擔心諾瑞爾先生會得知他們的行蹤（這是因為，在海軍上將與內閣大臣們對諾瑞爾先生青睞有加，不停寫信致敬並親自登門拜訪的情況下，他的地位正以驚人的速度迅速攀升）。他們害怕他會認為哈尼富先生違反約定。因此他們不想讓太多人知道他們的去向，不僅嚴守口風，沒告訴任何人他們打算前往何方，而且一大清早就走路到農莊去租用馬匹，還特地繞了一大段遠路，才好不容易到達陰影屋。

他們沿著一條灰塵密布的白色小徑，走到盡頭處的一扇高聳大門前。賽剛督先生跳下馬，走去開門。這扇門是用上好的卡斯提爾鍛鐵打造，但此刻已腐鏽成一種鮮豔的暗紅色，原先的構造也已嚴重毀損腐蝕，早已不復舊觀。賽剛督先生的手才碰了一下門，就沾滿了粉狀的鐵鏽，彷彿這是由百萬朵化為粉質的乾枯玫瑰，聚集而成的一扇有形無實的幻影之門。彎曲的鐵條上有著許多繁複的小型淺浮雕裝飾，鏤刻出一張張咧嘴大笑的邪惡面孔，但此刻已因風化而變得殘缺不全，並鏽蝕成餘燼般的暗紅色，彷彿這些異教徒目前在地獄中所居住的領域，是由一名心不在焉的魔鬼負責看管，而他由於疏忽而不小心讓熔爐燒得過熱似的。

門後有著上千朵淡粉紅色的玫瑰，一叢沐浴在陽光下，迎風搖擺的高大榆樹、栲木與栗樹組成的樹林，和一片湛藍無比的天空。此外還有四座聳立的山形牆。許多高高的灰色煙囪和鑲著石框的格子窗。但陰影屋畢竟是棄置了一個多世紀的廢墟，屋子的主體是由銀白色的石灰石，與接骨木和野玫瑰所共同建構而成，而建材除了原先的鋼鐵木料之外，還多添了一陣陣帶著夏日氣息的輕柔微風。

「這裡簡直就像是『另域』。」賽剛督先生說，熱切地把臉貼到門邊，而他清楚地感覺到，這扇門就像是用化為粉質的玫瑰壓製而成。❷他拉開門，牽著馬兒走進去，哈尼富先生跟在他身後。他們把馬兒拴在一個石盆邊，開始參觀這座花園。

陰影屋的庭院或許根本沒資格稱做「花園」。這裡已經有一百多年無人照料了，但並未變成森林或荒野。英文中並沒有一個貼切的字眼，可以代表一個在魔法師死後兩百年的魔法師花園。賽剛督先生和哈尼富先生這輩子從來沒見過這樣多采多姿又雜亂失序的花園。

眼前的一切全都讓哈尼富先生感到欣喜萬分。兩行大約只有齊腰高的榆樹，排列在一片豔粉色的指項花海中，這條壯觀的林蔭大道讓他驚嘆不已。他盯著一座嘴裡叼著嬰兒的狐狸雕像讚不絕口。他興高采烈地談論這裡神奇的魔法氣氛，並聲稱就算是諾瑞爾先生本人親自駕到，也必定會感到不虛此行。

但哈尼富先生其實並未真正感受到此處的氣氛；而賽剛督先生正好相反，他開始覺得越來越不安。他感到阿薩龍的花園，似乎正在對他發揮一種奇特的影響力。當他和哈尼富兩人在園中四處走動時，有好幾次，他發現自己忍不住想要開口，去跟某個他自以為認識的人說話。要不然就是覺得有某個地方似曾相識。但每一次，就在他快要想到該說什麼的時候，他就立刻察覺到，他原先以為的朋友，事實上只是玫瑰花叢上的陰影。頭部是一簇淡白色玫瑰，手也只是另一莖花枝。同時，賽剛督原先誤認為童年舊遊處的地方，只不過是一株黃色灌木、幾根晃動的接骨木枝椏，和陽光照耀下屋子的尖角所偶然拼湊成的風景。此外，他也完全想不起來這到底是哪位朋友，又究竟哪個地方。這讓他感到越來越不安，而在半個鐘頭後，他終於忍不住告訴哈尼富先生，說他想要坐下來休息一會兒。

「我親愛的朋友！」哈尼富先生說，「怎麼了？你不舒服嗎？你的臉色好蒼白啊——你的手在發抖。你怎麼不早點兒說呢？」

賽剛督先生伸手按住額頭，低聲咕噥著說他感到就快要出現魔法了。這次他非常確定，絕對不會弄錯。

「魔法？」哈尼富先生驚呼，「怎麼可能會有魔法呢？」他緊張地環顧四周，深怕諾瑞爾先生突然從樹後面走出來，「我看你只不過是熱昏頭了。我自己都覺得熱得要命。我們真是笨，幹嘛要這樣折磨自己。來啊，這裡就可以讓我們休息！這裡就可以讓我們感到神清氣爽！坐在陰涼的樹蔭下——就像這兒——旁邊有一條潺潺流動的甜美小溪——就像這兒——這可是全世界公認的最佳補品哪！」

他們坐在一條褐色溪流旁邊的草地上。溫暖柔和的空氣與玫瑰的芳香讓賽剛督先生漸漸平靜下來。他閉上雙眼。張開眼睛。再度閉上。接著又緩慢而沉重地張開……

他幾乎立刻陷入夢境。

他看到黑暗中有一扇高聳的門。門是用銀灰色的石頭雕刻而成，彷彿月光般散發出微弱的光芒。兩旁的門柱刻成兩名男子（也可能只是一名男子，因為看起來完全一模一樣）的形貌。男子似乎正要大步從牆上走下來，而約翰．賽剛督一眼就看出他是一位魔法師。在黑暗中看不清他的面孔，只能分辨出他是一個英俊的年輕人。他的頭上戴著一頂兩邊有著烏鴉翅膀的尖角帽。

約翰．賽剛督踏入門內，一開始他只看到漆黑的天空、閃爍的繁星，與習習吹送的夜風。但接著他就看出，這裡原本是一個房間，但此刻已化為廢墟。即使如此，牆壁上仍一如往昔地掛滿了畫作、繡帷與鏡子。但繡帷上的人物忙著四處走動並互相交談，而有些鏡子並未忠實呈現出房中的景象；有些鏡中的景象，似乎是跟此處完全不同的地方。

在房間盡頭處，一圈月光與燭光交互輝映的朦朧光暈中，有某個人坐在一張書桌旁。她穿著一件樣式非常古老的長禮服，在約翰．賽剛督眼中看來，一件衣服用上那麼多布料好像不太必要，甚至可說是不可思議。衣服是一種奇特、古雅、濃郁的藍；而就像其他星星一樣，這件禮服也閃爍著淡淡光暈，彷彿丹麥國王的最後一顆鑽石依然在散發著光芒。他往前走去，她抬起頭來望著他——兩隻斜飛的奇特眼睛分得很開，完全不符合一般公認的審美標準，一張寬闊的嘴唇綻開微笑，他猜不透這個笑容的用意。在閃爍燭光照耀下，可以看出她有著一頭紅髮，就跟她的藍色禮服一樣清晰耀眼。

突然間，有另一個人闖入了約翰．賽剛督的夢境——一名穿著現代服飾的紳士。這位紳士看到那名穿著華麗（但有些過時）服飾的女士時，臉上完全不曾露出一絲訝異的神情，但當他發現約翰．賽剛督也在房中，卻顯得震驚至極，並伸手握住約翰．賽剛督的肩頭，開始搖晃……

賽剛督先生發現哈尼富先生抓住他的肩頭，正在輕輕搖醒他。

「對不起！」哈尼富先生說，「你在夢中大叫，我想你應該希望有人把你叫醒。」

賽剛督先生有些困惑地望著他。「我作了一個夢，」他說，「一個非常奇怪的夢！」

賽剛督先生把他夢中的情景告訴哈尼富先生。

「這真是個有驚人魔法力量的地方！」哈尼富先生讚許地說，「你的夢——充滿了怪異的象徵與預兆——更加證明了這一點！」

「但這代表什麼意義？」賽剛督先生問道。

「喔！」哈尼富先生停下腳步，想了一下，「這個嘛，你說那位女士是穿藍色對吧？藍色的意義是——我想想——不朽、貞節，與忠實；它代表邱比特神，也可以用錢來代表藍色。哼！這對我們有任何幫助嗎？」

「我看是沒有，」賽剛督先生嘆氣道，「我們繼續往前走吧。」

哈尼富先生原本就急著想要看到更多的奇景，於是他欣然同意，並提議要走進陰影屋裡面去看看。

在眩亮的陽光下，屋子看起來只不過是天空下一團高聳的藍綠色霧影。就在他們正要從門口踏入客廳時，賽剛督先生就又大喊了一聲：「喔！」

「幹嘛！現在又怎麼啦？」哈尼富先生嚇得連忙問道。

大門兩邊各立著一座烏鴉王的石像。「這跟我在夢中看到的一模一樣。」賽剛督先生說。

賽剛督先生站在大廳中，打量周遭的景象。他在夢中看到的鏡子與繪畫，此時早已不見蹤影。

斷壁殘垣間長滿了紫丁香與接骨木樹。七葉樹與梣木共同交織成一片銀綠色的屋頂，在澄藍的天空中掩映出斑駁的樹影，在微風中輕輕擺動。精緻的黃金草與雜亂的延齡草，為空蕩蕩的石窗點綴上繁複的格子圖案。

在房間一邊的盡頭處，有兩個朦朧的人影站在明亮的陽光中。地板上四處散落著幾件古怪的物品，看起來就像是某種魔法所遺留下來的殘骸：幾張用潦草字跡寫上片段咒語的紙張，一個裝滿水的銀盆，和一個上面有著半截蠟燭的古老黃銅燭臺。

哈尼富先生對這兩個模糊的人影道了聲早安，其中一人用莊重客氣的口吻問候回禮，但另一人卻立刻大喊道：「亨利！就是他！就是那個傢伙！就是我剛才描述的那個男人！你沒看到嗎？一個眼睛頭髮幾乎和義大利人一樣漆黑的矮小男人——雖然現在頭髮白了不少。但臉上那副溫和羞怯的神情，一看就知道是個英國人！身上穿了件髒兮兮、滿是補釘的破爛外套，袖口早就磨損，還設法修剪縫補來掩人耳目。喔！亨利，絕對就是這個人！這位先生！」他突然直接對著賽剛督先生喊道，「請你解釋清楚！」

可憐的賽剛督先生聽到一名百分之百的陌生人，這樣鉅細靡遺地描述他自己和他的外套，心裡感到非常震驚——而且描述的內容還這麼不中聽！這真的是無禮至極。他站在原處，試圖整理思緒，而那個剛才跟他說話的人，跨步走到了權充房間北邊牆壁的一株大梣樹的樹蔭下，於是賽剛督先生首次在清醒的現實世界中，看到了強納森．史傳傑。

賽剛督先生有些遲疑地（因為他知道他說的話聽起來很奇怪）說，「我見過你，先生，在我的夢裡。」

這句話讓史傳傑更加怒火中燒。「先生，那是我的夢！是我費盡工夫刻意去作的夢。我有人證物證可以證明。伍惑卜先生，」他指著他的同伴，「親眼看到我如何施行計畫。伍惑卜先生是一位牧師——格羅斯特郡的教區牧師——我想沒人會懷疑他說的話！我向來認為，在英國這個國家，紳士作的夢應該是屬於他個人的私產。我甚至覺得應該有一條法律來保障這項權益，要是沒有的話，那國會就應該馬上立法通過！」史傳傑停下來喘了一口氣。

「先生！」哈尼富先生氣憤地喊道，「請你對這位紳士說話客氣點。我跟這位紳士相識已久，你若有幸認識他，就會知道他絕對無意冒犯任何人。」

史傳傑忿忿地哼了一聲。

「這件事真的是非常奇怪，人怎麼會互相走進對方的夢境，」亨利·伍惑卜先生說，「這應該不會是同一個夢吧？」

「喔，恐怕就是同一個夢，」賽剛督先生嘆了一口氣說，「我一走進這個花園，就感覺到這裡好像有許多扇隱形門，而我穿過一扇又一扇的門，開始感到昏昏欲睡，接著就作了這個見到這位紳士的夢。我心裡覺得非常困惑。我知道我並不是靠自己的能力來讓那些門敞開，但我並不在乎。我只是想要看看，門的盡頭處到底有著什麼樣的景象。」

亨利·伍惑卜凝視著賽剛督先生，似乎不太明白他在說些什麼。「但我還是認為，這不太可能是同一個夢，你懂我的意思吧，」他用一種好像是在跟愚笨小孩說話的口吻對賽剛督先生解釋，「你究竟夢到了什麼？」

「一位穿著藍色禮服的女士，」賽剛督先生說，「我想她應該就是阿薩龍小姐吧。」

「那還用說，她當然就是阿薩龍小姐！」史傳傑憤怒至極地喊道，似乎無法忍受有人如此清晰地描繪出他的夢境，「但不幸的是，這位女士約好是要跟一位紳士碰面。結果一下子出現了兩位紳士，她當然會感到不安，所以她就立刻消失了。」史傳傑搖搖頭，「全英國自認通曉魔法的人，最多不會超過五個，但偏偏就有其中一人硬要闖到這兒來，害我沒辦法跟阿薩龍的女兒碰面。我簡直不敢相信。我真是全英國最倒楣的人。天知道我花了多久工夫，才能成功作到這個夢。我花了整整三個禮拜——不眠不休地工作！來準備進行召喚符咒，另外還……」

「這真是太神奇了！」哈尼富先生插嘴道，「太厲害了！天哪！甚至連諾瑞爾先生都沒做過這種魔法！」

「喔！」史傳傑說，轉頭望著哈尼富先生，「這其實沒你想像得那麼困難。首先，你必須先發請帖給那位女士——隨便任何召喚符咒都可以發揮作用。我用的是歐姆斯格。❸當然，麻煩的是我得對歐姆斯格做些更動，好讓阿薩龍小姐和我在同一時間到達我的夢境——歐姆斯格實在是不夠嚴謹，召喚出的人很可能會在任何時刻，出現在天差地遠的任何地方，還自以為已經達成任務了呢——我承認這可不是件容易的事。但即使如此，結果還是令我相當滿意。接下來，我必須施符咒讓我自己進入魔法夢境。我是聽說過一些類似的符咒，但坦白說我連一個也沒見過，因此我不得不自己發明一個符咒——我想它是不夠完善，但我又有什麼辦法呢？」

「我的天哪！」哈尼富先生喊道，「你是說，這些魔法全都是你自己創造出來的？」

「喔！這個嘛，」史傳傑說，「怎麼說呢……我是用歐姆斯格做基礎——我一切全都是根據歐姆斯格所創造出來的。」

「喔！但是用西色—葛雷做基礎，不是比歐姆斯格更理想嗎？」賽剛督先生問道❹，「抱歉。我自己不會施展魔法，但我總覺得西色—葛雷比歐姆斯格可靠得多。」

「真的嗎？」史傳傑說，「我自然也聽說過西色—葛雷。我最近開始跟一位住在林肯郡的紳士通信，他說他有一本西色－葛雷的《牛頭怪解剖學》。所以說西色－葛雷確實值得一讀，是不是？」

哈尼富先生宣稱西色－葛雷根本不值一讀，他的著作是全世界最愚昧無知的胡說八道；賽剛督先生不同意這種看法，史傳傑對這話題越來越感興趣，就漸漸忘了自己還在跟賽剛督先生嘔氣。

誰能長久生賽剛督先生的氣呢？我相信世上的確有人憎恨善良與和氣，溫柔總是讓他們心生怒火──但我可以很慶幸地說，約翰．史傳傑並不是這種人。賽剛督先生為他破壞魔法的行為再三道歉，而史傳傑微笑著鞠了一個躬，叫賽剛督先生別再把這件事放在心上。

「我不必多問，先生，」史傳傑對賽剛督先生說，「就知道你一定是一位魔法師。你可以輕易穿透別人的夢境，這就足以證明你的法力。」史傳傑轉頭望著哈尼富先生，「但你也是一位魔法師嗎，先生？」

可憐的哈尼富先生！竟然在如此敏感的地點，面對如此直率的問題！他心裡依然自認是一名魔法師，而他並不喜歡被人提醒他的損失。他答道，他在幾年前曾經是一名魔法師。但後來他不得不放棄這個身分。他畢生最大的願望，就是做一名魔法師。在他看來，研究魔法──研究優良的英國魔法──是全世界最高貴的行業。

史傳傑有些驚訝地注視著他。「但我不太明白你的意思。既然研究魔法是你最大的願望，別人怎麼可能逼你放棄呢？」

於是賽剛督先生和哈尼富先生解釋說，他們原本都是約克魔法師學會的會員，但後來學會卻被諾瑞爾先生一手摧毀。

哈尼富先生詢問史傳傑對諾瑞爾先生有何看法。

「喔！」史傳傑微笑著說，「諾瑞爾先生可是英國書商的守護天使呢。」

「先生？」哈尼富先生說。

「喔！」史傳傑說，「從新堡到朋占斯所有跟賣書有關的地方，都可以聽到諾瑞爾先生的大名。書商總是微笑著鞠躬說，『啊，先生，你來得太晚了！我本來有一大堆關於魔法和歷史的書。但已經全都賣給約克郡一位非常有學問的紳士了。』那自然就都是諾瑞爾。你要是願意的話，是可以去買諾瑞爾挑剩的書。但通常都會發現諾瑞爾挑剩的書，全都是些該燒燬的廢物。」

賽剛督先生和哈尼富先生都十分渴望能多認識強納森．史傳傑一些，而他似乎也很樂意跟他們多談一會兒。於是，在雙方互相交換過一些基本資訊之後（「你們住在哪兒？」「喔，艾夫伯里的『喬治旅館。』」「嗯，好地方，我們也住在那兒。」），四位紳士隨即達成共識，大家一塊兒騎馬回到艾夫伯里共進晚餐。

在他們離開陰影屋時，史傳傑在烏鴉王大門前停下腳步，詢問賽剛督先生和哈尼富先生是否去過這位國王位於北方新堡的古都。兩人都沒去過。「這扇門是按照那裡的形式仿製的，在那兒到處都可以看得到，」史傳傑說，「這種樣式的門，是烏鴉王仍在英國境內時開始建造的。在那個城市裡，你不管繞過任何一個轉角，似乎都會看到烏鴉王從某扇布滿灰塵的黑暗拱門朝你走過來。」史傳傑露出譏諷的微笑，「但他總是半遮著臉，也絕對不會跟你說話。」

到了五點，他們已坐在喬治旅館的起居室裡共進晚餐。哈尼富先生和賽剛督先生發現史傳傑既活潑又健談，是一位非常討人喜歡的好同伴。相反地，亨利．伍惑卜卻只顧著埋頭大嚼，而且一吃完就望著窗外發愣。賽剛督先生擔心他會覺得自己受到冷落，因此轉過頭來，對他極力讚揚史傳傑在陰影屋中的驚人魔法成就。

亨利・伍惑卜十分驚訝。「我根本不知道這是一件值得慶賀的事，」他說，「史傳傑可沒說這是什麼了不起的成就。」

「哎呀，我親愛的先生！」賽剛督先生驚呼，「你不曉得這可是英國魔法長久以來未曾出現的壯舉？」

「喔！我完全不懂魔法。我相信這是一件相當時髦的玩意兒——我在倫敦報紙上看過幾篇關於魔法的報導。但身為一名牧師，我實在沒多少空閒時間閱讀。再說，我跟史傳傑從小就認識，他個性善變得很。我很訝異他對魔法的狂熱居然能持續這麼久。我敢說他很快就會開始厭倦，他這個人向來就只有三分鐘熱度。」說完他就站起身來，表示他想到村子裡去走一走。他向哈尼富先生和賽剛督先生道了聲晚安，就逕自離開了。

「可憐的亨利，」史傳傑在伍惑卜先生離開後表示，「我想我們快把他給煩死了。」

「你的朋友人真是好，他對魔法毫無興趣，卻肯陪你一起到這兒來，」哈尼富先生說。

「喔，的確是這樣！」史傳傑說，「不過，你該曉得，他是因為家裡太無聊了，只好跟我一起出門。亨利到我們家住幾個禮拜，但我們家周圍的環境太過幽靜，而我自己大多數時間又都忙著進行研究。」

賽剛督先生詢問史傳傑先生，他是從什麼時候開始研究魔法。

「去年冬天。」

「而你卻已經有這麼傑出的成績！」哈尼富先生喊到，「居然還不到兩年！我親愛的史傳傑先生，這實在是太驚人了！」

「喔！你真的這麼認為？我倒覺得自己似乎一事無成呢。不過，我根本不曉得有誰可以請教。

你們是我這輩子第一次遇到的魔法師同伴，我要好好警告你們，我打算讓你們熬大半夜替我回答各種問題呢。」

「我們很樂意竭盡所能地為你效勞，」賽剛督先生說，「但我想我們大概幫不上什麼忙。我們畢竟只是理論魔法師。」

「你實在是太謙虛了，」史傳傑表示，「但只要想想看，你們讀過的書可比我多太多了。」於是賽剛督先生推薦了幾位史傳傑或許沒聽說過的作家，史傳傑趕緊把他們的名字和作品記下來，但他記錄的方式有些隨便，有時寫在一個小記事本上，有時寫在晚餐帳單背面，甚至有一次還寫在他自己的手背上。然後他開始詢問賽剛督先生這些書本的內容。

可憐的哈尼富先生！他多麼渴望能參與這有趣的話題啊！事實上，他確實有加入討論，他煞費苦心地耍了些小花招，但這些手段除了他自己之外，完全沒辦法騙過任何人。「跟他說一定要讀湯瑪斯·蘭徹斯特的《鳥語》，」他這話是對賽剛督先生說的，所以不算是直接告訴史傳傑。「喔！」他說，「我知道你對這本書的評價不高，但我覺得蘭徹斯特的作品，確實可以讓我們學到不少東西。」

說到這裡，史傳傑先生告訴他們，在不到五年前，全英國還可以找到四本《鳥語》：一本在格羅斯特郡的書店；一本收藏在肯德爾一位紳士魔法師的私人圖書館；一本在朋占斯一名鐵匠手裡，這是他替人修理鐵門所獲得的部分酬勞；還有一本是被達勒姆大教堂附近的一所男子學校拿來塞窗縫。

「但這些書現在在哪兒？」哈尼富先生喊道，「你怎麼不去弄一本來看看呢？」

「我每到一個地方，就會發現諾瑞爾總是比我先一步趕到，把書全都蒐購一空，」史傳傑先生說，「我從來沒見過這個人，但他卻處處使我受挫。就是因為如此，我才會想出這個召喚死去魔法師的計畫，這樣我就可以請他——或是她——來為我指點迷津。據我猜測，女士可能會比較同情我的處境，所以我決定召喚阿薩龍小姐。」❺

賽剛督先生搖搖頭。「你這種求取知識的方法，的確是戲劇性十足，但既不方便又往往事倍功半。不論如何，在英國魔法的黃金時期，書本可比現在要少得多，但還是有不少人順利成為魔法師。」

「我讀了許多黃金年代魔法師的歷史與傳記，想要找出他們當初是如何開始學習，」史傳傑說，「但在那個年代，任何人只要一發現自己有些魔法才能，就會立刻跑去請求某位經驗較豐富的資深魔法師收他作徒弟。」❻

「那你就該去請諾瑞爾先生收你當助手啊！」哈尼富先生喊道，「你的確該這麼做。喔，沒錯，我知道，」看到賽剛督先生準備提出異議，他趕緊說，「諾瑞爾是有點兒拘謹內向，但那又怎樣呢？我相信史傳傑先生會知道該怎樣突破他的心防。因為諾瑞爾雖然有些怪脾氣，但他可不是傻瓜，他自然可以看出，收這樣的助手，對他自己絕對是大有好處。」

賽剛督先生對這項計畫非常不以為然，他提出許多異議，並特別指出，諾瑞爾先生向來十分厭惡其他魔法師；但熱心過人的哈尼富先生這時懷著滿腔熱情，一心一意地把這念頭看作是他此刻最大的願望，而他完全無法想像這會遇上任何阻礙。「喔，我承認，」他說，「諾瑞爾一直都不太把我們這些理論魔法師放在眼裡，但我敢打包票，碰到一位旗鼓相當的對手，他的態度就會大為改觀。」

史傳傑似乎並不反對這個計畫；他自然會想要去見諾瑞爾先生。事實上，賽剛督先生隱隱感到史傳傑心裡早就打定主意，因此他就不再堅持己見了。

「這真是英國史上一個偉大的日子，先生！」哈尼富先生喊道，「看看以前那些魔法師，光只是一個人就能創造出如此傑出的成就！想想看，有了兩位魔法師，他們會為我們創造出多麼燦爛輝煌的不朽功勳！史傳傑和諾瑞爾！喔，聽起來真不錯！」接著哈尼富先生又帶著欣喜萬分的神情，重複念了幾聲「史傳傑和諾瑞爾」，逗得史傳傑呵呵大笑。

就像所有個性溫和的老好人一樣，賽剛督先生也非常容易改變心意。當高大的史傳傑先生站在他面前，看起來笑容滿面又自信十足時，賽剛督先生完全相信史傳傑的天賦才能絕對能夠贏得世人讚賞——不論諾瑞爾先生是否幫忙，或是，就算諾瑞爾先生百般阻撓，他也絕不會受到埋沒；但到了第二天早上，在史傳傑和亨利．伍惑卜騎馬遠去之後，他重新回想起所有曾為諾瑞爾先生辛勞賣命，最後被他一手摧毀的魔法師，他不禁開始懷疑，他和哈尼富先生是否讓史傳傑作出錯誤的決定。

「我忍不住在想，」他說，「我們實在應該再三警告史傳傑先生，叫他最好避開諾瑞爾先生，而不是鼓勵他自動送上門去。我們真應該建議他乾脆躲起來算了。」

但哈尼富先生完全不明白他的意思。「哪有紳士聽到別人叫他躲起來會高興的，」他說，「再說，要是諾瑞爾先生真有意傷害史傳傑先生——我可絕對不相信會有這種事——我相信第一個先發現的人就是史傳傑先生。」

❶有些學者（包括強納森．史傳傑在內）質疑馬麗亞．阿薩龍事實上是故意讓她的房子傾頹毀壞。他們認為，阿薩龍小姐之所以這麼做，純粹是基於一種常見的民間信仰：所有荒廢的建築都屬於烏鴉王所有。這項推測可以解釋，為何陰影屋在淪為廢墟之後，魔法的力量反倒變得更強。

「人類的所有成就，所有城市，所有帝國，所有紀念碑，有朝一日終將化為塵土。甚至連我親愛讀者們所居住的房屋，也必然會——在未來的某一天，某一個時刻——傾頹毀壞，成為磚石塗抹上昏朦月光，窗戶點綴著閃爍星光，塵沙隨風飛舞的破敗廢墟。傳說在那一天，在那個時刻，我們的住宅將會成為烏鴉王的領土。雖然我們為英國魔法的末日而感到惋惜，哀嘆它早已離我們遠去，並互相質問我們為何會失去如此珍貴的寶物，但我們千萬不可忘卻，未來我們也將會面臨英國的末日，如同我們在今日無法喚回烏鴉王的身影一般，有朝一日我們同樣也將無法逃避烏鴉王的統治。」《英國魔法的歷史與實踐》，強納森．史傳傑著，於一八一六年在倫敦由約翰．莫瑞出版問世。

❷人們提到「另域」時，通常是指精靈國，或是泛指其他這一類的地方。在日常生活交談中，這種籠統的定義自然不會遇到任何問題，但作為一名魔法師，就必須學習去運用更精確的用語。眾所周知，烏鴉王一共統治三個王國：第一個是包含坎伯蘭、諾森伯蘭、達勒姆、約克郡、蘭開夏郡、德比郡，與諾丁罕郡某些地區的北英格蘭。另一個是精靈的王國，而最後一個王國，據說是位於遙遠的地獄邊境，有時被稱之為「苦域」。據烏鴉王的敵人表示，這裡是他向撒旦租用的土地。

❸帕里．歐姆斯格（1496-1587）是一名居住在倫敦附近克勒肯維爾村的男教師。他寫了幾篇關於魔法的論文。雖然他並不是一名富於原創性的思想家，但是他做學問的態度非常勤奮扎實，畢生致力於蒐集並篩選他能找到的所有召喚符咒，企圖制定一個最可靠的版本。他整整耗費十二年的光陰才成功達成任務，而在這段期間，他位於克勒肯維爾——格林的狹小住宅，總是塞滿了數千張上面寫著符咒的小紙條。這讓歐姆斯格太太很不高興，而這個可憐的女人，隨後變成了通俗喜劇和二流小說中魔法師妻子的創作原型——一個老是用刺耳噪音厲罵不休的不快樂女人。

歐姆斯格最後完成的符咒變得非常受歡迎，在他那個世紀和接下來兩個世紀中為世人所廣泛引用；然而，在強納森．史傳傑運用他自行修正過的歐姆斯格符咒，讓馬麗亞．阿薩龍進入他自己和賽剛督先生的夢境之前，我從來沒聽說有任何人曾經成功施展過這個符咒——也許就是因為強納森．史傳傑在前文中所推測的原因。

❹賽剛督先生這次似乎判斷錯誤。查爾斯．西色—葛雷（1712-89）是另一位出版過著名召喚咒語書籍的魔法歷史學家。他的符咒跟歐姆斯格的作品一樣糟糕；兩者可說是半斤八兩。

❺在中世紀，召喚死者是一種家喻戶曉的魔法，當時似乎一致公認，死去的魔法師是最容易召喚，同時也最值得交談的幽靈。

❻幾乎所有魔法師的技藝，全都是由另一位魔法從業者所傳授而成。烏鴉王並不是有史以來第一位英倫魔法師。在他之前英國就出現過好幾位魔法師——其中最著名的就是七世紀那位半人半魔的梅林——然而在烏鴉王來到英國時，魔法師在這個國度已失去蹤影。我們對烏鴉王早年的生活知之甚少，但根據合理的推測，他應該是在一位精靈國王的宮廷中同時學會施展魔法與治國之道。中世紀時期的英國古代魔法師，是在烏鴉王的宮廷中學習魔法藝術，然後再傳授給其他人。

諾丁罕郡的魔法師湯瑪斯．郭帛裂（Thomas Godbelss，1105?-82）也許是個例外。我們對他的生平事蹟幾乎一無所知。他顯然曾經跟隨過烏鴉王，但似乎是在他的晚年，而那時他已經是一位資歷豐富的魔法師了。他也許可算是魔法師自學成功的模範人物——當然，吉伯特．諾瑞爾和強納森．史傳傑也是一樣。

i Aaron，摩西的長兄，希伯來人的第一位祭司長。

24 另一位魔法師

一八〇九年九月

卓萊先生坐在椅上微微轉身，微笑著說，「先生，看來你的對手出現了。」

諾瑞爾先生還沒想好該怎麼回答，拉塞爾就開口詢問那人的姓名。

「史傳傑，」卓萊答道。

「不認識，」拉塞爾說。

「喔！」卓萊喊道，「我想你一定認識。斯洛普郡的強納森・史傳傑。一年兩千英鎊。」

「我根本不曉得你指的是什麼人。喔，等等！難道就是那個在劍橋大學讀書的時候，把基督聖體學院院長的貓嚇得半死的傢伙？」

卓萊表示他說的沒錯。拉塞爾頓時會意，兩人一同放聲大笑。

這時諾瑞爾先生呆若木雞地愣坐不語。卓萊開頭那句話，對他來說是一個非常嚴重的打擊。他的感覺就像是，卓萊突然轉過身來揍了他一拳——就像是一個畫中人，或是一張桌子、一張椅子突然轉過身來揍了他一拳似的。他震驚得幾乎說不出話來；他深信自己就快要病倒了。諾瑞爾先生完全不敢去想，卓萊先生接下來會說出什麼樣的話——也許是某種更高強的法力，或是令人嘆為觀止的奇蹟，讓諾瑞爾先生自己的法術相較之下顯得黯然失色。天知道他費了多大工夫來阻止對手出現！他此刻的心情，就像是一個深夜裡在家中四處走動，忙著鎖緊房門，拴上窗戶的謹慎屋主，結果卻聽到自家樓上傳來有人走動的腳步聲。

但是當諾瑞爾先生繼續聽下去，這種難受的感覺逐漸消退，他開始覺得心裡舒服多了。卓萊和拉塞爾接著談到史傳傑先生前往布萊頓的愉快旅程，他造訪巴斯的經過，以及他在斯洛普郡的地產，聽到這裡，諾瑞爾先生覺得自己已經可以判定，這個史傳傑究竟是哪一種人了；顯然就是那種既時髦又膚淺的男人，跟拉塞爾其實還挺相像的。照這樣看來（諾瑞爾先生告訴自己），「你的對手出現了，」這句話，可能並不是針對他，而是對拉塞爾說的？這個史傳傑（諾瑞爾先生心想）想必是拉塞爾在某段風流韻事中的情敵吧。諾瑞爾低頭望著他那緊抓著大腿的雙手，不禁為自己的愚昧而啞然失笑。

「所以說，」拉塞爾說，「史傳傑現在是一位魔法師了？」

「喔！」卓萊說，轉頭望著諾瑞爾先生，「我十分確定，即使他最好的朋友，也絕不會認為他的才華能跟可敬的諾瑞爾先生相提並論。但我相信，他在布里斯托和巴斯的評價相當高。他現在就在倫敦。他的朋友希望你能允許他前來拜訪——請問我有幸參與兩位傑出魔法藝術師的聚會嗎？」

諾瑞爾先生異常緩慢地抬起眼睛，「我很樂意跟史傳傑先生會面。」

卓萊先生沒等太久，就親眼看到兩位魔法師的重要聚會（這種難得一見的盛會，卓萊先生可沒耐心苦苦等候）。在受到邀請後，史傳傑先生來到諾瑞爾先生家，而拉塞爾和卓萊兩人也自動自發地跑來湊熱鬧。

他並不像諾瑞爾先生原先擔心得那麼年輕俊秀。他看來大約三十歲，並不是二十出頭的小夥子，在諾瑞爾看來，他根本長得一點兒也不英俊。但出乎意料的是，他身邊還伴隨著一名年輕貌美的女子：史傳傑太太。

諾瑞爾先生開始詢問史傳傑有沒有把作品帶來？他表示他非常想要拜讀史傳傑先生的大作。

「我的大作？」史傳傑先生說，然後他愣了一下，「我完全不曉得你指的是什麼。我可從來沒寫過什麼作品。」

「喔！」諾瑞爾先生說，「卓萊先生告訴我，《紳士雜誌》邀請你寫一篇文章，但也許……」

「喔，那個呀！」史傳傑說，「我差點兒忘了這回事。尼可拉斯說我只要在下禮拜五以前交稿就行了。」

「現在到禮拜五只有一星期的時間，你居然還沒開始動筆！」諾瑞爾先生感到震驚至極。

「喔！」史傳傑說，「我覺得寫文章最好的方式，就是儘快把腦袋裡的東西掏出來記在紙上，然後再趕緊送去印刷出版。我敢說，先生，」他對諾瑞爾先生露出友善的笑容，「你一定也是這樣吧。」

諾瑞爾先生這輩子從來沒成功把他腦袋裡的東西掏出來送去印刷出版，他打算寫的文章，目前全都依然停留在修改階段，因此他什麼也沒說。

「至於這篇文章的內容，」史傳傑繼續說下去，「我還不確定要寫些什麼，但很可能是針對《現代魔法師》中一篇波提斯黑寫的文章提出反駁。❶你看過那篇文章嗎，先生？這讓我整整氣了一個禮拜。他居然企圖證明，現代魔法師完全不該去跟精靈打交道。沒錯，我們必須承認，現在我們已經喪失了召喚這類幽靈的法力，但這可不是說，我們就得完全打消雇用他們的念頭！我絕對無法容忍這麼小家子氣的保守觀念。但最讓我訝異的是，到目前為止，竟然沒有任何人撰文批評波提斯黑的文章。既然我們目前打算重振英國魔法，看到這種愚昧至極的胡說八道而不加駁斥，我認為這實在是大錯特錯。」

史傳傑顯然覺得自己講得夠多了，於是他停下來等其他紳士答話。大家沉默了非常久，拉塞爾才開口表示，波提斯黑勛爵的文章是由諾瑞爾先生本人親自授意撰寫，同時也得到諾瑞爾先生的協助與認可。

「真的嗎？」史傳傑露出非常驚訝的神情。

在沉默了一段時間之後，拉塞爾才無精打采地詢問，現在要怎樣才能學會魔法？

「看書，」史傳傑說。

「啊，先生！」諾瑞爾先生喊道，「真高興聽到你這麼說！我請求你，千萬別浪費時間去尋求其他任何學習途徑，只有勤奮閱讀才是唯一正途！為此犧牲一些時間或娛樂，卻能帶給你難以想像的豐富收穫！」

史傳傑用一種帶著嘲諷意味的目光望著諾瑞爾先生，然後才開口說，「不幸的是，無書可讀卻往往成為最大的阻礙。我敢說你一定不曉得，先生，現在英國市面上可買到的魔法書籍，實在是少得可憐。所有書商都一致認為，才不過幾年前，市面上還有非常多的魔法書，但現在……」

「真的嗎？」諾瑞爾先生慌忙插嘴道，「嗯，這的確是非常奇怪。」

在接下來的沉默時刻，氣氛顯得格外尷尬。這裡坐著當今英國僅有的兩名魔法師。其中一位坦承自己無書可讀；而大家都知道，另一位魔法師擁有兩間擺滿魔法書籍的大圖書館。就算是維持最起碼的社交禮儀，諾瑞爾先生此時都應該表示願意提供某些援助，不論是多麼微不足道，至少總比沒有的好；但諾瑞爾先生卻硬是不肯開口。

「你想必是在非常奇特的情況下，」過了一會兒，拉塞爾先生開口說，「才決定要成為一名魔法師。」

「沒錯，」史傳傑說，「的確非常奇特。」

「可以把事情的經過告訴我們嗎？」

史傳傑露出惡意的微笑。「我相信諾瑞爾先生會非常樂意聽到，我是因為他才決定成為一名魔法師。事實上，你甚至可以說，我之所以成為魔法師，完全是諾瑞爾先生一手促成的。」

「我？」諾瑞爾先生喊道，他簡直是嚇壞了。

「坦白說，先生，」亞蕊貝拉．史傳傑立刻接口道，「他試著做過其他許多行業——耕種，寫詩，製造鐵器等等。在短短一年之內，他換了各式各樣的行業，卻沒有一樣能讓他定下心來。他天生就注定會成為一名魔法師，只是時間早晚的問題。」

接下來又是一陣沉默，然後史傳傑開口說，「我先前不知道波提斯黑勛爵的文章是你授意撰寫的。也許你願意好心為我解開疑惑。我拜讀了所有這位爵爺刊登在《英國魔法之友》和《現代魔法師》上的文章，居然沒有任何一篇提到烏鴉王。這樣的忽略實在太明顯，我開始懷疑這必定是刻意的。」

諾瑞爾先生點點頭。「我畢生最大的抱負之一，就是讓世人徹底遺忘這個罪孽深重的男人。」他說。

「但說真的，先生，要是沒有烏鴉王的話，世上就不會有魔法和魔法師了吧？」

「這自然只是最粗淺的看法。但就算這是事實——我個人是完全不表贊同——他也不配再受到世人尊敬。想想看，他在來到英國後，做的第一件事是什麼？向英國法定的國王宣戰，竊取了半個王國！難道說你和我，史傳傑先生，要讓世人得知，我們選擇這個男人來做我們的典範？尊稱他為我們這個行業的領軍人物？這會讓我們的職業受到世人敬重嗎？這會讓國王手下的大臣信任我們嗎？我可不這麼認為！不，史傳傑先生，要是我們無法讓世人忘記他的名字，那麼我們就有義務——你和我共同的義務——去極力宣揚我們對他的憎惡！向世人宣告，我們對他腐敗的人格與邪惡的行為感到深惡痛絕！」

這兩位魔法師不論是在觀念或是性情方面，顯然都存在著極大的差異，而亞蕊貝拉．史傳傑似乎擔心他們若再繼續待在同一個房間，馬上就會一言不合吵了起來。因此沒過多久，她和史傳傑就起身告辭。

卓萊先生搶著對這位新出現的魔法師品頭論足。「哎呀！」史傳傑先生才剛走出去，甚至連房門還沒關上他就急急開口宣稱，「我不曉得各位有何看法，但我這輩子從來沒這麼驚訝過！不少人告訴我他長得很帥。他們說這話到底是什麼意思啊？鼻子怪得要命，頭髮也好不到哪兒去。不均勻的紅褐色，髒兮兮的難看死了——真是一點兒也不時尚——我甚至還看到好幾根白頭髮哩。而且他大概還不到——幾歲？——三十？我看少說有三十二了吧？不過，那位夫人倒是挺可愛的。這麼活潑！一頭褐色的髮髮梳理得多麼甜美可人啊！但可惜的是，她並沒有多花點兒心思來了解倫敦的時尚。她穿的那件枝狀花紋洋裝的確是非常漂亮，但我還是希望她能打扮得更優雅時髦一些——比方說，像是翠綠色的絲綢，再綴上黑色緞帶和黑色管珠。你們曉得，這只是我初步的構想——下次再看到她的時候，我可能還會有些不同的靈感。」

「你認為大家會對他感興趣嗎？」諾瑞爾先生問道。

「喔！那當然，」拉塞爾先生說。

「啊！」諾瑞爾先生說，「我實在是非常擔心——拉塞爾先生，我衷心希望你能給予我一些建議——我非常擔心，穆格雷勛爵會派人去找史傳傑先生。這位爵爺熱中於運用魔法來幫助作戰——當然，這個念頭本身是非常好的——但不幸的是，這對他造成了一些不良影響，鼓勵他去閱讀各式各樣關於魔法史的書籍，而這些知識讓他形成了一些自以為是的想法。他想出了一個召喚女巫來協助我擊敗法國的計畫——我相信他心目中的理想人選，就是心術不正的人意圖謀害鄰居時，通常會去尋找的那種半是精靈半是人類的女子——簡單說，就是莎士比亞在《馬克白》中描繪的那類女巫。他請我替他召喚三、四名女巫，而我一口回絕，這顯然讓他不太高興。現代魔法可以做的事情多不勝數，但輕率地召喚女巫，卻可能會替所有人帶來天大的麻煩。我現在最擔心的是，他會派人去找史傳傑先生，來代替我執行任務。拉塞爾先生，你覺得他可能會這麼做嗎？史傳傑先生並不了解這件事有多危險，他很可能就試著去做了。或許我最好是趕緊寫封信給華特爵士，請他私下警告他的上司千萬別去跟史傳傑先生打交道。」

「喔！」拉塞爾說，「我倒覺得沒這個必要。要是你認為史傳傑先生的魔法不夠安全，大家很快就會聽到風聲。」

當天晚上，諾瑞爾先生前往大提區菲爾德街的一家住宅，參加一場特地為他舉辦的晚宴，卓萊先生和拉塞爾先生也伴隨他一同前往。宴會才剛開始沒多久，就有人請諾瑞爾先生告訴大家，他對那位斯洛普郡魔法師有何看法。

「史傳傑先生，」諾瑞爾先生說，「似乎是一位討人喜歡的紳士和一位才華洋溢的魔法師，看來我們這近來人才凋零的魔法師行業，又多添了一位值得期待的生力軍。」

「史傳傑先生對於魔法顯然有些稀奇古怪的想法，」拉塞爾說，「他並未多花心思去了解這方面的現代觀點——我指的當然就是，諾瑞爾先生以其清晰簡潔的特質而震驚世界的傑出觀點。」

卓萊先生又把他先前的話重複了一次，說史傳傑先生的紅髮不夠時尚，而史傳傑夫人的長禮服雖然不是很時髦，但用的印花布料還是非常漂亮的。

就在他們進行這段談話的同一時間，在卡特屋廣場一間民宅中，另外一批人（包括史傳傑夫婦在內）正坐在樸實的餐室裡共進晚餐。史傳傑夫婦的朋友，自然都急著想要聽聽他們兩人對於偉大的諾瑞爾先生有何看法。

「他說他希望烏鴉王儘快被世人遺忘，」史傳傑驚愕地說，「你們聽了心裡作何感想？一名希望烏鴉王儘快被世人遺忘的魔法師！我的感覺簡直就像是，發現坎特伯里大主教竟然在暗中打壓所有關於三位一體的知識似的。」

「真是的，活像是一位想要隱藏韓德爾樂曲的音樂家嘛。」一名包著頭巾的女子一面出言附和，一面津津有味地吃著加了杏仁的朝鮮薊。

「或是一名希望說服大家相信海洋並不存在的魚販。」一名紳士邊說邊替自己取了一大塊浸著上好葡萄酒醬汁的胭脂魚。

接著其他人又舉了一些類似的荒唐例子，逗得所有人捧腹大笑，只有史傳傑一人蹙眉盯著他的晚餐。

「我本來還以為，你是想去請諾瑞爾先生幫忙的。」亞蕊貝拉說。

「我們一碰面就快要吵起來了，你說我怎麼開口請他幫忙？」史傳傑喊道，「他不喜歡我。我也不喜歡他。」

「不喜歡你！好，或許他是不喜歡你。但我們待在那兒的時候，他從頭到尾一直緊盯著你瞧，其他人他根本沒看上幾眼。他好像恨不得用目光把你吃掉似的。我想他一定寂寞。他花了這麼多年鑽研魔法，卻沒有任何人可以傾聽他的想法。他當然沒辦法跟那兩個討厭鬼討論——我忘了他們叫什麼名字。但現在他見到了你——而他知道他可以跟你交談——哎呀！他要是不再邀請你，我才覺得奇怪哩。」

在大提區菲爾德街，諾瑞爾先生放下叉子，用餐巾輕按嘴唇。「當然，」他說，「他應該多多用功才行。我鼓勵他多多用功。」

史傳傑在卡特屋廣場說，「他叫我要多多用功。——怎麼用功？我問。——他說要我努力閱讀。我這輩子從來沒這麼驚訝過。我差點兒就開口問他，所有書全都在他手裡，我哪來的書可看啊。」

到了第二天，史傳傑告訴亞蕊貝拉，她若是想家的話，他們隨時都可以動身返回斯洛普郡——他覺得他們目前毫無必要再繼續待在倫敦。他還說，他已經下定決心，把諾瑞爾先生完全拋諸腦後。不過，這點他並沒有做得很成功，在接下來的日子裡，他對亞蕊貝拉發表了好幾次長篇大論，對她一一細數諾瑞爾先生在職業與人格雙方面的種種缺失。

在這段時間中，漢諾瓦廣場的諾瑞爾先生卻不斷向卓萊先生打聽，史傳傑先生究竟做了哪些事，見了哪些人，而大家對他的印象如何。

拉塞爾先生和卓萊先生對於事情的發展感到有些恐慌。到現在一年多以來，他們完全不曾對這位魔法師發揮任何一點兒最起碼的影響力，而身為他的朋友，達官貴族們總是對他們奉承有加，但事實上，這些大人物全都是想要向他們打聽，諾瑞爾先生對某件事有何看法，或是希望諾瑞爾先生能替他們解決問題。卓萊和拉塞爾兩人只要一想到，有另一位魔法師，可能會跟諾瑞爾先生建立起他們兩人一輩子都不敢奢望的親密關係，甚至承擔起為諾瑞爾先生提供建議的重責大任，就讓他們心裡感到很不是滋味。卓萊先生告訴拉塞爾先生，他們應該設法讓諾瑞爾先生趕緊把那個斯洛普郡魔法師忘得一乾二淨，而個性古怪的拉塞爾先生，雖然表面上從來不肯公開贊同任何人的意見，但他心裡無疑也有著同樣的想法。

然而事與願違，在史傳傑先生首次來訪的三、四天後，諾瑞爾先生卻主動開口表示：「我經過仔細考慮，我認為，我必須為史傳傑先生做點事。他抱怨說他找不到教材可讀。好吧，當然，我可以看出也許……簡單說，我決定要送他一本書。」

「萬萬不可啊，先生！」卓萊喊道，「你珍貴的書本！你千萬不能把它們送給別人哪——特別是別的魔法師，他們可不像你這麼明智，哪知道該如何正確使用書本！」

「喔！」諾瑞爾先生說，「我要送的並不是我自己的書。我恐怕連一本都捨不得。不，我到『愛德華和斯基特林』買了一冊書，打算送給史傳傑先生。我必須承認，要挑一本恰當的書並不容易。坦白說，有許多書我並不放心推薦給史傳傑先生閱讀；他目前還不適合去看這些書。他會從書裡吸收到各式各樣錯誤的觀念。這本書，」諾瑞爾先生用微帶憂慮的目光望著那本書，「有不少錯誤——恐怕我得說是錯誤連篇。史傳傑先生無法從中學習到任何實用的魔法。但書中花費極大篇幅，詳細闡述魔法師應該專注於研究工作，太早動手寫論文會造成極大風險等重要觀念——而這正是我希望史傳傑先生能夠認真鑽研的課題。」

於是諾瑞爾先生再次邀請史傳傑到漢諾瓦廣場作客，而卓萊和拉塞爾也像前次聚會一樣到場奉陪，但不同的是，史傳傑這次卻是獨自來訪。

第二次會面的地點，是在漢諾瓦廣場的圖書館中。史傳傑打量四周那些數量驚人的書籍，但卻一個字也沒說。也許現在他的氣已經消了。雙方似乎都打定主意，這次對彼此的態度要表現得熱誠一些。

「我感到榮幸至極，先生，」史傳傑在諾瑞爾先生把禮物交給他時表示，「傑瑞米．陶特的作品《英國魔法》。」他翻動書頁，「我從來沒聽過這位作家。」

「這是他為他的兄弟霍睿思．陶特所作的傳記，霍睿思是上世紀一位理論魔法歷史學家，」諾瑞爾先生說❷，並解釋說史傳傑可以從中學習到應該勤奮作研究，不要貿然撰寫論文的重要觀念。史傳傑露出禮貌性的微笑，欠身鞠了一個躬，說他相信這本書一定非常有趣。

卓萊先生極力誇讚史傳傑收到的禮物。

諾瑞爾先生凝視著史傳傑，臉上露出一種非常奇特的神情，就好像他很樂意跟史傳傑多說幾句話，但卻完全不曉得該如何開口似的。

拉塞爾先生提醒諾瑞爾先生，再過一個小時，海軍總部的穆格雷勛爵就會登門造訪。

「你有事情要忙，先生，」史傳傑說，「那我就不打擾了。事實上我也得趕到龐德街去跟史傳傑太太碰面，這我可萬萬不敢爽約。」

「但願有一天，」卓萊說，「我們能有這份榮幸，親眼目睹史傳傑先生施展魔法。我特別喜歡欣賞魔法。」

「再說吧。」史傳傑說。

拉塞爾先生拉鈴召喚僕人。但諾瑞爾先生突然開口說，「我希望立刻欣賞到史傳傑先生的魔法——但願你能答應現在就為我們示範。」

「喔！」史傳傑說，「但我沒有……」

「這會讓我們感到莫大的榮幸，」諾瑞爾先生繼續堅持下去。

「好吧，」史傳傑說，「我很樂意為你們施展魔法。這跟你們平常看到的魔法比起來，或許會顯得有些笨拙。我想，諾瑞爾先生，我大概沒辦法像你施展得那麼優雅。」

諾瑞爾先生鞠躬致意。

史傳傑迅速掃視房間，想要找適當的素材來施展魔法。他的目光落向一個光線無法穿透的陰暗角落，那兒懸掛著一面鏡子。他把傑瑞米．陶特的《英國魔法》放在圖書館的桌子上，讓鏡中清晰呈現出它的倒影。他專注地凝視書本，過了一會兒，但似乎什麼也沒發生。然後他做出一個怪異的動作；他雙手掠過頭髮，手指交握地扣在頸後，挺起肩膀，就像是感到痠痛在舒展筋骨似的。然後他微微一笑，顯然對自己的表現十分滿意。

奇怪的是，那本書看起來就跟先前一模一樣。

拉塞爾和卓萊兩人向來習慣看到——或是聽說——諾瑞爾先生令人嘆為觀止的神奇魔法，一點也看不出史傳傑的表現有什麼值得喝采的地方；事實上，甚至連遊樂場魔術師變的戲法都比這精采得多。拉塞爾張開嘴巴——顯然是打算出言諷刺——但他還來不及發出聲音，諾瑞爾先生就突然用驚嘆的語氣大聲喊道，「這實在太了不起了！這真的是……我親愛的史傳傑先生！我從來沒聽說過，世上竟有這樣的魔法存在！這種魔法甚至連沙特果弗的著作也未曾記載。我向你擔保，我親愛的先生，連沙特果弗的著作都未曾記載！」

拉塞爾和卓萊用困惑的目光，在兩位魔法師身上來回梭巡。

拉塞爾走到桌邊，仔細地打量那本書。「書好像比剛才長了一點兒，」他說。

「我覺得並沒有，」卓萊說。

「封面現在是褐色的皮，」拉塞爾說，「剛才是藍色的吧？」

「才怪，」卓萊說，「本來就是褐色的。」

諾瑞爾先生放聲大笑；平時連微笑都很少見的諾瑞爾先生，此刻卻在大聲嘲笑他們。「不對，不對，紳士們！你們猜錯了！你們完全猜錯了！喔！史傳傑先生，我說不出我是多麼……但他們完全不了解你到底做了什麼！把書拿起來！」他喊道，「把書拿起來，拉塞爾先生！」

拉塞爾心裡比剛才更加迷惑，他伸手去抓書，但除了空氣之外他什麼也沒抓著。桌上的書只是虛幻的影像。

「他讓書和鏡中的影像互相掉換位置，」諾瑞爾先生說，「真正的書在那兒，在鏡子裡。」他走過去，帶著濃厚的職業性興趣凝視鏡中的景象，「但你究竟是怎麼辦到的？」

「怎麼辦到的？」史傳傑先生低聲說；他在房中四處走動，從各種不同的角度審視桌上的書影，就像撞球選手似的，閉上一隻眼睛，再閉上另一隻眼睛。

「可以把書拿回來嗎？」卓萊問道。

「很遺憾，不行，」史傳傑說，「坦白說，」他終於開口表示，「我並不清楚我是怎麼辦到的。我想你也是一樣，先生，那種感覺就像是，你似乎聽到腦海中響起一段樂曲——而你就是會曉得下一個音符是什麼。」

「太驚人了。」諾瑞爾先生說。

但更驚人的是，諾瑞爾先生這輩子最擔心的，就是有朝一日會遇到跟他旗鼓相當的對手，但在此刻，當他終於親眼目睹另一個人施展魔法時，他不僅未被眼前的景象所擊垮，反倒為此而感到欣喜若狂。

當天下午，諾瑞爾先生和史傳傑先生在非常熱誠友好的氣氛中互相道別。第二天早上，兩人又再次會面，而這次拉塞爾先生和卓萊先生都毫不知情。在這次會面結束時，諾瑞爾先生表示要收史傳傑先生做徒弟。史傳傑先生欣然接受。

「我真希望他沒結婚，」諾瑞爾先生煩躁地說，「魔法師根本就不應該結婚的。」

❶《現代魔法師》是在《英國魔法之友》於一八〇八年問世之後，繼而創辦的魔法期刊之一。雖然諾瑞爾先生並未主導內容走向，但這份雜誌的編輯向來把諾瑞爾先生提出的正統魔法觀念奉為圭臬，杜絕一切不同異議。

❷霍睿思．陶特在柴郡度過平淡無奇的一生，他立志撰寫一部關於英國魔法的鉅著，但卻從未提筆寫下隻字片語。直到他以七十四歲高齡溘然長逝之前，他依然在幻想自己下個星期，或下下個星期就會開始動筆。

25 教育魔法師

一八〇九年九月至十二月

在史傳傑開始接受教育的第一天早上，他一大清早就受邀到漢諾瓦廣場去用早餐。當兩位魔法師一起坐在桌邊用餐時，諾瑞爾先生說，「我自做主張，替你擬定了一份接下來三、四年的讀書計畫。」

史傳傑聽到三、四年的時候顯得有些吃驚，但他什麼也沒說。

「三、四年的時間實在是太短了，」諾瑞爾先生嘆了一口氣，繼續說下去，「我會盡力去做，但在我看來，我們顯然沒辦法達到太大的成果。」

他拿了十幾張紙遞給史傳傑。每張紙上都密密麻麻地寫滿了三大行諾瑞爾先生細小工整的字跡；溢滿一行都列出一大串五花八門的魔法書籍目錄。❶

史傳傑把這全部看過一遍，說他不曉得自己要學這麼多東西。

「啊！我真嫉妒你，先生，」諾瑞爾先生說，「千真萬確。**練習**魔法往往充滿了失望與挫折，但讀書卻總是讓我們感到充實愉快！持續不斷的努力讀書，不僅可以讓我們增長知識，最棒的一點就是，可以自由自在地優游書海，不用處處看別人的臉色！」

接下來有一段時間，諾瑞爾先生似乎深深沉浸在這種美好的境界中，過了一會兒，他才回過神來，說他不想再耽誤史傳傑接受教育的快樂時光，還是趕緊動身到圖書館去開始上課吧。

諾瑞爾先生的圖書館位於一樓。這是一個符合主人品味的迷人房間，可以讓他同時撫慰身心並修養性靈。卓萊先生說服諾瑞爾先生採用時尚的裝潢風格，在隱祕的角落和轉彎處裝設了許多小鏡子。這表示你不論坐在哪兒，都免不了會看到一團明亮閃爍的銀光，或是在毫無準備的情況下，突然看到鏡中映照出街上某個路人的倒影。牆壁上鋪著淡綠色的壁紙，上面遍布著碧綠橡葉和多瘤節的橡樹枝圖案，天花板上有著小型的圓形穹頂，描繪出春日林中空地的濃密樹蔭。所有書籍都有著成套的白色小羊皮封面，書背上印著整潔美觀的銀色大寫書名。令人驚訝的是，在這幅搭配合宜的優雅景象中，卻可以看到成排的書列中有非常多礙眼的空格，甚至有許多書架上連一本書也沒有。

史傳傑和諾瑞爾先生分別坐在爐火兩邊。

「要是你允許的話，先生，」史傳傑說，「我想要先問你幾個問題。我必須承認，那天我所聽到的一些你對於精靈的看法，讓我感到震驚至極，是否可以請你再替我說明這方面的訊息？魔法師雇用精靈到底會遭遇到什麼樣的危險？而你認為精靈究竟具有什麼樣的功用？」

「我們一直極力誇大精靈的功用，卻過分低估他們所導致的危險，」諾瑞爾先生說。

「喔！所以你也認為，精靈事實上就是惡魔嗎？」史傳傑問道。

「正好相反，我相當認同一般人對於精靈的看法。你看過夏思冬關於這方面的著作嗎？❷在我看來，夏思冬的理論應該非常接近事實。不，不，我之所以反對精靈，並不是因為這個原因。史傳傑先生，告訴我，你認為英國魔法為什麼會如此依賴——或者該說是表面上極端依賴——精靈的援助？」

史傳傑思索了一會兒。「我猜想，這是因為英國魔法是源自於烏鴉王，而他是在精靈的宮廷接受教育，並在那裡學習到魔法。」

「我同意這絕對跟烏鴉王有著極大的關連，」諾瑞爾先生說，「但事實跟你想的並不一樣。你不要忘了，史傳傑先生，當烏鴉王統治北英格蘭的整個時期，他同時也統治一個精靈王國。你不要忘了，歷史上從來沒有任何一個國王，能夠同時支配這兩種完全不同的種族。你不要忘了，他不僅只是一位偉大的魔法師，他同時也是一位偉大的國王——幾乎所有歷史學家全都易於忽略這個事實。可以確定的是，他一心想要將這兩個不同族群結合在一起——他順利達成任務，而他所運用的方法就是，史傳傑先生，**刻意誇大精靈在魔法中所扮演的角色**。這樣他就可以同時讓他的人類老百姓對精靈更加尊敬，為他的精靈老百姓提供有用的工作，並且使兩個族群都十分渴望能與對方交往。」

「是的，」史傳傑若有所思地說，「我明白。」

「在我看來，」諾瑞爾先生繼續說下去，「甚至連最偉大的黃金年代魔法師，似乎都完全錯估了精靈對於人類魔法的必要性。看看帕爾的例子吧！他將他的精靈僕人，視為他在追求魔法藝術過程中不可或缺的重要功臣，甚至還在書中明白表示，他畢生最大的財富，就是住在他家中的三、四個精靈！但我自己就可以清楚證明，幾乎所有正派的魔法，都可以在完全沒有任何精靈協助的情況下圓滿完成！我所施展過的魔法，有哪一次需要精靈幫忙？」

「我懂你的意思，」史傳傑說，暗暗猜想諾瑞爾先生的最後一句話，是否可以算是一種修辭性問句，「而我必須承認，先生，這是我第一次聽到這樣的觀點。我在書上從來沒看到過。」

「我自己也沒看過，」諾瑞爾先生說，「當然，有些魔法若是不靠精靈幫忙，就完全無法施行。將來或許有些時候——我衷心希望這種情況越少越好——你和我必須跟這類有害的生物進行交涉。那時我們自然必須格外小心謹慎。我們召喚來的精靈，十之八九都跟以前的英國魔法師打過交道。他將會迫不及待地指出所有他曾經幫助過的偉大魔法師，並一一細數他為他們所立下的重要功勞。他對這類交易的形式與先例瞭若指掌，是我們所萬萬不及。這種情形對我們——將會對我們——十分不利。我向你保證，史傳傑先生，世上沒有任何地方，比『另域』更了解英國魔法的衰頹現狀。」

「但是對一般人來說，精靈還是有非常大的魅力，」史傳傑思索道，「也許你應該偶爾雇用一個精靈，來幫忙你進行工作，這說不定可以讓我們的魔法藝術，變得比較受人歡迎。現在大家對於運用魔法來進行戰爭，還是抱持著非常大的成見。」

「喔，確實如此！」諾瑞爾先生動怒地喊道，「人們認為魔法全都是拜精靈所賜！他們幾乎不曾考慮到魔法師的技藝與學識！不，史傳傑先生，別再跟我提起雇用精靈的念頭！我完全不列入考慮！百年前有一位叫做華倫泰．孟岱的魔法歷史學家，他認為『另域』根本就不存在。他認為那些聲稱曾經去過那裡的人，全都是謊話連篇的騙子。在這方面他的確犯了錯誤，但我十分非常同情他的處境，而我衷心希望，我們能讓他的觀念普遍為世人所接受。當然，」諾瑞爾先生若有所思地說，「孟岱接下來又表示美國並不存在，法國並不存在，就這樣一個個地方繼續進行下去。我相信在他離開人世時，他早已將蘇格蘭除名在外，並開始對卡萊爾心生懷疑……我這兒有他的書。③」諾瑞爾先生站起來，從書架上抽出一本書。但他並沒有立刻把書交給史傳傑。

在短暫的沉默之後，史傳傑說，「你建議我讀這本書嗎？」

「是的，完全正確。我認為你應該讀，」諾瑞爾先生說。

史傳傑等了一會兒，但諾瑞爾依然低頭凝視他手中的書，似乎完全不曉得接下來該怎麼做。

「那你得把書交給我才行呀，先生，」史傳傑柔聲說。

「是的，完全正確，」諾瑞爾先生說。他小心翼翼地走到史傳傑面前，舉起書本，過了好一陣子，才用非常古怪的動作，突然把書倒入史傳傑的手中，彷彿那並不是一本書，而是一隻黏著他不放，硬是不肯親近其他人的小鳥兒，所以他不得不耍個小手段來擺脫牠。幸好他全副心思都用來施展這個小花招，並未抬起頭來，才沒看到史傳傑一直在努力憋笑。

但當他交出一本書之後，他所經歷的痛苦試煉似乎已宣告結束。半個鐘頭後，他向史傳傑推薦另一本書，這次他並未做出什麼大驚小怪的舉動，而是毫不猶豫地走過去取書。到了中午，他只是對史傳傑一一指出架上的藏書，讓史傳傑自己去拿。當這一天結束時，諾瑞爾先生已交給史傳傑一大批數量驚人的書籍，希望他能在這個周末前閱讀完畢。

對他們來說，像這樣整天待在一起上課討論的機會並不多；通常他們每天都必須耗費部分時間來接待訪客——不論是諾瑞爾先生依然堅信該大力栽培的社會名流，或是來自於各個政府機關的紳士權貴，全都不能輕易怠慢。

兩星期之後，諾瑞爾先生對他新徒弟的熱情依然有增無減。「你只要對他解說一遍，」諾瑞爾告訴華特爵士，「他立刻就能完全了解！我還記得，我當年整整花了好幾個星期的時間埋頭苦讀，才終於完全理解帕爾的《預兆推想錄》，但史傳傑先生才花了四個多小時，就可以將這極端困難的理論運用得嫻熟自如！」

華特爵士微微一笑。「我毫不懷疑。但我認為，你實在太過低估自己的成就。史傳傑先生的優勢是在於，他擁有一位為他傳道解惑的教師，而你卻完全靠自己苦修而成——是你為他鋪好一條康莊大道，才讓他得以一路暢行無阻。」

「啊！」諾瑞爾先生喊道，「但是當史傳傑先生和我坐下來繼續討論《預兆推想錄》時，我才了解到，原來書中的種種推想，還有著許多我不曾想到的廣泛用途。他提出的問題發人深省，讓我對帕爾博士的觀念，有了更深一層的全新領悟！」

華特爵士說，「嗯，先生，我真高興你終於找到了一位跟你心智能力相等的朋友——這可是世上最大的慰藉。」

「我完全同意，華特爵士！」諾瑞爾先生喊道，「確實如此！」

相對之下，史傳傑對諾瑞爾先生的讚賞就保守許多。諾瑞爾沉悶的言談與古怪的行為讓他處處看不順眼；大約就在諾瑞爾先生對華特爵士讚美史傳傑的同一時間，史傳傑正在對亞蕊貝拉抱怨諾瑞爾的種種不是。

「我直到現在還是不太了解他。他可以在同一個時刻，讓你感覺到他是這個時代最傑出但也最乏味的人。今天早上，我們的談話被打斷了兩次，只是因為他覺得他好像聽到房間裡有一隻老鼠——他特別討厭老鼠。為了找這隻老鼠，兩名僕役、兩名女僕，還有我，只好把家具全都搬開，而他老人家卻站在爐火旁，嚇得完全不敢動彈。」

「他家裡有貓嗎？」亞蕊貝拉問道，「他應該養一隻貓。」

「喔，這絕對不可能！他覺得貓甚至比老鼠還要糟糕。他告訴我，他要是哪天倒楣跟貓待在同一個房間裡，不到一個鐘頭他就會全身起紅疹。」

諾瑞爾先生誠心願意對他的徒弟傾囊相授，但他那偷偷摸摸、遮遮掩掩的老毛病已經跟了他一輩子，不是那麼容易就能完全拋卻。在十二月的某一天，濃雲密布的灰綠色天空飄落下大片大片的柔軟雪花，而兩位魔法師安坐在諾瑞爾先生的圖書館中研習魔法。窗外雪花飄落的舒緩節奏，爐火燃燒的溫暖氣息，再加上剛才諾瑞爾先生遞給他，而他卻愚蠢到不知拒絕的大杯雪莉酒所發揮的功效，讓史傳傑感到昏昏欲睡。他用手撐著頭，眼睛幾乎快要閉上了。

諾瑞爾先生正在講課。「許多魔法師，」他說，雙手呈尖塔狀舉在胸前，「都曾經試圖將法力存放在某個有形的物體中。這執行起來並不困難，魔法師可以任意選擇他想使用的所有物品。樹木、珠寶、書籍、子彈，帽子，都曾經用來作為這類魔法的工具。」諾瑞爾先生蹙眉盯著指尖，「魔法師藉由此種將法力儲存在某個物品中的方式，來確保自己法力衰退時得以高枕無憂，而疾病與年老總是不可避免地使人功力大減。我自己也經常受到強烈的誘惑；一場重感冒或是喉嚨嚴重發炎，都可能會使我的技藝在一夕間化為烏有。然而在經過審慎考慮之後，我認為此種魔法實在愚昧至極。讓我們一一檢視過往使用魔法戒指的案例。戒指由於體積小便於攜帶，長久以來一直被視為此種魔法的最佳工具。你可以長年把戒指戴在指頭上，也不至於引人側目——但若是成天把一本書或是一塊石頭戴在身邊，必然免不了會被人指指點點——而史上所有曾經將法力存放在魔戒中的魔法師，幾乎全都曾經因為某種原因而失去了那枚戒指，最後還得歷經千辛萬苦設法把它取回來。舉例來說，十二世紀的諾丁罕子爵，他的女兒誤以為他的戒指只是一個毫無價值的漂亮首飾，於是把它戴在手上去逛聖馬太博覽會。這個粗心的年輕女子……」

「什麼？」史傳傑突然沒頭沒腦地喊道。

「什麼？」諾瑞爾先生嚇得重複了一遍。

史傳傑用充滿疑問的銳利目光盯著另一位紳士。諾瑞爾先生迎上他的視線，心裡有些害怕。

「對不起，先生，」史傳傑說，「但我應該沒誤解你的意思吧？你剛才是在說，可以用某種方法把魔法存在戒指、石頭，護身符——這一類的東西裡面，對不對？」

諾瑞爾先生謹慎地點點頭。

「但你以前明明說過，」史傳傑說，「我這麼說好了，」他試著用比較溫和的方式表達，「我以為你在幾個禮拜前告訴過我，魔戒和魔法石只是虛妄的傳說罷了。」

諾瑞爾驚恐地凝視他的徒弟。

「也許是我弄錯了？」史傳傑說。

諾瑞爾先生沉默不語。

「是我弄錯了，」史傳傑又說了一次，「對不起，先生，我不該打斷你的話。請繼續說下去吧。」

聽到史傳傑不再追問，顯然讓諾瑞爾先生大大鬆了一口氣，但他已無心再繼續講課，於是他提議先喝杯茶；史傳傑先生立刻欣然同意。❹

當天晚上，史傳傑把諾瑞爾先生說的話，以及他自己的回答，全都鉅細靡遺地告訴亞蕊貝拉。「這真是全世界最詭異的事！他在被我抓到把柄時嚇得半死，連一句話也說不出來。我甚至還忍不住想替他編些新的謊話哩。這簡直是逼我跟他同謀來欺騙我自己嘛。」

「但我不明白，」亞蕊貝拉說，「他為什麼要這樣古里古怪前後矛盾？」

「喔！他是打定主意要替自己留一手。這非常明顯——我猜想他有時也記不清到底什麼該講什麼不該講。妳還記得我跟妳說過，他圖書館裡的書架上有許多空格嗎？嗯，似乎就在他收我做徒弟的同一天，他下令清空了五排書架，把書全都運回約克郡，因為他覺得讓我看這些書實在太危險了。」

「我的天哪！你是怎麼發現的？」亞蕊貝拉驚訝萬分地問道。

「卓萊和拉塞爾告訴我的。這讓他們開心得很哩。」

「壞心眼的無賴！」

史傳傑表示他必須請一、兩天假，讓他跟亞蕊貝拉在倫敦找個住處，這個消息讓諾瑞爾先生感到十分失望。「問題是在於他的妻子，」諾瑞爾先生嘆了一口氣，對卓萊解釋，「他若是單身漢，我相信他就不會拒絕搬來跟我同住。」

卓萊先生聽到諾瑞爾先生竟然懷有這樣的念頭，感到驚恐至極，為了避免讓這種想法起死回生，他趕緊先採取預防措施，「喔，先生！但你別忘了你正在為海軍總部和戰務部工作，那是何等重要的機密！家裡有別人在，必然會大大妨礙工作進行。」

「喔，但史傳傑先生即將與我一同工作！」諾瑞爾先生說，「史傳傑先生理應貢獻所長為國效勞，我若是阻止，就是犯下大錯。史傳傑先生上周四和我一同前去晉謁穆格雷勛爵。我相信穆格雷勛爵一開始看到我帶史傳傑先生同去時，他是稍稍有些不悅……」

「那是因為勛爵已經習慣你那超凡入聖的魔法！我敢說他必然是認為，區區一名業餘人士──不論是多麼才華洋溢──實在不該介入海軍總部的重要決策。」

「……然而等勛爵聽到史傳傑先生詳細說明，他用魔法擊敗法軍的諸多妙計之後，他露出燦爛的笑容轉頭對我說，『諾瑞爾先生，你和我已變成一潭死水。我們需要注入新血，來帶給我們新的啟發，不是嗎？』」

「穆格雷勛爵對你說這種話？」卓萊說，「那真是太失禮了。先生，我希望你有好好給他點兒臉色看！」

「什麼？」諾瑞爾先生深深沉浸在他所述說的故事中，根本沒空注意到卓萊到底說了些什麼，

「喔！我告訴他——我說，『我完全同意，爵爺。但請你先聽完史傳傑先生的所有妙計再說吧。他甚至還沒說到一半呢！』」

興奮的不只是海軍總部——戰務部和其他所有政府部門，同樣也為強納森・史傳傑的降臨而感到歡欣鼓舞。有許多原先困難重重的事情，突然間變得易如反掌。長久以來，內閣大臣一直在暗中進行一個讓大英帝國的敵人作噩夢的計畫。這個方案最初是由外相大臣於一八〇八年提出，而一年多以來，諾瑞爾先生孜孜不倦地每晚讓拿破崙大帝作一個噩夢，但至今依舊毫無成效。拿破崙的王朝並未傾頹衰亡，拿破崙本人也依舊沉著冷靜地橫行戰場。因此最後政府通知諾瑞爾先生暫時停止這個計畫。華特爵士與康寧先生私下認為，這個計畫之所以會失敗，主要是因為諾瑞爾先生不擅於創造恐怖情境。康寧先生抱怨諾瑞爾先生讓拿破崙大帝作的噩夢（內容主要是有個龍騎兵隊長躲在拿破崙的衣櫃裡）甚至連一名女家庭教師都嚇不了，更遑論是統治半個歐洲的君王。有一段時間，他企圖說服其他大臣委派貝克福先生[i]、劉易斯先生[ii]，和芮德克里福夫人創造出一些逼真的恐怖夢魘，好讓諾瑞爾先生把它們塞進拿破崙的腦袋裡去。但其他大臣卻深深不以為然，雇用魔法師也就罷了，但他們可拉不下老臉去向小說家求助。

史傳傑的出現讓這個計畫起死回生。史傳傑和康寧先生推測，那位邪惡的法國皇帝並不會被這類虛有其表的幻象所惑，因此他們決定轉而對他的盟友沙皇亞歷山大大帝下手。他們最大的籌碼就是，他們在亞歷山大的宮廷中有許多朋友：曾經銷售木材到英國賺進大筆財富並渴望能再度獲利的俄羅斯貴族和一名丈夫是沙皇男僕的勇敢坦率的蘇格蘭女士。

史傳傑在探聽到亞歷山大生性敏感多疑，並篤信祕教之後，決定讓他作一個充滿詭異預兆與象徵的怪夢。亞歷山大連續七天作同樣的夢，夢中他與拿破崙大帝兩人共進晚餐，舒舒服服地享用美味至極的鹿肉湯。但拿破崙大帝才嘗了一口湯，就突然跳起來喊道：「J'ai une faim qui ne saurait se satisfaire de potage.」❺說完他就變成了一頭母狼，先吃掉亞歷山大的貓，接著又吃掉他的狗，他的馬兒，和他美麗的土耳其情婦。當母狼開始繼續吞噬亞歷山大的親朋好友時，她的子宮敞開，把剛才吞下的貓、狗、馬、親朋好友等等再一一重新吐出來，但他們卻全都變成了令人毛骨悚然的畸形怪胎。而她一面吃一面迅速長大；當她變得跟克里姆林宮一樣龐大時，她轉過身來，沉重的乳頭顫顫巍巍，駭人的魔口鮮血淋漓，打算把整個莫斯科吞噬殆盡。

「讓他作這種夢並不可恥，這夢是告訴他不該信任拿破崙，而拿破崙最後一定會背叛他，」史傳傑對亞蕊貝拉解釋，「我甚至可以寫封信告訴他同樣的事。他真的看錯人了，我百分之百確定，拿破崙最後一定會背叛他。」

蘇格蘭女士立刻傳來消息，說沙皇深為夢魘所苦，而他就像《聖經》中的（巴比倫）尼布甲尼撒王一樣，派人去找占星學家和占卜人來替他解夢——他們自然立刻照辦。

史傳傑接下來繼續讓沙皇作更多的夢。「而且，」他告訴康寧先生，「我聽從你的建議，讓這些夢變得更加晦澀難解，好讓沙皇的魔法師有事可做。」

勤奮不懈的珍妮特．阿奇八朵娜．巴酥庫瓦很快就傳來令人滿意的佳音，沙皇無心問政，不理戰事，鎮日思索他的夢境，和占星學家與魔法師討論夢中情景；而且每當拿破崙大帝寄信給他，他就會嚇得臉色慘白渾身打顫。

❶諾瑞爾先生這份目錄摘要自然是依照法蘭西斯．沙特果弗著作《魔法咒語大全》中的分類所擬定的。

❷里察．夏思冬（1620-95）。夏思冬在書中表示，人類和精靈皆同時具備理性能力與魔法能力。人類的理性卓越而魔法低劣。精靈則是完全相反；魔法對他們來說輕而易舉，但以人類的標準看來，他們可說是毫無理性可言。

❸《藍書：企圖揭露英國魔法師對於平民老百姓與其魔法師同業最普遍的謊言與慣見的欺瞞手段》，作者是華倫泰．孟岱。

❹諾丁罕子爵的女兒的故事值得一提（諾瑞爾先生此後再也不曾提起），容我在此詳述。

這名年輕女子前去參加的是諾丁罕在聖馬修節時所舉辦的市集。她在這裡度過愉快的一天，逛了各種攤位，買了一些亞麻布、蕾絲與香料。大約在下午的時候，她為了看她背後一些義大利玻璃杯而急促轉身，使得她的斗篷下襬飄起來，打到旁邊一隻正好經過的鵝。這隻壞脾氣的家禽氣得拍動翅膀，尖聲怪叫朝她衝過來。她在驚嚇中不小心讓父親的戒指掉落下來，不偏不倚地落入鵝敞開的咽喉，牠在驚嚇中把戒指吞進了肚子裡。諾丁罕子爵的女兒還來不及做出任何反應，養鵝人就立刻把鵝趕走，迅速消失在擁擠的人群中。

一個叫做約翰．福特的人買下這隻鵝，把牠帶回費克敦村，第二天，他的妻子馬格麗特．福特宰鵝，拔光羽毛並清除內臟。她發現牠胃中有一枚鑲著不規則黃色琥珀的大銀戒。她把戒指放在桌上三顆早上剛下的雞蛋旁邊。忽然間，蛋開始抖動，然後蛋殼裂開，每一顆蛋中都出現了某種神奇的事物。第一顆蛋冒出一個狀似六弦琴的弦樂器，但卻長了小手小腳，還自己拿了把迷你弓奏出甜美的樂曲。第二顆蛋迸出一艘純淨無瑕的象牙船，有著精緻的白色亞麻布船帆，和一對銀製船槳。最後一顆蛋孵出了一隻有著奇特紅金色羽毛的小雞。但只有最後一樣奇幻生物的壽命超過一天。一、兩個鐘頭後，六弦琴如同蛋殼般裂成碎片，到了黃昏時，象牙船張起風帆划槳飛向遠方；但鳥兒迅速長大，稍後還縱火燒光了大半個格蘭瑟姆。大火中有人看到牠在火焰中清洗羽毛。據此推斷牠可能是一隻鳳凰。

當馬格麗特．福特了解到她擁有的是一只魔戒之後，她下定決心要用它來行使魔法。不幸的是，她是一個心如蛇蠍的女人，不僅把她那性格溫和的丈夫壓制得完全抬不起頭來，而且還成天苦苦思索該用什麼方法來報復敵人。

約翰・福特原先只擁有費克敦的封邑，在短短幾個月內，他的土地與財富都大幅暴增，而這全都是那些畏懼他妻子邪惡魔法的大領主自動送給他的。

子爵已奄奄一息地躺在床上等死。他把大部分法力都存放在戒指中，而失去戒指讓他先是憂傷發愁，然後悲痛絕望，最後抑鬱成疾。當他終於聽到戒指的下落時，他已經重病在床，無法採取任何行動了。

在另外一方面，他的女兒因自己為家族招來厄運而感到悔恨莫及，同時，她認為她必須負起責任取回戒指；因此她並未告訴任何人，就獨自沿著河邊走向費克敦村。

她才走到岡梭普，就看到一幅恐怖至極的景象。一叢小樹林持續不斷地燃燒，放眼望去只見一片張牙舞爪的凶猛火舌。濃嗆的黑煙燻得她眼睛刺痛、喉嚨發疼，但烈火並未將樹林燒成灰燼。樹木發出一陣陣低沉的呻吟，彷彿是被這異常的苦刑折磨得痛苦哭號。子爵的女兒環顧四周，想要找人打聽眼前的奇觀。一名正好經過的年輕林中居民告訴她，「兩個禮拜前，馬格麗特・福特從瑟佳敦回家時，途中在這片樹林裡暫時歇腳。她坐在它的樹蔭下休息，喝它的溪水，吃它的堅果和野莓，但就在她正要離開的時候，一根樹根纏住了她的腳，害她絆了一跤，而當她從地上站起來的時候，一株石南居然鹵莽地擦傷了她的手臂。所以她對這片樹林施了一個魔咒，詛咒它永遠不停地燃燒。」

子爵的女兒向他道謝，又繼續往前走了一會兒。她感到口渴，蹲下來想要掬一捧河水解渴。在剎那間，水面上突然冒出一個女人——或是某個長得很像女人的東西。她渾身長滿了魚鱗，皮膚像鱒魚般灰撲撲的布滿斑點，頭髮也像是奇形怪狀的棘狀鱒魚鰭。她似乎是在怒目瞪視子爵的女兒，但她那圓凸凸的冰冷魚眼珠和僵硬的魚皮，實在不太適合做出人類的表情，因此很難看出她究竟是怒是喜。

「喔！對不起！」子爵的女兒驚駭地說。

女人張開嘴巴，露出魚的咽喉和一口醜陋的魚齒，但她似乎無法發出聲音。然後她翻了身，重新鑽入水中。

一個正在河邊洗衣服的女人對子爵的女兒解釋：「那是喬瑟琳・特藍，她真是太不幸了，她的丈夫是馬格麗特・福特的心上人。妒火中燒的馬格麗特・福特對她下咒，而這位可憐的女士，為了讓她中了魔法的皮膚保持濕潤，只好日日夜夜泡在河的淺灘裡面，最糟的是她不會游泳，所以她總是擔心自己會被淹死。」

子爵的女兒謝謝女人告訴她這個故事。

接下來子爵的女兒走到了哈沃林罕。一對共乘一頭小馬的夫妻，警告她千萬不要踏入村子裡，並好心帶領著她沿著狹窄崎嶇的小徑繞過村子。子爵的女兒站在一座青翠的小圓丘上俯瞰下方，看到村裡每個人都用厚厚的眼罩遮住雙眼。他們顯然並不適應這種自己造成的失明處境，因此他們老是一頭撞到牆上，不小心被矮凳和推車絆倒，被刀子工具弄傷，或是被火燙到。因此他們全都遍體鱗傷，但卻沒有一個人敢解開眼罩。

「喔！」妻子說，「哈沃林罕的教士膽大包天，竟然敢在布道臺上大力抨擊馬格麗特．福特的惡行。主教、修道院院長、教堂參事全都噤若寒蟬，但這個虛弱的老人卻公然反抗她，因此她氣得詛咒這整個村子。只要他們一睜開眼，就會看到他們心中最恐懼的景象栩栩如生地出現在眼前。這些可憐人看到他們的孩子挨餓受凍，他們的父母瘋癲發狂，他們的愛人蔑視並背叛他們。妻子與丈夫看到對方被殘酷虐殺。正因如此，這些情景雖然全都只是幻象，村民還是得綁上眼罩，要不然就會被他們所看到景象逼得發狂。」

馬格麗特．福特的駭人的惡行讓子爵的女兒聽得連連搖頭，然後她繼續走向約翰．福特的領土，她在那裡看到了馬格麗特和她的幾名女僕，她們每人手裡都拿了根木棍，正忙著在天黑時把乳牛趕去擠奶。

子爵的女兒勇敢地朝馬格麗特．福特走過去。就在那一剎那，馬格麗特．福特立刻轉身用木棍打她。「可惡的女孩！」她喊道，「我知道妳是誰！我的戒指早就告訴我了。我知道妳打算騙我，我可從來沒傷害過妳，也沒逼妳做我的僕人。我知道妳打算偷我的戒指。很好，妳給我聽清楚！我已經對我的戒指下了很強的魔咒。要是有哪個小偷笨到敢碰它一下，在非常短的時間內，蜜蜂黃蜂和各式各樣的昆蟲就會從地上飛起來叮他；老鷹梟隼和各式各樣的鳥禽就會從天空飛下來啄他；然後野熊野豬和各式各樣的野獸就會跑過來把他撕成碎片踏成肉泥！」

說完馬格麗特．福特就狠狠揍了子爵的女兒一頓，叫女僕把她帶到廚房工作。

馬格麗特．福特那些飽受虐待的不幸僕人，叫子爵的女兒做最辛苦的工作，而每當他們受到馬格麗特．福特的鞭打怒斥——這種事常常發生——他們就打罵她來出氣。然而子爵的女兒卻不讓自己意志消沉。她在廚房裡工作了好幾個月，苦苦思索該用什麼計謀讓馬格麗特．福特摘下戒指，或是不小心把它弄丟。

馬格麗特．福特是一個殘酷無情的女人，心狠手辣且十分記仇。但儘管如此，她卻非常喜愛小孩；她從不放過任何照顧嬰兒的機會，而她只要懷裡抱著小孩，整個人就會變得溫柔無比。她自己沒有小孩，而所有認識她的人全都曉得，這是她心裡最大的痛處。許多人猜想她用了許多魔法來讓自己懷胎生子，但卻始終無法如願以償。有一天，馬格麗特．福特在跟鄰居的小女兒玩耍時，感嘆說她真想要一個小孩，過了一會兒，她又說她比較喜歡女孩，還說希望這孩子有著乳白色皮膚、碧綠的眼睛和紅銅色鬈髮（就跟馬格麗特．福特自己一模一樣）。

「喔！」子爵的女兒天真地說，「愛波斯東村瑞夫太太的寶寶就跟妳說的一模一樣呢，從來沒看過這麼漂亮的小孩。」

於是馬格麗特．福特叫子爵的女兒帶她到愛波斯東村，去看瑞夫太太的寶寶，而當馬格麗特．福特發現，那果真是她這輩子見過最甜美、最漂亮的小孩（子爵的女兒並未言過其實），她隨即對那嚇得半死的母親宣告，她決定要把小孩帶走。

馬格麗特．福特把瑞夫太太的寶寶抱回家之後，她立刻就像是完全變了一個人似的。她整天忙著照顧寶寶，陪寶寶玩，唱歌給寶寶聽。馬格麗特．福特開始對自己的生活感到心滿意足。她使用魔戒的次數大幅減少，也幾乎不曾再發過脾氣。

日子一天天過去，而子爵的女兒已經在馬格麗特．福特家住了快一整年了。然後在夏季的某一天，馬格麗特．福特、子爵的女兒，與其他女僕一起在河邊用午餐。飯後馬格麗特．福特躺在玫瑰叢的陰影中睡午覺。當天十分炎熱，大家全都感到昏昏欲睡。

子爵的女兒在確定馬格麗特．福特已陷入夢鄉之後，就立刻掏出一顆糖果湊到寶寶面前。寶寶當然知道糖果是要拿來吃的，於是她趕緊張大嘴巴，子爵的女兒立刻把糖果塞進寶寶嘴裡。她飛快地環顧四周，確定別的女僕並未看到她做了什麼，然後她就把戒指從馬格麗特．福特的手指上摘了下來。

「喔！喔！」她連忙大喊道，「醒醒啊，夫人！寶寶摘下妳的戒指塞進了嘴裡！喔，為了這親愛的孩子，立刻解除咒語！解除咒語！」

馬格麗特．福特醒過來，看到寶寶一邊面頰高高鼓起，但剛被叫醒的她此刻又驚又睏，一時間還不太明白到底發生了什麼事。

一隻蜜蜂飛過，子爵的女兒指著蜜蜂大聲尖叫。其他所有女僕也跟著尖叫。「快啊，夫人，我求求妳！」子爵的女兒喊道，「喔！」她看看天空。「老鷹梟隼就快要飛過來了！」她望向遠方。「野熊野豬就快要跑過來，把這可憐的小東西撕成碎片了！」

馬格麗特．福特大叫著要戒指停止行使魔法，咒語立刻失效，而寶寶幾乎就在同一時刻，把糖果吞進了肚子裡去。就在馬格麗特．福特和女僕們一團慌亂地忙著哄寶寶，搖著她想讓她用力咳嗽，好把戒指給吐出來時，子爵的女兒趕緊趁這個機會，沿著河岸跑回諾丁罕。

接下來的發展全都不脫一般窠臼。馬格麗特．福特一發現自己上當，就立刻帶領人馬和獵犬追趕子爵的女兒。途中有好幾次，子爵的女兒似乎是死定了——馬上的騎士幾乎就在她的頭頂上方，而獵犬也快要貼近她的背後。但接下來所有馬格麗特．福特的受害者全都對她伸出援手：哈沃林罕的村民全都解開眼罩，無視於他們眼前的恐怖景象，迅速建造出許多障礙物來擋住馬格麗特．福特的去路；可憐的喬瑟琳．特藍從河面上竄出來，試圖把馬格麗特．福特拉進泥濘的河水；著火的樹林用燃燒的樹枝扔她。

戒指重新回到了諾丁罕子爵手中，他解除了馬格麗特．福特所有的邪惡魔咒，恢復了他自己的財產與名譽。

這個故事還有另一個版本，裡面沒有魔戒，沒有永遠燃燒的樹林，沒有鳳凰——事實上完全沒有魔法。根據這個版本，馬格麗特，福特和子爵的女兒（她的名字是朵娜塔．陶鋭兒）根本就不是敵人，而是十二世紀活躍於諾丁罕郡的一個女魔法師同仁團體的領軍人物。諾丁罕子爵休．陶鋭兒並不支持這個同仁團體，並竭盡所能地想要將其摧毀。就在他快要成功達到目的時，這些女子紛紛拋下父親與丈夫離家出走，在另一位法力比休．陶鋭兒更高強的魔法師湯瑪斯．郭帛裂的保護之下，開始在樹林中定居生活。雖然這個版本並不流行，遠不如前一個多采多姿的故事那般深入人心，但強納森．史傳傑認為這個版本比較接近事實，並將其收錄在他的《英國魔法的歷史與實踐》一書中。

❺「湯永遠無法滿足我的飢渴！」

i William Beckford，英國哥德式小說家。

ii William Gregory Lewis，英國哥德小說家與劇作家。

26 寶珠、王冠與權杖

一八〇九年九月

每天夜晚，憂傷的鐘聲都毫無例外地將波爾夫人與史提芬．布萊克召喚到無望古堡幽暗的大廳中跳舞。就時尚與審美的角度看來，這無疑是史提芬這輩子見過最堂皇壯觀的舞會，但舞客們精緻的華服與俊俏的儀表，與處處露出貧困衰敗跡象的宅邸形成怪異的強烈對比。伴奏的樂曲總是千篇一律。一把暗啞刺耳的小提琴和一支嗚嗚哀鳴的風笛，重複奏出幾段相同的旋律。油膩的獸脂蠟燭——史提芬基於僕役長的職業習慣，一眼就注意到，以舞廳的規模看來，蠟燭的數量實在是少得不成比例——在牆壁上投下奇異的光影，每當有舞客穿過時，燭影就會如跑馬燈似地在牆上滴溜溜打轉。

有時候，波爾夫人和史提芬會加入長長的遊行隊伍，隨著手持旗幟的人群穿越灰塵密布且燈光黯淡的廳堂（薊冠毛銀髮紳士特別喜歡這種儀式）。有些旗幟是有著繁複刺繡的破舊古物；其他則是代表銀髮紳士征服敵人的勝利功勳，事實上，它們是用敵人的人皮製成，再由他們的姊妹妻女將他們的嘴唇、眼睛、頭髮與衣服，一一縫在他們發黃的皮膚上。薊冠毛銀髮紳士對這種儀式樂此不疲，而他理所當然地認為，史提芬與波爾夫人同樣也會感到興味盎然。

他雖然生性多變，但卻對兩件事情十分執著：他對夫人的仰慕，以及對史提芬．布萊克的寵愛。第二項可以由他不斷贈送史提芬奢侈禮物與奇特好運來作為證明。有些禮物就像過去一樣，以史提芬的名義贈送給柏萊迪太太，有些禮物則是直接交給史提芬本人，而這時薊冠毛銀髮紳士就會愉快地告訴史提芬：「你那個邪惡的敵人絕對不會發現的！」（他指的是華特爵士）「我施了非常巧妙的魔法，讓他對這一切視而不見，不論如何他都絕不會起疑心。千真萬確！就算你明天當上了坎特伯里大主教，他都不會覺得奇怪！根本沒有任何人會覺得奇怪。」他腦中突然靈光一閃，「你想不想明天就變成坎特伯里大主教啊，史提芬？」

「不用了，謝謝你，先生。」

「你確定不要？這一點兒也不麻煩，要是你對教堂感興趣的話……？」

「我向你保證，先生，我完全沒有任何興趣。」

「你真有品味，我越來越欣賞你了。主教法冠戴起來難過得要命，而且根本不適合你。」

可憐的史提芬不斷遇到一波又一波的古怪奇蹟。每隔幾天，就會出現某件事情，讓他獲得某種好處。有時他所獲得的實際利益寥寥無幾——也許只有幾個先令——但讓他獲利的方式，卻總是令人嘆為觀止。舉例來說，有一次，一名農莊工頭前來拜訪，並斬釘截鐵地表示，他幾年前在約克郡北行政區里奇蒙附近舉行的一場鬥雞賽中遇到了史提芬，當時史提芬跟他打賭說，威爾斯王子未來將會做出某件有辱國家的醜事。現在果真應驗（工頭舉證歷歷地引述王子拋棄妻子的可恥惡行），因此工頭特地搭乘驛馬車到倫敦來，付給史提芬二十七先令六便士——據他說這是當初打賭的金額。史提芬費盡唇舌地解釋，說他從未看過鬥雞賽，也不曾去過約克郡的里奇蒙，但結果卻毫無用處；工頭非要史提芬收下不可，否則他絕對不肯離去。

在工頭來訪的幾天之後，有人發現哈雷街住宅的街對面坐著一隻大灰狗。這隻可憐的生物被雨水淋得濕答答的，身上濺滿污泥，看起來風塵僕僕，似乎跋涉過千山萬水，才好不容易到達此處。更奇怪的是，牠嘴裡還叼了一份文件。不論羅勃和葛弗雷兩名僕役，以及廚子約翰．隆魁如何厲聲怒斥，拿瓶子和石頭扔牠，使盡各種辦法想把牠趕走，但大灰狗卻依舊用一種哲學性的超然態度默默忍受這一切，堅持坐在原處不動，最後只好由史提芬．布萊克親自出馬，冒雨走到牠面前接下那份文件，牠才終於帶著心滿意足的神情離開，彷彿是在慶幸自己終於完成了一項艱鉅無比的任務。那份文件原來是德比郡一個小村莊的地圖，上面顯示出山坡上有扇祕密門可通往山中之類的種種怪事。

此外史提芬還收到過一封巴斯市長及元老議員寄來的信，信中敘述兩個月前威爾斯利侯爵來到巴斯，而在來訪期間，侯爵滔滔不絕地談論史提芬．布萊克的種種優點，極力稱讚他誠懇機智，又對主人忠心耿耿。爵爺的詳盡報導，令市長和元老議員們聽了大為動容，於是他們立刻想到要設立一種獎章，來表揚史提芬的一生成就與美好品德。當五百枚獎章製造完成後，市長和元老議員下令在群眾的歡呼聲中，將它們一一頒贈給巴斯各個世家的族長。他們在信中附了一枚獎章送給史提芬，並請求他下次來到巴斯時，千萬要通知他們一聲，好讓他們為他舉辦一場盛大的晚宴。

這些奇蹟並未讓史提芬的心情好轉一些。它們只會讓他更強烈地意識到，他目前的生活有多麼詭異。他心裡很清楚，那名工頭、大灰狗，以及巴斯市長及元老議員的行為，全都有違他們的本性：工頭全都是守財奴——他們向來連一文錢都要斤斤計較；狗通常不會有耐心踏上長達數個星期的陌生旅程；而市長與元老議員也不會突然對素昧平生的黑人僕役產生濃厚的興趣。然而他的朋友們似乎都並未感覺到，他目前的生活有什麼可引人注目之處。他厭倦了金光閃閃的富麗景象，而他在哈雷街宅邸頂樓的小房間裡，堆滿了他並不想要的各種奇珍異寶。

現在他受到那位紳士的魔法控制已經整整兩年了。他常常懇求紳士放了他——要是真不肯放他的話，至少也放了波爾夫人——但紳士卻不肯答應。史提芬為了替自己尋求出路，開始試圖對某個人述說出他和波爾夫人所受到的煎熬。他急切地尋找跟他們情況相同的前例。他心中抱著一絲微弱的希望，但願能找到某個人來解救他們。第一個聽他述說的人是僕役羅勃。他事先警告羅勃，他即將要吐露出埋藏在他內心深處的隱祕傷痛，而羅勃也露出一臉莊重並關心的神情。但是當史提芬開口述說時，他卻大吃一驚地發現，他說的跟心裡想的完全是兩回事；他聽到自己旁徵博引地發表一篇關於豆類栽培與運用的高深論文——但他對這方面根本一竅不通。更糟的是，其中提到的某些訊息還古怪得要命，任何農夫或是園藝家聽了都會為之瞠目結舌。他細細解釋在月明、月暗、望朔節和仲夏夜等不同時間栽種或採收的豆類，都會有著各自不同的特性，而若是運用銀製移植泥刀或銀刀來栽種或採收，其特性又會有所不同。

他企圖訴說心中煩惱的下一個對象是約翰．隆魁。這次他發現自己又發表了一篇關於凱撒大帝在英國境內各種交遊往來與活動經歷的詳盡紀錄。這份紀錄既詳盡又巧妙，就算是鑽研這個主題長達二十多年的學者，也無法完成如此出色的作品。這篇論文又再次包含了不曾載入史冊的罕見資料。❶

接下來他又企圖向另外兩人透露他恐怖的處境。他對柏萊迪太太發表了一篇極力為猶大辯護的古怪演說，他宣稱猶大最後背叛耶穌的舉動，完全是遵照其他兩名男子的指示，他們一個叫約翰．紅銅頭，另一個叫約翰．黃銅腳，而猶大深深相信他們就是天使；在柏萊迪太太的店員托比．史密斯面前，他背誦了一份過去兩百年來在愛爾蘭、蘇格蘭、威爾斯和英格蘭境內所有被精靈誘拐的人的名單。而這些人他根本連一個也沒聽說過。

最後史提芬不得不做出結論，不論他多麼努力，他都無法對別人透露他中了什麼樣的魔法。他這樣鎮日沉默不語，鬱鬱寡歡，最傷心的無疑就是柏萊迪太太了。她不明白他對所有人都是這副德行，她只知道他對她的態度變得不同了。在九月初的某一天，史提芬到家裡來看她。他們已經有好幾個禮拜沒見面了，這讓柏萊迪太太心裡非常難過，她寫了一封信給羅勃．奧斯汀，而羅勃跑去找史提芬，罵他不該對她這麼冷淡。然而當史提芬踏入聖詹姆斯街店面樓上的小客廳之後，他那副陰陽怪氣的模樣，就算柏萊迪太太立刻叫他滾蛋，我想也不會有人責怪她的。他托腮沉思，不停地長吁短嘆，而且連一句話也沒跟她說。她準備了康斯坦夏葡萄酒、果醬、古法烘製的小圓麵包——各式各樣的美味珍饈——來款待他，但他卻連碰都沒碰一下。他什麼都不要；於是她只好坐到爐火另一邊的椅子上，繼續做她的針線活兒——心灰意冷地替他縫製一頂睡帽。

「也許，」她說，「你已經對倫敦和我都感到厭倦，所以你想要回到非洲去了？」

「沒這回事，」史提芬說。

「我相信非洲一定是個非常迷人的好地方，」柏萊迪太太說，她似乎已自暴自棄地打定主意，要趕緊把史提芬送回非洲，「我常聽人這麼說。放眼望去全都是橘子和鳳梨，還有甘蔗和可可樹。」她這十四年來都在辛苦經營雜貨生意，已習慣用貨物來標示出她心目中的世界。她辛酸地苦笑了幾聲。「看來我在非洲好像賺不到什麼錢。那兒的人只要伸出一隻手，把離他最近的果子摘下來就行了，幹嘛還需要什麼商店？喔，沒錯！我在非洲一定沒辦法生活。」她啪地一聲把線咬斷，「但要是有人邀請我的話，」她惡狠狠地把線穿進一個無辜的針孔，「我很樂意明天就出發上路。」

「你願意為了我到非洲？」史提芬驚訝地問道。

她抬起頭來。「我願意為了你到任何地方，」她說，「我以為你早就知道了。」

他們憂傷地互相凝視。

史提芬說他得回到哈雷街去料理家務了。

屋外的街道上天色陰暗，開始下起雨來。人們紛紛撐起雨傘。史提芬走到聖詹姆斯街，而他看到了一幅怪異的景象——在人潮的頭頂上方，有一艘黑船正穿過灰濛濛的雨霧朝他駛來。那是一艘大約二呎高的小型驅逐艦，有著污穢破爛的船帆與斑駁剝落的油漆。船身忽起忽伏，彷彿在模擬船在海上航行時的動作。史提芬看到它時，不禁微微打了一個哆嗦。一名乞丐從人群中冒出來，是一個皮膚漆黑閃亮的黑人，就跟史提芬自己一樣。那艘船就是綁在他的帽子上。他一邊走，一邊用力低下頭再重新抬起，好讓船隻繼續向前航行。為了避免讓他的大帽子掉下來，他在做這些上下起伏、左右晃動的動作時，顯得格外緩慢小心。他看起來就像是在用慢得驚人的速度跳舞。這名乞丐叫做強森。他是一名領不到養老金的跛腳退休水手。他沒有其他救濟金可領，只好在街頭賣藝行乞來討生活，但結果卻大受好評，而他怪異的打扮，使得他成為聞名全城的知名人士。強森朝史提芬伸出手，但史提芬卻把頭轉開。他在這方面向來特別小心，從來不跟低階層的黑人交談，或是有任何形式的接觸。他擔心的是，要是有人看到他跟這類下等人講話，人們會懷疑他跟他們有所關連。

他聽到有人在大聲呼喊他的名字，他就像被燙到似的跳了起來，但那只不過是托比・史密斯，柏萊迪太太的店員。

「喔！布萊克先生！」托比喊道，並快步趕過來，「原來你在這兒呀！你平常都走得很快啊，先生！我還以為你現在一定已經回到哈雷街去了呢。柏萊迪太太要我問候你，先生，還說你把這擱在椅邊忘了帶走。」

托比遞給他一頂銀冠，一圈精緻的金屬箍環，正好是史提芬的頭圍尺寸。上面沒有任何裝飾，只在表面上刻了幾個奇特的符號和怪異的字母。

「但這不是我的東西啊！」史提芬說。

「喔！」托比茫然地說，但接著他顯然認定史提芬是在跟他開玩笑，「喔，布萊克先生，我又不是沒看過，這你已經戴過上百次啦！」說完他就呵呵大笑地鞠了一個躬，拋下手裡拿著王冠的史提芬，跑回店裡去了。

他穿越皮卡迪利圓環，踏入龐德街。他才走了幾步，前方就響起一陣喊叫聲，而一個矮小的人影沿著街道朝他衝了過來。照身材看來，他應該只是個四、五歲的小孩，但那張輪廓鮮明的慘白面孔卻顯得相當老成。遠處有兩、三個男人快步追上來，嘴裡高聲喊著「小偷！」「快攔住他！」

史提芬連忙跳過來擋住小偷的去路。但這個小賊雖然無法完全逃過史提芬的手掌（史提芬身手矯捷），但史提芬同樣也無法把小賊抓牢（小賊滑溜難纏）。小賊手裡拿著一個包著紅布的長形包裹，他不知怎的設法把它塞進了史提芬手中，接著就迅速沒入金匠店鋪「海明家」前方的擁擠人潮中。這些人才剛從「海明家」走出來，根本不曉得有人正在抓賊，因此當小賊跑過來的時候，他們完全沒想到要避開。小賊隨即失去蹤影，完全不知去向。

史提芬拿著包裹杵在原地。包在外面的柔軟舊天鵝絨布鬆脫滑落，露出一根長長的銀杖。

第一個趕到的追捕者，是一位皮膚黝黑的英俊紳士，穿著一身樸素而高雅的黑衣。「你差點兒就逮到他了，」他對史提芬說。

「我萬分抱歉，先生，」史提芬說，「我無法為你抓住他。但我替你把東西拿回來了。」史提芬把銀杖和紅色天鵝絨布遞給紳士，但他並未伸手去接。

「這全都是我母親的錯！」紳士氣沖沖地說，「喔！她怎麼會如此粗心？我至少告訴她上千次了，她要是不把客廳的窗戶關緊，遲早會有賊從窗戶爬進來。我是不是說過上百次了，愛德華？我明明說過的對不對，約翰？」最後兩句話是對紳士的僕人說的，這時他們已跟在主人背後跑了過來。他們氣喘吁吁的沒法答話，只能急急忙忙地用力點頭，好向史提芬保證他們的主人確實是這麼說過。

「全世界都知道我家裡有一大堆奇珍異寶，」紳士繼續說下去，「但不論我百般懇求，她還是不記得要關上窗戶！」紳士繼續說下去，「好啦，現在失去了我們家族珍藏數百年的傳家寶，她當然是坐在那兒哭個不停。因為我母親向來為我們的家世與珍藏而感到十分自豪。比方說，這根權杖就可以證明，我們是威塞克斯古國 i 的皇族後裔，因為它是愛德格或是阿爾弗烈德或是其他某個國王傳下來的遺物。」

「那你就應該趕緊把它帶回去才行，先生，」史提芬勸他，「我相信你母親看到它安然返家，必然會感到如釋重負。」

紳士伸手去接權杖，但又突然把手收回去。「不行！」他喊道，「我不能這麼做。我發誓我絕對不這麼做！我要是把這個寶物帶回去，交給我母親保管，她將永遠無法得到教訓，不知道她的粗心，還會帶來何等慘痛的後果！她將永遠學不會要把窗戶關上！天知道我下次會失去什麼珍寶？哎呀，說不定我哪天回到家，卻發現家裡全都被搬得精光！不，先生，你必須收下這根權杖！這是你替我抓竊賊所應得的謝禮。」

紳士的僕人們全都點頭贊同，似乎是覺得這麼做非常合理，一輛馬車駛過來，紳士和僕人們隨即跳上馬車揚長而去。

史提芬佇立在雨中，一手拿著王冠，一手握住權杖。龐德街的商店就在眼前，這裡是全國最時髦的精品店。櫥窗裡陳列著絲綢與天鵝絨，有著珍珠與孔雀羽毛的頭飾，還有鑽石、紅寶石、各色寶石，以及各式各樣的金銀小飾品。

「很好，」史提芬心想，「他想必可以在這些商店裡，挑些稀奇古怪的寶物來送給我。但我可沒那麼笨。我走另一條路回家。」

他轉入一條夾在兩棟建築物間的狹窄巷弄，穿越一個小庭院，再通過一扇門，踏入另一條小巷，最後來到一條樸實無華的小街。四周杳無人跡且異常靜謐。只聽得見雨水打在圓石上的滴答聲響。朦朧的雨霧為街邊的建築蒙上一層暗影，此刻看來幾乎一片漆黑。屋中的居民似乎非常節儉，在這光線黯淡的陰天，居然沒有一戶人家點燈或是燃上一根蠟燭。然而濃厚的烏雲並未占據整片天空，遠方的地平線上出現一道濛濛欲雨的白光，因此在漆黑的天空與漆黑的大地之間，撒落下一束束明亮的銀雨。

某個閃亮的東西突然從黑暗的巷弄中滾出來，蹦蹦跳跳地越過濕漉漉的圓石，不偏不倚地停在史提芬面前。

他低頭看了看，一看出那是什麼東西，他就重重地嘆了一口氣，果然不出他所料，是一個小銀球。它看起來又破又舊。通常球的頂端應該有一個代表世上一切全屬上帝所有的十字架，但它上面卻換成了一隻張開的小手。手指斷了一根。史提芬對這個符號——張開的手——非常熟悉。這是那位薊冠毛銀髮紳士所慣用的標誌之一。就在昨晚，史提芬就手持著一面有著相同標記的旗幟，隨著長長的隊伍穿越狂風呼嘯的黑暗庭院，沿著兩旁栽著高大橡樹的林蔭大道遊行前進，在黑暗中只聽見狂風將那看不見的枝椏吹得沙沙作響。

突然傳來一陣推開窗板的咿呀聲響。有個女人從樓上的窗口探出頭來。她的頭上全都是燙髮用的紙捲。「喂，把它撿起來！」她喊道，並惡狠狠地瞪著史提芬。

「但這又不是我的！」他抬頭對她喊道。

「不是他的，虧他說得出口！」這讓她更生氣了，「你以為我沒看到它從你的口袋裡掉出來啊！這要不是你扔的，我就不叫做馬麗亞．湯普金！我白天夜裡辛辛苦苦地把胡椒街打掃得既乾淨又整潔，結果你卻故意跑到這兒來亂丟垃圾！」

史提芬重重嘆了一口氣，把球撿了起來。他隨即發現，不論馬麗亞．湯普金相不相信，他都不可能把球放進口袋，因為它實在是太重了，他的口袋一定會被它撐破。他不得不一手握住權杖，一手抓緊銀球，開始穿過雨幕往前走去。為了方便起見，他只好把王冠戴在頭上，而他就這樣打扮怪異地一路走回家。

他回到哈雷街的住宅，直接走下凹庭，打開廚房的門。但他踏入的並不是廚房，而是一個他從來沒見過的房間。他一連打了三個噴嚏。

過了一會兒，他認出這裡並不是無望古堡，感到安心了許多。這是一個相當普通的房間——事實上，就是那種在倫敦任何富裕人家都會看到的尋常房間。唯一不同的是，這裡亂得要命。看來房間的主人才剛搬進來，尚未完全收拾妥當。房中堆滿了原本該放在起居室和書房的一切雜物：牌桌、工作桌、書桌、火爐用具，各式各樣用途不同舒適程度亦不等的椅子、鏡子、茶杯、封蠟、蠟燭頭、圖畫、書籍（數量多得驚人）、磨光機、墨水瓶、筆、紙、時鐘、線團、腳凳、爐欄，以及寫字桌。但它們全都以新穎而獨特的方式亂七八糟地堆疊在一起。地上四處散置著許多打包盒、紙箱和包裹，有些已清理乾淨，有些理了一半，有些幾乎連動都沒動過。打包箱裡的稻草已被掏出來，此刻四處散落在房間各處和家具上，讓所有東西全都蒙上一層稻草屑，害史提芬又多打了兩個噴噓。甚至還有些稻草落到了壁爐裡，因此這房間隨時都有著被大火焚毀的危險。

房中有兩個人：一個史提芬從來沒見過的男人和那位有著一頭薊冠毛銀髮的紳士。他沒見過的男人坐在窗前的一張小桌邊。照理說，他現在應該立刻把箱子裡的東西取出來，好好把房間收拾妥當，但他卻拋下苦差事不管，忙著閱讀一本書。他不時放下書來，翻閱桌上另外兩、三本書找資料，要不然就是興高采烈地喃喃自語，或是在一本墨跡斑斑的小本子上，匆匆添上一、兩行筆記。

薊冠毛銀髮紳士坐在爐火對面的一張扶手椅上，用一種極端惡毒且滿懷忿恨的目光緊盯著另一名男子，讓史提芬不禁暗暗為這名陌生人的性命擔憂。但銀髮紳士一看到史提芬，立刻就換上另一副面孔，變得笑容可掬，滿面春風。「你來啦！」他喊道，「這身皇家服飾讓你顯得更加器宇軒昂，既高貴又氣派！」

房門正對面恰好有一面大鏡子。史提芬這才首次目睹自己頭戴王冠，手執權杖與寶珠的形貌。他看起來就是一位天生的君王。史提芬轉過頭來，望著那名坐在桌邊的男子，想知道他突然看到眼前出現一名帶著皇冠的黑人，究竟會有什麼樣的反應。

「喔！你根本不用管他！」薊冠毛銀髮紳士說，「他既看不到我們，也聽不見我們的聲音。他就跟另外一個人一樣，毫無才華可言。你看！」他揉了一個紙團，奮力扔到那個男人頭上。男人並未閃躲或是抬起頭來，顯然毫無感覺。

「另外一個人，先生？」史提芬說，「你是指什麼人？」

「他就是那個年輕魔法師。最近才剛到倫敦。」

「真的嗎？我當然聽說過他。華特爵士對他評價極高。但我忘了他叫什麼名字。」

「喔！誰在乎他叫什麼名字！重要的是，他跟另外一個傢伙一樣愚蠢，而且長得也幾乎一樣醜。」

「什麼？」那名魔法師突然開口說。他暫時擱下書，帶著一絲疑惑的神情環顧四周。「傑瑞米！」他扯開喉嚨大聲喊道。

一名僕人從門外探進頭來，卻懶得費事走進房間。「先生？」他說。

這種懶惰的行徑讓史提芬驚得瞠目結舌——他可從來不允許哈雷街住宅中出現這類輕慢的舉止。他正打算用令人膽寒的森冷目光，讓那名刁僕知道他心裡非常不以為然，但接著他就猛然意識到，那名僕人根本就看不到他。

「倫敦的房子真是粗製濫造，」魔法師說，「我可以聽到隔壁鄰居的說話聲。」

這個話題還算有趣，成功把那個叫做傑瑞米的僕人誘入房中。他站在那兒靜候主人吩咐。

「是牆壁太薄了嗎？」魔法師繼續說下去，「你覺得是不是牆壁的問題？」

傑瑞米敲了敲他們和隔壁鄰居家之間的牆壁。一陣沉悶的咚咚聲響，就跟全國所有堅固結實的牆壁一模一樣。他聽不出有任何問題，於是對主人說：「我什麼也沒聽到啊，先生。他們說了什麼？」

「我好像聽到有人說，另外一個人又笨又醜。」

「你確定嗎，先生？隔壁住的是兩位老太太呢。」

「哈！那又怎樣。這年頭年齡可不能作為任何保證。」

說完這句話，魔法師對這個話題突然失去了興趣。他低頭望著書本，重新開始閱讀。

傑瑞米等了一會兒，但他主人顯然完全忘了他的存在，於是他又默默離開了。

「我還沒向你道謝呢，先生，」史提芬對紳士說，「謝謝你送我這麼棒的禮物。」

「啊，史提芬！我真高興你喜歡。我必須承認，那頂王冠是我用你的帽子變成的。我十分樂意送你一頂真正的皇冠，但我實在沒辦法在這麼短的時間內找到任何一頂。我想你一定很失望。但我現在突然想到，英國國王有好幾頂皇冠，而且他其實很少會用的。」

他把雙手舉到空中，豎起兩根異常修長的白皙手指。

「喔！」史提芬喊道，他突然明白紳士打算做什麼事，「如果你想施魔法叫英國國王帶一頂皇冠到這兒來——我猜想你是打算這麼做，因為你總是如此慷慨仁慈——我請求你千萬別費事！我目前不需要皇冠，再說，英國國王是位白髮蒼蒼的老紳士——讓他待在家裡休息比較好吧？」

「喔，好吧。」紳士說，並垂下雙手。

由於沒別的消遣，他又重新開始辱罵那名新出現的魔法師。那個男人他處處看不順眼。紳士嘲笑魔法師讀的書，挑剔他的靴子樣式，而且對他的身高非常不滿意（其實他就跟銀髮紳士一樣高——這點在他們兩人恰好同時站起身來時獲得證明）。

史提芬急著想要回到哈雷街去料理家務，但他擔心若讓這兩個人單獨相處，紳士說不定會拿些比紙團硬多了的東西去扔魔法師。「你和我一起散步走回哈雷街好嗎，先生？」他問道，「這樣我就可以聽你談談，你是如何以你崇高偉大的行動，開創出倫敦的輝煌盛景。這些事蹟總是令人感到興味盎然。我更是百聽不厭。」

「樂意至極，史提芬！樂意至極！」

「遠不遠，先生？」

「離哪兒遠不遠啊，史提芬？」

「哈雷街啊，先生。我不曉得我們在哪兒。」

「我們是在蘇活廣場，不，一點兒也不遠！」

當他們到達哈雷街住宅大門前時，紳士深情款款地跟史提分道別，勸慰他別為這暫時的分離感到悲傷，因為他們兩人當晚就可以在無望古堡再度重逢。「……到時候我們會在東極塔的鐘樓，舉行一場非常迷人的儀式。紀念一件發生在大約五百年前的事情，當時我施展巧計擄獲了敵人的子女，把他們推下鐘樓摔得粉身碎骨。今晚我們會重新上演這場偉大的勝利！我們會替稻草人穿上敵人子女的血衣，扔到下面的鋪路石上，再盡情歌唱舞蹈來慶祝他們的死亡！」

「你每年都會舉行這樣的儀式嗎，先生？我以前若是看過，我相信我絕對難以忘懷。它是這麼的……令人印象深刻。」

「真高興你這麼想。我只要一想到，隨時都可以舉行儀式。當然，我們用真人小孩的時候，場面可比這更令人印象深刻得多。」

---

❶史提芬描述，凱撒在踏上英國海岸不久後，他離開軍隊，獨自走進一個青翠的小森林。他沒走多久，就遇到了兩名年輕男子，他們不停地長吁短嘆，絕望得用力捶擊地面。兩人都長得俊美無比，穿的服裝是用上好的亞麻布裁製而成，並染上罕見的昂貴染料。這兩名年輕人高貴的儀表令凱撒大為震驚，於是他開始詢問各式各樣的問題，而他們全都毫不羞怯地坦誠相告。他們解釋說，他們兩人都是附近一個法庭的原告。法庭於每個四季結帳日定期舉行，用來判決他們國家人民的各種紛爭，並對犯錯者施以懲罰，但不幸的是，他們這個民族天性異常邪惡並愛好爭鬥，而目前所有的訴訟都無法進行審判，因為他們根本找不到一位公正無私的法官；他們國內所有德高望重

的人，不是自己被控犯罪，就是跟某件訴訟案有非常密切的關連。聽到這裡，凱撒心中對他們充滿了同情，立刻主動表示願意當他們的法官——兩人立刻欣然同意。

他們帶領他往前走了一小段路，穿越樹林來到一片位於青翠山坡間的碧綠凹地。他在這裡看到大約一千名他這輩子見過相貌最出眾的俊男美女。他坐在山坡上，開始聆聽他們所有的抱怨與控訴；聽完之後，他一一作出極為明智的判決，讓大家全都心服口服，沒有任何人感到被他冤枉錯待。

他們對凱撒的判決十分滿意，表示要給予他任何他所希望的事物來作為報償。凱撒思索了一會兒，然後說他想要統治世界。他們答應了他的請求。

i　Wessex，位於英國西南部的古代盎格魯撒克遜王國。

27 魔法師的妻子

一八〇九年十二月至一八一〇年一月

現在倫敦一共有兩位受人敬重讚賞的魔法師，而倫敦人顯然比較偏愛史傳傑，這點我想不會有人感到驚訝。史傳傑完全符合大家心目中的理想魔法師形貌。他身材高大；他丰采迷人；他臉上常掛著充滿嘲諷意味的微笑；況且，他跟諾瑞爾先生完全不同，他樂於長篇大論地闡述魔法，只要有人提出任何關於這方面的問題，他總是毫不猶豫地坦然相告。史傳傑夫婦積極參與各式各樣的晚宴與餐會，而在宴會進行中，史傳傑通常都會應大家要求施展一個小魔法。其中最受歡迎的魔法，就是讓水面出現幻象。❶他跟諾瑞爾不同的是，他並未使用銀盆這類用來觀看幻象的慣用容器。史傳傑認為銀盆的面積太小，看不到多少幻象，根本不值得為這費神施展魔法。他寧願等僕人把桌上的餐盤清理乾淨，取下桌布後，他再往桌上倒一杯水或酒，讓幻象出現在這汪水潭上。幸好他的魔法總是能讓宴會主人欣喜萬分，因此很少有人會抱怨他弄髒了他們家的餐桌和地毯。

史傳傑夫婦已在倫敦安頓下來，並對目前的生活十分滿意。他們在蘇活廣場找到一間房子，而亞蕊貝拉興致勃勃地投注全副心力，努力打造新家：委託高級木匠製作優雅的新家具，請求親友幫忙找幾名可長期工作的固定僕人，並且每天都開開心心地上街採購。

在十二月中旬的某天早上，海格與戚本德家飾店的一位店員（一個非常殷勤周到的人）差人送信給她，說店裡剛進了一種有著深淺交錯的緞布條紋和水波紋圖案的銅褐色絲綢布料，他認為非常適合用來做史傳傑太太家的客廳窗簾。這使得亞蕊貝拉需要稍微更動一下她當日的行程。

「聽桑納先生的描述，那塊布料顯然十分優雅，」她在吃早餐時告訴史傳傑，「我應該會非常喜歡。但我若是選銅褐色絲綢來作窗簾，我就只好放棄用酒紅色天鵝絨做貴妃椅了。我覺得銅褐色和酒紅色配起來並不好看。所以我要先到佛林和克拉克商店，再看一下那塊酒紅色的天鵝絨布，這樣我才知道我能不能忍心放棄不用。然後我才會去海格與戚本德家飾店。但這樣我顯然沒時間去拜訪你的阿姨——我真的該去看看她，因為她今天早上就要去愛丁堡了。我要謝謝她替我們找到馬莉。」

「嗯？」史傳傑應道，他正在一面吃熱麵包捲配果醬，一面閱讀霍佳思與皮叩的著作《解剖精靈異聞錄》。❷

「馬莉。新來的女僕。你昨晚見過她。」

「啊，」史傳傑邊說邊翻動書頁。

「她看起來是個乖巧又討人喜歡的好女孩。我相信我們一定會跟她處得很愉快的。所以我們真該謝謝你的阿姨，強納森，你要是今天早上替我去拜訪她，我會非常感激的。你可以在吃完早餐後，散步到寒瑞塔街向她致意，感謝她替我們找到馬莉。然後你再到海格與戚本德家飾店去等我。喔，對了！你可不可以順便到威基伍德店裡逛逛，問他們什麼時候會推出新的成套餐具？反正也不會很麻煩。你等於是順路嘛。」她懷疑地盯著他問道，「強納森，你有在聽我說話嗎？」

「嗯？」史傳傑抬起頭來答道，「喔，正在洗耳恭聽呢！」

於是亞蕊貝拉帶著一名僕人，走路到威格摩爾街的佛林與克拉克商店。她又看了一下那塊酒紅色天鵝絨布料，覺得它雖然相當氣派，但整體感覺實在是太暗沉了。於是她滿懷希望地繼續往前走，到聖馬丁巷去看那塊銅褐色絲綢布料。她踏進海格與戚本德家飾店，發現只有店員在等待她，她的丈夫卻不見蹤影。店員萬分抱歉地表示，今天整個早上都未曾看到史傳傑先生大駕光臨。

她再度走到街上。

「喬治，你有看到你主人嗎？」她詢問僕人。

「沒有，夫人。」

天空開始落下灰濛濛的細雨。這讓她突然靈光一閃，轉頭望著附近一家書店的窗戶。她看到史傳傑正在書店裡興致勃勃地跟華特．波爾爵士交談。於是她走進書店，跟華特爵士道早安，用甜蜜的語氣詢問丈夫，他到底有沒有去拜訪他的阿姨，或是到威基伍德店裡逛逛？

這個問題似乎讓史傳傑感到有些困惑。他低下頭來，發現自己手裡握著一本大書。他皺眉盯著那本書，似乎完全想不通它是打哪兒來的。「我原本打算要去的，親愛的，千真萬確，」他說，「只不過我這段時間都在跟波爾爵士談事情，一直抽不出空來。」

「這全都是我的錯，」華特爵士趕緊向亞蕊貝拉保證，「我們的封鎖線出了點兒問題。沒什麼要緊，我剛才正在跟史傳傑先生說這件事，希望他和諾瑞爾先生能夠幫忙。」

「你可以幫忙嗎？」亞蕊貝拉問道。

「喔，我想應該可以，」史傳傑說。

華特爵士解釋說，英國政府接獲情報，有幾艘法國戰船——估計大概是十艘——偷偷越過英國封鎖線。沒人知道它們開往何處，也不明白它們究竟有何目的。政府甚至不曉得原本該鎮守防線的海軍上將阿敏克洛夫現在人在何方。海軍上將和他麾下的十艘小型驅逐艇與兩艘大船所組成的邊防艦隊，此刻也完全失去蹤影——根據推測，他應該是前去追趕法國戰船。目前政府已派遣一名前程遠大的年輕海軍上校在馬德拉群島待命，只要海軍總部調查出事情的真相以及發生地點，就會再增派四、五艘船隻，讓賴特武上校率隊前去支援。穆格雷勛爵詢問海軍上將葛凌威該如何處理問題，葛凌威上將再去請示內閣大臣，而內閣大臣表示，海軍總部應該立刻去請教史傳傑先生和諾瑞爾先生的意見。

「我可不想讓妳認為，史傳傑先生若不肯伸出援手，海軍總部就一籌莫展，」華特爵士微笑著說，「他們該做的全都做了。他們派了一名叫做皮綽法先生的職員，到格林威治去找阿敏克洛夫上將的一位童年好友，請他根據他對於上將性格的深刻了解，研判出上將在這樣的情況下會採取何種行動。但皮綽法先生到達格林威治時，上將的童年好友卻爛醉如泥地躺在床上，皮綽法先生根本無法確定，這人到底有沒有聽懂他的問題。」

「我相信諾瑞爾和我一定可以提出一些建議，」史傳傑若有所思地說，「但我想先看一下地圖。」

「我家裡有所有必要的地圖和文件資料。我會派個僕人在今天送到漢諾瓦廣場，麻煩請你告訴諾瑞爾……」

「喔！但我們可以現在就去看啊！」史傳傑說，「亞蕊貝拉不會介意再多等一會兒！妳不會介意的，對不對？」他對他的妻子說，「我兩點要跟諾瑞爾先生碰面，而我相信，我要是能立刻對他指出問題出在哪兒，我們說不定在晚餐前就可以給海軍總部答覆。」

亞蕊貝拉就跟所有甜蜜柔順的女人和賢妻一樣，暫時把新窗簾的事全都拋到九霄雲外，向兩位紳士再三保證她沒什麼急事，等他們一會兒無所謂。於是他們達成協議，讓史傳傑夫婦兩人一起跟華特爵士返回他位於哈雷街的住宅。

史傳傑掏出手錶看了看時間。「花二十分鐘走到哈雷街。再用三刻鐘查出問題。然後再花十五分鐘走到蘇活廣場。很好，時間綽綽有餘。」

亞蕊貝拉呵呵大笑。「我可以向你保證，他平常可沒這麼注意時間，」她對華特爵士說，「但他上個禮拜二跟利物浦勛爵見面時遲到了一會兒，讓諾瑞爾先生很不高興。」

「那又不是我的錯，」史傳傑說，「我早早就準備好要出門，但卻臨時找不到手套。」亞蕊貝拉嘲諷他愛遲到的玩笑，似乎讓他心裡十分介意，他在前往哈雷街的路途中不斷看錶，彷彿是希望能找到某種不為人知的時間運轉問題，來替自己進行辯護。當他們到達哈雷街時，他自以為已找出問題是出在哪兒了。「哈！」他突然喊道，「我知道是怎麼回事了。我的錶時間不準！」

「我可不這麼想，」華特爵士說，掏出他自己的錶給史傳傑看，「現在剛好是正午時分。我的錶時間也是一樣。」

「那我為什麼沒聽到鐘聲？」史傳傑說，「妳有聽到鐘聲嗎？」他詢問亞蕊貝拉。

「沒有，我什麼也沒聽到。」

華特爵士漲紅了臉，囁嚅地表示這個教區和鄰近區域早就不鳴鐘了。

「真的嗎？」史傳傑問道，「為什麼不鳴鐘？」

華特爵士的神情，似乎是想請史傳傑別再打破砂鍋問到底，但最後他只是開口說，「波爾夫人生病後，神經變得十分衰弱。最讓她難以忍受的就是教堂的鐘聲，所以我去找聖馬莉勒朋教堂和聖彼得教堂的教區委員會，請他們為了波爾夫人的健康狀況著想，別再鳴響教堂的鐘聲，而他們十分好心地答應了我的請求。」

這實在相當怪異，但眾所周知，波爾夫人得的是一種怪病，症狀本來就跟一般疾病大不相同。史傳傑夫婦兩人都沒見過波爾夫人。這兩年來根本沒人見過她。

當他們到達哈雷街九號時，史傳傑急著想要去看華特爵士的文件資料，但卻不得不暫時耐著性子，讓華特爵士先盡一些地主之誼，免得他們談事情時亞蕊貝拉無事可做。華特爵士是一位教養良好的紳士，他萬分不願讓任何客人在他家中受到冷落。讓一位淑女孤零零地無人陪伴，更是讓他心裡感到萬分不安。但在另一方面，史傳傑卻急著想要準時趕去跟諾瑞爾先生碰面，因此不論華特爵士建議亞蕊貝拉從事任何消遣活動，史傳傑就趕緊打岔，滿口保證說她什麼都不需要。

華特爵士帶亞蕊貝拉瀏覽書架上的小說，並特別推薦艾吉渥茲夫人[i]的《貝琳達》，認為她應該會喜歡。「喔，」史傳傑插嘴道，「《貝琳達》我兩、三年前就讀給亞蕊貝拉聽過了。再說，我們花的時間，總不會久到讓她可以讀完整整三大冊的小說吧。」

「那就喝杯茶，吃一塊種子蛋糕好嗎……？」華特爵士對亞蕊貝拉說。

「亞蕊貝拉不會想要吃種子蛋糕，」史傳傑插嘴道，心不在焉地自己取下《貝琳達》，開始翻閱第一冊，「她最不愛吃這種點心了。」

「那就喝一杯馬德拉群島白葡萄酒好了，」華特爵士說，「我想妳應該會喜歡馬德拉群島白葡萄酒。史提芬！……替史傳傑夫人送一杯馬德拉群島白葡萄酒過來。」

一名高大的黑人男僕，以受過嚴格訓練的倫敦僕人所特有的靜悄悄詭異方式，神不知鬼不覺地來到華特爵士身邊。看到他突然出現，史傳傑似乎嚇了一跳，盯著他看了好一會兒，才轉頭對妻子說，「妳並不想喝馬德拉群島白葡萄酒，對不對？妳根本什麼都不要。」

「沒錯，強納森。我什麼都不要，」他的妻子附和道，被他們這種古怪的爭執逗得咯咯發笑，

「謝謝你，華特爵士，我只要安安靜靜地坐在這兒看書就行了。」

黑人男僕彎身鞠躬，像來時一般靜悄悄地告退，而史傳傑和華特爵士也離開房間，前去商討關於法國艦隊和失蹤英國戰船的國家大事。

然而當房中只剩下亞蕊貝拉一個人時，她卻發現自己一點兒也不想看書。她環顧四周，想要找些消遣來打發時間，而一幅巨大的畫作吸引住她的目光。那是一幅風景畫，有著成片的樹林和一座棲息在懸崖頂端的城堡廢墟。樹林黑漆漆的，廢墟和懸崖抹上一層夕陽餘暉的淡淡金光；在對照之下，天空顯得燦亮無比，散發出珍珠色的耀眼光芒。畫作的前景主要是一汪銀色水潭，水裡有一名顯然快要淹死的年輕女子；另一個人影彎身俯向她——但很難分辨出這是男人、女人、森林之神，還是半人半羊的農牧神，而且，亞蕊貝拉仔細研究他們的姿勢，但她還是看不出，這第二個人影究竟是打算拯救那名年輕女子，還是想要謀殺她。在看膩了這幅畫之後，亞蕊貝拉信步晃到走廊去看那兒的畫作，但這裡全都是描繪布萊頓和切姆斯福德風景的水彩畫，她覺得這些畫非常單調無聊。

她聽到另一個房間傳來華特爵士和史傳傑的交談聲。

「……太奇特了！但他人雖怪了點兒，但還是很優秀的，」華特爵士的聲音說。

「喔！我懂你的意思！他有個兄弟是巴斯教堂的風琴手，」史傳傑說，「他養了一隻黑白貓，老是跟在貓後面到巴斯街上四處閒逛。有一次，我在米森街上……」

透過一扇敞開的房門，亞蕊貝拉看到一間十分典雅的客廳，裡面掛滿了數不清的畫作，而她這輩子從來沒見過如此富麗壯觀，如此五彩繽紛的繪畫。她走了進去。

雖然天氣就跟往常一樣灰暗陰冷，但房中的光線似乎異常明亮。「光線到底是從哪兒來的？」亞蕊貝拉心中思忖，「看起來簡直就像是圖畫在發光似的，但這不可能啊。」這些畫全都是描繪威尼斯的風光，[3]而畫中處處可見的天空與海洋，使得這個房間彷彿顯得有些虛幻而不真實。

她仔細欣賞完牆上的畫作後，轉身走向對面的牆壁，而她立刻發現——這讓她感到萬分懊惱——房中並不是只有她一個人。一名年輕女子坐在爐火前的藍色沙發上，用有些好奇的目光打量著她。沙發的椅背很高，所以亞蕊貝拉先前才沒有注意到她。

「喔！我非常抱歉！」

年輕女子什麼也沒說。

她是一個非常高雅秀氣的女子，有著蒼白無瑕的肌膚與一頭梳理得十分雅緻的烏黑秀髮。她穿著一件白色的細洋布晨衣，裹著一條銀色、黑色與象牙白交織成的印度披肩。看她這身打扮，體面得不像是家庭女教師，卻又家常得不可能是仕女的陪伴人。然而她若是家裡的訪客，華特爵士為什麼沒替他們夫婦引見呢？

亞蕊貝拉屈膝對年輕女子行了一個禮，微紅著臉說，「我以為這裡沒人！很抱歉打擾到妳。」她轉身準備離開。

「喔！」年輕女子說，「我希望妳別走！我很少有機會見到任何人——幾乎連一個人也沒有！而且妳很想看看這些圖畫！這妳不能否認，因為妳一踏進房間，我就從鏡子裡看到妳，妳的表情明顯透露出妳很想看看這些畫。」壁爐上方懸掛著一面巨大的威尼斯明鏡。華麗繁複的鏡框同樣也是用威尼斯玻璃製成，上面還裝飾著醜陋無比的玻璃花朵與渦卷圖案。「我希望，」年輕女子說，「妳別讓我干擾到妳的雅興。」

「但我擔心會打擾到妳，」亞蕊貝拉說。

「喔，完全不會！」年輕女子朝畫作比了個手勢，「請繼續欣賞吧。」

亞蕊貝拉感到她要是再拒絕的話，反而會顯得更加失禮，於是她向年輕女子道聲謝，就走過去欣賞其他畫作。但這次她看得沒先前那麼仔細，因為她清楚意識到，年輕女子從頭到尾都在透過鏡子盯著她瞧。

看完之後，年輕女子請亞蕊貝拉坐下來。「妳喜歡這些畫嗎？」她問道。

「嗯，」亞蕊貝拉說，「它們的確很美。我特別喜歡那些描繪遊行和宴會的畫。我們英國就見不到這樣的景象。那麼多迎風飛舞的旗幟！那麼多鍍金的船隻和精緻的華服！但在我看來，這位畫家似乎偏愛建築物和藍色的天空，卻不太喜歡人。他讓人顯得如此渺小，如此微不足道！在數不清的大理石宮殿和橋梁之間，他們似乎都快要迷路了。妳說是不是？」

年輕女子似乎覺得這種說法很有趣。她露出嘲諷的微笑。「迷路？」她說，「喔，我想他們是真的迷路了，可憐的人！因為在一切回歸平靜後，威尼斯就只是一座迷宮——儘管這座迷宮既寬廣又美麗，但仍然無法改變它迷宮的本質，只有最古老的居民才能辨識路途——至少這是我個人的看法。」

「真的嗎？」亞蕊貝拉說，「那一定很不方便。但那種在迷宮中迷失方向的感覺一定很棒！喔！我要是能到那兒去看看，我幾乎願意放棄一切呢！」

年輕女子露出奇特而憂傷的微笑凝視著她。「妳若是像我一樣，花上好幾個月的時間，疲憊不堪地隨著遊行隊伍穿越永無止境的黑暗長廊，妳的看法就會完全不同了。在迷宮中失去方向的愉快感覺，很快就會令妳感到厭倦。至於那些怪異的儀式、遊行和盛宴，嗯……」她聳聳肩，「我感到厭惡透頂！」

亞蕊貝拉不太明白這段話的意思，但她暗自思索，她若是能知道這名年輕女子的身分，或許會有些幫助，於是她開口詢問女子的姓名。

「我是波爾夫人。」

「喔！當然！」亞蕊貝拉說，奇怪自己怎麼沒早點想到。她把自己的名字告訴波爾夫人，解釋說她的丈夫正在跟華特爵士商談國事，所以她才會來到這裡。

圖書館突然爆出一陣響亮的笑聲。

「他們應該是在討論戰事，」亞蕊貝拉告訴夫人，「但要不是最近戰爭變得有趣得多，就是——我猜想應該是這樣——他們已經拋下正事不管，開始談論他們一些熟人的閒話了。半個鐘頭前，史傳傑先生滿腦子只擔心他會誤了下一場約會，但現在據我猜想，華特爵士已經引他分心去談論其他事情，而他根本就把下場約會忘得一乾二淨。」她就像所有表面上假裝批評丈夫，但其實是在替他吹噓的妻子一樣，暗自粲然一笑，「他真是全世界最容易分心的人。我想諾瑞爾先生的耐心必然受到嚴重的考驗。」

「諾瑞爾先生？」波爾夫人說。

「史傳傑先生十分榮幸，他現在是諾瑞爾先生的徒弟，」亞蕊貝拉說。

她以為夫人會開口說些盛讚諾瑞爾先生卓越魔法才能，或是感激他好心幫忙之類的話。但波爾夫人沉默不語，因此亞蕊貝拉用一種鼓勵的語氣說，「當然，我們常聽人提起諾瑞爾先生為夫人所施展的奇妙魔法。」

「諾瑞爾先生不是我的朋友，」波爾夫人用一種平靜而冷淡的語氣說，「我現在等於是生不如死。」

這句話實在太令人震驚，亞蕊貝拉愣了半晌，完全不曉得該如何接話。她並不喜歡諾瑞爾先生。他對她一直很不友善——事實上，他有好幾次甚至十分失態地顯示出，他完全無視於她的存在，但儘管如此，他畢竟是魔法師這個行業中，除了她丈夫之外的唯一代表人物。因此，就像海軍上將的妻子總是袒護海軍，或是主教的妻子會替教會說話一樣，亞蕊貝拉感到自己有義務來替另一位魔法師進行辯護。「病痛的折磨確實令人難以忍受，夫人想必是真心對此感到厭倦。沒人會怪妳想要擺脫病痛……」（但就在亞蕊貝拉說這些話的時候，她心裡卻想著：「真奇怪，她看起來一點兒不像病人啊。完全沒有一絲病容。」）「但就我所聽到的傳言，夫人在病痛中並未缺少溫暖的慰藉。我必須坦承，每當有人提起夫人的名字時，總是會極力讚賞妳那位忠實的丈夫。妳想必會捨不得拋下他吧？所以說，夫人，妳心裡至少該對諾瑞爾先生有一絲感激——就算是只為了華特爵士著想。」

波爾夫人並沒有回答這個問題；她開始詢問亞蕊貝拉關於史傳傑的各種事情。他學習魔法有多久了？他什麼時候開始成為諾瑞爾先生的徒弟？他施展的魔法通常都會成功嗎？他是靠自己的能力施展魔法，還是完全遵照諾瑞爾先生的指示？

亞蕊貝拉盡可能詳細回答所有問題，最後還補上一句：「夫人若想詢問史傳傑先生任何問題，或是需要他為妳服務，請夫人儘管吩咐，千萬別跟我客氣。」

「謝謝妳。但我現在要告訴妳的話，不僅是為了我自己，同時也是為了妳的丈夫。我認為史傳傑先生必須了解，諾瑞爾先生是如何讓我陷入可怕的命運。史傳傑先生應該曉得，他所面對的是一個什麼樣的人。妳願意把這些話告訴他嗎？」

「當然。我……」

「答應我告訴他。」

「我會把夫人想說的事情，全部告訴史傳傑先生。」

「我先警告妳，我試過很多次，想要對人訴說我悲慘的處境，但我從來就沒有成功過。」

就在夫人說這段話的時候，發生了某種亞蕊貝拉不太明瞭的現象。彷彿有某幅畫中的事物動了一下，或是有某人在鏡子背後匆匆走過，先前那種怪異的感覺又重新朝她襲來，似乎這個房間並不是真正的房間，而周遭的牆壁也不是堅固的實體，這裡只是某種交叉路口，而波爾夫人在來自遠方的怪風吹襲下變得有些不同了。

「在一六〇七年，」波爾夫人開始述說，「西約克郡的哈立法有一名叫做雷敵笑的紳士，繼承了他阿姨留下來的十英鎊遺產。他用這筆錢買了一塊土耳其地毯，把地毯帶回家，鋪在他家客廳的石板地上。然後他喝了一點兒啤酒，坐在爐火前的椅子上沉沉睡去。他在凌晨兩點醒過來，發現地毯上擠滿了三、四百個大約只有兩、三吋高的小人。雷敵笑先生注意到，他們之中那些地位最高的人，不論男女都穿戴著一身燦爛華麗的金銀盔甲，騎在白兔身上——兔子對他們來說就像大象一樣龐大。他問他們在做什麼，其中一個勇敢的小人爬到他的肩膀上，朝著他的耳朵大吼，說他們打算依照昂納瑞．博內 ii 制定的原則來發動戰爭，而雷敵笑先生的地毯完全符合他們的需求，因為上面的規律圖案，可以協助兩軍前鋒率領各自的軍隊，站到正確的位置，在公平的情況下展開戰爭。但雷敵笑先生不願意讓他的新地毯被人當作戰場，所以他拿了一把掃帚……不，等一下！」波爾夫人突然停下來，用手蒙住臉，「這不是我想說的事情！」

她再次開始述說。這次她說的是一個男人到森林裡打獵的故事。他跟他的朋友們走散了。他的馬兒一腳踏進了兔子洞，害他從馬上摔了下來。他跌落時有一種怪異的感覺，彷彿自己好像掉進了一個兔子洞。他站起來，發現他來到了一個奇妙的國度，此處別有洞天，有著自己的太陽與滋養大地的雨水。他在一座跟他剛離開的地方十分相似的樹林裡，看到了一座宅邸，一群紳士——有些人模樣相當古怪——聚在那裡玩牌。

當波爾夫人說到這群紳士邀請迷路的獵人跟他們一起玩牌時，一絲細微的聲響——沒比吸氣聲響多少——讓亞蕊貝拉轉過頭來。她發現華特爵士已走進房間，正帶著驚慌的神情俯視他的妻子。

「妳累了，」他對她說。

波爾夫人抬頭望著她的丈夫。在那一瞬間她神情顯得十分奇特。有一些憂傷，有一些同情，最奇怪的是還帶著一絲興味。彷彿她正在告訴自己：「看看我們！我們真是一對怨偶！」但接著她大聲答道，「我只不過是跟平常一樣疲累。昨晚我走了好多哩路。還跳了好多個鐘頭的舞！」

「那妳就應該去休息，」他堅持道，「我帶妳到樓上去找潘絲芙，她會好好照顧妳的。」

夫人原本似乎打算抗拒。她抓住亞蕊貝拉的手緊握不放，彷彿想讓她知道，她萬分不願跟亞蕊貝拉告別。但接著她就像剛才一樣突兀地忽然宣告放棄，乖乖跟著丈夫離開了。

她在走到門邊時轉過身來說，「再會，史傳傑太太。但願他們會讓妳再來看我。我希望妳能給我這份榮幸。我見不到任何人。或者該說是，我見到滿屋子人，卻連一個基督徒也沒有。」

亞蕊貝拉踏向前方，想要跟波爾夫人握握手，向她保證自己樂意再來看她，但這時華特爵士已拉著夫人走出房間。這是亞蕊貝拉今天第二次獨自一人待在哈雷街住宅中。

鐘聲開始響起。

她已從華特爵士口中得知，聖馬莉勒朋教堂顧慮到波爾夫人的身體狀況，因此已不再鳴響鐘聲，此刻她自然會感到有些訝異。鐘聲聽起來遙遠而悲傷，而她在恍惚間看到各種憂傷的場景出現在她眼前……

……陰冷淒涼，狂風呼嘯的沼澤與荒野；圍牆傾頹，門鏈脫落的荒蕪田園；一座黑暗的教堂廢墟；一個敞開的墓穴；埋葬在空寂十字路旁的自殺死者；在黃昏雪地中閃爍的幽幽燐火；吊著一名男子的絞刑架；一根插在污泥中的古老長矛，上面有著古怪的護身符，就像是一根垂吊在矛上的皮質小指頭；一個穿著破爛黑衣的稻草人，衣服在狂風中激烈翻飛，彷彿就要躍入灰濛濛的空中，展開巨大的黑翅朝你飛來……

「妳若是在這裡看到任何令妳不安的事物，我在此向妳深深致歉，」華特爵士突然重新回到房中。

亞蕊貝拉抓住椅子，好穩住身軀。

「史傳傑太太？妳好像很不舒服。」他抓住她的手臂，扶她坐下。「我去找個人過來陪妳好嗎？妳的丈夫？還是夫人的女僕？」

「不，不用了，」亞蕊貝拉說，她有些喘不過氣來，「我不用人陪，我什麼都不要，我以為……我不曉得你在這兒。就只是這樣。」

華特爵士非常關心地望著她。她企圖對他微笑，但她不確定自己露出的是什麼樣的表情。

他把雙手放進口袋，再伸出來，抓了抓頭髮，深深地嘆了一口氣。「我想夫人一定對妳說了許多各式各樣的奇怪故事，」他憂傷地說。

亞蕊貝拉點點頭。

「這些故事讓妳感到很不舒服。我非常抱歉。」

「不，不是的。完全不會。夫人是說了一些……似乎相當怪異的事情，但我並不介意。一點兒也不介意！我感到有些暈眩。但這是兩回事，別把它們聯想在一起，我請求你！這跟夫人沒有任何關係！我剛才有一種愚蠢的念頭，好像我眼前有一面鏡子，鏡中呈現出各種奇特的風景，而我感到自己似乎就快要掉進去了。就在我快要昏倒的時候，你恰好走進房裡，讓我清醒過來。但這真的是非常古怪。我以前從來沒有過這樣的感覺。」

「我去叫史傳傑先生過來。」

亞蕊貝拉放聲大笑。「你想去就去吧，但我向你保證，他絕對不會像你這樣關心我。史傳傑先生向來不會把別人的小病痛放在心上。但若是他自己生病，那可就完全不同了！不過，真的不需要找任何人過來陪我。你看！我已經恢復正常了。我好得很呢。」

兩人沉默了一會兒。

「波爾夫人……」亞蕊貝拉才剛開口就又停下來，不曉得該如何繼續說下去。

「夫人平常都還算平靜，」華特爵士說，「不能說是十分安詳，但還算平靜。只有在少數情況下，每當家裡有新訪客出現時，總是會刺激她說出古怪的言論。我相信妳會好心替我們守密，不會把她說的話告訴任何人。」

「喔！當然！我無論如何都不會告訴任何人！」

「妳真是太仁慈了。」

「那麼我可以……再到這兒來嗎？夫人似乎很希望我再來探望她，我也十分樂意跟夫人交往。」這項建議讓華特爵士考慮了許久。最後他終於點頭。接著他就順勢鞠了一個躬。「妳若能來訪，我們夫婦兩人都會感到莫大的榮幸，」他說，「謝謝妳。」

在史傳傑和亞蕊貝拉一同走出哈雷街的住宅時，史傳傑的心情十分振奮。「我已經想出對策了，」他告訴她，「真是再簡單不過。可惜我得先聽過諾瑞爾的意見才能展開行動，我相信我可以在半個鐘頭內解決所有問題。在我看來，這件事有兩個關鍵。首先……怎麼啦？」

亞蕊貝拉輕輕喊了一聲「喔！」，停下了腳步。

她突然想到，她剛才許下兩個完全矛盾的承諾：她先答應波爾夫人，把約克郡紳士買地毯的故事告訴史傳傑；然後她又答應華特爵士，不對任何人透露夫人的話語。「沒什麼，」她說。

「華特爵士替妳準備了這麼多娛樂活動，結果妳到底做了什麼消遣？」

「什麼都沒做。我……我見到了波爾夫人，我們聊了一會兒。就只是這樣。」

「妳真的見到她了？真可惜我沒跟妳在一起。我很想見見這位靠諾瑞爾魔法重生的女人。但我還沒告訴妳我剛才遇到的怪事！妳還記得，那個黑人男僕突然神不知鬼不覺現身時的情形嗎？嗯，在那一剎那，我突然有一種非常古怪的感覺，彷彿站在那兒的是一位高大的黑人國王，頭上戴著銀色王冠，手裡握著閃閃發亮的權杖和寶珠——但當我再定神一看，卻發現那只是華特爵士的黑人男僕。妳說這可不可笑？」史傳傑呵呵大笑。

史傳傑跟華特爵士閒聊了太久，等他趕到諾瑞爾先生家中時，已遲到將近一個鐘頭，這讓諾瑞爾先生非常生氣。當天稍晚，史傳傑派人送信到海軍總部，說諾瑞爾先生和他已經仔細研究過法國戰船突然失蹤的問題，而他們相信，目前法國船是在大西洋，正打算航向西印度去進行某種破壞。兩位魔法師更進一步地指出，他們認為阿敏克洛夫上將已猜到了法國船的意圖，而他此刻正在全力追趕。海軍總部在史傳傑先生和諾瑞爾先生的建議之下，派遣賴特武上校率隊航向西方去支援上將。結果英軍及時攔截下幾艘法國船，其他逃過一劫的船隻隨即逃回法國港口，不敢再輕舉妄動。

亞蕊貝拉為了她許下的兩個承諾感到良心不安。她把這件事告訴幾位年長的已婚女性友人，她向來非常信賴她們睿智的見解與審慎的判斷。她自然不能說得太過詳細，完全沒提到任何人的姓名或是任何特殊的情況。不幸的是，這卻讓那些賢明的婦人無法理解她所面臨的兩難困境，自然也不能為她提供任何協助。況且，她也不能對史傳傑傾吐實情，這讓她心裡相當難受，但她只要一提起這件事，就等於違背了她對華特爵士的諾言。在經過深思熟慮之後，她終於下定決心，對一名神智清醒的人許下的承諾，顯然比對一名神智不清的人許下的承諾更具約束力。畢竟，重複述說一個可憐瘋女荒唐無稽的胡言亂語，究竟會有什麼用處呢？因此她從未對史傳傑透露波爾夫人的話語。

幾天後，史傳傑夫婦前往貝佛德廣場的住宅，去聆聽一場義大利音樂會。亞蕊貝拉覺得演出非常精采，但他們聽音樂的房間不夠溫暖，於是她利用等候一位新歌手出場前的短暫休息時間，靜悄悄地走到另一個房間，去拿她放在那兒的披肩。她才剛裹上披肩，就聽到背後傳來一陣耳語，她抬起頭來，看到卓萊正以疾如夢影的速度朝她走來，邊走邊大聲喊道：「史傳傑太太！真高興見到妳！親愛的波爾夫人情況可好？我聽說妳跟她見過面？」

亞蕊貝拉心不甘情不願地點頭承認。

卓萊抓起她的手，勾住自己的手臂，似乎是想防止她突然跑走，並開口說：「妳絕不會相信，我耗費多大工夫，想要受邀到他們家登門拜訪！我用盡各種方法，卻仍然無法如願以償！華特爵士總是用同一個薄弱的藉口來敷衍我。每次的說法都一模一樣——夫人生病了，要不就是說她身體略微好轉，但還沒有完全復元，所以無法接待訪客。」

「嗯，我想……」亞蕊貝拉想要解釋。

「喔！沒錯！」卓萊硬生生打斷她的話，「如果她生病的話，自然應該杜絕所有閒雜人等。但沒理由要拒絕我啊。我可是親眼看過她的屍體呢！喔，是的！我想妳不曉得這件事吧？在她死而復生的那個夜晚，親愛的諾瑞爾先生來找我，拜託我陪他一起到那棟住宅。他當時是這麼說的：『跟我一起去吧，我親愛的卓萊，因為我無法忍受眼睜睜地看到一位淑女，如此年輕、純真而美麗，卻在生命最美好的花樣年華香消玉殞！』她現在把自己關在家裡誰也不見。有些人認為，她復活之後變得非常驕傲，不屑於跟我們這些凡夫俗子打交道。但我認為事實並非如此。我相信她死而復生的過程，讓她培養出追求怪異經驗的嗜好。妳覺得這是不是很有可能？在我看來，她非常可能為了看到恐怖的景象而服用某種藥物！我想妳該不會正好看到這方面的證據吧？她是否啜飲一杯顏色詭異的飲料？她是否在妳踏入房間時，急忙把一個小紙包塞進口袋？——就是那種裡面可能裝了一、兩匙粉末的小紙包？沒有嗎？鴉片酊通常都是裝在兩、三吋高的藍色小玻璃瓶裡。家裡有人染上毒癮的家庭，總是相信他們可以隱瞞真相，但紙包不住火。最後總是會被世人發現的。」他發出一陣矯揉造作的大笑，「總是會被我發現的。」

亞蕊貝拉輕輕掙脫他的手臂，並向他道歉。她無法為他提供他需要的訊息。她沒看到任何小瓶子或是粉末。

她重新走回去聽音樂會，但心情已不像剛才離開時那般愉快了。

「可恨，可恨的小人！」

---

❶一八一〇年，史傳傑寫信給約翰．賽剛督：

「……在這裡大家全都十分渴望看到幻象，我總是盡量滿足他們的希望。不論諾瑞爾會怎麼說，這麼做其實不費什麼工夫，又能讓外行人欣喜萬分。我只有一點想要抱怨，就是人們最後總是會要求我讓他們看到某位親戚。我周四前往塔維史塔克廣場一戶叫做符契爾的人家。我在餐桌上潑了一些酒，施法讓他們觀看一場當時正在巴哈馬群島進行的海戰，一座月光下的那不勒斯修道院廢墟，最後還有拿破崙大帝一面把雙腳泡在一盆熱水裡，一面喝巧克力的景象。

「符契爾一家人很有教養，表面上似乎對我變出的幻象很感興趣，但是到晚宴即將結束時，他們忍不住開口詢問我，是否可以讓他們看看住在卡萊爾的姨媽。接下來整整半個鐘頭，我和亞蕊貝拉兩人無聊得只好開始聊天，而他們全家人卻欣喜若狂地盯著一位戴著白色軟帽的老太太，坐在爐火邊打毛線的景象。」《強納森・史傳傑書信雜文選集》，約翰・賽剛督編著，約翰・莫瑞出版社於一八四二年在倫敦出版。

❷ 諾瑞爾先生的書籍之一。當賽剛督先生和哈尼富先生於一八〇七年一月初登門拜訪時，諾瑞爾先生曾經以拐彎抹腳的方式提過這本書。

❸ 這就是諾瑞爾先生兩年前在溫特堂太太家中看到的威尼斯畫作。溫特堂太太當時告訴諾瑞爾先生，她打算把這些畫作送給華特爵士當作結婚禮物。

i Maria Edgeworth，英裔愛爾蘭女作家，以寫兒童故事和反映愛爾蘭生活的小說而聞名。

ii Honore Bonet，中世紀作家，著有《戰爭樹》一書，倡導唯有諸侯方能發動戰爭等觀念，此書寫於一八三二—三七年之間，迅速成為權威著作，流傳甚廣。

28 羅博兮公爵的圖書館

一八一〇年十一月至一八一一年一月

英國政府的處境在一八一〇年底淪至谷底。層出不窮的厄耗令內閣大臣疲於奔命。法軍在戰場上處處告捷；曾經與英國聯手攻打拿破崙大帝（結果卻被他打得潰不成軍）的其他歐陸大國，此刻已發現自己犯下錯誤，轉而與拿破崙結為盟友。在英國境內，經濟因戰爭而一蹶不振，全國各地的老百姓都宣告破產；農作物連續兩年收成欠佳。國王的么女不幸病逝，而國王因悲痛過度而幾近瘋狂。

戰爭摧毀了眼前所有的繁華景象，並為未來蒙上了一層黑暗的陰影。軍士、商人、政客與農夫全都在慨嘆自己生不逢辰，但魔法師（他們可算是完全不同品種的人類）卻因目前的局勢而大大受益。將近數百年來，他們的藝術從未像此刻這般受人尊重。政府用盡各種方法想要贏得勝利，但全都慘敗收場，而現在魔法似乎成為英國最大的希望所在。戰務部的高官和海軍各種部門的官員，全都十分渴望能請諾瑞爾先生和史傳傑先生來為他們工作。諾瑞爾先生位於漢諾瓦廣場的住宅業務應接不暇，訪客們往往得等到凌晨三、四點，史傳傑先生和諾瑞爾先生才有空來接待他們。只要諾瑞爾先生家的客廳裡擠滿前來求教的紳士，這倒也不算是太難熬的苦差事，但排在最後一名訪客可就慘了，三更半夜待在一扇緊閉的房門外癡癡等候，而且還知道有兩位魔法師正在房中施展魔法，那

種滋味的確是很不好受。❶

當時有一個流傳甚廣的故事（不管走到哪兒都一定會聽到），述說拿破崙大帝想要替自己找一名御用魔法師，但卻不幸處處碰壁。利物浦勛爵❷的間諜傳來密報，說英國魔法師的傑出表現讓大帝十分嫉妒，因此他派遣官員到他帝國境內各處，去尋找一些具有魔法才能的人。然而到目前為止，他們只找到一名叫做衛魯夫的荷蘭人，他自稱擁有一個魔衣櫥。他們用有著折疊式車篷的四輪大馬車，將衣櫥運到巴黎。在凡爾賽宮中，衛魯夫向大帝保證，不論他有任何問題，全都可以在衣櫥中獲得解答。

根據間諜的情報，拿破崙向衣櫥問了以下三個問題：「皇后懷的是男孩嗎？」；「沙皇是否會再次改變立場？」；「何時可以征服英國？」

衛魯夫走進衣櫥，出來後分別說出以下三個答案：「是，」「不會，」和「四個星期內。」衛魯夫每次一走進衣櫥，裡面就會發出恐怖至極的聲響，彷彿半個地獄的魔鬼全都躲在裡面尖聲怪叫似的，衣櫥縫隙冒出一陣陣細小的銀星，而衣櫥的龍爪抓珠櫥腳也在微微晃動。在問完三個問題之後，拿破崙默默盯著衣櫥沉吟許久，然後大步走過去拉開櫥門。他發現裡面有一隻鵝（用來發出聲響）、幾顆硝石（用來製造銀星）和一個侏儒（用來點燃硝石和用力戳鵝）。沒人知道衛魯夫和侏儒最後的下場，但大帝在第二天宰了鵝當作晚餐。

在十一月中，海軍總部邀請諾瑞爾先生和史傳傑先生到普茲茅斯去校閱海防艦隊，這通常是海軍將領、英雄和君王才能享有的榮耀。兩位魔法師和亞蕊貝拉搭乘諾瑞爾先生的馬車前往普茲茅斯。他們進城時港口的所有船隻，以及附近所有的軍火庫與軍事堡壘，全都鳴禮砲向他們致敬。他們乘船在斯皮特黑德的船隻之間四處巡行，而所有的海軍上將、將官、少校全都排成整齊的隊伍，站在數艘海軍大型艦艇上為他們護航。另外還有一些非官方的民間遊船，上面擠滿了普茲茅斯的良好市民，他們特地趕過來看兩位魔法師，並興奮地揮手歡呼。在返回普茲茅斯的路途中，諾瑞爾先生和史傳傑夫婦察看了海軍造船廠，而當晚在集會廳舉辦了一場歡迎他們的盛大舞會，整個小城燈火通明，亮如白晝。

舞會大致說來可算是賓主盡歡。一開始出了一點兒小狀況，幾位賓客竟然愚蠢到去跟諾瑞爾搭訕，說些舞會是多麼有趣，而舞廳又布置得多麼漂亮之類的廢話。諾瑞爾先生無禮的回答，讓他們立刻判定他是一個壞脾氣的討厭鬼，不屑跟任何身分比海軍將領低的平民老百姓說話。但他們隨即發現，史傳傑夫婦活潑而坦率的作風，讓他們的失望獲得了充分的補償。他們夫婦倆十分樂於認識普茲茅斯的當地人士，而且他們還對普茲茅斯的風土人情、他們所看到的船隻，以及跟海軍和海邊有關的一切事物讚不絕口。史傳傑先生十分捧場地盡情跳舞，連一支舞曲都沒錯過，史傳傑夫人也只有兩首舞曲沒跳，他們一直到凌晨兩點過後才回到「皇冠旅館」。

史傳傑快到凌晨三點才上床睡覺，因此當他在早上七點被敲門聲吵醒時，他自然不太高興。他爬下床，看到一名旅館男僕站在門外的走廊上。

「很抱歉，先生，」男僕說，「但港口的海軍上將派人傳話說假修士在馬沙觸礁了。他派吉貝上將來請一位魔法師過去，另一位魔法師說他頭痛不肯去。」

這段話說得不清不楚，讓人完全摸不著頭緒，而史傳傑不禁懷疑，他就算在更清醒的情況下，大概也聽不懂這段話是什麼意思。儘管如此，他可以確定的是，現在發生了**某件事情**，而有人要他趕到**某個地方**。「你請那位某某上校等一下，」他嘆了一口氣說，「我馬上就來。」

他穿好衣服走下樓。他在咖啡廳裡看到了一名身穿海軍上校制服的帥氣年輕男子。這就是吉貝上校。史傳傑記得在舞會中見過他——一位風度翩翩，看起來非常聰明的年輕人。他看到史傳傑時，顯然大大鬆了一口氣，解釋說有一艘叫做假修士的船隻，擱淺在斯皮特黑德的一個淺灘上。情況相當不妙。順利的話，假修士可以安然脫身，但也可能嚴重毀損。現在港口的海軍上將派他來向諾瑞爾先生和史傳傑先生致意，並請求他們兩人或至少請其中一位魔法師，過去看看他們是否可以幫得上忙。

一輛雙輪單馬車在皇冠旅館外等候，一名旅館僕人站在馬前。史傳傑和吉貝上校坐上馬車，駕車輕快地穿過城鎮。小城中開始出現一種匆忙而緊張的氣氛。窗戶紛紛敞開；戴著睡帽的人探出頭來，大喊著詢問街上的人；街上的人大喊著回答。有許多人似乎正朝吉貝上校馬車行駛的同一方向迅速湧去。

他們到達堡壘，吉貝上校停下馬車。空氣冰冷而潮濕，一陣清涼的海風迎面吹來。不遠處有一艘船側躺在淺灘上。他們可以看到水手們細小的黑影，正攀住欄杆從船邊爬下來。船的周圍環繞著大約十來艘划艇和帆船。這些船上的人顯然正在跟側躺船隻上的水手們熱烈交談。

史傳傑對海洋並不熟悉，而在他眼中看來，這艘船似乎只不過是側躺下來熟睡罷了。他甚至覺得他若是上校的話，他就會用嚴厲的語氣，命令這艘船立刻站起來。

「說真的，」他說，「每天有幾十艘船在普茲茅斯進進出出。怎麼可能還會發生這種事？」

吉貝上校聳聳肩。「這恐怕並不像你以為的那麼少見。船長說不定對斯皮特黑德的海峽不太熟悉，要不然他也許是喝醉了。」

周遭開始聚集了大批群眾。在普茲茅斯，每一個居民多多少少都跟海洋和船隻有所關連，有些人甚至還有些利益關係。那些在港口中進出的船隻和停泊在斯皮特黑德海峽中的船隻，就是這地方日常生活最主要的話題。像今天這類船隻擱淺的事件，幾乎可說是引起全鎮居民的關心。蜂擁而來的不僅只是常在這附近閒晃的無業遊民（這些人就已經夠多了），還有許多擁有固定工作的市民和商人，而海軍總部門的所有官員自然也會抽空趕到這兒來看看。此刻已經有人展開激烈的辯論，各執一詞地討論船長犯了什麼錯誤，而港口的海軍上將又該採取什麼樣的方法來進行補救。群眾一發現史傳傑的身分和他來到這裡的目的，就興高采烈地圍在他身邊，七嘴八舌地為他提供各式各樣的建議。不幸的是，他們運用大量的航海術語，讓史傳傑聽得頭昏眼花，根本搞不清他們在說些什麼。在聽完某個解釋後，他不慎犯下錯誤，詢問「打退」和「用力拉喲」究竟是什麼意思，結果卻引來一連串關於航海原則極端令人費解的解說，而在聽完之後，他甚至比原來更加困惑。

「好吧！」他說，「最主要的問題就是船往旁側翻。我只要讓她重新立起來就行了，沒錯吧？這簡單得很。」

「我的天哪！不行啊！」吉貝上校喊道，「這絕對行不通！除非你用輕得不能再輕的小心動作，否則龍骨一定會折成兩半。所有人全都會淹死。」

「喔！」史傳傑說。

他想出的下一個方法，甚至比先前更加糟糕。他聽到有人提到，漲潮時海風可以將船隻吹離淺灘，這讓他腦中靈光一閃，說不定刮陣強風會有所幫助。他舉起雙手開始施展魔法。

「你在做什麼？」吉貝上校問道。

史傳傑說他打算變出強風。

「不！不！不行啊！」上校驚駭至極地喊道。

好幾個人趕過來抓住史傳傑全身。其中有個男人開始非常猛烈地搖晃他，似乎是以為這樣就可以及時驅除魔法。

「現在吹的是西南風，」吉貝上校解釋道，「要是風勢變強的話，船就會撞上沙灘，非常可能會撞得四分五裂。所有人全都會淹死！」

這時又有某個人開口說，打死他都想不通，海軍總部為什麼會這麼看重這個無知的笨蛋。

另一個人嘲諷地答道，這傢伙也許不算是優秀的魔法師，但他至少很會跳舞。

第三個人放聲大笑。

「這片沙灘叫什麼？」史傳傑問道。

吉貝上校用一種彷彿憤怒至極的姿態劇烈搖頭，表示他完全不曉得史傳傑在說些什麼。

「這個……這個地方……這個讓船隻擱淺的玩意兒，」史傳傑誘導他，「好像是某個跟馬有關的名字？」

「這片淺灘叫馬沙，」吉貝上校冷冷地答道，然後就轉過頭去跟其他人交談。

在接下來一、兩分鐘，根本沒人去注意這個魔法師。他們望著那些在假修士周圍巡行的單桅帆船、雙桅帆船和大型艦艇，他們抬頭仰望天空，談論天氣的變化與漲潮時的風向。

在突然間，有好幾個人高喊著要大家注意水面。那兒出現了某種奇怪的東西。那是一種龐大的銀色怪物，有著形狀怪異的長臉和有如白色長海草般朝後飛揚的頭髮。它似乎正朝著假修士游過來。群眾才剛開始失聲驚呼，猜想這到底是什麼神祕的怪物，接著又有好幾頭同樣的怪物一一冒出頭來。才一會兒，海面上就出現一大群銀色的形影——多得完全數不清——全都以輕鬆而飛快的姿態，游向那艘側躺的船隻。

「那到底是什麼怪玩意兒？」群眾中有個男人問道。

「那是馬兒，」史傳傑說。

「它們是從哪兒來的？」另一個男人問道。

「是我變出來的，」史傳傑說，「用沙子變的。更精確的說，是用馬沙的沙子變出來的。」

「但它們不會融化嗎？」群眾中有人問道。

史傳傑答道，「它們是用沙子、海水、和魔法變出來的，在完成任務後它們才會消失。吉貝上校，派艘船去告訴假修士的船長，叫他吩咐手下把這些馬兒跟船綁在一起，盡可能綁越多隻馬兒越好。馬兒會把船拖離淺灘。」

「喔！」吉貝上校說，「太好了。是，我立刻就去。」

在假修士的船長接獲訊息後，短短半個鐘頭內，船隻就順利離開淺灘，水手們開始忙著張起船帆，展開各式各樣的船務工作（這些工作簡直就跟魔法師的行動一樣神祕）。但必須說明的是，這個魔法其實並不符合史傳傑原先的期望。他完全沒想到馬兒會那麼難抓。他原本以為，船上會有足夠的繩索製作轡繩，而且他還必須調整魔法，好讓馬兒變得聽話一些。但水手通常都不識馬性。他們熟悉的是海洋，對其他事物完全一竅不通。有些水手竭盡所能地去抓緊馬兒，替馬兒套上轡繩，但絕大部分的人完全不曉得該如何開始著手，要不然就是根本不敢讓那些像鬼影似的銀色生物靠近他們。史傳傑總共創造出一百匹馬兒，但最後只有大約二十四馬套上了轡繩。這二十四馬兒自然是順利把假修士拖離淺灘的最大功臣，但淺灘上那個不斷變出更多馬兒的大馬槽也同樣功不可沒。

普茲茅斯的社會輿論分成兩派，一派認為史傳傑解救假修士是創下一項光榮的功勳，但另一派卻覺得他只不過是利用這場災難來拓展他自己的事業。當時在場的許多海軍上校與軍官都表示，他施展的是一種非常譁眾取寵的花稍魔法，顯然他最大的意圖並不是想要拯救船隻，而是讓大家注意到他自己的傑出才華，好讓海軍總部留下深刻的印象。那些沙子變出的馬兒也讓他們很不高興。史傳傑原先表示，等完成任務後這些馬兒就會消失無蹤，但事實並非如此；它們在斯皮特黑德附近游了整整一天半，才在一些完全料想不到的新地點停下來化為沙洲。普茲茅斯的船長和舵手對駐港將領大肆抱怨，說史傳傑永遠改變了海峽與沙灘的位置，所以海軍現在必須花費大量經費和無數心力，來重新測量水深和勘查停泊地點。

然而，在倫敦的內閣大臣對於海洋和航海技術跟史傳傑一樣無知，因此他們只看到一個明顯的事實：史傳傑搶救了一艘船，若是失去這艘船，將會使得海軍總部的荷包大大失血。

「拯救假修士的行動證明了一件事，」華特爵士對利物浦勛爵發表評論，「軍隊若是有魔法師坐鎮，絕對是大有益處，他可以及時處理危機。我知道我們曾經考慮要派遣諾瑞爾去協助作戰，但最後不得不打消念頭，你認為派史傳傑去可行嗎？」

利物浦勛爵考慮了一會兒。「我認為，」他說，「我們只能派遣史傳傑先生，去替某位我們經過理性判斷，深信他會在短期內重挫法軍盛焰的將領效勞，要不然我們就是大大浪費了史傳傑先生的才華。天知道，我們倫敦的事情就夠他忙的了。坦白說，這樣的人選並不多。想來想去就只有威靈頓勛爵一個人。」

「喔，沒錯！」

威靈頓勛爵目前正率軍鎮守葡萄牙，因此不太容易探聽到他的意見。但由於某種古怪的巧合，他的妻子住在哈雷街十一號，恰好就在華特爵士家對面。當天傍晚，華特爵士敲響威靈頓夫人家的大門，詢問夫人威靈頓勛爵是否願意讓魔法師為他效勞。但威靈頓夫人是一個陰鬱的瘦小女子，她丈夫向來不把她的意見放在心上，因此她並不知道她丈夫會有何看法。

在另一方面，這項提議卻讓史傳傑感到欣喜異常。亞蕊貝拉雖然不像史傳傑那麼興奮，但她還是非常爽快地表示同意。史傳傑前往戰場服務的最大的阻礙，果然不出大家所料，正就是諾瑞爾先生。這一年以來，諾瑞爾先生變得越來越依賴他的徒弟。他跟史傳傑商量所有過去他會向卓萊和拉塞爾請教的事情。當史傳傑不在身邊時，諾瑞爾先生不管說什麼都一定會提到史傳傑，而當史傳傑待在他身邊時，他就只跟史傳傑一個人說話。這種情感對他而言是一種嶄新的經驗，因此反倒來得更加強烈；他過去不論跟任何人交往，從未感到這般輕鬆自在過。每當他們兩人待在一個擁擠的客廳或是舞廳裡，而史傳傑設法逃開一刻鐘的話，諾瑞爾先生就會派卓萊去察看他人在何處，又在跟什麼人交談。可想而知，當諾瑞爾先生聽到政府竟然要派遣他唯一的徒弟和朋友上戰場時，他的反應有多麼強烈。「我非常驚訝，華特爵士，」他說，「你竟然會提出這種建議！」

「但在戰爭期間，每個男人本來就必須準備為國家犧牲性命，」華特爵士流露出一絲怒意，「你該知道，已經有數千人為國家壯烈成仁。」

「但他們是軍人啊！」諾瑞爾先生喊道，「喔！我相信軍人的生命也十分珍貴，但史傳傑先生若是出了任何差錯，那可是國家難以承受的莫大損失！據我所知，高維克有一所軍校，每年可以訓練出三百名軍官。我若是幸運到能擁有三百名魔法師學生，那我可真要感謝上蒼了！我若有這麼多的學生，英國魔法未來的處境就會比目前樂觀許多！」

在華特爵士無功而返之後，利物浦勛爵和約克公爵也輪番上陣，擔負起遊說諾瑞爾先生的重任，但不論他們說什麼，諾瑞爾先生完全不為所動，而且只要一聽到史傳傑要離開的事情，他就像活見鬼似的怕得要命。

「你有沒有考慮到，先生，」史傳傑說，「這可以為英國魔法贏得多大的榮耀？」

「喔，那還用說，」諾瑞爾先生慍怒地說，「但人們只要一看到英國魔法師出現在戰場上，就必然會聯想到烏鴉王和所有野蠻惡劣的魔法！大家會開始以為我們豢養精靈，和貓頭鷹與野熊為伍。但我深深希望，英國魔法能被世人視為一種低調樸素且受人敬重的職業——事實上這種職業……」

「但是，先生，」史傳傑連忙開口打斷這場他早就聽過上百遍的冗長演說，「我又不會讓精靈騎士跟在我背後。再說，我們也必須考慮到其他層面的問題。人們總是要求我們一次又一次地施展同樣的魔法，而你和我都難免因此感到遺憾。但我相信，在戰爭的危急關頭，我們將會有機會大展身手，去做一些我過去從未嘗試過的魔法——況且，就像我們平常所說的，實際練習魔法會使我們更能體會到理論的精髓。」

但這兩位魔法師的性情南轅北轍，很難在這個問題上達到共識。史傳傑滔滔不絕地述說，他們應該冒險犯難來替英國魔法爭光。他運用的語言和隱喻全都跟賭局和戰爭有關，自然不太可能討諾瑞爾先生的歡心。諾瑞爾先生對史傳傑先生保證，說他必然會發現戰爭令人厭惡。「你在戰場上經常會弄得渾身濕答答的，而且還冷得要命。你一定會大失所望。」

在一八一一年一月和二月這幾個星期中，看來諾瑞爾先生的堅決反對，已經成功阻止史傳傑到戰場上為國效勞。華特爵士、利物浦勛爵、約克公爵和史傳傑等人，全都企圖喚起諾瑞爾先生的高貴品格、愛國熱忱，以及責任感。不可否認，諾瑞爾先生的確擁有這些美德，但他另外還有其他一些更加堅定的原則，而這往往總是跟所有的高尚情操背道而馳。

幸運的是，另外還有兩位善於處理這類棘手問題的紳士。拉塞爾和卓萊跟大家一樣希望能讓史傳傑前往葡萄牙服役，在他們看來，若想成功達到目的，最好的方法，就是利用諾瑞爾先生對羅博兮公爵的圖書館的染指之心。

長久以來，這個圖書館一直都是諾瑞爾先生的眼中釘肉中刺。它是全國最重要的私人圖書館之一——僅次於諾瑞爾先生自己的圖書館。它過去有一段特殊而辛酸的往事。大約在五十年前，羅博兮公爵這位聰明機智、教養良好，且品德高尚的紳士，有緣跟王后的姊妹墜入愛河，並請求國王讓他們結為連理。由於種種跟皇室禮節陳規與身分地位有關的複雜原因，國王拒絕了這樁婚事。公爵與王后的姊妹傷心欲絕，兩人共同許下神聖的誓言，保證對彼此的愛永誌不渝，此生絕對不另行嫁娶。我並不知道王后的姊妹是否信守承諾，但公爵就此歸隱，回到他位於蘇格蘭邊境的城堡，為了打發他孤寂的漫漫長日，他開始蒐集稀有的珍本書籍：精緻的中世紀手抄本裝飾畫，和倫敦的威廉．卡克斯頓 i 及威尼斯的華達佛 ii 這類曠世奇才的工作室製造的第一版印刷書。在本世紀初期，公爵的圖書館被列入世界奇觀之一。公爵鍾愛詩集、騎士文學、歷史與神學。他對魔法並沒有特別的興趣，但他熱愛所有古書，因此他的圖書館中若是出現一、兩本魔法書，也就不足為奇了。

諾瑞爾先生寫了好幾封信給公爵，懇求讓他去參觀公爵的藏書，並容許他購買公爵擁有的所有魔法書。然而，公爵並不想滿足諾瑞爾的好奇心，而且他自己家財萬貫，也不想去賺諾瑞爾先生的一點小錢。公爵多年來一直信守他對王后姊妹許下的承諾，因此他並沒有子女和明顯的繼承人。當他溘然長逝後，他的許多男性親戚，都深信自己有權力繼任為下一任羅博兮公爵。這些紳士要求上議院特權委員會裁決爵位的繼承順位。委員會經過詳細考慮後，判定最可能的新任公爵人選，就只有柯爾少將和詹姆斯．殷尼斯勛爵，但委員會仍然不太確定究竟該讓哪一位繼承爵位，因此他們決定再做進一步考慮後才宣佈判決。直到一八一一年初，這個案子依然懸而未決。

在一個寒冷潮濕的周二早晨，諾瑞爾先生與拉塞爾先生及卓萊先生三人，一同坐在漢諾瓦廣場的圖書館中。查德邁也待在房間裡，忙著替諾瑞爾先生寫信給各式各樣的政府部門。史傳傑帶著夫人到特威肯漢訪友去了。

拉塞爾和卓萊正在談論柯爾和殷尼斯兩人的訴訟案。拉塞爾故做不經意地提起那個著名的圖書館，立刻引起諾瑞爾先生的注意。

「我們對這兩人了解多少？」他問拉塞爾，「他們有興趣學習魔法嗎？」

拉塞爾微微一笑。「這你大可放心，先生。我向你保證，殷尼斯和柯爾在乎的只是公爵的身分。我甚至從來沒看到他們兩人翻過一本書呢。」

「真的嗎？他們並不在乎那些書？很好，真讓人大大鬆了一口氣。」諾瑞爾先生思索了一會兒。「但等他們其中一人繼承了公爵的圖書館，而他在無意間發現書架上有幾本稀有的魔法書，說不定會激起他的好奇心。你也曉得，人們對魔法總是十分好奇。這應該算是我傑出事業所導致的遺憾後果之一吧。繼承圖書館的人很可能會把魔法書翻開來閱讀，並忍不住自己試著施展一、兩個咒語。畢竟，我自己就是在十二歲的時候，在我叔父的圖書館裡翻開一本書，發現裡面夾著一張從古老書籍撕下來的書頁，我才開始學習魔法的。我一開始閱讀，心中就出現一股強烈的信念，讓我立下志願要成為一名魔法師！」

「真的嗎？那真是非常有趣，」拉塞爾用一種厭倦的口吻說，「但我認為，這種事情不太可能會發生在殷尼斯和柯爾身上。殷尼斯少說也有七十歲了，柯爾的年紀也跟他差不多。兩人應該都不會想要再發展新事業了吧。」

「喔！但難道他們沒有年輕的親戚嗎？若這些親戚是《英國魔法之友》和《現代魔法師》的忠實讀者呢？這些親戚只要一看到任何魔法書，就會立刻拿起來占為己有！不，原諒我，拉塞爾先生，但我完全不認為，這兩位紳士的年紀可以帶給我們任何安全保障！」

「說得好。但我很懷疑，先生，這些被你描繪得活靈活現的年輕魔法迷，❸會有任何機會看到那座圖書館。為了爭取公爵爵位，柯爾和殷尼斯兩人都欠下了一筆龐大的訴訟費。不論是誰繼任為新任公爵，他最掛慮的將會是如何付清律師費用。他在踏進地堡後所做的第一件事，就是到處尋找可以拿來賣錢的物品。❹我相信等委員會做出判決之後，在短短一個星期內，圖書館就必定會被拿來拍賣。」

「圖書拍賣會！」諾瑞爾嚇得失聲驚呼。

「你現在到底是在怕什麼？」查德邁擱下筆抬頭問道，「你平常最喜歡的就是圖書拍賣會啊。」

「喔！但那是以前，」諾瑞爾先生說，「當時全國上下除了我之外，沒人對魔法書有任何一絲興趣，但現在恐怕會有非常多人想要購買這些書籍。我相信《泰晤士報》一定會刊登報導。」

「喔！」卓萊喊道，「這些書若是被別人買走，你可以去向內閣大臣抱怨啊！你可以去向威爾斯王子抱怨啊！為了國家的利益著想，魔法書絕不能落入其他任何人手中，應該全部歸你所有，諾瑞爾先生。」

「史傳傑例外，」拉塞爾說，「我想威爾斯王子或內閣大臣，決不會反對讓史傳傑擁有這些書。」

「這倒是真的，」卓萊表示同意，「我把史傳傑給忘了。」

諾瑞爾顯得比先前更加驚恐。「但史傳傑應該可以了解，我比他更適合擁有這些書，」他說，

「魔法書應該全部放置在同一個圖書館裡。絕對不能讓它們分散各地。」他用滿懷希望的目光環顧四周，看有沒有人贊同他的說法，「當然，」他繼續說下去，「我並不反對讓史傳傑先生看這些書。大家都曉得我借了非常多的書——我自己的珍貴書籍——給史傳傑先生閱讀。那是……我是說，那是課程需要用到的教材。」

卓萊、拉塞爾和查德邁全都沉默不語。他們自然知道諾瑞爾先生借給史傳傑先生許多書。但他們同樣也曉得他保留了多少書死都不給史傳傑看。

「史傳傑是一位紳士，」拉塞爾說，「他會盡量跟你做君子之爭。若這些書是在你獨處的時候私下送到你手上，我認為你大可把它們買下來，但若是進行公開拍賣，他會覺得自己有權力跟你競標。」

諾瑞爾先生沒有立刻答話，他望著拉塞爾，緊張兮兮地舔著嘴唇。「據你猜測，這些書會如何販售？是公開拍賣或是私下交易？」

「拍賣，」拉塞爾、卓萊和查德邁齊聲答道。

諾瑞爾用手蒙住臉。

「當然，」拉塞爾刻意邊說邊想，彷彿他直到那一刻才忽然想到這個念頭，「要是史傳傑出國去了，他就無法跟你競標。」他啜了一口咖啡。「他會出國嗎？」

諾瑞爾先生抬起頭來，臉上重新燃起一線希望。

他突然非常盼望史傳傑先生趕緊到葡萄牙去，最好一整年都不要回來。❺

❶史傳傑和諾瑞爾在一八一〇年所施展的魔法形式包括：讓比斯開灣的海水分開，出現一片廣袤無邊的高聳樹林（因而摧毀了二十艘法軍戰船）；興起驚濤駭浪與猛烈颶風，困住法軍戰船並摧毀法國的農作與牲口；將雨水變成艦隊、圍牆環繞的城市，巨大的人影、飛翔的天使等等不同形貌，來使法國軍人與水手感到驚嚇、困惑，或是受到引誘。

以上所有魔法全都記錄在法蘭西斯．沙特果弗所著的《魔法咒語大全》一書中。

❷前任戰務大臣凱索力勛爵在一八〇九年跟康寧先生大吵了一架。兩位紳士進行決鬥，在這之後，兩人都不得不辭官歸隱。現任戰務大臣利物浦勛爵，事實上跟前文出現過的霍克伯里勛爵是同一個人。在他的父親於一八〇八年去世後，他就放棄先前的頭銜而繼承新的爵位。

❸魔法迷：熱愛魔法與奇蹟的人，《英語辭典》，薩穆爾．約翰生著。

❹地堡是羅博兮公爵的家。

❺特權委員會最後終於決定讓殷尼斯爵士繼承爵位，而果然不出拉塞爾所料，這位新任公爵立刻拍賣圖書館。這場於一八一二年夏季（當時史傳傑正在葡萄牙半島）舉行的拍賣會，或許是自亞歷山大港的圖書館焚毀之後，書誌學歷史上最著名的事件。拍賣會整整持續了四十一天，並至少導致兩起決鬥案件。

在公爵豐富的藏書中，總共找到了七本跟魔法有關的正本，而且全都非常特殊。

《羅莎與佛恩斯》是十四世紀一位不知名魔法師所寫的一本玄祕冥想札記。

《湯瑪斯．鄧代兒》是克雷蒂安．德．特羅亞（譯註：Chretien de Troyees，法國詩人，以五首描寫亞瑟王的長篇故事詩而聞名於世）一首從未出土的故事詩，描繪烏鴉王第一位人類僕人多采多姿的一生。

《佳日．印罕之書》是十五世紀劍橋一名魔法師的每日工作紀錄。

《英國魔法大全》是十七世紀一部企圖描述英國所有魔法的書籍。

《七城史》是一部極端雜亂無章的作品，部分是英語，部分是拉丁文，部分是某種不知名的精靈語文。此書的年代不可考，也無法確定作者的真實身分，而作者撰寫這部書的目的亦全然隱晦不明。就整體而言，此書顯然是關於一個叫做「七城」的精靈城市的歷史，但不僅記述事件的風格極端混亂不堪，作者還經常偏離主題，強烈控訴一個以神祕方式傷害過他的不知名人士。這部分的文字看起來活脫脫就是一封慷慨陳情的信函。《女人治國》是一本十七世的寓言式作品，描述智慧與魔法是女人特有的才能。

不過，其中最珍貴的一本《羅夫．斯托克塞的一生寫照》，在最後一天才跟薄伽丘的《十日談》的初版珍本一起進行拍賣。甚至連諾瑞爾先生，也是直到那天才知道有這本書存在。本書的作者似乎有兩位，一位是十五世紀的魔法師威廉．索普，另一位則是羅夫．斯托克塞的精靈僕人柯湯藍。諾瑞爾先生為這珍貴的書籍付出了聞所未聞的兩千一百基尼高價。

大家基於對諾瑞爾先生的尊重，當時沒有任何一位紳士跟他競標。但有位女士卻每本書都出價跟他競爭。在拍賣會開始前的一個禮拜，亞蕊貝拉．史傳傑過得非常忙碌。她寫了許多信寄給史傳傑的親戚，四處拜訪她在倫敦的所有朋友，希望能借到足夠的錢來替她的丈夫買幾本書，但結果諾瑞爾先生每一本書的出價全都勝過她。

作家華特．史考特爵士當時也在場，而他如此描述拍賣會結束時的情景：「沒標到《羅夫．斯托克塞的一生》，讓史傳傑太太失望得流下眼淚。在那一刻，諾瑞爾先生大剌剌地拿著那本書經過她的身邊。這個男人並未出言安慰他徒弟的妻子，甚至連看都沒看她一眼。我生平從來沒看過如此令我厭惡的行為。有好幾個人看到了史傳傑太太所遭受的待遇，而我聽見有些人嚴厲批評諾瑞爾的態度。甚至連極為崇拜這名魔法師的波提斯黑勛爵，都不得不承認，諾瑞爾先生對史傳傑太太的態度的確是惡劣至極。」

但除了對史傳傑太太的無禮態度之外，諾瑞爾先生的其他作風也為他招來惡評。在拍賣會結束後的幾個星期，眾多學者與歷史學家全都在引頸期盼，希望能聽到諾瑞爾在這七本珍貴書籍中所發現到的嶄新知識。他們特別對《羅夫．斯托克塞的一生寫照》抱著高度期望，認為此書可以為他們解開英國魔法某些最令人費解的謎團。大家都以為諾瑞爾先生將會在《英國魔法之友》雜誌中透露他的新發現，或是將這本書印刷出版。結果他什麼也沒做。有一、兩個人寫信詢問他一些特定的問題。他也沒有回答。當報章雜誌上刊登出抱怨他此種行為的投書時，他氣得大發雷霆。畢竟，他只不過是依照他向來的作風——取得珍貴的書籍，然後把它們藏到沒人看得到的地方。但不同的是，當他還是一名默默無聞的紳士時，沒人會對此有何意見，但此刻全世界都在盯著他的一舉一動。他守口如瓶的態度令人驚愕不已，而大家開始回想起諾瑞爾先生其他種種粗魯無禮又高傲自大的惡劣行為。

i　William Caxton，1421-91，英國第一位印刷業者。

ii　Christophe Valdarfer，威尼斯早期印刷業者。

29 在荷西・艾斯托瑞爾家中

一八一一年一月至三月

「我一直在想，先生，我前往半島為國效勞，必然會對你跟戰務部之間的業務往來造成極大的影響，」史傳傑說，「我擔心在我離開後，這種不論白天夜裡總是有人敲響房門，要求你立刻施展這個那個魔法的生活，會令你感到疲於奔命。沒人替你分擔工作，你得自己一個人應付他們所有需求。那你哪來時間睡覺呢？我認為我們必須說服他們做些調整。要是我可以幫得上忙，我十分樂意替你進行安排。也許我們這個禮拜該找一天，邀請利物浦勛爵到這兒來吃晚餐？」

「喔，果真沒錯！」看到史傳傑這麼體貼，讓諾瑞爾先生龍心大悅，「那得要你在場作陪才行。你總是可以把事情說得一清二楚。只要你負責解說，利物浦勛爵馬上就可以完全明白！」

「那我來寫封信給勛爵好嗎？」

「好，快寫！快寫啊！」

這是一月的第一個禮拜。史傳傑動身的日期尚未確定，但很可能立刻就得啟程上路。史傳傑坐下來寫了一封邀請函。利物浦勛爵很快就傳來回函，說他明天就會到哈雷街登門拜訪。

諾瑞爾先生和強納森・史傳傑兩人在晚餐前，總是習慣待在諾瑞爾先生的圖書館裡消磨時光，因此他們是在這個房間裡接待利物浦勛爵。當時查德邁也在場，準備應情況所需，分別擔任起書記、顧問、信差，或是僕人等種種工作。

利物浦勛爵從來沒到過諾瑞爾先生的圖書館，而他先在房間逛了一圈，才安坐下來。「我早就聽別人說，先生，」他說，「你的圖書館可列入現代世界奇觀，但這甚至比我想像中還要再大上一倍。」

諾瑞爾先生聽了非常高興。像利物浦勛爵這種人，正就是他心目中最理想的訪客——極力誇讚他的藏書，卻完全不想把書取下來閱讀。

史傳傑對諾瑞爾先生說：「我們有件事得商量一下，先生，就是我該帶到半島的書籍。我已經列好一張書單，總共是四十本書，但你若是想做任何修改，我十分樂於聽從你的意見。」他從桌上亂七八糟的紙張中，抽出一張折起來的書單。

這份書單讓諾瑞爾處處看不順眼。上面到處都是塗塗改改的痕跡，寫錯的地方隨意畫掉，在這些畫掉的部分周圍，用歪歪扭扭的字跡填上最後的定稿。紙上沾滿了髒兮兮的墨水，書名和作者的姓名全都錯誤百出，最令人困惑的是，上面甚至還有三行謎語詩的草稿，顯然是史傳傑打算寫給亞蕊貝拉的臨別贈詩。儘管如此，這並不是讓諾瑞爾先生臉色發白的真正原因。他過去從來沒想到，史傳傑到葡萄牙會需要用到書本。四十冊珍貴的書籍，將會被帶到一個烽火連天的戰亂國家，在那裡它們可能會被燒毀、炸碎、掉進水裡，或是蒙上灰塵，這實在是太恐怖了，他完全不敢再繼續細想下去。諾瑞爾先生對於戰爭所知不多，但據他猜想，軍人大多對書本不夠尊重。他們說不定會用骯髒的手指去碰書。他們說不定還會把書撕破！他們說不定——最恐怖就是這個！——會閱讀書本並開始練習魔法！軍人識字嗎？諾瑞爾先生並不知道。但這關係到整片歐陸的命運，而且利物浦勛爵就在眼前，他自己心裡也明白，他很難——事實上是不可能——開口拒絕借書給史傳傑。

他轉過頭來，用絕望的目光向查德邁求援。

查德邁聳聳肩。

利物浦勛爵一派輕鬆地繼續凝視著他。他顯然是認為，在這藏書數千冊的圖書裡，少了四十本書根本不算什麼，沒人會把這放在心上。

「我最多只打算帶四十本書，」史傳傑用一種實事求是的口吻繼續說下去。

「這是明智之舉，先生，」利物浦勛爵說，「非常明智。千萬別帶多到你無法隨身攜帶的書。」

「隨身攜帶！」諾瑞爾先生失聲驚呼，甚至比先前更加震驚，「你該不會打算帶著書跑來跑去吧？你一到達當地，就必須立刻把書放在圖書館裡。最好是放在城堡裡的圖書館。一座固若金湯、防禦良好的城堡……」

「但若是把書放在城堡裡，我就不能隨時派上用場，」史傳傑用一種強抑怒氣的平靜語氣說，

「我會在軍營裡和戰場上。所以我必須把這些書帶在身邊。」

「那你就得把它們裝進箱子裡！」諾瑞爾先生說，「一個非常堅固的木箱，或是鐵櫃！沒錯，用鐵櫃最好。我們可以特別訂製一個鐵櫃。然後……」

「啊，原諒我，諾瑞爾先生，」利物浦勛爵打斷他的話，「但我強烈建議史傳傑先生不要使用鐵櫃。軍隊不太可能派運貨馬車供他使用。軍人需要用運貨馬車來載他們的裝備、地圖、食物、彈藥等必備用品。為了避免對軍隊造成任何不便，史傳傑先生最好是像其他軍官一樣，用驢子或是騾子來載他的所有物品。」他轉頭對史傳傑說，「你需要一頭年輕健壯的騾子，來載你的行李和僕人。去休理和拉特商店買幾個鞍囊用來裝書。陸軍的鞍囊容量最大。再說，若是把書放在運貨馬車上，幾乎可說是一定會被偷走。我很遺憾這麼說，但軍人向來是無所不偷。」他思索了一會兒，接

著又補上一句，「至少我們的軍隊是這樣。」

吃晚餐的時候，諾瑞爾先生一直處於一種失神的恍惚狀態，他隱約意識到史傳傑和勛爵談得非常熱烈，還常常放聲大笑。有好幾次他聽到史傳傑說：「好，那就這麼說定了！」而勛爵接著答道：「喔，沒問題！」但至於他們說了什麼，諾瑞爾先生既不知道也不在乎。他真希望自己不曾來到倫敦。他真希望他不曾擔負起重振英國魔法的重責大任。他真希望能安安穩穩地待在賀菲尤莊園，不問世事地閱讀與練習魔法自娛。在他看來，眼前所擁有的一切成就，都不值得讓他損失這四十本書來作為代價。

等利物浦勛爵和史傳傑離開後，他踏入圖書館去看那四十本書，把它們抱在懷裡，趁著他還有機會時好好珍惜呵護它們。

查德邁仍然待在圖書館裡。他已坐在書桌邊用過晚餐，此刻正忙著計算家用帳款。當諾瑞爾踏進房中時，他抬起頭來咧嘴一笑。「我相信史傳傑先生必然能在戰場上大展長才，先生。他的謀略已經勝過你了。」

在二月初一個月光明亮的夜晚，一艘叫做聖索洛的祝福❶的英國船，沿著太加斯河駛到位於里斯本市中心的黑馬廣場。史傳傑和他的僕人傑瑞米．瓊斯隨著第一批乘客走下船。史傳傑以前從來沒出過國，而他發現此刻這種身處異鄉的感覺，以及周遭熙熙攘攘的眾多陸軍海軍將官，讓他的心情振奮無比。他迫不及待地想要施展魔法。

「不曉得威靈頓勛爵現在人在哪兒，」他對傑瑞米．瓊斯說，「你想這裡會不會有人知道？」

他用好奇的目光，望著廣場盡頭處一座尚未建成的巨大拱門。這座拱門帶有異常濃厚的軍事風格，而就算有人告訴他威靈頓勛爵就站在門後某處，他也不會感到意外。

「但現在是凌晨兩點，先生，」傑瑞米說，「勛爵應該在睡覺吧。」

「喔，你認為他在睡覺？在這全歐洲命運繫在他一人手中的危難關頭？好吧，我想你說的沒錯。」

史傳傑心不甘情不願地勉強同意先到旅館休息，天亮後再去找威靈頓勛爵。

他們聽人推薦訂了一家位於鞋匠街的旅館，老闆皮瑞德先生是康瓦耳人。皮瑞德先生的顧客，幾乎全都是剛從英國返回葡萄牙，或是等著搭船離開葡萄牙的英國軍官。皮瑞德先生想要讓住在這裡的英國軍官，有一種回到家鄉的親切感覺。就這方面看來，他並不算特別成功。皮瑞德先生發現，不論他如何努力，他的顧客總是無時忽略葡萄牙的存在。即使旅館的壁紙和家具全都來自倫敦，但在被葡萄牙豔陽曝曬過整整五年後，已全都褪色成一種非常葡萄牙風味的色調。即使皮德瑞先生指示廚師準備英式餐點，但廚師本身是葡萄牙人，他煮的菜餚總是讓顧客覺得過辣過油。甚至當顧客讓葡萄牙擦鞋童為他們服務過後，連他們的皮靴都染上了一絲葡萄牙風格。

第二天早上史傳傑很晚才起床。他吃了一頓豐盛的早餐，到街上閒逛了一個鐘頭左右。他發現里斯本是一個繁華的城市，處處都可見到拱廊環繞廣場、優雅的現代建築、雕像、戲院和商店。他開始覺得，戰爭其實並沒有那麼可怕。

當他回到旅館時，他看到四、五名英國軍官正聚集在大門前熱烈交談。這是他一心盼望的大好良機。他走到他們面前，說他很抱歉打斷他們的談話，並表明自己的身分，再詢問他們是否知道在哪裡可以找到威靈頓勛爵。

軍官們轉過頭來，用驚訝的目光望著他，似乎是覺得他的問題很不可思議，但他實在想不通這是什麼原因。「威靈頓勛爵不在里斯本，」其中一人答道，他穿著一身藍色外套搭配白色馬褲的輕騎兵制服。

「喔！那他什麼時候會回來？」史傳傑問道。

「回來？」軍官說，「我想至少還要好幾個禮拜——好幾個月吧。說不定永遠都不會回來。」

「那我在哪裡可以找到他？」

「天哪！」軍官說，「他可能在任何地方。」

「你不知道他在哪兒嗎？」

軍官用嚴厲的目光盯著他。「威靈頓勛爵不會待在同一個地方，」他說，「威靈頓勛爵會到任何需要他的地方。而且，」他怕史傳傑聽不懂，又再補上一句，「所有地方全都需要威靈頓勛爵。」

另一名穿著有著大量銀色蕾絲裝飾鮮紅色外套的軍官，這時用較為溫和的語氣說：「威靈頓勛爵在線裡。」

「在線裡？」

「是的。」

不幸的是，這句話並不如軍官想像中那般明白易懂。但史傳傑感到自己已經顯得夠愚蠢無知了。他探聽消息的欲望也早已消失無蹤。

「威靈頓勛爵在線裡。」這實在是一種非常奇特的用語，若是硬要史傳傑大膽猜測這句話的真正用意，他會認為這是一種表示喝醉酒的俚語。

他回到旅館，派旅館侍者去找傑瑞米·瓊斯。若需要有人在英軍面前暴露出自己的愚蠢和無知，那他寧可讓傑瑞米去丟這個臉。

「你來啦！」他一看到傑瑞米就開口說，「去找個軍人或是軍官，問他我在哪裡可以找到威靈頓勳爵。」

「沒問題，先生。但你不想自己問他嗎？」

「沒空。我還得做些魔法。」

於是傑瑞米走出去，才一會兒就重新回到旅館。

「你探聽到消息了嗎？」

「喔，是啊，先生！」傑瑞米興高采烈地說，「這並不是什麼重要機密。威靈頓勳爵在線裡。」

「很好，但那是什麼意思？」

「喔，真抱歉，先生！那位紳士回答得那麼理所當然。就好像這是全世界都明白的常識似的。我還以為你知道呢。」

「嗯，我並不知道。我去問皮瑞德好了。」

皮瑞德先生十分樂意幫忙。這真是全天下最簡單的事。史傳傑先生必須到軍隊司令部。他一定可以在那兒找到勳爵。若從城裡出發，騎馬大約需要半天的路程。也許還要更久一點。「你可以想像一下，大概就跟從泰伯恩到加達明差不多遠。」

「嗯，麻煩你替我在地圖上指出……」

「上帝祝福你，先生！」皮瑞德先生似乎覺得很好笑，「你自己絕對找不到的。我得找個人帶你去。」

皮瑞德先生找來一位助理軍需官，他正好要去一個距離司令部四、五公里外的小城托理什韋德拉什辦事。這位助理軍需官表示，他非常樂意跟史傳傑一同前往，並負責替他帶路。

「現在，好不容易，」史傳傑心想，「我終於開始前進了。」

他們的第一段旅程，是穿越一片景色宜人的鄉野風光，周遭隨意點綴著田園與葡萄園，以及美麗的白色小農莊和有著褐色翼板的石頭風車。他們經常看到許多穿著褐色制服的葡萄牙軍人在路上來來往往，偶爾也會出現幾名穿著明亮鮮紅色與藍色制服的英國軍官，而在充滿愛國情操的史傳傑眼中看來，英軍的制服顯得更具有男子氣概，也更加驍勇善戰。他們騎馬往前走了三個鐘頭之後，看到平原上出現一道宛如城牆的連綿山脈。

當他們踏入位於兩座最高山峰之間的狹窄山谷時，助理軍需官開口說，「這裡是防禦線的起點。你看到隘口這邊山巔上的堡壘嗎？」他指向右方。所謂的「堡壘」原本是一個風車，但目前已增添了所有權充作稜堡、城垛與砲眼等各式各樣的加建物。「和隘口另一邊的堡壘？」助理軍需官又補上一句。他指向左方。「還有後面那座岩峰上的小堡壘？在這後面——今天是個多雲的陰天，所以你沒辦法看到——還有另一座堡壘。接下來每座岩峰上都有一個堡壘，一整排從太加斯河直到海洋的堡壘防禦線！但還不只是這樣！我們北邊還有兩道同樣的防禦線。總共有整整三道防禦線！」

「這的確非常壯觀。這是葡萄牙人建造的嗎？」

「才不呢，先生。是威靈頓勛爵建造的。法國人休想越過雷池一步。我是說真的，先生！沒有威靈頓勛爵親筆簽署的文件，甚至連一隻蜜蜂都休想飛過來！就是因為這三道防禦線，先生，才能讓法軍滯留在聖塔倫無法前進，讓你和我安安穩穩地躺在里斯本床上睡覺！」

沒過多久，他們就離開道路，沿著一條蜿蜒陡峭的山路，走到一個叫做佩洛尼格落的小村莊。

眼前的景象與史傳傑原先想像的戰爭有著天壤之別，而他不禁為這巨大的落差感到無比震驚。他原本以為，威靈頓勛爵是安坐在里斯本某棟氣派宏偉的建築中發號施令。結果卻發現，勛爵竟然待在這樣一個在英國甚至連村莊都稱不上的偏僻小地方。

司令部是一棟毫不起眼的房屋，有一個鋪著圓石的樸素庭院。他們告訴史傳傑，威靈頓勛爵前去巡查防禦線。沒人知道他何時會回來——大概要等到晚餐時才會返回司令部。沒人反對史傳傑待在那兒等待——只要別妨礙到他們就行了。

但史傳傑一踏進那棟房屋，就立刻領略到自然法[i]所陳述的那種每當人到達陌生異地的特殊不自在感覺，接著他又發現，不論他站在哪兒，都一定會妨礙到別人。他沒辦法坐下來，因為房間裡根本沒放椅子——大概是為了避免讓潛入的法軍躲在椅子後面——所以他只好站在窗戶前面。但過了一會兒，兩名軍官走進來，其中一人想要說明葡萄牙地理環境的某些重要的軍事特徵，因此他需要眺望窗外的景象。他們怒目瞪視史傳傑，於是他只好走開，站在一座簾幕半垂的拱門前方。

在這段時間，走廊上有人不斷呼喊著某個叫做溫尼思皮的人，要他立刻把彈藥桶送過去。一名身材異常矮小，還微微有些駝背的軍人走進房中。他的臉上有一個醒目的紫色胎記，身上的軍服顯然是用英軍所有團隊的制服拼湊而成。這個人大概就是溫尼思皮。溫尼思皮非常不高興。他找不到彈藥。他搜遍了櫥櫃、樓梯下和陽臺等各個地方。他每隔不久就回頭大喊一聲「等一下！」——最後他終於想到要走到史傳傑背後，也就是簾幕後的拱門下去找找看。接著他立刻大喊，說他現在已經找到彈藥桶了，而且要不是有某個人——說到這裡，他惡狠狠地瞪了史傳傑一眼——擋在前面，他早就可以看到了。

時間過得非常緩慢。史傳傑又重新回到窗戶前的老位子，昏沈沈地打著瞌睡，直到他聽到一陣明顯的騷動聲，才意識到有某位重要人士踏進了屋中。在下一刻，三名男子像一陣風似地走進房間，而史傳傑發現，他終於見到了威靈頓勛爵。

該如何描繪威靈頓勛爵？何必去做這種不必要、甚至不可能的事情呢？他的面孔處處可見——馬車旅館牆壁上貼著一幅廉價印刷版畫，集會廳樓梯上方則掛著一幅有戰鼓戰旗裝飾的精緻畫像。時下所有十七歲以上的懷春少女，幾乎每人都會收藏一張他的畫像。她會覺得細長的鷹勾鼻比圓滾滾的短鼻頭好看百倍，並認為她此生最大的不幸就是他已經成婚。但並不是只有她一人為他傾倒癡迷。她的弟弟妹妹也完全跟她一樣狂熱。英國托兒所裡最帥氣的玩具兵總是被取名為威靈頓，而且它冒險的次數比其他整盒玩具兵加起來的總和還要多上幾倍。所有男學童每個禮拜至少扮演一次威靈頓，而他的妹妹也是一樣。威靈頓是所有英國美德的具體實現。他是英國文化臻於極致的完美精髓。若說法國人有著拿破崙的肚子（這一點顯然毋庸置疑），那麼我們就有威靈頓的心。[2]

此刻威靈頓勛爵由於某件事而感到相當不悅。

「我想，我的命令非常清楚！」他對其他兩名軍官說，「葡萄牙人必須將他們無法帶走的玉米全數銷毀，這樣才不會落入法軍手中。但我剛才這大半天，卻看到法軍接二連三地走進卡塔克索的山洞裡，扛著一袋袋東西走出來。」

「要葡萄牙人銷毀他們自己的玉米，實在是非常困難。他們害怕會挨餓，」一名軍官解釋。

另一名軍官滿懷希望地指出，或許法軍扛走的那些袋子裡裝的並不是玉米，而是某種比較不重要的物品。也許只是些金銀珠寶？

威靈頓勛爵冷冷地盯著他。「法軍把布袋扛到風車那裡。你可以清楚看到風車翼板轉個不停！難道你以為他們是在磨金子嗎？戴奇爾，請你立刻去向葡萄牙當局表達不滿。」他的目光憤怒地掃

過室內，落到了史傳傑身上。「那是誰？」他問道。

那名叫做戴奇爾的軍官附在勛爵耳邊低語。

「喔！」威靈頓勛爵應道，然後就轉頭對史傳傑說：「你是魔法師。」他的語氣毫無一絲詢問的意味。

「是的，」史傳傑說。

「諾瑞爾先生？」

「啊，不是。諾瑞爾先生在英國。我是史傳傑先生。」

威靈頓勛爵面無表情。

「另一位魔法師，」史傳傑解釋。

「我明白了，」威靈頓勛爵說。

那名叫做戴奇爾的軍官用驚訝的目光望著史傳傑，似乎是認為，既然威靈頓勛爵都已經開口把史傳傑叫成諾瑞爾了，他竟然還堅持自己是另外一個人，實在是太不懂禮貌了。

「好，史傳傑先生，」威靈頓勛爵說，「恐怕你這是白跑一趟。我必須坦白告訴你，我若是有辦法的話，我必然會阻止你來到此地。但現在你既然已經來了，我正好藉這個機會告訴你，你和另外那位紳士，對軍隊造成了極大的妨害。」

「妨害？」

「妨害，」威靈頓勛爵再次重申，「你為內閣大臣所描繪出的理想境界，促使他們自以為對葡萄牙的局勢瞭若指掌。否則他們不會對我下達前所未見的眾多命令，並毫無顧忌地大幅干涉此處的軍情指令。只有我才知道該如何因應葡萄牙目前的戰局，史傳傑先生，因為只有我才熟悉這裡的所有狀況。我無意完全抹煞你和另外那位紳士在其他們方面的貢獻——海軍似乎就對你們相當滿意——我對這並不了解——但我要說的是，我在葡萄牙的軍隊並不需要魔法師。」

「但說真的，爵爺，你不用擔心我在葡萄牙會濫用魔法，因為我會完全聽從你的命令，為你效勞。」

威靈頓勛爵用銳利的目光盯著史傳傑。「我最需要的是人手。你變得出來嗎？」

「人手？嗯，這得視爵爺的需求而定。這個問題相當有趣……」史傳傑感到渾身不自在，他發現他現在的說法，簡直就跟諾瑞爾先生沒什麼兩樣。

「你能變出更多人手嗎？」爵爺打斷他的話。

「不能。」

「你能讓射向法軍的槍彈飛得更快嗎？它們的速度已經很快了了。還是你能挖掘泥土，移動石頭，替我建造內堡、弧形窗和其他的防禦性建築？」

「不能，爵爺。但是，爵爺……」

「司令部的隨營牧師是畢瑞可先生。總醫官是麥格瑞果醫生。你若是決定留在葡萄牙，我建議你去認識這兩位紳士。也許你可以為他們提供一些援助。你對我沒有任何用處。」威靈頓勛爵轉身離去，隨即大聲命令某個叫索爾敦的人替他準備晚餐。史傳傑這才意識到，這次會面宣告結束。

內閣大臣們總是對史傳傑禮敬有加。他已經習慣跟這個國家的達官貴族們平起平坐。突然發現自己在軍隊中被列為跟牧師和軍官同樣的階級——只是微不足道的小人物——讓他心裡感到很不是滋味。

他當晚在佩洛尼格落唯一的旅館過夜——睡得很不安穩——等天一亮，他就騎馬返回里斯本。

他回到鞋匠街的旅館後，坐下來寫一封長信給亞蕊貝拉，鉅細靡遺地敘述他所遭受到的惡劣待遇。但沒過多久，他覺得這種吐苦水的行徑有些娘娘腔，於是他又把信撕掉了。

他接下來列了一張清單，記上所有他和諾瑞爾曾經為海軍總部做過的魔法，企圖從中找出最適合威靈頓勛爵的符咒。在經過審慎考慮後，他認為目前最有用的做法，就是召來雷電交加、豪雨不斷的暴風雨，使法軍的處境變得更加艱難。他立刻決定寫一封信給勛爵，表示自己可以提供這樣的魔法。明確的工作進展總是令人振奮，史傳傑的心情馬上就變得好多了——但好心情沒維持多久，他就在無意間抬頭朝窗外瞥了一眼。天空黑沉沉的，狂風呼嘯，暴雨傾盆而下。看來再過不久就會開始打雷。他起身去找皮瑞德先生。皮瑞德證實當地已經連下了好個禮拜的豪雨——而葡萄牙人認為，這種天氣還會持續相當長的一段時間——是的，沒錯，法軍的處境的確是非常悲慘。

史傳傑思考了一會兒。他想要再寫封信給威靈頓勛爵，說他可以施魔法使雨停，照理說，豪雨同樣也會讓英軍處境艱難——但最後他還是打消念頭，這類關於天氣的魔法實在太過複雜，還是等他比較了解戰爭的情勢和威靈頓勛爵以後再說吧。這時他又想到一個好點子，讓天空降下一陣青蛙雨落在法軍頭頂上。這種魔法具有濃厚的聖經色彩，史傳傑心想，再也沒有什麼比這更高尚更正派了吧。

第二天早上，他悶悶不樂地坐在旅館房間裡，假裝閱讀諾瑞爾的書籍，但其實是在凝望窗外的雨景，這時突然響起一陣敲門聲。一名穿著輕騎兵制服的蘇格蘭軍官，用詢問的目光望著史傳傑說：「諾瑞爾先生嗎？」

「我不是……喔，算了！有什麼事可以讓我為你效勞嗎？」

「司令部要我送信給你，諾瑞爾先生。」年輕軍官遞給史傳傑一張紙。

那是他寫給威靈頓的信。有人用粗藍筆在上面胡亂畫了兩個大字：「拒絕」。

「這是誰的字？」史傳傑問道。

「威靈頓勛爵，諾瑞爾先生。」

「啊。」

第二天，史傳傑又寫了另一封信給威靈頓，說他可以讓太加斯河氾濫成災來淹沒法軍。這封信至少使得威靈頓寫了一封較長的回函，解釋說目前所有英國軍隊與大部分葡萄牙軍隊都駐紮在太加斯河和法軍中間，因此史傳傑先生的建議完全不可行。

史傳傑毫不氣餒。他繼續每天提一個建議寄給威靈頓。結果全都遭到拒絕。

在二月底一個特別陰鬱的日子裡，當史傳傑穿越皮瑞德先生旅館的走廊，準備到餐廳去獨自用晚餐時，他差點兒就撞到了一名身穿英國服飾的陌生年輕男子。年輕人向他道歉，並詢問他哪裡可以找到史傳傑先生。

「我就是史傳傑。請問你是？」

「我叫畢瑞可。我是司令部的隨營牧師。」

「畢瑞可先生。是的。幸會。」

「威靈頓勛爵要我來拜訪你，」畢瑞可解釋，「他好像提過，要你用魔法來幫忙我是吧？」畢瑞可先生微微一笑，「但我相信他真正的用意，是希望我來勸你不要再每天寫一封信寄給他。」

「喔！」史傳傑說，「他要是不派工作給我，我就會繼續寫下去。」

畢瑞可呵呵大笑。「很好，我會告訴他的。」

「謝謝你。有什麼我可以為你效勞的事情嗎？我過去從來沒替教會施過魔法。我可以坦白告訴你，畢瑞可先生。我對教會的知識非常貧乏，但我非常樂意幫助別人。」

「嗯。那我也同樣坦白告訴你，史傳傑先生。我的工作真的非常簡單。我去看生病和受傷的人。我為軍人做禮拜，而當這些可憐人不幸喪命時，我努力為他們舉行一場體面的葬禮。我想不出你能幫什麼忙。」

「沒人想得出我能幫什麼忙，」史傳傑嘆了一口氣說，「但你總可以跟我一起吃頓飯吧？這樣我至少不用再獨自吃晚餐了。」

畢瑞可欣然同意，於是兩人一同走到旅館餐廳坐下來。史傳傑發現畢瑞可先生是一位討人喜歡的好同伴，他非常樂意跟史傳傑分享他對於威靈頓勛爵與軍隊的所有看法。

「軍人通常都不信教，」他說，「但我本來對這一點就沒抱任何期望，而且當時的環境對我十分有利，在我之前的所有隨營牧師，幾乎全都是才剛抵達戰場，就立刻落荒而逃。只有我留了下來——所以他們都很感激我。任何人只要準備跟他們一起過苦日子，他們都會待他非常友善的。」

史傳傑說他完全相信。

「那你呢，史傳傑先生？你過得怎麼樣？」

「我？我完全無事可做。這裡沒人需要我。人們跟我說話時——這種情況非常罕見，根本沒人要跟我交談——總是史傳傑先生或諾瑞爾先生的隨便亂叫一通。好像完全沒人想到，我也是一個有名有姓的人。」

畢瑞可呵呵大笑。

「而且不論我提出任何建議，威靈頓勛爵全都立刻回絕。」

「為什麼？你提出什麼樣的建議？」

史傳傑對他述說第一項提案，也就是施法讓天空降下青蛙雨落在法軍頭頂上。

「哎呀，你居然建議那種事，難怪他會拒絕你！」畢瑞可用輕蔑的語氣說，「法國人把青蛙煮來吃，對不對？威靈頓勛爵最主要的戰略，就是要讓法軍挨餓。我看你乾脆讓烤雞或豬肉派落在他們頭上算了！」

「這並不是我的錯，」史傳傑感到有些受傷，「我非常樂意將威靈頓勛爵的戰略納入考量——只可惜我對它們一無所知。在倫敦的時候，海軍總部都會對我們清楚說明他們的意圖，而我們就可以根據這些資訊來設定魔法。」

「我明白了，」畢瑞可說，「對不起，史傳傑先生——也許我並不是很了解狀況——但在我看來，待在這裡對你其實是大大有利。在倫敦的時候，你若想知道幾百哩外的戰況，就不得不處處依賴海軍總部的看法——而我相信海軍總部經常會誤判情勢。在這裡你可以親自去觀察。我當初的經驗跟你完全一樣。我剛來的時候，也是根本沒人理我。我在各個軍團中到處流浪。沒有一個軍團需要我。」

「但現在你已經成為威靈頓的幕僚了。你是怎麼辦到的？」

「這花了點時間，但最後我終於向爵爺證明我的能力——我相信你同樣也可以做到的。」

史傳傑嘆了一口氣。「我試過了，但我做的一切似乎全都證明，我只是個無用的廢物。每次都是同樣的結果！」

「胡說！在我看來，到目前為止，你只犯了一個錯誤——那就是待在里斯本。你若肯聽從我的建議，最好是儘快離開這裡。去跟士兵軍官們一起睡在山上！只有這麼做，你才能真正了解他們。跟他們聊天。跟他們在防禦線外的荒廢村莊裡一起過日子。他們很快就會因為這樣而喜歡上你的。

他們是全世界最棒的好人。」

「真的嗎？我在倫敦聽說，威靈頓曾經說他們是世上的人渣。」

畢瑞可呵呵大笑，他似乎是認為所謂地上的人渣，只是說他們有些鹵莽的小毛病，但這種稱號反倒更能顯現出他們身為軍人的特殊魅力。史傳傑忍不住心想，畢瑞可這種開明的態度，跟一般人心目中的傳統神職人員實在大不相同。

「他們究竟是好人還是人渣？」他問道。

「兩樣都是吧，史傳傑先生。他們同時具有兩種特質。好了，你究竟打算怎麼做？你要到戰地去嗎？」

史傳傑皺起眉頭。「我不曉得。我並不怕吃苦。我相信我可以像大部分男人一樣忍受這一切。但我在那兒誰也不認識。我一到那兒，就好像處處妨礙到別人，又沒有朋友可找……」

「喔！這很容易解決！這裡又不是倫敦或是巴斯，你不需要用到介紹信。帶一桶白蘭地——要是你僕人拿得動的話，再加上一、兩箱香檳。只要你請大家喝白蘭地和香檳，很快就可以跟軍官們打成一片。」

「真的嗎？就這麼簡單，不會吧？」

「喔，千真萬確！但你可別費事帶紅酒去！他們的紅酒已經夠多了。」

幾天後，史傳傑和傑瑞米．瓊斯離開里斯本，前往封鎖線外的鄉野。英國軍官士兵們發現戰營裡居然出現一名魔法師，全都感到有些訝異。他們寫信給家鄉的朋友，用各式各樣的無禮方式來描繪這個人，想不通他到底為什麼要跟他們一起待在戰營。但史傳傑乖乖聽從畢瑞可的建議。他邀請他遇見的每一位軍官，在當天晚餐後過來跟他一起喝香檳。他們很快就不再因為他那古怪的職業而責怪他。重要的是，你總是可以在史傳傑的帳營裡，遇到一些非常有趣的夥伴，而且還可以暢飲上好的美酒。

史傳傑同時也開始抽菸。他過去並沒有這樣的消遣習慣，但他發現，若想跟士兵們搭訕，最有效的方法，就是先請他們抽根菸。

這裡的生活非常特殊，甚至連景象也都怪異非常。在威靈頓勛爵的指示下，防禦線後方村莊中的居民已經全數撤離，農作物也焚毀殆盡。英法兩方的士兵，都常常會到無人的村莊去搜刮有用的物品。在英軍的陣營，經常可以在山坡上或是林中空地，看到沙發、床、桌椅等屋中用品。偶爾還會出現整個設備齊全的臥室或是客廳，刮鬍用具、書本、檯燈樣樣不缺，只不過少了牆壁和天花板罷了。

若說英軍飽受風雨摧殘，那法軍的處境就更加惡劣百倍。他們衣衫破爛，沒有食物可吃。他們從去年十月就開始停滯不前，無法越過威靈頓勛爵的封鎖線。他們無法對英軍展開攻擊——英軍後方有三排固若金湯的軍事堡壘，隨時都可以撤回堡壘藏身。威靈頓勛爵也懶得去攻擊法軍。既然飢餓與疾病殲滅敵人的速度比他更為快速，他又何必多此一舉？在三月五日，法軍拔營轉向北方。幾個鐘頭後，威靈頓勛爵就率領英軍前去追趕。強納森．史傳傑也隨軍前往。

在三月中一個陰雨連綿的日子，史傳傑騎馬隨著九十五步兵團沿著道路往前行軍。他在無意中看到有位好友就在前方不遠處。於是他策馬向前，沒多久就趕到朋友身邊。

「早安，奈德，」他對一名男子說，他一直覺得這位朋友是個很有思想也十分明理的人。

「早安，先生，」奈德愉快地答道。

「奈德？」

「是的，先生？」

「你最想要的東西是什麼？我知道這個問題很奇怪，奈德，我必須請你原諒。但我真的需要知道答案。」

奈德並沒有立刻回答。他吸了一口氣，皺起眉頭，露出苦苦思索的神情。這時他的同袍們在一旁起鬨，七嘴八舌地告訴史傳傑他們心裡最想要的東西——裝滿用不完黃金的魔法盆，或是用一整顆大鑽石雕成的房子等等。一名威爾斯人悲傷地高唱了好幾聲：「烤乳酪！烤乳酪！」——讓其他人笑得樂不可支，威爾斯人真是天生的笑匠。

這時奈德終於想好答案。「新靴子，」他說。

「真的嗎？」史傳傑驚訝地問道。

「是的，先生，」奈德答道，「新靴子。都是這些該死——葡萄牙道路，」他指著前方那片亂石壘壘、坑坑洞洞的地方，而這就是葡萄牙人所謂的道路，「它們總是使你的靴子綻裂，讓你到了晚上累得全身痠痛。但要是我換上一雙新靴子，喔！誰不相信我走了一天還是精神飽滿？誰不相信我可以立刻跟法軍作戰？誰會讓那些傢伙累得滿頭大汗？」

「你奮戰不懈的精神真是令人敬佩，奈德，」史傳傑說，「謝謝你。你的回答對我有很大的幫助。」說完他就騎馬離開，而一大堆人在他背後喊道：「奈德什麼時候可以穿上新靴子呀？」或是「奈德的靴子呢？」

當天傍晚，威靈頓勛爵將司令部設置在勞沙村一棟曾經相當宏偉的宅邸中。這棟房子以前的主人荷西．艾斯托瑞爾，是一名家境富裕且十分愛國的葡萄牙貴族，但他和他的兒子全都在戰爭中被法軍折磨至死。他的妻子因高燒病逝，而人們傳說他的女兒們也遭遇到各種悲慘的命運。好幾個月以來，這裡一直都是陰鬱淒涼的傷心地，但現在當威靈頓的幕僚一踏進屋中，市內就開始處處迴盪著他們互相打趣或鬥嘴爭論的吵雜聲響，而身穿著紅色或藍色外套的軍官忙碌地進進出出，也讓原先幽暗清冷的房間，幾乎在瞬間呈現出一種明亮歡樂的氣氛。

晚餐前是整天最忙碌的時刻之一，房中擠滿了前來報告軍情、聽從命令，或純粹只是聚在一塊兒閒聊的軍官。在房間盡頭處有一列十分氣派華麗，但已碎裂磨損的石階，通往兩扇古老的房門。威靈頓公爵此刻正坐在門後，苦苦思索擊潰法軍的新戰略，而奇怪的是，任何人只要一踏進房中，就一定會用恭敬的目光，朝石階上方瞥上一眼。威靈頓勛爵的兩名資深幕僚，軍需總長喬治・莫瑞上校和副官長查爾斯・史都華上將，此刻正分別坐在一張大桌子兩端，忙著安排部署第二天的行軍隊伍。行筆至此，我要暫時停下來告訴各位，當你們讀到「上校」和「上將」這樣的字眼時，若以為坐在桌邊的是兩個老男人的話，那你們可就大錯特錯了。沒錯，當英法兩國於十八年前開戰時，英軍將領確實都是一些地位崇高的老將，有許多人雖然一輩子從事軍職，卻從來沒有上過戰場。但隨著時間過去，這些老將現在已全都退隱或是去世，因此政府才能換上一批更年輕，也更有活力的新人來接替他們的職務。威靈頓自己只不過四十出頭，而他大部分的資深幕僚甚至比他還要年輕。荷西・艾斯托瑞爾家的房間裡擠滿了年輕人，他們全都喜歡打架，喜歡跳舞，也幾乎全都對威靈頓勛爵忠心耿耿。

三月的夜晚雖然陰雨不斷，但卻相當暖和——就跟英國的五月一樣暖和。在荷西・艾斯托瑞爾去世後，他們家的庭院變得雜亂荒蕪，最特別的是長出了許多紫丁香樹，而且全都緊貼在房子的牆壁外圍。這些樹現在開滿了花，屋子的窗戶與窗版全都敞開，好讓那帶著紫丁香芬芳的潮濕空氣透入室內。在突然間，一陣如下雨般的水珠潑到了莫瑞上校和史都華上將的重要文件上。他們氣憤地抬起頭來，看到史傳傑先生正站在窗外的走廊上，滿不在乎地用力甩掉傘上的雨水。

他踏進房中，向所有跟他有點兒交情的軍官們道晚安。他走到桌邊，詢問他是否可以跟威靈頓勛爵說話。史都華上將是個既英俊又高傲的男人，他沒出聲回答，只是用力搖搖頭。莫瑞上校的脾氣比較好，人也比較有禮貌，他告訴史傳傑這不太可能。

史傳傑的目光沿著氣派的石階，瞥向那扇木雕大門，威靈頓勛爵此刻就坐在門後。（奇怪的是，為何每個人一走進來，就會出於直覺地知道他人在何處。這就是偉人所散發出的強大魅力！）史傳傑顯然無意走上樓梯。莫瑞上校猜想他必定感到相當孤單。

一名有著漆黑頭髮，留著漆黑長鬚的高大男人走到桌邊。他穿著深藍色外套飾上金色縫帶的輕騎兵制服。「你把法國囚犯關在哪兒？」他詢問莫瑞上校。

「關在鐘樓裡面，」莫瑞上校答道。

「這就行了，」男人說，「我會這麼問，是因為昨天晚上，普賽上校把三個法國兵關在一個小木屋裡，以為他們在那兒不可能會作怪。但先前有幾個五十二軍團的小夥子，在小木屋裡面關了幾隻雞，結果這些雞就被法國兵吃掉了。普賽上校說，今天早上他團裡有幾個小夥子，用一種非常特別的目光盯著那些法國兵，就好像是在猜想法國兵體內還帶有多少雞鮮味，並考慮是不是該煮個法國兵來吃吃。」

「喔！」莫瑞上校說，「今晚絕不會再發生這種事。鐘樓裡唯一的其他生物就是老鼠，就算真會發生誰吃掉誰之類的慘事，我看也該是老鼠吃掉法國兵吧。」

莫瑞上校、史都華上將和留著黑鬍鬚的男子開始放聲大笑，但此時魔法師突然硬生生地打斷他們的笑聲，開口說：「埃斯平賀到勞沙之間的路況奇差無比。」（這是當天英軍所走的主要路程。）

莫瑞上校表示同意，路況的確是非常糟糕。

史傳傑繼續說下去：「今天數不清有多少次，我的馬兒不是被坑洞絆倒，就是在泥地裡滑跤。這樣下去牠的腿一定會跛掉。自從我來到這裡以後，我見過的所有道路，全都跟今天一樣糟糕，而據我所知，明天我們要走的有些地方，甚至連路都沒有。」

「是的，」莫瑞上校說，衷心盼望這個魔法師最好趕快離開。

「穿越氾濫的河流和多石的平原，穿越樹林與灌木叢，」史傳傑說，「那對我們所有人來說都非常困難。我相信我們前進的速度會變得非常緩慢。我敢說我們根本就走不過去。」

「在葡萄牙這種落後偏僻的地方發動戰爭，難免會有些不便，」莫瑞上校說。

史都華上將什麼也沒說，但他瞪視魔法師的憤怒神情，相當清楚地傳達出他心中的想法：要是史傳傑帶著他的馬兒返回倫敦，那他前進的速度必然就會變快許多。

「帶領四萬五千大軍，再加上他們所有的戰馬、運貨馬車和軍事設備，穿越路況如此惡劣的鄉野！這在倫敦根本沒人會相信。」史傳傑大笑道，「可惜爵爺沒空跟我談話，但也許可以請你們好心替我傳話。就說：史傳傑先生向威靈頓勛爵致意，而爵爺若有興趣讓軍隊明天有一條堅固平坦的道路可走，史傳傑先生十分樂意為他變出一條路來。喔，對了！他若是想要橋梁的話也沒問題，我可以變出幾座新橋來代替被法軍炸毀的橋梁。祝你們晚安。」說完史傳傑就對兩位紳士鞠了一個躬，抓起雨傘轉身離開。

史傳傑和傑瑞米．瓊斯在勞沙找不到地方住。軍隊將領只能為將官們找到軍營安身，而其他軍人就只能睡在濕答答的田野過夜，在這種情況下，他們自然無法為魔法師和他的僕人提供住處。於是史傳傑最後談妥價碼，向一個小酒店的老闆租了一個樓上的小房間，地點是在數哩外前往米蘭達柯佛的道路旁邊。

史傳傑和傑瑞米享用酒店老闆提供的晚餐。那是一種不知名的燉菜，而他們當晚主要的娛樂，就是猜測菜中的食材倒底是什麼東西。

「這到底是什麼怪玩意兒呀？」史傳傑舉起叉子問道。叉子上叉著某種白白亮亮彎曲蜷縮的東西。

「大概是魚吧？」傑瑞米大膽猜測。

「看起來比較像蝸牛，」史傳傑說。

「或是某人的耳朵碎片，」傑瑞米補上一句。

史傳傑又盯著它看了好一會兒。「你要不要？」他問道。

「不用了，謝謝你，先生，」傑瑞米帶著聽天由命的神情，望著他自己布滿裂痕的餐盤，「我已經有好多個了。」

等他們吃完晚餐，最後一根蠟燭也燒盡後，他們似乎除了睡覺之外，完全沒有其他任何事情可做——於是他們乾脆早早休息。傑瑞米蜷臥在牆邊，而史傳傑平躺在另一面牆邊。他們各自選用喜歡的材料來替自己設計床鋪。傑瑞米用衣服鋪了一張床墊，而史傳傑用諾瑞爾先生圖書館裡的書本疊了一個枕頭。

遠方突然傳來一陣疾馳的馬蹄聲，似乎有某個人騎馬來到了小酒店門前。沒多久，又聽到皮靴聲乒乒乓乓地爬上搖晃的樓梯，接下來門外就響起拳頭重擊破爛房門的聲響。房門敞開，一名穿著輕騎兵制服的帥氣年輕男子跌跌撞撞地衝進房間。這名帥氣的年輕人有些喘不過氣來，但還是立刻上氣不接下氣地向他們報告，說威靈頓勛爵向史傳傑先生致意，若史傳傑先生方便的話，威靈頓勛爵希望能立刻跟他談談。

威靈頓勛爵正在荷西．艾斯托瑞爾的宅邸中，跟他的眾多幕僚與其他官員一起用晚餐。史傳傑非常確定，原本那些紳士們全都在興致勃勃地熱烈交談，但當他一踏進房間，室內立刻變得鴉雀無聲。這表示他們剛才正在談論他。

「啊，史傳傑！」威靈頓勛爵喊道，並舉杯向他致意，「你來啦！我派了三名副官找了你一整個晚上。我本來想要請你過來跟我們一起吃晚餐，但我的手下沒找到你。你先坐下來，喝杯香檳，吃些點心吧。」

史傳傑若有所失地望著桌上那些正被僕人一一清走的殘羹剩餚。在滿桌的佳餚中，史傳傑特別注意到還剩下一些烤鵝肉、一堆奶油明蝦的蝦殼、半碗義大利芹菜豬肉雜燴和幾小截吃剩的葡萄牙辣腸。他向爵爺道謝，坐了下來。一名僕人端給他一杯香檳，而他自己取了一些杏仁餅和莓果乾。

「你對戰爭有何感想，史傳傑先生？」一名坐在餐桌對面，有著狐狸色頭髮和狐狸面孔的紳士問道。

「喔，就像大多數事情一樣，剛開始是有些令人困惑，」史傳傑說，「但在經歷過戰爭所提供的諸多冒險之後，我已經漸漸習慣這種生活了。我被搶劫過——一次。我被射傷過——一次。有一次我發現廚房裡躲了一個法國兵，所以我只好把他給趕出去，另外還有一次，在我睡覺的時候，有人放火把房子給燒了。」

「是法軍放的火嗎？」史都華上將問道。

「不，不是。是英國軍隊。四十三團的一連軍隊，那天晚上顯然在夜裡感到寒冷，所以就放火燒房子來取暖。」

「喔，這種事很常見！」史都華上將說。

接下來沉默了一會兒，然後另一名穿著騎兵隊制服的紳士開口說：「我們剛才正好談到——應該說是正在爭論——魔法，特別是施行魔法的各種問題。司察克萊說，你和另一位魔法師，把《聖經》上的每一個字眼都編了一個號碼，而你們先尋找可以用來做咒語的字眼，再把所有號碼全都加起來，然後你們再做另外一些事情，接著又……」

「我才沒有這麼說呢！」另一個應該是司察克來的人抱怨道，「你根本沒聽懂我的意思！」

「你剛才描述的事情我從來都沒做過，完全沒有，」史傳傑說，「那似乎非常複雜，而且並不能發揮作用。至於我自己是如何施行魔法，這必須經過非常多的麻煩過程。我敢說，就跟進行戰爭一樣麻煩。」

「我倒是很樂意施展魔法，」餐桌對面那名有著狐狸髮色狐狸面孔的紳士說，「我會每天晚上都舉行舞會，演奏精靈音樂，放精靈煙火，而且我還會召喚歷史上所有最美麗的女人來參加舞會。比方說特洛伊的海倫，埃及豔后，露克蕾齊亞．博爾吉亞 ii，馬麗安 iii，龐巴杜夫人 iv 等等。我會把她們全都召到這兒來，跟你們這些傢伙跳舞。對了，等法軍出現在地平線上的時候，我只要，」他隨意揮了揮手，「這樣來上一下，他們就會全部倒下來死光光。」

「魔法師可以用魔法殺人嗎？」威靈頓勛爵詢問史傳傑。

史傳傑蹙起眉頭。這個問題似乎令他感到厭惡。「我想魔法師也許可以辦到，」他坦承，「但紳士絕不會這麼做。」

威靈頓勛爵點點頭，似乎這是他意料之中的答案。然後他開口說：「史傳傑先生，你說你願意為我們提供道路，但那會是什麼樣的道路呢？」

「喔！細節部分可以再做安排，這非常簡單，爵爺。你想要什麼樣的道路？」

跟威靈頓勛爵共進晚餐的軍官和紳士們全都面面相覷；他們根本沒想到這個問題。

「變一條石灰路好嗎？」史傳傑滿懷希望地說，「石灰路很漂亮呢。」

「晴天的時候灰塵太多，下了雨又會變成一條泥河，」威靈頓勛爵說，「不，不行。絕對不要石灰路。石灰路也沒比現在好多少。」

「那圓石路怎麼樣？」莫瑞上校建議道。

「圓石會把士兵的靴子磨壞，」威靈頓說。

「而且砲兵也受不了圓石路，」有著狐狸髮色和狐狸面孔的紳士說，「要他們拉著槍砲在圓石路上行軍，那還真是活受罪呢。」

另外有某個人建議變一條砂石路，但威靈頓認為，這很可能會遇到跟石灰路一樣的問題：下雨時會變成一條泥河——而葡萄牙人似乎認為明天一定會再下雨。

「不，」爵爺說，「在我看來，史傳傑先生，最適合我們的就是，兩旁有著排水溝，路面上鋪著平坦石板的羅馬大道。」

「很好，」史傳傑說。

「我們天一亮就要出發，」威靈頓說。

「好的，爵爺，要是有人能為我指出該把道路設在什麼地方，我立刻就著手進行。」

到了早上，道路已經安排就緒，威靈頓勛爵騎著哥本哈根——他最心愛的馬兒——在路上奔馳，而史傳傑騎著埃及人——這是他最心愛的馬兒——緊跟在勛爵身邊。威靈頓勛爵以他慣有的果決態度，一一指出這條道路的各種優缺點；「……但說真的，我沒什麼好批評的。這是一條非常棒的道路！請你明天再把它變寬一些就行了。」

威靈頓勛爵和史傳傑兩人商議妥當，原則上，道路會在第一支軍隊抵達前一、兩個鐘頭安排就緒，並在最後一名士兵經過後的一個鐘頭內消失無蹤。這是為了防止法軍因這條道路而獲得助益。這個計畫成功與否，必須看威靈頓的幕僚是否能為史傳傑提供完整的情報，推算出軍隊出發上路與抵達目的地的精確時間。這些推測顯然並不是每次都正確無誤。在道路首次出現的一、兩個星期後，第十一步兵團的麥肯奇上校氣沖沖地去見威靈頓勛爵，抱怨說魔法師竟然在他們軍團尚未抵達前就讓道路消失。

「在我們走到西羅瑞可的時候，我們腳下的道路就開始陸續消失！一個鐘頭後，道路就完全不見了。難道魔法師就不能變出幻象，隨時察看不同軍團的狀況嗎？我知道這對他來說是輕而易舉！這樣他才可以確認，在所有人經過前，千萬別讓道路突然消失不見。」

威靈頓勛爵用嚴厲的語氣說：「魔法師有很多事情要做。貝雷斯福德需要道路。❸我自己也需要道路。我可不能要求史傳傑先生老是盯著鏡子和水盆，來察看所有迷路的軍團到底身在何處。你和你的士兵必須想辦法跟上隊伍，麥肯奇上校。就是這樣。」

不久之後，英軍司令部接獲的情報顯示，大部分法軍在從瓜達到薩布加爾的路途中發生了某些事情。一名巡邏兵被派去察看兩個小城之間的道路，但有個葡萄牙人快步趕過來，告訴巡邏兵這是英國魔法師變出來的道路，再過一、兩個鐘頭就會消失不見，並且把踏上這條路的所有人全都帶到地獄——或是英國。這個謠言一傳到法國士兵耳中，他們就嚇得死都不肯踏上那條道路——那其實是一條已經有將近上千年歷史的真正道路。於是法軍只好繞遠路越過高山，穿越石谷，艱苦的路途使他們皮靴磨損，衣衫破爛，而且還延遲了好多天才抵達目的地。

威靈頓勛爵高興得不得了。

❶ 聖索洛的祝福是向法軍劫掠而來的船隻。它的法國船名是佛德洛葉教堂。聖索洛的祝福，自然就是指環繞在新堡周圍，保護這個烏鴉王首都的四座魔法森林之一。

❷ 當然，有人或許會反駁說，威靈頓自己可是個愛爾蘭人，但滿懷愛國情操的作者根本懶得理會這種吹毛求疵的說法。

❸ 西班牙邊境有三座大軍事堡壘：阿米達、巴達霍斯和喬達羅瑞蓋茲。在一八一一年初期，三座堡壘全都落在法軍手中。當威靈頓朝阿米達進攻時，他派遣貝雷斯福德跟葡萄牙軍隊前去圍攻位於更南方的巴達霍斯。

i Natural Law，哲學家和法學家所用的術語，通常指人類所共有的權利或正義體系。

ii Lucrezia Borgia，教皇亞歷山大六世的私生女，以大力贊助文藝復興時期的文化活動而聞名於世。

iii《羅賓漢傳奇》的女主角。

iv Madame Pompadour，法皇路易十五的情婦。

30 羅勃·芬漢之書

一八一二年一月至二月

大家都認為，魔法師家中必然會有些固定的特徵，但諾瑞爾先生家中最大的特色，顯然非查德邁莫屬。在倫敦其他家庭中，絕對找不到像他這樣的僕人。在前一天，你還看到他像其他男僕一樣，忙著清理餐桌上用過的杯盤與殘留的麵包屑。到了第二天，他卻搖身一變，跟滿屋子的海軍上將、軍事將領與達官貴族平起平坐，硬生生地打斷他們的談話，毫不客氣地指出他們所犯的錯誤。諾瑞爾先生甚至還有一次公然斥責得文郡公爵，罵他不該在查德邁開口的時候搶話。

在一八一二年一月一個霧濛濛的日子裡，查德邁踏入漢諾瓦廣場的圖書館，對正在工作的諾瑞爾先生說他有事得出門一趟，不曉得什麼時候才會回來。他先將他出門期間其他僕人應該注意的工作一一交代完畢，然後他就騎上馬背揚長而去。

在接下來的三個禮拜中，諾瑞爾先生總共收到他寄來的四封信：一封是寄自諾丁罕郡的紐華克，一封是寄自約克郡東行政區的約克，一封是寄自約克郡北行政區的里奇蒙，一封是寄自約克郡西行政區的謝菲爾德。但這些信全都只是交代家務工作，對他的神祕的旅程隻字未提。

他在二月中旬的一天夜晚返回家中。當時拉塞爾和卓萊正在漢諾瓦廣場用晚餐，因此當查德邁踏入家門時，他們兩人也跟諾瑞爾先生一起待在客廳裡面。查德邁先將馬牽到馬廄，接著就直接走進屋中，他的靴子和袖口沾滿了污泥，外套被雨水淋得溼透。

「你到底跑到哪兒去了？」諾瑞爾先生詢問。

「到約克郡，」查德邁說，「去打聽溫古魯的事情。」

「你見到溫古魯了嗎？」卓萊急切地問道。

「不，我沒見到他。」

「你知道他人在哪兒嗎？」諾瑞爾先生問道。

「不，我不知道。」

「嘖，」拉塞爾說。他不以為然地盯著查德邁，「你若肯聽從我的建議，諾瑞爾先生，就別再讓查德邁把時間浪費在溫古魯身上。這幾年來他就像完全消失了似的。他說不定早就死了。」

查德邁大剌剌地坐到沙發上，「塔羅牌說他沒死。塔羅牌說他還活得好的，而且那本書仍然在他手中。」

「塔羅牌！塔羅牌！」諾瑞爾先生喊道，「我已經告訴你上千遍了，不要再讓我聽到那些討厭的鬼玩意兒！你快把這些東西全都從我家裡扔出去，永遠不准再跟我提起這些鬼牌！」

查德邁冷冷地斜睨了他主人一眼。「你到底要不要聽我發現到的事？」

諾瑞爾先生慍怒地點了點頭。

「很好，」查德邁說，「諾瑞爾先生，我為了替你找書，特別用心去跟溫古魯所有的妻子攀交情。我總覺得，她們一定知道某些對我們有用的線索。我總覺得，我只要常跟她們一起上酒館，多買幾杯琴酒請她們喝，聽她們嘮叨閒扯，最後總會有某個人對我吐露訊息。嗯，果然不出我所料。三個禮拜前，南恩．普薇跟我說了一個故事，才讓我終於決定前去尋找溫古魯的書。」

「南恩・普薇是哪一任妻子？」拉塞爾問道。

「第一任。她告訴我一件發生在二十五年前的往事，那時候她和溫古魯剛結婚沒多久。他們在一家酒館裡飲酒作樂。他們一直喝到身上的錢全都花光，而店家再也不肯讓他們賒帳，才終於踏出酒店返回住所。他們踉踉蹌蹌地沿著街道往前走，看到陰溝裡躺了一個醉得比他們更厲害的傢伙。一個老男人爛醉如泥地躺在水溝裡面。污水從他身邊流過，淹沒他的面孔，他沒淹死還真是命大。這個可憐蟲吸引住溫古魯的目光。他似乎認得這個人。他走過去，仔細打量那個老男人。然後他放聲大笑，惡狠狠地踢了老男人一腳。南恩問溫古魯那個老人到底是誰。溫古魯說他的名字叫做柯雷格。她再問他是怎麼認識這個人的。溫古魯氣沖沖地答說他不認識柯雷格。他說他根本不認識柯雷格這個人！他甚至告訴她，他早就打定主意絕對不要認識這個傢伙！換句話說，他全世界最瞧不起的人的就柯雷格！南恩抱怨說他回答得不夠清楚，這時溫古魯才心不甘情不願地表示，那個男人就是他的父親。說完之後，他就拒絕再回答任何問題。」

「但這跟事情有什麼關係？」諾瑞爾先生插嘴道，「你為什麼不向溫古魯的妻子們打聽書的事情呢？」

查德邁露出氣惱的神情。「我早就打聽過了，先生。在四年前。我告訴過你，你應該記得才對。她們全都不曉得任何跟書有關的事情。」

諾瑞爾先生忿忿地揮了一下手，示意查德邁繼續說下去。

「幾個月之後，南恩坐在一個小酒館，聽某個人念報紙上一篇關於約克絞刑處決人犯的報導。南恩非常喜歡聽這類關於絞刑的新聞，而這篇報導令她印象特別深刻，因為處決的人犯名字叫做柯雷格。這件事在她腦海中揮之不去，當天晚上，她就把這件事告訴了溫古魯。她驚訝地發現，他已經知道這件事，而那名人犯確實是他的父親。柯雷格被絞死讓溫古魯非常開心。他說柯雷格是罪有應得。他說柯雷格犯下了一件可怕的罪行——一件英國上世紀最嚴重的罪行。」

「什麼罪行？」拉塞爾問道。

「一開始南恩說她想不起來，」查德邁說，「但我不死心地多問了幾句，並答應再多請她喝幾杯琴酒，她就全都記起來了。他偷了一本書。」

「一本書！」諾瑞爾先生失聲驚呼。

「喔，諾瑞爾先生！」卓萊喊道，「這一定就是同一本書。這一定就是溫古魯的書！」

「是不是？」諾瑞爾先生問道。

「我認為是的，」查德邁說。

「但這女人知道那是本什麼樣的書嗎？」諾瑞爾先生說。

「不知道，南恩就只告訴我這麼多。我騎馬前往北方的約克，柯雷格是在當地受審並遭受處決，所以我到那兒去檢查季審法院的紀錄。我首先注意到的是，柯雷格原來是來自約克郡的里奇蒙。喔，是的！」說到這裡，查德邁意味深長地瞥了諾瑞爾先生一眼，「溫古魯至少是一個血統純正的約克郡人。❶柯雷格起初是在北方市集走繩索賣藝為生，但對走繩索這種行業來說，喝酒等於是跟自己的生命開玩笑——而柯雷格卻是個惡名昭彰的酒鬼——所以他不得不放棄這個職業。他回到里奇蒙，受雇到一家富裕的農莊當僕人。他在那裡工作表現得十分出色，農莊主人對他的聰明伶俐十分讚賞，開始越來越重用他。每隔不久，他就會跟一些狐群狗黨前去飲酒作樂，而他們可不是只喝個一、兩瓶而已。他每次都非得把酒窖的藏酒全都喝光才肯罷休。他會大醉個好幾天，這時他就會大發酒瘋，胡作非為——偷竊、賭博、打架，破壞物品——但他十分小心，每次總是特地前往跟農莊相隔非常遠的地方去進行這些瘋狂的冒險活動，而且他總是可以天花亂墜地編出一些可信的藉口，向主人解釋他為何必須離家那麼多天。因此，其他僕人雖然全都對他的惡行心知肚明，但農莊主人卻完全被他蒙在鼓裡。這位農莊主人的名字叫做羅勃・芬漢。他是一個善良、和藹，又正派的大好人——這種人最容易上柯雷格這類惡棍的當。農莊是芬漢家世代相傳的家產，但在許久以前，它曾經是伊思比修道院的農莊之一……」

諾瑞爾大聲地倒抽了一口氣，煩躁不安地挪動身軀。

拉塞爾用詢問的目光望著他。

「伊思比修道院是烏鴉王的基地之一，」諾瑞爾先生解釋。

「就跟賀菲尤莊園一樣，」查德邁補充說明。

「真的！」拉塞爾驚訝地說，❷「我必須承認，聽你說了這麼多關於他的事情，最讓我驚訝的就是，你住的地方竟然跟他有這麼密切的關連。」

「你根本搞不清狀況，」諾瑞爾先生氣呼呼地說，「我們說的是約克郡，說的是約翰・厄司葛雷曾經居住並統治過長達三百年的北英格蘭王國。那裡幾乎所有的村莊，甚至所有的田野，或多或少都會跟他扯上關連。」

查德邁繼續說下去：「芬漢家族還擁有另一樣來自於修道院的物品——一樣由最後一任修道院長交給他們保管的寶物，跟土地一起由農莊直系子嗣世代相承。」

「一本魔法之書？」諾瑞爾先生急切地問道。

「若我在約克郡所聽到的傳聞屬實，這可不只是一本魔法之書。它是獨一無二的『魔法寶笈』。一本由烏鴉王親筆撰寫的書。」

一陣沉默。

「這可能嗎？」拉塞爾詢問諾瑞爾先生。

諾瑞爾先生並沒有回答。他沉吟許久，這個嶄新但卻不太令人愉快的念頭占據了他的所有心思。

最後他終於開口說話，但他並不像是在回答拉塞爾的疑問，反倒像是在自言自語：「一本屬於烏鴉王或是由他親筆撰寫的書籍，是英國魔法史上最荒誕的妄想之一。有人幻想他們已經發現它的存在，或是知道它藏在什麼地方。其中不乏一些才智卓越的人士，他們原本可能撰寫出重要的學術鉅著，但卻為了尋找這本王之書而虛擲一生。但這並不是說，這本書完全不可能存在於某個地方……」

「但若是它真的存在呢？」拉塞爾鼓勵他繼續說下去，「要是真有人找到了這本書——那會怎樣？」

諾瑞爾先生搖搖頭，不願答話。

查德邁代他回答。「書中所提出的觀念，將會使所有的英國魔法完全改寫。」

拉塞爾抬起一邊眉毛。「真的嗎？」他問道。

諾瑞爾先生遲疑了一會兒，似乎非常想告訴拉塞爾這並不是真的。

「你相信那真的是王之書嗎？」拉塞爾詢問查德邁。

查德邁聳聳肩。「芬漢顯然深信不疑。我在里奇蒙找到了兩名年輕時在芬漢家工作的老人。他們說芬漢將王之書視為他一生最大的驕傲。他的人生第一要務就是守護這本書，而其他一切——身為丈夫、父母與農莊主人的責任——全都放在其次。」查德邁暫停了一會兒。「這可以算是本世紀個人所能擁有的最大榮耀與最沉重的負擔了，」他沉思道，「芬漢似乎可以算是一名初級理論魔法師。他買了一些魔法書籍，還花錢請了一位諾薩勒頓的魔法師來教導他。但有件事讓我覺得非常奇怪——兩名老僕人都堅決表示，芬漢從來沒讀過王之書，而且對書的內容幾乎一無所知。」

「啊！」諾瑞爾先生輕聲驚呼。

拉塞爾和查德邁望著他。

「原來他看不懂這本書，」諾瑞爾先生說，「嗯，那真的是非常……」他沉默下來，開始啃自己的手指甲。

「說不定那是用拉丁文寫的？」拉塞爾猜測。

「你怎麼知道芬漢看不懂拉丁文？」查德邁有些生氣地問道，「就因為他是一名農夫……」

「喔！我對農夫向來毫無不敬之意，我可以向你保證，」拉塞爾大笑著說，「這種行業自然也有其功用。但古典語文學識可不能算是農夫的專長。我看這個人大概連拉丁文長什麼樣子都認不出來吧？」

查德邁立刻反駁說，芬漢當然認得拉丁文是什麼模樣。他又不是笨蛋。

拉塞爾冷冷答道，他並沒有說芬漢是笨蛋。

就在兩人快要吵起來的時候，諾瑞爾先生突然開口，讓他們兩人立刻閉上嘴，他若有所思地緩緩說道：「當烏鴉王來到英國時，他並不會閱讀寫字。當時大部分人都是文盲——甚至連國王也不例外。烏鴉王從小是在不使用文字的精靈家庭中成長。他過去甚至從來沒有看過文字。他的新人類僕人把文字拿給他看，並對他解釋文字的用途。但他那時是一個年輕人，非常年輕，也許還不到十四或是十五歲。他已經同時統治兩個不同世界的王國，通曉所有魔法師夢寐以求的高深魔法。他極端驕傲自負。他根本不想閱讀其他人的想法。其他人的想法怎麼可能比得上他呢？於是他拒絕學習讀寫拉丁文——他的僕人希望他能學會使用——反而自己創造出一種文字，來記錄下他的思緒，以供日後檢視。這種文字應該比拉丁文更能忠實反映出他心中的想法。這是剛開始的情況。但隨著他待在英國時間越來越久，他的性格也逐漸改變，他變得不再那麼沉默，那麼孤僻——變得比較不像精靈，而是更接近人類。最後他終於答應像其他人一樣學習讀書寫字。但他並沒有忘記他自己所創造的文字——人們稱之為王文——並將它傳授給幾名他最寵愛的魔法師，讓他們能夠更深刻地了解他的魔法。馬汀·帕爾曾經提到過王文，貝拉西斯也是一樣，但他們兩人甚至連一個筆畫都沒看過。要是真有王文的手稿，而且還是由烏鴉王親筆撰寫，那自然……」諾瑞爾先生又再度沉默不語。

「嗯，諾瑞爾先生，」拉塞爾說，「你今晚真是令人大為震驚！你總是公開宣稱你有多麼痛恨與鄙視這個人，但我現在才發現，原來你這麼欽佩他！」

「我的欽佩絲毫不會減損我對他的恨意！」諾瑞爾先生厲聲說，「我只是說他是一名偉大的魔法師。我又沒說他是個大好人，或是我欣然接受他對英國魔法所造成的影響。再說，你剛才聽到的只不是我私下的意見，又不是公開發表的言論。這些查德邁全都知道，查德邁全都了解。」

諾瑞爾先生緊張地瞄了卓萊一眼，但卓萊早就沒在注意聽他們說話了——他一發現查德邁故事中的主角跟上流社會毫無關連，只不過是約克郡的農莊主人和醉鬼僕人，他就完全失去了興趣。此刻他正忙著用手帕擦拭他的鼻煙盒。

「所以說柯雷格偷了這本書？」拉塞爾詢問查德邁，「這就是你要告訴我們的事情？」

「可以這麼說。在一七五四年秋季，芬漢把這本書交給柯雷格，吩咐他把書送到德比郡皮克區布列頓村的一名男子家中。原因不得而知。柯雷格出發前往，走了兩天，或是三天後，他到達了謝菲爾德。他暫時停止趕路，到一家小酒館休息，他在那裡遇到了一個從事鐵匠工作的男人，而這人同樣也是個惡名昭彰的酒鬼，跟他可說是不相上下。他們展開了一場長達兩天兩夜的喝酒比賽。第一天，他們只是比誰喝得多，但到了第二天，他們開始醉醺醺地向對方提出瘋狂的挑戰。酒店角落放了一桶醃鯡魚。柯雷格要鐵匠走過一片鋪滿魚的地板。他們身邊早已聚集了一批觀眾，而這時所有看熱鬧的人和其他無所事事的混混，立刻把桶裡的魚全都倒出來鋪在地板上。鐵匠開始試著從房間這一邊走到另一邊，結果地上的魚被踩成一大攤臭烘烘的爛泥，而鐵匠也摔得渾身鮮血淋漓。接著換鐵匠對柯雷格提出挑戰，要他爬著到酒店屋頂上，沿著屋簷行走。這時柯雷格已經大醉了一整天。有好多次，看熱鬧的觀眾都以為他就快要從屋頂上摔下來，跌斷他那毫無價值的脖子。但最後他總是能化險為夷。然後柯雷格再提出挑戰，要鐵匠把他自己的鞋子烤來吃——鐵匠乖乖照辦——最後，鐵匠提出的挑戰是，要柯雷格吃掉羅勃．芬漢的書。柯雷格把書撕成碎片，一頁一頁地吞進了肚子裡。」

諾瑞爾先生驚駭地喊了一聲。甚至連拉塞爾都驚訝得連連眨眼。

「幾天後，」查德邁說，「柯雷格清醒過來，這才了解到自己做了什麼事情。他索性逃到倫敦，四年後，他在沃平的一家小酒館裡認識了一名女侍，也就是溫古魯的母親。」

「所以事情很清楚！」諾瑞爾先生喊道，「書並沒有毀掉！這個喝酒比賽的故事，只不過是柯雷格捏造出的謊言，好用來對芬漢掩蓋事情的真相！他其實是偷偷把書留下來傳給他的兒子！現在我們只要能發現……」

「但他何必要這麼做？」查德邁說，「他為什麼要花這麼大的工夫去取得這本書，來送給一個他從未見過，而且也完全不放在心上的兒子？何況在柯雷格前往德比郡的時候，溫古魯甚至還沒出生呢。」

拉塞爾清了清喉嚨。「諾瑞爾先生，我這次還挺同意查德邁先生的看法。要是這本書還在柯雷格手中，或是他知道它藏在何處，他就必定會在法庭中把書交出來，設法用它來保全自己的性命。」

「而且，溫古魯若是從他父親的罪行獲得這麼大的利益，」查德邁補充說明，「他為何還要這麼痛恨他的父親？他父親被吊死的時候，他為何要這麼高興？羅勃．芬漢相當確定這本書已被摧毀——這一點非常清楚。南恩告訴我，柯雷格是因為偷書而被處死，但羅勃．芬漢並沒有控告他偷竊。芬漢是控告他謀殺書本。柯雷格是英國最後一個因謀殺書本而被吊死的人。」❸

「既然這本書已經被吃掉，那溫古魯為何要聲稱他擁有這本書？」拉塞爾用詫異的口吻說，「這根本不可能啊。」

「羅勃．芬漢的遺產，不知為何全都落到了溫古魯手中，但詳細原因我並不清楚，」查德邁說。

「那個德比郡的人呢？」諾瑞爾先生突然開口問道，「你不是說，芬漢原本打算把書送到德比郡一個男人手中。」

查德邁嘆了一口氣。「我在返回倫敦途中經過德比郡。我前往布列頓村。那裡就只有三棟房子和一家酒館，孤零零地矗立在一座荒涼的山丘上。不論柯雷格要找的是什麼人，他顯然早就死了。我在那兒沒探聽到任何消息。」

史提芬．布萊克和薊冠毛銀髮紳士，一同坐在皮歐戴小將的聚會地點，也就是牛津街華頓先生咖啡屋樓上的房間裡面。

紳士正在一如以往地訴說他對史提芬的濃厚情感。「這讓我想到，」他說，「這好幾個月以來，我一直想要向你道歉並解釋清楚。」

「向我道歉，先生？」

「是的，史提芬。你和我在這世上最大的願望，就是讓波爾夫人幸福快樂，但我卻受限於魔法師邪惡的協約條文，每天早上都必須讓她返回她丈夫的房子，而她不得不在那裡度過漫漫長日，直到夜晚才能再度與我們相會。不過，聰明如你，想必已經注意到，你並未受到這類的限制，而我相信你一定百思不解，我為何不乾脆把你帶走，讓你永遠在無望廳享受快樂的生活。」

「我是這麼想過，先生，」史提芬承認。他暫時停下來，因為接下來這個問題，似乎可以決定他未來一生的命運，「有某個原因阻止你這麼做嗎？」

「是的，史提芬。可以這麼說。」

「我明白了，」史提芬說，「嗯，這真的是很不幸。」

「你想知道這是什麼原因嗎？」紳士問道。

「喔，是的，先生！我當然想知道，先生！」

「那我就告訴你，」紳士說，換上一副跟他平常完全不一樣的嚴肅而慎重的神情，「我們精靈可以預知未來。命運女神經常選擇我們來作為她傳達預言的管道。過去我們曾經幫助過一些基督徒，讓他們成就偉大而高貴的命運——凱撒大帝、亞歷山大大帝、查理曼大帝、威廉．莎士比亞，約翰．衛斯理 i 等等❹。但我們所預知的事情，往往是如此模糊不清……」紳士忿忿地揮了一下手，彷彿想要拂去他面前的厚厚蛛網，「……如此殘缺不全。由於我對你的深厚情感，史提芬，我前去追索燃燒的城市與戰場所散發出的煙霧，我挖出垂死者血淋淋的內臟，想要探知你的未來。你注定要成為一位君王！我必須承認，我一點也不感到驚訝！我第一眼看到你，就非常強烈地感覺到，你是一位天生的君王，我深信我絕不會看走眼。但事情還不止於此，我想我知道你將擁有的是哪一個王國。煙霧、內臟和其他所有徵兆，全都相當清楚地顯示出，那應該是一個你已經身處其中的王國！一個已經跟你有著密切關連的王國。」

史提芬靜靜等待。

「你還不明白嗎？」紳士不耐地喊道，「那自然是英國！當我得知這個重要消息時，我心裡真是說不出有多麼高興！」

「英國！」史提芬驚呼。

「是的，一點兒也不錯！你在英國登基為王，對英國來說可算是天大的好運。現在的國王老邁昏庸，至於他那些兒子呢，全都是些胖嘟嘟的酒鬼！現在你總該明白，我為何不把你帶走，讓你永遠留在無望廳了吧。帶你離開你本當合法統治的王國，那我可就是大錯特錯了！」

史提芬呆坐半晌，試著去理解這個驚人的消息。「但有沒有可能是非洲的某個王國？」他最後終於開口說，「也許我命中注定要回到那裡，也許會因為某些奇怪的預兆，讓那裡的人民認出，我其實是他們某位國王的後裔？」

「也許吧，」紳士懷疑地說，「喔，不對！這不可能。因為這應該是某個你已經身處其中的王國。而你從來沒去過非洲。喔，史提芬！我深深渴望你能實現你美妙的命運。到了那一天，我將會讓我的眾多王國與大不列顛結為盟友——而你我二人將會享有如同胞手足般的兄弟情誼。想想看，那時候我們的敵人會有多麼惶恐困惑！想想看，那些魔法師會如何怒火中燒！他們必然會後悔當初為何不對我們尊敬一些！」

「但我想你一定是弄錯了，先生。我無法統治英國。無法以我這……」他攤開手掌湊到面前。黑皮膚，他心想。他口中卻繼續說下去，「只有你，先生，基於你對我的偏愛，才會覺得這有可能。奴隸是不能成為國王的，先生。」

「奴隸，史提芬？你是什麼意思？」

「我一出生就淪為奴隸，先生。就跟許多與我同族的人一樣。華特爵士的祖父在牙買加擁有一筆地產，而我母親就是在那裡工作的奴隸。威廉爵士負債累累，於是他前往牙買加賣掉這筆地產——他將那裡的一些財產帶回英國，包括我的母親。或者該說是，他原本打算把她帶回家做女僕，但她在回程中生下了我，沒過多久她就去世了。」

「哈！」紳士得意洋洋地驚呼，「就跟我之前說的完全一樣！邪惡的英國人奴役你和你可敬的母親，用他們的奸謀逼使你們忍氣吞聲地蒙受屈辱！」

「嗯，沒錯，先生。從某方面來說確實如此。但我現在並不是奴隸。任何站在英國土地上的人都不會是奴隸。英國的空氣散發著自由的芳香。這是英國人總是大力吹噓並引為自豪的事實。」然而，他心想，他們仍在其他國家擁有奴隸。而他口中卻說，「從威廉爵士的男僕把我這個小孤兒抱下船的那一刻起，我就已經獲得自由了。」

「儘管如此，我們還是應該懲罰他們！」紳士喊道，「我們不費吹灰之力，就可以把波爾夫人的丈夫殺掉，然後我再降到地獄去找他的祖父，接下來……」

「但威廉爵士和華特爵士又不是奴隸制度的元凶，」史提芬抗議道，「華特爵士一直非常反對買賣奴隸。而威廉爵士對我很好。他讓我受洗並為我命名，還讓我接受教育。」

「受洗命名？什麼？甚至連你的名字都是敵人硬冠在你頭上的？是用來表示你接受奴役嗎？那我強烈建議你，等你登上英格蘭王位之後，就立刻放棄這個名字，另外換個好名字！你母親是怎麼叫你的？」

「我不知道，先生。我不確定她有沒有替我取過任何小名。」

紳士眯起眼睛，這表示他正在努力思索。「這樣的母親還挺奇怪的，」他沉思道，「竟然不替自己的孩子取名字。好，你將會有一個屬於你的名字。真正屬於你自己的名字。這一點我非常確定。當你母親把你抱在懷中的珍貴時刻，她在心中暗暗呼喚你的那個名字。你難道不想知道嗎？」

「我當然想知道，先生。但我母親已經去世很久了。她可能從來不曾對任何人透露過那個名字。甚至連她自己的名字都沒人知道。我小時候問過威廉爵士，但他說他不記得了。」

「我看他分明記得很清楚，只是壞心腸的故意不告訴你。看來需要某個非常了不起的人親自出馬，才能順利查出你的名字，史提芬——某個聰明絕倫，才智超群，又高貴無比的人物。事實上，也就是我本人。是的，這就是我要做的事。為了表示我對你的濃厚情感，我一定會替你找出你真正的名字！」

❶約克郡是烏鴉王的北英格蘭王國的一部分。查德邁和諾瑞爾先生在知道溫古魯跟他們同樣都是北方人之後，對他稍稍多了一份敬意。

❷除了拉塞爾之外，還有許多人批評諾瑞爾先生言行不符，他痛恨任何人在他面前提到烏鴉王的名字，但他自己卻在烏鴉王曾經擁有並十分熟悉的土地上，住在一棟由烏鴉王下令採集的石頭所建造的屋子裡。

❸謀殺書本是英國魔法法律新增的一條法規。蓄意摧毀魔法之書，將受到跟謀殺基督徒的罪犯相同的懲罰。

❹紳士所提到的大人物，事實上並非全都是基督徒。如同我們將無數不同的部落與種族通稱為「精靈」一般，他們同樣也無視於我們的宗教、種族，或是時代，一律通稱我們為「基督徒」。

i John Wesley，1703-91，與其弟查理．衛斯理同為基督教新教衛斯理宗的創始人。

31 十七名那不勒斯死者

一八一二年四月至一八一四年六月

當時英軍陣營中有一些「探測官」，專門負責向當地民眾打聽消息，竊取法軍的書信，而他們總是對法軍的行蹤瞭若指掌。不論你對戰爭有任何天馬行空的浪漫想法，威靈頓勛爵的探測官絕對超乎你的想像。他們在月光下涉過河流，在炙熱的驕陽下越過山峰。他們住在法軍屬地的時間，甚至比他們留在英軍陣營的日子還要長，同時他們也認識所有對英國有利的人。

其中最偉大的探測官，無疑是第十一步兵團的柯孔．葛蘭特少校。法軍常在忙著進行工作時，無意間抬起頭來，卻發現葛蘭特少校正騎在馬背上，站在遠方的山丘頂上，虎視眈眈地觀察他們的一舉一動。他用望遠鏡緊盯著他們，還拿了本小冊子隨時做觀察筆記。這讓他們感到十分不安。

在一八一二年四月的一天早晨，葛蘭特少校時運不濟，發現自己被兩支法國騎兵巡邏隊包抄追趕。他發現他的馬兒速度不夠快，於是他當機立斷地跳下馬背，躲進一座小樹林中藏身。葛蘭特少校雖然從事間諜工作，但他向來更加看重自己的軍人身分，而身為一名堂堂正正的軍人，就有必要維護軍人的榮耀，因此他總是穿著一身軍服。不幸的是，第十一步兵團的制服（幾乎所有步兵團的制服都是如此）是鮮豔的紅色，而他又藏身在春日初綻的碧綠葉叢中，法軍輕而易舉地找到了他。

葛蘭特被敵方俘虜，對英軍而言是一場天大的災難，簡直就跟失去一整個軍旅的士兵同樣嚴重。威靈頓勛爵立刻派人送急信——有些是送給法軍將領提議交換戰俘，有些是送給游擊隊指揮官，❶以大量金錢與充裕武器作為懸賞，請他們協助營救葛蘭特少校。但這兩方面的努力都未獲得任何成效，威靈頓勛爵不得不設法展開不同的營救計畫。他雇用了游擊軍頭目中最惡名昭彰、最野蠻殘酷的傑羅尼莫．沙傲尼，帶領強納森．史傳傑去找葛蘭特少校。

「你會發現沙傲尼這個人很不好惹，」威靈頓在史傳傑出發前告訴他，「但我一點兒也不擔心，坦白說，史傳傑先生，你也不是省油的燈。」

沙傲尼和他的手下，確實是一群你所能想像最心狠手辣的惡棍。他們骯髒污穢，臭氣薰天，亂鬚糾結。他們腰間掛著軍刀匕首，肩上扛著來福槍。他們的衣服和鞍褥上全都是殘酷與死亡的標記：骷髏頭和交叉骨；插著刀的心；絞刑架；釘在車輪上受刑的人；啄食心臟與眼球的烏鴉；以及其他各種這類討人喜歡的圖案。乍看之下，這些標記是用珍珠釦縫製而成，但再仔細一瞧，那竟然是所有被他們殺害的法國人的牙齒。特別是沙傲尼，他身上掛了一大堆人齒，一走動就喀噠喀噠響個不停，活像是那些死去的法國人仍在嚇得牙關打顫似的。

鎮日配戴著一身死亡的標誌和裝備，沙傲尼和他的手下們向來自信十足，任何人只要一看到他們就會嚇得心驚膽戰。因此當他們發現，那名英國魔法師竟然在這方面勝過他們一籌時，自然會感到有些慌亂不安——他居然帶了一副棺材。就像大多數有暴力傾向的人一樣，他們同樣也相當迷信。某個人詢問史傳傑，棺材裡面究竟裝了什麼東西。他滿不在乎地隨口答說裡面裝了一個人。

在騎馬跋涉了好幾天之後，游擊隊帶領史傳傑登上一座山丘，這裡可以俯瞰從西班牙進入法國領土的主要大道。他們向史傳傑再三保證，葛蘭特少校和俘虜他的法軍必定會經過這條道路。

沙傲尼的手下在附近紮營，安頓下來守株待兔。到了第三天，他們看到一大隊法軍沿著道路馳騁而來，而在他們中間那名身穿豔紅制服的騎士，正是葛蘭特少校。史傳傑連忙吩咐他們把棺材打開。三名游擊兵用鐵撬撬開棺材板。他們發現裡面有一具陶偶——看來是一種人體模型，用西班牙人燒製鮮豔杯盤的同一種粗紅泥製造而成。陶偶跟真人一樣大，但做得非常粗糙。眼睛只是兩個凹洞，甚至連鼻子都沒有。但它卻整整齊齊地穿著一套第十一步兵團軍官制服。

「聽著，」史傳傑對傑羅尼莫．沙傲尼說，「等法軍隊伍走到那塊岩石，就帶領你的手下對他們發動攻擊。」

沙傲尼一時間沒聽懂這句話的意思，但這自然不是因為史傳傑的西班牙語文法和發音出了什麼差錯。

等他弄明白之後，他開口問道：「我們要去解救 El Bueno Granto 嗎？」（El Bueno Granto 是葛蘭特少校的西班牙名字。）

「當然不要！」史傳傑答道，「El Bueno Granto 就交給我吧！」

沙傲尼和他的手下走到半山腰，那兒有一片稀疏的樹林，他們藏在樹林後面，這樣路上的人就看不到他們。他們在這裡開槍射擊。法軍嚇得完全反應不過來。有些人當場被射殺，還有許多人受了槍傷。附近並沒有岩石，只有幾株灌木——根本沒地方讓他們藏身——但道路就在前方，他們只要快馬加鞭，就有機會順利逃出羅網。法軍只慌亂了幾分鐘，就迅速恢復鎮定，帶著傷兵們馳騁而去。

游擊隊爬回山丘上時，心裡難免懷疑這場行動是否徒勞無功；畢竟，在法軍揚長而去的時候，那個穿著豔紅制服的人影仍然待在隊伍裡面。他們走到剛才跟魔法師分手的地方，卻驚訝地發現他並不是單獨一個人。葛蘭特少校就坐在他的身旁。兩個男人坐在一塊岩石上吃冷雞肉，喝波爾多紅葡萄酒，談得十分熱絡。

「……布萊頓非常棒，」葛蘭特少校正在說，「但我比較喜歡威茅斯。」

「你真讓我驚訝，」史傳傑答道，「我痛恨威茅斯。我在那裡待過幾個禮拜，那是我這輩子最悲慘的一段時光。我當時瘋狂愛上一個叫做馬麗安的女孩，但她卻為了一個在牙買加有地產，還有隻玻璃眼珠的傢伙而冷落我。」

「那又不是威茅斯的錯，」葛蘭特少校說，「啊！沙傲尼隊長！」他揮舞著一隻雞腿向游擊隊首領致意，「你好！」

法軍護送隊的軍官與士兵們繼續朝法國前進，當他們抵達巴約訥後，他們就將戰俘交給巴約訥祕密警察局長負責看管。祕密警察局長走上前來，問候那個他深信是葛蘭特少校的人。他跟上校握手致意，結果整條手臂都被他扯了下來，嚇得他驚慌失措。他趕緊把手臂扔在地上，結果手臂立刻摔得粉碎。他轉過身來向葛蘭特少校道歉，卻驚駭至極地發現，少校的臉上開始出現一道道粗黑的裂痕。下一刻，少校的頭就缺了一塊——這代表他裡面完全是空的——過了一會兒，他就像《鵝媽媽童謠》裡的蛋頭人一樣摔成了一堆碎片。

在七月二十二日，威靈頓勛爵將法軍逐出了古大學城薩拉曼加。這是英軍近年來一場扭轉乾坤的關鍵性勝戰。

當天夜晚，法軍逃入薩拉曼加南方的樹林。士兵們在奔跑時抬起頭來，驚訝地看到許多天使穿越漆黑的樹林飛下來。天使渾身散發出眩目的燦爛光芒。他們的翅膀如同天鵝翅膀一般潔白無瑕，而他們的長袍就像珠貝、魚鱗，或是雷雨前的天空一樣，呈現出變幻莫測的色彩。他們手中握著燃燒的長矛，眼中散發出神明的怒火。他們以驚人的速度在樹林中穿梭飛舞，在法軍面前揮舞他們的長矛。

許多士兵嚇得魂飛魄散，趕緊掉頭奔向薩拉曼加城——奔向正在追趕他們的英國軍隊。還有許多人嚇得來不及反應，傻愣愣地站在原處呆望。其中一名比其他人勇敢果決的士兵，試著想要理解到底發生了什麼事。他總覺得天堂不太可能會在突然間跟法國的敵人結為盟友；畢竟在《舊約聖經》的時代過後，就再也不曾聽說過這類的事情。他注意到，天使雖然恫嚇地朝士兵揮舞長矛，卻沒有真的發動攻擊。他等一名天使朝他俯衝過來時，提起軍刀奮力刺了一下。軍刀並未碰到任何阻力——除了空氣什麼都沒有。天使也並未露出任何疼痛或是驚嚇的神情。這名法國兵立刻放聲大喊，告訴他的同袍根本不用害怕；這只不過是威靈頓的魔法師變出的幻象；天使根本無法傷害他們。

法軍在天使魅影的追逐下繼續往前行走。他們走出樹林，發現他們來到了托美斯河岸邊。河上有一座通向艾爾巴．迪．托美斯城的古橋。由於威靈頓勛爵某位盟友的疏失，這座橋完全無人看守。法軍走過古橋，穿越小城繼續往前逃竄。

幾個鐘頭後，威靈頓勛爵在破曉時分，疲憊地騎馬越過古橋，踏入艾爾巴．迪．托美斯城。他身邊伴隨著三位紳士：軍隊的副軍需官狄蘭西上校；一名叫做飛茲洛．桑莫思的英俊年輕人，他是威靈頓勛爵的軍務祕書；以及強納森．史傳傑。他們身上全都沾滿了泥土與血跡，而且都已經好幾天沒睡覺了。看來他們短時間內也不太可能上床休息，因為威靈頓已下定決心要繼續乘勝追擊逃竄的法軍。

這座有著教堂、修道院和中世紀建築的小城，在瑩白色天空的襯托之下，顯得格外清晰醒目。雖然時間尚早（才剛過五點半），小城卻已經甦醒過來。教堂已然鳴響鐘聲，來慶賀擊潰法軍的光榮聖戰。街道上出現一列列神情疲憊的英國與葡萄牙軍團，而小城的居民也一一從家裡走出來，把麵包、水果和鮮花等禮物塞進他們手中。幾輛載著受傷軍人的運貨馬車排在牆邊，一名軍官忙著派遣人手前去尋找可以收容傷兵的醫院和其他地方。此時五、六名面貌平庸，看起來十分能幹的修女已經趕到現場，正在傷兵中四處走動，用小錫杯餵他們喝新鮮的牛奶。有些小男孩不管大人怎麼哄，硬是不肯乖乖待在床上，跑出來興高采烈地朝他們看到的每個軍人歡呼喝采，還跟在那些看起來脾氣比較好的士兵背後，形成一支臨時拼湊的遊行隊伍。

威靈頓勛爵環顧四周。「華特金！」他大聲呼喚一名穿著砲兵制服的軍人。

「是的，爵爺？」士兵答道。

「我打算吃早餐，華特金。你看到我的廚子了嗎？」

「傑佛德中士說他看到你的手下到上面的城堡去了。」

「謝謝你，華特金，」爵爺道了聲謝，就跟他的同伴們一起策馬離去。

艾爾巴·迪·托美斯城堡其實不能算是一座完整的城堡。多年前戰爭剛開始時，城堡曾遭受法軍圍攻，此刻除了碩果僅存的一座塔樓之外，其他地方已全都化為廢墟。當年艾爾巴公爵窮極奢華的宅邸，此刻已淪為禽鳥與野獸的巢穴。城堡過去名聞遐邇的精緻義大利壁畫，也因屋頂完全消失，而在連年風雨冰霜的侵襲之下，完全不復當年的光采。跟其他舒適便利的餐廳比起來，這裡實在是萬萬不及；不僅毫無屏障的暴露在天空下，餐廳正中央還長出了一株小樺樹。但這並不會對威靈頓的僕人造成任何困擾；他們早就習慣在各種稀奇古怪的地方為爵爺準備餐點。他們在樺樹下放了一張餐桌，再鋪上一層白布。當威靈頓和他的同伴們騎馬抵達城堡時，僕人已開始把一盤盤麵包捲和西班牙火腿片、一碗碗杏脯和一碟碟奶油放在餐桌上。威靈頓的廚師連忙去煎魚，烹調辣味腰子，和煮咖啡。

四位紳士坐下來。狄蘭西上校慨嘆說，他已經不記得上一頓飯是在什麼時候吃的了。另外某個人出聲附和，然後他們就開始專心地埋頭大嚼。

他們才剛開始稍稍放鬆下來，有一搭沒一搭地說了幾句話，葛蘭特少校就走了進來。

「啊！葛蘭特，」威靈頓勛爵說，「早安。請坐。吃點兒早餐吧。」

「我待會兒再吃，爵爺。我有事情要向你報告。這消息還挺驚人的。法軍好像失去了六架大砲。」

「大砲？」爵爺說，似乎不怎麼感興趣。他伸手取了一個麵包捲和一些辣味腰子，「這還用說。桑莫思！」他對他的軍務祕書說，「我昨天在戰場上奪得幾架法軍大砲？」

「十一架，爵爺。」

「不，不，我的爵爺，」葛蘭特少校說，「很抱歉，但你沒聽懂我的意思。我指的並不是那些在戰場上獲得的大砲。我說的這批大炮可從來沒上過戰場。佳法瑞利將軍[i]派人把這些大砲運到北方去交給法軍。但它們並未及時送到戰場。事實上，它們根本就沒運到目的地。爵爺，佳法瑞利將軍知道你就在附近朝法軍節節進逼，所以他十萬火急地想要趕緊把大砲運過去。他在短時間內胡亂找了三十名士兵湊成運送隊伍。所以說呢，爵爺，這樣他難免忙中有錯，結果自然是後悔莫及，因為在這三十名士兵中，至少有十個是那不勒斯人。」

「那不勒斯人？真的嗎？」勛爵問道。

狄蘭西和桑莫思兩人高興得互使眼色，甚至連強納森．史傳傑都露出微笑。

這是因為，那不勒斯雖然是法國第一帝國的領土，但那不勒斯人卻非常痛恨法國。那不勒斯人被迫上戰場為法軍作戰，但他們只要一逮到機會就立刻逃走，而且還經常是奔向敵方的陣營。

「但其他士兵呢？」桑莫思問道，「照理說，他們應該會設法防止那不勒斯人作怪才對吧？」

「其他士兵根本來不及採取任何行動，」葛蘭特少校說，「他們全都死光了。薩拉曼加的一家二手衣鋪裡，現在就掛著二十雙法軍皮靴和二十套法軍制服。制服外套背上全都有著細長的裂縫，看來很可能是被義大利短劍刺破，而且衣上沾滿了血跡。」

「所以說，大砲現在落到一群義大利逃兵手裡，是不是？」史傳傑說，「他們打算怎麼做？他們想要自己打仗嗎？」

「不，不是！」葛蘭特說，「他們想要把大砲賣給出價最高的人。不是賣給你，爵爺，就是賣給卡斯塔諾將軍。」ii

「桑莫思！」爵爺說，「我該出多少錢來購買六架法國大砲？四百塊嗎？」

「喔！花區區四百塊，來讓法軍深深體會到他們因愚蠢而導致的慘痛後果，那自然是非常划算，爵爺。但我想不通，為什麼直到現在，那些那不勒斯人還沒跟我們聯絡。他們到底在等待什麼？」

「我想我知道原因，」葛蘭特少校說，「四天前，兩名男子在佳斯特瑞楊附近山坡上的小墓園裡祕密聚會。他們穿著破爛的法軍制服，說的是某種義大利方言。他們商談了一段時間，然後各自上路，一人前往南方坎塔拉皮卓的法軍營地，另一人前往北方的杜埃洛。爵爺，我認為這些那不勒斯逃兵，現在正四處送信給他們的同胞，號召他們前來會合。我想他們以為，只要拿到你或是卡斯塔諾將軍付的錢，他們所有人就可以駕著金船返回那不勒斯。在我看來，他們每人至少都有個兄弟或是表兄弟在其他法國軍團服役。他們要是沒把自己的親戚一起帶回家鄉，可就沒臉去見他們的母親和祖母了。」

「我常聽人說，義大利女人凶得要命哪，」狄蘭西上校附和道。

「我們現在要做的，爵爺，」葛蘭特少校繼續說下去，「就是設法找到幾個那不勒斯人，直接詢問他們就行了。我相信他們一定知道，那些小偷和槍炮到底藏在什麼地方。」

「我昨天擄獲的戰俘中有那不勒斯人嗎？」

狄蘭西上校立刻派人去察看。

「當然，」威靈頓勛爵沉吟地說，「最好是別讓我花半毛錢。梅林！」（這是他替強納森・史傳傑取的綽號。）「你要是能施魔法讓我們看到這些那不勒斯人的幻象，也許我們就能從中找到某些線索，推測出他們和槍炮目前所在的位置，這樣我們只要直接過去取槍炮就行了！」

「或許吧，」史傳傑說。

「我想幻象的背景，必定是某座形狀奇特的山峰，」爵爺愉快地說，「或是某個有座醒目高塔的村莊。西班牙嚮導絕對一眼就可以認出那個地方。」

「我想是吧，」史傳傑說。

「你好像不太確定。」

「原諒我，爵爺，但是——就像我以前所說的——幻象並不是解決這類問題的最佳方法。」❷

「嗯，那你有任何更好的建議嗎？」

「沒有，爵爺。目前沒有。」

「那就這麼說定了！」威靈頓勛爵說，「史傳傑先生、狄蘭西上校和葛蘭特少校負責找出這些槍炮的下落。桑莫思和我前去對付法軍。」爵爺簡潔明快的語氣，顯示出他希望這一切能夠儘快著手進行。史傳傑和其他幕僚狼吞虎嚥地迅速吃完早餐，就紛紛前去展開各自的工作。

大約在正午時分，威靈頓勛爵和飛茲洛騎馬立於嘉西亞賀南戴茲村附近一道狹窄的山脊。在下方岩石遍布的平原上，有好幾旅英國龍騎兵部隊，正準備對法軍後衛的輕騎兵隊發動攻擊。

就在這一刻，狄蘭西上校策馬登上山脊。

「啊，上校！」威靈頓勛爵說，「你替我找到那不勒斯人了嗎？」

「戰俘中並沒有那不勒斯人，爵爺，」狄蘭西說，「但史傳傑先生建議我們去搜尋昨天陣亡的死者。他用魔法辨識出，其中有十七具屍體是那不勒斯人。」

「屍體！」威靈頓勛爵驚訝得放下望遠鏡，「他要屍體做什麼？」

「我們也這樣問他，爵爺，但他就開始支支吾吾地閃爍其辭，說什麼也不肯回答。不過，他要求我們把死人放置在某個安全的地方，以免屍體遺失或受損。」

「好吧，既然請魔法師替我們辦事，就只好容忍他那些異於常人的怪毛病了，」威靈頓說。

就在這一刻，一名站在附近的軍官突然大聲喊道，說龍騎兵已開始加速奔馳，很快就會趕上法軍。大家立刻把魔法師的怪癖拋到了九霄雲外；威靈頓勛爵將望遠鏡湊到眼前，而在場的每一個人全都把注意力轉移到戰場上。

此時史傳傑已從戰場返回艾爾巴．迪．托美斯城堡。他在軍械塔（城堡唯一倖存的建築）中找到一個無人使用的房間占為己有。諾瑞爾的四十本書散置在房間各處。它們大致說來都還算完整，但有些書已明顯變得破爛不堪。地板上到處都是史傳傑的筆記本，和無數用潦草字跡塗寫上某個咒語或是某段魔法摘記的小紙片。在房間正中央的餐桌上，放置著一個又寬又淺的銀碗，裡面裝滿了清水。窗板拉下來關得密不透風，而室內唯一的光源，就只有銀碗的冷冷光輝。總而言之，這是一個不折不扣的魔法師洞穴，難怪那個定時送咖啡和杏仁餅到房間的漂亮西班牙女僕，會嚇得一放下餐盤就趕緊跑出房間。

第十八輕騎兵軍團一名叫做淮特的軍官，前來協助史傳傑進行工作。淮特上尉曾經在那不勒斯的英國特使家中住過一段時間。他精通多種語言，對那不勒斯方言十分嫻熟。

史傳傑輕而易舉地變出幻象，但正如同他事先所料，這些幻象無法提供足夠的線索，來讓他探查到逃兵的行蹤。他發現槍炮是半藏在某些淡黃色的岩石後方——這類岩石遍布半島的所有地區——而那些逃兵是在一片橄欖樹和松樹組成的稀疏林地中紮營——你不論朝任何方向隨便瞥上一眼，都可以看到這類的林地。

淮特上尉站在史傳傑身邊，將那不勒斯人所說的每一句話，翻譯成清晰簡潔的英語。儘管如此，他們兩人盯著銀碗看了一整天，卻沒有得到多少有用的訊息。當一個人十八個月來從沒吃飽，當他整整兩年沒見到他的妻子或情人，當他在過去四個月以來都是躺在泥地和石塊上過夜，他的語言能力難免會有些退化。這些那不勒斯人很少交談，而就算開口，話題大多是關於他們想要吃的食物，他們家鄉妻子的迷人魅力和他們心目中的理想情人，而他們又是多麼渴望能躺在柔軟的羽毛床上好好睡上一覺。

史傳傑和淮特上尉花了半個夜晚，和第二天大部分的時間，繼續待在軍械塔中，專注地進行觀察那不勒斯逃兵的沉悶工作。到了第二天晚上，威靈頓派了一名副官送信給他們。爵爺已經在一個叫做佛洛雷斯．迪．阿維拉的地方設立司令部，要史傳傑和淮特上尉立刻趕過去跟他會合。於是他們把史傳傑的書本和銀碗塞進行李，再匆匆收拾好其他物品，就沿著炎熱而塵沙滾滾的道路出發。

佛洛雷斯．迪．阿維拉顯然是一個相當偏僻的小村；淮特一路上不斷向西班牙當地民眾攀談打聽，卻沒有一個人聽過這個地方。但一條道路若是在近期內接連有兩支歐洲最強大的軍隊經過，路上必定會遺留下某些痕跡；史傳傑和淮特上尉兩人發現，最好的方法就是隨著丟棄的行李、毀壞的運貨馬車、腐爛殘破的屍體和開懷大嚼的黑鳥等等循跡前進。在周遭岩石遍布的空蕩平原襯托下，眼前的景象簡直就像是中世紀畫作所描繪的地獄場景，讓史傳傑忍不住對戰爭的恐怖與徒勞發表了許多陰鬱悲觀的看法。身為職業軍人的淮特上尉，平常必定會出言反駁，但此刻他也受到周遭陰沉環境的感染，只是不住口地答道：「你說的是，先生。你說的是。」

但一名軍人不該長久耽溺於這類悲觀的念頭。軍人的生活極端艱難困苦，因此他必須盡可能及時行樂。雖然他可能會稍微花點兒時間，思索他所看到的殘酷景象，但只要讓他跟同伴們聚在一塊兒，他的心情幾乎百分之百都會立刻好轉。史傳傑和淮特上尉在九點左右抵達佛洛雷斯．迪．阿維拉，而還不到短短五分鐘，他們兩人就開始興高采烈地向朋友們問候致意，聆聽威靈頓勛爵最近的新聞軼事，再三詢問昨天戰場上的種種情況——他們又再次擊敗法軍。不知情的人，甚至會以為他們在過去十二個月中，從來沒看到任何令人沮喪的景象呢。

司令部設置在村莊附近山坡上一座廢棄的教堂裡面，此時威靈頓將軍、飛茲洛．桑莫思和狄蘭西上校正在那裡等著跟他們碰面。

儘管威靈頓勛爵在短短兩天內接連打了兩場勝仗，但他此刻的心情並不是很好。向來以迅速敏捷聞名歐洲的法國軍隊，現在已順利擺脫威靈頓的追趕，即將安然抵達巴利亞多利德。「我想不通他們的速度為何會這麼快，」他抱怨道，「我真恨不得立刻趕過去將他們完全殲滅。但我就只有這一支軍隊，要是把他們給累壞了，我就沒軍隊可用了。」

「擁有槍炮的那不勒斯人已經傳來訊息，」葛蘭特少校告訴史傳傑和淮特上尉，「他們要求的價碼是每架大砲一百塊。所以總共是六百塊錢。」

「太貴了，」爵爺斷然表示，「史傳傑先生，淮特上尉，你們有好消息要告訴我嗎？」

「還談不上，爵爺，」史傳傑說，「那不勒斯人是在一片樹林裡面。至於這片樹林是在什麼地方，我完全摸不著頭緒。我不曉得接下來該怎麼做。我已經用盡我會的所有招術了。」

「那你就該立刻去學些新的招術！」

在那一瞬間，史傳傑似乎氣得想要跟爵爺頂嘴，但他想了一下，結果只是嘆了一口氣，詢問那十七名那不勒斯死者是否存放在安全的地方。

「他們是放在鐘塔裡面，」狄蘭西上校說，「由納許中士負責看管。不管你是要用他們來做什麼，我建議你最好動作快一點兒。我擔心在這種高溫下，他們沒辦法保存太久。」

「至少他們可以再保存一個夜晚，」史傳傑說，「晚上很冷。」說完他就轉身走出教堂。

威靈頓的幕僚帶著好奇的神情目送他離去。「真是的，」飛茲洛．桑莫思說，「我好想知道，他到底打算要對那十七具屍體做什麼？」

「不論他想做的是什麼，」威靈頓說，提筆沾了些墨水，開始寫信給倫敦的內閣大臣，「他顯然不太喜歡這個念頭。他用盡了各種方法來極力逃避。」

當天夜晚，史傳傑施展了一種他以前從未嘗試過的魔法。他設法闖入那不勒斯逃兵們的夢境。這次他倒是大獲成功。

其中一人夢到他被一隻凶狠的烤羊腿趕到了樹上。他坐在樹上餓得哭泣，而烤羊腿在他周遭不

叫的怪異喉音交談，所有人都沒聽過這麼可怕怪誕的語言。

甚至連威靈頓勛爵的臉色都有些發白。只有史傳傑外表看來依然平靜如常。

「我的老天！」飛茲洛．桑莫斯說，「這到底是什麼怪話啊？」

「我想是地獄的一種方言，」史傳傑說。

「真的嗎？」桑莫思說，「呃，實在太驚人了。」

「他們學得真快，」威靈頓勛爵說，「他們只不過才死了三天，」他用一種實事求是的態度，讚許這些死人的學習速度，「但你會說這種語言嗎？」他詢問史傳傑。

「不會，爵爺。」

「那我們要如何跟它們交談？」

史傳傑並未答話，只是一把抓住第一具屍體的頭，掰開它那嘰哩咕嚕說個不停的顎骨，朝它嘴裡吐了一點兒口水。它立刻換成它塵世的母語——一種口音濃重的義大利那不勒斯方言，對大多數人來說，這簡直就跟剛才屍體說的地獄怪話一樣恐怖刺耳並難以理解。不過，這種語言最大的好處就是，淮特上尉全都聽得懂。

在淮特上尉的協助之下，葛蘭特少校和狄蘭西上校開始審問那些那不勒斯死者，而死者的回答令他們非常滿意。這些那不勒斯人在失去生命後，變得比世上任何活著的間諜更急於取悅他們的審問者。看來這些可憐蟲在薩拉曼加戰場上喪生之前，似乎全都剛收到他們那些藏在樹林中同袍們送來的祕密情報，告訴他們關於法軍槍炮的消息，並指示他們設法前往薩拉曼加城北邊幾里格[iii]遠的一個小村莊，到了那裡之後，他們只要循著樹木和大石頭上的暗號，就可以輕易找到那片樹林。

葛蘭特少校率領一小支騎兵隊前去執行任務，在短短幾天內，他就順利將槍炮和逃兵全數帶回

英軍陣營。威靈頓勛爵欣喜異常。

不幸的是，史傳傑完全找不到任何咒語，來讓那些那不勒斯死者重新陷入痛苦的長眠。❹他接連試了好幾種方法，但全都沒多大成效。只有一次，他讓十七具屍體突然迅速長到整整二十呎高，並變成詭異的透明模樣，看起來活像是一幅幅畫在薄棉布旗幟上的巨大水彩畫像。史傳傑設法讓它們變回原來的大小，但問題依然未曾解決。

它們剛開始是跟其他法國戰俘關在一起。但這引起戰俘們大聲抗議，說他們實在受不了跟這種不停踉踉蹌蹌四處遊走的恐怖怪物待在一塊兒。（「說真的，」威靈頓勛爵用厭惡的目光盯著那些屍體表示，「實在不能怪他們會抗議。」）

等戰俘全都被送到英國之後，那不勒斯死者仍然跟軍隊待在一起。在那整個夏季，它們一直坐在牛車上隨著軍隊東征西討，並遵照威靈頓勛爵的命令戴上腳鐐手銬。腳鐐手銬是為了要限制它們的行動，讓它們乖乖待在同一個地方，但這些那不勒斯死者一點兒也不怕痛——事實上，它們好像根本沒有疼痛的感覺——所以它們總是能輕而易舉地掙脫鎖鏈，有時候甚至還在鎖鏈上留下一些可怕的身體碎片。它們一獲得自由，就會去糾纏史傳傑，用你所能想到最可憐的神情，苦苦哀求史傳傑讓它們重新恢復完整的生命。它們到過地獄，而它們可不想再回到那個鬼地方。

在馬德里的西班牙畫家法蘭西斯科・哥雅，用紅色粉筆畫了一幅那不勒斯死者圍在強納森・史傳傑身邊的素描。在這幅畫中，史傳傑坐在地上，他望著地面，雙手無力地垂在兩旁，神態顯得無比的無助與絕望。那不勒斯人聚集在他身邊；有些人憤怒地瞪著他；其他人臉上露出哀求的神情；其中一人還試探性地伸出一根手指，去撫摸他腦後的頭髮。不用說，這幅畫自然跟史傳傑的其他畫像大不相同。

在八月二十五日，威靈頓勛爵下令將那不勒斯死者全數銷毀。[5]史傳傑不太想讓諾瑞爾先生聽到他在佛洛雷斯．迪．阿維拉的教堂廢墟中所施展的魔法。他不僅在他自己的書信中隻字不提，甚至還請求威靈頓勛爵在官方戰報中省略這件事。

「喔，很好！」爵爺說。威靈頓勛爵本來就不喜歡在戰報中提到魔法。他憎惡去處理任何他並不熟悉的事情。「但這沒什麼用，」他指出，「每個在過去五天中寫信回家鄉的人，都一定會在信中鉅細靡遺地向他的朋友報告這件事情。」

「這我知道，」史傳傑不太自在地說，「但這些人總是極力誇大我行使的魔法，也許等英國的人考慮到信中慣有的美化潤飾，這件事就不會顯得那麼驚人了。他們會把這想像成，我只不過是治好了幾個受傷的那不勒斯人，或是這一類微不足道的雕蟲小技。」

讓十七名那不勒斯死者復生的案例，可代表史傳傑在戰爭後半期所面對的典型問題。威靈頓勛爵就跟內閣大臣一樣，越來越習慣運用魔法來達到目的，而他要求史傳傑所行使的魔法也越來越高深複雜。但威靈頓跟內閣大臣不同的是，他既沒有時間也沒有意願去聽人囉哩囉唆解釋，某件事為何完全無法辦到。畢竟，他向來總是要求他的工程師、將領與軍官去完成不可能的任務，而他的魔法師自然也不能例外。「去找別的方法！」每當史傳傑企圖向他解釋，某種魔法在一三〇二年後就從未有人成功行使過——或是咒語早已失傳——或是根本就不存在時，勛爵總是如此回答。在這種不得已的情況下，史傳傑彷彿又重新回到他在遇到諾瑞爾之前的早年魔法師生涯，他行使的大部分魔法，全都是他根據一般魔法原理，和一些他在古書中看過卻記不清的故事自行創造出來的。

在一八一三年初夏，史傳傑再度施展一種在烏鴉王之後就無人行使過的魔法：他移動了一條河流。事情的經過是這樣的，當年夏季英軍的戰情進展得十分順利，威靈頓勛爵所到之處無不大獲全勝。但在六月一個特殊的早晨，法軍突然在戰場上占據了優勢的地理位置，這是長久以來未曾出現過的狀況。爵爺立刻召集將領，商討該如何矯正英軍此種極不樂見的劣勢。史傳傑也被召到威靈頓勛爵的帳篷，跟將領們一起共商大事。他發現大家全都圍在一張桌子旁邊，桌上放了一張大地圖。

爵爺在那年夏季心情絕佳，而他用一種幾乎可說是寵愛的態度問候史傳傑。「啊，梅林！你來啦！這就是我們的問題！我們在河的這一邊，法軍在另外一邊，我希望最好是把位置掉換過來。」

一名將領開始解說，他們若是率領軍隊往西邊走到這裡，然後再在這裡建一座橋越過河流，接著再跟法軍在這裡交戰……

「這樣太慢了！」威靈頓勛爵表示，「實在太慢了！梅林，你可以讓軍隊長出翅膀，從法軍頭頂上飛過去嗎？你可以辦得到嗎？」爵爺或許有一半是在開玩笑，但也只有一半而已，「你只要替每個人裝上一對小翅膀就行了。比方說像麥佛森上尉，」他盯著一名肥壯的蘇格蘭人，「我倒是很想看看，麥佛森長出翅膀飛來飛去的模樣。」

史傳傑望著麥佛森上尉沉吟許久。「不行，」他終於開口說，「爵爺，但你若能把他——和這張地圖借給我一、兩個鐘頭，我會非常感激。」

史傳傑和麥佛森上尉盯著地圖看了好一會兒，然後史傳傑回到威靈頓爵爺面前，他表示要讓軍隊每一個人全都長出翅膀太花時間了，但移動河流就簡單得多，立刻就可以辦到，請問爵爺這方法是否可行？「到了那一刻，」史傳傑說，「河流就會在這裡往南，再在這裡彎向北方。而反過來看，也就是原本往南的河流會變成往北，並在這裡彎向南方，這樣的話，你看，我們就會變成在河的北岸，而法軍是在河的南岸了。」

「喔！」爵爺說，「太好了。」

河流的新位置讓法軍困惑至極，以至於有幾支法國軍隊在受命前往北方時，理所當然地以為，只要離開河流，就必然是朝北方前進，結果完全走錯方向。這幾支法軍從此下落不明，許多人認為他們已被西班牙游擊隊全數殲滅。

威靈頓勛爵後來還興高采烈對皮克頓少將[iv]表示，軍隊四處行軍總是會人睏馬乏，大傷元氣，所以未來乾脆叫大家全都站在原地不動，讓史傳傑先生把西班牙當成腳下的地毯，任意扭轉乾坤就成了。

此時位於加的斯的西班牙執政議會對事情的進展大感震驚，開始擔心當他們終於從法軍手中收復國土之後，會發現西班牙已經完全變了樣。他們向外相大臣提出抱怨（許多人認為他們這麼做實在是忘恩負義）。外相大臣請史傳傑寫了一封信寄給執政議會，保證他一定會在戰爭結束後，把河流變回原先的位置，同時也會讓「……所有在戰爭進行期間依照威靈頓勛爵指示而移動的事物」回歸原位。史傳傑移動的許多事物中包括：納瓦拉一座橄欖樹與松樹組成的樹林；[6] 整個潘普洛納城[7]；法國聖讓德呂茲小城中的兩座教堂。[8]

一八一四年四月六日，拿破崙大帝宣布退位。據說威靈頓勛爵聽到這個消息還興奮得跳了一段舞。史傳傑剛聽到佳音時，開心得放聲大笑，但接著卻突然停下來，咕噥地自言自語：「天哪！那他們現在還需要我們嗎？」當時大家以為，這句有些不知所以的話指的是軍隊，但後來有人猜想，史傳傑所謂的「我們」，也許是指他自己和另一位魔法師。

歐洲的地圖重新改寫：拿破崙的新王國就此瓦解，原先的國家重新獲得主權；有些國王遭到罷黜；其他君王再度登上王位。歐洲人民為他們終於擊潰強大的闖入者而歡欣慶祝。但對於大不列顛的居民而言，戰爭彷彿在突然間多了一個完全不同的新目標：使大不列顛成為全世界最偉大的國家。在倫敦的諾瑞爾先生，聽到所有人都盛讚魔法——他自己和史傳傑先生的魔法——是這場勝利的最大功臣，不禁感到既滿足又欣慰。

在五月底一天夜晚，亞蕊貝拉在參加完卡爾頓住宅慶祝勝利的晚宴後返回家中。她剛才聽到許多人用最溫暖貼心的辭句讚美她的丈夫，並舉杯向她致敬，甚至連攝政王也對她恭維有加。此刻才剛過午夜，而她坐在客廳中，心想她的丈夫若能返回家中，那她的人生可算是完美無缺了，就在此時，一名女僕突然衝進來大聲喊道：「喔，夫人！主人回來了！」

某個人踏入房中。

他比她記憶中瘦了一點兒，也黑了一些。他的白髮變得比以前更多，左眉上有一道泛白的疤痕。這道疤痕並不是新傷，但這是她第一次看到。他的五官未曾改變，但不知怎的，他的容貌神采卻變得不一樣了。他似乎並不是她在前一刻所深深思念的人。但她還來不及露出失望或是尷尬，或是其他任何她原先深怕自己在他返家時會流露出來的不當神情，他就用一種半帶嘲諷的目光迅速掃視房間，而她立刻就認出他那深深印在她腦海中的特殊眼神。他轉頭望著他，露出全世界最熟悉的笑容說：「我回家了。」

＊

到了第二天早上，他們依然未曾述說完他們想告訴彼此的千言萬語。

「坐到那兒，」史傳傑對亞蕊貝拉說。

「坐在這把椅子上？」

「是的。」

「為什麼？」

「這樣我就可以好好看看妳。我已經有整整三年沒看到妳了，我長久以來一直感到心中若有所失。我現在一定要全部補回來，好好看個夠。」

她坐下來，但才過了一會兒，她就露出微笑。「強納森，你這樣直勾勾地盯著我瞧，我實在沒辦法忍住不笑。照你這種看法，最多半個鐘頭，你就可以把三年的份全都補回來了。很抱歉讓你失望了，但你以前其實不太常看我。你總是把頭埋在某本滿是灰塵的舊書裡。」

「胡說。我完全忘了妳有多愛跟我拌嘴。把那張紙拿給我。我得趕緊把這件事記下來。」

「我才不要呢，」亞蕊貝拉大笑著說。

「妳知道我今天早上醒來時，我想到第一個念頭是什麼嗎？我得趕在其他人的僕人把所有熱水和所有麵包捲全都拿走前，快點起床去刮鬍子吃早餐。過了一會兒我才想到，這棟房子裡所有的僕人都是我的，所有的熱水都是我的，所有的麵包捲也全都是我的。我這輩子從沒這麼快樂過。」

「你在西班牙過得很苦嗎？」

「在打仗的時候，你不是過得像一位王子，就是像一名流浪漢。我曾經看到威靈頓勛爵——現在應該尊稱他為公爵了[9]——枕著石頭睡在一棵樹下。另外我也看過小偷和乞丐躺在宮殿臥房的羽毛床上呼呼大睡。戰爭就是這麼顛倒混亂。」

「嗯，那我希望你在倫敦不會覺得無聊。有著一頭薊冠毛銀髮紳士說，你一旦嚐到戰爭的滋味，你在家裡必定會感到無聊。」

「哈！不，絕對不會！怎麼會呢，在這種全都乾乾淨淨、舒舒服服的地方？而且所有的書本和物品全都觸手可及，只要一抬起頭來就可以看到我的妻子，我怎麼可能會……？妳剛才說什麼？有著一頭什麼髮的紳士？」

「薊冠毛銀髮。我相信你一定見過這個人。他跟華特爵士和波爾夫人住在一起。我不確定他是不是真的住在那兒，但我每次到他們家都會見到他。」

史傳傑皺起眉頭。「我不認識他。他叫什麼名字？」

但亞蕊貝拉並不知道。「我一直以為他是華特爵士或是波爾夫人的親戚。我竟然從來沒想到要問他的名字，這實在太奇怪了。我曾經跟他，喔！整整聊了好幾個鐘頭呢！」

「真的嗎？我可不太希望妳這麼做。他長得帥不帥？」

「喔，很帥！帥得不得了！真奇怪我居然不知道他的名字！他非常風趣。跟一般人很不一樣。」

「那你們到底聊些什麼？」

「喔，什麼都有！但說到最後，他總是想要送我禮物。上個禮拜一，他打算從孟加拉抓一隻老虎送給我。在禮拜三，他希望帶那不勒斯皇后來看我——他說這是因為他覺得皇后跟我非常相像，而我們一定會變成最好的朋友，到了禮拜五，他又想派僕人去替我取一株音樂樹……」

「一株音樂樹？」

亞蕊貝拉呵呵大笑。「一株音樂樹！他說在一座名字像是童話書的山上，有一種樹結出的果實並不是水果，而是一頁頁的樂譜，上面的旋律遠勝世上所有樂曲。我一直看不出，他自己是否相信他所述說的故事。坦白說，我有時候也懷疑他會不會是個瘋子。我總是找些藉口來拒絕收他的禮物。」

「我真高興。我可不想一回到家，卻發現屋子裡到處都是什麼老虎、皇后和音樂樹。最近有沒有聽說諾瑞爾先生的消息嗎？」

「最近沒有，沒有。」

「妳笑什麼？」史傳傑問道。

「我有笑嗎？我不知道。好吧，那我就告訴你好了。他有一次派人送信給我，就只是這樣而已。」

「一次？三年就只有過一次？」

「沒錯。大約在一年前，謠傳你在維多利亞受害身亡，諾瑞爾先生派查德邁來問我傳聞是否屬實。我知道的並不比他多。但當天晚上，毛索普上校到家中拜訪。他兩天前才剛在普茲茅斯上岸，他立刻直接趕過來，要我絕對不要聽信謠言。我永遠也不會忘記他的恩情！可憐的年輕人，他那時才剛動手術切除手臂，雖然已過了將近一個月，但他仍然感到非常疼痛。對了，桌上有一封諾瑞爾先生寫給你的信。是查德邁昨天送過來的。」

史傳傑站起來走到桌邊。他拿起信，翻過來攤在手掌上。「嗯，我想我得過去一趟，」他遲疑地說。

事實上，他對於跟他以前老師見面這件事，其實並沒有太大的熱情。他早已習慣獨立思考與行動。在西班牙的時候，他雖然得聽從威靈頓公爵的命令行事，但要用什麼樣的魔法來完成任務，就完全由他自己決定。再回去乖乖遵照諾瑞爾先生的指示行使魔法，對他來說實在沒什麼吸引力；況且，在跟威靈頓麾下那些勇敢活潑的年輕軍官相處了幾個月之後，一想到要跟諾瑞爾先生大眼瞪小眼地度過漫漫長日，難免讓他感到有些畏懼。

他心中雖充滿了疑慮，但主人的態度卻十分熱忱感人。諾瑞爾先生欣喜萬分地接待他，鉅細靡遺地詢問他在西班牙運用的所有咒語，並極力讚揚這些咒語所達到的絕佳效果，讓史傳傑幾乎開始覺得，他過去對這位老師的看法似乎不夠公允。

史傳傑表示他不想再繼續追隨諾瑞爾先生學藝，諾瑞爾先生自然不肯答應。「不行，不行，絕對不行！你非回來上課不可！我們還有好多事情要做哪。現在戰爭已經結束，我們得安心下來好好辦些正事了。我們必須設法確立魔法在現代的地位！有好幾位內閣大臣熱切地對我再三表示，若是缺少我們魔法師所提供的援助，他們絕對無法繼續治理國事，這實在讓我感到欣慰至極！但話說回來，儘管你和我做了這麼多，世人還是對我們存有誤解！我是說真的！才不過幾天前，我在無意間聽到凱索力勛爵跟某個人說，在威靈頓公爵的堅持之下，你在西班牙行使了黑魔法！我趕緊向爵爺保證，說你運用的只不過是最現代的方法。」

史傳傑遲疑了一會兒，然後微微低下頭來，諾瑞爾先生理所當然地以為他已經默認這種說法。「但我們現在討論的是，我是否應該再繼續做你的學生。你四年前在課表上所列舉的所有魔法，我現在已全都能運用自如。在我前往半島之前，先生，你自己告訴過我，你對我的成績十分滿意——我想你不會忘記吧。」

「喔！但那只不過是初級課程呀。你在西班牙的時候，我又列出了另一張課表。我可以現在就拉鈴叫路卡斯把它從圖書館送過來。再說，我還想讓你讀一些其他書籍，你懂我的意思吧。」他緊張地對史傳傑眨了一下他的藍色小眼睛。

史傳傑猶豫不決。這指的是史傳傑從來沒看過的賀菲尤莊園圖書館。

「喔，史傳傑先生！」諾瑞爾先生驚呼，「我真高興你能到家裡來看我。我真高興能見到你！

我希望我們可以好好聊上幾個鐘頭。拉塞爾先生和卓萊先生常常到這兒來……」

史傳傑說他絕對相信。

「……但我根本沒辦法跟他們談論魔法。請你明天再來。早一點兒。到這兒來用早餐！」

---

❶游擊隊（Guerrilla），西班牙字，意思是「小戰」。游擊隊是專門攻擊並騷擾法軍的西班牙人團體，人數從十來人到數千人不等。有些游擊隊的首領是退伍軍人，因此仍能維持嚴格的軍事紀律。但其他游擊隊就沒比土匪好多少，除了跟法軍作戰之外，他們同樣也耗費極大精力來威嚇他們自己可憐的同胞。

❷《強納森．史傳傑寫信給約翰．賽剛督的信函》，一八一二年八月二十日於馬德里。

「每當需要尋找某個人或某樣東西時，威靈頓就必定會要求我用魔法變出幻象。這從來沒成功過。烏鴉王和其他的實務魔法師會行使一種尋找人和物品的魔法。據我所知，他們一開始是先使用一個裝滿水的銀盆。他們用閃爍的光線將水面劃分成四個區域。（順帶一提，約翰，你說你無法順利變出光線，這我實在無法相信。我已經把施行方法解釋得夠清楚了。這是全世界最簡單的事情！）這四個區域分別代表天堂、地獄、塵世，以及精靈國。看來似乎是要先使用一種選擇咒，來確定你所要尋找的人或是物品是位於哪一個區域——但接下來該怎麼做，我就完全摸不著頭緒，諾瑞爾也同樣一無所知。要是我會行使這種魔法就好了！就是因為我不會這種魔法，威靈頓和他的幕僚交給我的任務，我不是完全無法做到，就是只能完成一半。我幾乎每天都感覺到自己能力不足。但我沒時間去做實驗。所以說，約翰，你若能花一點兒時間來試著施展這個魔法，並將你得到的任何進展立刻告訴我，我將會十分感激。」

在約翰．賽剛督遺留下來的所有文件中，完全不曾提及他在這方面是否獲得任何進展。不過，在一八一四年秋季，史傳傑發現在帕里．歐姆斯格的《揭開其他三十六個世界之謎》中的一節文字——長久以來皆被視為描述牧羊人的韻歌——事實上正就是這個魔法的變異版。到了一八一四年末，史傳傑和諾瑞爾先生兩人都可以信心十足地施展這個魔法了。

❸史傳傑聽說這是烏鴉王行使過的一種魔法。烏鴉王大部分的魔法都十分神祕、優美與精緻，因此當我們得知他竟然運用過如此殘忍的魔法，確實令人感到相當驚訝。

在十三世紀中期，有幾名烏鴉王的敵人企圖結為同盟來對抗他。大多數成員的身分他都了然於心：一個是法國國王，一個是蘇格蘭國王，還有幾名叛逆不忠的精靈，他們為自己封上堂皇的頭銜，並自稱擁有幅員廣大的領土，但天知道是真是假。另外還有一些更加神祕，但同時也更具威脅性的人物。在烏鴉王大部分統治期間，他一直都和眾多天使與惡魔維持良好的關係，但現在卻謠傳他跟其中兩位交惡：掌管慈悲的天使查德凱爾與掌管船難的惡魔亞林納奇。

烏鴉王似乎並不太把這個聯盟的活動放在心上。但是當一些特定的魔法徵兆顯示出，他朝廷中的一位貴族也加入他們的陣營，並陰謀背叛時，他開始越來越關注這件事情。烏鴉王懷疑這人就是華夫戴爾伯爵羅伯．巴爾巴特斯，他的外號叫狐狸，向來以奸詐狡猾、善於謀略的作風而聞名於世。對烏鴉王來說，背叛是世上最不可饒恕的罪行。

當狐狸的長子亨利．巴爾巴特斯因發高燒去世後，烏鴉王將他的屍體從墳墓中挖出來，施魔法讓他復活，好逼問他實情。湯瑪斯．丹戴爾和威廉．蘭徹斯特都對這一類的魔法深惡痛絕，於是兩人請求烏鴉王採用別的方法。但烏鴉王聽了卻勃然大怒，他們完全無法勸他改變心意。另外還有其他上百個魔法可供他使用，但這是最快速最直接的方法，而就像世上大多數偉大的魔法師，烏鴉王同樣也是一個非常實際的人。

據說烏鴉王在盛怒中痛揍亨利．巴爾巴特斯。亨利在生前是一名非常出色耀眼的年輕人，人們愛慕他英俊的容貌和優雅的舉止，並對他英勇俠義的作風敬畏有加。看到這樣一位高貴的騎士，被烏鴉王的魔法糟蹋成一個畏畏縮縮嗚咽哭泣的傀儡，讓威廉．蘭徹斯特憤怒至極，致使他和烏鴉王兩人嚴重失和，時間長達數年之久。

❹要結束屍體的「生命」，你必須挖出它們的眼睛、舌頭和心臟。

❺「至於那些死去的義大利士兵，我只能說，讓這些已飽受痛苦的可憐人，再遭受到如此殘酷的折磨，我們實在是感到萬分遺憾。但我們非這麼做不可。不論用各種方法，都無法勸他們放過魔法師。就算他沒死在他們手裡，再這樣繼續下去，他一定會被他們逼瘋。我們必須派兩個人在他睡覺的時候保護他，以免那些死人去摸他碰他，把他給吵醒。他們在死後屍體變得殘缺不全，看起來非常嚇人。這些可憐人，沒人會希望一醒來就看到他們那副恐怖的模樣。最後我們升了一堆火，把他們全都扔進了火裡。」

《飛茲洛．桑莫思勛爵寫給兄弟的家書》，一八一二年十一月二日。

❻維克瑞上校偵察一座森林，發現裡面埋伏了許多法軍，而他們正準備對英軍發動攻擊。軍官們忙著討論該如何因應變局，這時威靈頓勛爵策馬來到他們身邊。「我想，我們可以繞過去，」威靈頓說，「但那太花時間了，我又急著趕路。魔法師在哪兒？」

有人趕緊去把史傳傑叫過來。

「史傳傑先生！」威靈頓勛爵說，「我想把這些樹全都移開，對你來說應該不會太麻煩吧！我相信這總比讓四千大軍多繞七哩路要輕鬆得多。請你把樹林移開！」

於是史傳傑聽從命令，把樹林移到山谷另一邊。法軍畏畏縮縮地站在光禿禿的山坡上，沒多久就向英軍投降了。

❼由於威靈頓的西班牙地圖出了錯誤，潘普洛納城所在的位置跟英軍預期中並不相同。當軍隊一天連趕了二十哩路，卻依然尚未抵達在地圖上看來就在北邊十哩外的潘普洛納城時，威靈頓勛爵到萬分失望。在匆匆討論過後，大家一致認為，叫史傳傑先生把整個城市移開，可比修改所有地圖要方便得多。

❽聖讓德呂茲教堂這件事說來有些尷尬。當時其實並沒有任何必須移動教堂的正當理由。事情是這樣的，在一個星期天早晨，史傳傑在聖讓德呂茲一家旅館中，跟第十六輕騎兵團的三名上尉和兩名中尉一起喝白蘭地當早餐。他對這些軍官解釋用魔法移動各式各樣物品背後的理論基礎。但這自然一點兒用也沒有：他們就算是在清醒的時候都聽不太懂了，何況那時候他們和史傳傑已經醉了兩天兩夜。史傳傑為了對他們做示範，乾脆把兩座教堂連同在裡面做禮拜的信眾互相掉換位置。他原本打算在信眾走出教堂前，就把位置重新換回來，但不久後有人找他去打撞球，於是他就把這件事忘得一乾二淨。事實上，儘管史傳傑再三保證，但他從來沒有時間或是意願把河流、森

林、城市，或是其他任何事物變回原先的位置。

❾英國政府將威靈頓勛爵封為公爵。在同一段期間，也傳言說政府打算頒贈爵位給史傳傑。「至少也該封他為男爵，」利物浦勛爵對華特爵士說，「我們絕對有理由再大方一些——你覺得封他為子爵怎麼樣？」最後這件事之所以不了了之，是因為華特爵士指出，若要頒贈爵位給史傳傑，就非得同時頒贈爵位給諾瑞爾，而不知怎的，政府高官都不太喜歡諾瑞爾，並不想授他爵位。一想到他們必須稱諾瑞爾先生為「吉伯特爵士」或是「我的爵爺」，就讓他們彷彿被潑了一頭冷水，感到意興闌珊。

i General Caffarelli du Falga，1756-95，參與西班牙戰爭的法軍將領。

ii 卡斯塔諾將軍是西班牙軍隊將領。

iii General Caffarelli du Falga，1756-95，參與西班牙戰爭的法軍將領。

iv Thomas Picton，1758-1815，威靈頓手下的英軍將領。

32 國王

一八一四年十一月

在一八一四年十一月初，諾瑞爾先生十分榮幸地接待了幾位非常高貴的訪客——一位伯爵、一位公爵和兩位男爵。據他們表示，他們是前來跟他商討一件極端敏感的事情，而他們的態度又格外謹慎小心，以至於他們說了整整半個鐘頭，諾瑞爾先生還是沒聽懂他們到底要他做些什麼。

事情原來是這樣的，這幾位地位崇高的紳士，其實是代表另一位身分更加高貴的大人物——約克公爵——而他們是來跟諾瑞爾先生商討國王的瘋病。國王的兒子們最近前去探望父親，而他沉重的病勢令他們驚駭至極；同時，他們雖然全都非常自私自利，有些人甚至可說是荒淫放蕩，此外也無人擁有任何犧牲奉獻的高貴情操，但他們卻都信誓旦旦地告訴彼此，只要能讓國王的病情稍稍好轉，他們願意不計代價地花費大筆財富，或是毫不猶豫地砍斷自己的手腳。

然而，國王的孩子過去曾為了該讓哪一位醫生來替父親治病屢起爭端，現在他們又為了是否該請魔法師來照顧國王爭執不下。其中最反對的就是攝政王。多年前當偉大的皮特先生依然在世時，國王的瘋病曾經嚴重發作，而由攝政王來代替他治理國政。但是等國王康復後，攝政王發現他的權力與特權在一夕間化為烏有。在世上所有最令人厭倦的處境中，攝政王心想，最令人難以忍受的就是，你每天早上在床上醒來時，都無法確定自己是否仍然是大不列顛的統治者。因此，攝政王希望國王的瘋病永遠無法治癒，或至少是等死亡來讓他獲得解脫，或許也是值得體諒的。

諾瑞爾先生並不想得罪攝政王，因此他婉拒了這幾位紳士的請求，並對他們表示，他並不認為魔法可以治癒國王的疾病。於是國王的次子，也就是身在軍旅的約克公爵，轉而向威靈頓公爵探聽，他們是否可以說服史傳傑先生去探望國王。

「喔！絕對沒問題！」威靈頓公爵答道，「史傳傑先生只要有機會施展魔法，他一定會樂於從命。這是他人生最大的興趣。我在西班牙交給他的任務，充滿各式各樣的難題，他雖然表面上老是抱怨，但他其實深深樂在其中。我十分推崇史傳傑先生的傑出才能。如殿下所知，西班牙是全世界最蠻荒的地方之一，橫亙整個國家的主要幹道，簡直跟羊腸小徑相差無幾。但託史傳傑先生的福，我的軍隊不論前往何處，總是有寬闊平坦的英國式道路可走，要是前方有任何山巒、森林或是城市擋住我們的去路，別擔心！只要請史傳傑先生把它們移到別的地方就行了。」

約克公爵表示，西班牙的斐迪南國王寄了一封信給攝政王，抱怨說他的王國被英國魔法師變得面目全非，並要求史傳傑先生返回西班牙，讓他們的國家恢復原貌。

「喔，」威靈頓公爵不太感興趣地應了一聲，「他們還在為這件事抱怨個沒完啊？」

由於這段談話，亞蕊貝拉在一個周二早晨走下樓時，赫然發現他們家客廳中擠滿了國王的子嗣。他們一共有五個人；約克公爵、克拉倫斯公爵、薩塞克斯公爵、肯特公爵和坎伯利公爵。他們大約都是四、五十歲左右。他們過去全都俊美非凡，但他們也全都相當喜愛醇酒美食，因此每個人都中年發福了。

史傳傑站在一旁，把手肘靠在壁爐架上，手裡握著一本諾瑞爾先生的書，臉上掛著禮貌性的專注神情，而幾位王子殿下正爭先恐後地搶著發言，急著描繪出國王令人心酸的悲慘處境。

「妳若看到國王邊吃東西，麵包和牛奶邊從嘴巴裡淌下來的可憐模樣，」克拉倫斯公爵淚眼汪汪地對亞蕊貝拉說，「看到他飽受虛妄幻想折磨的驚恐神情，看到他絮絮叨叨地跟早就不在人士的皮特先生聊個沒完……嗯，親愛的，這些景象總是讓你忍不住感到心情低落。」公爵執起亞蕊貝拉的手輕輕撫摸，顯然是把她當成了女僕。

「陛下所有的臣民，全都為他的病情感到萬分悲傷，」亞蕊貝拉說，「我們全都對他所遭受的痛苦感同身受。」

「喔，親愛的！」公爵欣慰地喊道，「妳的話深深觸動了我的心！」說完他就堂而皇之地在她手背上印上一個又濕又熱的吻，並用柔情萬種的眼神凝視著她。

「要是諾瑞爾先生認為，這種情況無法用魔法進行治療，坦白說，我認為成功的機率並不高，」史傳傑說，「但我十分樂意去探望陛下。」

「這樣看來，」約克公爵說，「唯一的問題就是威力西斯了。」

「威力西斯？」

「喔，沒錯！」坎伯利公爵喊道，「你絕對想不到，威力西斯有多麼鹵莽無禮。」

「威力西斯一定會百般阻撓，不讓史傳傑先生去探望國王，」肯特公爵嘆了一口氣。

威力西斯是一對兄弟，他們在林肯郡開設了一家精神病院。多年來，每當國王陛下瘋病發作時，都是由他們負責照料。而每當國王神智清醒時，他總是嘮嘮叨叨地對所有人抱怨，說他非常痛恨威力西斯兄弟，對他們的殘酷治療方式感到深惡痛絕。他要王后、公爵和公主們對他保證，要是他的瘋病再度發作，他們絕對不能讓他再落到威力西斯兄弟手中。但這並沒有任何用處。只要國王一出現精神錯亂的徵兆，威力西斯兄弟就會接到通知並立刻趕到皇宮，把國王關在房間裡，用緊身衣束縛他，逼他喝下強烈的瀉藥。

一位君王竟然完全無法主掌自己的命運，我想這必然會讓讀者們感到困惑不已（事實上這讓所有人都感到困惑不已）。但請你先想想看，個人家中若是傳出有人發瘋的消息，會引起多大的恐慌。再想想看，如果病人居然是大不列顛的國王，又會是何等舉國震驚的巨變！若是你或我陷入瘋狂，只會對我們自己和我們的親朋好友造成不幸。然而當國王陷入瘋狂，就會造成全國性的巨大災難。以往當喬治國王發病時，常常全國亂成一團，不知道該讓誰來治理這個國家。過去並無任何先例可循。大家全都束手無策。但這並不是說，威力西斯兄弟受人愛戴與敬重——他們不是這種人。這並不是說，他們的治療可以有效減輕國王的痛苦——他們並沒有這種能力。威力西斯兄弟成功的祕訣就在於，他們在所有人驚慌失措的時候仍然保持冷靜。他們欣然擔負起其他人避之唯恐不及的責任。他們所要求的回報，就是讓他們完全掌控國王的行動。沒有威力西斯兄弟在場，任何人都休想跟國王說話。甚至連王后和首相，甚至連國王的十三名親生子女也不例外。

「嗯，」史傳傑在聽完他們解釋後表示，「我必須承認，在我和國王交談的時候，我不希望有其他任何人在場——特別是那些會防礙我工作的人。不過，我以前曾經成功阻擋過一整支法國軍隊。我相信區區兩名醫生，我還應付得過來。威力西斯兄弟就交給我來對付吧。」

史傳傑表示，在見到國王本人之前，他不想討論酬勞的問題。他願意免費前去探望國王，這讓公爵們——他們全都欠了一大堆賭債，也全都有許多嗷嗷待哺的私生子——覺得他非常慷慨大方。

第二天一大早，史傳傑就騎馬前往溫莎城堡去探望國王。那是一個寒風刺骨的冷冽清晨，周遭瀰漫著一股白色的濃霧。他在旅途中施展了三個小法術。第一個是讓威力西斯兄弟睡過頭；第二個法術使威力西斯的妻子和僕人忘了叫醒他們；第三個法術確保當威力西斯兄弟終於醒來時，他們的衣服和靴子並未放在原先擱置的地方。在兩年前，史傳傑若是對兩名陌生人施展這種不痛不癢的小法術，他都會感到良心不安，但他現在甚至連眉頭都沒皺上一下。就像其他許多曾經在西班牙與威靈頓勛爵並肩作戰的紳士一樣，他也在不自覺的情況下開始模仿公爵的作風，而公爵的性格特色之一，就是永遠採取最直接的行動。❶

在將近十點的時候，他在達西特村踏上一座小木橋，越過了泰晤士河。他沿著河流與城牆之間的小巷走進了溫莎鎮。他在城堡大門前向哨兵表明身分，說他是奉命前來探望國王。一名身穿藍色制服的僕人走過來，護送他前往國王的寢宮。這是一位彬彬有禮聰明機智的僕人，而就像許多堂皇建築的僕人一樣，他同樣也對城堡和跟城堡有關的一切感到過度自豪。他人生最大的樂趣就是帶領人們參觀城堡，並想像他們全都為眼前的景象感到心醉神迷，無比崇敬。「我想這並不是你第一次來到城堡吧，先生？」

「你猜錯了。我這輩子從來沒到過這個地方。」

僕人露出震驚的神情。「先生，你錯過了英國有史以來最高貴的景象之一！」

「真的嗎？好吧，反正我現在已經來了。」

「但你是到這裡來辦事啊，先生，」僕人用一種譴責的口吻答道，「我想你並沒有多少閒暇時間，來好好欣賞這裡的一切。你一定要再來一趟才行，先生。我想你應該是一位已婚紳士，據我觀察，女士們總是特別喜愛城堡。」

他帶領史傳傑穿越一座規模驚人的庭院。許久以前，這裡在戰爭期間必然曾為許多逃難的民眾和他們的牲口提供棲身之處，現在依然還遺留下幾座風格十分簡樸的古老建築，默默見證這座城堡最越初所擁有的軍事功用。但隨著時間推移，對於帝王堂皇氣派的渴望，開始遠超過實際功用的考量，因而建造出一座幾乎占滿整個空間的雄偉教堂。這個教堂（名義上是叫做小禮拜堂，但其實根本就是一座大教堂）呈現出哥德風所有最複雜精緻的特徵。它周圍有著尖銳的石頭拱壁，上方聳立著成群的石頭尖塔，旁邊環繞著增建的小禮拜堂、禱告所與法衣室，使它的規模愈加龐大。

僕人帶領史傳傑經過一座有著平滑山坡的陡峭小丘，上面矗立著一座圓塔，從遠方看過來，這就是城堡最容易辨識的主要特徵。他們穿越一道中世紀風格的城門，踏入另一座庭院。此處的規模幾乎就跟上一個庭院一樣壯觀，但不同的是，剛才那裡有著許多僕人、士兵與皇室官員，而此處卻靜悄悄的杳無人跡。

「你要是能早幾年到這兒來就好了，先生，」僕人說，「當時只要向皇宮總管提出申請，就有機會參觀國王和王后的寢宮，但現在國王陛下身患重病，你恐怕無法如願了。」

他帶領史傳傑走向一長排石頭建築，踏入中央一個哥德式風格的宏偉入口。他們爬上一列石階，他邊走邊不停地慨嘆周遭太多障礙物，無法讓史傳傑一覽無遺地欣賞到城堡的美麗風光。他一廂情願地認定史傳傑必然感到失望至極。「我想到了！」他突然開口宣告，「我可以帶你去參觀聖喬治廳！喔，當然這只不過是城堡美景的百分之一罷了，但多少可以讓你稍稍體會到溫莎城堡有多麼莊嚴壯麗！」

當他們到達石階頂端時，他隨即轉向右方，迅速穿越一個牆上掛著寶劍和手槍的房間。史傳傑跟在他的身後。他們踏入一個高聳狹長的大廳，看來足足有兩、三百呎長。

「你看！」僕人得意洋洋地說，彷彿這裡是他一手建造與親自布置的作品。

從南面牆壁上的拱型高窗，透進來一道霧濛濛的清冷光輝。牆壁下方嵌上有著鍍金雕刻花框的梨木板。窗戶上方和天花板繪滿了天神與女神，國王與王后的畫像。天花板呈現出查理二世駕著一朵藍白相間的雲朵，在胖嘟嘟粉紅小天使的環繞下榮登天國的過程。軍事將領與外交使臣在他腳邊堆滿了戰利品，而凱撒大帝、戰神馬爾斯，大力士海克利斯，以及其他各類舉足輕重的大人物，全都侷促不安地站在一旁，備受屈辱地意識到自己突然比英國國王矮了一截。

這些畫像全都十分壯觀，但史傳傑的目光卻立刻被那幅占據整面北牆的巨大壁畫所吸引住。畫像正中央是兩位分別坐在兩座王位上的國王。兩人身邊都簇擁著許多或站或跪的騎士、貴婦、朝臣、侍從，天神與女神。左半邊的壁畫沐浴著一片燦燦金陽。這邊的國王是一名健壯的英俊男子，渾身煥發著青春的活力。他穿著一件淡白色長袍，留著一頭金黃色的鬈髮。他頭上戴著一頂桂冠，手裡握著一根權杖。伴隨在他身邊的凡人和神祇，全都穿戴著盔甲與護胸甲，手裡握著長矛與寶劍，畫家彷彿想要藉此暗示出，這位國王只能吸引好戰的人和神祇與他結為好友。右半邊的壁畫染上一層朦朧黯淡的幽光，畫家彷彿是想要描繪出夏日黃昏的景象。人物的上方與四周遍布著閃亮的繁星。這邊的國王有著蒼白的皮膚和漆黑的頭髮。他穿著一件黑色長袍，臉上露出深不可測的神情。他戴著一頂黑色長春藤葉編成的王冠，左手中握著一根纖細的象牙魔法棒。他的侍從大部分都是魔法生物：一隻鳳凰、一頭獨角獸、一隻人面獅身龍尾獸，和幾名半人半獸的農牧神和森林之神。但另外也有幾個神祕兮兮的人物：一個穿著僧侶般的長袍、用斗篷帽遮住臉的男子，一個穿著墜著星星圖案的黑色斗篷、舉手擋住眼睛的女人。在兩座王位中間，站了一名穿著寬鬆白袍、頭戴金盔的年輕女子。好戰的國王保護性地用左手按住她的肩頭；黑衣國王朝她伸出右手，而她也朝他伸出一隻手，因此兩人的指尖微微相觸。

「這是安東尼歐・維利奧[i]的作品，他是一位義大利紳士，」僕人說。他指著左邊的國王。「那是南英格蘭王國的愛德華三世，」他指著右邊的國王，「那是北英格蘭王國的魔法師國王，約翰・厄司葛雷。」

「真的嗎？」史傳傑露出濃厚的興趣，「當然，我看過他的雕像。還有書中的版畫。但我好像從來沒看過他的畫像。這個站在兩位國王中間的女士是誰？」

「那是關夫人 ii，查理二世的情婦之一。她在這裡是代表英國。」

「我明白了。看來他在國王家中依然享有一席之地。但他們居然替他穿上羅馬服裝，還讓他跟一個女演員牽手。不曉得他看了心中作何感想？」

僕人帶領史傳傑往回走，穿越牆上排列著武器的房間，踏入一扇氣派十足、上方有著大型大理石山形牆的黑色宏偉大門。

「我只能送你到這兒，先生。我的任務在此結束，從這裡開始，就由威力西斯醫生負責管理。國王就在房間裡面。」他鞠了一個躬，轉身走下樓梯。

史傳傑伸手敲門。從房間某處傳來大鍵琴的樂聲和某個人的歌聲。

大門敞開，一名又高又壯、大約三十幾歲的男子出現在門前。他有一張白團團的圓臉，布滿了坑坑疤疤的瘢痕和濕漉漉的汗水，看起來活像是一塊柴郡乾酪。整體看來，他簡直就是傳說中月亮上那名用乳酪製成的男人的化身。他刮鬍子的技巧顯然不夠好，白團團的臉上處處可看到兩、三根粗黑的鬍碴——彷彿就像是有一大群蒼蠅在乾酪製成前不小心掉到牛奶裡面，結果腿脫落來陷在乳酪裡似的。他穿著一件粗糙褐色粗毛呢外套，襯衫和領結都是用最粗劣的亞麻布製成。他的衣服全都髒兮兮的。

「幹嘛？」他說，一手貼在門上，似乎是打算若稍不如意，就立刻砰的一聲把門關上。他看起來並不像皇宮的侍僕，反倒像是一名精神病院的看護。他確實是這裡的看護。

他無禮的態度讓史傳傑忍不住抬起眉毛。他用相當冷漠的語氣表明自己的身分，說他是依約前來探望國王。

那個男人嘆了一口氣。「這個嘛，先生，我不能否認，我們是知道你要來。可是呢，你也曉得，我不能讓你進來，約翰醫生和羅伯醫生……」（這是威力西斯兄弟的名字）「……還沒到。我們已經等了一個半鐘頭了。我們不曉得他們到底跑到哪兒去了。」

「那真是遺憾，」史傳傑說，「但我並不介意。我並不想見你剛才提到的那兩位紳士。我是前來探望國王。我這兒有一封由坎特伯里和約克兩位大主教親筆簽署，允許我於今日拜訪國王陛下的信函。」史傳傑在男人的面前揮了揮信。

「但你得先等約翰醫生和羅伯醫生到這來才行啊。他們絕對不允許任何人干擾到他們治療國王的管理系統。國王現在最需要的就是安靜和隔離。最糟糕的就是讓他跟別人說話。你大概無法想像，先生，你只是跟國王說句話，就會對他造成多大的傷害。比方說，你隨口提到現在外面在下雨。我敢說，你一定覺得這是全世界最不可能造成傷害的一句話。但這說不定就會讓國王開始胡思亂想，他那發瘋的腦袋老是會聯想到一大堆亂七八糟的事情，到最後他就會氣得發狂大鬧，危險得很咧。他說不定會想到在以前下雨的時候，他的僕人向他報告什麼打敗仗啦、女兒死掉啦、兒子給他丟臉之類的壞消息。哎呀呀！這說不定會讓國王立刻斃命！你想害死國王嗎，先生？」

「不想，」史傳傑說。

「很好，對嘛，」男人用勸哄的語氣說，「難道你看不出，先生，還是先等約翰醫生和羅伯醫生來比較好嗎？」

「謝謝你，但我還是想碰碰運氣。請你帶我去見國王吧。」

「約翰醫生和羅伯醫生會很生氣喔，」男人警告。

「我不在乎他們會不會生氣，」史傳傑冷冷地答道。

這句話似乎讓那個男人嚇得完全愣住了。

「聽著，」史傳傑說，帶著最堅決的神情再次揮動他的信函，「你是要讓我去見國王，還是你想公然違抗兩位大主教的權威？這可是非常嚴重的罪行，會受到……呃，我不清楚到底會怎樣，但可想而知，一定是非常嚴厲的懲罰。」

男人嘆了一口氣。他呼喚另一個男人（穿著跟他一樣粗糙骯髒的衣服），要他立刻趕到約翰醫生和羅伯醫生家去接他們過來。然後他才十分心不甘情不願地退到一旁，讓史傳傑走進房中。

這是一個挑高的房間。牆壁上鑲嵌著雕工精緻的橡木板。天花板上同樣也繪滿許多駕著雲朵的皇族與神話大人物。但這是一個淒涼陰沉的地方。地板上光禿禿的什麼也沒有，而且非常寒冷。房中僅有的家具就只是一張椅子和一架非常破舊的大鍵琴。一個老男人背對著他坐在大鍵琴前面。他穿著一件陳舊的紫色織錦晨袍。頭上戴著一頂皺巴巴的紅色天鵝絨睡帽，腳上套了一雙又髒又破的拖鞋。他正在乒乒乓乓地用力彈奏大鍵琴，並扯起喉嚨大聲唱一首德文歌曲。他一聽到腳步聲，就立刻停下來。

「是誰？」他問道，「是誰來了？」

「是魔法師，陛下，」精神病院看護答道。

老人似乎思索了一會兒，然後他大聲說道：「這是我最討厭的一種職業！」說完他又開始用力敲擊大鍵琴，重新放聲高歌。

這顯然並不是個好兆頭。精神病院看護發出一陣無禮的竊笑，逕自轉身離開，讓史傳傑跟國王

單獨相處。史傳傑往房中走了幾步，好看清國王的面孔。

這是一張混雜了瘋狂與盲目雙重不幸的痛苦面龐。他的藍色眼珠黯淡無光，眼白也如腐壞牛奶般渾濁不清。幾束斑駁的灰白長髮，垂掛在他那布滿血絲的雙頰旁邊。在國王放聲高歌時，他那鬆垮的紅唇不斷噴出飛濺的唾沫。他的鬍子幾乎就跟頭髮一樣白一樣長。他跟史傳傑所看過的國王畫像毫無相似之處，因為那些畫像所繪製的是他神智清醒時的模樣。他那長長的頭髮、長長的鬍鬚、那身長長的紫袍，看來活脫脫就像是莎士比亞筆下的悲劇性老人——或者該說是，莎士比亞筆下的兩名悲劇性老人。他遭受到瘋狂與盲目的雙重打擊，就像是李爾王和格羅斯特[iii]的綜合體。

眾位王子殿下已告誡過史傳傑，依照宮廷禮儀，除非國王先開口跟你說話，臣民絕對不可貿然主動發言。但既然國王這麼討厭魔法師，要等他先開口跟史傳傑講話顯然希望渺茫。因此當國王再次停止彈奏歌唱時，他趕緊抓住機會說：「在下是國王陛下謙卑的僕人，斯洛普郡艾司費爾的強納森·史傳傑。我在已結束的西班牙戰爭中擔任軍隊的常任魔法師，而我十分榮幸能為陛下立下些許功勞。陛下的子女們要我前來探訪，設法用魔法減輕陛下的病情。」

「跟魔法師說我看不見他！」

史傳傑並未費事去回答這句毫無意義的話語。國王當然看不見他，國王是個瞎子。

「但我倒是可以非常清楚地看到他的同伴！」國王陛下用讚許的語氣繼續說下去。他轉過頭來，彷彿在凝視某個距離史傳傑左邊兩三呎遠的地方。「這麼一頭耀眼的銀髮，我看不見他才怪！他看起來是個非常瘋狂任性的傢伙。」

這段話說得如此活靈活現，以至於史傳傑還真的轉頭望了一眼。那裡自然什麼人也沒有。

他過去幾天一直在翻閱諾瑞爾的書籍，想要找出適合治療國王的方法。但醫治瘋病的魔法少得驚人。事實上他就只找到了唯一一個，而且他甚至還不太明白它的含義。那是歐姆斯格的《揭開其他三十六個世界之謎》中所列的一個處方。歐姆斯格表示它可以驅除幻覺，並糾正錯誤的想法。史傳傑取出書本，從頭到尾仔細重讀了一遍。這是一個極端晦澀難解的魔法，內容如下：

將月亮置入他的雙眼，她的潔白將會把欺騙者放置在那裡的虛妄景象吞噬殆盡。
將一群蜜蜂置入他的雙耳。蜜蜂熱愛真理，將會摧毀欺騙者的謊言。
將鹽置入他的嘴中，以免欺騙者企圖以蜂蜜的滋味討他歡心，以灰塵的滋味令他作嘔。
用鐵釘釘住他的手，這樣他就無法舉手去執行欺騙者的命令。
將他的心放置在隱祕的所在，這樣他就可以隨心所欲，而欺騙者將無法再掌控他的心靈。

備忘錄。紅色大有助益。

然而，當史傳傑又重頭到尾仔細讀了一遍之後，他不得不承認，他完全看不懂這是什麼意思。❷魔法師怎麼可能去把月亮抓下來送給病人？若是第二部分正確無誤，那眾位公爵就不該雇用魔法師，乾脆去找養蜂人來治病算了。此外，史傳傑也絕不相信，他若膽敢用鐵釘去釘國王的手，眾位殿下心裡會感到高興。至於那條關於紅色的註解，更是讓他覺得莫名其妙。他隱約記得，他好像曾經聽說或是看過某件跟紅色有關的事情，但他此刻一點兒也想不起來。

國王這時開始跟那個他想像中的銀髮人物說話。「真對不起，我把你誤認為一般老百姓，」他說，「也許你說的沒錯，你的確是一位國王，但請容我直言，你統治的那些王國，我可是連一個也沒聽說過。無望廳在哪兒？藍堡在哪兒？鐵天使之城又在哪兒呀？而我呢，是堂堂大不列顛帝國的君王，這可是個無人不知，無人不曉的大國家，而且在所有地圖上全都可以找得到！」國王暫時停下來，似乎是在傾聽那名銀髮人物答話，因為他沒過多久就又突然喊道，「喔，別生氣！拜託你千萬不要生氣！你是國王，我也是國王！我們兩個都是國王好不好！我們大家都不用生氣嘛！我來演奏唱歌給你聽！」他從晨袍口袋中掏出一隻笛子，開始吹奏一支憂傷的曲調。

史傳傑決定做個實驗，他一把抓下國王的猩紅色睡帽。他目不轉睛地盯著國王，看國王失去睡帽後會不會瘋得更厲害，但他觀察了好幾分鐘，最後不得不承認，他實在看不出任何差別。他把睡帽重新戴回國王頭上。

在接下來一個半鐘頭，他試遍了他所能想到的所有魔法。他施展了記憶咒、搜尋咒、喚醒咒、專心咒，驅除夢魘與邪念的符咒，在混亂中理出秩序的符咒，迷路時尋找方向的符咒，解開謎團的符咒，理解辨識的符咒，增進智慧的符咒，醫治疾病的符咒，和治療斷手斷腳的符咒。有些咒語又長又複雜。有些就只有一個字。有些必須大聲念誦。有些只需心中默念。有些完全不用說話，只要做出一個姿勢就行了。有些是史傳傑和諾瑞爾在過去五年中每天都會用到的咒語。有些咒語大概已經有好幾個世紀無人使用了。其中有幾個咒語需要用到一面鏡子；兩個咒語必須要魔法師刺破指尖淌出一滴小血珠；一個咒語需要用到一根蠟燭和一條絲帶。但它們全都有一個相同之處：它們都無法對國王發揮任何效用。

到了最後，史傳傑忍不住心想：「喔，我乾脆放棄算了。」

國王陛下完全不曾意識到那些有如疲勞轟炸般的魔法，此刻正在推心置腹跟那個只有他看得到的銀髮人物說體己話。「你是得永遠待在這兒，還是可以再出去？喔，千萬別待在這兒，免得被他們抓到！對我們國王來說，這地方簡直糟糕透頂！他們逼我們穿緊身衣哪！上一次我獲准走出這些房間的時間，是在一八一一年的某個星期一。他們告訴我這是在三年前，但他們說謊！照我自己算來，到兩個禮拜後的週六，就已經整整滿兩百四十六年了！」

「可憐而不幸的紳士！」史傳傑心想，「獨自關在這個冰冷淒涼的地方，完全沒有朋友或任何娛樂！難怪他會感到時間過得如此緩慢。難怪他會發瘋！」

他開口說，「你若是願意，國王陛下，我十分樂意帶你到外面去走走。」

國王停止說話，微微轉過頭來。「是誰在說話？」他問道。

「是我，陛下。魔法師強納森．史傳傑。」史傳傑必恭必敬地向國王行了一個禮，然後才猛然想到國王根本看不見。

「大不列顛！我親愛的王國！」國王喊道，「我多麼渴望能再看到她——特別是她現在的夏日風光。樹木和草地全都換上它們最鮮麗的華服，空氣就像櫻桃派一樣甜蜜芳香！」

史傳傑朝窗外冰寒的白霧與乾枯的冬樹瞥了一眼。「差不多是這樣沒錯。陛下若是願意讓我陪伴你踏出戶外，我將會感到莫大的光榮。」

國王似乎在考慮是否接受這項建議。他脫下一隻拖鞋，試著把它擱在頭頂上。他隨即發現這行不通，於是又把拖鞋重新穿回腳上，抓起懸掛在晨袍腰帶上的一縷流蘇，放進嘴裡邊吸邊想。「但我怎麼曉得，你是不是來誘惑我的惡魔？」他最後終於用一種實事求是的語氣問道。

史傳傑一時間不知道該如何回答這個問題。就在他考慮該如何措詞的時候，國王繼續說下去，「當然啦，你要是惡魔的話，你就該知道我是永生不朽的，說什麼都死不了。要是讓我發現你是我的敵人，我就會跺跺腳，直接把你送回地獄去！」

「真的嗎？陛下一定要教會我這一招。我很樂於學習一些有用的技巧。但請容我指出，陛下既然擁有如此高強的法力，跟我一起出去就沒什麼好擔心的了。我們最好快點離開，並盡可能保持安靜。威力西斯兄弟很快就會趕到這兒來了。陛下千萬別發出任何聲音！」

史傳傑的下一個任務，就是找出一條不會驚動精神病院看護的路。國王在這方面完全無法提供任何援助。問他這裡的門分別通往什麼地方，而他的回答是，一扇通向美國，另一扇通往永恆的地獄，而第三扇門很可能是通往下一個禮拜五。於是史傳傑隨意選了一扇門——也就是國王認為會通往美國的那扇門——快步護送國王一連穿越了好幾個房間。這些房間的天花板全都繪製著巨幅壁畫，畫中的英國君王駕著火戰車在天空中東征西討，征服一些代表嫉妒、罪惡與叛亂的象徵性人物，建造美德廟、永恆正義宮，以及其他這類的實用機構。但雖然天花板上如火如荼地進行著多采多姿的激烈活動，下方的房間卻十分陳舊荒涼，布滿了灰塵與蛛網。家具全都用布遮蓋，彷彿這些桌椅早已死去，此處只殘留下它們的墓碑。

他們走到一道後樓梯前方。國王把史傳傑叫他不要發出聲音的叮嚀牢牢記在心上，堅持要用小孩子般極度誇張的方式踮腳走下樓梯。這讓他們花了不少時間。

「好了，陛下，」史傳傑在他們終於走到樓梯下方時，愉快地說，「我想我們進行得相當順利。我沒聽到任何有人追來的聲音。威靈頓公爵會很樂意請我們做他的情報官。我就不相信桑摩．考克上尉或是柯孔．葛蘭特本人，在穿越敵軍領土時會比……」

國王突然吹出一聲非常響亮、且充滿勝利意味的笛音，打斷了他的話。

「不——」史傳傑連忙制止，並凝神傾聽是否傳來精神病院看護的腳步聲，或更糟的是，威力西斯兄弟奔來的聲響。

一扇敞開的門通往一個寬闊的石臺。從這裡開始，城堡以陡峭的坡道通往下方的花園。可以看到右方有一長排成對的冬木。

國王和史傳傑手挽著手沿著石臺走到城堡轉角處。史傳傑在這裡找到一條可以走下斜坡通往公園的步道。他們走下步道，踏入公園，沒走多久，他們就看到一個周圍圈著低矮石邊的噴水池。池中央有一座裝飾著動物雕像的小石亭。有些動物跟狗十分相像——但牠們的軀體像蜥蜴一般細長低伏，而且背上都有一排突出的棘刺。另外的動物看來像是躍動的海豚，但不知怎的卻被設計成綁在牆上。五、六座古裝紳士淑女們的雕像，擺出優雅古典的姿態，手執著水瓶端坐在石亭頂上。可以明顯看出，設計這座噴水池的建築師，是想讓噴泉從所有奇獸的嘴巴和屋頂上的水瓶中噴湧出來，以美妙的弧度落入池塘，但此刻卻只是全然的靜止與沉寂。

史傳傑正準備開口對這寂靜噴水池所呈現出的悲涼景象，發表一些個人的看法，就聽到後方傳來幾陣喊叫聲。他回過頭來，看到一群人正以飛快的速度從城堡斜坡奔下來。等他們較為接近時，他看出總共是四個人：兩位他從來沒見過的紳士和兩名精神病院看護——也就是臉蛋活像是柴郡乾酪的男人和另一個被派去找威力西斯兄弟的人。他們全都怒容滿面。

兩名紳士快步趕過來，蹙起眉頭，露出一副神氣活現、極端不悅的神情。看得出來，他們兩人都是在非常倉卒的情況下匆匆套上衣服。其中一人正努力想要扣上外套，但卻總是徒勞無功。每當他好不容易扣上，釦子就立刻再次鬆脫。他年紀跟諾瑞爾先生差不多，戴著一頂老式假髮（這點也跟諾瑞爾先生挺像的），每隔不久就在他頭上微微跳動並滴溜溜地旋轉。但他跟諾瑞爾先生不同的是，他身材相當高大，相貌也還算英俊，同時他還有一種威風凜凜、堅毅果決的神采。另一位紳士（年紀比第一位紳士小幾歲）被他的靴子折磨得快要發狂了，它們似乎擁有自主的意志。每當他掙扎著想要走向前方，它們就企圖帶著他朝相反的地方走。史傳傑猜想，這大概是因為他先前施展的法術比他預期中還要成功，才讓這些衣物變得難以控制。

較高的紳士（戴著頑皮假髮的那一位）憤怒地瞪視史傳傑。「是誰作主讓國王到外面來的？」他質問道。

史傳傑聳聳肩。「應該是我吧。」

「你，你是誰啊？」

他的語氣讓史傳傑心生反感，於是他回嘴道，「你又是誰啊？」

「我是約翰．威力西斯醫生。這位是我的弟弟羅伯．達林．威力西斯醫生。我們是國王的醫師。我們是奉英國御前會議的命令負責照顧國王。沒有我的的許可，任何人都不准晉見國王陛下。我再問一遍：你是誰？」

「我是強納森．史傳傑。我是在約克公爵、克拉倫斯公爵、薩塞克斯公爵、肯特公爵和坎伯利公爵列位王子殿下的要求之下，前來設法用魔法醫治國王陛下的疾病。」

「哈！」約翰醫生不屑地喊道，「魔法！那不是專門用來殺法國人的嗎？」

羅伯醫生發出一陣嘲諷的大笑。但這時他的靴子突然帶著他往前狂衝，害他一頭撞到樹上，破壞了他原先想要刻意營造出的冷酷鄙夷效果。

「聽著，魔法師！」約翰醫生說，「你要是以為，你這樣惡意捉弄我和我的僕人，還可以毫髮無傷地安然脫身，那你可就看錯人了。我想你該承認，你用魔法把城堡的門全都黏住，以免我的僕人攔住你，是不是？」

「當然沒有！」史傳傑表示，「我才沒做這種事呢！不過，若是有必要的話，」他坦白承認，

「我是可能會這麼做。但你的手下不僅粗魯無禮，而且還懶得要命！我和國王陛下離開城堡的時候，根本完全看不到他們的蹤影！」

第一名精神病院看護（也就是臉蛋活像是柴郡乾酪的男人）聽到這句話，氣得簡直快要爆炸了。「他胡說！」他喊道，「約翰醫生，羅伯醫生，我求求你們，千萬不要相信他的謊話！這兒的馬丁，」他指著另一名精神病院看護，「他完全發不出半點兒聲音。他根本沒辦法出聲示警！」另一名精神病院看護無聲地蠕動嘴唇，激烈地比手畫腳，來證明他的同事所言非虛，「而我自己，先生，在樓上那扇門打開的時候，我正好就在樓梯下的走廊上。我正準備開口跟這個魔法師說話——我還打算代你好好臭罵他一頓，先生——我就突然被魔法拉進掃帚櫥，接著門就砰的一聲關上，把我鎖在裡面……」

「真是胡說八道！」史傳傑喊道。

「我胡說八道？」男人喊道，「那你也不承認，你叫櫥裡的掃帚揍我囉！我全身都是傷。」

這話倒是千真萬確。他的臉上和手上到處都是紅色的傷痕。

「好啦，魔法師！」約翰醫生得意洋洋地喊道，「這下你可沒話說了吧？現在你的奸計全都被揭穿了吧？」

「喔，真是的！」史傳傑說，「我看根本是他故意把自己弄傷，好讓大家聽信他的鬼話！」

國王吹出一聲刺耳的笛音。

「我告訴你，」約翰醫生說，「我會立刻向御前會議舉發你目中無人的惡行！」說完他就轉身背對史傳傑，大聲喊道，「陛下！過來！」

國王一溜煙地竄到史傳傑背後。

「你必須把國王交給我照顧，」約翰醫生說。

「辦不到，」史傳傑宣告。

「難道你知道該怎樣照料瘋子？」羅伯醫生冷笑著說，「你學過這方面的知識？」

「至少我曉得，把一個人關起來沒有任何人作伴，不准他做運動，也不讓他到戶外透透氣，這樣根本不可能治好任何疾病，」史傳傑說，「這實在太殘忍了！甚至連一條狗我都不忍心這麼對待牠。」

「你這種說法，」羅伯醫生繼續說道，「只不過是暴露出你自己的無知。你極力批評的孤獨與寧靜，恰好就是我們治療國王的醫療系統最重要的基礎。」

「喔！」史傳傑說，「你稱之為醫療系統，是不是？那請問這套系統，到底包括哪些程序啊？」

「總共有三項主要原則，」羅伯醫生宣稱，「威嚇……」

國王吹奏出幾聲憂傷的音符……

「……隔離……」

……笛聲轉變成一小段寂寞的旋律……

「……以及限制。」

……最後是一聲宛如嘆息的長音。

「藉由此種方法，」羅伯醫生繼續說下去，「有效阻絕所有可能會引發刺激的來源，從而使病人無法獲得足夠的素材，來建構出他們的幻想與不當觀念。」

「但是到最後，」約翰醫生補充說明，「必須靠醫生對於病人的控制力，才能發揮治療的效果。治療的成敗與否，完全取決於醫生是否具有堅決的意志力。許多人都曾經親眼看到，我們的父親只要用一個眼神，就可以讓瘋子乖乖聽命。」

「真的嗎？」史傳傑不由自主地開始感到興趣，「我過去從來沒想到過這一點，但這跟魔法相當類似。在許多情況下，魔法能不能發揮作用，同樣也是取決於魔法師是否具有堅決的意志力。」

「是嗎？」約翰醫生說，並迅速朝左方瞥了一眼。

「是的。比方說像馬汀．帕爾。現在他……」史傳傑無意間順著約翰醫生的目光望過去。一名精神病院看護——發不出聲音的那一個——手裡拿了一個淡白色的東西，正悄悄繞過噴水池朝國王走去。史傳傑一時間沒想到那是什麼東西。但接著他就立刻認出，那是一件緊身衣。

有好幾件事同時發生。史傳傑大聲喊了幾句話——他根本不曉得自己說了什麼——另一名精神病院看護朝國王衝過去——威力西斯兄弟企圖抓住史傳傑——國王用笛子吹奏出一聲尖銳刺耳的警報——然後響起一陣非常怪異的聲音，就好像有一百多個人同時在清喉嚨似的。

所有人都停下來，環顧四周。聲音顯然是來自於靜止噴水池正中央的小石亭。在突然間，所有石雕生物嘴裡全都冒出一股濃厚的白煙，彷彿它們全都在同時吐出了一口氣。吐出的白煙在周遭朦朧黯淡的光線中，散發出閃爍耀眼的點點光芒，然後化成冰塊紛紛落到地上，發出叮叮咚咚的細碎聲響。

在一陣沉寂之後，又立刻響起一種宛如大理石裂開的恐怖聲響。接著石獸紛紛掙脫石亭的牆壁，開始搖搖晃晃地爬下來，跨過滿地的冰塊走向威力西斯兄弟。它們茫然的石頭眼珠在眼眶中骨碌碌地滾動。它們張開它們的石頭嘴巴，而每一個石頭咽喉都噴出一道水柱。石尾不停地左右擺動，石腿僵硬地抬起放下。那些將水輸送到它們嘴巴的鉛管，在它們身後神奇地越拉越長。

威力西斯兄弟和精神病院看護看得目瞪口呆，無法理解到底發生了什麼事。怪獸拖著鉛管往前爬，把水噴到威力西斯兄弟身上。威力西斯兄弟尖叫著跳來跳去，這主要是因為害怕，因為他們其實並沒有受到什麼真正的傷害。

精神病院看護嚇得轉身逃跑，而威力西斯兄弟是否還會繼續待在國王身邊，答案可想而知。在寒冷的空氣中，他們溼透的衣服很快就結冰了。

「魔法師！」約翰醫生轉身跑回城堡，並大聲喊道，「什麼嘛！這只不過是騙子的另一個稱號罷了！我一定要向利物浦勛爵報告這件事，魔法師！他會知道你是如何對待國王的醫生！哎唷！哎唷！」他本來還想繼續說下去，但石亭頂上的石像已站了起來，開始拿石頭扔他。

史傳傑只是對威力西斯兄弟露出輕蔑的微笑。但他心裡並不像他外表那般自信。事實上他開始感到萬分不自在。不論剛才的魔法發揮了什麼樣的效用，那全都不是他的功勞。

---

❶在《強納森．史傳傑的一生》中，約翰．賽剛督討論到史傳傑其他的一些行為，而他認為，史傳傑後來的行事作風，是受到了威靈頓公爵的影響。

❷歐姆斯格的咒語全都有著類似的問題。他只是將別人告訴他，或是他在其他書中找到的資料全都記錄下來而已。這是銀色魔法師作品慣有的通病。他們急切地想要保存住任何關於魔法知識的斷簡殘篇，因此他們往往不得不記下一些連他們自己也不明白的資料。

❸這個噴水池和那排樹，是英王威廉三世計畫建造，卻並未完成的龐大觀景庭園至今僅存的遺跡。這個計畫由於花費太過驚人而宣告放棄。這片土地又重新回歸為原有的公園與草地。

i　Antonio Berrio，1639-1707，義大利裝飾畫家。

ii　Nell Gwymn，1650-87，英國十七世紀的傑出女演員，同時也是查理二世的情婦。

iii　Glouster，李爾王的大臣，在劇中安排為李爾王的對照性角色，李爾王後來發狂，而格羅斯特則被踢瞎了雙眼。

33 將月亮置入我的雙眼

一八一四年十一月

這實在太不可思議了。難道城堡裡有人會行使魔法？也許是一名僕人？還是一位公主？似乎不太可能。會是諾瑞爾先生嗎？史傳傑想像他的老師坐在漢諾瓦廣場二樓的小房間裡，低頭凝視他的銀盤，旁觀剛才所發生的一切，直到最後一刻才出手用魔法把威力西斯兄弟趕走。他覺得這是有可能的。畢竟，讓雕像復活可算是諾瑞爾先生的專長，他當初就是靠這個魔法名揚天下。但是，但是……諾瑞爾先生為何會突然決定要幫助他？是因為這位老師忽然良心大發？不可能。再說，這些魔法帶有一絲黑色幽默的色彩，而這完全不像是諾瑞爾先生的風格。那位魔法師不僅只是想要嚇跑威力西斯兄弟；他另外還想讓他們顯得荒唐可笑。不，不可能是諾瑞爾。但那究竟是誰？

國王似乎一點兒也不累。事實上，他甚至還手舞足蹈，蹦跳嬉戲，為打敗威力西斯兄弟而大肆慶祝。因此史傳傑認為，再多做些運動對國王陛下並無害處，於是他繼續往前走去。

白霧抹去所有的細節與色彩，將周遭的風景暈染成一片模糊黯淡的陰森景象。大地與天空褪成同一種虛幻縹緲的淡灰，天衣無縫地融合在一起。

國王用一種非常親暱友好的態度挽住史傳傑的手臂，似乎忘了他原本非常討厭魔法師。他開始述說那些占據他心靈的瘋狂念頭。他深深相信在他發瘋之後，大不列顛就遭遇到各式各樣的重大災難。在他的想像中，似乎他心智的瘋狂程度，正好跟他王國的毀壞程度成正比。他最主要的妄想就是，他相信倫敦已經被洪水淹沒。「……當他們過來告訴我，灰色的河水已覆蓋聖保羅大教堂的圓頂，而倫敦已成為魚族和海怪的領土時，我心中的感傷真是筆墨都難以形容！我整整哭了三個禮拜！現在所有的建築全都長滿藤壺，菜市場賣的全都是牡蠣和海膽！福克斯先生告訴我，三個禮拜前的周日，他到福斯特巷的聖萬達教堂聽了一場由比目魚主講的精采佈道會。❶但我想出一個復興王國的妙計，我派遣大使去見魚族的國王，說我願意跟人魚聯姻，來化解我們兩個偉大國家之間的紛爭！……」

此外，國王陛下同樣也念念不忘那個只有他才看得到的銀髮人物。「他說他是一個國王耶，」他急切地悄聲說，「但我認為他是一位天使！那一頭閃亮的銀髮，真的很可能是天使。而那兩個惡靈——就是跟你說話的那兩個人——被他罵得可慘咧。我相信他是要來打倒他們，把他們扔進火坑裡受罪！然後呢，他當然就會把你和我帶到天鍋去享福囉！」

「天國，」史傳傑說，「陛下是說天國吧。」

他們往前走去。雪開始落下，點點潔白緩緩飄落到一個淡灰的世界。四周一片靜謐。

突然響起一陣笛音。樂聲充滿了難以言喻的孤寂與哀傷，但同時也顯得高貴無比。

史傳傑心想這一定是國王吹奏的樂曲，於是他轉過頭來。但國王兩手空空的垂在身邊，而他的笛子還放在口袋裡面。史傳傑環顧四周。周遭的霧氣不算濃密，若是有人站在他們附近，一定會露出形跡。但花園中空蕩蕩的杳無人跡。

「啊，你聽！」國王喊道，「他正在描述大不列顛國王的悲劇。你聽那段旋律！那是在述說過去的權力早已一去不復返！那憂傷的樂句！那是在哀嘆他被虛偽的政客和他兒子的惡行而逼得發狂。那一小段令人心碎的曲調——那是在回憶他小時候深深鍾愛的美麗小動物，但卻在朋友們的逼迫下跟牠道別。啊，天哪！他那時哭得多傷心啊！」

淚水沿著國王的面龐滾落下來。他以緩慢而莊重的動作開始跳舞，他的身體和手臂左右搖晃，並在原地慢慢旋轉。樂聲逐漸遠去，退向公園深處，而國王舞蹈著朝笛音走去。

史傳傑感到迷惑不解。笛音似乎引領國王走向一片樹叢。至少史傳傑以為那只是一片樹叢。他幾乎可以確定，他在不久前看到那兒有十來株樹木——或許更少一些。但現在樹叢變成了一個雜木林——不，是一座大森林——一座幽深、黑暗，遍生著野生古樹的巨大森林。粗壯巨大的枝椏宛如扭曲的肢體，盤根錯節的樹根翻出蛇蟲的巢穴。樹上纏繞著濃密的長春藤與槲寄生。樹叢間有一條小徑；路面上遍布著結冰的深坑，兩旁鋪滿了霜凍的野草。樹林深處的微弱光點，顯示出在那原該無人居住的地方有著一棟房屋。

「陛下！」史傳傑喊道。他跑到國王身邊，握住國王的雙手，「請陛下原諒我，但我覺得這片樹林不太對勁。我想我們最好還是返回城堡去吧。」

國王深深陶醉在那奇異的笛音中，他完全不想離去。他咕噥地抱怨了一聲，硬生生地抽回被史傳傑握住的雙手。史傳傑再重新抓住他，半拖半拉地帶領他往城門的方向走去。

但那隱形的吹笛者似乎不願這麼輕易就放過他們。笛聲突然變得更加響亮；音樂似乎從四面八方朝他們飄送過來。在不知不覺間又響起另一支曲調，與第一支旋律共同交織出甜美和諧的樂聲。

「啊！你聽！喔，注意聽！」國王喊道，並轉了一個圈，「他現在是在為你演奏呢！那段刺耳的旋律，是述說你那邪惡的老師，不肯把你有權學習的知識傳授給你。那些不和諧的音符，描繪出你無法獲得新知的憤怒心情。那支緩慢而憂傷的進行曲，是代表他那不肯與你分享的大圖書館。」

「這到底……」史傳傑才剛開口，就立刻安靜下來。現在他也聽出來了——那描繪他一生的音樂。他這輩子第一次了解到，他的生活有多麼悲慘。他身邊有許多心胸狹窄的男人和女人，而他們全都在暗中嫉妒他的才華。他現在終於明白，他過去所有的憤怒全都是理所當然，而他所有的寬容全都用錯地方。他的敵人奸詐狡猾，他的朋友全都背叛不忠。其中最糟糕的就是諾瑞爾（可想而知），但甚至連亞蕊貝拉都好不到哪兒去，根本不值得他去愛。

「啊！」國王喟嘆道，「所以你也曾經遭受背叛。」

「一點兒也不錯，」史傳傑難過地說。

他們又再次轉身面對森林。森林深處的光點——仍然如先前一般細小——讓史傳傑強烈地感覺到，那兒有一棟十分舒適的房屋。他幾乎可以看到柔和的燭光照亮舒適的座椅，炙熱的火焰在古老的爐床中熊熊燃燒，玻璃杯中裝滿了熱熱的香料酒，好讓他們在穿越黑暗的森林後溫暖身軀。林中的光芒也使他想到了別的念頭。「我覺得那裡有一座圖書館，」他說。

「喔，當然有啦！」國王說，啪的一聲雙手合掌，露出熱心期盼的神情，「你可以好好看書，等你看得眼睛發酸的時候，我就念給你聽！但我們得快一點兒。他等我們等得不耐煩了！」

國王伸手挽住史傳傑的左手。史傳傑為了讓他挽得舒服一些，只好把原本握在左手裡的某個東西挪開。那是歐姆斯格的《揭開其他三十六個世界之謎》。

「喔，是這本書啊！」他心想，「嗯，我已經不需要它了。反正在樹林中的那棟房屋裡，一定會有許多更棒的書可看！」他鬆開手，讓《揭開其他三十六個世界之謎》落到雪地中。

雪越下越大。吹笛人繼續吹奏。他們快步奔向森林。他們奔跑的時候，國王的猩紅睡帽垂下來蓋住了他的眼睛，史傳傑替國王把帽子扶正。他在這麼做的時候，突然記起他過去聽過的那件關於紅色的事情：紅色可以有效抵抗魔法。

「快啊！快啊！」國王喊道。

吹笛人奏出一串由低攀高，再從高降低的快速音符，來模擬狂風呼嘯的聲音。突然憑空颳起了一陣強風，將他們吹離地面，帶著他們朝森林的方向飛過去。等他們重新踏到地面上時，森林已經近在眼前了。

「太棒了！」國王喊道。

他的睡帽又再次吸引住史傳傑的目光。

「……抵抗魔法……」

吹笛人又變出另一陣風。風吹走了國王的睡帽。

「不要緊！不要緊！」國王愉快地喊道，「他答應我，等我們到了他家，我就會有戴不完的睡帽。」

但史傳傑掙脫國王的手臂，踉踉蹌蹌地穿越風雪，走回去撿那頂睡帽。它躺在雪地裡，一片霧濛濛灰白色調中的一點豔紅。

「……抵抗魔法……」

他回想起他告訴過其中一名威力西斯兄弟，魔法師必須運用堅決的意志力，才能成功施展魔法；他現在為什麼會想到這件事？

將月亮置入他的雙眼（他心想），她的潔白將會把欺騙者放置在那裡的虛妄景象吞噬殆盡。

月亮布滿陰影的白色圓盤突然出現——並不是在天空中，而是在其他某個地方。若要他精確指出月亮所在的位置，他會說那是在他自己的腦海中。那種感覺不太舒服。他腦中所想到的，眼前所看到，全都只是月亮那宛如朽骨切片的面龐。他忘了國王。他忘了自己是一名魔法師。他忘了諾瑞爾先生。他忘了自己的名字。

他忘了一切，只記得眼前的月亮……

月亮消失。史傳傑抬起頭來，發現自己站在雪地裡，而那黑暗的森林近在眼前。瞎眼的國王穿著晨袍站在他和森林之間。他剛才停下來的時候，國王顯然繼續往前走了幾步。但沒有史傳傑為他帶路，他現在已完全迷失方向並開始感到害怕。他正在大喊：「魔法師！魔法師！你在哪裡？」

史傳傑不再覺得森林是一個溫暖友善的地方。它此刻顯然就跟他第一眼的印象一樣：邪惡、未知，不像英國。至於林中的光芒，微弱得幾乎無法辨識；它們不過是黑暗中最細微的幾點幽光，除了讓人覺得這戶人家沒錢多買一些蠟燭之外，無法激起任何想像。

「魔法師！」國王喊道。

「我在這兒，陛下。」

將一群蜜蜂置入他的雙耳（他心想）。蜜蜂熱愛真理，將會摧毀欺騙者的謊言。

他耳邊響起一陣低沉的沙沙聲響，掩蓋住吹笛人的樂聲。這聲響非常像是某種語言，而史傳傑覺得他只要再多聽一會兒，就可以聽懂它的含義。聲音越來越大，盈滿他的頭顱和胸膛，竄到他每一個指尖與趾尖。甚至連他的頭髮都彷彿有電流通過，而他的皮膚也隨著聲音嗡嗡震動。在那令人毛骨悚然的一刻，他還以為他的嘴裡裝滿了蜜蜂，而在他的皮膚下，在他的五臟六腑與耳朵裡面，全都有蜜蜂在嗡嗡飛舞。

嗡嗡聲突然消失。史傳傑再度聽到吹笛人的樂聲，但聽來不如先前那般甜美動聽，也不再像是在描繪他的一生。

將鹽置入他的嘴中（他心想），以免欺騙者企圖以蜂蜜的滋味討他歡心，以灰塵的滋味令他作嘔。

這部分的咒語並未發揮任何作用。[2]

用鐵釘釘住他的手，這樣他就無法舉手去執行欺騙者的命令。

「啊啊啊啊！我的天啊！」史傳傑尖叫。他的左手掌感到一陣摧心裂肺的劇痛。當疼痛消失（就跟開始一樣突然）後，他就不再渴望快步奔向森林了。

將他的心放置在隱祕的所在，這樣他就可以隨心所欲，而欺騙者將無法再掌控他的心靈。

他在心中想像亞蕊貝拉的模樣，而她就如他過去經常看到的那樣，穿著漂亮的衣裳坐在一個客廳裡，身邊圍繞著許許多多談笑風生的紳士淑女。他把他的心交給她。她接過他的心，默默放入她的禮服口袋。沒有任何人注意到她的舉動。

史傳傑接下來開始對國王施展這個魔法，最後他將國王的心交給亞蕊貝拉，放在她口袋裡保管。站在一旁觀察這個魔法在別人身上漸漸發揮作用，感覺相當有趣。國王可憐的腦袋裡已出現過太多稀奇古怪的異象，因此在月亮突然出現時，他似乎一點兒也不感到驚訝。但他不喜歡蜜蜂；後來他花了不少時間奮力揮手，想要把牠們給趕走。

等魔法完成後，吹笛人的笛聲戛然而止。

「聽我說，陛下，」史傳傑說，「我想我們現在該返回城堡去了。你和我兩人，陛下，一個是英國的國王，一個是英國的魔法師。雖然大不列顛或許遺棄了我們，但我們沒有權力遺棄大不列顛。她或許會需要我們。」

「說得好！說得好！我登基時曾立誓要一輩子為她效忠！喔，我可憐的國家！」國王回過身來，朝他心目中神祕吹笛人所在的方向揮了揮手，「再會！再會了，親愛的先生！感謝你對喬治三世的盛情，上帝會祝福你的！」

地上的《揭開其他三十六個世界之謎》幾乎為雪花所覆蓋。史傳傑把書撿起來，拍去上面的積雪。他回過頭來看。黑森林已經消失了。在它原先所在的位置，只有五株完全沒有任何威脅性的枯山毛櫸。

史傳傑在騎馬返回倫敦途中陷入沉思。他知道他應該為他在溫莎城堡的奇遇感到苦惱，甚至感到害怕。但他心中的好奇與興奮，卻遠超過他應有的不安。此外，不論施魔法的是什麼生物或是什麼人，他都以堅定的意志擊敗了他們。他們是很強沒錯，但他比他們更強。這整個奇遇證實了他長久以來的猜測：英國的魔法遠比諾瑞爾先生所願意承認的更加活躍。

不論從任何角度思考這件事情，他最後總是會想到那個只有國王才看得見的銀髮人物。他努力回想，國王到底是如何描繪那個神祕人物，但他唯一記得的只是，那人有著一頭燦亮的銀髮。

他在四點半左右抵達倫敦。城市已暗了下來。所有的商店已亮起燈光，街道上也開始出現點燈人的身影。當他來到牛津街和新龐德街的轉角時，他彎向一旁，策馬朝漢諾瓦廣場的方向奔去。他發現諾瑞爾先生正在圖書館裡喝茶。

諾瑞爾就像往常一樣，欣喜地接待另一位魔法師，並迫不及待想要傾聽史傳傑探望國王的經過。

史傳傑告訴諾瑞爾先生，國王就像是一名被監禁在皇宮中的孤獨囚犯，並詳細報告他在那裡所施展的所有魔法。至於威力西斯兄弟被淋成落湯雞、黑暗的魔法森林，以及隱形吹笛人這些事情，他自然絕口不提。

「國王的病情讓你束手無策，這我一點也不意外。」諾瑞爾先生說，「我想，甚至連金色年代魔法師也無法治癒瘋狂。事實上，我不確定他們是否曾經試著這麼做。他們似乎對瘋狂有著完全不同的看法。他們對瘋子懷有一種敬意，認為瘋子知道一些正常人無法體會的事情——而這些事情可能對魔法師有所幫助。傳說羅夫．斯托克塞和溫徹斯特的凱薩琳都曾經去向瘋子請教。」

「但不只魔法師是這樣，對不對？」史傳傑說，「精靈同樣也對瘋子很感興趣。我記得我在書上看到過。」

「是的，一點也不錯！有些最重要的魔法師作家就曾經指出，瘋子和精靈有著驚人的相似之處。眾所周知，瘋子和精靈說話都同樣缺乏理性，或是毫無條理——我相信你應該注意到，國王也有類似的情況。但他們還有另一個相似之處。我記得，夏思冬曾經針對這個主題發表了一些看法。他用布里斯托的一個瘋子作為例證，這個人每天早上都會告訴他的家人，說他想要跟他的一張餐椅出去散步。他非常鍾愛這件家具，把它當作最好的朋友之一，常常自說自話地跟它聊天，討論他們要到什麼地方散步，而他們可能會遇到其他的餐桌和椅子等等。每當有人表示要坐這張餐椅，這個男人就會變得心情低落。這個人顯然是發瘋了，但夏思冬表示，精靈跟我們不同的是，他們並不認為這種行為荒唐可笑。精靈不擅於分辨有生命物體和無生命物體之間的差別。他們相信石頭、房門、樹木、火焰、雲朵等等全都擁有生命與欲望，而且也都各自具備男女性別。或許這就是精靈之所以會跟瘋子特別有共鳴的原因。舉例來說，眾所周知，當精靈躲起來不讓別人看到時，瘋子常常能夠感覺到他們的存在。我記得最著名的一個案例，是十四世紀時德比郡切斯特菲爾德一個叫做杜菲的瘋男孩，當時有一名在鎮上作亂多年的淘氣精靈十分寵愛杜菲。精靈非常喜愛這個男孩，送了他許多奢侈昂貴的禮物——但大多數禮物，就算杜菲心智正常，也很少有機會派得上用場，對發瘋的他來說，自然更是毫無用處——一艘鑲滿鑽石的帆船、一雙銀製的靴子、一隻會唱歌的豬……」

「但精靈為什麼會這麼關心杜菲？」

「喔！他跟杜菲說他們兩個是難兄難弟。我不懂這是為什麼。夏思冬在書中提到，有非常多的精靈隱隱感到英國人待他們非常惡劣。但夏思冬完全想不通——我自己也是一頭霧水——他們為何會有這種感覺。在所有偉大的英國魔法師家中，精靈都是身分最高的僕人，在家中的地位僅次於魔法師和他的夫人。夏思冬針對這個主題發表了許多有趣的看法。他最出色的作品是《新自由》。」諾瑞爾先生皺眉盯著他的徒弟，「這本書我至少已經對你推薦過五、六次了，」他說，「難道你還沒看嗎？」

不幸的是，諾瑞爾先生總是記不清，哪些是他希望史傳傑閱讀的書，哪些又是他為了不讓史傳傑看到而送回約克郡的書。《新自由》此刻正安安全全地放置在賀菲尤莊園的書架上。史傳傑嘆了一口氣，表示諾瑞爾先生若是把書交到他手中，他會十分樂意去閱讀。「但現在，先生，能不能請你先把切斯特菲爾德精靈的故事說完。」

「喔，好的！我說到哪兒啦？嗯，在接下來好幾年，杜菲處處春風得意，但小鎮卻是災禍連連。市廣場長出了一座森林，鎮民根本就沒辦法辦事。他們的豬和羊全都長出翅膀飛走。精靈把建了一半的教區教堂的石頭變成糖塊。糖被陽光曬得又熱又黏，有一部分教堂就這樣融化了。整個小鎮聞起來活像是一大塊糕餅。更糟糕的是，貓和狗都跑過來舔教堂，鳥類和老鼠也全都聚過來啃教堂。於是鎮民最後就只剩下一座被吃掉一大半的殘缺教堂——這並不符合他們原先的期望。他們只好去拜託杜菲，請他替他們向精靈求情。但他卻滿臉惱怒地不肯幫忙，因為他想到他們過去曾經嘲笑過他。於是他們只好對這個瘋狂的可憐蟲百般阿諛奉承，稱讚他既聰明又英俊。因此杜菲就替他們向精靈求情，結果呢，啊！情況完全改觀！精靈不再跟他們作對，並且把那座糖果教堂重新變回石頭。鎮民砍掉市場的森林，再新買了一些動物。但他們永遠都無法讓教堂完全恢復舊觀。甚至到現在，切斯特菲爾德的教堂還是有些奇怪的地方。它跟其他教堂都不太一樣。」

史傳傑沉默了一會兒。然後他開口問道：「照你看來，諾瑞爾先生，精靈已經完全離開英國了嗎？」

「我不知道。在過去三、四百年間，流傳著許多英國民眾在偏僻地方遇見精靈的故事，但這些人全都不是學者或是魔法師，所以他們的證言並沒有多大的價值。當你和我召喚精靈──我是說，」他趕緊補上一句，「我們哪天若是輕率愚蠢得做出這類傻事的話──那麼，只要我們能夠正確施展魔法，精靈就會立刻現身。但至於他們究竟來自何方，又是經由何種通道來到這裡，我們卻一無所知。在約翰．厄司葛雷的統治期間，興建了一些從英國直達精靈國的道路──兩邊圍著高聳綠色籬笆或石牆的寬闊綠色道路。這些道路至今依然存在，但我想現在不論是精靈或是基督徒，都早已對它們棄之不顧了。這些道路全都荒廢毀壞，長滿了雜草。它們看起來十分偏僻荒涼，我聽說人們總是刻意避開。」

「他們覺得精靈道路很不吉利，」史傳傑說。

「他們太愚昧了，」諾瑞爾說，「精靈道路又不會傷害他們。精靈道路根本哪兒都去不了。」❸

「那精靈跟人類通婚所遺留下來的後代呢？他們有遺傳到祖先們的知識與才能嗎？」史傳傑問道。

「喔！那又是另一個問題。現在有許多人的姓氏，透露出他們有精靈的血統。異境人和精靈童就是兩個最佳例證。還有愛飛客。而晶伶自然也是一樣。我記得在我小時候，我們家農莊有一個工人的名字就叫湯姆．異境人。但這些精靈的後代幾乎都不曾顯露出任何魔法才能。事實上，人們對他們的印象通常都是邪惡、驕傲、懶惰——而這些全都是他們祖先最出名的惡習。」

第二天，史傳傑跟諸位王子殿下會面，表示他無法減輕國王的病情，他對此感到萬分抱歉。王子殿下聽了之後，雖感到遺憾，卻一點也不訝異。他們早就料到會有這樣的結果，而他們對史傳傑再三保證，他們絕對不會怪他。事實上，他們對史傳傑所做的一切十分滿意，而他不肯收他們的酬勞，更是令他們龍心大悅。因此他們將他們的皇室御用徽章頒贈給他作為回報。這表示史傳傑可以在他位於蘇活廣場的家門上，裝飾上他們五人徽章的鍍金浮雕圖案，同時他還可以毫無顧忌地自稱為五位王子殿下的御用魔法師。

史傳傑並未告訴諸位公爵，他們其實應該對他表達更高的謝意。他相當確定，他拯救國王免於遭受到某種恐怖的命運。但他並不清楚那究竟是什麼。

❶ 查爾斯．詹姆斯．福克斯，是一位已在八年前逝世的激進派政治家。這段話證明了國王的心智錯亂到何等嚴重的地步：福克斯先生是一位著名的無神論者，不論任何引誘都無法令他踏入教堂一步。

❷ 史傳傑事後回想當天早上所發生的事情，他所能想到的唯一合理解釋，就是吹笛人並未試圖用味覺來欺騙他。

❸諾瑞爾先生認為精靈道路不會造成傷害的說法尚有待爭議。確實存在著許多怪誕詭異的地方，而人們企圖走精靈道路時所遭遇到的奇特冒險旅程，也有將近數十個傳說故事。以下是其中最著名的一個版本。我們無法確定，這些在精靈道路上的人，後來究竟遭遇到何種淒慘的下場——但必然是你我所不願擁有的命運。

在十六世紀末期，約克郡有一名農莊主人。在夏季的一天清晨，他帶領兩名僕人到外面去曬乾草。大地籠罩著一層白霧，空氣清涼沁鼻。在田地旁邊，有一條圍著高聳山楂籬笆的古老精靈道路。路上長滿高高的雜草與樹苗，甚至在最晴朗的日子裡仍顯得陰暗朦朧。農莊主人過去從來沒看過任何人走這條精靈道路，但在那天早上，他和他的僕人抬起頭來，卻看到一群人正沿著道路走過來。他們的面孔十分陌生，全都穿著奇裝異服。其中一人——一名男子——大搖大擺地走在隊伍最前方。他離開道路，走進田地。他穿了一身黑衣，相貌十分年輕俊秀；農莊主人和他的僕人雖然從來沒見過他，但他們一眼就認出他是什麼人——他就是精靈國王，約翰．厄司葛雷。他們跪倒在他面前，他伸手將他們扶起來。他告訴他們，他現在正在旅行，於是他們給了他一匹馬、一些食物和飲料。他們去把妻子兒女叫過來，而約翰．厄司葛雷為他們祝福，賜給他們好運。

農莊主人用懷疑的目光，望著那些依然留在精靈道路上的陌生人；但約翰．厄司葛雷叫農莊主人不要害怕。他對他保證，那些人絕對不會傷害他。說完他就騎馬離去。

古道上的陌生人又多逗留了一會兒，但是當第一道夏日豔陽撒落到他們身上時，他們就隨著霧氣一起消失了。

34 在沙漠邊緣

一八一四年十一月

史提芬和薊冠毛銀髮紳士，行走在一個陌生小鎮的街道上。

「你不覺得累嗎，先生？」史提芬問道，「我倒是累了。我們已經在這裡走了好幾個鐘頭了。」

紳士發出一陣高亢的笑聲。「我親愛的史提芬！你才剛到這兒沒多久啊！在上一刻，你還待在波爾夫人家中，被迫聽從她那邪惡丈夫的命令，做一些卑賤的工作呢。」

「喔！」史提芬說。他這才恍然想到，他所記得的上一件事，就是待在他那靠近廚房的小房間裡擦銀器，但那彷彿就像是，喔！好多年以前的事了。

他環顧周遭的景象。他完全認不出這是什麼地方。甚至連這裡的氣味，一種混雜了香料、咖啡、腐爛水果，和香噴噴烤肉的複雜氣味，對他來說都十分陌生。

他嘆了一口氣。「都是因為這個魔法，先生。把我都弄昏頭了。」

紳士親暱地夾緊他的手臂。

這個小鎮顯然是位於一個陡峭的山坡上。這裡似乎並沒有任何像樣的道路，只有狹窄的巷弄，而且大多都是一些在房屋之間上下蜿蜒前進的階梯。房屋非常樸素；甚至可以說是簡陋。牆壁是用泥土或是黏土砌成，再粉刷成白色，屋門是樸素的木門，窗戶裝設著樸素的木頭窗板。巷道的階梯同樣也粉刷成白色。整個小鎮似乎完全沒有任何可以讓人眼前一亮的色彩：窗臺上沒有開滿鮮花的盆栽，門前沒有孩子丟棄的鮮豔玩具。走在這些狹窄的街道上，史提芬心想，簡直就像是迷失在一條巨大亞麻布餐巾的縐褶裡似的。

四周出奇地靜謐。當他們沿著狹窄的巷道爬上爬下時，他們聽到兩旁的房屋中傳來低沉的交談聲，但完全不曾聽到任何笑聲、歌聲，或是孩童們的笑語喧譁。他們偶爾會在路上遇到一位居民；面容嚴肅、皮膚黝黑的男子，穿著白色長袍和白色褲子，頭上纏著白色的頭巾。每個人都拄著手杖——甚至連年輕人也不例外——但他們看起來都不怎麼年輕；這個小鎮的居民天生就容易衰老。

他們總共只看到一個女人（至少薊冠毛銀髮紳士認為那是女人）。她站在她的丈夫身邊，穿了一件從頭髮到腳趾全都裹得密不透風，顏色如陰影一般黯淡的袍子。史提芬第一眼看到她的時候，她正好背對著他，彷彿為了符合此地如作夢般的虛幻氛圍，當她緩緩轉過頭來面對他的時候，他看到的並不是她的面孔，而是一塊色調跟她服裝一樣灰暗，上面有著繁複刺繡的布。

「這些人真的是非常奇怪，」史提芬悄聲說，「他們在這兒看到我們，卻好像一點也不覺得驚訝。」

「喔！」紳士說，「我施的魔法，會讓他們以為，我們也是他們之中的一分子。他們甚至以為，他們和我們從小時候就認識了呢。而且，儘管他們的語言甚至連他們二十五哩外的同胞都聽不懂，但你會發現，你可以完全聽懂他們的話語，他們也可以明白你在說些什麼！」

照這樣看來，史提芬心想，紳士所施的魔法，顯然也會讓鎮民完全沒注意到紳士的大嗓門，和他那響遍每一個白色牆角的洪亮聲音。

他們沿著街道往下方繞過一個轉角，眼前突然出現一堵矮牆，這是用來避免讓粗心的行人不慎滾下山坡。在這裡可以清楚看到小鎮周圍的鄉野風光。一個堆滿白色岩石的荒涼山谷，靜靜地躺在萬里無雲的天空下。一陣熱風吹過。這是一個剝除所有肌理血肉，只剩下簡陋骨架的的粗礪世界。

史提芬本來很可能會以為，這地方只是一個夢境，或是魔法所變出的幻象，但薊冠毛銀髮紳士卻興奮地急急宣告：「……非洲！你祖先們的土地，我親愛的史提芬！」

「但是，」史提芬心想，「我確定我的祖先並不是住在這裡。這些人的皮膚是比英國人黑，但他們可比我要白多了。我猜想他們應該是阿拉伯人。」但他嘴裡卻問道：「我們現在要去哪兒，先生？」

「去市場啊，史提芬！」

史提芬聽了相當高興。這裡的寂靜與空洞令人感到窒息。市場總該會有些雜沓的聲響和熙攘的人潮吧。

結果他卻發現，這個小鎮的市場十分奇特。地點是在高聳的城牆附近，而且位置就在巨大的木頭城門旁邊。這裡沒有攤位，沒有忙著四處觀看商品的人潮。相反地，每個打算購物的人，全都雙手抱胸地默默坐在地上，等一名市場官員——一種類似拍賣人的角色——四處走動，把商品拿給所有可能的顧客觀賞挑選。拍賣人報出目前為止他所獲得的最高出價，而顧客們不是搖頭拒絕，就是出更高的價。貨品的種類不算多：有幾捆精緻的布料和幾件刺繡品，但大多都是地毯。史提芬對他的同伴提出這一點，紳士答道：「他們信奉的宗教非常嚴格，史提芬。除了地毯之外，幾乎所有東西對他們來說全都是禁品。」

他們兩人在市場中四處走動，史提夫靜靜觀察鎮民的舉動，這些人永遠緊抿嘴唇，以免說出禁忌的話語，永遠避開目光，深怕看到禁忌的景象，而且還無時無刻不限制住雙手，免得做出任何禁忌的舉動。對他來說，他們彷彿就像是一具具行尸走肉。他們跟夢境或是幽靈並無多大差別。在這寂靜的小鎮，在這寂靜的鄉野，似乎只有灼熱的風才是真實的存在。史提芬不禁感到，就算未來有一天，熱風把整個小鎮和這裡的所有居民全都吹走，他也不會感到驚訝。

史提芬和紳士走到市場的一個角落，在一頂破破爛爛的褐色帆布篷下方安坐下來。

「我們為什麼要到這兒來，先生？」史提芬問道。

「這樣我們才可以安安靜靜地好好說話呀，史提芬。發生了一件非常嚴重的事情。我很遺憾我必須告訴你，我們所有絕妙的計畫，全都遭到無禮的阻撓，而跟我們作對的就是那些魔法師！從來沒見過像他們兩個這麼卑鄙的傢伙！在我看來，他們人生最大的樂趣，就是故意表現出他們有多麼輕視我們！但他們等著看好了，有朝一日……」

紳士興致勃勃地極力辱罵那兩名魔法師，但卻不肯多花點時間把事情解釋清楚，因此史提芬過了好一會兒，才終於明白到底發生了什麼事。似乎是強納森．史傳傑前去探望英國國王——但紳士並沒有解釋原因——於是紳士也跟著一起去，一方面是要去觀察魔法師到底做了什麼，另一方面也是想去看看英國國王。

「……我不知道為了什麼，但由於某些原因，我以前從來不曾去向國王陛下致敬。我發現他是個很討人喜歡的老先生！對我非常尊重！我們聊了好久！他遭受到他臣民百姓的殘酷折磨。英國人特別喜歡去貶低偉大和高貴的人。歷史上有許多大人物，都曾經受到他們的惡意迫害——比方說像是查理一世，凱撒大帝，其中最重要的，自然就是你和我兩個人！」

「對不起，先生。但你剛才提到了計畫。到底是什麼計畫啊？」

「哎呀，當然就是我們要讓你成為英國國王的計畫啊！難道你忘了嗎？」

「沒忘，沒忘！可是……」

「很好！我不曉得你有什麼看法，親愛的史提芬，」紳士表示，但沒等史提芬回答，他就自顧自地繼續說下去，「但我必須承認，你那美妙的命運遲遲沒有任何進展，我已經沒耐心再繼續等下去了。我非常想趕在那慢吞吞的命運之前，用我自己的力量讓你成為國王。誰知道呢？也許我就是你命中的貴人，注定該輔助你登上你理應獲得的崇高地位！沒錯，看來就是這麼一回事！太好了！我在跟國王聊天的時候，我突然想到，要使你成為國王，第一步要做的就是先除掉他！聽我說！我無意要傷害這位老先生。正好相反！我讓他的靈魂沉浸在甜美的幻象中，他已經有好多年沒這麼快樂過了。但這對那個魔法師一點兒用也沒有！我才剛開始施展魔法，那個魔法師就立刻轉過來對付我。他運用的是力量非常強大的古老精靈魔法。我這輩子從來沒這麼驚訝過！誰想得到他居然會施展這麼高深的魔法？」

紳士發表完這場冗長的演說，暫時停下來歇口氣，史提芬趕緊抓住機會開口說：「我很感激你對我如此關心，先生，但我必須對你指出，現今的英國國王有十三名子女，而他的長子目前已經在統治這個國家了。就算國王駕崩，他們其中一位必定會繼承王位。」

「沒錯，沒錯！但國王的孩子全都又胖又笨。誰想要這種醜八怪來統治他們啊？等英國人民了解到，他們或許可以由你，史提芬，來當他們的國王——像你這麼優雅迷人，高貴的面孔印在錢幣上真是再合適也不過了——想也知道！他們要是不立刻衝過來協助你達到目的，那他們也實在是太愚昧啦！」

這位紳士對英國人性格的認識，史提芬心想，遠不如他自以為的那麼深刻。

就在那一刻，一陣非常野蠻的聲響打斷了他們的交談——有人吹響了一隻巨大的號角。好幾個人快步趕上前去，把巨大的城門緊緊關上。史提芬以為小鎮說不定遭受到某種威脅，於是他驚恐地環顧四周。「先生，到底發生了什麼事？」

「喔，這裡的人習慣每天晚上把城門關上，避免讓邪惡的異教徒侵入，」紳士漠不關心地答道，「而異教徒指的是除了他們自己之外的所有人。但你還沒告訴我你的看法，史提芬？我們應該怎麼做？」

「做什麼啊，先生？你是指什麼事情？」

「那些魔法師啊，史提芬！魔法師！我現在非常清楚，只要你著手展開你那奇妙的命運，他們就必定會橫加阻撓。我真想不通，誰來當英國國王，對他們來說到底有什麼關係啊。我想大概是因為他們自己又笨又醜，所以他們寧願找個跟他們一樣的人來當國王吧。不，他們是我們的敵人，因此我們理當設法把他們完全除掉。用毒藥？匕首？還是手槍？……」

拍賣人走過來，舉起另一張地毯。「三十個銀幣，」他用一種緩慢而慎重的語氣說，簡直就像是在宣判整個世界的命運。

薊冠毛銀髮紳士若有所思地凝視那張地毯。「當然，」他說，「是可以把人關在地毯裡監禁個一千年左右。那是一種非常恐怖的命運，我通常都是特地保留給那些深深得罪我的人——就像是那兩個魔法師！永無止盡，不斷重複的色彩與圖案——再加上惱人的灰塵和羞辱的污垢——絕對可以把囚犯逼得瘋狂！等囚犯終於脫離地毯後，他必然會下定決心要向全世界報仇雪恨，然後那個時代的魔法師和英雄就會聯合起來把他殺死，或者更可能是，把他送進某個甚至比先前更恐怖的監獄，再把他關個好幾千年。所以在接下來的千年中，他就會變得越來越瘋狂，越來越邪惡。好，就用地毯！也許……」

「謝謝你，」史提芬趕緊對拍賣人說，「但我們並不想買這張地毯。請你繼續往前走吧，先生。」

「還是你考慮周到，史提芬，」紳士說，「這些魔法師雖然有很多缺點，但至少他們還挺擅於躲避魔法。我們必須找些其他方法來挫挫他們的威風，讓他們不敢再跟我們作對！我們一定要讓他們後悔從事魔法師這個行業！」

35 諾丁罕郡紳士

一八一四年十一月

在史傳傑離開倫敦的三年期間，卓萊先生和拉塞爾先生又稍稍恢復他們原先對諾瑞爾先生的影響力。任何人若想跟諾瑞爾先生說話，或是請諾瑞爾先生幫忙，都必須先向他們提出申請。他們不僅替諾瑞爾先生出主意，建議他該如何巧妙應付內閣大臣，同時也反過來指點內閣大臣，告訴他們該如何與諾瑞爾先生相處。身為英國最傑出魔法師的朋友兼顧問，全國所有富豪與名流全都爭先恐後地想要跟他們兩人結交。

史傳傑返回倫敦之後，他們兩人依然十分殷勤地常到諾瑞爾先生家報到，但情勢已變，現在諾瑞爾先生最重視的是史傳傑的看法，每當遇到任何問題時，他第一個想要請教的人也變成史傳傑。這自然讓他們兩人心裡很不是滋味，特別是卓萊，他知道魔法師同行相忌，彼此難免會有一些小心結，因此他從不放過任何挑撥離間的機會。

「我就不相信，我會找不到任何傷害他的方法，」他對拉塞爾說，「我聽了許多他在西班牙的奇怪傳聞。有好幾個人告訴我，他施法讓一整隊死掉的士兵重新復活，來跟法軍作戰。全都是些斷手斷腳、兩眼翻白、死狀淒慘的屍體，真是說有多恐怖就有多恐怖！你想諾瑞爾先生要是聽到這些傳聞，他會有什麼反應？」

拉塞爾嘆了一口氣。「在我看來，你這樣處心積慮地要讓他們兩個起爭執，實在是多此一舉。反正要不了多久，他們自己就會鬧翻的。」

在史傳傑探望國王的幾天之後，諾瑞爾先生的朋友和仰慕者聚集在漢諾瓦廣場的圖書館裡，欣賞勞倫斯先生為兩位魔法師新繪的畫像。❶ 拉塞爾先生和卓萊先生自然不會缺席，而史傳傑夫婦和幾位國王的內閣大臣也同樣來到現場。

畫像中的諾瑞爾先生穿著他樸素的灰色外套，戴著他的老式假髮。外套和假髮似乎都大了一號。這讓他看起來縮頭縮腦的格外瘦小，而他的藍色小眼睛帶著一種混雜了恐懼與自負的奇特神情，怔怔地盯著外面的世界，讓華特爵士不禁連想到他家男僕的貓。大部分的人，似乎都得花點兒工夫，才能硬擠出一些阿諛之詞，來稱讚諾瑞爾先生這部分的畫像，但史傳傑的畫像卻立刻贏得了所有人的衷心讚揚。畫中的史傳傑是在諾瑞爾先生後方，半坐半靠地斜倚在一張小桌子旁邊，顯得一派輕鬆自在，臉上半掛著他那嘲諷的微笑，眼中充滿了笑意、祕密與魔法的光芒——一雙名副其實的魔法師眼睛。

「喔！這實在是太棒了，」一位女士熱心地指出，「你們看人物後面的鏡子刻意畫成黑色，將史傳傑先生的頭襯托得更加顯眼。」

「人們總愛把魔法師和鏡子聯想在一塊兒，」諾瑞爾先生抱怨道，「我圖書館那個地方根本就沒掛鏡子。」

「藝術家都喜歡作怪，先生，他們總是依照自己的設計，來重新賦予世界新的形貌，」史傳傑說，「這點其實跟魔法師還挺像的。不過，他這種畫法的確是相當怪異。看起來不太像鏡子，反倒像是一扇門——畫得實在太黑了。我幾乎可以感覺到從那兒吹出了一陣冷風。我不喜歡看到自己跟它靠得那麼近——我擔心我會受涼呢。」

一位過去從來沒到過諾瑞爾先生圖書館的內閣大臣，極力稱讚這裡的裝潢比例完美且風格統一，其他人也紛紛表示贊同，說這個房間確實是布置得十分美觀。

「這的確是一個非常漂亮的房間，」卓萊先生表示同意，「但絕對無法跟賀菲尤莊園的圖書館相提並論！那地方才真叫做迷人呢。它是我這輩子見過最美好動人、最完整無缺的事物。那裡有著尖型小拱門和一座有著哥德風柱子的圓頂，還有葉型雕刻——彷彿在嚴酷冬風吹襲下枯萎凋落的葉子，而這些全都是用上好的英國橡木、梣木和榆木製成——那真是我生平所見過最美麗的事物。『諾瑞爾先生啊，』在我看到那個房間的時候，我還忍不住對主人說，『原來你內心深處還藏著一些不為人知的性格。想不到你還挺浪漫的嘛，先生。』」

諾瑞爾先生露出古怪的神情，似乎非常不想聽到別人談論賀菲尤莊園的圖書館，但卓萊不曾察覺地繼續說下去，「那種感覺就像是踏入了一個森林，一個秋冬時分的美麗小森林，而那些書的封面全都是黃褐色和深褐色，並因歲月而變得陳舊乾裂，更加深了這種印像。事實上，那裡的書似乎就跟森林的樹葉一樣多呢。」卓萊先生暫停了片刻，「你去過賀菲尤莊園嗎，史傳傑先生？」

史傳傑答說他尚未享有這份榮幸。

「喔，你應該去的，」卓萊露出惡意的微笑，「你真該過去看看。那裡實在是太棒了。」

諾瑞爾先生緊張兮兮地盯著史傳傑，但史傳傑並沒有回答。他已轉身背對大家，專注地凝視他自己的畫像。

等其他人走開，開始談論其他話題時，華特爵士低聲說：「千萬別把他的惡意放在心上。」

「嗯嗯嗯？」史傳傑說，「喔，我沒在想這件事。我注意的是這面鏡子。它看起來好像可以讓人走進去，是不是？我想這應該不會太困難。你可以用一個顯示咒。不，用解除咒。或許兩種都用。通路就會清清楚楚地出現在你面前。你只要往前踏一步，就可以離開這裡。」他先環顧四周，才接著說，「而我有朝一日必然會離去。」

「去哪兒？」華特爵士驚訝地說；他認為全世界沒有任何地方比得上倫敦，這裡的煤氣燈與商店，這裡的咖啡屋和俱樂部，這裡許許多多的漂亮女人和無所不在的八卦閒話，全都令他戀戀不捨，而他一直以為，所有人都跟他抱持著同樣的想法。

「喔，去所有我們魔法師以前常去的地方。沿著其他人從未見過的道路雲遊四方。在天空後面。在雨的另一邊。」

史傳傑又嘆了一口氣，右腳不耐煩地輕踏諾瑞爾先生的地毯，彷彿就像是，他若再不下定決心踏上那被遺忘的道路，他的腳就會忍不住自動帶他離去。

到了兩點時，賓客們紛紛離去，而諾瑞爾先生不太敢跟史傳傑說話，於是他趕緊爬上樓，躲進屋子二樓後方的小房間裡面。沒過多久，他就把史傳傑、賀菲尤莊園的圖書館，以及卓萊的話所引起的所有不快感覺全都拋到九霄雲外。因此當幾分鐘後，屋外突然響起一陣敲門聲，接著史傳傑就立刻踏入房中時，他不免感到有些驚慌失措。

「喔！」諾瑞爾先生緊張地說，「呃，我當然非常樂意為你解答所有問題，但現在我正忙著進行一項非常重要的工作。我已經跟利物浦勛爵報告過，說我們計畫用魔法來保護英國海岸免於遭受到暴風雨的侵襲，他聽了相當高興。利物浦勛爵表示，每年被海洋摧毀的財產價值就高達數十萬英鎊。利物浦勛爵說，他認為魔法在和平時期最重要的任務，就是保存國家人民的財產。就像往常一樣，爵爺希望立刻把事情辦妥，這是一件非常繁重的工作。光只是康瓦爾郡，就得花上一個禮拜的時間。所以說，我們恐怕得再過一段時間才能談話了。」

史傳傑露出微笑。「既然你急著要施展魔法，先生，那我最好留下來幫忙，我們可以邊做邊聊。你要先從哪裡開始？」

「雅茅斯。」

「你是用什麼咒語？貝拉西斯嗎？」

「不，不是貝拉西斯。在蘭徹斯特的《鳥語》中，重新建構出斯托克塞一個平息狂風巨浪的魔法。我並非愚蠢地認為，蘭徹斯特能夠忠實呈現出斯托克塞的魔法，但這是我們所能找到的最佳版本。我修改蘭徹斯特的魔法，另外再加上潘文溪的監督守護咒。」❷諾瑞爾先生將幾張紙推到史傳傑面前。史傳傑仔細研究資料，然後他也開始進行工作。

過了一陣子，史傳傑說，「我最近在歐姆斯格的《揭開其他三十六個世界之謎》中看到了一些資料，說鏡子後面有一個王國，而那裡有許多四通八達的道路，你可以輕易前往任何地方。」

若是在平時，這並不是諾瑞爾先生所樂於討論的話題，但他現在發現，史傳傑並不是要找他追究賀菲尤莊園圖書館的事情，於是他大大鬆了一口氣，變得十分樂於傾囊相授，「喔，是的，確實如此！確實有一條連結世上所有鏡子的通道。這在中世紀是人盡皆知的事實。當時那些偉大的魔法師顯然常常使用這條通道。但我恐怕無法告訴你更精確的資訊。就我讀過的資料看來，每位作家對它的描述都不盡相同。歐姆斯格表示，那是一條穿越廣大黑暗荒野的道路，而希克曼卻將它描繪成一棟裡面有著黑暗走廊和巨大階梯的房子。❸希克曼還說，這棟房子裡有著跨越深坑的石橋，石牆中間淌流著黑色的運河——但沒人知道它們通往何處或有何用途。」諾瑞爾先生突然變得心情絕佳。這樣安安靜靜地跟史傳傑先生坐在一起施展魔法，對他來說是人生最大的享受。「下一期《紳士雜誌》的文章你寫好了嗎？」他問道。

史傳傑想了一下。「我還沒全部完成，」他說。「你是寫什麼主題？不，不要告訴我！我真希望能快點兒讀到這篇文章！也許你明天可以把它帶過來？」

「喔！我明天一定帶過來。」

當天晚上，亞蕊貝拉踏入他們位於蘇活廣場的住宅客廳，她驚訝地發現，地上堆滿了許多上面寫著魔法咒語和諾瑞爾先生言論摘記的小紙片。史傳傑站在房間正中央，抓著頭髮低頭凝視地上的紙片。

「《紳士雜誌》的下一篇文章我到底要寫什麼題目啊？」他問道。

「我不曉得，親愛的。諾瑞爾先生沒給你任何建議嗎？」

史傳傑皺起眉頭。「不知道為什麼，他好像以為我已經寫完了。」

「嗯，那寫音樂樹怎麼樣？」亞蕊貝拉提議，「那天你不是說這個主題很有趣，而且完全被人忽略嗎？」

史傳傑拿了一張乾淨的紙，開始匆匆寫下草稿。「橡樹可以與人為友，而它們若認為你站在正義的一方，就會協助你對抗敵人。樺樹林以提供通往精靈國的大門而聞名於世。梣樹在烏鴉王重返家園之前永不停止悲嘆。❹不，不行！這絕對行不通。我不能寫這種事情。諾瑞爾先生看了一定會暴跳如雷。」他把紙揉成一團，扔進爐火中。

「喔！那也許你可以先暫時休息一會兒，我有事情要跟你說，」亞蕊貝拉說，「我今天到威斯比夫人家作客，我在那裡遇到了一位非常奇怪的小姐，她好像以為，你正在教她學習魔法。」

史傳傑暫時抬起頭來。「我又沒在教人學魔法，」他說。「不，親愛的，」亞蕊貝拉耐心地解釋，「我當然知道你沒有。所以這件事才會這麼奇怪。」

「這位昏了頭的小姐叫什麼名字？」

「葛雷小姐。」

「我不認識。」

「一個非常時髦非常優雅的女孩，但長得並不漂亮。她顯然是一位有錢人家的千金，並且對魔法非常狂熱。所有人都這麼說。她有一把扇子，上面是你的畫像——你和諾瑞爾先生兩人的畫像——而且她還讀過你和波提斯黑勛爵出版的所有著作。」

史傳傑若有所思盯著她看了好幾秒，讓亞蕊貝拉誤以為他必然是在思索她剛才說的事情。但等他一開口，卻是用微帶譴責意味的溫和語氣說，「親愛的，妳踩到我的紙了。」他抓住她的手臂，輕輕將她拉到一旁。

「她告訴我，她為了當你的學生，還付給你四百基尼的學費。你教授的方式，就是寫信給她，為她解釋魔法的功用，並推薦一些書籍讓她閱讀。」

「四百基尼！嗯，這真的很奇怪。我也許會不記得我見過的小姐，但四百基尼我可是絕對不會忘記。」一張紙吸引住史傳傑的目光，他把紙撿起來，開始專心閱讀。

「我剛開始還以為，她說不定是故意編出這個故事來讓我嫉妒，害我們兩個爭吵，但她好像不是這種癡戀偶像的瘋狂女子。她欣賞的不是你這個人，而是你的職業。我完全想不通。怎麼可能會有這些信？到底是誰寫的？」

史傳傑撿起一本小記事本（那恰好是亞蕊貝拉的家務帳本，跟他一點兒關係也沒有），開始在上面記筆記。

「強納森！」

「嗯嗯？」

「我下次再遇到葛雷小姐，我該怎麼跟她說？」

「向她打聽那四百基尼的事。跟她說我還沒收到呢。」

「強納森！這可是很嚴重的事欸。」

「喔！我相當同意。跟四百基尼一樣嚴重的事情可不多呢。」

亞蕊貝拉又再次重申，這真是全世界最奇怪的事情。她告訴史傳傑，葛雷小姐說的事情讓她相當介意，而她希望他能夠跟葛雷小姐談談，這樣才能順利解開謎團。但她說了只是讓自己心裡舒服一些，因為她知道他的心思早已飄到別的地方，根本沒在注意聽她說話。

幾天後，史傳傑和華特．波爾爵士在科芬園的貝德福咖啡屋打撞球。這場球已陷入僵局，因為華特爵士又像往常一樣，指控史傳傑偷偷用魔法控制桌上的球。

史傳傑說他絕對沒做這種事。

「我明明看到你在摸鼻子，」華特爵士抱怨道。

「我的天哪！」史傳傑喊道，「難道我就不能打噴嚏嗎？我感冒了。」

史傳傑和華特爵士的其他兩位朋友，柯孔．葛蘭特中將和曼寧罕上校站在旁邊觀賽，這時他們插嘴說道，如果史傳傑和華特爵士只是想吵架的話，那他們何必要霸占住撞球臺？葛蘭特中將和曼寧罕上校是在暗示，還有其他人——對撞球這種遊戲本身更有興趣的人——正等著想要打球。於是這逐漸發展成一場大混戰，四個人你來我往地吵得不可開交，而不幸的是，這使得兩名鄉村紳士從門外探頭進來，詢問什麼時候才能空出撞球臺讓他們打上一局。這兩人顯然完全在狀況外，不曉得在每個周四夜晚，貝德福咖啡屋的撞球室被公認為華特．波爾爵士、強納森．史傳傑，和他們好友們的專屬領域。

「哎呀，」柯孔．葛蘭特說，「我不曉得。但大概得等很久吧。」

第一名鄉村紳士矮胖結實，穿著厚重的褐色粗布外套，而他的靴子顯然比較適合踏在某個鄉下市場，而不是優雅時尚的貝德福咖啡屋。第二名鄉村紳士是一個瘦弱的小男人，臉上常掛著一種驚愕的神情。

「可是，先生，」第一個男人用一種十分通情答禮的口吻對史傳傑說，「你們現在是在說話，並沒有在玩球。唐東尼先生和我是從諾丁罕郡來的。我們點好了晚餐，而他們說我們得再等一個鐘頭才能上菜。這樣好了，在你們說話的時候，先讓我們玩一會兒，然後我們會非常樂意再把撞球臺還給你們使用。」

他說話的態度非常有禮貌，但還是讓史傳傑這群人感到老大不高興。這人一看就是個農夫或是商人，而他這樣擅自指揮他們做這做那，自然讓他們心裡很不是滋味。

「你只要看一下撞球臺，」史傳傑說，「就會知道我們才剛開始打。要求一位紳士在球局結束前中斷球賽——嗯，先生，這種事在貝德福可說是聞所未聞。」

「喔！不行呀？」諾丁罕紳士愉快地說，「那我請你原諒。但也許你願意告訴我，你認為這局球還要打多久才會結束？」

「我們已經告訴過你了，」葛蘭特說，「我們不曉得。」他向史傳傑使了一個眼色，顯然是在說：「這傢伙真白癡。」

就在此時，諾丁罕郡紳士開始懷疑史傳傑這群人不只是不肯幫忙，而且還故意無禮對待他。他皺眉，指著他身邊那個驚愕的瘦弱小男人說：「這是唐東尼先生第一次到倫敦，而他以後不會再來了。我特別希望帶他到貝德福咖啡屋來開開眼界，但我沒想到這兒的人會這麼不親切。」

「好，既然你不喜歡這裡，」史傳傑生氣地說，「那我建議你趕快回到那個什麼……你是說諾丁罕郡對吧？」

柯孔．葛蘭特用非常冰冷的目光瞪了諾丁罕紳士一眼，自顧自地開口說：「農業會落到現今這般淒慘的處境，我實在一點也不覺得奇怪。現在的農夫老是到處閒晃。在全國所有最無聊的地方，你都會看到他們的身影。他們只顧自己享樂，其他什麼也不管。我真想不通，難道諾丁罕郡沒有麥子要割？沒有豬要餵了嗎？」

「我和唐東尼先生又不是農夫，先生！」諾丁罕郡紳士憤慨地喊道，「我們是釀酒商。我們最有名的酒是賈康比和唐東尼的香醇濃烈黑啤酒，這在我們那三個郡名氣可響亮得很哩！」

「謝謝你，但我們倫敦這兒的啤酒和釀酒商已經夠多的了，」曼寧罕上校表示，「拜託你就別再對我們推銷了。」

「但我們又不是要到這兒來賣啤酒！我們到這兒來的目的可比那要高貴多了！我和唐東尼先生兩人都是魔法迷！我們認為每一個有愛國心的英國人，都有義務要對魔法產生興趣。倫敦已不再只是大不列顛的首都——它同時也是我們的魔法學術中心。多年來，唐東尼先生最大的心願就是學習魔法，但那時這種藝術的情況十分低迷，讓他感到灰心喪氣。他的朋友們總是勸他要樂觀一些。我們替他打氣，告訴他事情總有否極泰來的一天。果然被我們給說中了，因為沒過多久，就出現兩位英國有史以來最偉大的魔法師。我指的自然就是諾瑞爾先生和史傳傑先生！他們兩人創造出的奇蹟，讓全英國人民再度有理由為他們的祖國感到驕傲，並讓唐東尼先生重新燃起希望，但願未來有一天，他同樣也能加入魔法師的行列。」

「真的嗎？嗯，那我相信他一定會失望的，」史傳傑說。

「先生，那你可就大錯特錯了，」諾丁罕郡紳士得意洋洋地喊道，「唐東尼先生目前正在跟史傳傑先生本人學習魔法呢！」

不幸的是，史傳傑這時正好為了瞄準一枚撞球，把整個身子橫靠在桌邊，只憑單腳保持全身平衡。他聽到的話令他吃驚得失去準頭，完全沒擊中目標，球桿猛然頂到球桌邊緣，接著他就砰的一聲摔倒在地。

「我想你一定是弄錯了，」柯孔．葛蘭特說。

「不可能，先生。絕對不會弄錯，」諾丁罕郡紳士用一種強抑怒氣的平靜語氣說。

史傳傑從地上爬起來，問道：「這個史傳傑先生長什麼樣子？」

「哎呀，」諾丁罕郡紳士說，「這我可沒辦法告訴你任何正確的情報。唐東尼先生從來沒跟史傳傑先生碰過面。唐東尼先生完全是經由函授來學習魔法。但我們非常希望能在街上遇見史傳傑先生。我們明天會特地到蘇活廣場去看看他家的住宅。」

「函授！」史傳傑驚呼。

「在我看來，函授教育根本學不到任何東西，」華特爵士說。

「話不能這麼說！」諾丁罕郡紳士喊道，「史傳傑先生的信中充滿了他對於英國魔法現況的真知灼見。我是說真的，才不過幾天前，唐東尼先生寫信詢問史傳傑先生，有沒有魔法可以停止下雨——我們諾丁罕郡的家鄉老是雨下個不停。第二天史傳傑先生就立刻回信，而他表示，有些魔法確實可以任意移動陽光和雨水，但就像棋盤上的棋子一般，牽一髮動全身，因此他只有在萬分緊急的情況下才會使用這些魔法，他勸唐東尼先生效法他的謹慎作風。史傳傑先生說，英國魔法是在英國土壤上成長，從某方面來說，它同時也受到英國雨水的滋養。史傳傑先生說，我們任意擾亂英國的天氣，就等於是擾亂英國，而擾亂英國，我們就可能會摧毀英國魔法最根本的基礎。我們聽了以後，真是對史傳傑先生的天才崇拜得五體投地，你說是不是啊，唐東尼先生？」諾丁罕郡紳士輕輕搖了一下他的同伴，讓那個瘦弱的小男人連眨了好幾次眼。

「你說過這些話嗎？」華特爵士悄聲問道。

「不錯！我想我是說過，」史傳傑答道，「我記得我是說過一些這類的話……那是什麼時候的事情？好像是在上個星期五。」

「你是對誰說的？」

「諾瑞爾先生啊，這還用說。」

「那當時房中還有其他人嗎？」

史傳傑停了一會兒才回答。「卓萊，」他緩緩地說。

「啊！」

「先生，」史傳傑對諾丁罕郡紳士說，「我剛才若冒犯到你，我請你原諒。但你必須承認，你對我說話的態度是有點……反正就是你惹我生氣了。我是強納森．史傳傑，很遺憾我必須告訴你，我在今天以前，從來沒聽說過你或是唐東尼先生的大名。我懷疑唐東尼先生和我都受到某個無恥之徒的欺騙。我猜想唐東尼先生還付了我一筆學費？請問他是否可以告訴我，他把這筆錢寄到什麼地方？如果是小瑞德街的話，事情就真相大白了。」

不幸的是，諾丁罕郡紳士和唐東尼先生一直都把史傳傑想像成一個蓄著長長白鬍鬚、有著寬闊胸膛的高大男子，說起話來緩慢沉悶，而且還穿著陳舊過時的古老服裝。而此刻站在他們面前的史傳傑身材修長，鬍子刮得乾乾淨淨，說起話來伶牙俐齒，穿著打扮活脫脫就是一位富裕時髦的倫敦紳士，因此在一開始，他們說什麼也不肯相信眼前的人就是史傳傑。

「嗯，這很容易解決，」柯孔．葛蘭特說。

「那當然，」華特爵士說，「我去叫個侍者過來。說不定僕人的話會比紳士有用的多。約翰！過來！我們需要你！」

「不，不，不用叫他！」葛蘭特喊道，「我不是這個意思。約翰，你可以走了。我們不需要你。史傳傑先生何必需要別人指認，他有數不清的方法可以證明他無人能及的魔法師地位。他畢竟是當代最偉大的魔法師。」

「說真的，」諾丁罕郡的男人皺起眉頭說，「這個頭銜應該是屬於諾瑞爾先生吧？」

柯孔．葛蘭特微微一笑。「我和曼寧罕上校，先生，有幸跟隨威靈頓公爵在西班牙征戰沙場。我向你擔保，我們在那兒可從來沒見過諾瑞爾先生。史傳傑先生——也就是這位紳士——才是深得我們信任的好夥伴。聽我說，如果他施展出某種驚人的魔法，我相信你們的疑慮全都會一掃而空，而我十分確定，你們對於英國魔法與英國魔法師的崇高敬意，絕對不允許你們再繼續保持沉默。我想你們必定會把這些偽造信的所有資訊全都告訴他。」葛蘭特用詢問的目光望著諾丁罕郡的紳士。

「嗯，」諾丁罕郡紳士說，「我必須說，你們這些紳士還真是古怪得很，我實在想不通，你們為什麼要編這種故事來騙我。因為我已經對你們說得夠清楚了，我完全不相信那是偽造信，裡面的每一字，每一句，全都清楚散發出英國魔法的氣息！」

「但是，」葛蘭特說，「若我們猜得沒錯，這個惡棍利用史傳傑先生說過的話編出他的謊言，那事情不就水落石出了嗎？好了，史傳傑先生為了證明自己的身分，現在他要讓你們開開眼界，施展出現今世上從來沒人見過的魔法！」

「什麼？」諾丁罕郡的男人說，「他打算怎麼做？」

葛蘭特帶著露骨的微笑轉頭望著史傳傑，彷彿他也突然生出強烈的好奇心，「是啊，史傳傑，告訴我們。你打算怎麼做？」

但回答的人是華特爵士。他抬起下巴，朝那面幾乎占據整面牆，而此刻一片漆黑的巨大威尼斯明鏡點了一下，並揚聲宣告：「他會走進那面鏡子，而且不會再走出來。」

---

❶ 這幅現今已失去蹤影的畫像，自一八一四年十一月開始懸掛在諾瑞爾先生的圖書館中，到了次年夏季就從牆上取下。在那之後，再也沒有任何人看過這幅畫。

以下這段文字，是摘錄自一本回憶錄，描述勞倫斯先生（後來受封為湯瑪斯．勞倫斯爵士）在繪製這幅畫像時所經歷的困難。有趣的是，它同樣也透露出諾瑞爾和史傳傑兩人在一八一四年末時的相處情形。照這段摘錄文字看來，儘管史傳傑心中有萬般不滿，但他仍然努力去包容這位比他年長的魔法師，同時也勸告別人抱持跟他同樣寬容的態度。

「兩位魔法師坐在諾瑞爾先生的圖書館中，讓畫家為他們畫像。勞倫斯先生發現史傳傑先生非常討人喜歡，而史傳傑這部分的畫像進展得十分順利。而另一方面，諾瑞爾先生一開始就十分浮躁不安。他不斷挪動身軀，並伸長脖子，彷彿想要看到勞倫斯先生的雙手——他的努力自然徒勞無功，因為他們兩人中間隔了一座畫架。勞倫斯先生原本以為，他想必是在擔心畫像畫得不好，於是向他再三保證工作進行得相當順利。勞倫斯先生還特地補上一句，說諾瑞爾先生若是不放心的話，大可自己過來看看，但諾瑞爾先生依然坐立難安。

諾瑞爾先生突然對正在房中忙著寫信給某位內閣大臣的史傳傑先生說：『史傳傑先生，我感到一陣冷風！我想勞倫斯先生後面的窗戶一定是打開了！史傳傑先生，請你過去看看窗戶是不是打開了！』史傳傑連頭都沒抬就答道：『不，窗戶沒有打開。你弄錯了。』過了幾分鐘，諾瑞爾先生又說他好像聽到有個賣餡餅的小販在廣場上叫賣，請求史傳傑先生走到窗戶邊去看看，但這次同樣被史傳傑先生拒絕。下一次，諾瑞爾先生聽到的是公爵夫人的馬車聲。他用盡他所能想到的各種方法，要讓史傳傑走到窗戶旁邊，但史傳傑說什麼就是不肯去。這實在是非常奇怪，而勞倫斯先生開始懷疑，諾瑞爾先生之所以會焦躁不安，並不是因為那些想像中的冷風、賣餡餅的小販，或是公爵夫人，而是跟這幅畫像有關。

因此當諾瑞爾先生離開房間後，勞倫斯先生就開口詢問史傳傑先生這到底是怎麼回事。史傳傑先生起初堅決否認有任何不對勁的地方。但勞倫斯先生下定決心要打破砂鍋問到底，逼迫史傳傑先生對他吐露實情。史傳傑先生嘆了一口氣說：『喔，好吧！他以為，你正躲在畫架後面偷偷抄他書裡的咒語呢。』」

勞倫斯先生震驚至極。他曾為全國最偉大的人物繪製畫像，從來沒人會懷疑他偷竊。他從沒想到自己會遭受這種惡劣的待遇。

『好了，』史傳傑用溫和的語氣說，『別生氣。若說英國有任何值得我們去包容的人，那必然就是諾瑞爾先生了。英國魔法的所有未來全都沉甸甸地壓在他的肩頭，我可以向你保證，他非常清楚感覺到這一點。這讓他變得有些怪里怪氣。但請你設身處地想一想，勞倫斯先生，你若是有天早晨醒來，赫然發現自己是全歐洲碩果僅存的唯一藝術家，你心裡會有什麼樣的感覺？難道你不會感到有些寂寞？難道你不會感到米開朗基羅、拉斐爾、林布蘭，和其他所有偉大藝術家全都在盯著你，彷彿他們一方面蔑視你的表現，一方面又在懇求你達到跟他們一樣傑出的成就？難道你不會有時候感到意志消沉，情緒欠佳嗎？』」

節錄自《克洛夫小姐對於她和湯瑪斯．勞倫斯爵士將近三十年親密關係的回憶》

❷法蘭西斯・潘文溪，十六世紀的魔法師。《艾爾比恩屋的十八個奇蹟》一書的作者。我們知道潘文溪是馬汀・帕爾的徒弟。《十八個奇蹟》有著帕爾魔法的所有特徵，包括他鍾愛的複雜圖表與精密魔法儀器。

長久以來，法蘭西斯・潘文溪一直以馬汀・帕爾門徒的身分，在英國魔法史上享有一席雖不重要，但相當受到敬重的地位，因此當他突然間成為十八世紀魔法理論最激烈論戰的主角，所有人都感到非常驚訝。

事情是這樣開始的，在一七五四年，林肯郡史丹佛的一位紳士，在圖書館中發現到一些書信。信上的筆跡十分古老，而且全都有著馬汀，帕爾的親筆簽名。當時的魔法學者全都感到欣喜若狂。

但再仔細審視過這些書信後，卻發現它們竟然全都是情書，從頭到尾完全沒提到任何跟魔法有關的事情。信中充滿強烈的激情：帕爾將他心愛的人比擬為一陣灑落在他身上的甜美雨水，一爐撫慰他身心的溫暖火焰，一種令他願意捨棄一切舒適享受的甜蜜折磨。信中處處可見諸如牛奶般潔白的胸部，芳香迷人的玉腿，使星星陷溺其中的柔亮褐色長髮，和其他許多這一類的無用資料，讓那些渴望找到魔法咒語的魔法學者們完全提不起任何興趣。

帕爾如同上癮般地熱中於書寫他愛人的名字——她叫法蘭西斯——而在其中一封信中，他作了一首關於她姓氏的雙關語詩作或是謎語：潘文溪。在一開始，十八世紀的魔法學者們大多認為，帕爾的情婦必然是另一位法蘭西斯・潘文溪的姊妹或是妻子。在十六世紀時，法蘭西斯是男女通用的常見名字。但後來查爾斯・西色葛雷發表了一篇文章，摘錄出書信中七處提到《艾爾比恩屋的十八個奇蹟》的文字，清楚顯示出帕爾的情婦和此書的作者是同一個人。

威廉・潘特勒提出質疑，認為這些全都是偽造信。這些書信是在一位惠托喜先生的圖書館中發現的。惠托喜先生的太太寫過幾個劇本，其中兩齣還在德雷巷的劇場上演過。潘特勒表示，一個會自甘墮落到去寫劇本的女人，自然也會自甘墮落地無惡不作，而他甚至指出，惠托喜太太偽造這些書信「……是為了要將她們女性提升至遠超過上帝原定法則的崇高地位……」惠特喜先生氣得要找威廉・潘特勒決鬥，但潘特勒是一名手無縛雞之力的文弱書生，根本不會使用武器，於是他只好道歉了事，並發表了一篇公開聲明，撤回所有他對惠特喜太太的指控。

諾瑞爾先生十分樂於使用潘文溪的魔法，因為他早在多年前就自行判定潘文溪是個男人。至於那些書信——信中完全沒提到魔法，因此他根本就不把這些信放在心上。強納森・史傳傑對此有著不同的看法。對他而言，要解決這項爭議，就只需要去詢問一個唯一的問題：馬汀·帕爾會教女人學習魔法嗎？他自己的答案是肯定的。畢竟馬汀·帕爾公開聲稱他的老師是一名女子——溫徹斯特的凱薩琳。

❸ 塔德斯·希克曼，《馬汀·帕爾的一生》的作者。

❹ 長春藤應允捆綁英國的敵人，
石南與荊棘應允要鞭笞他們，
山楂表示他將會回答所有疑問，
樺樹願意提供通往其他國家的大門，
紫杉賦予我們武器。
烏鴉懲罰我們的敵人，
橡樹守護遠方的山丘，
雨水洗去所有的憂傷。
這個古老的英國諺語，應該是列出約翰·厄司葛雷代表英國與森林簽訂的各種合約。

36 世上所有的鏡子

一八一四年十一月

漢普斯特村位於倫敦北方五哩處。在我們祖父的年代，那裡只有一些毫不起眼的農舍與茅屋，但是當人們發現，倫敦近郊竟有如此饒富野趣的地方，於是觀光客開始紛紛湧入，到那裡享受甜美的空氣與盎然的綠意。當地為了替觀光客提供遊樂設施，興建了一座賽馬場和滾木球專用的草地球場。新開的麵包店與露天茶館為遊客供應茶點，有錢人在那裡購買夏日度假別墅，而沒過多久，漢普斯特就發展為今日的形貌：倫敦上流社會最熱門的度假勝地之一。在非常短的時間內，此地就從一個小鄉村擴展為今日的規模——幾乎可稱得上是一個小鎮了。

在華特爵士、葛蘭特中校、曼寧罕上校和強納森．史傳傑等人，與那位諾丁罕郡紳士吵過架的兩個鐘頭後，一輛馬車從倫敦駛進了漢普斯特，彎入一條橫生著接骨木、紫丁香與山楂枝椏的漆黑小巷。馬車停在巷子盡頭處的一棟住宅前方，而卓萊先生從馬車上走下來。

這棟住宅過去是一座農莊，但近年來已大幅改建。原本的小型鄉村窗戶——主要的功用是抵擋寒風，而不是透進陽光——全都改造成規格統一的大窗；一座氣派的柱廊取代了原先寒酸的鄉村木門；昔日的農家庭院已不復蹤影，換成了一座花園與一叢雜樹林。

卓萊先生敲響大門。一名女僕立刻開門相迎，帶領他走進客廳。這裡過去想必是農莊的起居室，但此刻在昂貴的法國壁紙、波斯地毯和英國家具等新穎時尚的奢華裝潢掩蓋之下，完全看不出一絲殘留的農莊風味。

卓萊才等了幾分鐘，一位仕女就踏入了客廳。她身材高且穠纖合度，長得十分美貌。她穿著猩紅色的天鵝絨禮服，戴著一串繁複的黑玉珠鍊，將她修長的頸項襯得更加白皙。

透過走廊對面一扇敞開的房門，可以瞥見一間跟客廳一樣富麗堂皇的餐廳。桌上殘留的餐盤顯示出，這位女士剛才是獨自一人進餐。看來她穿戴上這身華麗紅禮服與黑項鍊，似乎純粹是為了娛樂自己。

「啊，夫人，」卓萊趕緊跳起來，喊道，「妳近來可好？」

她微微比了一個抗拒的手勢。「還可以吧。只是沒有任何社交活動，也沒多少事可做。」

「什麼！」卓萊用震驚的語氣喊道，「沒人陪伴妳嗎？」

「有人陪我——一個老姨媽。她在鼓勵我信教。」

「喔，夫人！」卓萊喊道，「千萬別把妳的心力耗費在祈禱和講道上。妳絕對無法從那裡得到任何安慰。妳應該集中心力，想著該如何復仇。」

「是的。我會的，」她簡短地答道。她坐到窗戶對面的沙發上。「史傳傑先生和諾瑞爾先生近來可好？」

「喔，他們非常忙，夫人！忙，忙，忙，整天忙個不停哪！為了他們自己和夫人著想，我真希望他們不要這麼忙碌。昨天史傳傑先生還特地問起妳呢。他想知道妳心情好不好。『喔！還可以，』我告訴他，『就只是還可以罷了。』夫人，妳親戚們無情的舉動，讓史傳傑先生感到又驚又怒。」

「真的嗎？那我希望，他能夠用更實際的方法來表現出他的憤慨，」她冷冷地說，「我已經付給他超過一百基尼的費用，而他什麼也沒做。我已經厭倦了這種透過別人傳話的溝通方式，卓萊先生。請你將我的怨言轉達給史傳傑先生。告訴他，我打算親自跟他碰面，時間由他決定，不論是哪一天，哪一刻，不論是白天或是夜裡，我都可以完全配合。對我來說所有時間全都一樣。反正我也沒有其他約會。」

「啊，夫人！我多麼希望能照妳的話去做。史傳傑先生也絕對跟我一樣！但這恐怕不太可能。」

「你只是空口說說，卻不告訴我任何理由——至少沒一個能令我滿意。我猜想，史傳傑大概是擔心，我們兩人聚會讓別人說閒話吧。但我們可以私下會面。不需要讓別人知道。」

「喔，夫人！妳實在太不了解史傳傑先生了！他深深盼望能有機會表現出，他有多麼瞧不起那些迫害妳的人。他完全是為了妳著想，才會考慮得如此周詳。他擔心……」

但這位女士並未聽到史傳傑先生到底在擔心什麼，因為就在那一刻，卓萊突然閉上嘴，用無比困惑的神情打量周遭的環境。「那到底是什麼東西？」他問道。

某個地方似乎突然敞開了一扇門。或是一連敞開了好幾扇門。彷彿有一陣微風吹入室內，而四周在瞬間充滿了一股記憶中的童年芬芳。室內的光影出現細微的變化，所有的影子彷彿全都落往不同的方向。除此之外，並沒有任何明顯的異常跡象，但就如某些魔法發生時一般，卓萊和那位女士此刻也有一種非常強烈的感覺，似乎肉眼所見的世界，此刻已變得完全不可信賴。彷彿你若伸手去碰觸房中的任何事物，都會發現那裡什麼也沒有。

女士坐的沙發上方懸掛著一面高高的鏡子。鏡中映照出另一扇鑲著巨大白色月亮的漆黑高窗，和另一個陰暗朦朧的鏡中房間。但鏡中房間裡並沒有卓萊和那位女士的倒影。只有一團模糊不清的形狀，漸漸轉變成某個隱約的影子，最後再變成一個正朝他們走過來的黑色人影。從此人行走的路線可以清楚看出，這個鏡中房間跟真實的房間大不相同，而完全是因為光線和景深所營造出的古怪錯覺——就像我們常在劇場中所看到的舞臺效果——才使它們看起來極為相似。事實上，這個鏡中房間似乎是一道狹長的走廊。神祕人影的頭髮和外套被風吹得呼呼擺動，但在真實的房間中卻完全感覺不到一絲微風。此外，雖然他以輕快的步伐迅速走向那面隔絕兩個房間的鏡子，但他花了相當長的一段時間才抵達目的地。他終於走到了鏡子前方，而在那一瞬間，鏡中雖已隱隱浮現出他龐大的黑影，但他的面孔依然模糊不清。

在下一刻，史傳傑就身手敏捷地從鏡中跳了出來，露出他最迷人的笑容，向卓萊和那位女士問候致意：「晚安。」

他等了一會兒，似乎是在等他們答話，但等了半天卻沒人出聲，於是他只好又開口說：「夫人，請原諒我這麼晚才來造訪。坦白說，這條路比我預期中曲折許多。我轉錯了一個彎，差點兒就到了……嗯，我也不曉得那到底是什麼地方。」

他暫時停下來，彷彿是在等某人請他坐下。但依舊無人開口說話，於是他乾脆自己坐了下來。

卓萊和那位穿著紅色禮服的女士愣愣地凝視著他。他對他們粲然一笑。

「我剛才有幸認識了唐東尼先生，」他告訴卓萊，「一位非常討人喜歡的紳士，就是不太愛說話。不過，他的朋友賈康比先生，已經把我想要探聽的消息全都告訴我了。」

「你是史傳傑先生？」穿紅禮服的女士問道。

「是的，夫人。」

「我真是太幸運了。卓萊先生剛才還在對我解釋，我們為何總是無法碰面呢。」

「坦白說，夫人，在今晚之前，我們確實沒有任何碰面的機會。卓萊先生，請你替我介紹吧。」

卓萊囁嚅地說，那位穿紅禮服的女士是卜沃司夫人。

史傳傑站起來，對卜沃司夫人行了一個禮，再重新坐下。

「我相信，卓萊先生已經把我悲慘的處境全都告訴你了吧？」卜沃司夫人說。

史傳傑的頭微微動了一下，露出不置可否的神情。他說：「透過不相干的人轉述，總是沒有當事人的第一手資料來得詳盡。卓萊先生可能由於某種原因，而遺漏了一些重要的關鍵。請答應我的請求。讓我聽妳自己對我述說。」

「全部嗎？」

「全部。」

「好的。你該知道，我是北安普敦郡一位紳士的女兒。我父親非常富有。他擁有巨大的豪宅，收入也十分豐厚。我們在當地可算是數一數二的名門望族。但我的家人從小就鼓勵我，說憑我的美貌與才藝，我或許可以在這世上爭得更高的地位。兩年前，我攀上了一門高親。卜沃司先生家財萬貫，而我們進入最上流的社交圈。但我還是不快樂。去年夏天，我不幸遇到了一個跟卜沃司先生完全不同的男人：英俊、聰明，又風趣。才短短幾個禮拜，就讓我深深相信，他就是我一生最摯愛的人。」她微微聳了聳肩，「在聖誕節前兩天，我在他的陪伴下離開我丈夫。我希望——事實上該說是我期待——能跟卜沃司離婚，然後嫁給他為妻。但他並不想這麼做。到了一月底，我跟我的男友大吵了一架，他棄我而去。他回到他的家，若無其事地回到過去的生活軌道，但我卻再也無法恢復以前的生活。我的丈夫拋棄我。我的朋友拒絕收留我。我不得不回去求我的父親。他告訴我，他會撫養我一輩子，但條件是，我必須永遠過著隱居的生活。再也沒有舞會，再也沒有晚宴，再也沒有朋友。什麼都沒有了。」她凝視著遠方沉吟半晌，彷彿是在思索她失去的一切，但她很快就拋開憂傷，宣告說，「現在該談正事了！」她走到一張小寫字桌前，拉開抽屜，取出一張紙交給史傳傑。

「我依照你的建議，把所有背叛我的人列了一張名單。」她說。

「啊，我要妳列出一張名單，是不是？」史傳傑說，並接過那張紙，「原來我辦事這麼講究效率！這張名單挺長的。」

「喔！」卜沃司太太說，「上面的每一個名字，都代表不同的任務，所以你每一項都可以收到一筆費用。我擅自在每個名字後面，加上了我認為應該給予他們的懲罰。但你或許可以用你卓越的魔法知識，提出一些更適合的可怕命運來對付我敵人。我很樂於聽從你的建議。」

「詹姆斯．薩斯威爾爵士。痛風。」史傳傑讀道。

「我的父親，」史沃司太太解釋道，「他老是嘮嘮叨叨地數落我的種種不是，把我煩得要命，而且他還把我永遠逐出家門。從許多方面看來，我所有的不幸，其實全都是他一手造成的。我真希望我能狠心一點，讓他得更嚴重的病。但我做不到，我想這大概就是所謂的婦人之仁吧。」

「痛風痛起來很嚇人呢，」史傳傑表示，「至少我是這麼聽說的。」

卜沃司太太比了一個不耐煩的手勢。

「伊莉莎白．喬奇小姐，」史傳傑繼續念下去，「讓她解除婚約。這位伊莉莎白．喬奇小姐是什麼人？」

「是我的表妹——一個喜歡做女紅的無聊女孩。在我嫁給卜沃司先生以前，從來沒人會多看她一眼。如今我聽說她要嫁給一名牧師，而我父親匯給她一大筆錢，讓她去買結婚禮服和新家具。我父親對莉西和那個牧師保證，說他會運用他的資源來大幅改善他們的生活。他們以後的日子可好過了。他們要住在約克郡，他們會參加各式各樣的晚宴、宴會和舞會，擁有所有原來該屬於我的一切享樂。史傳傑先生啊，」她喊道，精神變得比先前振奮許多，「有沒有一些魔法，可以讓那名牧師一看到莉西就感到礙眼？讓他一聽到她的聲音就嚇得發抖？」

「我不知道，」史傳傑說，「我過去從來沒想到這一類的事情。我想應該有吧。」他重新望著名單，「卜沃司先生……」

「我的丈夫，」她說。

「……『被狗咬』。」

「他養了七隻又大又黑的野獸，把牠們看得比世上任何人都還要重要。」

「『卜沃司老太太』──我想應該是妳先生的母親──『掉在洗衣盆裡淹死。被她自己醃製的杏脯噎死。不小心被麵包爐烤死。』光一個女人就有三種不同的死法。原諒我，卜沃司太太，但就算是有史以來最偉大的魔法師，也無法用三種不同的方法來殺死同一個人。」

「反正你盡量去做就是了，」卜沃司太太執拗地說，「這個老女人自認為她做家事的本領天下無雙，驕傲得不得了。她總是挑這挑那，讓我煩得要死。」

「我明白了。好，這一切全都非常具有莎士比亞的風味。現在讓我看看最後一個名字。『亨利．拉塞爾。』這位紳士我認識。」史傳傑用詢問的目光望著卓萊。

卜沃司太太說：「他就是陪伴我離開我丈夫的人。」

「啊！那他該遭受到什麼樣的命運？」

「破產，」她用一種低沉狠毒的語氣說，「發瘋、火災、毀容。讓馬兒踐踏他！讓惡徒用刀子劃破他的臉！讓他被恐怖的幻象逼得夜夜不能安眠！」她站起來，開始在房中來回踱步。「讓報上刊登他所有卑鄙無恥的惡行！讓倫敦的每一個人都跟他保持距離！讓他勾引某個鄉下女孩，而她將會愛他愛得發狂。讓她一輩子陰魂不散地纏著他。讓他因為這個女孩而淪為笑柄。讓她永遠都令他不得安寧。讓他對某個誠實男子所犯下的錯誤而被控犯罪。讓他遭受審判與牢獄的所有羞辱。讓他被烙印！讓他被痛揍！讓他被鞭笞！讓他被處死！」

「卜沃司太太，」史傳傑說，「請妳冷靜下來。」

卜沃司太太停止踱步。她不再高聲怒喊出各種她希望能降臨到拉塞爾先生身上的恐怖命運，但她並未真的冷靜下來。她的呼吸變得非常急促，她渾身顫抖，面孔仍在激烈的抽搐。

史傳傑靜靜望著她，直到他認為她已平靜得足以理解他要講的話時，他才開口說：「我很抱歉，卜沃司太太，但妳受到了殘酷的欺騙。這個人，」他瞥了卓萊一眼，「他騙了妳。諾瑞爾先生和我從來不接受私人委託。我們從來不曾雇用這個人來替我們四處兜攬生意。在今晚以前，我從來沒聽過妳的名字。」

卜沃司太太盯著他看了好一會兒，然後轉身面對卓萊。「這是真的嗎？」

卓萊可憐兮兮地望著地毯，囁嚅地說了一些含混不清的話，除了「夫人」和「特殊情況」幾個字外，其他全都聽不清楚。

卜沃司太太伸手拉響叫人鈴。

剛才替卓萊開門的女僕再次出現。

「哈薇西，」卜沃司太太說，「帶卓萊先生離開。」

上流社會家庭大多是挑選臉蛋長得漂亮的女孩來當女僕，但哈薇西卻大不相同，她是一名看起來很能幹的中年女子，有著粗壯的臂膀和一臉絕不寬容的神情。但目前的情況並不需要她多做什麼，因為卓萊先生巴不得能快些離開。哈薇西一打開門，他就趕緊抓起手杖落荒而逃。

卜沃司太太轉向史傳傑。「你願意幫助我嗎？你會照我的要求去做嗎？要是錢不夠的話……」

「喔，不是錢的問題！」史傳傑比了一個阻止的手勢，「我很抱歉，但剛才我告訴過妳，我不接受私人委託。」

她凝視著他，然後用好奇的語氣問道：「難道你對我悲慘的處境完全無動於衷嗎？」

「正好相反，卜沃司太太，這種只懲罰女人，而男人卻可以置身事外的道德體系令我十分反感。但也就只是這樣而已。我不會去傷害無辜的人。」

「無辜！」她喊道，「無辜！誰無辜了？一個也沒有！」

「卜沃司太太，這件事到此為止。我無法為妳做任何事。我很抱歉。」

她滿臉不悅地盯著他。「嗯，好吧。你至少還有個優點，不會像其他那些白癡建議我去懺悔、做善事、打毛線，或是其他一些無聊至極的蠢事，以為這樣就可以彌補我空虛的生活和破碎的心靈。好了，我想我們的聚會就到此結束。晚安，史傳傑先生。」

史傳傑鞠躬行禮。在他走出房間時，他用渴望的目光朝沙發上的鏡子瞥了一眼，似乎希望能從那裡離開，但此時哈薇西已為他打開房門，為了遵守一般的社交禮儀，他不得不從大門走出去。

他既沒有馬兒也沒有馬車，只好從漢普斯特一連走了五哩路返回蘇活廣場。他一到達家門前，就發現此時雖然已將近凌晨兩點，但他們家卻是燈火通明。他甚至還來不及把手探入口袋中找鑰匙，柯孔．葛蘭特就猛然推開大門。

「天哪！你怎麼會在這兒？」史傳傑喊道。

葛蘭特並未回答，反倒轉身對著屋內喊道：「他在這兒，夫人！他沒事。」

亞蕊貝拉從客廳衝出來，甚至還差點兒摔了一跤，過了一會兒，華特爵士也走了出來。然後傑瑞米．瓊斯和其他幾名僕人也出現在通往廚房的走廊上。

「怎麼啦？出了什麼事嗎？」史傳傑驚訝地望著他們所有人問道。

「你這個笨蛋！」葛蘭特呵呵大笑，親暱地在他頭上敲了一下，「我們在擔心你啊！你到底跑到哪兒去啦？」

「漢普斯特。」

「漢普斯特！」華特爵士驚呼，「好吧，我們看到你就放心了！」他瞥了亞蕊貝拉一眼，再緊張地補上一句，「是我們大驚小怪，讓史傳傑夫人白擔心了一場。」

「喔！」史傳傑對他的妻子說，「妳在擔心，是不是？我很好啊。就跟平常一樣。」

「聽到了吧，夫人！」葛蘭特中校高興地宣稱，「我說的沒錯吧。在西班牙的時候，史傳傑先生常常陷入最危險的處境，但我們可從來沒替他擔心過。他這麼機靈，誰都傷不了他的。」

「我們非得站在玄關聊天嗎？」史傳傑問道。在從漢普斯特返回倫敦途中，他一直在思索有關魔法的問題，而他打算回家後再繼續苦思。但結果他卻發現家裡擠滿了搶著說話的人。這讓他情緒變得不太好。

他領先踏入客廳，請傑瑞米替他端杯酒和一些吃的東西過來。等大家全都安坐下來，他開口說：「事情就跟我們想的一樣。卓萊一直在暗中進行安排，讓諾瑞爾和我去施展你們所能想到的各種黑魔法。我發現他跟一個很容易激動的年輕女人待在一起，而她希望我用魔法去折磨她的親戚。」

「太可怕了！」葛蘭特中校說。

「那卓萊怎麼說？」華特爵士問道，「他有說他為什麼要這麼做嗎？」

「哈！」史傳傑發出一陣不太愉快的短促笑聲，「他什麼也沒說。他就這樣逃走了——真可惜，我本來還想要邀他決鬥呢。」

「喔！」亞蕊貝拉突然開口說，「現在連決鬥都來了，是不是？」

華特爵士和葛蘭特兩人都吃驚地望著她，但史傳傑太專注於他正在述說的事情，以至於完全沒注意到她在生氣，「我想他並不會接受決鬥，但我真的很想要嚇他一下。他這是罪有應得。」

「但你還沒說這個鏡子後面的王國、道路——或是其他任何事物，」葛蘭特中校說，「跟你原先想的一樣嗎？」

史傳傑搖搖頭。「我不知道該如何描述那個地方。我和諾瑞爾所曾經做過的一切，跟那裡比起來實在是望塵莫及！而我們居然還有臉自稱為魔法師！我真希望我能讓你們體會到那裡的雄偉壯麗！體會到那龐大的規模與複雜的結構！那通往四面八方的巨大石廊！我起初還想要估算出它們的長度和數量，但我很快就宣告放棄。它們似乎永遠也沒有盡頭。那裡有著兩旁築著石隄的靜止運河。在陰暗的光線中，河水顯得一片漆黑。我看到有些階梯攀升至看不見的高處，有些階梯往下竄入深不可測的漆黑地底。然後我突然通過一扇拱門，發現自己踏上了一條跨越一片黑暗空無風景的石橋。石橋非常寬闊漫長，我完全看不到盡頭。請你們想像一條從伊斯林頓直通特威肯漢的橋。或是從約克通往新堡！而在那些石廊和那條橋上，到處都可以看到他的肖像。」

「誰的肖像？」華特爵士問道。

「那個我和諾瑞爾幾乎在每篇文章中大肆污蔑的人。那個諾瑞爾甚至不願聽到他名字的人。那個建造出這些石廊、運河、橋梁等所有事物的人！烏鴉王約翰·厄司葛雷！當然，那些建築在經過幾世紀的歲月後，早已年久失修。不論當初約翰．厄司葛雷建造這些道路是要作為何種用途，他現在似乎已不再需要用到它們了。雕像和石頭建築已經崩塌毀壞。一束束天知道來自何方的光線透入室內。有些走廊被石塊堵塞，有些走廊被水淹沒。而且我要告訴你們一件非常奇怪的事情。我不論走到哪兒，都會看到地上有許多丟棄的舊鞋。它們應該是其他旅人遺留下來的。鞋子的樣式十分古老，而且全都已腐爛不堪。這樣看來，這些通路近年來顯然已很少人使用。我在那兒的時候，總共就只看到一個人。」

「你還看到別的人？」華特爵士問道。

「喔，沒錯！至少我相信那是一個人。我看到有個人影沿著一條白色的道路，越過黑暗的荒野。你們必須了解，我當時是在橋上，那是我這輩子見過最高的一座橋。地面看來似乎離我腳下有數千呎之遠。我低下頭來，看到下面有某個人。我當時要不是一心一意想快點找到卓萊，我一定會設法走下去找他或是她。在我看來，若是有機會能和這樣的人聊一聊，對魔法師絕對大有助益。」

「但這樣的人安全嗎？」亞蕊貝拉問道。

「安全？」史傳傑輕蔑地說，「喔，不。我可不這麼認為。但我要說句大話，我自己也不算是特別安全吧。我希望我不要錯過機會。我希望等我明天回去的時候，我就可以找到某些線索，查出那個神祕的人物到底是要到什麼地方。」

「回去！」華特爵士驚呼，「但你確定……？」

「喔！」亞蕊貝拉喊道，打斷了他的話，「我明白你打算怎麼做了！以後只要是在諾瑞爾先生暫時不需要你的時候，你全都會跑到那些通道上到處亂走，讓我一個人在這兒為你提心弔膽，擔心我是不是這輩子再也見不到你了！」

史傳傑驚訝地望著她。「亞蕊貝拉？妳是怎麼啦？」

「怎麼啦？你打算要讓自己陷入最恐怖的險境，你還以為我不會有任何意見！」

史傳傑比了一個混雜了懇求與無助的手勢，似乎是在請華特爵士和葛蘭特替他評評理，看亞蕊貝拉的話有多麼不可理喻。他說：「但在我要去西班牙的時候，就算那時候正在進行慘烈的戰爭，妳還是表現得非常冷靜啊。而這次正好相反，根本就沒……」

「非常冷靜？我可以告訴你，完全不是這麼一回事！我那時候替你擔心得要命——所有到西班牙打仗的男人的母親、妻子和姊妹，全都跟我抱著同樣的心情。但當時我們兩人都認為，你有義務要上戰場為國效勞。再說，在西班牙的時候，有整支英國軍隊伴在你身旁，但在那裡你卻是完完全全的孤單一個人。我只能說『那裡』，因為我們根本就沒人曉得『那裡』是什麼鬼地方！」

「很抱歉，但它在哪兒我可是清楚得很！那就是『王路』。真是的，亞蕊貝拉，我想妳到現在才說妳不喜歡我的職業，未免也太遲了吧！」

「喔，你這麼說實在太不公平了！我又沒說我反對你的職業。我認為它是全世界最高貴的工作之一。你和諾瑞爾先生做的事情讓我感到萬分驕傲，而且不管你想要學習任何新的魔法，我可從來沒有過任何意見——但在今天之前，你向來只要從書本裡找答案就滿足了。」

「是這樣沒錯，但現在已經不一樣了。把一名魔法師關在圖書館裡，限制他只能靠看書來作研究工作，嗯，那妳簡直就像是告訴一名探險家，說妳同意他去尋找那條，那條——反正就是非洲某條河流——的源頭，但條件卻是，他絕對不能離開坦布里奇威爾斯一步！」

亞蕊貝拉發出一聲憤怒的低呼。「你是一名魔法師，而不是什麼探險家！」

「但那是同樣的道理。一名探險家不可能成天待在家裡看別人畫的地圖。一名魔法師也不可能靠閱讀別人寫的書來增進他的魔法技藝。諾瑞爾和我遲早都必須去探測書本之外的世界，對我來說這是再明顯也不過了！」

「是嗎？你認為這很明顯是不是？很好，強納森，但我很懷疑諾瑞爾先生會同意你的看法。」

他們夫妻倆就這樣你來我往的吵個沒完，而華特爵士和葛蘭特中校就跟所有在無意間看到婚姻生活小衝突的人一樣，顯得十分尷尬不安。更糟的是，他們還清楚意識到，亞蕊貝拉和史傳傑此刻對他們兩人也沒什麼好感。他們剛才在對亞蕊貝拉坦白招認，是他們慫恿史傳傑去行使危險魔法時，已經被亞蕊貝拉狠狠數落一頓。現在史傳傑又用憤怒的眼神瞪著他們，似乎是在怪他們憑什麼三更半夜跑到他家，害他那好脾氣的妻子變得神經兮兮。等他們夫妻倆暫時歇兵，葛蘭特中校就趕緊抓住機會，期期艾艾地說了幾句什麼時間很晚了，他們的盛情招待令他受之有愧，並祝他們兩人晚安之類的話。但根本沒人注意到他說了什麼。所以他只好繼續乖乖待在原地。

華特爵士的個性就果斷得多。他此刻做出結論，他不該慫恿史傳傑踏入鏡中世界，而他現在下定決心要設法彌補這個錯誤。身為一名政治家，他向來就是有話直說，絕對不會因為別人不愛聽就隱忍不語。「你讀過所有關於魔法的書籍了嗎？」他詢問史傳傑。

「什麼？沒有，當然沒有！你明明知道我沒有！」史傳傑說。（他想到了賀菲尤莊園圖書館裡的書。）

「你今天晚上看到的那些走廊，你知道它們都通往哪些地方嗎？」華特爵士問道。

「不知道，」史傳傑說。

「你知道那座橋越過的是什麼樣的黑暗國度嗎？」

「不知道，可是……」

「那麼，你最好還是聽史傳傑太太的話，在回到那個地方之前，先把所有關於那條道路的書全都看過一遍再說，」華特爵士說。

「但書中的訊息全都不夠精確並互相矛盾！甚至連諾瑞爾都這麼說，他可是讀過所有的相關資料。這你應該可以確定！」

亞蕊貝拉、史傳傑和華特爵士就這樣又繼續吵了半個鐘頭，吵到每個人都變得脾氣乖戾、態度惡劣，並且非常渴望能趕緊上床睡覺。那詭異寂靜的走廊，永無止盡的通道，以及那浩瀚無邊的黑暗風景，似乎只有史傳傑一個人不覺得有任何不妥之處。亞蕊貝拉被她所聽到的一切給嚇壞了，甚至連華特爵士和葛蘭特中校都感到異常不安。在幾個鐘頭前，魔法在他們眼中是那麼的親切熟悉、那麼的英國，但此刻卻突然變得不像人類，不屬於塵世，帶有濃厚的異境色彩。

但在另一方面，史傳傑卻覺得他們真是全國最不可理喻、最惹人生氣的一群討厭鬼。他們顯然完全不了解，他剛才做的事情有多麼了不起。甚至可算是他魔法事業迄今最卓越的成就（至少他是這麼認為）。在馬汀．帕爾之後，從來沒有任何一名英國魔法師到過「王路」。但他們不僅沒有向他道賀，或是稱讚他的高超本領——除了他們之外任何人都會這麼做——反而好像全都變成諾瑞爾的化身，嘮嘮叨叨地抱怨個沒完。

他第二天早上一醒來，就打定主意一定要再回到「王路」。他愉快地向亞蕊貝拉道早安，跟她聊些不痛不癢的話題，設法自欺欺人地營造出一種假象，好像他們兩人昨晚會吵架，完全只是因為她太過疲累與擔心罷了。但他還來不及假借這有利的情勢來成功達到目的（並趕緊竄進靠他最近的一面大鏡子溜去「王路」），亞蕊貝拉就直截了當地告訴他，她依然堅持昨天晚上的立場。

企圖去記錄下夫妻吵架的詳細過程是否太過瑣碎無用？這樣的對話必定會比其他任何交談都要

迂迴曲折許多。它總是會讓雙方開始翻舊帳，提起多年前的爭執與不滿——而這一切除了這對關係最親密的人以外，旁人完全無法理解。在這樣的情況下，很難去證明雙方究竟是誰對誰錯，但就算可以公正的評斷，那又有什麼意義呢？

但人們總是十分渴望能與自己的配偶和諧相處，而史傳傑和亞蕊貝拉在這方面也不例外。最後，他們在針對這個主題翻來覆去吵了整整兩天之後，他們終於達成協議。他答應她，除非獲得她允許，他絕對不會再踏上「王路」。而她同樣也做出回報，表示只要他能讓她相信這麼做絕對安全無虞，她就會立刻允許他回到那裡。

大師名作坊 346

英倫魔法師：強納森・史傳傑和諾瑞爾先生 上卷

作　者—蘇珊娜・克拉克
繪　者—波提亞・羅森伯格
譯　者—施清真、彭倩文
編　輯—張瑋庭
美術設計—許晉維
內頁排版—芯澤有限公司

總 編 輯—嘉世強
董 事 長—趙政岷
出 版 者—時報文化出版企業股份有限公司
108019臺北市和平西路三段二四〇號三樓
發行專線—（〇二）二三〇六—六八四二
讀者服務專線—〇八〇〇—二三一—七〇五
（〇二）二三〇四—七一〇三
讀者服務傳真—（〇二）二三〇四—六八五八
郵撥—一九三四四七二四時報文化出版公司
信箱—（一〇八九九）臺北華江橋郵局第九九信箱

時報悅讀網—http://www.readingtimes.com.tw
電子郵件信箱—liter@readingtimes.com.tw
法律顧問—理律法律事務所　陳長文律師、李念祖律師
印　刷—勁達印刷有限公司
二版一刷—二〇二三年九月八日
定　價—新臺幣一〇四〇元（上下卷不分售）
（缺頁或破損的書，請寄回更換）

時報文化出版公司成立於一九七五年，
並於一九九九年股票上櫃公開發行，於二〇〇八年脫離中時集團非屬旺中，
以「尊重智慧與創意的文化事業」為信念。

英倫魔法師：強納森・史傳傑和諾瑞爾先生/蘇珊娜・克拉克(Susanna Clarke) 著；施清真、彭倩文譯 . – 二版 . – 臺北市：時報文化, 2023.9
面；　公分 . –（藍小說；346）
譯自：Jonathan strange & Mr Norrell
ISBN 978-626-374-282-6(上卷：平裝). --
ISBN 978-626-374-283-3(下卷：平裝). --
ISBN 978-626-374-284-0(全套：平裝)

873.57　　112014005

JONATHAN STRANGE AND MR NORRELL
by SUSANNA CLARKE & PORTIA ROSENBERG (ILLUSTRATOR)
Copyright © 2004 BY SUSANNA CLARKE
This edition arranged with BLOOMSBURY PUBLISHING PLC
through BIG APPLE AGENCY, INC., LABUAN, MALAYSIA.
Complex Chinese edition copyright © 2023 China Times Publishing Company
All rights reserved.

ISBN 978-626-374-282-6(上卷)
ISBN 978-626-374-283-3(下卷)
ISBN 978-626-374-284-0(全套)
Printed in Taiwan